JESSICA & DIANA
ITTERHEIM

# Tanz der Engel



atb aufbau taschenbuch

Jessica Itterheim, Jahrgang 1995, und ihre Mutter Diana haben sich gemeinsam diesem Romanprojekt verschrieben. Nach einem mehrjährigen Aufenthalt in Portugal leben sie nun wieder in Deutschland. Jessica besuchte ein Internat in Torgelow am See und studiert derzeit Medienwirtschaft an der HdM in Stuttgart.

Der dritte Band »Fluch der Engel« ist bereits in Vorbereitung.

www.itterheim.com

Alles hätte so schön werden können. Die fast siebzehnjährige Lynn ist überglücklich, dass Christopher Schüler bei ihr im Schlossinternat wird. Doch Christopher, einer der sieben Racheengel, unterläuft bei der Auswahl des neuen Mitglieds des Zirkels ein folgenschwerer Fehler, der ihn zwingt, in die Welt der Engel zurückzukehren. Lynn ahnt, wo sie ihn finden kann, aber der Weg zu Christopher ist ihr verwehrt. Sie plant, ihren Schutzengel herauszufordern, doch anstatt der erhofften Hilfe gerät sie in höchste Gefahr.

Lynns Ärger und ihr zunehmendes Misstrauen gegen ihren sadistischen Schutzengel vereinfachen die Pläne von Christophers Widersacher Sanctifer. Getrieben von ihrer Sehnsucht nach Christopher, lässt sich Lynn auf das heimtückische Angebot des dunklen Wächterengels ein. Denn sie ahnt nicht, dass in der Welt der Engel viel mehr als nur Christopher auf sie wartet. Ausgestattet mit einer dämonischen Waffe erkämpft sich Lynn den Zugang ins Schloss der Engel und ist gezwungen, sich dem unberechenbarsten Geschöpf zwischen Himmel und Hölle zu stellen: einem Racheengel in seiner gefährlichsten Form – einem diabolischen Schattenengel.

Wenn du wissen willst,
wer du bist,
dann schau nicht in den Spiegel,
sondern sieh in dein Herz –
oder in die Augen desjenigen,
der dich liebt.

Für unsere Jungs

# Kapitel 1

## *Raffael*

Marisa stupste mich mit dem Ellbogen in die Seite, als wir gemeinsam zum Schultrakt liefen. »Schau mal«, kicherte sie. »Sie frisst ihn noch auf, wenn er nicht aufpasst.«

Ich strich eine verirrte Strähne meiner langen, dunklen Haare aus dem Gesicht und spähte zu dem verwitterten Holzsteg hinüber, der in den von blaugrauen Wolken überschatteten See ragte. Eng umschlungen standen dort die kurvenreiche Hannah und der adonisgleiche Raffael und knutschten, als gäbe es kein Morgen mehr.

»Das wäre wahrscheinlich die beste Lösung«, erwiderte ich trocken.

»Aber hallo! Ist da etwa jemand eifersüchtig?«

»Quatsch! Hast du vergessen, dass *ich* Juliane und Raffael zusammengebracht hab?«

»Nein, das habe ich nicht.« Marisas wasserblaue Augen gefroren zu Eis, während sie das turtelnde Paar beobachtete. »Aber seitdem er Juliane durch Hannah ersetzt hat, überfällt mich jedes Mal ein mieses Gefühl, wenn ich sehe, wie er eines von uns Mädchen anschaut – selbst wenn es nur Hannah ist. Als würde er einen Verführungszauber anwenden.«

»Das wäre ja ein toller Trick.« Ich bemühte mich, ein glaubwürdiges Lachen zustande zu bringen und zwang meine Mundwinkel, oben zu bleiben – schließlich war ich diejenige, die auf seine Spielchen hereingefallen war. »Mich kann er mit seinen schwarzen Glutaugen jedenfalls nicht mehr becircen. Und Hannah ist alles andere als ein hilfloses Häschen.«

»Da hast du recht. Trotzdem fände ich es völlig okay, wenn sie ihm bald den Laufpass geben würde.«

Ich warf Marisa einen verstohlenen Blick zu. Der berechnende Unterton in ihrer Stimme gefiel mir nicht. Andererseits konnte ich mit ihr, als meiner Verbündeten, einfacher herausfinden, warum Raffael noch immer den smarten Schüler spielte. Er hatte mich an Sanctifer verraten und damit nicht nur mein, sondern auch Christophers Leben aufs Spiel gesetzt. Und freiwillig besuchte er das äußerst romantisch an einem einsamen See gelegene Märchenschlossinternat, auf dem ich seit vier Monaten zur Schule ging, bestimmt nicht.

Als ich erfuhr, dass Raffael ein von Sanctifer geschickter *Flüsterer* war, hatte ich behauptet, dass ich meinen Einfluss bei den Engeln geltend machen würde, falls er sich noch einmal an Juliane vergreifen sollte. Und obwohl es im Grunde nur eine leere Drohung war, ließ er sich davon einschüchtern. Aber anstatt von der Bildfläche zu verschwinden, hatte er Hannah aufgerissen – was nicht sonderlich schwer war, da sie schon lange auf ihn stand. Mich jedoch brachte das in eine Zwickmühle: Niemand verdiente so jemanden wie Raffael – auch wenn er mit seiner pechschwarz gewellten Mähne und seinem athletischen Körper zum Anbeißen aussah. Nicht einmal Hannah, die Internatsoberzicke! Sie zu überzeugen, Raffael lieber zur Hölle zu schicken, als sich von ihm anhimmeln zu lassen, würde alles andere als einfach werden.

»Und wenn *wir* der Grund wären, warum Hannah mit ihm Schluss macht, und Raffael dabei einen Denkzettel verpassen, würde ihm das wohl kaum schaden«, erklärte Marisa mit einem zufriedenen Grinsen. »Sicher wäre er dann nicht mehr so überzeugt davon, die Unwiderstehlichkeit in Person zu sein.«

»Schon möglich«, erwiderte ich halbherzig. Marisa in meine Pläne einzuweihen, das war etwas anderes, als sie mit hineinzuziehen.

»Ich hatte gehofft, dass du das auch so siehst!« Marisa lächelte hinterhältig, doch ich bemerkte es erst jetzt: *Sie* manipulierte *mich*! »Max und Florian haben sich was ausgedacht«, bestätigte sie meine Vermutung. »Ich erzähl's dir später.«

Mein Magen verknotete sich. Seit wann agierte Marisa so intrigant? War sie auf diese Idee gekommen, oder hatte jemand sie dazu *überredet*? Ein zweiter, von einem Engel geschickter Flüsterer, der wie Raffael – dank ein wenig Engelsmagie – andere überzeugen konnte, etwas zu tun, das sie im Grunde gar nicht wollten?! Oder war es Raffael selbst, der meine Freunde beeinflusste? Nur mit welchem Ziel?

Ein kalter Schauder lief mir über den Rücken. Sanctifers Plan, durch mich an Christopher heranzukommen, war beinahe aufgegangen. Und möglicherweise wusste er, dass sein einstiger Schüler schon bald in meiner Nähe auftauchen würde. Christopher hatte mir versprochen, eine Möglichkeit zu finden, wie wir beisammen sein konnten. Und obwohl mein Geduldsfaden fast aufgebraucht war, vertraute ich ihm. Christophers Zeitgefühl tickte langsamer als meines.

Es war sonderbar, Florian auf Hannah zugehen zu sehen, als sie – allein – die Aula betrat. Aber dass er sich auch noch mit ihr unterhielt und ab und zu in schallendes Gelächter ausbrach, war wirklich unglaublich. Bislang hatte er immer behauptet, *Hannah Platinblond* läge weit unter seinem Niveau. Anscheinend war seines rapide gesunken oder ihres sprunghaft angestiegen. Wie Raffael wohl reagieren würde, wenn er die beiden entdeckte? Ich behielt sowohl die Eingangstür als auch Florian im Auge.

Wie jeden Vormittag hatten wir Schulversammlung, und Frau Germann, unsere immer korrekt in Kostüm und Bluse gekleidete Rektorin, versuchte gerade unsere Lernmotivation für die letzte Etappe vor den Sommerferien anzukurbeln. Wie meistens standen die älteren Schüler weiter hinten und unterhielten sich, während die Jüngeren, die diese Anfeuerungsparolen noch nicht so oft gehört hatten, halbwegs aufpassten.

»Was hat Florian denn vor?«, flüsterte ich Marisa zu. »Gräbt er Hannah etwa freiwillig an, oder gehört das zum Plan? Und wie habt ihr Raffael aufgehalten? Hat Max ihn k. o. geschlagen?«

»Sei leise! Juliane weiß nichts davon.« Marisa hielt sich die Hand vor den Mund, um ihr Kichern zu verbergen. Sicher konnte auch sie sich nur schwer vorstellen, wie der kleine, gutmütige Max den großen Raffael niederschlug.

»Wovon weiß ich nichts?«, mischte sich Juliane ein, die ihren Namen aufgeschnappt hatte.

»Dass Florian seit neuestem auf Hannah steht«, erklärte ich sarkastisch.

»Was?! Das ist nicht dein Ernst!«

»Na, dann schau mal nach rechts, wenn du mir nicht glaubst.«

Julianes hellgraue Augen begannen zu strahlen, als sie Hannah entdeckte, die tatsächlich mit Florian flirtete – sie schöpfte wohl Hoffnung, Raffael könnte bald zu Hannahs Vergangenheit gehören.

»Aber ich glaube, seine Chancen, bei ihr zu landen, sind gleich null. Raffael sieht einfach zu gut aus«, bremste ich ihren Enthusiasmus.

Julianes Gesicht versteinerte. »Florian ist gar nicht so übel. Er hat zwar nur braune Haare und keine so außergewöhnlich schwarzen Locken wie Raffael, dafür sind seine Augen blau.«

»Und er ist schmächtiger.«

»Breit genug!«, zischte Juliane zurück, während sich auf ihrem blassen, von aschblonden Haaren umrahmten Gesicht rote Flecken bildeten.

»Na, das hätte dir auch früher auffallen können. Wie's aussieht, wechselt Florian gerade ins feindliche Lager. Und er wäre nicht der Erste, der …« Marisas Stoß in meinen Rücken brachte mich zur Besinnung, bevor ich *dir abhandenkommt* hinzufügen konnte und stattdessen ein »sicher äußerst überrascht von deiner Meinung wäre« hervorbrachte.

Die Wolkendecke riss auf. Mein Herz begann zu rasen, als ein Lichtstrahl durch die Glaskuppel der Aula fiel und genau die Stelle erhellte, an der ich stand. Ich schloss die Augen und spürte, wie sich Wärme in mir ausbreitete. War es möglich, im Schatten zu bleiben, wenn sich das Licht so unglaublich gut anfühlte? Die Wolken siegten, ehe ich mich in der Erinnerung an Christopher verlor – und das belebende Gefühl in meinem Körper verschwand.

»Hast du das gesehen? Sie hat ihm ihre Hand auf die Schulter gelegt und ihm etwas ins Ohr geflüstert!«

Es dauerte einen Moment, bis ich zu Marisa zurückfand und antworten konnte. »Vielleicht hat sie Raffael doch aufgefressen, und Florian ist ihr nächstes Opfer«, spöttelte ich. Allerdings war mir nicht ganz wohl bei der Sache. Schließlich hatte ich bei meinem Ausflug in Christophers Welt nicht nur Engel, sondern auch andere dämonische Kreaturen kennengelernt. Warum sollte es nicht ein Wesen geben, das seine Liebhaber verschlang? Und Hannah, mit ihrem platinblonden Schopf und ihren üppigen Kurven, war wie dafür geschaffen, Jungs ins Verderben zu locken.

»Übrigens, als Nächstes sind wir dran«, flüsterte Marisa mir zu. »Und wag ja nicht, zu kneifen! Auch Florian musste in den sauren Apfel beißen.«

Ich platzte fast vor Ungeduld, mehr von Marisa zu erfahren – um es ihr auszureden. Meine Freunde wussten schließlich nicht, wen sie sich da zum Feind machten. Doch Marisa ließ mich zappeln, was ihre Pläne betraf. Und Raffael blieb auch den Rest des Tages verschwunden, so dass ich mir – trotz allem, was er getan hatte – tatsächlich Sorgen um ihn machte. Vielleicht war ihm wirklich etwas zugestoßen, oder – noch schlimmer – Sanctifer hatte ihn zu sich befohlen.

Erst nach dem Abendessen gab Marisa meinen bohrenden Fragen nach und schleppte mich auf mein Zimmer. Dank Hannah durfte ich in einem Einzelzimmer wohnen, in dem weißen, mit Stuck und Marmor verzierten Schloss am See. Das war mit Abstand das Beste, was Hannah – natürlich unbeabsichtigt – je vollbracht hatte.

»Ich hätte nicht gedacht, dass es so einfach werden würde, aber anscheinend steht Hannah auf alles, was zwei Beine hat und sich täglich den Bart abrasiert«, begann Marisa und räkelte sich genüsslich in den zahlreichen Kissen auf meinem Fast-Himmelbett, auf das die letzten Sonnenstrahlen durch das darüberliegende Dachfenster fielen.

»Was genau meinst du?! Komm endlich zur Sache!«

»He, beruhig dich, und setz dich erst mal hin.«

Marisa klopfte auffordernd neben sich auf die meerblaue Tagesdecke, doch ich beschloss, lieber ein wenig Abstand von ihr zu halten, und ließ mich auf dem flauschigen blauen Teppich nieder, mit dem mein Zimmer ausgelegt war.

Während Marisa von Florians geglücktem Annäherungsversuch berichtete, malte ich mit meinen Fingern Linien und Kreise in den Flor, um mich zu beruhigen. Das Ganze gefiel mir immer weniger.

»Und nun zu deiner Rolle.« Marisa sah mich verschwörerisch an. »Du hilfst mir, Raffael zu betören.«

»Auf keinen Fall!« Ohne dass ich es wollte, ballten sich meine Hände zu Fäusten und rupften dabei ein paar Fäden aus dem Teppich – irgendwie war ich heute schnell aus der Fassung zu bringen.

»Und warum nicht? Findest du es okay, dass er Juliane so plötzlich abgelegt hat?«

»Nein, aber …«

»Nichts *Aber*. Er soll ruhig spüren, wie sich das anfühlt, wenn man abserviert wird. Am besten gleich zweimal: zuerst von

Hannah und dann von mir. Er hat Juliane nicht mal gesagt, warum er mit ihr Schluss gemacht hat. Und das, nachdem die beiden ein paar äußerst innige Stunden zusammen verbracht haben!«

Ich seufzte – denn sie wusste nicht, was sie tat!

»Eigentlich wollten Max und Florian dich für die Rolle der Circe – schließlich stand er ja mal auf dich. Doch da du vielleicht schon anderweitig gebunden bist …« Marisa ließ ihre Anspielung kommentarlos im Raum stehen, um mir etwas über meinen geheimnisvollen Freund zu entlocken.

Als Christopher versuchte, mich abzuschütteln, hatte sie mir geraten, um ihn zu kämpfen. Ich hatte ihren Rat befolgt – und gewonnen. Trotzdem konnte sie nicht wissen, wie zutreffend ihre Worte waren. Christopher hatte sich an mich gebunden, damit er bei mir bleiben konnte.

Mein Herz zog sich bei der Erinnerung daran zusammen. Christopher, wo steckte er nur? Wie lange ließ er mich noch warten?! Anders als er hatte ich nicht die Ewigkeit vor mir.

Mein aufkommender Frust half mir, eine Entscheidung zu treffen. Geduldig sein und abwarten, bis Christopher endlich auftauchte, sollte nicht zu meiner Berufung werden.

»Na gut, ich bin dabei. Unter einer Bedingung: *Ich* übernehme Raffael und kümmere mich um ihn, bis Hannah mit ihm Schluss macht – mehr nicht.«

»Super!«, war alles, was Marisa dazu sagte.

Schon wieder fühlte ich mich manipuliert. Dennoch war es besser, wenn ich die Rolle des Vamps übernahm. Im Gegensatz zu ihr wusste ich ganz genau, mit wem ich es zu tun hatte.

Raffael erschien erst am übernächsten Tag wieder in der Schule. Florian sorgte dafür, dass Hannah beschäftigt war, und Marisa, dass Raffael mir *zufällig* in die Arme lief.

»Und?«, fragte ich. »Geschwänzt?«

»Arzttermin«, antwortete Raffael kurz angebunden.

»Zwei Tage lang?«

»Scheint so.«

Wir liefen schweigend den kiesigen Weg vom Gelben Haus, in dem die Mensa und – bis auf mich – die Schüler meiner Klassenstufe untergebracht waren, zum Schloss hinüber. Ich spürte Raffaels forschenden Blick, doch ich wagte nicht, ihn anzusehen. Schließlich brach er das Schweigen.

»Und? Sprichst du wieder mit mir?«

»Scheint so.«

Raffael zuckte die Schultern. »Freiwillig oder gezwungenermaßen?«

»Gezwungenermaßen«, gab ich zu. Es erschien mir kindisch, ihn anzulügen.

»Dacht ich's mir. Und? Wer zwingt dich dazu? Deine Freunde oder dein Engel?«

Wie angewurzelt blieb ich stehen. »Er würde mich niemals zu etwas zwingen!«

»Bist du dir da so sicher?«

»Völlig!«

»Du hast ihm dein Blut also freiwillig gegeben?«

Betroffen schnappte ich nach Luft. Woher wusste Raffael davon? »Was … was meinst du damit?«

»Stell dich nicht dümmer, als du bist. Ich weiß, wozu er dich gezwungen hat – jeder weiß das.«

Ich schwieg. Offenbar kannte er Christopher – und unser Geheimnis!

»Oder hat er dich auf eine andere Art *überredet*?«

Raffael kam mir bedrohlich nahe, dennoch hielt ich ihm stand. Erst als er mit einem Finger sanft über meine Lippen fuhr, wich ich zurück.

»Wusste ich's doch! Er hat dich geküsst.«

»Du weißt gar nichts!«

»Wahrscheinlich mehr als du.«

In Raffaels Stimme lag ein Bedauern, das mich frösteln ließ. Doch noch bevor mir eine passende Antwort einfiel, kehrte er mir den Rücken zu und ging davon.

Ich biss mir auf die Zunge, um ihm nicht hinterherzuschreien, wie sehr er sich irrte. Christopher liebte mich – nur deshalb hatte er sich an mich gebunden.

»Scheißkerl!«, grummelte ich. Raffaels Finger hatten auf meinen Lippen eine brennende Spur hinterlassen. Wehe, wenn er es wagen sollte, mich noch einmal anzufassen! Wütend stapfte ich zum Schloss hinüber. Ich würde ihm den Hals umdrehen!

»Na? Wie lief's?«

Ich schreckte zusammen, als Marisa aus dem Schatten einer der weißen Säulen oberhalb der steinernen Außentreppe hervortrat, die rechts und links den Aufgang zum Schloss markierten – sie hatte mich und Raffael beobachtet!

»Verdammt, Marisa! Was soll das?! Mich so zu erschrecken!«

»Von weitem sah's gar nicht mal so übel aus«, sinnierte sie. »Ich glaub, er hat angebissen. Als er so zärtlich über deine Lippen fuhr, dachte ich, er würde dich gleich küssen.«

»Vergiss es!« Zärtlich! Dass ich nicht lache. Raffael wusste genau, was er mit seiner Berührung in mir auslösen würde. Offenbar war er nicht nur über die Engelswelt bestens informiert. Wütend öffnete ich die schwere Eichenholztür und eilte an Marisa vorbei in die prunkvolle, mit Marmorkamin und Mosaikfußboden verzierte Eingangshalle des Schlosses. Sie kam hinterher und verstellte mir den Weg.

»Doch, bestimmt. Seine Augen funkelten, während er dich dabei beobachtete.« Marisa seufzte. »Jungs und ihr Jagdinstinkt. Du hast ihn geweckt, als du ihm einen Korb gegeben hast. Jetzt wittert er eine zweite Chance.«

»Ich hab ihm niemals einen Korb gegeben!«

»Ach nein?! Glaubst du, Raffael ist so beschränkt und hat nicht bemerkt, wie du ihm Juliane untergejubelt hast?«

»Warst *du* nicht diejenige, die mich dazu ermutigt hat?«

Touché – Marisa schwieg. Ich drängte mich an ihr vorbei und stürmte die Treppe nach oben in mein Zimmer. Meine Lippen brannten – was ich hasste, weil es mir Christophers Abschiedskuss in Erinnerung rief.

Wo, verdammt, steckte er bloß? Hatte er es sich anders überlegt?

Verärgert kickte ich meine Schuhe unters Bett. Engel! Anscheinend wirklich *unfassbar*: Unfassbar schön, unfassbar anziehend – unfassbar vage!

Ich angelte mir mein Französischbuch und setzte mich an meinen Schreibtisch. Lernen würde mich ablenken. Weit kam ich nicht. Auf meinem Mund brannte noch immer die Spur, die Raffaels Finger hinterlassen hatte. Ich wischte mir – bestimmt zum hundertsten Mal – über die Lippen, um seinen Abdruck loszuwerden. Was wollte er mit seiner Berührung bezwecken? Und was glaubte er zu wissen, wovon ich angeblich keine Ahnung hatte?

Genervt starrte ich in den wolkenverhangenen Junihimmel, als ob ich dort Antworten auf meine Fragen fände. Ich wusste so wenig von Christopher und seiner Welt. Nur über eines war ich mir sicher: total verliebt in diesen überirdischen Engel zu sein.

Nach der durchgrübelten Pause kehrte ich zu meinem Kursraum zurück – und traute beinahe meinen Augen nicht: Marisa baggerte Raffael an! Wollte sie die Sache jetzt selbst in die Hand nehmen – was ich unmöglich zulassen konnte –, oder spekulierte sie darauf, dass ich auf ihre Anmache reagieren und ihn wieder übernehmen würde? Doch im Grunde war es egal, ob Marisa mich mit ihrer Flirteinlage bloß anstacheln wollte. Nur ich wusste über Raffael Bescheid, weshalb es meine Aufgabe war, ihn von meinen Mitschülern fernzuhalten. Und da weder

Hannah noch meine Freunde das kommende Wochenende im Internat verbringen würden, hatte ich genügend Zeit, ihn mir vorzuknöpfen.

Um Marisa von weiteren Flirtanfällen abzuhalten, weihte ich sie in mein Vorhaben ein.

»Damit ich nicht noch mal mit ansehen muss, wie du dich an Raffaels Hals schmeißt, werde ich mich die nächsten zwei Tage besonders intensiv um ihn kümmern. Spätestens am Sonntagabend wird er mir aus der Hand fressen.«

»Überschätzt du dich da nicht ein bisschen?«

»Wart's ab. Er wird so folgsam wie ein Schoßhündchen sein.«

Wie ich das machen wollte, wusste ich schon ziemlich genau. Gut, dass meine Freunde mir nicht dazwischenfunken konnten, wenn ich Raffael *überredete*, für immer zu verschwinden.

Da Raffael unter der Woche schon zwei Tage freigenommen hatte, war ich nicht darauf vorbereitet, dass auch er die Schule verlassen würde. Doch letztendlich war es gut so. Mein Plan, ihm Christopher vorzustellen, wäre eh nicht aufgegangen. Allein – mit viel zu viel Zeit zum Grübeln – verbrachte ich ein trostloses Wochenende.

Als Raffael unerwartet früh am Sonntagmittag die Kantine betrat, nutzte ich die wenige Zeit, die mir noch blieb, bis meine Freunde wieder eintrudelten. Mit einem versöhnlichen Lächeln – das mir ziemlich schwerfiel – setzte ich mich zu ihm. Ich wollte keine weitere Minute damit verbringen, mir auszumalen, was *er* wusste und *ich* nicht.

»Du bist mir noch eine Erklärung schuldig«, begann ich.

Raffael zog fragend eine Augenbraue nach oben. »Tatsächlich? Worüber denn?«

»Wenn du schon behauptest, besser informiert zu sein als ich, wüsste ich gern, was du damit meinst.«

Raffael blickte sich in der Kantine um. »Nicht hier«, raunte er.

Sein argwöhnisches Verhalten verunsicherte mich. Außer uns war nur eine Handvoll Schüler anwesend, und die saßen weit genug entfernt, um uns nicht belauschen zu können. Trotzdem schlang ich mein Essen mit atemberaubender Geschwindigkeit hinunter. Mein Wissensdurst war größer als meine Bedenken.

»Dann leg mal los«, forderte ich ihn auf, als wir die Mensa verließen.

Raffael schwieg. Ohne mich auch nur eines Blickes zu würdigen, schlug er den Weg zu der alten Steinmauer ein, die das erhöht gelegene Schlossgelände vom Seeufer trennte. Ich folgte ihm nur widerwillig – seine Geheimniskrämerei jagte mir allmählich Angst ein. Und auch die Rastlosigkeit, mit der er den See betrachtete, während wir das Gemäuer umrundeten. Erst als er sicher war, unbeobachtet zu sein, wandte er sich an mich.

»Und? Was willst du wissen?«

»Alles!«, platzte ich heraus.

»Das übersteigt meine Kenntnisse. Da musst du schon deinen *Engelsfreund* fragen«, antwortete er zynisch.

Ich presste meine Lippen zusammen und starrte über die spiegelnde Oberfläche des harmlos scheinenden Sees.

Raffael deutete meine Reaktion richtig. »Du weißt wohl nicht, wo er steckt?! Das geht den meisten so.«

»Was … wen meinst du?« Mein Herz schlug mir bis zum Hals. Ich war nicht die Einzige?

Raffael lehnte sich mit dem Rücken gegen die Steinwand. »Er hat dir also nicht verraten, welchen Vorteil Engel daraus ziehen, wenn sie sich an einen Menschen binden. Hat er dir deinen Lebenssaft entlockt, indem er behauptet hat, nur für dich da zu sein?«

Meine Beine drohten wegzuknicken. War Christophers Versprechen bloß ein Mittel zum Zweck? Hatte er mir seine Liebe nur vorgegaukelt? Dann wäre er keinen Deut besser als Sanctifer. Ich kämpfte gegen den Abgrund an, der mich verschlingen wollte. Christopher hatte mich belogen?!

Zwei Hände umfassten meine Arme und schüttelten mich.

»Lynn! Lass nicht zu, dass er dir weh tut!«

Raffaels Berührung holte mich aus meiner Verzweiflung. Ich durfte ihm nicht glauben. Er war ein Flüsterer: fähig, Menschen zu beeinflussen. Verbissen versuchte ich, mich aus seiner Umklammerung zu befreien, doch Raffael hielt mich umso fester.

»Bitte, Lynn, vertrau mir.«

»Dir? Wie könnte ich?!«

»Nur dieses eine Mal – ich … konnte nicht anders.«

Es war das Flehen in seiner Stimme, das mich innehalten ließ.

»Aber bloß, wenn du deine Finger von mir nimmst!«, antwortete ich eisig – nicht dass er dachte, er könne mich mit seiner Mitleidstour weichklopfen.

Raffael zog seine Hände weg, als hätte er sich an mir verbrannt. In seinen Augen lag eine Dankbarkeit, die mich bestürzte. Schnell trat ich einen Schritt zurück, um mich vor einem weiteren Übergriff in Sicherheit zu bringen. Der Funke von Dankbarkeit erlosch und hinterließ einen unguten Nachgeschmack.

Raffael warf einen weiteren gehetzten Blick über den See. Mehrfach strich er seine perfekt gewellten, schulterlangen Haare in den Nacken, bevor er sich zur Ruhe zwang und auf den mit Gras bewachsenen Streifen vor der Mauer niederließ.

»Nimm Platz, es wird eine Weile dauern.«

Ich folgte Raffaels Aufforderung und setzte mich – mit genügend Abstand – neben ihm ins Gras. Auch ich starrte auf das im Wind wogende Schilf am Ufer des Sees, damit er in meinem Gesicht nicht lesen konnte, wie verunsichert ich mich fühlte. Es war Zeit, mehr über Engel und ihre Eigenarten zu erfahren. Wie weit ich Raffael trauen konnte und wie viel ich von seiner Geschichte glauben wollte, würde ich später entscheiden.

»Obwohl es mir eigentlich nicht erlaubt ist, über Engel zu reden, und du mir eh nur die Hälfte glauben wirst – wenn überhaupt –, denke ich, dass ich bei dir eine Ausnahme machen kann. Schließlich warst du schon *drüben*. Und was den Wahrheitsgehalt angeht, kannst du ja bei deinem *Engelsfreund* nachfragen – falls er irgendwann wieder auftauchen sollte.« So, wie Raffael das sagte, bezweifelte er das.

Ich schluckte meinen Kommentar hinunter. Christopher war nicht Sanctifer. *Er* opferte keine unschuldigen Menschenseelen, um seine Ziele zu erreichen.

»Ich war sieben und …«

»Bestimmt ein herzallerliebster, von allen verwöhnter Wonneproppen«, unterbrach ich Raffael. »Wolltest du mir nicht etwas über Engel erzählen?«

»Das werde ich. Aber damit dein Bild von mir nicht einseitig bleibt, muss ich ein wenig ausholen. Vielleicht verstehst du dann, warum ich nicht anders handeln konnte.«

»Jeder hat eine Wahl«, zischte ich.

»Manche mehr, andere weniger.« Raffael starrte gedankenverloren über den See, während er weitersprach. »Ich war sieben, als Sanctifer mich bei sich aufnahm. Er hat mich in dem Schrank gefunden, in dem ich mich verkrochen hatte. In seinen Mantel gehüllt, trug er mich durchs Feuer. Es verschlang alles, was ich liebte – auch meine Mutter.« Er schwieg für einen kurzen Moment, um seine Stimme wieder unter Kontrolle zu bringen. Auf seinem Gesicht jedoch blieb der Schmerz, den er noch immer empfand.

»Auch ich wäre gestorben, wenn Sanctifer sich nicht um mich gekümmert hätte. Er versorgte meine Wunden und linderte die Schmerzen. Es blieben Narben, da er mir die Wahl lassen wollte, bis ich alt genug war, eine eigene Entscheidung zu treffen. Ich zögerte keine Sekunde, als er mir von seinen Möglichkeiten erzählte.«

Ich zog hörbar die Luft ein. Sanctifers Vorgehensweise konnte ich mir lebhaft vorstellen, zumal ich seiner einschmeichelnden Art beinahe selbst erlegen war.

Raffael sah mich böse an. Meine Missbilligung war ihm nicht entgangen.

»Glaub mir, nach zehn Jahren mit einem Frankensteingesicht hättest auch du alles getan, um wieder ein normaler Mensch zu werden.«

»Ich hätte niemals meine Seele verkauft.«

»Das habe ich nicht!« Raffaels Fingerknöchel traten weiß hervor. Eilig verschränkte er seine Arme, um seine Fäuste zu verstecken. Es schien ihn Kraft zu kosten, mir nicht an die Gurgel zu springen und stattdessen ruhig zu bleiben.

»Sanctifer hat mir Zeit gelassen, ehe ich eine Entscheidung treffen musste. Geduldig hat er meine Fragen beantwortet und mir den Weg zu seiner Welt geöffnet, damit ich alles anschauen konnte. An meinem siebzehnten Geburtstag hat er mir angeboten, sein Flüsterer zu werden. Ein geringer Preis, verglichen mit dem, was er mir dafür gegeben hat.«

»Und du bist nie auf die Idee gekommen, dass Sanctifer dich manipuliert? Dass er dich zehn Jahre lang leiden ließ, damit du alles für ein atemberaubendes Aussehen tun würdest?«

»Du findest mich atemberaubend?!« Raffael überging meinen Einwand, aber sein Miene sprach Bände: Auch er wusste, dass Sanctifer mit ihm spielte.

»Es gibt schönere«, antwortete ich.

»So wie deinen *Engelsfreund*?«

»Zum Beispiel.« Ich war mir sicher, zu explodieren, falls Raffael das Wort *Engelsfreund* noch einmal derart spöttisch betonen würde.

»Wenn ich gewusst hätte, dass du auf blond und grimmig stehst, hätte ich Sanctifer um ein anderes Gesicht gebeten.«

Grimmig?! Christopher war nicht grimmig zu mir – zumindest nicht mehr. Ich behielt meine Gedanken für mich. Mein

*Scher dich zum Teufel, Flüsterer* wäre hier wahrscheinlich allzu wörtlich rübergekommen. Außerdem beschlichen mich erste Zweifel an Raffaels Geschichte.

»So viel wie du hab ich bei meinem Aufenthalt vielleicht nicht mitbekommen, aber eins ist mir trotzdem klargeworden: Lange kann man dort nicht bleiben!«

Raffael sah mich fragend an.

»Du weißt schon, die Totenwächterin und so.«

»Ja, ich hab von ihr gehört.«

»Gehört?!«, fauchte ich. »Du hast mitgeholfen, dass ich sie besser kennenlernen durfte, als mir lieb war.«

Die Wut in meinen Augen beeindruckte Raffael wenig. »Und? Ist es bei ihr wirklich so unglaublich?«

»Ja«, flüsterte ich plötzlich heiser, als ein eisiger Hauch vom See heraufkroch, über meine Beine strich, meinen Rücken entlangglitt und sich in meiner Kehle festsetzte. Verwirrt knetete ich meine tauben Fingerspitzen in der Hoffnung, das Gefühl zu vertreiben, das die Erinnerung an das Reich der Totenwächterin heraufbeschworen hatte.

Schärfer als beabsichtigt fuhr ich fort.

»Sieh's dir doch selbst mal an! Du brauchst nur in den See zu laufen. Wenn du Glück hast, findet sie dich.«

Wir schwiegen beide. Offenbar kannte auch Raffael einige der weniger schönen Seiten der Engelswelt.

»Ich wusste nicht, was Sanctifer vorhatte. Er weiht mich nur selten in seine Pläne ein.« Raffael wirkte bedrückt. Entweder weil er wusste, dass er über die Rolle des Handlangers niemals hinauskommen würde, oder weil er bedauerte, dass Sanctifer ihm nicht vertraute – hoffentlich Ersteres. Dann bestand wenigstens die Chance, dass er irgendwann erkannte, bei Sanctifer auf der falschen Seite zu stehen.

Als sich vor mir das Bild von einem vor Ehrfurcht buckelnden Raffael abzeichnete, bemerkte ich erst, wie geschickt er mich von meinem eigentlichen Thema abgelenkt hatte – klar, er war ein Flüsterer.

»Gut für dich, nicht alles zu wissen, was Sanctifer so treibt. Trotzdem ist mir schleierhaft, wie du es angestellt hast, in der Engelswelt zu bleiben.«

»Dein Engel hat dir wirklich nicht viel verraten.«

»Wir hatten Wichtigeres zu besprechen«, konterte ich.

Raffael lachte über meine zweideutige Bemerkung. »Das kann ich mir vorstellen. Der Kuss eines Engels ist außerordentlich wirkungsvoll, wenn es darum geht, einen Menschen zu betören. Ich wette, du würdest alles für ihn tun.«

Ein viel zu schnelles »Ja« rutschte mir über die Lippen. Ich milderte es mit dem Zusatz, dass Christopher nie etwas von mir verlangen würde, wozu ich nicht bereit war. Christopher war nicht Sanctifer. Er würde mich niemals hintergehen. Wenn Christopher mir nicht alles erzählte, dann nur, weil er mich schützen wollte.

»So wie dein Blut. Nicht wahr? Du hast es ihm freiwillig gegeben.«

Da Raffael eh schon alles wusste, leugnete ich es nicht. »Das habe ich. Im Gegensatz zu *deinem* Engelsfreund, der es von mir erpressen wollte, wusste ich, worauf ich mich bei Christopher einlasse.«

Raffael erblasste – anscheinend war ihm die Sache mit Sanctifers zweischneidigem Angebot nicht bekannt –, doch er fing sich schnell wieder.

»Menschenblut ist viel wirksamer, wenn es freiwillig gegeben wird. Nur ein Bündnis aus freien Stücken ermöglicht, die Welten dauerhaft zu wechseln. Und da es bloß wenigen Auserwählten erlaubt ist, über die Engelswelt Bescheid zu wissen, warst du die perfekte Gelegenheit, die Gesetze zu umgehen. Der Rat hätte einem Engel wie Christopher ein solches Blutbündnis niemals erlaubt.«

»Aber so einem wie *deinem*?!«

»Sanctifer ist kein Racheengel.«

Das war mir neu. Aufgrund seiner Fähigkeiten und der Stärke, die er im Kampf gegen Christopher bewiesen hatte, hatte ich angenommen, dass auch Sanctifer ein Racheengel war.

»Und du denkst, Christopher wäre deshalb weniger vertrauenswürdig als Sanctifer?«

»Nicht *ich* meine das – der Rat beschließt die Gesetze.«

»Dann sollten die noch mal darüber nachdenken, welchen Wert ihre Gesetze haben.«

Mir war nicht ganz wohl bei der Vorstellung, Christopher könnte meinetwegen ein Engelsgesetz umgangen haben. Nicht, dass ich das besonders verwerflich fand, sondern weil ich fürchtete, es könne für ihn Konsequenzen nach sich ziehen. War er deshalb noch nicht aufgetaucht? Ich zog meine Beine dichter heran. Bei dem Gedanken wurde mir eisig kalt.

»Es gibt ein eigenes Gremium dafür, welcher Engel sich wem offenbaren darf. Sanctifer hat jahrelang darum gekämpft, sich mir als Engel zeigen zu dürfen.«

Ich schluckte. Christopher hatte mir seine Engelsgestalt enthüllt – ohne Genehmigung! Allerdings wusste er damals noch nicht, dass ich ein Mensch bin. Sicher milderte diese Tatsache das Vergehen – falls Raffaels Geschichte überhaupt stimmte.

»Erst vor ein paar Monaten durften wir einander unser Blut anvertrauen.«

Raffaels Zusatz riss mich aus meinen Überlegungen, welche Schwierigkeiten Christopher im Augenblick beiseiteräumen musste.

»Sanctifer hat dir *sein* Blut gegeben?!«

»Natürlich. Wie könnte ich sonst unbeschadet in beiden Welten leben?«

Blöde Frage. Klar. Darauf hätte ich selbst kommen können. Und auch auf die Schlussfolgerung: Christopher hatte unser

Bündnis nur einseitig geschlossen! Er behielt sämtliche Karten in der Hand, und ich erhielt nichts als vage Versprechungen. Doch eine Beziehung, in der nur einer bestimmte, war nicht mein Ding und auch nicht, dass Christopher mir wesentliche Aspekte unserer Bindung verschwiegen hatte. Je mehr ich über diese *kleine Informationslücke* nachdachte, umso riesiger wurde sie – und mit ihr mein Ärger –, aber es kam noch härter.

»Dein *Freund* ist sicher unterwegs, um eine Zweite zu überzeugen, sich auf ihn einzulassen. Nur an einen Menschen gebunden zu sein, ist ihm bestimmt zu wenig.«

»Sanctifer vielleicht. Christopher niemals!« Wütend sprang ich auf. Ich hätte wissen müssen, dass ich aus einem Flüsterer nicht die Wahrheit herauskitzeln konnte.

Raffael schnitt mir den Weg ab, bevor ich flüchten konnte – und durch den See davonzukraulen, wagte ich nicht.

»Ich weiß: Die Wahrheit kann weh tun. Das Blut eines Menschen, der die Engelswelt kennt, ist sehr wertvoll. Doch das Blut eines Menschen, der unbeschadet dem Reich der Totenwächter entkommen konnte, ist unbezahlbar. Die Wächter haben ihr Recht auf deine Seele verwirkt.«

»Na und?«

Jetzt war es Raffael, der verärgert die Luft zwischen den Zähnen hindurchzog. »Wenigstens das hätte er dir sagen müssen.«

Mein Geduldsfaden riss. »Spuck's aus, Flüsterer«, sagte ich samtweich. »Oder geh mir aus dem Weg! Bisher warst du nicht übermäßig informativ«, log ich.

»Du würdest mir sowieso nicht glauben.«

Ich bemerkte den traurigen Unterton in Raffaels Stimme, den er mit Sarkasmus zu überspielen versuchte – er wusste, warum ich ihm nicht traute. Ein unerwünschtes Gefühl stieg wieder in mir auf: Mitleid.

»Dir etwas zu glauben, ist ziemlich schwierig, bei so vielen Andeutungen und so wenig Inhalt.«

Raffael nickte und setzte sich wieder ins Gras – ich blieb stehen.

»Verrate niemandem, von wem du es weißt. Besonders nicht deinem Engelsfreund.«

»Komm zur Sache, wenn du was zu sagen hast.« Demonstrativ tippte ich mit dem Fuß auf die Erde.

»Wie du vielleicht weißt, wird jede Menschenseele geprüft. Wenn sie im Totenreich besteht, darf sie als Engel weiterleben. Versagt sie, verliert sie ihr bewusstes Sein und erhält – je nach Ausmaß ihres Versagens – früher oder später eine neue Chance.«

Während Raffael mir die Engelswelt erklärte, stiegen Bilder aus der Totengruft in meinem Gedächtnis auf: die Wartenden, deren Schicksal noch nicht entschieden war. Mit ihren fahlgelben Händen griffen sie nach mir, um mich bei sich zu behalten, während der Schmerz ihres Daseins in meinen Ohren widerhallte.

»Da du – wie auch immer – das Totenreich passieren konntest, ist deine Seele jetzt frei.«

»Aber wie du siehst, bin ich weder tot, ohne Bewusstsein, noch ein Engel!«

Raffael erkannte, dass ich ihm diesen Punkt der Geschichte nicht abnahm. »Und gerade darin liegt das Problem. Eigentlich darf kein noch lebender Mensch das Reich der Totenwächter betreten.«

»An mir lag's sicher nicht.«

»Deshalb wird *dir* auch kein Vorwurf gemacht.«

Ich wurde hellhörig. »Und wem dann?«

»Darüber wird sicher verhandelt werden. Ebenso über die unerlaubte Hilfe, die du erhalten hast.«

»Was? Es kann ja wohl kaum verboten sein, eine unschuldige Menschenseele aus den Klauen der Totenwächterin zu befreien?!«

»O doch, da jetzt nicht mehr beurteilt werden kann, ob deine

Seele wirklich unschuldig ist oder nicht – und genau das macht dich so wertvoll!«

Ein ungutes Gefühl breitete sich in mir aus wie feuchter Nebel. Nicht, weil meine Seele aus Versehen ungeprüft der Wächterin entkommen konnte, sondern weil Christopher dafür verantwortlich war. Er hatte mich gerettet, wofür er sicher die Konsequenzen tragen musste.

In was hatte ich ihn da bloß reingeritten?

Die einzige Möglichkeit, wie ich ihm beistehen und die Wahrheit ans Licht bringen konnte, war auszusagen. Vielleicht würde Raffael mir verraten, was ich tun musste, um zu dieser Verhandlung eingeladen zu werden.

»Man hätte mich bestimmt einbestellt, um zu klären, wer mir geholfen und wer mich in diese Situation gebracht hat.«

Raffaels Miene versteinerte. »Menschen sind bei Engelsprozessen nicht zugelassen. Ihre Vertrauenswürdigkeit gilt als zweifelhaft.«

Arons Erklärung, in seiner Engelsgestalt nicht lügen zu können, fiel mir wieder ein. Und plötzlich verstand ich den Zusammenhang.

»Dann bin ich in ihren Augen wohl so etwas wie eine wertvolle Lügnerin?!«

»Im Moment bist du nur ein Mensch, mit dessen Blut ein Engel sich in der Menschenwelt verankern kann. Aber wenn du tot bist …« Raffael wirkte unsicher. Entweder er wusste es nicht, oder es steckte mehr dahinter. »Und da sicher niemand einem Racheengel traut, der die Gesetze überschreitet, prüfen sie anscheinend nicht nur, wer an deinem Seelenzustand die Schuld trägt, sondern auch, wer sich jetzt um dich kümmern soll.«

»Sie verschachern meine Seele?!«

»Wenn du es so nennen willst.«

»Kann ich nicht selbst entscheiden, wem ich mein Vertrauen schenke?«

»Dazu müsstest du Zugang zur Engelswelt haben und einen Engel finden, der dir sein Blut gibt, damit deine Seele in ihrer Welt bestehen kann.«

»Und sicher wäre Sanctifer bereit dazu.« Für wie blöd hielt mich Raffael eigentlich?

»Das weiß ich nicht – aber ich kann es mir vorstellen.«

Die Grenze meiner Gutgläubigkeit war überschritten, der Flüsterer eindeutig zu weit gegangen. Mir Sanctifer als *Blutspender* unterzujubeln, überstieg seine Überredungskünste.

»Ich glaube dir kein Wort! Und das mit deiner rührenden Verbrennungsgeschichte hast du sicher auch nur erfunden, um mich weichzukochen.«

»Wie du meinst.« Langsam erhob sich Raffael und baute sich mit seiner eindrucksvollen Größe vor mir auf. Ebenso langsam zog er sich sein T-Shirt über den Kopf.

Mir stockte beunruhigend schnell der Atem – nicht wegen der perfekt geformten Muskelmasse seines Oberkörpers oder der bronzefarbenen Haut, die sich darüber spannte, sondern wegen der, die fehlte.

Um die Stelle, wo Raffaels Bauchnabel sein sollte, wucherte rohes Fleisch. Dank der Jeans konnte ich nicht das volle Ausmaß erkennen, doch was ich sah, genügte, um spontane Übelkeit mit Würgereiz bei mir hervorzurufen. Ungläubig starrte ich ihn an: sein perfekt modelliertes Gesicht und dann wieder den entstellten Körper, der gerade sein Geheimnis preisgab.

Vor meinen Augen begann das Narbengeflecht sich zu verändern. Wie eine schlafende Schlange wickelte sich ein hautloses Tier auseinander und begann, sich zu winden: überzog Raffaels Brust, seine Schultern und schlängelte sich weiter nach oben, über seinen Hals, den Nacken entlang, bevor es sich von hinten auf sein Gesicht legte.

Ich unterdrückte einen Aufschrei und zwang mich, nicht zurückzuweichen.

»So sehe ich aus, wenn ich Sanctifers Zauber nicht trage. Ich verdanke ihm nicht nur mein Leben.«

Trotz der abstoßenden Hässlichkeit erkannte ich Raffael in der Kreatur wieder, die mir gegenüberstand. Auch wenn sein Äußeres jeden Reiz verloren hatte, seine Stimme war dieselbe geblieben, nur dass jetzt ein tiefer Schmerz in ihr mitschwang. Wie viel Willenskraft musste in ihm stecken, um eine Kindheit als Monster ertragen zu können?

Ich fand die Antwort in Raffaels Augen. Sie glommen nachtschwarz von seinen Erinnerungen und schimmerten doch voller Stärke. Er wusste, wer *und* was er war. Aber die anderen hatten immer nur das Ungeheuer in ihm gesehen.

Mir schauderte bei dem Gedanken an Raffaels Vergangenheit. Dagegen waren meine Eingewöhnungsschwierigkeiten in Italien das Paradies auf Erden gewesen.

Die fleischige Narbengeschwulst, die Raffaels Körper verunstaltete, war zur Ruhe gekommen. Das Heben und Senken seines Brustkorbs beim Atmen hinterließ jedoch den Eindruck, als lebe sie. Wie ein eigenständiges Wesen, in dem er gefangen war.

Ich blinzelte, um das Trugbild loszuwerden. Es half – ein wenig. Immer wenn Raffaels Atmung pausierte, sah ich anstatt des Geschwürs seinen glatten, von Muskeln durchzogenen Oberkörper. Vorsichtig streckte ich meine Hand nach ihm aus. Die sich aufrichtenden Härchen auf meinem Arm verrieten meine Gefühle: Furcht und gleichzeitig den Wunsch, ihn zu berühren. Es war wie ein Zwang, ihn anfassen zu müssen, um sicher zu sein, dass das, was ihn umgab, nicht wirklich lebte.

Kurz bevor ich es berührte, schien die Luft um uns herum dicker zu werden, als materialisiere sich die Anspannung zwischen uns. Sie entlud sich in dem Augenblick, in dem meine Hand auf Raffaels Fleisch traf. Tausend haarfeine Blitze zuckten durch meine Fingerspitzen, meinen Arm entlang, verteilten sich über meinen Körper und verwurzelten sich tief unter meiner Haut.

Ich wusste, dass ich meine Hand zurückziehen sollte; sah Raffaels narbenübersäte Gestalt, die vor ein paar Minuten noch Übelkeit in mir ausgelöst hatte. Dennoch konnte ich nicht anders: Ich schloss die Augen – und fühlte. Genoss das Prickeln in meinem Inneren und die vibrierende Luft, die mich umhüllte. Erst als sich Raffaels Finger um mein Handgelenk schlossen, fand ich zu mir. Erschrocken taumelte ich einen Schritt zurück.

Über Raffaels nun wieder makelloses Gesicht huschte ein Schatten, der sich schnell in ein spöttisches Grinsen verwandelte.

»Ich glaube, du hast genug gesehen – sonst bekomme ich noch Ärger mit deinem *Engelsfreund.*«

Raffaels Engelszusatz erstickte die Reste meines Emotionsflashs. Ihn anzufassen hatte in mir ähnliche Empfindungen ausgelöst, wie wenn ich Christopher berührte – um genau zu sein, viel zu ähnliche! Eine Wirkung, die Raffael unbewusst hervorgerufen hatte? Damit konnte ich umgehen. Und falls nicht? Wenn er mir damit zeigen wollte, wie einfach es selbst ihm fiel, diese Art von Engels-Charme einzusetzen?!

Meine Unsicherheit vermischte sich mit Ärger – eine explosive Mischung, die ich nur schwer kontrollieren konnte. Doch da ich mehr über Christopher erfahren wollte, wäre es zu früh, meinen einzigen Informanten im See zu ertränken. Also schluckte ich die Worte, die mir auf der Zunge lagen, hielt mich an der rauen Steinwand fest und zählte bis zehn, bevor ich antwortete.

»Ich denke nicht, dass Christopher sich mit jemandem wie dir einlässt, nur weil du mit entblößtem Oberkörper vor mir stehst: Euch trennen Welten!«

Mein Wortspiel amüsierte Raffael. »Der Punkt geht an dich. Bleibt nur die Frage, ob er sich auch noch mit dir einlässt, nachdem du ihm das gegeben hast, wofür der ein oder andere Engel töten würde.«

Meine mühsam erkämpfte Ruhe zerplatzte. Ohne ein weiteres Wort ließ ich Raffael stehen. Was auch immer er zu wissen glaubte, war das Gefühl, das sein bissiger Kommentar in mir auslöste, nicht wert.

# Kapitel 2

## *Umschwärmt*

Kaum war Marisa aus dem Taxi gestiegen, galt ihre erste Frage meinen Fortschritten bei Raffael.

»Und, wie weit bist du mit deiner *Schoßhündchen-Dressurnummer* gekommen?«

Ich warf ihr einen warnenden Blick zu, da Juliane in Hörweite ihre Tasche aus dem Kofferraum wuchtete.

»Ich weiß Bescheid«, informierte Juliane mich. »Und ich bin *nicht* Marisas Meinung!«

»Dann sind wir ja schon zwei«, antwortete ich.

Juliane überging meinen Einwurf, schlug den Kofferraumdeckel zu und funkelte mich böse an. »Ich finde, dass Raffael Hannah verdient hat. *Sie wird ihn verzaubern – und dann sein Herz verschlingen*«, krächzte Juliane, bleckte ihre Zähne und krönte die Darstellung – in bester Hexenmanier – mit einer angsteinflößenden Grimasse.

Marisas wasserblaue Augen funkelten vergnügt. »Ich wusste gar nicht, dass du derart grausam sein kannst! Aber nachdem er sich so viel Mühe gegeben hat, sich bei uns einzuschleimen, wäre das wohl angemessen.«

»Niemand verdient es, dass mit seinen Gefühlen gespielt wird«, widersprach ich ein wenig zu schnell.

Marisa und Juliane warfen mir einen ungläubigen Blick zu. Juliane öffnete den Mund, um mir zu widersprechen, doch Marisa brachte sie mit einem kurzen Seitenblick zum Schweigen. Schließlich entdeckte auch ich den schwarzen Mercedes, der die Auffahrt zum Schloss entlangfuhr: Hannah war im Anmarsch.

»Dein Wochenende muss sehr interessant gewesen sein«, war alles, was Marisa zu meinem überraschenden Sinneswandel sagte. Sie würde nicht lockerlassen und so lange nachbohren, bis sie wusste, warum ich plötzlich Raffael verteidigte, anstatt ihn bloßzustellen.

Ich seufzte leise. Hoffentlich fiel mir bis dahin etwas Passendes ein, da ich es ja selbst nicht so genau wusste.

Als Marisa und Juliane mich am Abend in ihr Zimmer nötigten und auf das Raffael-Thema zurückkamen, klärte ich meine Freudinnen als Erstes darüber auf, dass Raffael und ich nur einen Nachmittag am See zusammen verbracht hatten. Natürlich beteuerte ich, nicht besonders weit gekommen zu sein, was den Plan betraf, ihn anzumachen. Um sie davon abzubringen, mich zu einem zweiten Versuch zu überreden, setzte ich auf die Mitleidsschiene. Ich verriet ihnen, warum Raffael ohne Eltern aufwachsen musste. Als Krönung fügte ich einen herzlosen Onkel hinzu und schmückte das Ganze mit ein paar Lügengeschichten. Am Ende empfand ich beinahe selbst Mitleid mit Raffael.

»Vielleicht hat er deshalb Schwierigkeiten, sein Herz zu verschenken. Weil er sich fürchtet, es zu verlieren«, überlegte Juliane laut. In ihren hellgrauen Augen schimmerten Tränen, seit ich von Raffaels Beinahetod im Feuer erzählt hatte. Besser, ich brachte ihre romantische Seifenblase gleich zum Platzen – bevor sie Raffael vergab.

»Das glaube ich kaum. Sonst würde er auf ein Jungeninternat gehen anstatt mit Hannah aufs Zimmer.« Mein Tiefschlag zeigte Wirkung – in Julianes Pupillen blitze wieder Rachsucht auf.

»Wenigstens war Florians Flirttechnik erfolgreich. Auch wenn er noch nicht in ihrem Zimmer war, konnte er ihr zumindest einen heißen Begrüßungskuss entlocken.«

»Was?!«, fragten Marisa und ich gleichzeitig.

»Hinterm Bootsschuppen. Ich hab's selbst gesehen.«

»Obwohl sie beim Abendessen auf Raffaels Schoß saß?! Entweder kann Hannah sich nicht entscheiden, oder sie liebt es abwechslungsreich«, sprach Marisa meine Gedanken laut aus. Hoffentlich behielt wenigstens Florian seine Gefühle unter Kontrolle und verliebte sich nicht in das unersättliche Biest.

Nach einer halbdurchwachten Nacht – viel zu oft hatte ich von Engelsflügeln geträumt – brauchte es zwei Tassen Kaffee und ebenso viele Schulstunden, bis ich einigermaßen klar denken konnte. Doch schon bei der Schulversammlung fühlte ich mich wieder wie ausgelaugt und konnte mein Gähnen kaum unterdrücken.

»Schlaf lieber während des Unterrichts«, flüsterte Marisa. »Und nicht, wenn du etwas über die scharfen Typen erfahren kannst, die seit kurzem unser Internat stürmen.«

»Schon wieder ein Neuer?«, fragte ich gelangweilt.

»Ja. Und laut Juliane 'ne richtig scharfe Schnitte.«

Ich zuckte zusammen. Mein Verdacht, dass Raffael Verstärkung bekommen hatte, gefiel mir nicht.

»Raffaels Zwillingsbruder?«

»Eher nicht. Zumindest soll er keinen Akzent haben. Außerdem ist er blond.«

Mir drehte sich der Magen um bei dem Bild, das sich vor meinem inneren Auge abzeichnete. War Sanctifer so einfältig und versuchte jetzt, mir eine Christopherkopie unterzujubeln, nachdem sich sein Flüsterer als unbrauchbar erwiesen hatte?

Ich suchte nach dem großgewachsenen Raffael. An seiner Seite stand Hannah. Neben ihr Florian und nicht weit davon entfernt der kleine, kompakte Max, unser gemeinsamer Freund. Zu meiner Verwunderung schenkte Raffael Florians hautnaher Kontaktaufnahme mit Hannah keine große Beachtung. Mit zusammengekniffenen Augen starrte er in den Flur, durch den

Frau Germann gerade Richtung Aula schritt. Doch seine Aufmerksamkeit galt nicht unserer Rektorin, sondern dem Schüler hinter ihr.

Mein Herz setzte aus, schlug schneller und setzte noch einmal für einen endlos langen Moment aus, als Christophers smaragdgrüne Augen mich fanden.

»Oh, ja! Juliane hat definitiv recht! Ich frag mich, warum die geilen Jungs erst jetzt auftauchen?« Auch Marisa war Raffaels Blick gefolgt.

Ich vergaß zu antworten. Meine ganze Aufmerksamkeit galt Christopher, was selbst Marisa auffiel, die ihn für meinen Geschmack ein wenig zu intensiv begutachtete.

»Sieh einer an. Wir sind uns einig. Du stehst also auf groß, blondgelockt und unglaublich attraktiv.«

»Ja«, gab ich zu. »Das kannst du mir wohl kaum verübeln.«

»Nein, aber dieses Mal ist die Konkurrenz riesig.«

Das *dieses Mal*, das sich auf Raffael bezog, überhörte ich. Die Reaktionen meiner Mitschüler auf Christopher überforderten mich. Alle Mädchen – und nicht nur die – hingen mit ihren Blicken an ihm. Einige grinsten dämlich – als wären sie hypnotisiert –, andere hielten sich die Hand vor den Mund – wahrscheinlich um nicht in euphorisches Boygroup-Gekreische auszubrechen –, der Rest starrte nur. Das Ganze dauerte kaum eine Sekunde. Danach zerfiel der Zauber der ersten Begegnung und dämpfte die Begeisterung auf ein für mich noch immer unerträgliches Maß. Eifersucht war kein unbekanntes Gefühl für mich, Christophers Wirkung auf die anderen dagegen schon: Sie verursachte mir körperlichen Schmerz.

Ich widerstand dem Drang, die Augen zu schließen, um die Anwesenheit meiner Mitschüler auszublenden, und konzentrierte mich stattdessen auf meinen Engel. Auch er fokussierte mich – und erkannte mein Gefühlschaos. In seine Augen trat kaltes Jadegrün. Sein stummer Vorwurf drückte mich tiefer in diese unbekannte Emotion. Fluchthormone überschwemmten meinen Körper, doch dieses Mal gewann mein Verstand.

Als Frau Germann die Schulversammlung beendete, stand ich noch immer an derselben Stelle wie zu Beginn. Normalerweise löste sich die Schülerschar schnell auf – heute allerdings nicht. Gebannt beobachteten alle, wie Christopher auf mich zuging und vor mir stehen blieb.

»Hi … Christopher«, brachte ich mit einem Lächeln, das über meine Gefühlskrise hinwegtäuschen sollte, gerade so heraus.

Er fiel nicht darauf rein, zog mich einfach in seine Arme und verscheuchte meine Unsicherheit mit einem stürmischen Kuss, der klarstellte, wie er zu mir stand. Meine Ohren glühten, als anerkennende Pfiffe und das Gejohle meiner Mitschüler – hauptsächlich der männlichen – die Aula erfüllte.

»Hallo Lynn«, flüsterte Christopher während einer Kusspause. »Es ging leider nicht schneller.«

Ich nickte nur, schmiegte mich wieder an ihn und hoffte, dass er mir später mehr erzählen würde.

Ich wartete geduldig, bemaß sein Schweigen in Engelszeit. Gönnte ihm, sich im Internat einzuleben. Dank seiner übernatürlichen Ausstrahlung brauchte Christopher nicht lange dafür.

Die meisten Internatsschüler waren neugierig, verwickelten ihn in ein Gespräch oder halfen ihm, sich zurechtzufinden – was mich jedes Mal amüsierte. Das Schloss und die Gegend kannte Christopher länger als jeder andere hier. Nach meiner Schätzung besaß er einen Vorsprung von ungefähr dreihundert Jahren. Aber es gab auch ein paar, die ihr Interesse wesentlich eindeutiger zeigten: Hannah zum Beispiel.

Der Einzige, der einen weiten Bogen um Christopher machte, war Raffael. Es war ihm nicht nur unangenehm, in Christophers Nähe zu sein – was er bei Geo und Französisch zwangsläufig musste –, er hatte regelrecht Angst vor ihm. Das sonderbare Zucken an seinem rechten Augenlid, das immer dann auftauchte, wenn er Christopher ansah, verriet ihn.

Dass Christopher ein furchteinflößender Engel sein konnte, wusste anscheinend nicht nur ich. Hier, in meiner Welt, wirkte er jedoch völlig harmlos. Niemand würde hinter seiner charmanten Art einen kampferprobten Racheengel vermuten – selbst dann nicht, wenn er an Engel glaubte. Und gerade das bereitete mir zunehmend Kopfzerbrechen. Auf meine Engelsmitschüler wirkte Christopher respekteinflößend, für die Internatsschülerinnen wie eine verheißungsvolle Versuchung, die vernascht werden wollte.

Wenigstens Marisa bekam sich schnell in den Griff. Nachdem sie mir entlockt hatte, dass Christopher der *geheimnisvolle Freund* war, dessen Existenz ich versucht hatte zu verschweigen, reduzierte sie ihr Strahlen auf ein erträgliches Freundschaftslächeln.

Juliane kam mit Christophers Anziehungskraft weniger gut zurecht. Ich duldete ihre Flirteinlagen mit gemischten Gefühlen. Dass ihre Laune sich in seiner Gegenwart besserte, kam schließlich auch mir zugute.

Hannah mit ihrer ausgefeilten Körpersprache brachte mich jedoch an die Grenzen meiner Toleranzfähigkeit. Ihre hautengen Tanktops und die Miniröcke – kaum breiter als ein Gürtel – waren für jedes Mädchen ohnehin Grund genug, ihren Freund aus Hannahs Reichweite zu zerren. Die lasziven Bewegungen, die sie einsetzte, um Christophers Interesse zu erregen, dagegen der reinste Horror. Und das Schlimmste: Es funktionierte! Christophers Aufmerksamkeit wurde geweckt. Auch wenn er ihre Anmache nur mit einem höflichen Lächeln quittierte und mich jedes Mal, wenn ich ihre Aktion bemerkte, in die Arme nahm oder mir einen Kuss auf die Stirn drückte.

Ich. War. Eifersüchtig! Jeden Tag ein wenig mehr.

Anfangs verdrängte ich das Gefühl. Mit der Zeit reagierte ich bissig. Als Hannah Florian dazu benutzte, um sich an unseren Tisch in der Mensa einzuladen, rastete ich aus.

»Sie oder ich! Du solltest eine Entscheidung treffen, mit wem du befreundet sein willst«, keifte ich Florian an, räumte mein unberührtes Essen weg und stürmte aus dem Speisesaal Richtung Schloss.

Christopher zögerte keine Sekunde und folgte mir. Behutsam legte er eine Hand auf meine Schulter. Ich schüttelte sie ab – ich wollte nicht beruhigt werden, sondern endlich wissen, woran ich war. Warum er mich warten ließ und wieweit Raffaels Geschichte der Wahrheit entsprach. Allerdings wollte ich nicht wie eine eifersüchtige Zicke rüberkommen, die Rechenschaft über jede Minute forderte, die er nicht bei mir war.

Ein überraschtes Funkeln zog über Christophers Smaragdaugen, als sich unsere Blicke trafen.

»Lynn, du kannst nicht jedem, der nicht zusammenzuckt, wenn er mir in die Augen sieht, den Krieg erklären.«

»Hannah wird sich nicht aufs Anschauen beschränken.«

»Mehr werde ich nicht zulassen. Du weißt, warum ich hier bin.«

Der Kies unter meinen Schuhsohlen knirschte, als ich stehen blieb und mich zu Christopher umdrehte.

»Um ehrlich zu sein: nicht unbedingt.«

Christopher seufzte. »Was muss ich tun, um dich davon zu überzeugen, dass ich nur deinetwegen wieder zur Schule gehe?«

Ich zögerte mit einer Antwort, da ich ihm nichts vorwerfen wollte, das ich lediglich von Raffael gehört hatte.

»Schenke ich dir zu wenig Aufmerksamkeit?«, beendete Christopher meine Denkphase.

»Nein, das nicht.« Wie schon im Schloss der Engel war Christopher stets an meiner Seite, sobald es mein Stundenplan erlaubte. Er lernte sogar mit mir, da er nicht wollte, dass ich seinetwegen meine Kurse vernachlässigte. Selbst in mein Kunstprojekt hatte er sich eingeschrieben, wobei ihm der Engel, den ich nach seinem Vorbild modellierte, ein ziemlich ungläubiges Grinsen entlockte. Und natürlich wartete er auch hier jeden Morgen vor meiner Zimmertür und brachte mich abends wieder zurück.

Auf Christophers makellosem Gesicht erschien eine Stirnfalte. »Soll ich …« – er stockte – »Bin ich zu … zu … ungestüm?«

Christophers antiquierte Wortwahl entlockte mir – angesichts seiner Unsicherheit – ein ziemlich unpassendes Grinsen. »Ich kann mir nicht vorstellen, jemals zärtlicher behandelt zu werden«, antwortete ich betont sachlich – zerfloss ich doch geradezu, wenn er mich küsste. Auch Racheengel konnten lieben, selbst wenn Christopher das anders gelernt hatte.

»Dann …« Christopher brach ab, konzentrierte sich und schaute mir in die Augen. Ein Blick, den auch Aron, mein ehemaliger Engeltutor, aufsetzte, wenn er wissen wollte, ob ich versuchte, die Wahrheit zu beugen. »Ist dir meine ständige Anwesenheit zu viel?«

Ich schlang meine Arme um seinen Hals. Christopher hielt mich auf Abstand. Scheinbar musste er es hören, um es zu glauben. Meine Antwort sollte nachdrücklich sein, damit er sie nicht vergaß. Also löste ich mich von ihm und erwiderte seinen Blick, der jetzt ein wenig alarmiert wirkte.

»Christopher Basthausen!« Mit diesem Namen hatte er sich in der Schulversammlung vorgestellt. »Jede Minute, die ich ohne dich verbringen muss, ist qualvoller als ein ganzer Tag bei der Totenwächterin. Und ich schwöre dir: Solltest du jemals länger weg sein, als ich ertragen kann, werde ich Himmel und Hölle in Bewegung setzen, um dich zu finden!«

»Dein Schutzengel würde das verhindern.« Trotz dieser Warnung zauberte er ein verführerisches Lächeln auf sein Gesicht, das mich zu ihm locken sollte.

Ich blieb standhaft und wies ihn auf die Schwächen seines

Planes hin. »Du schienst dir ja ziemlich sicher zu sein, dass ich ihn nicht noch einmal austrickse.«

Christophers selbstgefälliges Grinsen verschwand. »Keinem Schutzengel würde dieser Fehler ein zweites Mal unterlaufen. Außerdem habe ich nicht vor zu verschwinden, ehe du meiner überdrüssig wirst.«

»Ich Eurer Gnaden überdrüssig?! Wie könnte ich mich zu etwas so Unglaublichem erdreisten?«

»Lynn, ich meine es ernst.«

»Ich auch! Aber im Gegensatz zu dir kann ich mich nicht einfach in Luft auflösen. *Du* weißt immer, wo ich bin.«

Erst jetzt schien Christopher zu begreifen, wovor ich mich fürchtete. Behutsam zog er mich in seine Arme und erinnerte mich an seinen Schwur in der Einsiedelei. Er hatte seine Welt verlassen, um bei mir zu bleiben. Gab es einen eindeutigeren Beweis für seine Liebe?

Während er mit seinen Fingern über meine zusammengepressten Lippen strich, vertagte ich meinen Einwand auf später – als er mich mit einer unwiderstehlichen Mischung aus Zärtlichkeit und Bestimmtheit küsste, vergaß ich ihn ganz.

Ich vertraute ihm: Ignorierte die Blicke meiner Konkurrentinnen, die mich förmlich auffraßen, und hoffte, dass sie irgendwann aufgaben. Christopher unterstützte meinen vorgeschobenen Optimismus, indem er sich intensiv um mich kümmerte.

Schließlich legte ich meine Zweifel ab und verdrängte die Worte des Flüsterers. Mein Vertrauen reichte, um Marisa und Juliane beim Shopping-Ausflug am Samstagnachmittag zu begleiten. Christopher bei seinem Schwimmtraining zuzuschauen war zwar reizvoll, Einkaufen mit meinen Freundinnen aber auch – zumal ich nur selten Gelegenheit dazu hatte, Christopher dagegen täglich trainierte.

Bepackt mit Tüten voll Klamotten und Süßigkeiten, stieg ich am späten Nachmittag aus dem Bus. Natürlich ging mein erster

Blick zum See. Ich fand Christopher – und eine platinblonde Badenixe, die auf ihn zusteuerte.

»Ich kann ihn verstehen«, raunte Raffael, der plötzlich hinter mir aufgetaucht war. »Nach so vielen Jahren, in denen er mehr gefürchtet als geliebt wurde, genießt er jetzt die Aufmerksamkeit, die er sich immer gewünscht hat.«

»Du sprichst wohl von dir«, zischte ich, packte meine Tüten und verschwand auf mein Zimmer, ohne einen Blick zurückzuwerfen. Was auch immer Raffael plante, würde erfolglos sein. Christopher liebte mich. Es gab keinen Grund, eifersüchtig zu sein.

Irgendwann stand ich trotzdem am Fenster. Es war heiß in meinem Zimmer, wir hatten Juni, und der Sommer zeigte sich von seiner besten Seite. Schon während ich die Dachluke öffnete, fand ich auf dem azurblauen See zwei hell schimmernde Punkte: einen platinblonden und einen goldfarbenen. Sie schwammen dicht nebeneinander.

Meine Eifersucht war mit einem Schlag wieder da. Ich kämpfte sie zurück. Ein irrationaler Gefühlsausbruch, bei dem ich Christopher zur Rede stellte, würde Raffael sicher gefallen – und einen Keil zwischen Christopher und mich treiben. Vielleicht war das der Grund, warum Raffael noch immer auf dem Internat war.

Sosehr ich mich auch bemühte, mein aufgewühlter Gemütszustand entging Christopher natürlich nicht. Erst als er mich am Abend nicht zurück auf mein Zimmer brachte, sondern zu der halbrunden, von alten Bäumen gesäumten Wiese am See entführte, wurde ich ein wenig ruhiger.

»Im Schloss der Engel wird heute Mittsommernacht gefeiert.« Die Sehnsucht in Christophers Stimme schmerzte. Er überspielte es, indem er die zu einem mannshohen Haufen gestapelten Holzscheite zum Brennen brachte.

»Du würdest jetzt lieber bei ihnen sein, nicht wahr?«

Christopher drehte sich zu mir um. »Nicht ohne dich!« Er hatte darauf geachtet, dass ich im Feuerschein sein Gesicht sehen konnte. »In der Mittsommernacht verzeihen wir – auch uns selbst –, deshalb ist sie etwas ganz Besonderes. Aber in diesem Jahr habe ich nichts zu verzeihen, das nicht schon vergeben wäre.«

Ich hauchte ihm einen Kuss auf die Wange, dankbar, weil er meinetwegen verzichtete, und erkannte, dass ich mir seiner sicher sein konnte. Er würde zurückkommen. Er war ein Engel und stand jenseits menschlichen Misstrauens.

»Dann gehe ich heute doch früher schlafen und hoffe, dass du morgen wieder hier bist.«

Anstatt mich ziehen zu lassen, hielt Christopher mich fest. »Sie feiern die ganze Nacht. Mir bleibt noch genügend Zeit.« Vorsichtig küsste er meine Stirn, meine Augenlider und, als ein ergebener Seufzer meine Kapitulation verriet, ausgiebig meine Lippen – und wie jedes Mal versank die Welt um mich herum.

In der Nacht verwandelten sich die Bilder in meinem Kopf zu einem Albtraum. Engelsflügel, die seit meinem Bündnis mit Christopher regelmäßig in meinen Träumen auftauchten, versperrten mir die Sicht auf die dahinter verborgene Gestalt. Ich erkannte die Flügel. Es waren Christophers gigantische, von irisierendem Licht durchzogene Schwingen. In einer einzigen Bewegung blitzten sie auf und umschlossen den menschlichen Körper, bevor sie sich blutrot verfärbten und in Flammen aufgingen. Gequälte Schreie durchschnitten die darauffolgende Dunkelheit und brannten sich in mein Gedächtnis. Wie einen grausamen Ohrwurm hörte ich sie noch, als ich erwachte.

Sie verfolgten mich beim Aufstehen und verstärkten meine Angst, dass Christopher etwas passiert war. In Rekordzeit zog ich Shorts und T-Shirt an und stürmte auf den Flur – direkt in Christophers Arme.

»Hast du gehofft oder befürchtet, dass ich mein Versprechen nicht halte?«

Ich warf ihm einen Du-blöder-Engel-Blick an den Kopf und verbarg mein Gesicht an seiner breiten Schulter, damit er nicht sehen konnte, wie panisch ich war. Christopher bemerkte es natürlich trotzdem.

»Lynn. Was ist los? Deine Gefühlskurve verläuft wie eine Achterbahn. Hast du wirklich geglaubt, ich würde nicht hier sein?«

»Es wäre nicht das erste Mal, dass du mich warten lässt«, hielt ich ihm entgegen.

»Ich werde daran arbeiten«, grummelte Christopher, während er mich fester an sich drückte. »Um deine Unsicherheit zu vertreiben.«

Offensichtlich fiel es ihm leicht, meine Schwachpunkte zu erkennen: die Angst, ihn zu verlieren, und meine Eifersucht. Mir drehte sich schon bei der Vorstellung, mit wie vielen hübschen Engelmädchen er die Mittsommernacht verbracht hatte, der Magen um. Dass er und einige blendend aussehende Mädchen – einschließlich Hannah – beim traditionellen Schloss-Torgelow-Drachenbootrennen im gleichen Team paddelten, daran mochte ich gar nicht erst denken.

Für das Abschlussrennen stellte jede Klassenstufe eine Mannschaft. Marisa, die als Teamkapitänin für die Einteilung zuständig war, wollte auch mich dabeihaben. Ich hatte abgelehnt – bei meinem letzten Bootsausflug war ich bei der Totenwächterin gelandet –, Hannah nicht.

Trotz des herrlichen Wetters verkrümelte ich mich an den Nachmittagen, an denen die Drachenboot-Teams trainierten, in mein überhitztes Zimmer. Schon während der ersten Trainingsrunde hatte sich meine heraufbeschworene Gelassenheit verabschiedet. Hannahs Kontaktfreudigkeit, besonders der ihrer Hände, hatte ich nichts entgegenzusetzen. Und Christopher zu bitten, Hannah aus dem Weg zu gehen, kam nicht in Frage. Er würde mich zu Recht für überspannt halten.

Außerdem würde ich Hannah sowieso bald los sein – zumindest für sieben lange Wochen. Christopher wollte mit mir die Ferien in Italien verbringen, und ich freute mich schon riesig auf einen Sommer mit ihm: gemeinsame Tauchgänge im Meer – und nicht in einem gruseligen See –, und danach laue Abende am Strand oder in den Bergen.

Mir wurde warm ums Herz, als ich an unseren letzten Flug über die Gipfel der Abruzzen dachte. Ob ihm das Fliegen fehlte? Träumte ich deshalb von brennenden Flügeln und gequälten Schreien? Waren es Christophers Flügel, die er hergeben musste, um bei mir sein zu können? Oder war das die Strafe, weil er ein Engelsgesetz übertreten hatte, als er mich aus den Klauen der Totenwächterin befreite? Mir wurde schlecht bei dem Gedanken, und ich verschob es ein weiteres Mal, Christopher danach zu fragen.

Die halbe Schule spielte verrückt. Schon beim Frühstück war die Anspannung der Drachenboot-Teams greifbar.

Hannah ließ sich von den Mitgliedern ihres Hofstaats aufmuntern. Vorzugsweise von Raffael und Florian. Trotz der Rivalität schienen die beiden Jungs sich von Tag zu Tag besser zu verstehen. Ich sollte eingreifen, bevor Florian Raffael als seinen Freund betrachtete.

Marisa stocherte nervös in ihrem Essen herum. Selbst Christopher wirkte heute Morgen ein wenig unkonzentriert. Statt Salz streute er Zucker auf sein Frühstücksei.

»Noch ein paar Kohlenhydrate extra, damit dir beim Rudern nicht die Puste ausgeht?«, fragte ich amüsiert, als ich seine Unachtsamkeit bemerkte.

»Paddeln!«, korrigierte Marisa, während Christopher den ersten Bissen seines Eies kostete. Angewidert verzog er das Gesicht, worauf ich in schallendes Gelächter ausbrach. Meine gute Stimmung wirkte entspannend.

»Lach du nur. Wenn ich den Pokal in der Hand halte, wirst du vor Neid platzen«, spöttelte Marisa.

»*Falls* ihr ihn gewinnt«, erwiderte ich.

»Mit Raffael und Chris? Wer sollte uns da besiegen?«

Ich schwieg. Ja, wer konnte einem Flüsterer und einem Engel die Stirn bieten?

Während Marisa und Christopher sich mit einem Morgentraining auf den Wettkampf vorbereiteten, verlängerte ich mit Juliane die Frühstückspause auf der Terrasse, die einen grandiosen Blick über den tiefblauen, in der Morgensonne funkelnden See bot. Nachdem Florian, der auch mitpaddelte, aufgebrochen war, gesellte sich Max zu uns. Es fiel ihm schwer, sich zwischen seinem besten Freund und uns Mädchen zu entscheiden.

»Langsam hab ich's satt«, begann er. »Dieses ständige Gejammer von wegen *Ich mach nur meinen Job* geht mir langsam auf den Keks. Irgendwie hat Florian sich da in was verrannt, das er im Grunde gar nicht will. Und jedes Mal, wenn ich denke, er lässt die Finger von ihr, weil Raffael am Zug ist, räumt der dunkelhaarige Schönling das Feld.«

Schon bevor Max auf Raffael zu sprechen kam, schrillten bei mir die Alarmglocken. Raffaels Interesse an Florian hatte ich mir nicht nur eingebildet. Offenbar wollte er, dass Florian an Hannah dranblieb, was die Idee, Raffael eins auszuwischen, ad absurdum führte. Hatte Raffael unseren ohnehin dämlichen Plan von Anfang an durchschaut und steuerte dagegen? Um unsere Freundschaft zu zerstören?

Max schien dasselbe zu denken. »Vielleicht sollten wir die ganze Sache abblasen. Hannah ist eh mehr an Angelo interessiert – und der kommt als Köder ja wohl kaum in Frage.«

»Angelo?«, würgte ich trotz Hustenattacke nach einem in den falschen Hals geratenen Schluck Kaffee hervor. Der verlegene Blick meiner Freunde klärte mich auf: Wenn Christopher nicht dabei war, nannten sie ihn *Angelo*.

»Angelo? Wie kommt ihr denn darauf?«

»Eigentlich dachte ich, du hättest ihn dir angesehen. Offenbar ist dir entgangen, dass Christopher wie ein Engel aussieht«, kicherte Juliane, bevor sie in schallendes Gelächter ausbrach.

»Ach ja? Danke, Juliane, dass *du* ihn dir so genau betrachtet hast.« Ich war aufgesprungen, während ich meine Freundin angiftete.

Die trotz Sommersonne bleiche Juliane erblasste noch ein wenig mehr. Die Wahrheit vertrug sie anscheinend nicht.

»Mach dich nur weiter an meinen Freund ran, aber erwarte bloß nicht, wieder getröstet zu werden, wenn du erkennst, dass er jenseits deiner Möglichkeiten liegt«, sprudelte es aus mir heraus. Ich ließ meine Freunde sitzen – nach diesem Auftritt vielleicht auch Exfreunde. Es war mir egal. Ich brauchte sie nicht – ich hatte Christopher.

Kurz vor Beginn der Wettkämpfe suchte ich mir einen Sitzplatz auf der grasbewachsenen Böschung vor dem Gelben Haus. Wenn ich Christopher nicht versprochen hätte zuzusehen, wäre ich nicht gekommen.

Die ganze Schule war hier versammelt. Wer nicht am Drachenbootrennen teilnahm, schaute zu und genoss den strahlenden Sommertag, sonnte sich oder erfrischte sich in dem klaren, inzwischen Badetemperatur warmen See.

Ich schwitzte lieber – nicht nur wegen der Sonne. Hannah im knappen Einteiler – sie war die Einzige in Badekleidung – zwischen den Drachenboot-Teams neben Christopher zu sehen, katapultierte meinen Blutdruck in die Höhe. Model-like lief sie an seiner Seite über den Steg, ließ sich von ihm ins Boot helfen und das Paddel reichen.

Ich biss die Zähne zusammen. Er war nur hilfsbereit. Mehr würde sie nicht bekommen. Christophers Blick fand mich. Das

Lächeln, das er nur mir schenkte, beruhigte mich. Er war so viele Jahre allein gewesen. Warum sollte er ausgerechnet jetzt zum Bigamisten werden?

Raffaels Erklärung, dass Engel sich nicht nur an einen Menschen banden, fiel mir wieder ein. Mit hundert Flüchen verwünschte ich den Flüsterer, der mir diese Lüge ins Ohr gesetzt hatte, und hoffte, dass er aus dem Boot fallen, ertrinken und in die Hände der Totenwächterin geraten würde.

»Na, wieder ein bisschen runtergekommen?«

Ich schrak zusammen, als Max neben mir Platz nahm.

»Juliane hat nicht vor, dir Chris auszuspannen. Sie würde es eh nicht schaffen – so besitzergreifend, wie er dich festhält.«

Ich nahm Max die Bemerkung nicht übel – ich kannte Christopher. Er war nicht besitzergreifend. Er wusste, wie sehr ich seine Umarmung brauchte.

»Das tut er nur, um jeden abzuschrecken, der es wagen sollte, mich blöd anzumachen. Also pass bloß auf, sonst beißt er dir nach dem Rennen den Kopf ab.«

Max, der immer für einen Spaß zu haben war, lachte herzlich. »Ich bin froh, dass du nicht sauer bist, weil wir ihn *Angelo* nennen.«

»Nein. Wenn, dann müsste ja wohl Christopher sauer sein.« Und Juliane, weil ich sie aus einem Impuls heraus wegen einer Nichtigkeit angegiftet hatte – was mir inzwischen unheimlich leidtat und ich schnellstens wieder einrenken wollte. Wahrscheinlich hatte sie sich deshalb einen Platz auf der anderen Seite der Wiese gesucht.

Gemeinsam mit Max beobachtete ich, wie der Wettkampf begann. Jeweils zwei Mannschaften paddelten in den langen, mit bunten Drachenköpfen verzierten Holzbooten gegeneinander. Vorne, mit dem Rücken zum Bug, saß der Antreiber. Für gewöhnlich der Leichteste des Teams. Bei uns war das Marisa. Mit ihrer Trommel gab sie vor, mit welcher Schlagzahl gerudert wurde. Hinten stand der Steuermann, der ein wenig an einen Gondoliere erinnerte, und hielt das Drachenboot auf Kurs. Dazwischen quetschte sich der Rest des Teams auf schmale Holzplanken. Alle waren mit kurzen Paddeln ausgestattet, die möglichst schnell und gleichzeitig durchs Wasser gleiten sollten.

Marisas Team trat zuerst gegen die Siebtklässler an: ein leichtes Spiel. Mit einer Bootslänge Vorsprung erreichten sie das Ziel. Gegen die Lehrer war der Sieg härter erkämpft und der Jubel ein wenig größer.

Ich starrte zur Seite, als Hannah Christopher umarmte. Max war mit seinen Anfeuerungsrufen so beschäftigt, dass er es zum Glück nicht bemerkte – er hätte sich schlappgelacht. Dennoch sah ich erst auf, als Marisas Trommel wieder über den See schallte, um das Boot zurück zum Start zu lotsen.

Die Anspannung der Finalteilnehmer wuchs. Die Elfte ruderte gegen die Zwölfte, die nach bestandenem Abitur zum Wettkampf noch einmal ins Internat zurückgekehrt war. Ein Prestigeduell, das keine der beiden Mannschaften verlieren wollte.

Der Startschuss ertönte. Marisa trieb ihre Mannschaft zur Höchstleistung. Mit schnellen Schlägen forderte sie ihr Team.

Mein Blick wanderte über Raffael, der wie ein Uhrwerk Marisas Rhythmus folgte, zu Hannah, die ein wenig mogelte, indem sie ihr Paddel nicht so tief eintauchte, aber dennoch mehr gab, als ich ihr zugetraut hätte. Schließlich blieben meine Augen an Christopher hängen. Kraftvoll und anmutig zugleich stieß er das Paddel in den See. Die Muskeln, die sich unter seinem T-Shirt abzeichneten, waren in harmonischer Aktion.

Ich seufzte leise. So ein Prachtexemplar hatte ich wirklich nicht verdient. Kein Wunder, warum einige glaubten, die bessere Wahl zu sein.

Verzückt hing ich noch immer an Christophers Traumkörper, als ein dumpfer Fehlschlag die Harmonie der Trommeln durchbrach. Splitterndes Holz, ein überraschter Schrei, dann ein auf

Wasser aufschlagender Körper. Mit atemberaubender Geschwindigkeit versank Hannah in dem dunklen Blau.

Gänsehaut überzog meinen Nacken, als die Bilder vom Grund des Sees vor meinen Augen auftauchten.

Das Drachenboot schoss weiter. In voller Fahrt war es unmöglich, sofort zu stoppen. Christopher zögerte nicht, warf das Paddel beiseite und sprang Hannah hinterher.

Fantasiegespinste entstanden vor meinen Augen: Hannah, die hilflos im See taumelte, und Christopher, der sie rettete. Der seinen Mund auf ihren presste, um ihr Luft zum Atmen einzuflößen – wie er es bei mir getan hatte, als ich beinahe ertrunken wäre. Mein Körper schrie vor Eifersucht, doch ich hielt mich zurück. Hannah im See sterben zu lassen, nur weil ich es nicht ertragen konnte, Christopher mit einem anderen Mädchen zu sehen, so weit durfte ich nicht gehen.

Erst als er mit Hannah im Schlepptau das Ufer erreichte, drehte ich durch. Viel zu behutsam hielt er sie in seinen Armen. Allzu fürsorglich bettete er sie auf eine weiche, grasbewachsene Stelle, bevor er Puls und Atmung prüfte. Anscheinend gefiel ihm das Ergebnis nicht. Ich hätte schwören können, dass Hannah ihre Ohnmacht nur vortäuschte, um ihr Ziel zu erreichen: Christophers Mund auf ihren Lippen!

Mein Magen begehrte auf – wie immer, wenn ich wütend wurde – und trieb mir Säure ins Blut. In diesem Augenblick wäre ich zu einem Mord fähig gewesen. Dass Christopher sich dann bestimmt vor Hannah und damit gegen mich gestellt hätte, hielt mich davon ab. Dennoch, bleiben und zuschauen konnte ich nicht. Flucht erschien mir das Einfachste. Ein Ausweg, der mir vertraut war.

Es trieb mich zu der Lichtung im Wald, auf der die Maiglöckchen geblüht hatten. Zu der Stelle, wo in Christophers Welt die Kapelle stand, in der er mich zum ersten Mal geküsst hatte. Verzweifelt ließ ich mich in die dunkelgrüne Fülle sinken, verbarg meinen Kopf zwischen den Knien und erlaubte mir zu weinen. Trotz brennender Augen blieben die Tränen aus, als ob mein Körper damit nicht einverstanden wäre. Der zusätzliche Schmerz verstärkte meine Wut und überschwemmte meinen Körper mit Hassgefühlen. Ich brannte innerlich. Voller Zorn schlug ich meine Finger in die weiche Erde, bis ich keine Kraft mehr dazu hatte.

Ich erwachte in der Morgendämmerung. Ein stechender Geruch stieg mir in die Nase. Als ich mich aufsetzte, erkannte ich den Grund: Die ganze Wiese glich einem Schlachtfeld. Abgerissene Blätter, zerfledderte Stängel, entwurzelte Blümchen. Ein wahrer Pflanzenfriedhof. Hier würde so schnell kein Maiglöckchen mehr blühen. Ich hatte alle vernichtet, auch wenn ich mich nicht mehr daran erinnern konnte – was mich beinahe noch mehr entsetzte. Ich war schuld an dem Blumenmassaker. Meine Hände lieferten den Beweis. Sie waren erdverkrustet, und unter den Fingernägeln befanden sich grünbraune Ränder, zudem schmerzten sie.

Verwirrt zog ich die Beine an. Trotz des lauen Sommermorgens begann ich zu frieren. Was war nur los mit mir? Eifersuchtsattacken, unkontrollierte Wutausbrüche und dennoch keine Tränen? War ich doch zu schwach, um einen Engel zu lieben? Meine Augen begannen wieder zu brennen. Sie blieben tränenlos. Ich würde das hinbekommen – ich wollte es!

Als die Sonne sich in dem orangegelb gefärbten See widerspiegelte, hatte ich mich so weit gefangen, dass ich zur Schule zurückkehren konnte. Noch vor der ersten Wegbiegung entdeckte ich Christopher, lässig gegen einen Baum gelehnt. Seiner Haltung nach beobachtete er mich schon eine ganze Weile.

»Seit … seit wann bist du hier?«, fragte ich unsicher.

»Beinahe so lange wie du. Abgesehen von den paar Minuten, die ich gebraucht habe, um ein Leben zu retten.« Christophers Stimme klang nicht vorwurfsvoll, aber seine Worte waren es. In einer anderen Situation hätte ich ihm *seine* Fehler vorgeworfen: seine Nachsicht für Hannahs Anmache. Heute fühlte ich mich nur ausgebrannt.

»Danke – für Hannah. Und … es tut mir leid«, flüsterte ich mit von Tränen, die nicht fließen wollten, erstickter Stimme.

Christopher war keine Sekunde später bei mir, sah mir forschend in die Augen, zögerte und zog mich dann doch in seine Arme. Sein Duft nach Sommergewitter vertrieb den Gestank der verwesenden Blumen, den ich noch immer in der Nase hatte, sein Engelswesen nahm mir die Angst, ihn zu verlieren.

# Kapitel 3

## *Höhenflüge*

Mein Zeugnis war besser ausgefallen als erwartet, die Ferien und mein geliebtes Meer rückten in greifbare Nähe. Was konnte schöner sein als die Vorfreude auf einen Sommer mit Christopher?

Schon am Abend vor unserem Flug nach Rom – natürlich mit dem Flugzeug – konnte ich vor Aufregung kaum stillsitzen. Mehrfach kontrollierte ich mein Gepäck, überprüfte meinen Boardingpass und den Wecker.

»Lynn, die Uhr geht noch immer richtig, und falls du verschlafen solltest, werde ich dich wecken.«

»Ist das eine Drohung oder ein Versprechen?«

»Beides«, antwortete Christopher. »Aber wenn du geküsst werden möchtest, brauchst du es nur zu sagen.«

»Nein danke. In meiner Welt sind solche Foltermethoden schon lange verboten.«

»In meiner nicht.« Mit einem Sprung war Christopher bei mir, schnappte mich an der Taille und warf mich auf mein blaues Himmelbett. In gespieltem Entsetzen kreischte ich auf und versuchte, mich unter ihm hervorzuwinden. Christopher verstärkte seinen Griff und erstickte meinen Protest mit einem innigen Kuss.

»Und falls du es noch nicht weißt«, raunte er während einer Atempause, »bei uns sind die Frauen ihren Männern untertan.«

Für den Bruchteil einer Sekunde versteifte sich mein Körper, doch das genügte, um Christopher in schallendes Gelächter ausbrechen zu lassen. Ich kämpfte mich frei und kletterte aus dem Bett. Seine Reaktion ärgerte mich. Noch bevor ich Zeit zum Nachdenken hatte, schlug ich zurück.

»Dann such dir besser jemanden, der auf so was steht.« Ich war schneller bei der Tür als Christopher. »Meine Freunde warten. Wenn du dich wieder beruhigt hast, kannst du ja nachkommen – falls du es erträgst, wenn ich nicht allem zustimme, was du von dir gibst.«

Schon während ich die Treppen zur Eingangshalle hinunterlief, verrauchte meine Wut. Offenbar hatte ich nach dem ganzen Stress in letzter Zeit Ferien dringend nötig.

Christopher kam eine halbe Stunde nach mir in die Schuldisco, wo heute die Sommerferienparty stattfand. Er schien mir verziehen zu haben, dass ich so zickig auf seinen Scherz reagiert hatte.

Erst am nächsten Morgen rächte er sich – zumindest fühlte es sich so an. Nachdem er sich beim Frühstück nur kurz in der Mensa hatte blicken lassen, beschloss ich, eine Stunde bevor der Bus uns zum Flughafen nach Berlin bringen sollte, bei ihm vorbeizuschauen.

Christopher manövrierte mich aus seinem Zimmer, das er mit Frederik teilte, einem ebenso dicklichen wie dümmlichen Ex-Zwölftklässler. Natürlich hatte ich nichts dagegen, mit ihm allein zu sein, weshalb wir im Schloss – in meiner Kammer unterm Dach – landeten. Doch anstatt die Gelegenheit zu nutzen, starrte Christopher gedankenverloren zu einer der Dachluken hinaus.

Mir wurde ein wenig mulmig, da ich befürchtete, dass sein Schweigen etwas mit unserer Auseinandersetzung am Tag zuvor zu tun hatte. Ein kleiner Satz genügte, um Panik in mir auszulösen – und Hilflosigkeit.

»Ich werde heute nicht mit dir nach Rom fliegen.«

Ich zwang mich zur Ruhe und dazu, nicht nach dem Grund

dafür zu fragen, um nicht hysterisch rüberzukommen. So ganz gelang mir das nicht. »Und wann kommst du nach?«

Christopher drehte sich zu mir um. Er schien von meiner Gelassenheit überrascht zu sein und machte einen Schritt auf mich zu. Vorsichtig, als befürchte er, ich könne zubeißen, berührte er meine Wange. Da ich stillhielt, begann er, meinen Nacken zu streicheln, was mir – trotz meiner üblen Vorahnung – ein angenehmes Prickeln den Rücken hinunterjagte.

»Das kann ich nicht sagen«, antwortete er.

Meine Vorfreude auf gemeinsame Ferien mit Christopher bekam Risse. Trotzdem versuchte ich, gelassen zu bleiben. Doch Christopher spürte meinen Kummer und zog mich zu sich.

»Aber ich werde bei dir sein.«

Ich klammerte mich an ihn und an seine Worte. Sie gaben mir Halt. In den letzten Wochen war ich oft genug ausgeflippt. Eine Szene als Abschiedsgeschenk wollte ich nicht hinterlassen. Also kämpfte ich gegen meine Gefühle – und meine Tränen. Erst als ich in den Bus stieg, entfloh eine meiner Kontrolle.

Christopher lächelte, als er sie entdeckte. Vielleicht war er froh zu sehen, dass ich weinte.

Philippe fuhr sich durch seine schwarzen Wuschelhaare. Er wirkte ein wenig verwirrt, als ich allein den Terminal in Rom verließ.

»Sollte ich nicht zwei von euch Musterschülern abholen?«

»Wie's aussieht, musst du dich mit mir begnügen«, antwortete ich, während ich ihm um den Hals fiel.

»Kommt Chris nach, oder …« Philippe schob mich von sich. Als er meine rotgeäderten Augen bemerkte, wurde er unsicher. »Hattet ihr Streit?«

»Nein – nicht unbedingt.«

»*Nicht unbedingt*?! Das ist so typisch für euch Mädels. Immer redet ihr um den heißen Brei herum. Erzählst du mir jetzt, ob du noch mit Chris zusammen bist, oder muss ich im Internet nachschauen?«

»Da wirst du wohl nichts finden. Aber zu deiner Beruhigung: Er kommt nach.«

»Gut – für dich«, antwortete Philippe, schnappte sich mein Gepäck und machte sich auf den Weg zu seinem Fiat Punto. Ich musste rennen, um mit ihm Schritt zu halten.

»Woher willst du das wissen?! Du kennst ihn doch kaum. Außerdem ist es dein Job, *mich* zu verteidigen und nicht *ihn*!«

»Das tue ich doch. Und da ich weiß, was gut für dich ist …« Mit zwei hochgezogenen Augenbrauen, die signalisierten: *Frag nicht nach, ich weiß, wovon ich spreche*, beendete Philippe unsere Unterhaltung und verstaute mein Gepäck im Kofferraum seines Wagens.

Natürlich akzeptierte ich es nicht, dass er dachte, mir meine Entscheidungen abnehmen zu können. »Und wenn er nicht so *gut für mich ist*, wie es scheint?«

»Das ist er. Glaub mir, ich kenn mich mit Jungs aus. Nach mir ist er das Beste, was dir je passieren konnte.«

Ich brach in gellendes Gelächter aus, während Philippe aus dem Parkplatz rangierte. »Sag mir Bescheid, wenn du wieder frei bist – oder bist du das schon?« Philippes Beziehungen dauerten selten länger als ein paar Wochen.

Er schaute kurz zu mir herüber. »Lucia ist anders als die Mädchen vor ihr. Manchmal glaube ich, sie kann meine Gedanken lesen.« Seine schwarzbraunen Augen leuchteten warm, als er an seine Freundin dachte – mir hingegen kräuselten sich die Haarspitzen angesichts Philippes unerwartet romantischen Ergusses.

Meine Eltern hielten sich mit Fragen zu Christopher zurück. Trotzdem erzählte ich ihnen gleich nach den Begrüßungsumarmungen, dass er nachkommen wollte, um jegliche Spekulationen über den Stand unserer Beziehung rechtzeitig zu ersticken.

Notfalltipps und Erfahrungsberichte meiner Eltern waren das Letzte, was ich hören wollte.

Einzig Emilia, meine allerbeste Freundin, die dem Aussehen nach als meine Schwester durchgehen könnte, erzählte ich von Hannahs Bootsunfall und meinem Streit mit Christopher.

»Wenn Stefanos Lippen auf dem Mund einer anderen gelandet wären, hätte ich auch nachgehakt.«

»Ich hätte einen von beiden erwürgt, wenn ich geblieben wäre, um *nachzuhaken*!«, gab ich zu. »Stattdessen hab ich mich lieber verdrückt.«

»Und deshalb ist Chris sauer auf dich und hat dich allein fliegen lassen? Er soll froh sein, dass du so was wie Eifersucht kennst. Dann weiß er wenigstens, dass du ihn liebst!«, erklärte Emilia verärgert. »Wart's ab. In ein paar Tagen wird er hier sein und reumütig vor deiner Tür stehen.«

Ich verschwieg meine Befürchtung, inzwischen bei *krankhaft eifersüchtig* angekommen zu sein, und vertraute ihrer Vorhersage, Christopher bald an meiner Türschwelle scharren zu hören.

Doch aus dem Scharren wurde nichts. Nicht mal ein leises Klopfen – auch nicht in meinen Träumen, obwohl ich wusste, dass Christopher die Fähigkeit besaß, mir darin zu erscheinen. Leise Sorge beschlich mich. Raffael hatte mir zu viele Gerüchte ins Ohr geflüstert, um sie verdrängen zu können. Eifersucht mischte sich hinzu. Auch wenn Christopher seit seiner Rettungsaktion auf Abstand geblieben war, bei Hannah war nur eines sicher: Sie hasste mich und wollte mir eins auswischen. Schließlich war ich diejenige, die mit Raffael auf dem Abschlussball getanzt hatte und jetzt den bestaussehenden Typen weit und breit als meinen Freund bezeichnen konnte, und nicht sie. Christopher als kleines Dankeschön für die Lebensrettung auf die Malediven einzuladen, wäre in ihren Augen ein überaus passendes Geschenk.

Ich blendete den Gedanken aus, wie sich die beiden eng umschlungen in einer türkisblauen Lagune räkelten. Was waren für einen Engel schon fünf Tage?

Meine Freunde setzten meinem Wartezustand schließlich ein Ende.

»Entweder du kommst freiwillig mit, oder wir knebeln dich«, drohte Philippe.

»Wenn's sein muss, auch noch am Strand«, ergänzte Antonio, sein jüngerer Bruder, der mit seiner schwarzen Mähne und den dunklen Augen aussah wie eine Miniaturausgabe von Philippe.

»Meinetwegen kannst du auf Chris warten, bis du schwarz wirst, aber wenn wir zusammen an den Strand *und* in die Berge wollen, wird's Zeit loszulegen. Ich hab nicht so lange Ferien wie du, und Philippe ist auch nur noch drei Wochen hier«, erklärte Stefano, Emilias fester Freund.

»Wenn Lucia sich durchsetzt, vielleicht bloß eine«, ergänzte Antonio.

»Außerdem schwächt das deinen Stand, wenn Chris rausbekommt, dass du ohne ihn nichts mit dir anzufangen weißt. Dann lässt er dich das nächste Mal noch länger warten – schließlich verpasst er ja nichts mit dir.«

Emilias Sicht der Dinge gab den entscheidenden Anstoß, mich aus meiner Höhle zu locken. Warum sollte ich den Sommer zu Hause verbringen, während Christopher sich wo und mit wem auch immer amüsierte und es nicht einmal für nötig hielt, mir eine Nachricht zu schicken?!

Ohne allzu große Gewissensbisse genoss ich die Tage mit meinen Freunden – auch wenn ich mir das mit den Tauchgängen und Sommerabenden anders vorgestellt hatte –, bis Philippes Freundin Lucia auftauchte und unseren Strandtagen ein plötzliches Ende bereitete.

Elegant wie eine Hollywooddiva räkelte sie sich aus ihrem silberfarbenen Cabriolet – das natürlich im Halteverbot stand.

Wie ein Sturmbanner flatterten ihre dunkelbraunen Haare mit ihrem luftigen Sommerkleid um die Wette, während sie auf Philippe zusteuerte – oder vielleicht auch auf mich. Die honigfarbenen Augen durchbohrten jedenfalls mich und nicht ihn, als ich nach einem Tauchgang bei unserer Lieblingsklippe an Philippes Seite aus dem Meer tapste – offenbar war ich nicht die Einzige, die so etwas wie Eifersucht kannte. Trotz Badewannentemperatur und sengender Sonne fröstelte ich. Erst recht, als ich sah, mit welcher Hingabe Philippe sie betrachtete. Er schien zum ersten Mal wirklich verliebt zu sein. Hoffentlich empfand sie dasselbe für ihn.

Da zu Hause weder Christopher noch eine Nachricht auf mich warteten, verschwand auch der Rest meiner guten Laune, die ich in der letzten Woche angesammelt hatte. Als meine Eltern mir dann noch freudestrahlend erklärten, sie hätten mich für die vom Internat angebotene Sprachreise angemeldet, war mir nur noch übel. Ein vierwöchiger Abi-Push-Kurs in Kanada zum Englischlernen war sicher eine gute Idee, aber vier Wochen ohne Christopher? Nicht auszudenken!

Als Philippe dann ein paar Tage später vor meiner Tür auftauchte und ohne großes Abschiednehmen zu seinem neuen Studentenleben nach Rom aufbrach, kamen mir fast die Tränen.

»Vergiss nicht, dass du zugesagt hast, mir beim Einrichten zu helfen«, erinnerte Philippe mich an mein Versprechen – um mich aufzumuntern.

»Das wird Lucia sich wohl kaum nehmen lassen.«

»Gut möglich. Vielleicht gibt es dann eben schon ein Sofa, auf dem du schlafen kannst. Und eventuell auch noch ein paar andere Möbel. Aber du, eine Woche in Rom, bist fest eingeplant!«, erklärte Philippe, ehe ein Grinsen über sein Gesicht huschte. »Übrigens halten es auch deine Eltern für eine gute Idee, wenn ich dich zum Flughafen fahre und du davor ein paar

Tage in Rom verbringst – weil du ja so auf alte, verfallene Gemäuer stehst.«

Ich ahnte, warum meine Eltern damit einverstanden waren – um mich von Christopher abzulenken. Und weil es mir offenbar schwerfiel, Philippe loszulassen, versprach ich ihm, meine letzte Ferienwoche in Rom zu verbringen, bevor ich ihn tapfer, anstatt mit Tränen, mit einem Abschiedskuss entließ.

Nach dem fünften Happy End in meinem Lieblingsmärchenbuch heulte ich doch noch ein wenig: Mein bester Freund war weg, meine beste Freundin hatte keine Zeit, um neben mir in der Sonne zu liegen, und mein Prinz war anderweitig beschäftigt.

Meine Tränen trieben mir Bilder von Christopher vor die Augen. Von ihm und Hannah: wie sie sich in seine Arme stürzte und ihn küsste und er seine Flügel um sie legte und sie beschützte.

Vielleicht lag es an der Mittelmeersonne: Heißer brannte meine Eifersucht niemals zuvor. Dass er sie in seiner Engelsgestalt küsste, trieb mich über die Kante. Wutentbrannt stürmte ich in mein Zimmer, riss ein paar Shorts und das erstbeste T-Shirt aus dem Schrank, schnürte meine Turnschuhe und lief los. Mein stilles Bitten war bislang erfolglos geblieben, meine Geduld am Ende. Aber ich wusste, wo der nächste Engelstützpunkt lag: in den Bergen; in der Einsiedelei, die hoch über Sulmona thronte – und ich besaß noch immer das Armband mit dem Medaillon, das mich schon einmal ins Schloss der Engel gebracht hatte.

Aufgrund der Hitze und der vergessenen Wasserflasche kam ich völlig ausgepowert oben an. Auf dem steinigen Weg hatte ich Christopher nicht nur einmal verflucht. Schließlich war ich nur noch sauer auf mich selbst: weil ich Christopher nicht einfach aus meinem Gedächtnis streichen und mir einen ganz normalen Freund suchen konnte. Seit er in meiner Welt aufgetaucht war, schienen bei mir die Sicherungen durchzuglühen. Würde ich sonst bei sechsunddreißig Grad im Schatten einen Berg hochklettern, ohne die Aussicht zu genießen, und stattdessen mit zitternden Fingern an eine verschlossene Tür klopfen, in der Hoffnung, einen Engel zu finden? Wohl kaum!

Wenigstens hatte ich das Glück, ein bekanntes Gesicht zu sehen. Der junge Mann, den ich von meinen beiden letzten Besuchen in der Einsiedelei kannte, öffnete. Allerdings ließ er mich trotz Engelsarmband nicht zu Wort kommen, knallte mir die Standardantwort – »Wir empfangen heute keine Besucher!« – an den Kopf und verriegelte danach wieder die Tür.

Sein abweisendes Verhalten besserte meine Laune nicht gerade. Um einiges energischer klopfte ich noch einmal an das verschlossene Tor. Schließlich hämmerte ich mit meinen Fäusten auf das unschuldige Türblatt und bespuckte es mit den wildesten Flüchen.

Als die letzten Sonnenstrahlen den Himmel bunt färbten, kauerte ich wie ein Häuflein Elend vor der blöden Engelspforte. Ich würde hier sitzen bleiben. Irgendwann musste ja mal jemand rauskommen.

Er kam, der Typ, der mich abgewiesen hatte, und brachte mir Wasser und Brot. Mehr hatten die Engel wohl nicht mehr für mich übrig.

Frustriert schleppte ich mich den halben Berg hinunter, bis ich in der Dunkelheit nichts mehr sehen konnte. Mit tausend Drohungen auf den Lippen, was ich mit dem nächsten Lebewesen anstellen würde, das mich abwies, rollte ich mich in einer Felsnische zusammen und schlief ein.

Meine Mutter war wach geblieben. Ihre ganze Sorge entlud sich in der Umarmung, mit der sie mich an sich drückte, als ich eine Stunde nach Sonnenaufgang mein Zuhause erreichte. Sie war froh, mich wiederzuhaben, und glaubte mir die Geschichte, dass ich mich in den Bergen verlaufen hatte – abgekämpft genug sah ich wohl aus.

Mein Vater päppelte mich mit frisch gepresstem Orangensaft und Pfannkuchen auf, während meine Mutter mich umgluckte wie in meinen frühesten Kindheitstagen. Wie selten zuvor genoss ich die Gewissheit, wenigstens von meinen Eltern geliebt zu werden. Vermutlich waren auch sie es, die Emilia anriefen.

Wir verbrachten ein tolles Mädelswochenende, gingen shoppen in Sulmona, abends – ohne Stefano oder Antonio – in die Disco und schliefen am nächsten Tag bis zum Mittag. Im Garten unterm Sonnenschirm mit Eistee und Amarettinikeksen schnitt sie schließlich das bis dahin totgeschwiegene Christopher-Thema an.

»Lynn, du hast nicht mal mehr zwei Wochen Ferien, und Stefano würde gern unsere Sommertour zur Drachenflugstation machen. Philippe ist schon weg, und wenn du jetzt auch noch ausfällst, weil du lieber rumsitzt und wartest, können wir das Ganze gleich abblasen. Kannst du Chris nicht anrufen und ihm sagen, dass er sich entweder heute noch oder gar nicht mehr blicken lassen soll?«

Emilias Vorschlag entsprach in etwa meinen eigenen Plänen. Während ich an meinem Eistee nippte, überlegte ich – sicher zum hundertsten Mal –, wie ich Christopher erreichen konnte. An dem einen Ort hatte man mir die Tür vor der Nase zugeschlagen, der zweite lag mehr als tausend Kilometer weit entfernt. Die einzige Möglichkeit, die mir einfiel, schien der Umweg über meinen Schutzengel. Wer auch immer den Job übernommen hatte, würde Christopher informieren, sobald ihm klar wurde, was ich vorhatte.

»Ich komme auch ohne Chris mit. Allerdings hab ich Philippe versprochen, meine letzte Ferienwoche bei ihm zu verbringen. Wir müssten also spätestens am Mittwoch los.«

»Wenn's nach Stefano geht, gleich morgen. Er hat schon einen passenden Drachen für mich ausgesucht. Es wird mein erster Höhenflug«, erklärte Emilia aufgeregt – *und meiner*, ergänzte ich im Stillen.

Dass auch ich meinen ersten Höhenflug wagen wollte, überraschte und freute Stefano. Allerdings führte er meinen Sinneswandel nicht auf seine eigene Begeisterung fürs Fliegen zurück, sondern auf Emilias Einfluss.

Emilia und ich hatten im letzten Sommer, als Stefano neben seiner Lehre zum Landschaftsgärtner seine Fluglehrerausbildung begonnen hatte, zusammen einen Grundkurs absolviert. Da Stefano uns so oft vom Fliegen vorgeschwärmt hatte – inzwischen konnte ich seine Begeisterung sogar nachvollziehen –, wünschten wir uns beide einen Kurs zum Geburtstag. Während Emilia vom Drachenfliegen begeistert war, wusste ich schnell, warum das nichts für mich war: Ich traute der filigranen Metallkonstruktion mit dem dünnen Stoff und den paar Schnüren nicht, die mein Gewicht halten sollten. Und noch weniger vertraute ich meinem Talent, den Drachen, wenn es darauf ankam, in die richtige Position zu bringen, was bei einem Start über eine Felsklippe ziemlich wichtig war. Ganz abgesehen davon, gab es dann auch noch das Landen. Bei meinen Trainingsflügen auf der Übungswiese hatte ich nie eine perfekte Landung hinbekommen. Fliegen war eben nichts für mich – zumindest nicht ohne Christopher.

Stefanos Vater fuhr uns mit dem Geländewagen in die Berge und setzte uns auf einer kleinen Almwiese mit plätscherndem Bergbach ab. Unser Gepäck wollte er mit hoch zur Berghütte nehmen, wo Marcello, ein Freund von ihm, Flugkurse und Klettertouren anbot.

Stefano wählte eine einfache Wanderroute, damit Emilia und ich noch genügend Kraft besaßen, um einen Übungsflug auf der Anfängerwiese zu absolvieren.

»Spar dir deine Kräfte für später, Lynn. Sonst kriegst du den Drachen niemals hoch«, erinnerte mich Antonio an meine Fehlversuche im letzten Jahr, als ich mit zügigen Schritten an ihm vorbeilief, um zu Stefano aufzuschließen. »Ich helf dir nicht wieder beim Hochschleppen.« Wie Philippe hielt er nur wenig vom Drachenfliegen und amüsierte sich lieber beim Zusehen.

»Das hast du nur ein einziges Mal gemacht. Außerdem holt uns Marcello unten mit dem Jeep ab.«

»Falls du das mit dem Übungsflug auf Anhieb schaffst«, ergänzte Stefano, während seine grünblauen Augen mich musterten.

»Das werde ich«, antwortete ich selbstbewusst. Ich war hochmotiviert, schließlich wollte ich gleich zwei Engel herausfordern: Christopher und meinen Schutzengel. Was war dazu besser geeignet als ein Drachenflug ohne Headset?!

Als wir das grüne, sanft abfallende Hochplateau erreichten, auf dem die aus grobbehauenen Steinen gebaute Berghütte stand, und der laue Wind meine langen Haare durcheinanderwirbelte, fühlte ich mich so stark wie schon lange nicht mehr. Auch wenn es eine Weile gedauert hatte: *Ich* war jetzt diejenige, die eine Entscheidung herbeiführen würde. Wenn Christopher sein Verspechen, mich zu beschützen, ernst nahm, musste er auftauchen. Die Phase, in der er versuchte, mich durch Nichtbeachtung loszuwerden, hatten wir ja wohl hinter uns, und über mein Vorhaben, ohne Fluglehreranweisung den ersten Höhenflug zu wagen, hatte ich oft und intensiv genug nachgedacht. Mein Schutzengel wusste also Bescheid. Nur eine Unsicherheit blieb: Was, wenn Christopher nicht mitspielte? Wenn er doch nicht erschien?

Meine Zweifel und das zermürbende Warten auf Christopher lähmten mich. Die Kraft, die mich gerade noch durchströmt hatte, drohte, mich zu verlassen. Ich klammerte mich an sie. Ich brauchte sie, um den Mut zu finden, demnächst über eine Felskante zu springen.

»Wer zuerst das Haus erreicht, darf den ersten Übungsflug machen.« Emilias Aufforderung riss mich aus meinen Gedanken. Ich gewann mit einem knappen Vorsprung – sehr zum Erstaunen von Stefano.

»Nachdem du letzten Sommer beschlossen hast, nie wieder zu fliegen, scheinst du es jetzt kaum erwarten zu können, den Wind im Drachen zu spüren.«

»Vielleicht war ich damals einfach nicht reif genug.«

»Und weil du bald siebzehn wirst, glaubst du, dass sich das geändert hat?«, fragte Stefano.

»Wohl eher, weil sie 'nen älteren Freund hat«, antwortete Antonio an meiner Stelle.

Ich schwieg. Vielleicht stimmte das. Auf alle Fälle hatte mein *Freund* etwas damit zu tun.

Marcello, ein kleiner, drahtiger Mittvierziger mit schwarzgrauem Kräuselhaar, das auch in seinem Gesicht wucherte, erwartete uns mit einem kräftigen Gemüseeintopf. Nachdem wir uns geeinigt hatten, dass Emilia und ich oben auf der Galerie schliefen und Antonio mit Stefano unten auf der Couch, machten wir uns an den Aufbau der Drachen.

Stefano erklärte Emilia und mir, was wir beachten mussten, während Marcello ihn aufmerksam überwachte. Seiner Miene nach zu urteilen, schien er mit Stefano zufrieden zu sein, der sich bei ihm demnächst als Fluglehrer ein wenig dazuverdienen wollte. Ein eigener SUV, mit dem er in die Berge fahren konnte, stand ganz oben auf Stefanos Wunschliste.

Ausgerüstet mit Helm und Headset schleppte ich den schweren Deltadrachen zur Übungswiese. Hinter mir mühte sich Emilia mit ihrem bunten Fluggerät ab. Die Jungs sahen zu. Wer Drachenfliegen wollte, sollte ihrer Meinung nach allein damit zurechtkommen.

»Und denkt daran: Ihr müsst den Drachen in den richtigen Winkel bringen! Wenn er zu steil ist, kann die Strömung abreißen oder ihr werdet zu langsam, um abzuheben. Und wenn er zu flach ist, werdet ihr ewig laufen«, erklärte Stefano noch einmal.

Ich warf Antonio einen scharfen Blick zu. Auch ohne sein Gegrinse erinnerte ich mich an die erfolglosen Bergabsprints, bei denen mein Drachen einfach nicht abheben wollte.

»Und vergesst das Wichtigste nicht: den Flug zu genießen«, schloss Stefano seine Ausführungen.

Noch ehe ich den Startplatz erreichte, begann es in meinem Bauch zu kribbeln: eine Mischung aus Vorfreude und Angst. Ich schob die Angst beiseite. Schließlich war es nicht mein erster Flug. Außerdem konnte auf der Übungswiese so gut wie nichts passieren.

Bevor ich loslief, hielt ich noch einmal inne, um mich zu konzentrieren: auf meinen Drachen und die Gerüche, die mich umgaben. Es roch nach Bergwiese, Gräsern und Moos – und ein wenig nach Feuchtigkeit. Ich hielt die Nase in den Wind. Nach fünf Wochen ohne Regen schien mir der letzte Geruch ziemlich unpassend. Doch den erhofften Duft von Sommergewitter konnte ich nicht wahrnehmen – noch nicht.

Die ersten Schritte fielen mir schwer. Das Gewicht des Drachens lastete auf mir. Die Anfeuerungsrufe meiner Freunde und Stefanos Anleitung über das Headset halfen mir, mein Gleichgewicht zu finden. Die Erinnerung an meinen letzten Flug mit Christopher kehrte zurück, und plötzlich wusste ich, was ich zu tun hatte.

Ich verlor den Boden unter den Füßen. Mein Herz bebte. Ich flog! Es fühlte sich beängstigend und berauschend zugleich an, auch wenn ich nur ein paar Meter über der Wiese schwebte.

Stefanos Stimme holte mich aus meiner Euphorie. Er befahl mir zu landen – was nicht gerade meine Stärke war. Konzentriert befolgte ich seine Anweisungen, lenkte den Deltadrachen in einem U-förmigen Bogen, drückte den Steuerbügel am Trapez nach vorne und setzte die Landerollen sanft auf dem grünen Hügel auf.

»Gut gemacht, Lynn!«, lobte mich Stefano übers Headset.

Emilias und Antonios Applaus hallte bis zu mir herunter. Und auch ich stieß einen Jubelschrei aus. Ich hatte es geschafft, ohne Bruchlandung heil unten anzukommen. Doch dann fiel mir wieder ein, warum ich überhaupt geflogen war, und das Glücksgefühl verblasste. Kein Sturm, kein Gewitter und auch sonst kein Anzeichen von einem Engel.

Am Abend fielen Emilia und ich todmüde ins Bett. Stefano hatte uns vier Mal den Hügel hoch und runter geschickt. Er wollte sicher sein, dass wir am nächsten Tag keinen Fehler machten. Seine Sorgfältigkeit beruhigte mich. Irgendwann absolvierte jeder Drachenflieger seinen ersten Höhenflug. Auch wenn ich mir vor nicht allzu langer Zeit sicher war, dass *ich* das niemals machen würde. Doch das hatte sich geändert – wie so vieles in den letzten Monaten.

Ich schlief unruhig, aber traumlos, was mich irgendwie enttäuschte. Mit einem geflüsterten *Tu's nicht* oder einem Absturzalbtraum hatte ich eigentlich schon gerechnet. Anscheinend lag ich mit meinen Einschätzungen, was Engel betraf, ziemlich daneben. Hoffentlich änderte sich das noch.

Meine Anspannung wuchs, als ich am Morgen Emilia unten bei Stefano entdeckte. Auch ihr stand die Aufregung ins Gesicht geschrieben. Im Gegensatz zu mir beruhigte sie sich jedoch, als Stefano sie in die Arme zog, ihr sanft über die Haare streichelte und ihr offenbar beruhigende Worte ins Ohr flüsterte.

Ich verließ die Hütte und kühlte mein Gesicht im frischen Morgenwind. Jetzt war ich schon auf Emilia und Stefano eifersüchtig. Wenn ich so weitermachte, hatte ich bald gar keine Freunde mehr.

Stefano verschob unseren Flug. »Mein Vater hat eben angerufen. Er will vorbeikommen und eine kleine Überraschung mitbringen.«

Mein Herz, das, seitdem wir die Drachen vorbereiteten, sowieso schon schneller klopfte als sonst, begann Purzelbäume zu schlagen. Christopher. Er war unterwegs, um mir mein Vorhaben auszureden. Eine steile Falte würde auf seiner Stirn erscheinen, während er mir einen Vortrag hielt und mir anschließend das Versprechen abnahm, keine weiteren Dummheiten auszuhecken. Am Ende würde er mich fest in die Arme schließen und mich mit einem Kuss an sich fesseln.

»Sag bloß, Chris hat sich doch noch entschieden zu kommen?«, fragte Emilia.

»Du erwartest jetzt aber nicht von mir, dass ich verrate, wen mein Vater mitbringt«, antwortete Stefano. »Dann wär's ja keine Überraschung mehr.«

Ich schluckte meine Drohung hinunter, seinen geliebten, bunten Drachen aufzuschlitzen. Ich war viel zu erleichtert, dass Christopher kam. Spätestens in einer Stunde war er hier, mein Flug gestrichen und meine Angst verschwunden.

Seitdem ich mir noch mal angeschaut hatte, wie steil der Berg abfiel, wusste ich wieder, warum ich eigentlich nicht mehr Drachenfliegen wollte. Ich sollte bloß von Schnüren und hauchdünnem Stoff gehalten über eine Bergkante springen, die – abgesehen von ein paar Felsnasen – mehrere hundert Meter senkrecht in die Tiefe stürzte?! Nur Wahnsinnige konnten so etwas tun. Und vielleicht Marcello, Stefano und Emilia.

Als der olivgraue Jeep von Stefanos Vater den ausgefahrenen Schotterweg neben der Bergwiese emporrumpelte, geriet mein Herz vollends aus dem Takt. Obwohl ich nur schattenhafte Gestalten in dem Wagen erkenne konnte, war ich mir sicher, dass Christopher auf dem Beifahrersitz saß. Wer sonst würde gerade noch zum richtigen Zeitpunkt auftauchen, um mich zurückzuhalten?

Alles Blut sackte mir in die Beine, als sich die Wagentür öffnete. Im Gegensatz zu mir stürzte sich Emilia auf die beiden Insassen, die aus dem Jeep kletterten, und umarmte sie, als wäre es das letzte Mal. Mir kam nur ein klägliches »Hallo« über die Lippen. Ich fühlte mich wie gelähmt, hatte ich doch mit Christopher und nicht mit Lucia und Philippe gerechnet. Wenn ich jetzt kniff, nachdem alle Vorbereitungen abgeschlossen waren, würde ich nicht nur vor meinen Freunden als Feigling dastehen – was ich vielleicht noch verkraften konnte. Auch mein Schutzengel würde das so sehen – und Christopher. Und genau davor fürchtete ich mich: dass ich zu schwach war, um an der Seite eines Racheengels zu bestehen.

Es half mir, nicht die Einzige zu sein, die ihren ersten Höhenflug vor sich hatte. Stefano instruierte uns noch mal, bevor es losging. Dieses Mal übernahm er es, Emilias schweren Deltadrachen nach oben zu tragen. Marcello nahm meinen. Alle vier – Stefanos Vater war nach unten zum Landeplatz gefahren – beobachteten wir, wie Stefano, unter Marcellos Aufsicht, mit Emilia die letzten Absprachen traf. Dann setzte er ihr den Helm auf, prüfte das Headset und gab ihr einen langen Kuss.

Mein Magen begann zu rotieren. Emilia strahlte. Die Freude auf den bevorstehenden Flug war ihr anzusehen. Ich dagegen empfand nur Angst und Eifersucht. Eine ungute Mixtur.

Sie löste sich auch nicht auf, als Emilias Drachen über die Felskante schoss. Ihr euphorisches Lachen, als sie das unbändige Gefühl von Freiheit verspürte, erinnerte mich an Markus, einen Engelschüler. Auch er hatte gejubelt, als der Wind zum ersten Mal unter seinen Flügeln hindurchstrich. Und an mein Versagen. Entschlossen drückte ich meinen Rücken durch, als Panik in mir aufsteigen wollte. Ich konnte nichts dafür, dass ich damals abstürzte – schließlich war ich ja gar kein Engel.

Stefanos sanfte Stimme, mit der er Emilia über das Walkie-Talkie anleitete, hüllte mich ein. Sie strahlte eine Zuversicht aus, die ich kaum ertragen konnte. Stefano hätte niemals zugelassen, dass Emilia etwas zustieß. Die Fürsorge, mit der er alles vorbereitet hatte, diente nur einem Zweck: Er wollte die Freude, die er selbst beim Drachenfliegen empfand, mit ihr teilen – weil er sie liebte. Auch Christopher hatte mir vor ein paar Wochen dieses Gefühl geschenkt. Und jetzt? Wo war es? Wo war er?!

Ich sog die Luft tief durch die Nase, filterte den Geruch nach Gestrüpp, Moos und Felsen heraus, in der Hoffnung, dass etwas übrigblieb. Doch da war nichts.

Stefano seufzte erleichtert, als Emilia sicher landete. Erst jetzt ließ er erkennen, wie sehr ihn ihr erster Höhenflug mitgenommen hatte. Seine Reaktion beruhigte mich nicht gerade, weshalb meine Anspannung weiter wuchs.

Auch bei mir verwandte Stefano die gleiche Sorgfalt wie bei seiner Freundin. Ausführlich erklärte er mir, was ich zu tun hatte, bevor er mir – natürlich ohne Kuss – den Helm aufsetzte und das Headset prüfte, das ich nach meinem Start abschalten wollte.

»Und denk daran«, setzte er mit einem prüfenden Blick hinzu. »Nach den Sträuchern gibt es kein Zurück mehr. Dann musst du fliegen – ob du willst oder nicht.«

»Ich will!«, entgegnete ich selbstsicher, obwohl ich das nicht war.

Stefano nickte. Er nahm mir die Lüge ab und gab mir das Startkommando. Vor dem ersten Schritt schloss ich kurz die Augen und atmete noch einmal tief durch. Auch wenn Christopher nicht sichtbar war, hier sein konnte er trotzdem – doch ich roch und spürte nichts. Trotzig lief ich los. Einen Racheengel herauszufordern, verlangte keine Geduld, sondern Mut.

Die Sträucher, vor denen ich den Start abbrechen konnte, waren nur noch ein paar Schritte entfernt. Tausend Fragen schossen mir durch den Kopf. Wollte Christopher, dass ich sprang? Wollte er sehen, ob ich mutig genug war? Stark genug? Oder hatte mein Schutzengel vergessen, ihn zu informieren? Besaß ich überhaupt noch einen?

Meter für Meter rückte die Felskante näher. Die Leere, in der sie sich verlor, weckte verborgene Erinnerungen: die Tiefe des Sees und die Dunkelheit, die mich in das Reich der Totenwächterin gezogen hatte, breiteten sich vor mir aus. Panik überfiel mich. Grauenhafte Bilder von dämonenhaften Gestalten überschwemmten meine Gedanken. Zeigten mir, wie sie mit bestialischer Gier über meinen am Berg zerschellten Körper herfielen und ihn in tausend Stücke rissen. Unmöglich, sie zu vertreiben. Es gab nur eines, das ich stoppen konnte: meinen Drachen. Ich musste bloß den Steuerbügel nach vorn drücken und der Albtraum wäre vorbei.

Gelber Staub wirbelte über das Felsplateau. Beißender Schwefelgeruch raubte mir den Atem, als ich die Sträucher erreichte. Ich schnappte nach Luft. Ein übler Geschmack füllte meinen Mund. Ich schluckte ihn hinunter. Meine Zunge wurde taub. Danach verabschiedete sich mein Geruchssinn. Wenigstens konnte ich noch sehen, worauf ich zuhielt.

»Lauf weiter, Lynn. Jetzt hast du den perfekten Winkel«, hörte ich eine Stimme über Kopfhörer. Das unerwartete Lob spornte mich an. Ich vergaß, dass ich gerade noch abbrechen und den Bügel nach vorn drücken wollte, und rannte weiter: an den Büschen vorbei, dem Abgrund entgegen. Kurz bevor ich die Kante erreichte, erhielt ich den Befehl, den Steuerbügel dichter heranzuziehen. Und obwohl es sich falsch anfühlte und mein Instinkt mir riet, das auf keinen Fall zu tun, befolgte ich die Anweisung.

Ich schrie, als ich den Boden unter meinen Füßen verlor. Überrascht und entsetzt zugleich: Ich war tatsächlich über die Kante gesprungen. Der Drachen sackte ab. Mein Herz trommelte schmerzhaft gegen meine Rippen. Etwas lief schief. Anstatt auf dem Wind wieder nach oben zu gleiten, tauchte er nach unten. Panisch steuerte ich dagegen, doch der Drachen entzog sich meiner Kontrolle, drehte Richtung Berg und steuerte direkt auf die Felswand zu.

Metallrohre prallten gegen Stein. Drachenhaut zerriss an dornigen Ästen. Die Unterverspannung verhedderte sich an den knorrigen Bäumen, die ihre Wurzeln tief in den kargen Fels geschlagen hatten. Etwas Scharfkantiges streifte meinen Arm. Mein Engelsarmband löste sich und verschwand in der Tiefe.

Aufgeregte Stimmen riefen meinen Namen, doch ich war nicht fähig, zu antworten. Gähnende Leere lag unter mir und nur ein paar dünne Schnüre bewahrten mich vor dem Fall.

# Kapitel 4

## *Verfluchte Engel*

Stefanos Stimme erklang über den Kopfhörer. »Lynn, gib mir ein Zeichen, wenn du mich hören kannst.« Er hatte seine Gelassenheit verloren. Nicht nur ich schob Panik.

Aus Angst, mit einer falschen Bewegung den Drachen aus seiner unsicheren Verankerung zu lösen, antwortete ich mit einem vorsichtigen Nicken. Doch mein Körper hielt sich nicht an meine Vorgabe, stillzuhalten, und begann zu zittern. Ich schloss die Augen, um den gähnenden Abgrund unter mir auszublenden. Wenn es einen Zeitpunkt in meinem Leben gab, wo ich einen Engel bitter nötig hatte, dann in diesem Moment.

Der Aufwind vom Tal zerzauste meine Haare, aber er brachte nur Wärme mit sich, kein Zeichen von aufziehendem Sommergewitter. Christopher hatte mich vergessen – oder mein Schutzengel mich im Stich gelassen. Die Stärke des dunklen, aus Angst, Wut und Enttäuschung geborenen Gefühls, das sich plötzlich in mir ausbreitete, erschreckte mich zutiefst. Der Drang nach Vergeltung war mir neu.

Etwas Feuchtes, Warmes lief meine Oberlippe hinab. Meine Wut verblasste. Erst jetzt fühlte ich den brennenden Stich in meiner Nase. Sie musste einen Schlag abbekommen haben. Ebenso mein rechtes Knie. Es schmerzte, als hätte jemand es mit einem Knüppel bearbeitet. Und dann gab es da noch den verrutschten Haltegurt, der mir mit jeder Sekunde tiefer ins Fleisch schnitt.

Was um alles in der Welt hatte mich dazu gebracht, einen Engel herauszufordern?

»Lynn, ich werde gleich runterkommen und dich holen.« Stefanos Stimme klang ruhig – zu ruhig.

Vorsichtig drehte ich meinen Kopf Richtung Felskante. Meine Schieflage – ich hing schräg in den Seilen – erlaubte mir, das ganze Ausmaß meiner Flugkünste zu begutachten: Der Drachen war in der Mitte durchgebrochen. Eine Tragfläche hatte sich über mir in den verkrüppelten Bäumen verfangen, die andere war aufgeschlitzt und baumelte im Wind wie ein gerissener Engelsflügel. Nur die Verspannung verhinderte seinen Sturz in die Tiefe. Und zwischendrin hing ich, von dünnen Schnüren gehalten. Mein Leben hing wirklich an einem seidenen Faden. Doch anstatt mir beizustehen und mich zu retten – oder mir wenigstens Mut zu machen –, blieb Christopher verschwunden. Eifersucht schnürte mein Herz zusammen. Bei Hannah hatte er nicht gezögert. Hatte Raffael recht? War ich abgeschrieben, wie er es vorhergesagt hatte?

»Lynn, kannst du mich sehen?« Stefano riss mich aus meinen trüben Gedanken.

Ich entdeckte drei Köpfe über der Felskante: Stefano mit dem Walkie-Talkie, Antonio, der mich mit angstgeweiteten Augen anstarrte, und Lucia, die nur starrte. Stefano versuchte, mich mit einem Lächeln zu beruhigen. Hätte ich nicht wieder an Raffaels Erklärung denken müssen, warum Engel über meine Zukunft abstimmten, wäre es ihm sicher gelungen.

Was, wenn Sanctifer ungeschoren davonkam? Wenn er seinen Einfluss geltend machte, Christopher aus dem Spiel nahm und die Verantwortung als mein Schutzengel an sich riss?

Mein Magen krampfte sich zusammen. Die Überreste meines Frühstücks verschwanden in der Tiefe. Sanctifer hätte keine Skrupel, mich zu überreden, sein Flüsterer zu werden, und mir einen neuen Körper zu schenken, nachdem mein jetziger am Fuß der Bergkante zerschellt war. Vor Angst begann ich zu hyperventilieren.

»Lynn, konzentrier dich! Achte auf deine Atmung und versuche, dich zu entspannen.«

Stefanos Befehl erinnerte mich daran, dass ich wohl nichts an der Entscheidung von Engeln, aber einiges an meiner Lage ändern konnte. Also schloss ich wieder die Augen, blendete die Engel und die Leere unter mir aus und konzentrierte mich auf Stefanos Stimme, die mir sagte, wann ich ein- und ausatmen sollte.

»Und jetzt öffnest du deine Augen und siehst mich an.«

Ausgerüstet mit einem Rettungsgurt, den er an meinem bebenden Körper festschnallte, war Stefano, von Philippe, Marcello und dessen Pick-up gehalten, zu mir heruntergeklettert. Im Gegensatz zu mir schien er die Ruhe selbst zu sein.

»Halt dich an mir fest, ich werde dich bei mir einhaken und dann die Verbindungsleinen zum Drachen durchschneiden. Egal was mit ihm passiert, du bist in Sicherheit. Lynn, hast du mich verstanden?«, fragte Stefano eindringlich und berührte meine Schulter, wie um mich wachzurütteln – offenbar wirkte ich nicht besonders aufnahmefähig.

Mühsam brachte ich ein geflüstertes »Ja« zustande, bevor ich reagierte und mich wie eine Anakonda an meinen Retter klammerte.

Stefano schenkte mir ein »Gut so«, obwohl er – aufgrund meines Würgegriffs – Mühe hatte, sein Messer zu zücken und die Seile zu kappen.

Der erste Drachenflügel löste sich aus dem Geäst und fiel in die Tiefe. Ein entsetztes Wimmern entschlüpfte meiner Kehle, als der Flügel an einer Felsnase aufschlug, sich drehte, weiterstürzte, ins Trudeln geriet und unten am Berg aufschlug. Es würde nicht viel von mir übrigbleiben, wenn ich ihm folgte.

Panisch verstärkte ich meinen Griff um Stefano, was ihm das Luftholen erschwerte. Trotz Stoßatmung blieb er gelassen.

»Gleich hast du's geschafft«, beruhigte er mich, legte seine

Arme um meine Taille und hielt meinen zitternden Körper fest, während wir nach oben gezogen wurden. Mit geschickten Händen befreite er mich aus dem Rettungsgurt und übergab mich an Philippe. Kurz darauf knickten meine Beine weg.

»Das nächste Mal gehst du lieber wieder mit mir tauchen«, versuchte Philippe mich aufzumuntern, während er mich festhielt – ich lachte nicht: Ertrinken war auch nicht besser als abstürzen.

Philippe trug mich zur Hütte. Nicht zum ersten Mal kümmerte er sich um meine Wunden und verhalf mir zu ein wenig Ruhe. Selbst Lucia schickte er aus dem kleinen Schlafzimmer, das Marcello uns überlassen hatte. Der Blick, den sie mir hinter seinem Rücken zuwarf, sprühte vor Ärger. Trotzdem ließ ich Philippes Hand nicht los – schließlich besaß ich die älteren Rechte.

Nachdem mein Körper endlich aufgehört hatte zu zittern, fiel ich in einen leichten Schlaf. Ich glaubte, Christopher neben mir sitzen und meine Hand halten zu fühlen, doch ich wusste, dass er es nicht war. Er war nicht hier. Spätestens jetzt hätte ich sein Engelswesen gespürt.

Wollte oder konnte er nicht kommen? Weil er mir geholfen hatte, dem Totenreich zu entfliehen? Durfte er mich nicht mehr sehen, oder hatten ihn die Engel zu etwas anderem verurteilt? Etwas Schlimmerem?

Mein Herz krampfte sich zusammen. Die Sorge um Christopher schmerzte mehr als all meine Verletzungen. Ob es den Engeln gefiel oder nicht, war mir egal. Ich jedenfalls brauchte Gewissheit, und ich wusste, wo ich eine Antwort finden konnte.

Als ich aufwachte, lag mein Arm in den Händen eines anderen. Der herbeigerufene Arzt fühlte meinen Puls und untersuchte mich gründlich nach verborgenen Verletzungen. Zur Sicherheit beauftragte er Stefanos Vater, mich ins Krankenhaus zu bringen, um herauszufinden, ob mein Knie mehr als blaue

Flecken abbekommen hatte. Darüber, dass mein Nasenbein angebrochen war, schien er sich sicher.

Der Verdacht mit der Nase bestätigte sich, doch der Rest an mir war in Ordnung – soweit es meine äußere Hülle betraf. Innerlich fühlte ich mich verwundet. Alleingelassen.

Philippe und Stefano informierten meine Eltern, wofür ich ihnen sehr dankbar war. Emilia, die meinen Absturz hatte mit ansehen müssen, schien immer noch unter Schock zu stehen, als sie mich am Abend zu Hause besuchte, weshalb Stefano zu einem schnellen Aufbruch drängte. Er nahm auch Antonio mit, der Witze über mein Nasenpflaster machte. Nur Philippe blieb ein wenig länger, bevor er zu Lucia aufbrach.

Zwei Tage später holte er mich zu meinen Romtrip ab – ohne Freundin. Lucia war nach Venedig abgereist, um sich an der Uni für Kunstgeschichte einzuschreiben. Anscheinend hatten wir neben langen dunkelbraunen Haaren und einer Freundschaft zu Philippe noch etwas gemeinsam.

Philippes Studentenbude war Lucias Handschrift abzulesen. Zugegeben, sie hatte Geschmack, auch wenn es für mich jetzt nicht mehr allzu viel zu tun gab. Was brauchte ein Student neben einer voll eingerichteten Essküche, einem bequemen Bett, einem roten Designersofa mit passendem Beistelltisch, zwei Sesseln und einem 3-D-Fernseher noch?

»Hast du im Lotto gewonnen?«, fragte ich Philippe, nachdem er die Führung durch sein Zwei-Zimmer-Apartment beendet hatte.

»Nein. Ich … Lucia hat mich ein wenig unterstützt«, gab er zu. »Sie hat mir auch den Job im Café besorgt«, erklärte er verlegen.

»Du jobbst in einem Café?!« Philippe als geschniegelten Kellner, der Espresso servierte, konnte ich mir nur schwer vorstellen.

»Das Trinkgeld ist gut.«

»Und was ist mit deinem Studium?«

»Während des Semesters kellnere ich nur abends und bloß in der Hauptsaison auch am Nachmittag.«

So langsam dämmerte mir, warum Philippe mit dem Job erst jetzt rausrückte.

»Aber solange du hier bist, arbeite ich nur nachmittags. Und damit du dich nicht langweilst, habe ich eine extra für dich ausgearbeitete Liste, auf der steht, was du dir alles anschauen kannst, während ich ehrliches Geld verdiene.«

Philippe kramte einen Zettel aus seiner Hosentasche, der eindeutig nicht mit seiner krakeligen Handschrift beschrieben war. Auch diesmal musste ich gestehen, dass Lucia Stil besaß. Die größten Touristenattraktionen wie das Kolosseum oder die Sixtinische Kapelle – die ich natürlich schon kannte – standen nicht darauf. Stattdessen empfahl sie mir, ein paar der weniger bekannten Kirchen und Plätze, einige Museen und die Katakomben zu besuchen.

»Du weißt ja, ich bin nicht unbedingt der beste Begleiter in Sachen Kultur«, versuchte Philippe seine Verlegenheit zu überspielen.

»Dafür ist dir die Auswahl aber gut gelungen.« Als ich bemerkte, wie Philippe nervös von einem Bein auf das andere trat, erlöste ich ihn. »Und richte Lucia ein Dankeschön von mir aus, wenn du das nächste Mal mit ihr telefonierst. Dafür, dass sie dich mit mir teilt, und für die Mühe mit den Sightseeing-Tipps.«

Lucias Liste hielt, was sie versprach. Nach dem ersten Tag beschloss ich, keine ihrer Empfehlungen auszulassen. Genauso wenig ließ ich es mir entgehen, mir meinen täglichen Touri-Abschluss-Cappuccino von Philippe servieren zu lassen. Er nahm es mit Humor, dass er mich bedienen musste, bevorzugte mich vor allen anderen Gästen und flirtete ungeniert mit mir, wobei seine dunkelbraunen, mit schwarzen Ebenholzsprenkeln durchsetzten Augen vor Vergnügen aufleuchteten. Am Schluss präsentierte er mir die Rechnung und feilschte mit wortreichen Gesten um ein unverschämt hohes Trinkgeld. Abends zogen wir dann los und machten Rom unsicher.

Die Stunden mit Philippe halfen mir, nicht ständig an Christopher zu denken. Dass etwas Unerwartetes passiert war, erschien mir die einzig vernünftige Erklärung, warum er die Ferien nicht mit mir verbracht hatte. Und das wiederum schürte meine Angst, und in meiner Fantasie malte ich mir die schrecklichsten Dinge aus. Weshalb mein Schutzengel – Christophers Meinung nach die Verlässlichkeit in Person – mich hängenließ, verstand ich dennoch nicht. Die Angst, die bei der Erinnerung an den Absturz in mir wieder auflebte, dagegen schon.

Für meinen letzten Tag hatte ich mir die Katakomben aufgehoben. Philippes Wohnung lag im Süden von Rom, nicht weit entfernt von meinem Ausflugsziel, so dass ich vor meiner Tour noch in Ruhe meinen Koffer packen konnte. Allerdings war ich mir nicht sicher, ob ich wirklich ein weiteres Mal in eine Totengruft steigen sollte. Mit einem Engel, der mich beschützte, falls ich wieder einem Totenwächter begegnen würde, rechnete ich jedenfalls nicht. Doch da die Katakomben allgemein zugänglich waren, musste ich wohl kaum mit einer Bedrohung dieser Art rechnen – höchstens mit ein paar liegengebliebenen Skelettresten.

Ich nahm die Herausforderung an und fuhr mit dem Bus zur Via Appia, stieg eine Station früher aus und schlenderte den gepflasterten Steinweg entlang, um das Gefühl von Ewigkeit in mich aufzunehmen, das diese uralte Zugangsstraße umgab. Schließlich erreichte ich die Catacombe di San Callisto, eine der großen Grabanlagen Roms. Zur Sicherheit schloss ich mich einer Führung an. Bei über hunderttausend Gräbern, zig Kilometer langen, verschlungenen Tunneln und meinem verkümmerten Orientierungssinn war das ratsam.

Die mollige Vollblutitalienerin, die unsere knapp zwanzigköpfige Gruppe durch die schmalen Gänge führte, entpuppte sich als unfreiwillig komisch – zumindest für mich. Ihr Versuch, uns mit ihrem geheimnisvollen Flüstern, ihrem erhobenen Zeigefinger und ihren Mahnungen, leise zu gehen, damit die Toten nicht aufwachten, zu beeindrucken, entlockte mir hin und wieder ein unpassendes Kichern. Die anderen Teilnehmer zeigten für meine Lachanfälle nur wenig Verständnis und warfen mir verärgerte Blicke zu. Ich riss mich zusammen. Sicher kannte keiner von ihnen das Totenreich so gut wie ich.

Als wir die Kammer der Cäcilia erreichten, stürmte unsere Katakombenführerin ihrem theatralischen Höhepunkt entgegen. Blutrünstig schilderte sie die Geschichte der enthaupteten Heiligen, deren Todesschrei bei Vollmond noch heute zu hören sei. Um meinen Mitstreitern die Stimmung nicht zu verderben, unterdrückte ich meinen Lachanfall, biss die Zähne zusammen und entfernte mich ein wenig von der Gruppe.

Ich kam nicht zum Lachen. Eine Hand packte mich von hinten und zog mich in einen Seitengang. Eine zweite legte sich auf meinen Mund und meine noch immer empfindliche Nase und hinderte mich so am Schreien. Rückwärts wurde ich den unbeleuchteten Gang entlanggezerrt und mit einem Stoß zwischen die Rippen in eine kleine Grabkammer bugsiert. Ein kalter Schauer durchrieselte meinen Körper, während ich durch den Zugang taumelte, als wäre ich durch einen eisigen Vorhang gestürzt.

Die Hände hatten mich freigegeben, und ich konnte endlich wieder Luft holen – nach Moder und Zimt riechender Grabesduft. Allzu bekannte, königsblaue Augen leuchteten mir entgegen. Diffuses Licht, das den Zugang zur Grabkammer verschloss, erhellte mit einem unwirklichen Schimmer das jugendliche Gesicht meines Gegenübers. Meine Knie drohten nachzugeben, weshalb ich Halt an der rauen Steinwand suchte.

»Na, du wirst mir doch nicht etwa umkippen? Nachdem du so tapfer deinen tiefen Fall überstanden hast.«

Sollte ich noch einen Rest Farbe im Gesicht gehabt haben, so war er jetzt sicher verschwunden. Sanctifer, Christophers ehemaliger Tutor und einer meiner größten Albträume, stand vor mir.

»Für Mund-zu-Mund-Beatmung bin ich nicht zuständig. Da solltest du besser Christopher fragen.«

Ein Funke Eifersucht mischte sich unter meine Angst. Ich hielt ihn fest und verstärkte ihn mit meiner Wut auf Christopher, meinem Ärger über Raffael, Sanctifers Ziehsohn, und meinem Zorn auf ihn. Das half mir, aus meiner Schockstarre zu erwachen.

»Lieber würde ich ersticken, als deinen Gestank zu ertragen!«

»Du duzt mich?!« Mein Gegenüber täuschte Empörung vor. »Das *Euch* gefiel mir wesentlich besser.«

»Das kannst *du* vergessen!«

Sanctifer zog fragend eine Augenbraue nach oben. »Das werden wir sehen. Jedenfalls solltest du dich auf deine Manieren besinnen, wenn du vor einem Engel stehst.«

»Wozu? Ich spreche mit keinem mehr.«

»Ach ja, das hätte ich fast vergessen. Christopher hat Wichtigeres zu tun, als auf dich aufzupassen.«

Ich presste meine Lippen zusammen, damit mir nicht noch eine unbedachte Bemerkung herausrutschte.

»Er bevorzugt Venedig – obwohl ich finde, dass auch Rom einen gewissen Reiz besitzt. Doch dieser scheint ihm genauso wenig zu genügen wie deine Anziehungskraft.«

Ich ignorierte Sanctifers Spott. Wenn Christopher tatsächlich in Venedig wäre, hätte er bei mir vorbeigeschaut – es sein denn, er wurde unfreiwillig dort festgehalten. Sanctifer lächelte. Er ergötzte sich an meiner allzu offensichtlichen Hilflosigkeit. Mit einem Griff unter sein schwarzes Hemd zauberte er eine rote, aufwendig mit Gold- und Silberfäden bestickte Hülle aus seinem Hosenbund.

»Vielleicht wird dir das helfen, deine Chancen bei Christopher zu verbessern.«

Mein Atem stockte. Ich kannte den Dolch, dessen Heft aus der Scheide ragte. Der Griff war prunkvoll verziert, mit Edelsteinen und einem rot leuchtenden Rubin. Sanctifer hatte mir damit die Kehle aufgeschlitzt. Erschrocken trat ich einen Schritt zur Seite und berührte die Narbe an meinem Hals, die mir von seinem Angriff geblieben war.

»Keine Sorge, ich werde dir nichts tun. Ich habe alles, was ich wollte.« Mit einer schnellen Bewegung widerlegte er seine Worte und zückte den Dolch. Blut klebte an der gebogenen Klinge. Meines – oder das des Opfers nach mir.

Ich wich weiter zurück, krallte meine Finger in die steinerne Wand hinter meinem Rücken und befahl meinen Händen, mit dem Zittern aufzuhören. Wenn Sanctifer mich töten wollte, hätte er das längst getan.

»Warum bin ich hier, wenn Ihr bereits alles habt, was Ihr wollt?« Ich biss mir auf die Lippe, als ich meinen zweifachen Fehler bemerkte. Auch wenn mein Gegenüber sich wie ein Engelsfürst benahm, war das noch lange kein Grund, vom Du auf das Ihr zu wechseln.

Mir wurde kalt. Manipulierte er mich etwa?

Sanctifers blaue Augen funkelten befriedigt. »Wie ich sehe, bist du lernfähig. Hoffentlich vergisst du dich nicht wieder. Aber ich bin nicht hier, um dich zu erziehen, sondern um etwas zurückzugeben.« Auffordernd hielt er mir den Dolch entgegen.

Ich zögerte. Was sollte das? Sah ich aus wie ein himmlischer Postbote?

»Na los. Nimm ihn! Christopher ist schon lange auf der Suche danach – es ist ein Erbstück. Sicher kannst du sein Herz ein wenig erweichen, wenn du ihm den Dolch bringst.«

»Das habe ich nicht nötig!«, schoss ich zurück. Warum sollte ich Sanctifer glauben? Außerdem wusste ich nicht, ob und wann ich Christopher wiedersehen würde, nachdem er in letzter Zeit nicht gerade meine Nähe gesucht hatte.

Sanctifer schien mein Dilemma zu kennen. »Raffael und der Dolch werden dir weiterhelfen. Es gibt mehr als einen Zugang zum Schloss der Engel. Außerdem bin ich dir noch etwas schuldig – und ich hasse es, wenn gegebene Versprechen nicht eingehalten werden.«

Bevor er seine Lippen spitzte, sah ich noch, wie er in seine Hosentasche fasste. Sein Mund verzerrte sich zu einem Lächeln, als ich das Pulver einatmete, das er mir ins Gesicht blies.

Ich erwachte in einer schmalen Grabnische. Neben mir der verhüllte Dolch und ein paar Überreste des Verstorbenen, der vor mir hier ablegt worden war. Trotzig unterdrückte ich mein Bedürfnis zu schreien, zwängte mich aus der engen Ruhestätte und begann, den undefinierbaren Staub, der an meinen Kleidern klebte, abzuklopfen. Das widerliche Gefühl, das mich durchzog, wurde ich allerdings nicht los. Sanctifer hatte sich den besten Platz in Rom ausgesucht, um mir Angst einzujagen.

# Kapitel 5

## Verbotene Pfade

Philippe drückte mir am nächsten Morgen ein kleines Geschenk in die Hand.

»Du darfst es erst an deinem Geburtstag öffnen«, ermahnte er mich, als ich neugierig nach dem Band schnappte, um es aufzumachen.

Murrend steckte ich es unter seiner strengen Aufsicht in meine Tasche, da ich den großen Koffer, den ich für meinen in drei Wochen beginnenden Kanadaaufenthalt mitschleppte, weder vor seinen noch vor anderen neugierigen Blicken öffnen wollte. Als ich das Gepäckstück später auf dem Förderband verschwinden sah, dämmerte mir, dass ich dennoch einen Fehler gemacht hatte. Ein antiker, mit Edelsteinen besetzter Dolch würde die Gepäckkontrolle nicht unbemerkt passieren.

Nach langem Hin und Her hatte ich ihn doch mitgenommen. Vielleicht half mir die Waffe tatsächlich, Christopher zu mir zu holen – oder zumindest einen Zugang zu seiner Welt zu finden. Dass ich mein Engelsmedaillon nur aus Zufall verloren hatte, glaubte ich inzwischen selbst nicht mehr.

Ich überspielte meine Nervosität, als ich mich von Philippe verabschiedete, doch am Flughafengate brach sie wieder durch. Unruhig lief ich auf und ab, da ich jeden Augenblick damit rechnete, von uniformierten Beamten entdeckt und abgeführt zu werden.

Sie kamen nicht. Auch nicht, als ich in Berlin das Flugzeug verließ. Mit einem mulmigen Gefühl im Bauch zog ich meinen Koffer vom Band. Vielleicht warteten sie nur darauf, dass ich mir das Gepäckstück griff.

Es blieb ruhig. Entweder der Dolch war bei den Kontrollen übersehen worden, oder Sanctifer hatte dafür gesorgt, dass er unbemerkt blieb. Ich tippte auf Sanctifer. Einem Engel dürfte so etwas nicht allzu schwerfallen.

Da ich mir sicher war, dass der Dolch auf dem Internat ein vielbeachteter Gegenstand sein würde und mir bei seiner Entdeckung der Rausschmiss drohte, kümmerte ich mich zuallererst um ihn. Mit Klebestreifen befestigte ich die edle Waffe an der Unterseite meines Lattenrosts und schob den Koffer davor. Selbst beim Saubermachen würde ihn dort niemand entdecken. Dann verdrängte ich den Frust, der sich in den letzten Wochen angestaut hatte, und stellte mich meinen Freunden. Sie würden nach meinen Ferienerlebnissen fragen – und nach Christopher.

Zu meiner Überraschung saß Florian auf dem roten Sofa neben Max, anstatt bei Hannah zu sitzen. Vielleicht hatte er genug von der platinblonden Schönheit, die es sich mit ihrem Hofstaat am Fenster gemütlich gemacht hatte, und suchte wieder Anschluss an seine wahren Freunde.

Ich begrüßte beide mit einem strahlenden »Hallo« und setzte mich auf den schwarzen Hocker neben einem der runden Beistelltischchen. Keine Minute später stürmte Juliane mit Marisa zur Tür herein.

»Ihr müsst euch unbedingt unsere neuen Zimmer anschauen. Hier im Schloss ist es so viel besser als im Gelben Haus«, schwärmte sie mir vor. Offenbar hatte sie unseren Streit vor den Ferien vergessen.

»Das wissen wir«, bremste Max ihren Enthusiasmus. »Auch wir sind Mitglieder der K2 und dürfen jetzt im Schloss wohnen.«

Ich konnte mir ein Grinsen nicht verkneifen. Max hatte sich angehört, als wär K2 ein alpinistischer Geheimbund, obwohl es sich nur um die stundenplangerechte Abkürzung der Kursstufe zwei, der Abschlussklasse, handelte.

»Du hast gut lachen«, wandte er sich an mich. »Du genießt die Annehmlichkeiten eines Einzelzimmers im Schloss ja schon lange.«

»Und sieh dir den Aufenthaltsraum an. Der ist doppelt so groß wie unser alter, und die Sofas sind auch viel bequemer«, setzte Juliane begeistert fort, während sie auf dem zweiten, dem schwarzen Sofa, das neben dem roten in einer Ecke des verwinkelten Raumes stand, auf und ab wippte und ihre Zehen in den grauen, flauschig weichen Teppich drückte.

»Und, wie findet Chris sein Zimmer?«, fragte Juliane, als sie bemerkte, dass Christopher fehlte.

Ich zuckte die Achseln. Meine Ausreden, wo er abgeblieben war, waren mir in Italien schnell ausgegangen. Auf dem Internat würde ich keinen Tag damit durchkommen.

»Ich habe keine Ahnung.«

Marisa sah mich verständnislos an, weshalb ich fortfuhr – besser ich brachte es gleich hinter mich.

»Ich habe ihn seit Ferienbeginn nicht mehr gesehen.«

»Wie jetzt?«, mischte sich Max ein. »Du wolltest doch mit ihm Urlaub in Italien machen?!«

»Ich war in Italien. Allerdings ohne Chris.« Das betretene Schweigen, das nicht mal von Juliane gebrochen wurde, machte es mir nicht leichter. »Und ich kann euch auch nicht sagen, wo er steckt.«

»Was? Er hat dich versetzt?«, hakte Juliane neugierig nach.

Marisa mischte sich ein und legte eine Hand auf ihren Arm, um sie zum Schweigen zu bringen. »Sicher gab es einen Grund, warum er nicht zu Lynn kommen konnte.«

»Bestimmt gab es den. Allerdings hat er mich darüber im Unklaren gelassen.«

Als meine Freunde begriffen, dass ich die ganze Zeit vergeblich auf Christopher gewartet hatte, trat ein mitleidvoller Zug in ihre Gesichter, der mich wütend machte. Ich wollte kein Mitleid.

Wer so blöd war, sich in einen Engel zu verlieben, und noch blöder, auf ihn zu warten, der hatte partout wohl nichts anderes verdient.

Es hatte mich einige Zeit gekostet, zu dieser Erkenntnis zu gelangen. Sie half mir, meine Gefühle in den Griff zu bekommen, damit ich weiterleben konnte, ohne nochmals das Bedürfnis zu verspüren, mich von einem Felsen zu stürzen, um einen Engel zu provozieren.

»Und … und du weißt auch nicht, ob er hier wieder zur Schule gehen wird?«, fragte Juliane vorsichtig.

Ich speiste sie mit einem kurzen »Nein« ab. Wenn sie wissen wollte, wo er war, sollte sie es doch selbst herausfinden oder warten, bis er wieder in Erscheinung trat. Darüber, ob ich ihm den Dolch dann einfach nur geben oder zwischen die Rippen stoßen würde, war ich mir noch nicht im Klaren.

Im Gegensatz zu Hannah, die täglich neue Spitzen abschoss wie »Haben deine faden Küsse Christopher vertrieben?« oder »Hat er endlich erkannt, wie langweilig du bist?«, hielt Raffael sich erstaunlicherweise zurück. Ich hatte damit gerechnet, dass er mir sofort nach meiner Ankunft im Internat verraten würde, was ich tun musste, um ins Schloss der Engel zu gelangen. Meiner Einschätzung nach verbarg Sanctifers Versprechen einen monströsen Haken – wenn es überhaupt stimmte, dass es neben der nicht mehr vorhandenen Kellertreppe einen zweiten Zugang gab. Ich würde mich jedenfalls nicht noch einmal zum Narren machen und danach suchen.

Natürlich tat ich es trotzdem. Am Morgen nach meiner Geburtstagsparty hielt ich es nicht mehr aus und schlüpfte in den unter der großen Treppe der Eingangshalle verborgenen Putzraum. Ganze drei Wochen lang hatte ich gehofft, dass Christopher auftauchen würde. Als ich gemeinsam mit meinen Freunden in der Schulbar meinen Geburtstag und unseren letzten Abend vor der Sprachreise nach Kanada feierte und Geschenke auspackte, hoffte ich immer noch auf ein Zeichen oder wenigstens eine Nachricht von ihm.

Alle, die ich mochte, hatten an mich gedacht. Von meinen Eltern kam ein riesiges Paket, gefüllt mit zwei Winterpullis, drei langärmeligen Blusen, einem neuen Kosmetiktäschchen samt Inhalt, Süßigkeiten und einem großzügigen Shopping-Gutschein. Meine Internatsfreunde hatten zusammengelegt und mir eine Kamera geschenkt, damit ich nicht immer Bilder mit meinem Handy machen musste. Antonio versprach mir einen Kinobesuch. Stefano und Emilia schickten mir ein paar Fotos von unseren gemeinsamen Strandtagen, einen Gutschein über eine Entspannungsmassage und ein Essen bei Emilias Eltern.

Philippes Geschenk jedoch setzte allem die Krone auf. Aus seinem Päckchen wickelte ich einen silbernen Schlüsselanhänger. Einen Schutzengel, der auf mich aufpassen sollte. Ich war hin- und hergerissen, ob ich ihn behalten oder wegwerfen sollte. Doch da es ein Geschenk von Philippe war, behielt ich ihn, verstaute den Anhänger aber hinten in meiner Schreibtischschublade, damit ich ihn nicht ständig vor Augen hatte.

Umgeben von Putzmitteln, Besen und Wischmopps begrub ich schließlich die Hoffnung auf ein verspätetes Geburtstagsgeschenk von Christopher in Form von Stufen, die mich zu ihm brachten. Auch wenn meine Freunde sich bei meiner Geburtstagsparty alle Mühe gegeben hatten, mich aufzumuntern, fiel es mir jetzt schwer, meine Enttäuschung länger zurückzuhalten.

Christopher hatte mich vergessen!

Traurig schloss ich die Wandtür hinter mir, um in mein Zimmer zurückzukehren – und stand Raffael gegenüber. Er war einer der Letzten, die mich so niedergeschlagen sehen sollten. Am liebsten hätte ich ihn einfach ignoriert und wäre an ihm vorbeigegangen, doch das Kästchen, das er in seinen Händen trug, hielt mich auf. Es kam mir bekannt vor. Es war mein Kästchen! Das Erinnerungsgeschenk, das ich von meinen Freunden bei meinem Abschied ins Internat bekommen hatte. Ich hatte es in dem Keller versteckt, der ins Schloss der Engel führte. Raffael musste es irgendwann geholt haben.

»Mein Geburtstagsgeschenk für dich«, sagte er nur, als er es mir beinahe schüchtern überreichte, bevor er sich umdrehte und verschwand.

Ich versuchte, nicht über seinen ungewohnten Mangel an Selbstbewusstsein nachzudenken, während ich die Stufen zu meinem Zimmer hochstieg. Dass ich in dem Kästchen nicht nur meine Erinnerungsstücke an Italien fand, überraschte mich wenig. Als ich den Zettel auf meinem Schreibtisch ausbreitete, erkannte ich schnell, dass es eine Karte dieser Gegend war. Die charakteristische Form des Sees mit der kleinen, herzförmigen Insel und die Stelle, an der das Internatsschloss stand, waren deutlich zu erkennen – ebenso die Markierung bei der Kirche auf der anderen Seite des Sees. An sie grenzte der Engelseelensee, wo Sanctifer mir die Kehle aufgeschlitzt hatte. Und nicht weit davon entfernt lag der Mühlenteich. Dort endete der Weg aus dem Reich der Totenwächterin.

Ich betrachtete die rot markierte Stelle genauer. *Tunnel zum Schloss der Engel* stand mit Tinte geschrieben daneben. Ein sehnsuchtsvolles Kribbeln erwachte in meiner Brust – ich bemühte mich, es zu ignorieren. Sorgfältig riss ich die Karte in kleine Stückchen, holte Streichhölzer und steckte sie in Brand. Die Asche blies ich zum Dachfenster hinaus.

Dass Sanctifer mir helfen wollte herauszufinden, wo Christopher steckte, schied aus. Es musste einen anderen Grund geben, warum er versuchte, mich ins Schloss der Engel zu lotsen – doch so leicht ließ ich mich nicht manipulieren. Aber vielleicht wollte Sanctifer mir auch nur etwas zeigen. Etwas, das mir nicht gefallen würde: Christopher, der mich vergessen hatte, weil er mit einer anderen zusammen war.

Ein eisiges Band legte sich um mein Herz. Der Gedanke, abzureisen, ohne nach dem Tunnel gesucht zu haben, und stattdessen meine Ängste auf einen vierwöchigen Kanadatrip mitzunehmen, fegte meine Zweifel beiseite. Sollte es wirklich einen zweiten Zugang geben, konnte ich ja jederzeit umkehren. Außerdem hatte Aron, mein einstiger Engelstutor, mir gedroht, mich aufzuhalten, falls ich noch mal im Schloss der Engel aufkreuzen würde. Einem Engel, den ich fragen konnte, was mit Christopher passiert war, würde ich demnach auf jeden Fall begegnen. Ganz abgesehen davon wollte ich den Dolch loswerden, bevor ich das Internat verließ.

Beim Frühstück erzählte ich Marisa und Juliane, dass ich seit meinem Drachenunfall Angst vor dem Fliegen hätte und deshalb einen Beruhigungslauf um den See machen wollte. Ich wusste, dass beide ihre Koffer noch nicht gepackt hatten und nur im äußersten Notfall bereit waren, die elf Kilometer freiwillig zu laufen.

In Sportklamotten und Turnschuhen joggte ich los, den Dolch in seiner verzierten Scheide unter einem weitgeschnittenen Shirt mit Klebestreifen an meinem Bauch befestigt. Ich lief am Südufer des Sees entlang und fiel in einen gleichmäßigen Trab, der mich tatsächlich ein wenig beruhigte. Die Waffe eines Engels unter dem Herzen zu tragen, fühlte sich beängstigend an. Zumal sie eine Narbe an meiner Kehle hinterlassen hatte, die auch Christopher nicht heilen konnte.

Der grün schimmernde Mühlenteich lag friedlich neben der alten Wassermühle. Nichts deutete darauf hin, dass ein Tunnel aus einer anderen Welt hier endete. Ich drosselte mein Tempo, umrundete die Kirche mit ihrem angrenzenden Friedhof und begann am Fuß des Hügels nach dem Zugang zu suchen. Da es nichts gab außer Gestrüpp und hohem Gras, widmete ich mich der Kirche.

Auch hier fand ich keinen Hinweis. Weder in dem aus Findlingen gemauerten Glockenturm noch in dem mit einem bemerkenswert schönen Altarbild geschmückten Kirchenraum – genauso wenig, wie unter dem Altar. Genervt verließ ich das Gebäude.

Was wollte Sanctifer von mir? Mich zur Verzweiflung treiben? Und in Raffaels Arme? Der hatte sich in den letzten Wochen außerordentlich höflich verhalten – wenn ich die Chance verpasst hatte, ihm aus dem Weg zu gehen. Was mir, sobald mir wieder einfiel, was er ertragen musste, jedes Mal ein wenig schwerer fiel.

Noch einmal umrundete ich den Friedhof. Ich hätte schwören können, dass der Efeu an der Kirchmauer, als ich vorher hier vorbeigelaufen war, dichter wuchs. Die kleine, hölzerne Luke entdeckte ich jedenfalls erst jetzt.

Vorsichtig verschwand ich unter dem Blättervorhang. Der Verschlag ließ sich problemlos öffnen. Schnell schlüpfte ich hinein. Dämmerlicht empfing mich, als die Tür hinter mir zuschwang, doch jemand hatte vorgesorgt. Eine dicke, weiße Kirchenkerze lag vor mir, samt Streichhölzern. Ich zündete sie an und tastete mich unter der massiven Gewölbedecke einen schmalen Gang entlang.

Es roch modrig. Und nach Pulver. Tausend Staubkörner rieselten auf mich herab und hüllten mich in einen pudrigen Nebel. Ein eisiges Gefühl durchzog meinen Körper, tausendmal intensiver als in den Katakomben. Meine innere Stimme riet mir umzudrehen – mein Herz beschwor mich weiterzulaufen.

Die Luft wurde feuchter. Der Tunnel führte zum See hinunter – was ich mir schon gedacht hatte. Der Mühlenteich war ein unbequemer Zugang, die Luke wesentlich komfortabler. Längst vergessener Ärger wallte in mir auf. Warum hatte Aron mich nach meiner Flucht aus dem Totenreich durch den Teich geschickt, wenn es einen einfacheren Weg gab? Hasste er mich, weil ich einen Engel liebte? Wollte er mich für mein Vergehen bestrafen? Oder demütigen?

Je näher ich dem Reich der Totenwächterin kam, umso aufgewühlter war ich. Vielleicht sollte ich den Dolch einfach dort ablegen, wo ich mich gerade befand. Irgendjemand würde ihn schon finden. Allerdings konnte das auch die Totenwächterin oder einer ihrer Lakaien sein, und in ihren Händen wollte ich eine Waffe, an der vielleicht noch mein Blut klebte, nicht wissen.

Also lief ich weiter durch den modrigen, mit Pfützen und kleinen Tümpeln durchzogenen Tunnel, obwohl ich mich bei jedem Schritt unsicherer fühlte. Doch es war nicht nur die Furcht vor der Totenwächterin und ihren satanischen Helfern, die in mir erwachte. Je tiefer der Tunnel nach unten führte, umso schneller wuchs meine Wut: Auf meinen angeblich so perfekten Schutzengel, der mich im Stich gelassen hatte. Auf Christopher, weil er nicht aufgetaucht war, und auf Sanctifer, dem ich es zu verdanken hatte, dass ich in die Machenschaften der Engelswelt verstrickt worden war.

Mein Herz klopfte ängstlich und wütend zugleich, als ich den tiefsten Punkt des Tunnels erreichte. Ganz in der Nähe musste die Pforte sein, durch die ich dem Totenreich entkommen war. Unweigerlich lief ich schneller. Unter keinen Umständen wollte ich Aufmerksamkeit erregen.

Außer Puste rannte ich die Stufen am Ende des Tunnels nach oben. Atemlos betrat ich einen kleinen, mit brennenden Ölschalen erhellten Raum, roch den Duft von Meer und wilden Kräutern und blickte in die zornfunkelnden grauen Augen von Aron.

»Was. Tust. Du. Hier?!«

Vor Schreck ließ ich die Kerze fallen. Sie erlosch.

»Habe ich dir nicht deutlich genug geschildert, was dich erwartet, falls du noch mal nach Christopher suchen solltest?«

Das hatte er. Meiner Erinnerung nach hatte er gedroht, mir zuerst die Zunge auszureißen und danach meine Gliedmaßen, bevor er mich vierteilen, köpfen und – falls es da noch etwas gab, das lebte – bei lebendigem Leib verbrennen wollte. Oder so etwas in der Art. Vorsichtshalber wich ich einen Schritt zurück.

»Was willst du?«, herrschte Aron mich an. Seine Augen nahmen einen ähnlich dunklen Farbton an wie seine lässig verwuschelten Haare. Ich hatte ihn noch nie so wütend gesehen. Eigenartigerweise wirkte sein Zorn nicht abschreckend, sondern ansteckend und addierte sich zu der Wut, die ich ohnehin schon in mir trug.

»Ich wollte wissen, ob mit Christopher alles in Ordnung …« Ich verstummte, als ein übler Verdacht in mir aufkeimte. Aron war der Meinung, dass ich nicht die Richtige für Christopher war. Er hielt mich für schwach – für zu menschlich, um einem Racheengel zu genügen. »Er … er ist im Schloss, nicht wahr?«

»Das hat dich nichts anzugehen.« Drohend kam Aron näher.

Ich blieb standhaft. Er würde mir nichts tun – hoffte ich zumindest.

»Ach nein?! Nachdem er aller Welt erzählt hat, dass er mein Freund ist?«

»Anscheinend ist er zur Vernunft gekommen.«

»Oder wurde dazu gebracht!« Raffaels Geschichte über das Engelsgericht erschien mir auf einmal mehr als plausibel.

»Beides läuft auf dasselbe hinaus«, erklärte Aron von oben herab.

Säure schoss mir in den Magen – und ins Blut. »Wie kannst du akzeptieren, dass einem Freund von dir so etwas angetan wird?«

Arons bedrohliche Körperhaltung veränderte sich ein wenig. Mein Vorwurf überraschte ihn, doch er fing sich schnell wieder.

»Christopher trifft seine Entscheidungen selbst. Ihn zu beeinflussen ist äußerst schwierig – wie du weißt. Ihm etwas aufzuzwingen praktisch unmöglich.«

»Aber bei mir kannst du dir das gut vorstellen«, entgegnete ich bissig.

Aron antwortete nicht. Der selbstgefällige Ausdruck auf seinem Gesicht war eindeutig. Klar, er war ein Engel und mir haushoch überlegen. Aber deshalb musste er mich noch lange nicht so verächtlich ansehen.

»Du solltest jetzt gehen«, drängte er. Es war keine Bitte, sondern ein Befehl.

»Erst wenn ich mit Christopher gesprochen habe.«

»Wenn er sich mit dir unterhalten wollte, würde *er* jetzt hier stehen – und nicht *ich*.«

»Wenn er wüsste, was ich für ihn habe, würde er das«, antwortete ich selbstbewusst.

Aron blieb unbewegt, doch das neugierige Aufblitzen in seinen Augen verriet, dass er nicht wusste, wovon ich sprach.

»Gib es mir. Ich werde es an ihn weiterleiten«, entgegnete er, bemüht, gelangweilt zu klingen.

Mein gekünsteltes Lachen hörte sich selbst in meinen Ohren falsch an. »Es ist ein Erbstück. Ich gebe es *nur* Christopher!«

Auch wenn Aron mir bei meiner Flucht aus dem Totenreich geholfen hatte, war ich mir sicher, dass er mit der Totenwächterin in inniger Verbindung stand. Da Christopher ihn gebeten hatte, mich aus dem Tunnel zu bringen, war ihm wohl nichts anderes übriggeblieben, als mir den Weg zu zeigen – andernfalls hätte er Christophers Vertrauen verloren. Bei mir hatte er das schon längst.

Arons Blick huschte suchend über meinen Körper. Er blieb an der Stelle hängen, wo der Dolch befestigt war, der Schlüssel, der mir den Zugang zum Schloss der Engel ermöglichen sollte. Wenn Aron es darauf anlegen würde, ihn sich zu holen, hätte ich keine Chance. Er war durchtrainiert und kampfbereit wie ein Bodyguard im Schutzmodus – und sein überhebliches Grinsen verriet, wie gut er das wusste. Gebieterisch streckte er die Hand aus. Er verstand es nicht nur, mich mit Worten zu reizen.

»Du kannst es mir geben.«

»Jedem anderen«, zischte ich.

»Wie schade, dass du mir so wenig Vertrauen entgegenbringst – und das, wo ich mich doch so aufopferungsvoll um dich kümmere.«

Mein Magen zog sich vor Übelkeit zusammen, als ich das ganze Ausmaß seiner Andeutung verstand.

»Du?!«

»Überrascht?«

»Das … das glaube ich nicht.«

»Wie schade. Nur wenige Menschen haben das Vergnügen, ihren Schutzengel kennenzulernen.«

Ein Albtraum: Aron war mein Schutzengel. Entsetzt wich ich vor ihm zurück. Die Bilder von meinem traumatischen Drachenflug tauchten wieder auf: mein Entschluss, den Start abzubrechen, der durch eine kleine Handbewegung ins Wanken geriet – und durch einen falschen Befehl zum Absturz führte.

»Du … du hast mir gesagt, dass ich den Steuerbügel zu mir ziehen soll?!« Meine Stimme überschlug sich. »Warum?!«

»Du hast versucht, einen Engel herauszufordern.«

»Und deshalb hast du mich abstürzen lassen?«

»Falls du dich nicht mehr daran erinnern solltest: Du bist nicht abgestürzt.«

Nein. Das war ich nicht – nicht ganz. Fieberhaft versuchte ich den Grund für Arons Ablehnung herauszufinden. Dass er meine Liebe zu Christopher missbilligte, war klar. Und natürlich konnte er es auch nicht dulden, dass ich einen Engel herausforderte. Deshalb hatte er dafür gesorgt, dass der Drachen gegen die Felswand prallte – und in den Bäumen hängenblieb.

»Warum hast du mich verschont?«

»Es war noch zu früh für dich, um zu sterben. Und ich werde auch in Zukunft mein Bestes geben, damit du lebendig bleibst.«

»Und warum dann?«

»Fordere niemals jemanden zu einem Spiel heraus, dessen

Regeln du nicht kennst.« Arons Augen verengten sich zu schmalen Schlitzen, während er einen Schritt auf mich zu machte. Er wollte den Dolch, doch ich würde ihm die Waffe nicht freiwillig geben.

Ängstlich wich ich zurück. Er würde alles tun, um mich von Christopher fernzuhalten. Unsere Liebe war zum Scheitern verurteilt, solange Aron mein Schutzengel war. Auch deshalb musste ich unbedingt mit Christopher reden!

»Ich habe dir gesagt, dass du nicht nach ihm suchen sollst. Du nimmst meine Warnungen offenbar nicht ernst. Aber ich weiß, dass du deinen Sprung in die Tiefe noch gut genug in Erinnerung hast, um nicht ein zweites Mal denselben Fehler zu machen und einen Engel herauszufordern.«

Vor meinen Augen tanzte der Abgrund. Die Angst war wieder greifbar. Auflodernder Zorn vermischte sich mit ihr zu einer gefährlichen Mixtur. Aron drängte mich zu den Stufen, die in den Tunnel führten. Er wollte, dass ich verschwand und den Engel, den ich liebte, für immer aufgab – doch das konnte ich nicht. Verzweifelt griff ich nach dem Dolch unter meinem Shirt. An Aron vorbeizukommen war meine einzige Chance, Christopher wiederzusehen.

Das edelsteinbesetzte Heft schmiegte sich in meine Hand, als wäre es für mich geschaffen – bewaffnet zu sein fühlte sich unsagbar gut an. Meine Angst, meine Verzweiflung und meine Wut vereinten sich. Mein Zorn brannte mit einer Heftigkeit, die ich bis dahin nicht gekannt hatte. Aron hasste mich – und ich ihn.

Ein ungläubiger Ausdruck überzog sein Gesicht, als ich zustieß.

# Kapitel 6

## Dämonenstaub

Mein Blick trübte sich. Staubpartikel verdeckten mir die Sicht. Ich wedelte sie beiseite und entdeckte das Blut an meinem Dolch. Rotes, frisches Blut!

Dann sah ich Aron am anderen Ende des Raumes vor der Tür, die mich vom Schloss der Engel trennte. Auf den Knien kauernd. Zusammengekrümmt. Mit vor Schmerz verzerrtem Gesicht. Seine Hände versuchten das Blut aufzuhalten, das aus seiner Brust hervorquoll. Entsetzt stürmte ich auf ihn zu.

»Bleib, wo du bist!« Christopher, in seiner prachtvollen Engelsgestalt, schob sich zwischen Aron und mich. Seine gigantischen, lichtgewobenen Schwingen blitzten furchterregend. Doch viel schlimmer war der Blick, mit dem er mich betrachtete: Kälte, Fassungslosigkeit, Enttäuschung.

»Sie … fass sie nicht an! … Sie … sie ist voll … voller Dämonenstaub«, presste Aron zwischen zwei tiefen Atemzügen hervor.

Christophers Jadeaugen funkelten verächtlich. Sein eisiger Blick schnürte mein Herz zusammen. Ich ballte meine Hände zu Fäusten, um gegen den Schmerz anzukämpfen. Christopher sah nicht, wie sehr mich seine Zurückweisung verletzte – er sah nur, dass ich den Dolch fester packte.

In seiner Hand erschien ein riesiges, wunderschönes Schwert. Tausend winzige, weiß leuchtende Sterne funkelten darin – und er richtete es gegen mich. Der Engel, den ich liebte, wollte mich angreifen. So hatte ich mir unser Wiedersehen nicht vorgestellt. Verstört taumelte ich zurück.

»Gib mir den Dolch!« Seine Stimme war ebenso kalt wie seine grünen Augen.

Ich schob mich Richtung Tunnelausgang. Christopher besaß nur noch wenig Ähnlichkeit mit dem jungen Mann, der sich auf meiner Schule als mein Freund ausgegeben hatte. Jetzt existierte nur noch der Racheengel – und der war bereit, mich zu verletzen.

Panik überfiel mich und schürte meine Furcht. Schützend hielt ich den kleinen Dolch vor mich. Auch wenn er gegen Christophers Schwert nicht viel ausrichten konnte, nahm er mir das Gefühl, hilflos zu sein.

»Du … du darfst sie nicht … nicht gehen lassen«, hörte ich Arons gequälte Stimme.

»Das werde ich nicht.«

Normalerweise hätte ich gejubelt, weil Christopher mich hierbehalten wollte. Doch seine Worte klangen nicht nach einer Einladung, sondern wie ein Todesurteil. Der Dolch in meiner Hand begann zu zittern.

Christopher sah es und kam näher. »Gib ihn mir. Deshalb bist du doch gekommen.«

Ich nickte und umklammerte den Dolch fester. Er musste gefährlich sein, sonst hätte Christopher mich schon längst entwaffnet.

»Ich habe ihn von Sanctifer«, warnte ich. Vielleicht half das, Christopher aufzuhalten.

»Ich weiß. Ich kenne ihn – und dich. Du trägst keine Schuld an dem, was passiert ist. Gib mir den Dolch, und alles wird gut werden.«

Christophers Stimme hatte den sanften, warmen Klang angenommen, den ich so sehr liebte.

Überwältigt schloss ich die Augen, roch den Duft von Sommergewitter, fühlte Christophers allumfassendes Engelswesen und verlor mich in seiner Stärke. Ein Schlag auf die Hand entriss mir den Dolch. Ein zweiter brachte mich zu Fall. Ich hatte verloren, im Kampf gegen den Racheengel.

Leises Gemurmel weckte mich aus meinen verstörenden Träumen. Ich roch Lavendel, wilde Kräuter, Salz und einen heraufziehenden Sturm.

»Noch weißt du nicht, ob es ein Fehler war«, hörte ich Arons leise Stimme.

»Wäre dir die Alternative lieber?«, fragte Christopher.

»Dir?!«

Christopher seufzte gequält. »Beides wäre unerträglich«, flüsterte er.

Mein Versuch, die Augen zu öffnen, ließ mich laut aufstöhnen. Keine Sekunde später fühlte ich einen kühlen, nach Vanille riechenden Stoffstreifen, mit dem mir vorsichtig über Mund und Stirn getupft wurde.

»Schlaf noch ein wenig«, hörte ich Aron.

Aron?! Ich war mir sicher, dass ich das mit dem Dolch nicht bloß geträumt, sondern Aron tatsächlich niedergestochen hatte. Mühsam schlug ich die Augen auf.

»Unbelehrbar – wie immer.« Arons sanftmütiges Gesicht lächelte mir entgegen. Vielleicht hatte ich das mit dem Dolch doch bloß geträumt – oder, was wahrscheinlicher war, ich träumte jetzt.

Als ich jedoch sah, wie Christopher am anderen Ende meiner Dachkammer auf und ab lief und mich mit angespanntem Blick musterte, verwarf ich diesen wunderbaren Gedanken.

»Wie …« Ein stechender Schmerz zuckte durch meinen Kiefer, breitete sich in meinem Kopf aus und verursachte mir Übelkeit.

»Du solltest dich lieber für eine Weile in Schweigen hüllen. Die Berührung eines Engels kann ungewollte Nebenwirkungen enthalten«, erklärte Aron.

Ich befolgte seinen Rat. Den lockeren Sprüchen nach zu urteilen, ging es ihm gut – jedenfalls besser als mir. Nicht nur mein Kopf schmerzte höllisch, mein ganzer Körper rebellierte: Außen juckte er, innen schien er zu brennen. Erschöpft schloss ich die Augen und ließ Aron weitertupfen.

»Auch wenn ich weiß, wie sehr du es hasst – trink, so viel du kannst. Dann wird es dir bessergehen, wenn du das nächste Mal aufwachst.«

Ausnahmsweise widersprach ich nicht, als Aron mir mit äußerster Behutsamkeit eine unförmige Schnabeltasse an die Lippen hielt. Vorsichtig ließ er ein paar Tropfen der kühlen Flüssigkeit in meinen Mund fließen. Ich schluckte sie. Und auch die folgenden. Der kalte Kräutertee dämpfte den Schmerz und ließ mich schnell in einen traumlosen Schlaf gleiten.

Es war dunkel, als ich erwachte. Wie lange ich geschlafen hatte, wusste ich nicht. Meinem Gefühl nach ein paar Stunden – laut meinem Körper länger. Der heftige Juckreiz war verschwunden, und auch in meinem Inneren war es ruhiger geworden. Als ich jedoch genauer nachforschte, merkte ich schnell, dass das nicht für mein Gesicht galt. Und noch weniger für meine rechte Hand. Eine kleine Bewegung genügte, und hundert Knallfrösche schienen gleichzeitig zu explodieren. Gequält schrie ich auf, was wiederum etwas in meinem Kiefer zum Bersten brachte.

Sofort war Aron neben mir und legte eine Hand auf meine Stirn. Die Explosionen beruhigten sich im selben Moment. Dankbar sackte ich tiefer in das Kissen.

»Das mit dem *Bessergehen* hast du dir sicher etwas anders vorgestellt. Aber wenn du noch ein wenig Geduld hast, brav deinen Tee trinkst und ein bisschen weiterschläfst, kannst du mich bald mit einem Lächeln begrüßen.«

Als Arons Finger sanft über meine Lider strichen, wehrte ich mich nicht länger und ließ meine Augen zufallen. Ich vertraute ihm nicht, doch ich hoffte, dass er die Wahrheit sagte – auch wenn er auf das Begrüßungslächeln lange warten konnte.

Tatsächlich hatte sich der Schmerz gelegt, als ich wieder aufwachte – zumindest was mein Gesicht betraf. Bei dem Versuch, die Finger meiner verbundenen Hand zu bewegen, zuckten dieses Mal wild gewordene Blitze hindurch.

»Das mit deiner Hand wird noch eine Weile dauern. Dafür solltest du jetzt problemlos essen können«, erklärte Aron mit einem entschuldigenden Lächeln, während er mir ein Tablett mit Milchkaffee und Schokoladencroissants unter die Nase hielt.

»Soll ich dich füttern oder dir nur beim Aufrichten helfen?«, fragte er, als ich mich nicht rührte.

»Keines von beidem!«, antwortete ich schroff und versuchte, mich aufzusetzen, ohne meine bandagierte Hand zu bewegen. Das schmerzverzerrte Keuchen, das mir zwischen den Zähnen hindurchrutschte, ließ ein paar Falten auf Arons Stirn erscheinen.

»Mein Angebot, dir zu helfen, steht noch«, erklärte er gelassen. Als ich nicht reagierte, zuckte er mit den Schultern, klappte die dünnen Metallbügel an der Unterseite des Tabletts herunter und stellte es neben mir aufs Bett, bevor er demonstrativ die Arme vor der Brust verschränkte.

Ich schwieg, mühte mich in eine halbwegs bequeme Sitzposition und schnappte mir ein Croissant. Offenbar konnte Aron Gedanken lesen – vielleicht lag es aber auch nur an meiner finsteren Miene: Hilfe würde ich von ihm nur annehmen, wenn ich dazu gezwungen wurde.

»Ganz wie du willst. Aber glaub bloß nicht, dass es mir etwas ausmacht, wenn du rumzickst.«

Ich warf ihm einen bösen Blick zu und widmete mich meinem Frühstück. Wer zickte hier rum? Hatte ich nicht allen Grund, bockig zu sein?! Schließlich hatte *ich* über einem Abgrund in luftiger Höhe gebaumelt und nicht er – andererseits war er derjenige mit dem Dolch zwischen den Rippen.

Während ich dennoch mürrisch vor mich hin kaute, schaute ich mich in meinem Zimmer um. Ich saß in meinem riesigen Fast-Himmelbett, das unter einem der beiden Dachfenster stand. Das weiße Regal und der Schreibtisch waren so, wie ich sie verlassen hatte – nur aufgeräumter. Daran, dass die vielen, mit Spitzen besetzten Kissen auf meinem Bett fehlten und stattdessen die blaukarierte Patchworkdecke ihren Platz eingenommen hatte, merkte ich, dass ich nicht auf dem Internat, sondern im Schloss der Engel war. Zudem stand ein blauer Sessel neben dem Bücherregal, den es bei meinem letzten Besuch noch nicht gegeben hatte.

»Du hast mich also doch noch durchgelassen?«, fragte ich zwischen zwei Schlucken Kaffee.

»Nachdem du mich außer Gefecht gesetzt hattest, blieb mir ja nichts anderes übrig.«

Ich schaute zu Aron hinüber, der es sich auf dem blau bezogenen Sessel bequem gemacht hatte. »Dann habe ich das also nicht nur geträumt?«

»Nein«, war alles, was Aron erwiderte.

»Und … und das … mit Christopher?« Es fiel mir schwer, das flaue Gefühl aus meiner Stimme rauszuhalten, das erschien, sobald ich an Christophers funkelndes Schwert und seinen Angriff dachte.

»Das auch nicht.«

Ich schob mein Frühstück beiseite. Mein Hunger hatte sich schlagartig verflüchtigt. »Ist er … sauer auf mich?«

»Sauer?! So würde ich das nicht unbedingt nennen«, antwortete Aron. »Am besten, du fragst ihn selbst.«

Noch bevor ich widersprechen konnte, verschwand Aron zur Tür hinaus. Ein leises Klicken verriet, dass er mich einschloss. Das Geräusch verursachte mir Gänsehaut. Vom Nacken aus kroch sie mir den Rücken hinab – ich war also nicht als Gast hier.

Vorsichtig drapierte ich die Decke über meine rechte Hand und versteckte auch die Linke unter dem Überzug. Christopher sollte nicht sehen, dass meine Hände zitterten. Es genügte, wenn mein Gesicht offenbarte, wie sehr ich mich vor dem Wiedersehen mit ihm fürchtete. Nicht vor den Konsequenzen, Aron niedergestochen und ihn mit dem Dolch bedroht zu haben – die würde ich auf mich nehmen –, vielmehr hatte ich Angst zu erfahren, weshalb er mich mit diesem eisigen Blick betrachtet hatte.

Christopher kam nicht allein. Aron begleitete ihn. Während Christopher in der Nähe der Tür stehen blieb, setzte sich Aron in den blauen Sessel. Es sah beinahe so aus, als spiele er den Schiedsrichter.

Unsicher schaute ich von Aron zu Christopher. Die Verachtung war aus seinem Blick verschwunden, die Missbilligung geblieben. Ich vergrub meine gesunde Hand in der Matratze, um Halt zu finden. Am liebsten hätte ich auch meinen Kopf darin versteckt.

War er enttäuscht, weil ich Aron angegriffen hatte? Darüber hätte er entsetzt sein müssen – so wie ich. Aber was war es sonst? Dass ich nicht geduldig genug war zu warten, bis *er* sich bei *mir* meldete? Dann hatte er mich wirklich überschätzt. Aber vielleicht war er auch wütend, weil ich den Dolch auf ihn gerichtet hatte – Sanctifers Dolch.

Da Christopher mir nicht entgegenkam, machte ich den ersten Schritt.

»Geht … Geht es dir gut?«

»Ja. Und dir?«

Angestrengt betrachtete ich die blaukarierte Decke. »Ich … ich weiß nicht.«

»Hat Aron sich nicht um dich gekümmert?«

»Doch, das hat er, aber …« Ich brach ab und sah zu Aron hinüber. Wollte er wirklich hierbleiben, während ich Christopher mein Herz ausschüttete?

Aron rührte sich nicht. Mit locker verschränkten Armen blieb er sitzen, doch seine Körperspannung verriet, dass er seine Gelassenheit nur vortäuschte.

»Aber?«, erinnerte mich Christopher daran, weiterzusprechen.

»Und ich kann auch wieder problemlos kauen«, lenkte ich von meiner eigentlichen Antwort ab.

In Christophers Augen blitzte eisiges Grün, als ich ihn unbeabsichtigt an den Treffer in mein Gesicht erinnerte, doch er erwiderte nichts. Keine Entschuldigung, kein Mitleid, kein Bedauern, mich niedergeschlagen zu haben. Seine Kälte ließ mich erschaudern. Diese Seite kannte ich noch nicht an ihm. Und irgendetwas in mir weigerte sich zu glauben, dass sie zu ihm gehörte.

»Wo … wo bist du gewesen?«, fragte ich mit erstickter Stimme, als ich sein Schweigen nicht mehr aushielt.

»Ich war beschäftigt.«

Beschäftigt?! War das alles, was er nach zehn Wochen zu sagen hatte?

»Und womit? Oder sollte ich besser fragen – mit wem?« Mein Ärger half mir, meine Stimme wiederzufinden.

Aron bewegte sich leicht nach vorn. Ich ignorierte seine Bereitschaft, aus dem Sessel zu springen, und konzentrierte mich auf Christopher, dessen Gesicht noch immer keine Regung zeigte.

»Mit Engelsangelegenheiten, die dich nichts angehen«, sagte er kalt.

»Ach nein? Da habe ich was anderes gehört!«

In Christophers starre Haltung kam Bewegung. Breitbeinig stellte er sich in Abwehrposition und verschränkte die Arme vor der Brust – wie Aron.

Ich verbarg meinen Schreck. Was erwarteten die beiden von mir? Dass ich eine Waffe unterm Bett hervorzauberte und mich auf sie stürzte?

»Und aus welcher Quelle?«, hakte Christopher nach.

»Warum? Stimmt es etwa nicht, dass über mich verhandelt wurde? Und über dich, weil du dich eingemischt hast, als ich bei der Totenwächterin war?«

Christophers senkrechte Stirnfalte erschien. Sie tauchte immer dann auf, wenn er sich über etwas ärgerte – meistens über mich – oder ihn etwas überraschte.

»Und?«, bohrte ich weiter, da er nicht antwortete. »Anscheinend ist die Sache für dich glimpflich ausgegangen. Aber wie steht's mit mir?«

Christopher warf mir einen gequälten Blick zu, der mich verstummen ließ. Ich lag falsch. Sie hatten *ihn* und nicht mich verurteilt. Der Gedanke schnürte mir die Luft ab.

»Dein Leben wurde in die besten Hände gelegt, um deine Sicherheit zu garantieren«, beantwortete er meine Frage nur halb.

»In Arons?!«

Mein ungläubiger Tonfall ärgerte Christopher. Seine Kiefermuskeln spannten sich an – und seine Fäuste. Trotzdem antwortete er mit einem ruhigen »Ja«.

Ich versuchte, mich ein wenig aufzurichten, um taffer zu wirken, als ich war, verzichtete dann aber schnell auf mein Vorhaben. Der stechende Schmerz in meiner Hand ließ keine Täuschungsmanöver zu.

»Also findest du es okay, dass ich einen Berg hinuntergeschubst wurde und dann, nur von ein paar lausigen Schnüren gehalten, über einem dreihundert Meter tiefen Abgrund schweben musste?«

Christopher sah Aron fragend an. Als Aron nickte, entspannte er sich – im Gegensatz zu mir. Offenbar vertraute Christopher seinen Schutzengelfähigkeiten blind und fand auch nicht, dass Arons *Erziehungsmaßnahme* ein kleines bisschen überzogen war. Schließlich hätte Aron mir auch auf eine schonendere Weise klarmachen können, wie schwachsinnig es war, einen Engel herauszufordern.

»Dann scheint ja alles in Ordnung zu sein«, presste ich mühsam hervor. Raffael hatte recht behalten. Christopher besaß offenbar alles, was er wollte. Ich war nicht mehr wichtig für ihn.

Da ich es nicht länger ertragen konnte, ihn anzusehen, starrte ich wieder auf die Bettdecke vor mir. Wie blöd ich doch war, zu glauben, von einem Engel geliebt zu werden. Vor Enttäuschung ballte ich meine Hände zusammen – auch die rechte. Der Schmerz explodierte. Keine Sekunde später stand Christopher neben mir.

Aron reagierte ebenfalls und schob sich zwischen uns. »Abgesehen von deiner Hand. Ich werde mich darum kümmern«, betonte er nachdrücklich.

Christopher zögerte. Brauchte er jetzt schon eine Erlaubnis von Aron, um mich berühren zu dürfen?

Ich entzog Aron meinen Arm, den er unter der Bettdecke hervorgeholt hatte – obwohl es höllisch weh tat. Die Zähne zusammenzubeißen half, um nicht laut aufzuschreien.

Christophers Blick wanderte zu Aron. Nach einem kaum wahrnehmbaren Nicken zog Aron sich zurück. Nicht dass er ging – so groß war sein Entgegenkommen nicht. Nur einen Sprung weit entfernt ließ er sich in den blauen Sessel sinken.

Mit größter Behutsamkeit nahm Christopher meine Hand und untersuchte sie. Als unsere Blicke sich trafen und er meinen Kummer spürte, wandte er sich ab und widmete sich dem Verband.

Ich schloss die Augen. Meine Gefühle überforderten mich. Schmerz, Glücksmomente, Hoffnung und Furcht; schonungslos stürmten die Emotionen auf mich ein, während Christopher vorsichtig die weiße Bandage löste.

»Es tut mir so leid«, flüsterte er. Und als seine Lippen sanft die Linien auf meiner Hand nachzeichneten, begann ich zu hoffen, dass alles wieder gut werden würde.

# Kapitel 7

## *Von Engeln und Dämonen*

Meine Müdigkeit nahm kein Ende. Obwohl ich dagegen ankämpfte, schlief ich jedes Mal ein, wenn sich Christopher – natürlich unter Arons Aufsicht – um meine verletzte Hand kümmerte. Sobald sein Mund meine Haut berührte, fielen mir die Augen zu, und ich verschlief die Stunden bis zur nächsten Mahlzeit.

»Geht das mit dem Müdewerden auch irgendwann mal wieder weg?«, fragte ich Christopher und versteckte meinen Arm hinter dem Rücken, bevor er nach ihm greifen konnte. »Ich will nicht schon wieder schlafen!«

»Das sind die Nebenwirkungen des Dämonenstaubs.«

*Dämonenstaub*! Mir gruselte bei dem Gedanken, was das sein konnte. Der ständig anwesende Aron zögerte nicht, mich aufzuklären, als er mein Schaudern bemerkte.

»Die Dämonen teilten mit uns eine Welt, bevor sie zu unseren größten Feinden wurden. Der Staub, der von ihnen übriggeblieben ist, kann … kann für Engel tödlich sein.« Aron überspielte seinen Aussetzer, indem er von seinem blauen Sessel aufstand und an mein Bett trat. »Ich gehe davon aus, dass du das nicht wusstest.«

Ich drückte mich tiefer in die Kissen. Arons durchdringender Blick nagelte mich fest.

»Nein. Das … das ist mir neu.«

Er gab mich frei und wandte sich ab. »Sanctifer wusste, dass ich auf dich warten würde. Ich hatte deine Spur verloren, als du den Dolch unter deinem Bett hervorgeholt hattest, doch mir war klar, wohin du wolltest.« Aron unterbrach seinen Rundgang durchs Zimmer und schaute mich wieder an.

»Hättest du nicht wenigstens *einmal* meinen Rat befolgen können?« Er schüttelte den Kopf, lief weiter und gab sich selbst die Antwort. »Nein, natürlich nicht. Du hast lieber Sanctifer geglaubt!«

»Außer ihm war niemand da, der bereit war, sich mit mir über Engel zu unterhalten – ganz davon abgesehen ließ er mir keine Wahl. Was hätte ich denn tun sollen?«, fragte ich kleinlaut und suchte Hilfe bei Christopher.

»Du hättest den Dolch in den Katakomben zurücklassen können«, antwortete er.

»Hast du nicht nach ihm gesucht, nachdem Sanctifer mir damit die Kehle aufgeschlitzt hatte?«

Christopher sah mich überrascht an. »Doch, das habe ich. Dein Blut sollte nicht in die falschen Hände geraten.«

»Und? Ist es das?« Mir wurde plötzlich richtig schlecht. Christopher hatte mein Blut benötigt, um sich an mich zu binden.

»Nun, du hast es ihm ja nicht gerade freiwillig gegeben«, erriet er meine Gedanken. Ich atmete erleichtert auf, doch Christopher blieb nachdenklich.

»Sanctifer hat dir eine Falle gestellt«, fuhr Aron fort. »Du und der Dolch waren überzogen mit Dämonenstaub. Selbst dich zu berühren wäre gefährlich gewesen«, umschrieb er es vorsichtig.

»Und mit dem Dolch verletzt zu werden beinahe tödlich«, ergänzte ich.

»Wenn Christopher nicht da gewesen wäre? Vielleicht!«

Mit meiner gesunden Hand zog ich die Bettdecke höher. »Es … es tut mir leid«, stammelte ich die längst überfällige Entschuldigung.

Aron nickte. In seinen grauen Augen lag kein Vorwurf, aber auch kein Freispruch. Als Christopher meinen Arm nahm, um mit der Betäubungsprozedur fortzufahren, wehrte ich mich nicht länger gegen meinen Schönheitsschlaf. Die Tatsache, dass ich beinahe einen Engel getötet hätte, nagte heftig an meinem Gewissen.

Mit der Zeit nervte Arons ständige Anwesenheit. Nie ließ er Christopher und mich allein. Wenigstens durften – nach einer gefühlten Ewigkeit – zwei meiner Engelsfreunde mich besuchen: Zuerst die freundliche und hilfsbereite Susan, die mich ansah, als wäre sie nicht freiwillig hier, und danach Paul, der auf übelriechende Kräuter, Amphibien und ähnlich ekelerregendes Getier stand. Immerhin brachte er keines seiner Forschungsobjekte mit, sondern eine gelbe, nach Sommer duftende Teerose.

Ich freute mich riesig. Besonders, weil er mich nicht wie einen Engelsterminator behandelte: keine nervösen Seitenblicke, kein ängstliches Zögern wie bei Susan. Er legte einfach nur die Rose aufs Bett, nahm mich in die Arme und drückte mir einen Kuss auf die Wange.

»Ich dachte schon, ich würde dich erst in hundert Jahren wiedersehen«, gestand er. »Schön, dass es früher geklappt hat. Du hast die besten Sachen noch gar nicht gesehen.«

»So was wie Froschhaargel oder Schlangenpaste für Superhalt?«, fragte ich mit Blick auf seine dunkelblonden, frisch gegelten Haare.

»Eher so was wie Burgverlies und Streckbank«, erwiderte er lachend. »Wann kommst du hier raus?«

»Morgen darf sie aufstehen«, antwortete Aron zu meiner Überraschung. »Aber ich denke nicht, dass sie dann schon ihr Zimmer verlassen kann.«

Ich verstand die Warnung. Aufstehen: ja – aus dem Zimmer gehen: ein klares Nein! Wie viele Tage blieben mir wohl noch, bis meine Seele rebellieren würde, weil ich ungebunden in der falschen Welt feststeckte?

»Und wie lange wird das noch dauern?«, fragte ich.

»Das hängt davon ab, wie kooperativ du bist«, antwortete Aron zweideutig.

Als Paul das Zimmer verlassen hatte, hakte ich nach. »Was muss ich tun, damit du mich gehen lässt?«

»Gefällt es dir hier etwa nicht?«

»Es würde mir besser gefallen, wenn Christopher bei mir wäre und nicht *du*!«

»Damit wirst du wohl noch eine Weile leben müssen.«

Wie lange das sein würde, verriet Aron nicht – und genau das bereitete mir Kopfzerbrechen. Wenn meine Seele zu lange hierblieb, ohne an einen Engel gebunden zu sein, würde sie für immer sterben – und der Rest von mir gleich mit.

Arons unausgesprochene Drohung, mich in der Engelswelt festzuhalten, löste bei mir eine quälende Albtraumserie aus – in der Hauptrolle meine schlimmsten Erinnerungen. Gleich mehrmals durchlebte ich, wie die Totenwächterin sich in meine Träume schlich, mich mit ihrem Bann belegte und eisige Kälte meine Seele zum Erstarren brachte.

Mein Körper bebte, als ich mit panisch hämmerndem Herzen hochschreckte. War die Kälte, die ich in mir spürte, nur eine Auswirkung des Traums oder bereits eine erste Reaktion meiner Seele? Meine Angst vor dem endgültigen Tod stieg sprunghaft an.

Was verlangte Aron als Gegenleistung, damit ich gehen durfte? Dass ich Christopher vergaß? Niemals! Ich brauchte ihn, musste sehen, woran ich ständig dachte. Das war mir in den zehn Wochen, die ich ohne ihn auskommen musste, klar geworden. Wenn Christopher bei mir war, fühlte ich mich glücklich und geborgen, irgendwie vollständig. Er war für mich wie Sonnenstrahlen, die mich wärmten und am Leben hielten.

»Du bist schon wach?«, fragte Christopher überrascht, als er eine Stunde später mein Zimmer betrat – allein! »Lass sehen!« Geschickt befreite er meine Hand von dem weißen Verband.

Die offene Wunde, die am Tag zuvor noch einen Teil der Innenfläche verunstaltet hatte, war verschwunden – meine Hand vollkommen wiederhergestellt. Vorsichtig bewegte ich meine Finger. Auch der Schmerz war weg.

»Und? Geht es dir besser?«

»Ja. Und ich bin auch nicht mehr so müde.« Dass ich kaum geschlafen und vom Sterben meiner Seele geträumt hatte, verschwieg ich ihm. Die Zeit ohne Aron wollte ich nicht mit Reden vergeuden.

Doch Christopher schien anderer Meinung zu sein. Er kümmerte sich ums Frühstück anstatt um mich, bis Aron ihn ablöste. Auch Aron untersuchte als Erstes meine Hand.

»Ab heute kannst du sowohl auf den Verband als auch auf die Sonderbehandlung verzichten.«

»Heißt das, ich darf mein Zimmer verlassen?«

»Wir wollen es nicht gleich übertreiben. Mit Dämonenstaub ist nicht zu spaßen!«

»Sitzt du deshalb den ganzen Tag bei mir und ruhst dich aus?«

»Das hat andere Gründe.« Mehr verriet Aron nicht.

Immerhin erlaubte er mir aufzustehen, um etwas zum Lesen auszusuchen. Meine Wahl fiel auf eines der dicken, in Leder gebundenen Bücher, die er mitgebracht hatte, um sich beim Wachehalten die Zeit zu vertreiben. *Schutzengel und ihre Möglichkeiten* lautete der Titel – vielleicht stand auch etwas über ihre Schwächen darin.

Auf dem kurzen Weg vom Regal zurück zum Bett begann sich die Welt um mich zu drehen. Krampfhaft suchte ich Halt. Aron fing mich auf.

»Vielleicht solltest du heute doch besser noch ein wenig liegen bleiben und dich ausruhen«, empfahl er mir, während er mich vorsichtig ins Bett beförderte. Arons Sanftmut überraschte mich: kein Vorwurf, kein blöder Spruch und auch keine

Zurechtweisung. Sie kam, als er das Buch in meiner Hand entdeckte. »*Das* wäre sowieso nichts für dich«, sagte er und zog es mir aus den Fingern. »Zu viel Wissen kann schädlich sein.«

Auch am nächsten Tag weckten mich meine Albträume von der Totenwächterin, der Kälte und meiner sterbenden Seele viel zu früh. Sie würden wiederkommen, wenn ich weiterschlief. Also schlug ich die Decke zurück, kletterte vorsichtig aus dem Bett – damit mir nicht wieder schwindelig wurde – und tapste zum Regal hinüber.

Arons Buch war weg – und nicht nur das eine. Alle, die mir etwas über Engel hätten verraten können, hatte Aron aussortiert, während ich schlief.

Noch bevor sie da war, konnte ich sie spüren: Wut, die nach Verstärkung suchte – und fand. Bei Aron. Schon der Gedanke an ihn reichte. Erst als alle Bücher, die er mir gelassen hatte, über mein Zimmer verstreut auf dem Boden lagen, beruhigte ich mich wieder.

Aron wirkte nicht sonderlich erstaunt über meinen Wutausbruch – anscheinend hatte er mit einer Reaktion auf seine Bücherselektion gerechnet. Meine Überraschung dagegen war groß, als er mir seinen Vorschlag unterbreitete.

»Sobald du dich umgezogen und hier aufgeräumt hast, gehen wir ins Gelbe Haus.«

Sein Angebot, mein Zimmer verlassen zu dürfen, beflügelte mich. Ohne Widerspruch räumte ich in Höchstgeschwindigkeit die Bücher zurück ins Regal und zog mir im angrenzenden Badezimmer Jeans und eine helle Leinenbluse an, während Aron mein Zimmer kontrollierte.

Ich frühstückte allein auf der großen Terrasse mit Blick über den See. Die Engel saßen bereits im Unterricht. Doch das war mir egal. Alles war besser, als in meinem Zimmer vor mich hin zu schmachten.

Auch in der Engelswelt war der Herbst eingezogen. Dennoch standen die Rosen im Garten neben dem Gelben Haus in voller Blüte. Ihr Duft mischte sich mit dem des Lavendels und der violetten Astern. Ein paar Engel flitzten übermütig am Ufer des blauschillernden Sees entlang und verschreckten die Enten, die quakend ins Schilf flüchteten. Und zum ersten Mal seit meinem Angriff auf Aron fühlte ich mich beinahe wohl in seiner Gesellschaft.

»Wenn du gegessen hast und es danach noch bis runter zum See schaffst, werden wir ein wenig beim Flugtraining zuschauen«, erklärte er.

Natürlich konnte ich das. Das Schwindelgefühl beim Aufstehen ignorierte ich. Mein erster Freigang sollte nicht aufgrund eines Schwächeanfalls frühzeitig zu Ende sein.

Aron bemerkte, wie schwer es mir fiel, mich auf den Beinen zu halten. Er sorgte dafür, dass ich weiterkämpfen musste, täglich an die frische Luft kam und Christopher immer seltener sah – und niemals allein.

Christopher schien das nichts auszumachen. Mir dagegen schon. Ein wenig mehr als einen vorsichtigen Begrüßungskuss hätte ich bestimmt verkraftet. Vielleicht sollte ich mir die Lippen aufbeißen, damit Christopher sie heil küssen konnte. Bei einem von Arons Pflichtspaziergängen riss mir schließlich der Geduldsfaden.

»Wie lange muss ich deine chronische Fürsorge eigentlich noch ertragen?«

»Sag bloß, du langweilst dich mit mir?!«

»Das auch – aber vor allem: Du nervst! Hast du so wenig Vertrauen zu Christopher, der dir das Leben gerettet und mich außer Gefecht gesetzt hat, dass du uns keine Sekunde allein lassen kannst?«

»Als dein Schutzengel …«

»Genau!«, fiel ich ihm ins Wort. »Wovor willst du mich hier

eigentlich beschützen? Vor Christopher, Pauls Amphibienexperimenten oder etwa vor der Totenwächterin, die nicht ins Schloss der Engel kann?«

Arons Schweigen ärgerte mich. Ich wollte wissen, warum er mich festhielt. »Allerdings habe ich gehört, dass sie mir eh nichts mehr antun kann.«

Aron blieb stehen. Mein Wissen schien ihn zu überraschen. »Ja. Das stimmt.«

Seine Antwort ließ mich frösteln. Raffael hatte also die Wahrheit gesagt. Die Kälte in meinen Träumen kam nicht von der Totenwächterin, sondern von meiner sterbenden Seele.

»Sollte ich nicht langsam mal in meine Welt zurückkehren?«

»Deine Frage überrascht mich, Lynn. War es nicht dein ausdrücklicher Wunsch, hier zu sein?«

»Ja, schon«, gab ich zu und suchte Zuflucht in einer Ausrede. »Aber was ist mit meinen Eltern? Sie werden sich Sorgen machen.«

»Wohl kaum. Sie denken, du wärst in Kanada. Und deine Mitschüler und Lehrer glauben, dass deine Eltern dich überraschend abgeholt und ein nettes Wochenende mit dir in Frankfurt verbracht haben, bevor du von dort aus direkt zu deiner Gastfamilie geflogen bist. Und die denkt wiederum, du wärst auf deiner Schule geblieben.«

Es dauerte einen Moment, bis ich begriff, was Aron mir da erklärte. Niemand würde mein Fehlen bemerken. Er brauchte nicht selbst Hand anzulegen, sondern musste nur warten, bis meine Seele ihren Geist aufgab.

Wusste Christopher Bescheid? Hielt er Abstand, weil er es musste? Weil die Engel mich zum Sterben verurteilt hatten?

Der Boden unter meinen Füßen bebte. Ich geriet ins Schwanken. Aron packte meinen Arm und hielt mich fest. Doch ich riss mich los.

»Wie lange noch?«, flüsterte ich.

»So lange, bis ich mir sicher bin, dass …«, er stockte – der Feigling traute sich nicht, es mir ins Gesicht zu sagen. »Dass deine Wunden dir keine Schwierigkeiten mehr bereiten.«

»Und was ist mit meiner Seele?«

»Auf die werde ich ganz besonders achten. Schließlich bin ich dein Schutzengel.« Ja, das war er: einer, der einen hängen ließ.

Zu meiner Überraschung holte Christopher und nicht Aron mich am nächsten Morgen ab – und er war allein! Ich nutzte die Gelegenheit, kuschelte mich in seine Arme und versenkte meine Hände in seinen blonden Locken, um ihn zu mir zu ziehen. Doch anstatt meine Umarmung zu erwidern, hielt Christopher mich nur kurz fest, hauchte mir einen flüchtigen Kuss – auf die Stirn! – und drängte zum Aufbruch. Als er mir auf der Treppe seine Hand anbot – natürlich erst, nachdem ich beinahe gestolpert wäre –, war ich es, die zurückzuckte.

»Lynn, was ist los?«

»Warum hast du …«, ich brach ab. Christopher stand an derselben Stelle, an der er mich zum ersten Mal angesprochen hatte – und es hatte dieselbe Wirkung: Meine Knie wurden weich, mein Herz begann zu rasen – nur dieses Mal fühlte ich mich nicht verzaubert, sondern völlig verloren.

Würde Christopher mir helfen? Würde er sich gegen Aron stellen und gegen das Gesetz der Engel? Dass ich hier gefangen gehalten wurde, damit meine Seele ihr endgültiges Ende fand, schien mir die plausibelste Erklärung für meine Situation. Es würde den Fehler ausgleichen, dass ich dem Totenreich ungeprüft entkommen war und nicht als lügende Gefahr die Weltordnung der Engel durcheinanderbringen konnte.

»Warum hast du meine Verletzungen behandelt, wenn Aron mich sowieso nicht wieder gehen lässt?« Meine Stimme klang selbstbewusster, als ich mich fühlte.

»Wäre es dir lieber gewesen zu warten, bis sie von selbst verheilen?« Christopher wich meiner Frage aus. Dass er sie verstanden hatte, verriet mir die steile Falte auf seiner Stirn.

Leise Wut kroch in mir hoch, doch sie beruhigte sich, als ich in Christophers Augen sah. Dunkles Smaragdgrün schimmerte voller Sorge.

»Seit wann bin ich hier? Seit einer Woche? Seit zwei? Oder länger? Ich glaube, du hast mir oft genug erklärt, was mit meiner Seele passiert, wenn ich zu lange bleibe. Und wie's aussieht, will mich dein Freund so schnell nicht wieder gehen lassen. Was letztendlich bedeutet, dass ich bald nirgendwo mehr hingehe. Nicht wahr?«

»Das glaubst du doch wohl selbst nicht!« Christopher ging auf Angriffskurs – was ich an seiner Stelle auch getan hätte, um meiner Frage auszuweichen.

»Und wenn doch?«

»Dann solltest du keine Zeit verlieren und Aron selbst danach fragen.« Christopher drängte zum Schloss hinaus. Enttäuscht lief ich neben ihm her. Er hüllte sich in Schweigen – auch seine Miene verriet absolut nichts.

Anstatt zum Gelben Haus brachte Christopher mich zu der Trainingswiese hinter dem Schloss, wo er mir befahl, auf einer der Steinbänke Platz zu nehmen. Sein abweisendes Verhalten schmerzte. Widerstandslos fügte ich mich. Christopher war meine einzige Hoffnung. Ohne ihn würde ich nicht überleben – doch er ließ mich allein.

Während ich ihm hinterherschaute, wie er außerhalb der Reichweite der Bogenschützen zu Aron hinüberlief, blieb mein Blick an Sebastian hängen, dem großen, rotblonden Hünen. Er war nicht der Einzige, der verstohlen zu mir herübersah und danach seine Scheibe verfehlte.

Hatte er Angst? Vor mir? Weil ich Aron angegriffen hatte?

Voller Schuldgefühle zog ich meine Beine an und verbarg mein Gesicht hinter den Knien. Meine Augen brannten, doch mir fehlte die Kraft zum Weinen. Vielleicht würde das mit dem Seele-Erkalten diesmal schneller gehen – und hoffentlich wäre es weniger schmerzhaft.

Aron kam ohne Christopher zurück. Inzwischen zitterte ich erbärmlich.

»Du siehst aus, als bräuchtest du ein heißes Bad. Frierst du tatsächlich oder spekulierst du auf Mitleid?«

»Du kannst dir die Spielchen sparen, Aron.«

»Spielchen?«, wiederholte er. In seinen Augen stand ein unausgesprochener Vorwurf. »Du meinst, dass ich mit ansehe, wie du langsam vor die Hunde gehst?«

»Genau. Beeindruckend, wie du es schaffst, mein Problem so exakt auf den Punkt zu bringen.« Meine Selbstbeherrschung verabschiedete sich gerade.

»Glaubst du wirklich, ich könnte in aller Ruhe zusehen, wie deine Seele erlischt?« Arons Augen blitzten. Ärger spiegelte sich in seinen Zügen, der sich auf mich übertrug.

»Ja!«, zischte ich. »Schließlich müsstest du dann nicht länger mein Babysitter sein und nicht mehr befürchten, dass Christopher lieber in meiner Welt den Lover spielt, als hier den Racheengel.«

Aron schlug nicht zurück. Er wusste, dass er gewonnen hatte. Doch statt mich wieder in meinem Zimmer einzuschließen und abzuwarten, brachte er mich zu Coelestin.

»Offenbar passt mein Timing heute ganz ausgezeichnet. Du scheinst mir in der richtigen Stimmung für eine *Offenbarung* zu sein. Da du meiner Sicht der Dinge ja eh nicht glaubst, habe ich Coelestin gebeten, mit dir zu sprechen«, erklärte er, bevor er mich in das Büro des Schulleiters schob und hinter mir die Tür zuzog.

»Setz dich, Lynn«, forderte Coelestin mich auf.

Widerwillig trat ich näher. Zwei weiße Tassen samt Teller standen auf dem gläsernen Beistelltisch. Daneben befanden sich frische Brötchen, Croissants, Aufstrich, Obst, Milch, Kaffee in einer Thermoskanne und Orangensaft. Notgedrungen setzte ich mich in den für mich vorgesehenen Sessel.

Was konnte Coelestin mir erklären, das ich Aron nicht glauben würde? Dass ihm das mit meiner Seele selbst nicht gefiel, aber niemand etwas daran ändern konnte? Oder sollte mir hier eine Lüge aufgetischt werden, damit ich nicht versuchte abzuhauen?

Angst überkam mich. Die Tasse, die ich hielt, um mir einschenken zu lassen, glitt aus meiner Hand. Kaffee breitete sich auf dem Frühstückstisch aus.

»Es … ich … es tut mir leid«, stammelte ich, unfähig, einen klaren Satz zu formulieren.

»Das braucht dir nicht leidzutun.« Nachsichtig tupfte Coelestin mit seiner Serviette den Kaffeefleck auf, goss nach, füllte Milch hinzu und stellte die Tasse vor mir ab. »Ich kann verstehen, warum du ein wenig durcheinander bist.«

Seine Gelassenheit verstärkte meine Furcht. Wenn man ein Tier beruhigen wollte, sprach man so – oder eben mit einem Todeskandidaten. Um meine Nervosität zu verbergen, umklammerte ich die wärmende Kaffeetasse und vermied es, Coelestin anzuschauen. Doch die Narben in dem von tiefen Falten durchzogenen Gesicht lenkten meinen Blick immer wieder zu ihm zurück.

»Ich habe gehört, dass deine Verletzungen gut verheilt sind«, begann Coelestin.

Ohne aufzusehen, blies ich in die Kaffeetasse und nickte.

»Schön. Dämonenstaub und das Schwert eines Racheengels vertragen sich nicht besonders gut miteinander. Auch wenn Christopher dich sehr behutsam entwaffnet hat.«

Ich hatte Mühe, die zierliche Tasse nicht zu zerquetschen. Wenn das *sehr behutsam* war, wollte ich nicht wissen, wie es sich anfühlte, wenn Christopher sich nicht zurückhielt.

»Du hast Aron ziemlich überrascht mit deinem Angriff.« Coelestins Augen bohrten sich in meine. Langsam kam er dem eigentlichen Grund näher, warum ich hier war. Trotz des nett arrangierten Frühstücks ging es hier nicht um einen Vergnügungsplausch.

Coelestins Macht, die Wahrheit in meinen Augen zu erkennen, legte sich über mich – er verhörte mich. Ein Funke Hoffnung erwachte in mir. Vielleicht hatte ich doch noch eine Chance, mich und meine Seele zu verteidigen.

»Was hat dich dazu gebracht, die Waffe auf Aron zu richten?«

»Ich … das, das weiß ich nicht so genau«, stotterte ich.

Coelestin versuchte mir zu helfen. »Was hat du gefühlt? Gab es einen Auslöser?«

Die warme Tasse in meiner Hand war das Einzige, das mir Halt gab, um Coelestins bohrendem Blick standzuhalten, während meine Erinnerungen wiederkehrten.

»Aron. Er … wollte mich aufhalten. Doch ich wusste, dass Christopher im Schloss war. Da … da wurde ich wütend. Ich wollte nur mit ihm reden, ihn kurz sehen, um zu erfahren, warum er nicht kommen konnte. Aber Aron … Aron sah das anders. Und als ich den Dolch spürte, wusste ich, wie ich ihn überzeugen konnte, mich vorbeizulassen.«

Ich hielt kurz inne, um Luft zu holen. Coelestins Verhörtechnik war kräfteraubend. »Aber … wann … warum ich zustach, das …«, meine Stimme zitterte. »Ich … ich weiß es nicht.«

Coelestin brach den Blickkontakt ab, und ich sackte förmlich in mich zusammen. Erschöpft schloss ich die Augen und wartete auf mein Urteil. Coelestin nahm mir die Tasse ab und umschloss meine Hände mit seinen.

»Es gibt einen Grund, warum dir der Dämonenstaub nichts anhaben konnte. In seiner reinen Form ist er für Menschen tödlich, es sei denn, sie besitzen noch einen Teil ihres Dämonenerbes.«

Coelestin hielt mich fest, bis meine Hände aufhörten zu zittern. Innerlich bebte ich weiter, während er erzählte.

»Dämonen gibt es schon lange nicht mehr. Sie haben sich selbst vernichtet. Das, was dem Feuer entkam, ist ungefährlich. Die Geister, Irrlichter und Satane zogen sich zurück und suchten Schutz bei ihren Halbgeschwistern, den Totenwächtern.«

Mir schauderte – ich kannte beide.

»Es war nicht immer so, dass wir sie hassten. Im Gegenteil. Es gab eine Zeit, da drohten die Engel auszusterben. Das Erbe der Dämonen verhinderte das. Unsere gemeinsamen Kinder wurden zu Schutzengeln oder Geistdämonen, je nachdem, welcher Anteil sich nach ihrem Tod durchsetzte. Unser Blut war schwächer, so dass es bald viel mehr Dämonen als Engel gab – was nicht schlimm gewesen wäre.« Coelestins Finger strichen seine Narben entlang, weshalb ich bezweifelte, dass das stimmte.

»Doch die Geistdämonen waren anders als ihre Eltern. Habgierig. Machtbesessen und unbarmherzig. Sie töteten ihre vermeintlich schwachen Eltern und drängten in die Welt ihrer Kinder. Überredeten sie, einen Blutbund einzugehen, damit sie unbeschadet unter Menschen leben konnten.«

Coelestin bemerkte, wie ich zusammenzuckte. In mir floss Dämonenblut?! War ich ein Nachfahre von ihnen? Er wandte sich ab – und mir wurde schlecht.

»Sie begingen den Fehler, sich nicht nur an einen oder zwei Menschen zu binden. Das schwächte sie und wurde zu ihrem Verhängnis. Wir vernichteten alle und sorgten dafür, dass sie nicht wieder zurückkehrten. Die Totenwächter, die sich selbst vor ihren bösartigen Verwandten fürchten, kümmern sich seitdem darum, dass keine Menschenseele als Geistdämon wiedergeboren wird.«

Kälte legte sich auf mich wie der Staub der Dämonen, umschloss mich und zehrte an meinen Kräften. Ich wusste, was als

Nächstes kam: Ich war der Prüfung der Totenwächterin entkommen.

»Racheengel hingegen kontrollieren die Engel. Sie spüren es, wenn der vorhandene Dämonenanteil bei den Wiedergeborenen zu mächtig wird.«

»Und ich? Bin … bin ich ein Geist… Geistdämon?« Es fiel mir schwer, das Wort über die Lippen zu bringen. Ich wollte so etwas nicht sein. Doch ich wusste, dass ich so war: Meine Habgier, Christopher allein für mich zu besitzen, hatte meine Eifersucht geweckt, meine Unbarmherzigkeit den Dolch gegen Aron geführt.

»Das kann ich dir nicht sagen. Allerdings …« Coelestin zögerte. »Allerdings kann ich es auch nicht ausschließen.«

Coelestins Eingeständnis nahm mir meine Zuversicht. Verzweifelt schloss ich die Augen. Niemand konnte mir helfen – nicht einmal Christopher.

»Aber«, fuhr Coelestin fort, »um als Geistdämon wiedergeboren zu werden, müsstest du erst einmal sterben.«

Ich sah zu ihm auf. »Doch das bin ich nicht!«

»Das wissen wir nicht.«

Aber ich wusste es. Ich war nicht gestorben – zumindest *ich* hätte das ja wohl mitbekommen!

»Als du in den Katakomben warst, hat Aron deine Spur verloren.«

Mein Blut sackte ab. Ich war in einem Grab erwacht, nachdem Sanctifer mich betäubt hatte – oder getötet. Die Angst, etwas Böses zu sein, wurde stärker.

»Und … und wann zeigt sich, was … was ich bin?«

»Auch diese Frage kann ich dir leider nicht beantworten. Wenn du noch menschlich bist, wird deine Seele aufbegehren. Doch die Tatsache, dass du manchmal frierst, reicht als Beweis nicht aus. Allerdings müsste es dir inzwischen schon um einiges schlechter gehen.« Coelestins Blick verlor sich irgendwo zwischen Orangensaft und Marmelade. Es schien ihm schwerzufallen, mir in die Augen zu schauen.

»Wenn es sich herausstellt, dass du ein Geistdämon bist, dann …« Er brach ab, doch ich wusste auch so, was das bedeutete: mein Todesurteil. »Und wenn nicht, wird sich dein Leben dennoch verändern.«

Aron saß auf einem der antiken Louis-quatorze-Stühle und unterhielt sich mit der hochgewachsenen Sekretärin. Er verstummte, als die Tür aufging und ich aus Coelestins Büro trat.

Mit gestrafften Schultern und erhobenem Haupt lief ich an ihm vorbei. Ich schaffte es nicht, ihn oder jemand anderen anzusehen. Alles, was ich war, was ich glaubte zu sein oder zu werden, war in sich zusammengefallen wie ein marodes Gebäude. Was blieb, war flüchtiger Staub: Dämonenstaub.

Ohne aufzuschauen, verließ ich das Verwaltungsgebäude und blendete meine Umgebung aus: die grellgelbe Sonne, die viel zu hell am Himmel schien, den Wind, der Wellen auf dem glitzernden See hinterließ und die Blätter an den Bäumen zum Rascheln brachte. Meine Freunde, Susan und Paul, die gerade aus der Mensa kamen, und Christopher, dessen Blick mich verfolgte – er wartete am Eingang zum Schloss.

Ich ließ ihn stehen, stieg die Treppe nach oben und betrat mein Zimmer. Erst dort brach ich zusammen. Schluchzend lehnte ich mich gegen die Tür, sackte zu Boden und verbarg mein Gesicht zwischen den Knien. Ich wollte niemanden sehen – und niemand sollte mich sehen.

Es war Aron, der nicht aufgab, an die Tür zu klopfen und mich zu bitten, aufzumachen. Am Abend fand er mich, zusammengerollt in seinem blauen Sessel.

»Du solltest etwas essen.« Er klang beunruhigt, besorgt, jedoch nicht ängstlich, was mich irgendwie tröstete. Wenigstens er fürchtete sich nicht vor mir – ich allerdings schon.

Im Tunnel hatte ich die Kontrolle verloren. Was, wenn mir das noch einmal passierte? Wenn ich nach dem Messer greifen und ihn niederstechen würde? Arons Vertrauen in mich war größer als mein eigenes. An seiner Stelle hätte ich nur etwas Weiches zum Löffeln mitgebracht, etwas, das ohne scharfe Klinge gegessen werden konnte.

»Außerdem glaube ich nicht, dass ein einzelner Geistdämon gefährlich werden kann – und schon gar kein kleines, zerbrechliches Mädchen.«

»Ich bin nicht zerbrechlich!«, fauchte ich ihn an. Aron hatte es doch tatsächlich geschafft, mich aus der Reserve zu locken. Aber vielleicht antwortete auch nur der Teil in mir, den seine Anspielung traf.

»Im Augenblick schon. Du verbarrikadierst dich in deinem Zimmer, isst nichts und betrauerst dein Schicksal.«

»Das tue ich nicht!«, zischte ich und setzte mich auf, damit er nicht so sehr auf mich herabschauen konnte.

»Und wie bitte soll ich dein Verhalten sonst interpretieren?«

»Ich ... ich denke nach.«

»Ach ja?!«

Arons spöttischer Ton forderte mich heraus. »Es kann dir jetzt ja wohl egal sein, was ich mache. Dein Job als Schutzengel scheint sich erübrigt zu haben.«

»Was nicht heißt, dass man nicht auf dich aufpassen muss.«

Ich schluckte. Also war Aron so etwas wie mein Gefängniswärter. Im Gegensatz zu Christopher verband ihn nichts mit mir, das ihn davon abhalten würde, mich aufzuhalten – und zu töten.

Aron schenkte mir rotgelben Saft in ein Glas und hielt es mir vor die Nase. »Wenn du schon nicht essen willst, dann trink wenigstens etwas.«

»Bloß, wenn du Gift reingemischt hast!«

Meine Antwort brachte Aron ins Grübeln. Nachdenklich musterte er mich, während seine schwarzen Augenbrauen sich beinahe berührten, bevor die linke zweifelnd nach oben wanderte. Offenbar schien ihm das, was ihm gerade durch den Kopf ging, selbst nicht zu gefallen.

»Du willst es beschleunigen? Das kannst du haben!« Entschlossen stellte er das Saftglas beiseite, packte mein Handgelenk und riss mich aus dem Sessel. »Aber beschwer dich nicht, wenn dabei etwas anderes herauskommt, als du erwartest.«

Arons Griff war eisern. Selbst wenn ich in besserer Verfassung gewesen wäre, hätte ich es nicht geschafft, mich ihm zu entziehen. Er schleppte mich aus meinem Zimmer, die Hälfte der Treppe hinunter, blieb vor einer der hohen, buntverglasten Fenstertüren stehen, öffnete sie und schob mich auf den Balkon, der über der Eingangstreppe lag.

»Steig auf die Brüstung und spring!«, befahl er mir.

Ich zuckte zurück. »Was soll ich? Ich dachte, ich bin schon tot?«

»Vielleicht. Und wenn nicht, wirst du dir allerhöchstens ein paar Knochen brechen. Zum Sterben ist es nicht tief genug. Aber um Flügel zu bekommen, vielleicht schon. Wenn du wissen willst, was du wirklich bist, dann spring!«

Ein Blick über die Brüstung genügte. Eiskalter Schweiß legte sich auf meinen Nacken, als die Bilder von der schroff abfallenden Bergkante das wahre Bild verdrängten. Panisch taumelte ich zurück. Das konnte ich nicht – niemals!

Ich schloss die Augen und versuchte, meine Angst und mein Zittern unter Kontrolle zu bekommen. Doch ich hatte heute schon zu viel Kraft verloren. Hilflos verbarg ich mein Gesicht, damit niemand meine Verzweiflung sehen konnte.

Arons Hände legten sich auf meine Schultern und zogen mich an sich. Ich ließ es zu und lehnte meinen Kopf gegen seine Brust. Es war egal, dass es nur Aron war.

Dann setzte mein Verstand wieder ein. Aron wusste, dass ich

kneifen würde. Dass mich der Blick über die Brüstung an meinen Absturz erinnerte, an die Tiefe – und an die Angst. Er hatte mit ihr gerechnet, um mir zu zeigen, wie jämmerlich ich war. Ich, der Geistdämon!

Dieses Mal erlaubte ich der Wut, zu wachsen. Was auch immer ich war, manipulieren ließ ich mich nicht. Mit aller Kraft stieß ich Aron von mir.

»Mach das nicht noch einmal!«, knurrte ich, um ihn auf Abstand zu halten.

Aron wappnete sich. Er war bereit, mich jederzeit wieder unter Kontrolle zu bringen. Seine Sturheit stärkte mich – und trieb mich weiter.

»Ich habe dich schon einmal in die Knie gezwungen, und ich fürchte mich nicht davor, das wieder zu tun. Nur weil du ein Engel bist und glaubst, etwas Besseres zu sein, gibt dir das nicht das Recht, mit meinen Gefühlen zu spielen.«

»Du drohst mir?« Arons Pupillen verfärbten sich zu schwarzem Grau.

Ich ballte meine Hände zu Fäusten, bereit, ihn mir vom Leib zu halten. Er reagierte sofort und verwandelte sich zum Engel. Schillernd helle, weiße Flügel versperrten mir den Weg ins Schloss. Es gab nur noch ihn und mich – und meinen Frust über seine Überlegenheit.

Um aufzugeben, war ich schon zu weit gegangen. Ich wollte zurückschlagen. Ihm heimzahlen, dass er mich abstürzen ließ, meine Ängste provozierte, um seine Macht zu demonstrieren. Meine Faust schnellte nach vorn. Aron fing sie ab. Seine Hand umfasste meine Finger und hielt sie in der Luft gefangen.

»Dazu bist du noch zu schwach. Aber ein bisschen Training würde dir helfen, dich besser zu kontrollieren.«

Sein Gesicht war meinem ganz nah. Ausweichen konnte ich nicht. Er hatte mich zur Brüstung zurückgetrieben, so dass mir keine Möglichkeit zur Flucht blieb. Doch das wollte ich auch gar nicht – sollte er mich doch k. o. schlagen oder über die Mauer werfen, wenn das seinem Ego half.

»Aron! Was hast du vor?!«

»Misch dich nicht ein!«

Hinter Arons Flügeln entdeckte ich Christopher. Zorniges Jadegrün blitzte in seinen Augen.

»Geh! Jetzt sofort!« Arons scharfer Befehlston ließ Christopher zurückweichen.

Mein Selbstvertrauen schwand, als Christopher mich allein ließ. Er stand auf Arons Seite. Meine Wut erlosch und hinterließ einen bitteren Nachgeschmack. Bis dahin hatte ich fest daran geglaubt, bei Christopher Schutz zu finden, egal was passierte. Jetzt wankte mein Vertrauen – und fiel in sich zusammen.

Aron hatte keine Mühe, mich zu überwältigen. Ich leistete keinerlei Widerstand. Wozu auch? Gegen Engel war ich machtlos. Er brachte mich auf mein Zimmer und ging. Er wusste, dass mir die Kraft fehlte, um zu fliehen.

Geschlagen legte ich mich aufs Bett und starrte in den azurblauen Himmel. Er war viel zu schön für den Tag, an dem ich erfuhr, kein Mensch zu sein. Ich schloss die Augen und wünschte mir, weinen zu können.

Aron blieb gnadenlos. Er bestand auf meinem *Frische-Luft-Spaziergang*. Schweigend trottete ich neben ihm den Weg am See entlang. Zum Streiten war ich viel zu ausgelaugt – Aron störte das nicht.

»Vielleicht sollte ich mit dir auf den See paddeln und dich von Bord werfen.«

»Damit die Totenwächterin deinen Job übernehmen kann?«

»Nein. Damit du endlich aufwachst.«

»Tu dir keinen Zwang an. Ich werde dich nicht daran hindern.«

»Das solltest du aber!« Aron schnappte mich am Ellbogen, damit ich stehen blieb und ihn ansah.

Ich presste meinen Arm dichter an meinen Körper, um meine Hand freizubekommen. Er gab nach und ließ mich los.

»Seit Generationen ist es keinem Geistdämon mehr gelungen, den Prüfungen der Totenwächter zu widerstehen. Niemand weiß, ob sie noch so gefährlich sind wie früher.«

»Hast du geschlafen, während ich dich angegriffen habe?«

»Nein, aber …« Aron brach ab. »Verflucht! Ekin. Das habe ich völlig vergessen!«

Auch ich roch das Sommergewitter und hörte ein helles Klingen – vielmehr spürte ich es. Wie Wellen durchdrang es meine Haut, wurde stärker und schwächte sich dann wieder ab.

»Was ist das?«, fragte ich, als eine neue Woge meinen Körper zum Vibrieren brachte.

»Was genau meinst du?«

»Das … diese Schwingungen.«

Aron betrachtete mich für den Bruchteil einer Sekunde zu lange – irgendetwas hatte ich falsch gemacht. Als er mitbekam, dass ich sein Zögern bemerkte, versuchte er, mich abzulenken.

»Nichts. Nur Ekin – und Christopher. Sie trainieren nachmittags, wenn sie freihaben.«

Christopher hatte frei?! Obwohl ich wusste, wie dämlich es war, flammte Eifersucht in mir auf. Heiß schoss sie in meinen Magen und brachte ihn zum Brodeln.

»Stehen wir hier noch lange rum? Oder gehen wir heute noch weiter?«

Aron warf mir einen eigenartigen Blick zu. »Warum? Hast du keine Lust, Christopher zu sehen?«

»Doch. Brennende. Aber ich will ihn nur ungern stören.«

Aron schien das Motiv, warum ich von hier wegkommen wollte, zu kennen. Offenbar bereitete es ihm heute ein diebisches Vergnügen, mich leiden zu sehen – zumindest deutete ich das plötzlich um seine Mundwinkel spielende Zucken so.

»Dann musst du dich wohl überwinden.« Er packte wieder

meinen Ellbogen und drängte mich zu der flachen Erhebung hinter dem Schloss. Erst als ich Christopher sehen konnte, gab er mich frei.

Auf dem Hügel, wo früher die Burg thronte, in der Christopher aufgewachsen war, standen zwei Engel mitten in einem Baumkreis aus uralten Linden.

Ich hielt den Atem an. Irisierendes Licht und nachtschwarze Schatten. Unterschiedlicher konnten die Farben der Flügel kaum sein.

»Sanctifer«, flüsterte ich, während meine Beine mal wieder drohten, unter mir wegzuknicken.

»Nein. Sieh genau hin! Ekins Flügel sind dunkelblau, nicht schwarz. Und auch seine Waffe ist anders. Außerdem ist er blond.«

Als Ekin mit einer Drehung auf Christopher losstürmte, konnte ich sein Gesicht sehen und die nachtblau leuchtende Waffe in seiner Hand. Mein Körper bebte, als sie auf Christophers Schwert traf und sich eine Welle purer Energie ausbreitete.

Tief in meinem Innersten regte sich etwas. Aber ich wusste nicht, ob es gut oder böse war. Mein Verstand warnte mich davor, dem Kampf zuzusehen, doch ich konnte nicht widerstehen. Christopher in seiner Gestalt als Engel kämpfen zu sehen, weckte nicht nur dunkle Erinnerungen.

Hochkonzentriert führte er sein sternfunkelndes Schwert, wehrte den Angriff seines Gegners ab und drängte ihn zurück. Sein durchtrainierter Körper war wie geschaffen für einen Kämpfer: geschmeidig und dennoch kraftvoll, beweglich und leichtfüßig wie ein Tänzer, doch unnachgiebig, wenn es darauf ankam, einen Schlag abzuwehren.

Aber nicht nur Christophers Können und seine perfekten Bewegungen faszinierten mich. Der Kampf selbst zog mich in seinen Bann. Jeder Treffer weckte mit seinem Klang etwas, das in mir verborgen lag. Es schmeckte nach Stärke und Macht. Gefährlich und wild.

Ich versuchte, das Gefühl zu unterdrücken. Doch es gelang mir nicht. Je mehr ich es niederzwang, umso stärker bäumte es sich auf, drängte nach außen und forderte mich heraus.

Mein Blick begegnete Christophers. Er hatte mich entdeckt – oder gespürt. In seinen Augen stand helles Jadegrün. Ob vom Kampf oder meinetwegen, wusste ich nicht. Doch es erschreckte mich zutiefst. Er verabscheute mich – oder das, was ich wurde.

Aron schob sich vor mich und verwehrte mir die Sicht. Ich war ihm beinahe dankbar dafür, doch die Intensität, mit der er mich ansah, verriet ihn: Es war kein Zufall, dass ich Christopher beim Kampftraining zusah. Aron wusste, dass ich reagieren und den Dämonenteil in mir spüren würde, sobald ich Christopher kämpfen sah.

# Kapitel 8

## Meisterhafte Lügnerin

Ich zog mich in mein Zimmer zurück. Verkrümelte mich in mein Bett, starrte entweder in den Himmel über mir oder auf den dunkelblauen Teppich. Blau schien mich zu beruhigen. Leider hinderte es mich nicht am Nachdenken: Fragen zu stellen, was aus mir wurde. Wie viel Zeit mir die Engel noch gaben. Wie es sich anfühlte, etwas Böses zu sein – und zu sterben.

Aron ließ mich für den Rest des Tages in Frieden. Er hatte mich so weit. Meine Gegenwehr war gebrochen. Und war es nicht das, was er wollte?

Doch anscheinend genügte es ihm nicht, dass ich still vor mich hin litt. Am nächsten Tag schleppte er mich zum Lanzetraining. Dank des schönen Wetters fand es draußen auf der Übungswiese statt, wo auch das Bogenschießen unterrichtet wurde.

Mit zusammengepressten Lippen, das Kinn auf den angewinkelten Knien, saß ich neben Aron auf einer der Steinbänke und beobachtete, wie die Engelschüler trainierten. Sebastian, der Hüne, war mit Leonie, dem Lockenköpfchen, in einer Gruppe. Wie immer agierte Leonie taffer, als ihr niedliches Puppengesicht das vermuten ließ. Erika und Markus, der blasse Jungengel, der einen Tag nach mir Schüler im Schloss der Engel geworden war, übten mit Susan und einem Jungen, den ich nicht kannte. Christopher leitete sie an. Er vermied es, zu mir herüberzuschauen – ich dagegen konnte meine Augen mal wieder nicht von ihm lassen. Und auch nicht das elektrisierende Gefühl aufhalten, das durch meinen Körper rauschte, als Christopher mit tänzerischer Leichtigkeit begann, sein Können an der Lanze zu demonstrieren. Gewaltsam zwang ich mich wegzuschauen.

»Muss das wirklich sein?«, fragte ich Aron.

»Springen wolltest du ja nicht – oder hast du deine Meinung geändert? Dämonenflügel würden dir sicher gut stehen.«

Ich funkelte ihn böse an, wobei ich darauf achtete, dass das *Böse* nicht überhandnahm.

»Um herauszufinden, was du bist, gibt es nicht viele Möglichkeiten.«

»Wozu die plötzliche Eile? Hast du das Babysitten langsam satt und willst deshalb das Ganze beschleunigen? Oder kannst du es wirklich nicht erwarten, mich als Dämon zu sehen?«

»Oder etwas anderes.«

»Da meine Seele sich hier offenbar wohlfühlt, nehme ich an, dass ich mich in der richtigen Welt befinde. Dass ich noch ein Mensch bin, scheidet inzwischen ja wohl aus.«

»Nicht unbedingt. Christopher meidet dich nicht, weil er fürchtet, du könntest ein Geistdämon sein. Damit könnte er vielleicht noch umgehen – mächtig genug ist er jedenfalls.«

»Und warum dann?! Weil ich nicht mehr die friedliebende Maid bin?«

»Warst du das je?!«

»Nein«, gab ich zu. Das war ich nie – zumindest nicht, wenn ich provoziert wurde.

»Coelestin und ich sind unterschiedlicher Meinung, was deine Zukunft betrifft.«

Aron ließ die Worte kommentarlos in der Luft stehen. Ich wartete geduldig. Schließlich begann ich zu zählen – bis zehn und weiter bis hundert. Dann durchbrach ich meinen Schweigeprotest.

»Aron! Was willst du?! Dass ich dich anspringe und aus dir rausschüttle, was du damit andeuten willst?« Mein angestauter

Frust verpuffte, als mir Arons Absicht klar wurde: Er wollte, dass ich ausflippte. »Warum machst du es mir so schwer?«, flüsterte ich. »Hast du immer noch Angst, Christopher könnte zu mir halten?«

»Das tut er – mehr, als du ahnst.«

Ich stand auf und ließ ihn sitzen. Sollte er mich doch zurückholen und auf der Bank festtackern. Mich zu zwingen, Christophers Ablehnung zu sehen, war schwer zu ertragen. Aber zu behaupten, alles wäre ganz anders, überstieg meine Leidensfähigkeit.

Aron ließ nicht zu, dass ich mich zurückzog – er setzte auf meine Gegenwehr. Mit zwei Übungslanzen bewaffnet, tauchte er am Fuß der Seemauer auf, wohin ich mich verdrückt hatte.

»Wenn du lieber hier schwitzen möchtest, ist das auch kein Problem.« Mit einem gezielten Wurf schleuderte er eine der beiden Übungswaffen vor meine Füße, wo sie vibrierend in der Erde stecken blieb. »Es ist mir egal, ob du dich wehrst oder nicht. Meine Lanze wird ihr Ziel auf jeden Fall finden.« Kaum hatte Aron den Satz beendet, traf seine Waffe meinen Arm.

Ich zuckte zusammen, obwohl es kaum mehr als eine sanfte Berührung war. Doch ich war am Ende, mein Widerstand gebrochen: Ein Hauch fühlte sich an wie ein Orkan, eine Berührung wie ein Schlag mit der Faust. Mit dem Rücken zur Wand wartete ich auf den nächsten Treffer. Er kam – nicht mit der Lanze, sondern mit Worten.

»Wärst du ein Geistdämon, hättest du ohne Zögern angegriffen – doch du hast den Dämonenanteil noch immer unter Kontrolle.« Aron begann vor mir auf und ab zu laufen. Den Kampf mit der Lanze hatte er vergessen. Dafür traf mich das, was er sagte, umso härter.

»Christopher fiel deine Veränderung schon vor dem Sommer auf. Er weigerte sich, es zu glauben. Aber nachdem die Kandidaten ausschieden, die als Nachfolger für Gabriella in Frage gekommen waren, begann er nicht nach einem neuen zu suchen. Er ahnte, dass er ihn bereits gefunden hatte. Deshalb mied er dich.« Aron blieb stehen und sah mich an.

»Dabei war es so offensichtlich! Doch keiner glaubte mehr daran, dass Susans Fähigkeiten als Engelskind noch wirksam waren. Sie hatte von dir geträumt, als sie noch lebte – und du kamst zu ihr ins Schloss. Leider zu spät«, fügte Aron hinzu. Als er meine Verwirrung bemerkte, holte er weiter aus.

»Susan ist eine der wenigen Nephilim, also ein Kind von einem Menschen und einem Engel. Es gibt nur ein paar von ihnen. Ihre Anzahl wird strengstens überwacht, und sobald ihre Engelsfähigkeiten zu stark werden, müssen sie ihre Welt verlassen.«

»Ihr tötet sie? Obwohl sie eure Kinder sind?!« Mein Entsetzen war mir anzuhören.

»Um viele zu schützen, kann manchmal ein Opfer notwendig sein. Aber zu deiner Beruhigung: Engelskinder haben meistens so wenig Dämonisches in sich, dass sie als Engel wiedergeboren werden.«

»Wie schön«, antwortete ich – zu dumm, dass ich zu viel davon besaß. »Und was hat das alles mit mir zu tun?«

»Viel! Aber das sollte ich dir besser woanders erklären.« Mich überlief ein Frösteln, als Aron das sagte, doch er ging nicht näher darauf ein, nahm die Lanzen und bat mich, ihm zu folgen.

Zu meiner Verwunderung umrundete er das Schloss und steuerte auf den Burghügel zu, auf dem Christopher gegen Ekin gekämpft hatte. Bei den Resten des alten Wassergrabens, der träge die Erhebung umschloss, tummelten sich quakende Frösche und bunte Libellen. In den Bäumen und Sträuchern auf der Böschung des Erdwalls zwitscherten Spatzen mit Meisen um die Wette, doch mittendrin, zwischen den mächtigen Linden, herrschte Totenstille.

Mir wurde kalt. Ich schlang die Arme um meinen Körper, während Aron einen Korb hinter einem der Bäume hervorholte, aus dem er eine Thermoskanne und eine Decke zauberte, die er auf dem Boden ausbreitete. Offenbar hatte er geplant, mich hierherzubringen.

»Setz dich. Es wird eine Weile dauern.«

Ich folgte seiner Aufforderung und nahm auch den heißen Tee entgegen, den er mir einschenkte. Die Wärme tat gut, auch wenn ich mich zwingen musste, den Tee zu trinken.

»Als die Engel beschlossen, Racheengel zu erwählen, begrenzten sie ihre Anzahl auf eine überschaubare Zahl: sechs Engel – für jede Region einen – und einen weiteren, der Venedig beschützt, den Sitz des Rats der Engel. Gabriella war der zuständige Racheengel für die Lagunenstadt. Seit ihrem Tod wird ein Nachfolger gesucht. Es ist die Aufgabe der Engelskinder, ihn aufzuspüren. Jeder Mensch, der in seiner Kindheit auffällig wird, ist ein potentieller Kandidat. Doch nur in sehr wenigen ist sowohl die Engelsseele als auch das Dämonenerbe stark genug, um ein Racheengel zu werden.«

Aron sah mich mit seinen grauen Augen nachdenklich an – und ich begann zu ahnen, worauf er hinauswollte.

»Die Engelskinder träumen von ihnen, doch nur die wenigsten werden von ihren Traumgespinsten angezogen. Sobald sie sich begegnen, beginnen die Racheengel mit der Auswahl. Ihre Berührung weckt die verborgenen Dämonengene, die ein Racheengel braucht, um seine Aufgaben zu bewältigen. Aber erst der Kuss eines Racheengels aktiviert sie.«

Und ich wurde geküsst! Von Christopher, in seiner Engelsgestalt. Ein einziges Mal. Doch dieser Kuss war vollkommen. Er hatte mich tief berührt – samt meinem Dämonenerbe.

»Aber erst wenn der Zorn explodiert und der Dämonenanteil sich entlädt, ist der Wandel nicht mehr aufzuhalten.«

So wie bei mir.

»Racheengel sterben nicht, sie werden aus ihrer Wut geboren.«

Ich klammerte mich an den Tee, um ihm seine Wärme zu entziehen. Blind vor Wut hatte ich Aron angegriffen und den Dolch in seinen Körper gerammt. Ich war mir nicht sicher, ob ich weinen oder lachen sollte: Vielleicht war ich kein Dämon, sondern ein Engel. Allerdings ein Racheengel – von Engeln gefürchtet, von ihresgleichen gehasst.

Würde auch Christopher mich hassen, wenn mein Dämonenerbe an Stärke gewann? Tat er das schon?

Nein! Das konnte – wollte – ich nicht glauben. Er hatte meine Wunden geheilt und war erschienen, als Aron mich auf dem Balkon bedroht hatte – doch er war nicht geblieben. Gab es noch irgendetwas, worüber ich mir sicher sein konnte?

Mein Körper rebellierte, wollte die Last abschütteln, die mein Herz überschwemmte. Tränen versuchten durchzubrechen, schafften es aber nicht. Verzweifelt schluchzte ich in meinen Tee.

»Ich werde dir helfen, Lynn. Was auch immer in dir schlummert, ich bin da.« Schon zum zweiten Mal schenkte Aron mir Trost – und ich ließ es zu.

Aron lockerte seine strenge Überwachung und ließ mich in der Mensa essen – natürlich unter seiner Aufsicht. Christopher sah ich dort nur selten. Vielleicht weil Aron das so wollte, oder weil Christopher mir auswich. Schließlich gelang es mir, ihn abzupassen. Ohne den Umweg über die Essenausgabe zu nehmen, ließ ich Aron einfach stehen und lief direkt zu Christophers Tisch.

»Hi Chris.«

»Chris?! Seit wann nennst du mich Chris?«, fragte Christopher so unfreundlich, dass mir der Mut abhandenkam.

»Tun das nicht alle?«

»Die meisten«, antwortete er kurz angebunden, während er

sein Besteck zusammenräumte, obwohl er seinen Teller kaum angerührt hatte.

Um ihn am Gehen zu hindern, hielt ich seinen Arm fest. Als Antwort betrachtete er mich mit einem undefinierbaren Blick.

»Christopher, bitte. Ich muss mit dir reden.«

»Tut mir leid, aber im Moment hab ich keine Zeit.«

»Aber für andere hast du sie?«

Christopher stand auf. In seinen Augen kämpfte etwas, das ich nicht deuten konnte. »Als Tutor muss ich das.«

»Und als … Freund?« Das Wort blieb mir beinahe im Hals stecken. Er war nicht mehr mein Freund – zumindest fühlte es sich nicht so an, wie es das sollte.

Christopher hielt mich mit seinem Tablett auf Abstand. Jadegrüne Blitze zuckten in seinen Augen. Die Wut, die in ihm tobte, traf mich mit geballter Wucht, als hätte er einen Schild entfernt. Sie umschloss mein Herz mit eiserner Faust. Ich schob den Schmerz beiseite – er musste warten.

Christopher setzte sich in Bewegung, doch ich versperrte ihm den Weg.

»Sag mir, ob … ob du …« Ich brach ab. Ihn zu fragen, ob er mich noch liebte, schaffte ich nicht. »Ob wir noch Freunde sind.«

»Freunde machen keine Szenen«, antwortete Christopher kalt.

»Und sie erzählen einander die Wahrheit«, konterte ich.

»Also gut. Wie du willst. Heute Abend bekommst du dein *Aufklärungsgespräch.*«

Aron kam zu mir, nachdem Christopher sich an mir vorbeigedrängt hatte. Er stellte ein vollbeladenes Tablett vor mich hin und drückte mich auf den freien Stuhl.

»Iss was. Ein wenig Energie wird dir guttun.«

»Solange es nicht die Falsche ist.«

Aron sah mich aufmerksam an. »War sie da? Gerade eben?«

»Nein – nur ein wenig«, gab ich zu.

»Hast du sie zurückgehalten?«

»Nein! Ich sagte doch, es war nicht viel«, antwortete ich genervt.

»Weniger als jetzt?«

Ich zwang mich, das Gemüse nicht noch länger mit der Gabel zu malträtieren. »Viel weniger. Offenbar taucht sie nur auf, wenn *du* mich ärgerst.«

»Das glaube ich kaum. Aber ich werde der Sache nachgehen.«

Eine Stunde später manövrierte Aron mich zum Mentaltraining. Frau Klar?! Musste das sein? Sie hasste mich – und als Dämonenanwärterin mit Sicherheit noch viel mehr. Doch es kam gar nicht so weit, dass ich an ihrem Unterricht teilnahm. Schon als Susan ihre Hände nach Christopher ausstreckte, um mit ihm zu üben, rastete ich aus. Hätte Aron mich nicht festgehalten und aus dem Kursraum geschleift, wäre ihr das fröhliche Grinsen sicher im Hals stecken geblieben.

Erst draußen, am tiefblauen See, beruhigte ich mich wieder, um gleich darauf im Gestrüpp mein Mittagessen loszuwerden.

»Was … was war das?«, stammelte ich entsetzt. »Sie hat mir doch gar nichts getan.«

»Sie wollte Christopher berühren. Anscheinend sind deine menschlichen Gefühle noch stärker als dein dämonischer Instinkt.«

Ich presste einen Arm auf meinen Bauch und ließ mich an der Mauer entlang in die Hocke sinken. Mein Magen brannte, als hätte ich konzentrierte Säure getrunken.

»Mit der Zeit wird sich das umkehren. Sobald der Dämonenanteil in dir an Stärke zunimmt, wächst auch dein Gespür dafür. Und je öfter du den Zorn in dir fühlst, umso schneller wirst du dich verändern.«

»Und auch Christophers Dämonenerbe wahrnehmen.«

»Auch das.«

Ich verbarg meinen Kopf zwischen den Knien. Christopher fühlte meines schon jetzt. Darum ging er mir aus dem Weg. Weil er wusste, was in mir heranwuchs. Es hatte ihn viel gekostet, sich mir zu öffnen – aus Angst vor dem Unberechenbaren, dem Zerstörerischen, das er in sich trug. Und jetzt wurde ich zu etwas, dem er misstraute und das er verabscheute. Was musste in ihm vorgehen, wenn er mir in die Augen sah? Wenn er miterlebte, wie ich mich verwandelte? Wenn er das Böse in mir fühlte?

»Aron, was … was soll ich tun?«, flüsterte ich, völlig verloren.

»Lass ihn gehen, solange du das noch kannst«, riet Aron mir, wovor ich mich am meisten fürchtete.

Die Zeit bis zum Abend schien im Schneckentempo dahinzuschleichen. Rastlos lief ich in meinem Zimmer auf und ab. Sollte ich Arons Rat befolgen und Christopher wegschicken? Hatte ich überhaupt eine andere Wahl? Mein Dämonenerbe würde mich verändern – und meine Gefühle für Christopher. Racheengel kamen nicht besonders gut miteinander aus. Sie waren dafür geschaffen, Dämonenenergie aufzuspüren, und da sie selbst eine ganze Menge davon besaßen, hassten sie einander.

Und wenn Aron sich irrte? Wenn ich doch ein Geistdämon wurde? Laut Aron war Christopher stark genug, mein Wesen in Schach zu halten, aber konnte er mich dann noch lieben?

So, wie er sich mir gegenüber verhielt, bezweifelte ich das. Er ging mir aus dem Weg, seitdem er seine Aufgabe erfüllt und mich von der Wirkung seines Engelangriffs geheilt hatte. Wahrscheinlich hatte ihn nur sein schlechtes Gewissen dazu gebracht, mir zu helfen.

Oder?

Ich klammerte mich an den kleinen Funken Hoffnung, dass

etwas von dem geblieben war, wovon ich einst glaubte, es wäre unendlich.

Nach der missglückten Mentalstunde ließ Aron mich nicht im Gelben Haus zu Abend essen, sondern brachte mir das Essen aufs Zimmer.

»Chris will mit dir reden«, erklärte er, als ich zu Ende gegessen hatte – natürlich begleitete er mich.

Wir passierten den kleinen Schlossgarten mit den Rosenbäumchen oberhalb der Seemauer, als Aron anhielt. Mein ohnehin nervöses Herz begann unruhig zu trommeln.

»Und? Wirst du meinen Rat befolgen?«

»Ich habe darüber nachgedacht«, antwortete ich ausweichend und ließ meinen Blick über den friedlichen See schweifen.

»Und mit welchem Ergebnis?«

»Dass ... dass ich ihn nicht wegschicken kann. Aron, ich liebe ihn! Ich kann ihm nicht sagen, dass er gehen soll, solange es noch Hoffnung gibt. Doch ... doch wenn ... wenn er gehen will, werde ich ihn nicht aufhalten.«

Aron packte meine Schultern und zwang mich, ihn anzuschauen. »Dann werdet ihr euch gegenseitig in den Wahnsinn treiben! Er wird ausharren und warten und den Kampf seiner Seele, die sich gegen das Dämonenerbe wehrt, dank dir erneut durchleben. Aber nicht nur er wird leiden. Bald kannst auch du den dämonischen Teil in ihm spüren und wirst nicht nur dich selbst, sondern auch ihn hassen.«

»Niemals!« Aron log! »Was habe ich dir getan?! Du wolltest nicht, dass Christopher sich in einen Menschen verliebt – nun, das bin ich ja wohl nicht mehr. Aber gegen einen Geistdämon oder Racheengel hast du auch etwas. Wäre dir ein richtiger Engel lieber? Oder bist du der Meinung, dass Racheengel ihr Herz besser gar nicht erst verlieren sollten, damit sie ihren verdammten Job nicht vernachlässigen?!« Meine Wangen begannen zu glühen. Ich war dabei, mich in Rage zu reden, und stand kurz davor, Aron die Pest an den Hals zu fluchen.

Aron spürte das und ließ mich los. »Lynn, wenn du schon bei mir so heftig reagierst, wie, glaubst du, wird es dann bei Christopher sein?«

»Ich liebe ihn, vielleicht kann ich sein Dämonenerbe deshalb besser ertragen.«

»Dann frage dich, warum *ihm* das nicht gelingt.«

Meine Hand klatschte in Arons erstauntes Gesicht. »Du Scheißkerl! Nur weil Christopher umsichtig ist, heißt das noch lange nicht, dass er mich nicht liebt.«

»Aber auch nicht, dass er nicht darunter leidet. Denk darüber nach, bevor du mit ihm sprichst, wie groß deine Liebe wirklich ist. Er wartet auf dich beim Burghügel hinter dem Schloss.«

Aron ließ mich den kurzen Weg allein gehen, doch das reichte, um mich in ein mittelgroßes Gefühlschaos zu stürzen. Als ich Christophers Silhouette am Rand des Burghügels durch die Sträucher blitzen sah und sich meine Zweifel mit den Erinnerungen an seine Zärtlichkeit mischten, wäre ich am liebsten davongerannt – doch dafür war es zu spät. Christopher hatte mich entdeckt. Er wich meinem Blick aus, was er früher nie getan hätte.

Wieder empfing mich Kälte, als ich in den Kreis der alten Baumriesen trat, aber dieses Mal kam sie nicht nur von der Stille. Christopher, dessen Gegenwart mich gewärmt hatte, als die Totenwächterin nach meiner Seele gegriffen hatte, strahlte nun frostige Zurückweisung aus. Eine Eisskulptur verbreitete mehr Wärme als er.

»Was willst du wissen?« Ohne mich anzusehen, kam Christopher gleich auf den entscheidenden Punkt zu sprechen. Seine Schroffheit ließ mich meine mühsam formulierten Fragen vergessen. Nervös stopfte ich meine Hände in die Jeans.

»Warum gehst du mir aus dem Weg?«

»Hat Aron dir den Grund nicht genannt?«

»Er hat mir vieles erklärt. Aber ich denke, dass ich ein Recht auf eine Antwort von *dir* habe.«

Endlich sah Christopher mich an – besser, er hätte es nicht getan. Seine Nichtbeachtung war leichter zu ertragen. Widerwille spiegelte sich auf seinem Gesicht, steinerne Härte in seinen Augen. Doch das Schlimmste war, dass er versuchte, seinen Abscheu zu verbergen. Was ich in ihm nicht entdecken konnte, sah er in mir: eine widerliche Kreatur.

Es kostete mich meine ganze Selbstbeherrschung, nicht vor ihm zurückzuweichen. Auch ein Monster verdiente eine Antwort.

»Es würde dir schaden, wenn ich zu oft in deiner Nähe wäre«, sagte Christopher und drehte sich wieder weg von mir.

War das alles? Wollte er mich mit einer Ausrede abspeisen? Obwohl ich mir vorgenommen hatte, ruhig zu bleiben, ging ich auf Konfrontationskurs.

»Wie selbstlos von dir! Leider bin ich mit der Engelsmaterie noch nicht so vertraut. Könntest du mir vielleicht erklären, was dann passieren würde?«

Offenbar brachte ich Christopher mit meiner Widerspenstigkeit aus dem Gleichgewicht. Unruhig ballte er seine Hände zu Fäusten.

»Du würdest nicht nur auf Aron wütend werden.«

»Warum denkst du, dass er der Einzige ist, auf den ich wütend bin?«

»Weil du nur bei ihm die Kontrolle verlierst – aber das wird sich ändern.« Christophers Blick ging zurück in die Vergangenheit. »Zuerst glaubst du, der ein oder andere hätte etwas gegen dich. Dann deine Freunde. Du streitest dich öfter, fährst schneller aus der Haut. Es ist dir egal, wie die anderen darauf reagieren – du fühlst dich im Recht und wartest, bis sie sich bei dir entschuldigen. Doch es wird schlimmer. Irgendwann verlierst du die Beherrschung – so wie du bei Aron.« Christopher war vor mir stehen geblieben und sah mich traurig an. »Ich hätte dir nicht so leicht vergeben.«

»Aber du würdest.«

»Ja«, antwortete er.

Ich fühlte den Zwiespalt in Christopher: Er verachtete mich für meine Tat, war aber dennoch bereit, mir zu verzeihen – weil er mich liebte. Ich hätte meine Seele verkauft, wenn er mich in diesem Augenblick in die Arme genommen und geküsst hätte – doch das tat er nicht.

Stattdessen wandte er sich von mir ab und starrte Richtung See. Er sah sich selbst in mir, spürte seine eigene Verwandlung in jedem meiner Wutausbrüche und Eifersuchtsanfälle. Christopher wusste, was auf mich zukam. Er kannte den Schmerz und die Verzweiflung, wenn der Racheengel erwachte. Und obwohl er darunter litt, blieb er – meinetwegen. So lange, bis ich ihn freigab. Aber es würde nicht reichen, wenn ich ihn nur darum bat. Ich sollte es auch so meinen, damit er die Lüge nicht erkennen konnte.

Das einzige Gefühl, das ich mit Christopher und Wut in Zusammenhang brachte, war meine Eifersucht. Also zwang ich mich, sie heraufzubeschwören.

»Das unterscheidet uns voneinander«, begann ich.

Christophers Rückenmuskeln spannten sich an. Er bereitete sich auf einen Kampf vor – meine schneidende Stimme warnte ihn.

»Du hast mich zehn lange Wochen im Unklaren gelassen. Alle Welt wusste, dass du lieber in Venedig sein wolltest – nur ich nicht. War sie wenigstens hübsch – oder konntest du dich mal wieder nicht entscheiden?«

»Lynn!« Christophers Zurechtweisung ließ mich zusammenschrecken. Mit zu Schlitzen verengten Augen starrte er mich wütend an.

Ich wich ihm aus und begann zwischen den Linden auf und ab zu laufen. »Tu doch nicht so, als hättest du nicht bemerkt, wie die Mädchen auf dem Internat dir nachgelaufen sind! Oder kannst du dich etwa nicht mehr an Hannah erinnern?!«

Christopher schwieg, und ich fuhr fort. »Da du – dank meinem Blut – dich jetzt ja unter Menschenmädels umschauen kannst, die dich anhimmeln, anstatt sich vor dir zu fürchten, wäre es sicher lästig gewesen, mir zu sagen, wo du steckst. Schließlich ist Venedig ja nicht allzu weit von meinem Zuhause entfernt, so dass ich auf die dumme Idee hätte kommen können, dir deine Ferien zu vermiesen.«

Christopher ging nicht auf meinen Vorwurf ein. »Wie ich dir schon erklärt habe, hat mich der Engelsrat nach Venedig berufen.«

»Und weil du pausenlos beschäftigt warst, konntest du mir sicher auch keine Nachricht zukommen lassen: Zehn. Ganze. Wochen. Lang!« Ich schrie meinen Frust direkt in Christophers Gesicht.

Er wandte sich ab. Jetzt war er es, der unruhig zwischen den alten Linden auf und ab ging. »Sie hatten drei Kandidaten, die als Racheengel in Frage kamen. Alle drei haben versagt, weil ...« Christopher sah mich an. Der Kummer in seinem Gesicht schnürte mir das Herz zusammen. »Weil *ich* schon einen ausgewählt hatte. Lynn. Es ... es tut mir so leid.«

Wäre ich in diesem Augenblick auf ihn zugegangen, hätte ich bekommen, was ich wollte: Christopher hätte mich in seine Arme gezogen und wäre bei mir geblieben. Doch jedes Mal, wenn er mir in die Augen sehen oder mich berühren würde, würde er leiden.

»Für Reue ist es wohl ein bisschen zu spät! Aber wenn *ich* gewusst hätte, was der Kuss eines Racheengels auslösen kann, dann hätte ich dich niemals geküsst!«

Christopher schaute mich an, als würde ich ihm Sanctifers

Dolch zwischen die Rippen stoßen. Doch der Dolch saß noch nicht tief genug, um ihn dauerhaft zu verletzen.

»*Du* hingegen wusstest genau, was du tust! Und im Gegensatz zu dir kann ich nicht das Schloss verlassen, damit ich den, der mir das angetan hat, nicht mehr ertragen muss!«

Ich machte auf dem Absatz kehrt. Noch länger in Christophers versteinertes Gesicht sehen zu müssen überstieg meine Kräfte. Seine Arme waren der einzige Ort, wo ich Halt gefunden hätte. Doch dieser Ort existierte nicht mehr – nicht für mich. Nur die Kammer im Schloss unterm Dach war mir geblieben. Ich hatte alles verloren: meine Freunde, mein Zuhause, Christopher – und mich selbst.

# Kapitel 9

## Schutzmauern

Aron saß auf der Mauer am Schloss und beobachtete mich. Ich lief an ihm vorbei, ohne aufzuschauen. Er hatte sein Ziel erreicht. Den Triumph, in meinen Augen zu sehen, wie verloren ich mich fühlte, gönnte ich ihm nicht.

Als es dunkel war, klopfte er an meine Zimmertür. Obwohl ich nicht antwortete, trat er ein, setzte sich in seinen Lieblingssessel und beobachtete eine Zeitlang, wie ich in den Himmel starrte, bevor er das Schweigen brach.

»Möchtest du reden?«

»Mit dir?!«, zickte ich ihn an. »Ich wüsste nicht, worüber.«

»Gut.« Aron nickte und stand auf. Vor der Tür drehte er sich noch einmal zu mir um. »Falls du es dir anders überlegst: Ich bin draußen. Klettere aufs Dach und ruf nach mir. Es ist gesichert, damit du nicht runterfallen kannst.« Also nicht von hier verschwinden, fügte ich in Gedanken hinzu, nachdem Aron die Tür hinter sich zugezogen hatte und ich den Schlüssel im Schloss klicken hörte.

Aron brachte mir wieder das Essen aufs Zimmer. Bei meinen Freigängen achtete er darauf, dass die Engelschüler in ihren Kursräumen in Sicherheit vor meinen Eifersuchts-, Wut- oder Dolchattacken waren. Nachdem ich seinen Rat befolgt und Christopher belogen hatte, brauchte es wohl keinen weiteren Impuls, um mich über die Kante zu treiben – und den Racheengel von mir weg.

Zum Glück schaffte ich es, meine Tiefs in die Phasen zu legen, in denen ich allein war. Also die vielen Stunden vor und nach den Mahlzeiten. Aron war sich sicher, dass ich mich nicht aus dem Staub machen konnte, und beaufsichtigte mich nur noch, während ich spazieren ging oder aß. Meist hockte er in seinem blauen Sessel und sah mir zu, wie ich in meinen Henkersmahlzeiten – diesmal Hühnchen mit Rahmnudeln – herumstocherte.

»Wenn du nicht willst, dass ich dich zwangsernähre, sollten die Reste auf deinem Teller kleiner werden.« Arons unerwartete Aufmerksamkeit ließ mich zusammenzucken. Meine unkontrollierte Reaktion ärgerte mich, weshalb ich meinen Frust an ihm ausließ.

»Warum solltest du dir so viel Mühe machen? Wäre es nicht die einfachste Lösung, mich verhungern zu lassen?«

»Eine ziemlich grausame. Findest du nicht?«

»Besser als lebenslange Einzelhaft.«

»Wenn das *Lebenslang* nur kurz ist«, entgegnete Aron mit einem Schulterzucken.

»Wie kurz?!«

»Das liegt an dir.«

Ich legte meine Gabel beiseite und wagte zum ersten Mal seit meiner verschärften Inhaftierung, Aron in die Augen zu sehen. Es lag eine ungewohnte Härte in ihnen und auch Zeichen von Müdigkeit. Ihm wäre es sicher lieber, wenn er das Ganze schnell zum Abschluss bringen könnte – mich zum Abschluss bringen könnte.

Traurigkeit stieg in mir auf. Seit ich Christopher den Rücken gekehrt hatte, war sie mein ständiger Begleiter. Zusammen mit der Hoffnung, dass er zu mir kommen, mich in die Arme nehmen und alles in Ordnung bringen würde, hielt sie die Wut zurück, die abends am stärksten war. Dann verfluchte ich Aron, der mich einsperrte, meine untreuen Engelsfreunde, die mich vergessen hatten – und Christopher. Einen nach dem anderen trafen meine Verwünschungen, Drohungen und detaillierten

Beschreibungen, wie ich mich revanchieren würde. Doch immer wenn Christopher an die Reihe kam, versiegte mein Zorn. Die Furcht, ihn für immer verloren zu haben, ließ keinen Platz für Rachegefühle.

»Übrigens«, durchbrach Aron die Stille. »Du hast das Richtige getan.«

»Womit?«

»Meinen Rat zu befolgen. Christopher hat heute Morgen das Schloss verlassen.« Mit diesem einzigen Satz vernichtete Aron all meine Träume.

Kaum hatte er die Tür hinter sich zugesperrt, zerriss mich der Schmerz. Christopher war gegangen. Einfach so. Ohne ein letztes Wort. Ohne mir einen Funken Hoffnung dazulassen.

Dieses Mal gab es nichts, das die Wut aufhielt. Ich schrie, als sie in ihrer ganzen Wildheit aus mir herausbrach. Mit einer Macht, die mich fast erstickte, nahm sie von mir Besitz – und fühlte sich unglaublich gut an.

Mein Zorn stärkte mich. Er vertrieb den selbstmitleidigen Jammerlappen, der einer Vergangenheit nachtrauerte, die es nicht mehr gab, und dabei vergaß, sein Leben zu leben. Was machte ich hier? Wer gab Aron das Recht, mich einzusperren?! Der Engelsrat? Ich pfiff auf ihn. Sicher alles alte, verschrobene Tattergreise. Was wussten die schon von mir?

Trotzig packte ich meinen Schreibtischstuhl und schleuderte ihn gegen die Tür. Mit einem splitternden Geräusch brach er zusammen und zerfiel in seine Einzelteile. Die Tür blieb makellos. Der Schreibtisch kam als Nächstes dran. Wie einen Rammbock ließ ich ihn gegen das Türblatt krachen. Auch er hielt der Barriere nicht lange stand. Wütend riss ich die Bücher aus dem Regal und schleuderte sie gegen dieses dellenlose Wunderding. Jedes entzweigerissene Buch, jede zerfetzte Seite stachelte mich an, Arons Gefängnis zu entkommen. Vielleicht war mein Dämonenblut stärker als sein Engelszauber.

Ich zerfledderte mein Bett, riss die Latten aus dem Rahmen und versuchte, die Tür aus den Angeln zu heben. Die Bretter zerbrachen. Keines hielt dem Druck stand, mit dem ich gegen Arons Hexenwerk ankämpfte. Schließlich krallte ich meine Nägel in das lupenweiße Türblatt. Es half – sie hinterließen Spuren. Hässliche Kratzspuren. Aber das reichte nicht, um die Tür zu bezwingen.

Erst als ich am Ende meiner Kräfte war, gab ich auf, rollte mich in der dunkelsten Ecke meiner Kammer zusammen, verbarg meinen Kopf zwischen den Knien und schluchzte mich verzweifelt in den nächsten Albtraum.

Starke Hände knebelten mich, rissen meine Arme auseinander und fesselten sie hinter meinem Rücken. Ich trat nach meinem Widersacher, bis er von mir abließ. Aber er war hartnäckig, schnappte sich meine Beine, um sie wie ein Paket zusammenzuschnüren. Mein Aufbäumen half, obgleich er so viel stärker war als ich – trotz der Wut, die mich über meine Kraft hinauswachsen ließ.

Meine Vernunft kam zu spät. Noch bevor ich mich meinem Schicksal ergeben konnte, traf mich eine Faust und schickte mich weiter in einen traumlosen Schlaf.

Mein Zähneklappern weckte mich. Ich schlotterte am ganzen Körper, obwohl ich unter einer Decke lag. Der Raum roch abgestanden, modrig. Trotz der hohen Feuchtigkeit brannte mein Hals, als hätte ich tagelang nichts getrunken.

Vorsichtig versuchte ich mich zu orientieren, doch schon das Augenaufschlagen verursachte mir Übelkeit. Das wenige, das sich in meinem Magen befand, kroch meinen Hals empor. Es schmeckte bittersüß – nach Galle mit Zuckerwatte – und verätzte mir Mund und Speiseröhre. Schlucken verstärkte den beißenden Schmerz.

Bewegungslos blieb ich auf dem weichen Untergrund liegen und hoffte, dass es beim nächsten Mal weniger weh tat. Ich musste lange warten. Schließlich beruhigte sich das Brennen. Doch meinen Plan, aufzustehen und mich umzusehen, verschob ich, da mir jegliche Kraft fehlte, mich zu bewegen – als hätte mir jemand meine ganze Lebensenergie entzogen.

Ich musste eingeschlafen sein. Mir war noch immer kalt, doch statt Zähnegeklapper weckte mich eine Stimme, die meinen Namen nannte: Aron. Er sprach leise, wie aus einem anderen Raum, aber laut genug, so dass ich ihn verstehen konnte. Reglos, um kein Geräusch zu verursachen, das ihn warnen konnte, lauschte ich – immerhin ging es um mich.

»… hat es lange hinausgezögert.«

»Es war die Angst vor ihm«, antwortete eine zweite, eine alte Stimme – vermutlich Coelestin. Er war einer der wenigen Engel auf der Schule, der darauf verzichtete, sein hohes Alter zu leugnen.

»Wahrscheinlich.«

Die auf das *Wahrscheinlich* folgenden Schritte ließen mich erstarren. Hatte Aron gemerkt, dass ich wach war und lauschte? Ich hielt den Atem an. Die Schritte verstummten, setzten wieder ein und stockten erneut. Offenbar lief er auf und ab. Seiner Stimme nach zu urteilen, brauchte er Bewegung, um sich abzureagieren.

»Hast du gesehen, was sie angerichtet hat? Ich … ich hätte nicht gedacht, dass es so plötzlich kommt.«

»Und ich nicht, dass du mit deiner Vermutung richtigliegst – und ich falsch.« Der Mann mit der älteren Stimme seufzte. »Ich hätte es wissen müssen.«

»Wie? Wenn selbst Christopher es nicht erkannt hat?«

»Oder nicht erkennen wollte.«

Ein schmerzhafter Stich durchbohrte mein Herz, als ich Christophers Namen hörte. Er war weg – und würde nicht zurückkommen. Wahrscheinlich war das gut so, redete ich mir ein. Doch das half nicht, den Schmerz zu vertreiben.

»Aber *du* hast es gesehen.«

»Nicht sofort«, antwortete Aron. »Als sie mich angriff, dachte ich, Sanctifer hätte sie gegen mich aufgestachelt und ihr eingeredet, ich wäre ihr größtes Übel.« Aron hielt inne. »Glaubst du, er weiß Bescheid?«

»Ich denke nicht.«

»Wir sollten ihn so lange wie möglich im Unklaren lassen.«

»Nicht nur ihn. Einen Abgesandten des Engelrats möchte ich an meiner Schule keinen Tag früher sehen als nötig. Am besten erst, wenn wir sicher sind, wie es sich weiterentwickelt.«

Mit *es* meinte er mich. Das zu schlucken fiel mir schwer. Nicht nur, weil meine Kehle wieder schmerzte. Ich war keine Sie mehr, nur noch ein Es. Ein Tier, eine bösartige Kreatur.

Eine unbekannte Angst stieg in mir auf, die ich kaum kontrollieren konnte. Bilder von scheußlich verzerrten Gestalten mit ausgefransten Flügeln und kleinen Hörnern, die rechts und links neben dunklen Augenhöhlen mit rotglühenden Pupillen steckten, entstanden vor meinen Augen. Sie tanzten im Feuer wie wild gewordene Derwische – und eine von ihnen sah aus wie ich!

Mein Versuch, die Augen zu öffnen, um das Trugbild zu vertreiben, scheiterte kläglich. In der Dunkelheit tanzten sie weiter, sammelten sich in dem düsteren Raum und stürzten auf mich zu.

Ich wollte schreien, doch ich konnte nicht. In meinem Hals brannte ein Feuer, das jedes Wort in ein Röcheln verwandelte. Panisch versuchte ich aufzuspringen und meinem Albtraum zu entkommen. Aber es ging nicht. Mein Körper widersetzte sich meinen Befehlen. Weder meine Arme noch meine Beine ließen sich bewegen. Sie waren festgetackert!

»Aron!«, schrie ich und hörte mein Brüllen von den Wänden widerhallen. Es klang hohl und dumpf. Wie in einer Höhle – oder einem Kerker.

Wütend zerrte ich an meinen Fesseln. Sie bewegten sich kein Stück – vielmehr bewegte *ich* mich kein Stück. Mein Körper war nicht festgebunden oder weigerte sich zu gehorchen, vielmehr schien er von meinem Geist abgeschnitten zu sein. Als wäre meine Hülle vom Hals ab gelähmt – oder tot. Ich fühlte rein gar nichts. Keine Hände. Keine Beine. Nicht einmal meinen Rücken, auf dem ich lag. Das Einzige, was außer meinem Kopf anscheinend noch funktionierte, war mein Herz. Hektisch trommelte es in einem viel zu schnellen Rhythmus.

Ein Geruch nach Verwesung strömte mir entgegen. Aus dem Nichts hielten zwei Hände mein Gesicht fest. Ich bemühte mich, ihnen zu entkommen, doch sie ließen es nicht zu.

»Mach die Augen auf und sieh mich an!« Arons Befehlston erschreckte mich. Er bemerkte es und wurde sanfter. »Lynn, bitte, versuch es. Du schaffst das.«

Die Zuversicht in seiner Stimme gab mir Halt. Es war nur Aron – keine tanzenden Dämonen.

Das rötliche Licht, das er mitgebracht hatte, schmerzte in meinen Augen, obwohl es nicht heller als der Schimmer einer Kerze war. Wie flüssiges Wachs kroch es meinen Sehnerv entlang.

»Dämlicher Engel!«, zischte ich zwischen den Zähnen hindurch, ließ aber meine Augenlider offen.

»Gut so«, kommentierte er mein Durchhaltevermögen. »Und jetzt sieh mir in die Augen.«

Seine Stimme schien magische Fähigkeiten zu besitzen – zumindest tat ich, was er wollte, auch wenn ich sie ihm lieber ausgekratzt als hineingesehen hätte. Der rote Schimmer über dem steinernen Grau seiner Iris verstärkte sich, als sich sein Blick in meine Augen bohrte. Mein Atem ging schneller, meine Pupillen weiteten sich. Nackte Angst überfiel mich – Aron hatte seine Engelsgestalt angenommen.

Seine Hände lagen um mein Gesicht wie ein Schraubstock,

während sein Blick sich tief in mich hineinbohrte. Panisch versuchte ich, mich zu befreien. Doch mit einem gelähmten Körper und einem fixierten Schädel blieben mir nicht viele Möglichkeiten, Aron loszuwerden. Um genau zu sein, nur eine: die Augen zu schließen.

Es kostete mich alle Kraft, diese kleine Bewegung hinzubekommen. Keuchend rang ich um Atem, nachdem ich Arons Bann entkommen war. Er ließ mich in Frieden – zumindest, was den Blickkontakt betraf, nutzte aber meine Schwäche, um mir seinen heißgeliebten Engelstee einzuflößen.

Ich wehrte mich, spuckte das ekelhafte Gebräu aus und biss ihn in die Finger. Weder seinem Bitten noch seinen fadenscheinigen Erklärungen – der Tee würde mir helfen – konnte ich glauben.

Schließlich zwang er meine Zähne auseinander und schüttete mir die Flüssigkeit in den Mund. Sie schmeckte nach Brennnesseln und fühlte sich auch so an. Aron hielt mir Mund und Nase zu, als ich mich weigerte, zu schlucken.

»Sadistischer Scheißengel!«, gurgelte ich, als er mir Zeit zum Luftholen gönnte, bevor er mir die nächste Ladung einflößte.

Die Wirkung setzte schnell ein. Ein taubes Gefühl legte sich auf meine Zunge und linderte den Schmerz in meinem Hals. Wahrscheinlich lähmte sie auch den Rest von mir und war schuld an meiner Wehrlosigkeit. Leider wirkte sie nicht auf mein Gehirn. Gnadenlos arbeitete es weiter und stellte eine Frage nach der anderen:

Wo war ich? Da Aron das Licht wieder mitgenommen hatte, war es stockdunkel. Obwohl ich meine Augen kaum mehr als einen Spaltbreit öffnen konnte – und das auch nur für ein paar Sekunden –, hätte ich gerne gewusst, in was für einem Raum ich mich befand. Der kurze Blick, während Arons Lähmungs-Tee-Verabreichung, hatte nicht gereicht, um zu erkennen, ob eine blassrosa Blümchentapete oder rötliche Steine die Wände zierten. Dem modrig feuchten Geruch nach waren es eher Steine – also doch ein Kerker. Ein Gefängnis auf alle Fälle. Vielleicht konnte ich bei Tageslicht mehr sehen – falls es hier überhaupt ein Fenster gab. Dem Mief nach zu urteilen wohl eher nicht. Was mich wieder auf den Kerker zurückbrachte.

War es Aron, der mich gefesselt und k. o. geschlagen hatte? Zutrauen würde ich es ihm. Hatte ich wirklich so schlimm gewütet, dass ich hier eingesperrt werden musste? War meine Kammer unter dem Dach nicht mehr bewohnbar oder nicht mehr sicher genug? Meine Kehle schnürte sich zusammen – ich bekam kaum noch Luft. Dank Arons Gebräu spürte ich nicht, ob sie brannte.

Aron versuchte vier weitere Male mich zu überreden, ihm in die Augen zu schauen. Meine Weigerung bestrafte er mit seinem Lähmungstee. Ich war drauf und dran gewesen, in ihm einen Freund zu sehen, doch jetzt gehörte er definitiv in die Kategorie meiner meistgehassten Feinde.

Schon während er sich mit dem nach vergorenem Grün und Fäulnis riechendem Tee näherte, verkrampfte sich mein Inneres – zumindest der Teil, den ich fühlen konnte, wenn die Wirkung des Tees nachließ. Sobald ich seine samtweiche Stimme hörte, wurde mir übel. Und wenn er mir den Tee aufzwang, dachte ich nur an den Dolch, den ich nicht tief genug in ihn getrieben hatte.

Nach gefühlten vierundzwanzig Stunden gab er auf. Allerdings veränderte das Gespräch, das ich belauschte, auch mein Bild von Aron. Aber vielleicht war das auch nur einer von seinen miesen Tricks.

»Coelestin, sag mir, wie ich ihr helfen soll, wenn sie mich nicht lässt?« Arons Stimme hatte den sanften Ton verloren, den er bei mir anschlug.

»Weiß sie denn, dass du ihr helfen willst?«

»Du auch noch?! Der Rat wird meine Methoden nicht mehr

allzu lange akzeptieren, wenn sie sich nicht in den Griff bekommt. Hätte ich gewusst, was aus ihr wird, dann hätte ich sie niemals über die Kante gejagt.« Eine Hand versetzte ein Stück Holz in Schwingung: Aron malträtierte vermutlich eine Tür.

»Und Christopher hätte sie niemals berührt.«

Trotz aller Taubheit fühlte mein gebrochenes Herz den Schmerz. Es tat weh, das zu hören, und ich war froh, dass ich nicht laut schluchzen konnte. Vielleicht hätte ich dann niemals wieder damit aufgehört. Was auch immer aus mir wurde, *ich* würde denselben Fehler noch einmal machen. Selbst jetzt, da ich wusste, wohin die Liebe zu einem Racheengel führte.

»Wie geht es ihm?« Arons Frage lenkte meine Aufmerksamkeit auf das Gespräch zurück.

»Besser als ihr. Aber es hätte auch an ein Wunder gegrenzt, wenn dein Plan aufgegangen wäre.«

»Ja. Vielleicht«, gab Aron frustriert zu. »Dann kann ich also nichts anderes tun, als abzuwarten?«

»Bleib bei ihr. Sie wird dich brauchen.«

»Mich?« Aron lachte bitter. »Jeder andere wäre besser für sie.«

»Keiner ist so gut dafür geeignet wie du, Aron.«

»Warum? Weil ich ein Seelenengel bin?«

»Nein. Nicht nur deshalb. Auch weil du ihre Stärken und Schwächen kennst. Du hast sie als Schutzengel begleitet.«

»Und gänzlich versagt«, wandte Aron ein.

»Das sehe ich anders.«

»Sie aber nicht.«

»Dann wird es tatsächlich schwer werden.«

Da Aron mir nicht mehr den Tee einflößte, verschwanden meine Lähmungserscheinungen. Aufstehen und mein neues Domizil begutachten konnte ich trotzdem nicht ohne weiteres.

Als das Kribbeln in meinen Händen einsetzte, glaubte ich,

stumpfe Akupunkturnadeln würden durch meine Haut getrieben. Bei den Beinen wurde es noch schlimmer. Ich presste meine Zähne zusammen, um nicht laut aufzuschreien. Diese Freude wollte ich meinem sadistischen Pseudo-Schutzengel nicht gönnen.

Sobald der Schmerz nachließ und nur noch ein dumpfes Pulsieren meine Waden verkrampfte, wagte ich, mich aufzusetzen. Ein wenig mehr Geduld hätte nicht geschadet. Als das Blut in meine Beine sackte, tat das höllisch weh. Gleichzeitig begannen in meinem Kopf bunte Sterne zu tanzen.

Ich schloss die Augen, legte mich zurück auf die Matratze, bis es besser wurde, und wiederholte das Ganze in Zeitlupentempo. Mein Kopf reagierte mit dröhnendem Klopfen, gewöhnte sich aber nach ein paar Minuten an die senkrechte Position. Dafür machte mir mein Magen einen Strich durch die Rechnung. Arons Gebräu hatte auch das Feuer in meinem Bauch gelöscht, das jetzt erneut aufflammte – samt den bunten Sternchen.

Gab es an mir noch irgendetwas, das nicht weh tat?

Ich biss erneut die Zähne zusammen und wartete, bis die dunklen Schatten im roten Dämmerlicht der flackernden Kerze wieder Konturen annahmen. Das Licht stand auf einem großen Felsblock, der als Tisch diente, daneben befanden sich ein Krug – bestimmt gefüllt mit Arons Wundertrank –, ein Becher und ein abgedecktes Tablett. Auf der gegenüberliegenden Seite entdeckte ich eine dunkle Nische und einen eingebauten Schrank ohne Inhalt und Türen. Ob eine blassrosa Blümchentapete oder rötliche Steine die Wand zierten, konnte ich immer noch nicht erkennen. Sobald ich versuchte, das Muster zu fixieren, kehrten die bunten Sternlein zurück.

Frustriert gab ich auf, legte mich hin und schloss die Augen. Irgendwann würde auch für mich wieder die Sonne scheinen.

Das Klicken einer Tür vertrieb die Bilder von Sonnentagen am Meer. Eine dunkle Silhouette starrte mich vom anderen Ende des Raumes an. Aron. Wer sonst konnte mir den blauen Himmel stehlen?

Ich stöhnte leise, als ich mich aufsetzte, und etwas lauter, als meine nackten Füße den Boden berührten. Weit kam ich nicht. Gerade mal einen Schritt, bevor ich aufschrie. Doch es war nicht nur der Schmerz, der mich am Weiterlaufen hinderte, sondern ein Knurren.

Hatte Aron geknurrt, oder hatte er einen Wachhund auf mich angesetzt? Oder etwas Gefährlicheres?

Die Bilder der im Feuer tanzenden Kreaturen drängten sich mir entgegen. Meine Beine drohten nachzugeben. Ich schaffte es gerade noch zu meinem Bett zurück, das eigentlich nur eine dicke Matratze war.

Als ich wieder aufschaute, stand Aron immer noch da. Sicherlich genoss er meine Angst. Meine Abneigung wuchs. Er würde nicht nahe genug an mich herankommen, um mich ein weiteres Mal in seinen Bann zu ziehen. Solange ich noch atmen konnte, würde ich lieber sterben, als ihn in meine Seele blicken zu lassen.

Aron bemerkte meine Abwehrhaltung. Er blieb auf Abstand und versuchte, mich zu beruhigen. »Entspann dich. Ich werde keinen Schritt näher kommen, als du willst.«

Ich schwieg. Er würde es trotzdem tun, auch wenn ich nein sagte.

Aron seufzte – offenbar kannte er meine Gedanken –, trat einen Schritt zur Seite und setzte sich auf einen Sessel, der aussah, als wäre es der aus meinem Zimmer – falls er meinen Wutausbruch überlebt hatte.

»Im Krug ist übrigens Orangensaft, und etwas zu essen findest du auf dem Tablett.«

Ich rührte mich nicht. Bei Kerzenlicht konnte ich nicht so genau sehen, was er Schönes für mich angerichtet hatte. Sein Lähmungstrunk war sicher mit dabei.

»Lynn, bitte. Du musst hungrig sein. Vertrau mir einfach.«

Ihm vertrauen?! Meine Wut war sofort wieder da.

Aron spürte sie und stand auf, öffnete die im Dunklen verborgene Tür und ging.

# Kapitel 10

## *Gefährliche Träume*

Vor Erleichterung atmete ich tief durch. Aron war weg! So schnell würde er bestimmt nicht wiederkommen. Also hatte ich Zeit, Pläne zu schmieden, wie ich hier am besten rauskam.

Auch bei meinem zweiten Anlauf taten meine Beine höllisch weh. Jeder Schritt schmerzte, als wären alle Sehnen gerissen und falsch wieder zusammengewachsen. Selbst mein Rücken weigerte sich, die Last meines Körpers zu tragen. Zusammengekrümmt wie der Glöckner von Notre-Dame begab ich mich auf Erkundungstour und schlurfte durch mein düsteres Gefängnis.

Zuerst ging ich zu dem Felsentisch hinüber, um mir die Kerze zu holen. Ihr Licht tauchte alles in einen unwirklichen, rötlichen Schimmer, als würde ich durch eine rote Brille hindurchsehen. Selbst die Flüssigkeit in dem Krug besaß einen orangeroten Farbton. Trotzdem rührte ich sie nicht an. Selbst wenn sie nach Orangensaft roch – Aron hatte sie gemixt. Auch das Tablett ließ ich unberührt. Lieber hungerte ich, als mich von Arons Kochkünsten verführen zu lassen. Er hatte schon einmal mit falschen Karten gespielt. Obwohl ich inzwischen wusste, dass er nicht derjenige war, der mich in die Arme der Totenwächterin getrieben hatte. Mein Misstrauen war mehr als gerechtfertigt nach allem, was er sich als mein Schutzengel geleistet hatte.

Im Kerzenschein bestätigte sich meine Befürchtung, in einem alten Kerker festzusitzen. Die Wände bestanden aus grobbehauenen Steinen, an denen vereinzelt Reste von altem Putz klebten, die sich an der niedrigen Gewölbedecke fortsetzten.

Außer der Matratze, den drei eingebauten Holzbrettern und dem steinernen Tisch gab es im hinteren Teil des Raumes noch die dunkle Nische. Bewaffnet mit der Kerze wagte ich, sie mir anzuschauen.

Um durch das schwarze Loch zu kriechen, musste ich mich – dank meiner gekrümmten Haltung – kaum bücken. Die Luft in dem kleinen Raum dahinter war feucht, roch aber weniger modrig als in dem Verlies. Es schien ein natürlich entstandener Hohlraum zu sein. Ich ließ meine Hände über die nackte Felswand gleiten. Sie fühlte sich glatt an, wie ausgewaschen. Mein Blick wanderte weiter, zum Boden, wo ich eine hölzerne Luke entdeckte: ein Fluchtweg?

Mit fiebrigen Fingern stellte ich die Kerze beiseite und zerrte an dem Holzverschlag. Erstaunlich leicht ließ er sich öffnen. Ein viel zu kleines Loch verschwand in der Tiefe. Höchstens ein Bein hätte da hindurchgepasst. Mein ganzer Körper? Niemals! Das Loch diente einem anderen Zweck. In der Tiefe baumelte ein kleiner Eimer zum Wasserholen an einer Kette, darunter rauschte ein Bach, der allen Unrat mit sich riss: ein Kerker mit Badezimmer. Luxus pur!

Ich ließ mich nicht entmutigen. Der Zugang, den Aron benutzte, war sicher massiv und vermutlich abgeschlossen – aber auch Engel machten Fehler. Noch bevor ich die hinter dem klobigen Sessel verborgene Tür erreichte, stieß ich auf ein weit größeres Problem als ein zugesperrtes Schloss. Ich lief geradewegs hinein. Zu spät erkannte ich den schwachen Schimmer als Spiegelung der Kerze.

Ohne Vorwarnung zuckten aus dem Nichts blauviolette Blitze. Von der einen bis zur gegenüberliegenden Wand versperrte mir eine Mauer aus purer Energie den Weg. Sengende Hitze verbrannte meine Haut. Elektrisierende Impulse schleuderten mich zu Boden. Ich schrie – der Schmerz raubte mir den Atem. Ein Jaulen antwortete. Wild und wutverzerrt. Der Geruch von verschmortem Fell stieg mir in die Nase. Starr vor Angst kostete es meine ganze Willenskraft, um meine geschundenen Glieder in Bewegung zu setzen.

Auf allen vieren kroch ich weg von Arons Barriere und dem Geschöpf, das mich bewachte. Erst als mein Kopf gegen eine Wand stieß, brach ich keuchend zusammen.

Aron hatte mich also doch nicht allein gelassen. Ich hätte es wissen müssen! Ihm unterliefen keine Fehler, wenn es darum ging, mich festzusetzen. Und das größte Risiko hatte ich selbst aus dem Weg geräumt: Christopher würde nichts von Arons Übergriff erfahren. Wie leichtgläubig ich doch war – ich hatte Aron vertraut!

Ein leises Knurren ließ mich zusammenzucken. In der völligen Dunkelheit – blöderweise hatte ich die Kerze fallen lassen – hörte es sich noch gespenstischer an. Ich zog meine lädierten Beine dichter heran, krümmte meinen schmerzenden Rücken zusammen und lauschte.

Was, wenn es näher kam? Wer sagte, dass es Arons Mauer nicht überwinden konnte? Was, wenn es nur darauf wartete, bis ich schlief? Wie würde es mich wohl anfallen? Mir die Kehle durchbeißen oder das Rückgrat brechen?

Meine Angst gaukelte mir Bilder von einem flügelbewehrten Monster mit feurig gelben Augen und blutunterlaufenen Zähnen vor, das seine Krallen in mich schlug und in Stücke riss.

Nein! Meine Fantasie schwächte mich, und ich benötigte alle Kraft, um bei klarem Verstand zu bleiben. Erbittert drängte ich die Bilder zurück. Das Wesen hätte mich schon längst zerfleischt. Hilflos am Boden kauernd, war ich das perfekte Opfer.

Wut regte sich in mir: auf mich selbst, weil ich so schwach war, und auf Aron, der seine schmutzigen Spielchen mit mir trieb. Er hätte mich warnen können. Vor der Blitze schleudernden Wand *und* der Bestie. Offenbar gefiel es ihm, mich selbst herausfinden zu lassen, in welcher Klemme ich steckte. Dass er von mir niedergestochen wurde, hatte anscheinend tiefere Wunden bei ihm hinterlassen, als er zugeben wollte. Jetzt rächte er sich, demonstrierte seine Überlegenheit, indem er mich meine Hilflosigkeit spüren ließ. Aber noch war ich nicht bereit aufzugeben. Ich würde hier rauskommen und mich weder manipulieren noch zu Tode erschrecken lassen!

Mühsam richtete ich mich auf. Von Arons Wachhund war nichts zu hören. Mich mit einem Knurren einzuschüchtern, hätte auch nicht mehr funktioniert, redete ich mir ein. Vorsichtig tastete ich mich an der Wand entlang. Jede Berührung, jeder Schritt tat höllisch weh. Selbst als ich auf der weichen Matratze lag, schmerzte noch alles in mir. Um meinen Rücken zu schonen, rollte ich mich wie ein Igel zusammen. Es half. Der Schmerz ließ nach und gab mir Raum zum Denken: Aron hasste mich. Christopher verachtete mich.

Mit Arons Hass konnte ich leben – ich erwiderte ihn. Doch bei Christopher sah das anders aus. Ihn liebte ich – noch immer. Jedes Mal, wenn ich an Christopher dachte, wenn ich versuchte, meine Gefühle für ihn herunterzuspielen, wuchs die Sehnsucht nach ihm.

Ich ließ mich treiben, erlaubte der Vergangenheit, mich mit ihren Bildern, Gefühlen und Gerüchen einzuhüllen. Fühlte Christophers warmen Körper, hörte seine samtweiche Stimme und verlor mich in dem Duft eines Sommergewitters.

Das Gurgeln in meinem Magen weckte mich. Meine Kehle schmerzte, als hätte ich stundenlang geheult. Ein Schluck heiße Schokolade und meine Welt hätte ein wenig rosiger ausgesehen – aber die gab es hier nicht. Und auch wenn: Ich würde sie nicht anrühren. Vielleicht war es das Einfachste zu verhungern. Doch Aron würde das bestimmt nicht zulassen. Aber worauf wartete er? Wenn Christopher tatsächlich meine Wandlung zum Racheengel ausgelöst hatte, worin lag dann das Problem – außer vielleicht bei Christopher? Hatten die Engel nicht einen

Nachfolger für Gabriella gesucht? Warum wurde ich dann in ein dunkles Loch gesperrt? Wollten sie mich nicht?

Ich überlegte, wie ich wohl als Racheengel sein würde. Christophers Stärke und sein einschüchterndes Engelswesen tauchten in meiner Vorstellung auf. Diese Macht auf mich zu übertragen, scheiterte gnadenlos. Christopher war mir überlegen in allem, was er tat. Seine Größe würde ich niemals erreichen. Ich, ein Racheengel: Was für eine traurige Fehlbesetzung! Kein Wunder, wenn sie mich loswerden wollten.

Reglos blieb ich in meiner Kauerstellung liegen und wartete auf Aron. Vielleicht beantwortete er mir meine Fragen, wenn ich kooperierte und von seinem Saft trank.

Doch Aron kam nicht. Und obwohl ich jeden anderen seiner Gesellschaft vorgezogen hätte, fühlte es sich seltsam an – wie von der Welt vergessen.

Als das Klirren von Geschirr mich aufweckte, verfluchte ich sowohl meine Müdigkeit als auch meine schmerzenden Glieder. Aron würde verschwinden, bevor ich die Gelegenheit bekam, mit ihm zu reden.

Ich riss mich zusammen, zwang meine Beine aus dem Bett und setzte mich auf. Unsere Blicke trafen sich. Seiner war überrascht, meiner entsetzt. Keine drei Meter von mir entfernt stand Aron in seiner einschüchternden Engelsgestalt.

Seine Augen bohrten sich in meine. Ich schwankte. Ich war in seinem Bann gefangen. Der Ruf nach meinem Namen dröhnte wie ein wild gewordener Bienenschwarm in meinem Schädel. Was auch immer er vorhatte, gefiel mir ganz und gar nicht – abgesehen davon, tat es teuflisch weh.

Ich hielt mir die Ohren zu. Das half. Es schenkte mir Kraft zu reagieren, meine Wut zu sammeln und auf Aron zu konzentrieren. Mein Blick entkam seiner Macht. Mein Sieg spornte mich an. Er würde nicht davonkommen, ohne mir ein paar Fragen beantwortet zu haben. Doch ehe ich auch nur einen Schritt auf ihn zu machen konnte, verschwand Aron hinter der Mauer. Blauviolette Blitze markierten die Stelle, an der er die Wand passierte.

Unbändiger Zorn überschwemmte mich. So leicht sollte er nicht davonkommen. Wenn *er* durch diese Wand gehen konnte, schaffte *ich* das auch!

Mein Körper gehorchte. Meine Wut auf Aron verdrängte die Schmerzen. Nur Sekunden nach ihm berührte ich die Schutzwand. Sein Monster reagierte schneller als er. Noch bevor er sich umdrehte, griff es mich an, bezwang meinen Körper mit unzähligen Bissen, streckte mich nieder und bohrte seine Fänge in mein Fleisch. Der Schmerz zerriss mich. Mein Widerstand brach. Gegen Arons Bestie hatte ich keine Chance.

Träume hielten mich in ihrer Welt gefangen und hinderten mich am Aufwachen. Ich war ihnen dankbar. Den Schmerz, der in mir tobte, konnte ich so leichter ertragen, auch wenn ich nicht von Christopher, sondern von Aron träumte.

Aron hielt sich zurück. Wahrscheinlich, da Coelestin neben ihm stand. Was sie sprachen, konnte ich nicht verstehen, weil sie flüsterten, doch ihre Stimmen beruhigten mich und tauchten die Träume in friedliche Dunkelheit.

Als Aron auftauchte, wusste ich nicht, ob ich wach war oder noch immer träumte. In der einen Minute erschien sein Umriss klar und deutlich, in der anderen verschwamm er in rötlichen Schlieren. Er rief meinen Namen, doch ich wollte ihm nicht zuhören. Aron war hinterhältig. Alles, was aus seinem Mund kam, würde mir schaden. Ich durfte ihm nicht trauen. Seinetwegen hatte ich Christopher weggeschickt.

Tränen brannten in meinen Augen, aber ich konnte sie nicht weinen. Aron würde es gefallen, wenn ich heulte. Also schloss ich meine Augen und ließ mich in die Dunkelheit zurückfallen.

Trotz einem Stapel dicker Decken, der über mir aufgeschichtet lag, fror ich erbärmlich, doch auch die doppelte Menge an Decken hätte nichts genutzt. Mein Körper zitterte vor Kälte, obwohl es in mir brodelte wie in einer Hexenküche.

Pure Säure floss durch meine Adern, verbreitete sich in der kleinsten Verästelung und vergiftete mich. Entweder hatte Aron mir einen besonderen Engelsmix eingeflößt, während ich schlief, oder seine Bestie besaß Giftzähne. Beides lief auf das Gleiche hinaus: ein qualvolles Ende, das ich nicht verhindern konnte. Mein Körper gehorchte mir schon nicht mehr. Selbst zum Schreien war ich zu schwach.

Arons Hand legte sich über meine Augen. Ich ließ sie offen. Noch war ich nicht tot und konnte mich wehren. Doch die Müdigkeit siegte über meinen Willen.

Arons Bild war klar. Er stand mitten in einem Wald. Ich träumte.

»Lynn«, flüsterte er. »Sieh mich an!« Seine Stimme klang verheißungsvoll, versprach Wärme und Geborgenheit – etwas, das ich dringend brauchte.

Meine Augen begegneten den seinen. Weiches Grau zog mich an. Er würde mir nichts tun. Oder war alles nur eine Illusion? Wie kam ich auf die Idee, dass Aron plötzlich nett zu mir sein würde? Eher schien die Sonne in das dunkle Loch, in dem er mich gefangen hielt.

»Lynn!« Arons Ruf wurde eindringlicher, kämpfte sich vor, bis zu einem schwachen Punkt. »Bitte, sieh mich an!«, flehte er.

Die Intensität seiner Bitte erstaunte mich. Aron hatte noch nie etwas so sehr von mir gewollt. Außerdem, was konnte ein Blick schon schaden?

Kurz bevor ich mich wieder auf das warme Grau seiner Augen einließ, schoss Gift in meinen Schädel. Tausend Blitze tobten in meinem Kopf und verwandelten Arons Gestalt in die blutrünstige Bestie. Seine Stimme verlor ihre Schönheit, dröhnte knurrend in meinen Ohren. Aus seinen Fingern schossen spitze

Klauen, die nach mir schnappten. Aron hatte es auf mein Herz abgesehen. Er wollte es mir stehlen, damit ich nie wieder lieben konnte.

Der Schrei kam aus meinem Mund. Mein ganzes Entsetzen spiegelte sich darin wider. Lieber würde ich sterben!

Ich kämpfte mich aus meinem Traum, suchte die Dunkelheit und versteckte mich darin. Als ich aufwachte, schien mein Kopf kurz vor der Explosion zu stehen. Aron hatte heftig in meinen Träumen herumgepfuscht. Die Nebenwirkungen kannte ich dank der Totenwächterin, nur waren sie bei ihr niemals so stark gewesen.

Der Geruch nach verfaulten Pflanzenresten wehte zu mir herüber: Arons Tee – oder vielleicht auch er selbst. Er stand an dem Felstisch und beobachtete mich.

»Du solltest wenigstens etwas trinken«, war alles, was er sagte. Als hätte er nicht gerade versucht, mir mein Herz zu entreißen!

Ich wandte mich von ihm ab. Wuchtete meinen lädierten Körper unter den vielen Decken auf die andere Seite, damit ich Aron nicht ansehen musste.

»Dann vielleicht später«, kommentierte er mein Abwenden mit einem frustrierten Seufzer, bevor er ging.

Ich begann, Pläne zu schmieden, obwohl ich mein Gleichgewicht noch immer nicht gefunden hatte. Mein Körper zitterte vor Kälte, während ich innerlich kochte. Doch der Temperaturunterschied verringerte sich. Wenn ich lange genug durchhielt, würde es mir vielleicht gelingen, Aron zu überlisten und aus meinem Gefängnis zu entkommen.

Aron blieb beharrlich und setzte seine Traummanipulationen fort. Er rechnete damit, dass mir die Kraft ausging. Aber der Gedanke, mein Herz zu verlieren, machte mich stark. Ich hatte Christopher weggeschickt, doch meine Liebe zu ihm war geblieben – auch wenn sie nicht mehr erwidert wurde.

Als er mich vor dem Bett auf ihn warten sah, gab Aron auf. Wenn er gewusst hätte, wie viel Kraft es mich kostete, aufrecht stehen zu bleiben, wäre er nicht gegangen.

Mein Triumph beflügelte mich. Doch um einen Fluchtversuch zu wagen, musste ich auch körperlich wieder stark werden. Arons Tablett thronte verlockend auf dem steinernen Tisch, aber es war nicht das Essen, das mich verführen wollte, sondern der Saft.

Ich schleppte mich zu der Nische, öffnete die Luke, schöpfte mit dem kleinen Eimer frisches Wasser aus dem Bach und trank ihn gierig leer. Mein Magen rebellierte. Er wollte etwas anderes. Sushi oder ein saftiges Steak. Ich zwang ihn, das Wasser zu behalten. Trinken war vorerst wichtiger als essen.

Mein kleiner Ausflug erschöpfte mich mehr, als ich mir eingestehen wollte, und ich war froh, als ich mich wieder auf der Matratze zusammenrollen konnte. Wie so oft ließ ich mich treiben, dachte an Christopher und meine Zeit mit ihm.

Wusste er, dass Aron mich gefangen hielt? Mit Sicherheit würde Aron es ihm nicht erzählen. Konnte *ich* es ihm sagen? Würde er es merken, wenn ich versuchte, ihn in meinen Träumen zu erreichen? Christopher war an mich gebunden. Er war mir aus dem Weg gegangen, als mein dämonisches Erbe erwachte – weil er es spüren konnte.

Ich schloss die Augen und rief mir Christophers Bild ins Gedächtnis. Er strahlte mich mit dunklen Smaragdaugen an, bis mir das Herz überlief. Bei ihm hatte ich alles gefunden, wonach ich immer gesucht hatte.

Mein Traum begann zu zerfließen. Ich zog ihn zurück, kämpfte um einen weiteren Blick, ein Lächeln oder ein Wort. Mein Kopf dröhnte vor Anstrengung, doch es gelang mir: Christopher kehrte um. Mit einem Lächeln auf den Lippen stand er am Ende einer alten Baumallee. Auf dem Grün seiner Augen lag ein grauer Schleier, aber die Wärme darin war echt.

»Lynn, komm zu mir.« Seine Worte ließen mein Herz höherschlagen – er wollte mich wiederhaben.

Der morastige Weg, der uns trennte, würde kein Hindernis sein. Doch jeder Schritt fiel mir schwer. Immer tiefer blieben meine Beine in dem schlammigen Sumpf stecken.

»Lynn, sieh mich an, dann findest du den Weg.«

Christophers verführerische Stimme trieb mich vorwärts. Schritt um Schritt kämpfte ich mich durch den Morast, bis ich vor ihm stand, hüfthoch mit Schlamm bedeckt.

»Lynn. Sieh mich an«, wiederholte er seine Bitte.

Mein Blick wanderte den athletischen Körper entlang, über seine verführerischen Lippen, bis zu seinen graugrünen Augen. Drängend redete er auf mich ein.

»Komm zu mir, Lynn.«

Ich streckte meine Hände nach ihm aus. Berührte sein Gesicht, seine Lippen und näherte mich ihnen. Mein heißer Atem streifte seinen Mund, während seine Augen sich in meine bohrten. Aber da war nichts. Keine Vertrautheit, keine Liebe. Das war nicht Christopher!

Mit aller Kraft stieß ich ihn von mir. Seine Augen blitzten auf und verwandelten sich zu kaltem Grau: Aron! Ich hätte wissen müssen, dass er nicht so schnell aufgeben würde.

Der Sumpf war noch da. Ich verstrickte mich in ihm, ruderte hektisch in dem vor Fäulnis stinkenden Schlamm. Er ließ mich nicht los und zog mich hinab in die dämmrige Tiefe.

Als ich die Augen aufschlug, entdeckte ich Aron, wie er gerade die Schutzmauer durchdrang.

»Ich hasse dich!«, grollte ich zornig.

Er blieb stehen. In seinen Augen lag Resignation – mit Widerstand hatte er anscheinend nicht gerechnet. Wenn er das nächste Mal die Schutzmauer passieren würde, wollte ich bereit sein, mit ihm hindurchzugehen – notfalls würde ich mich an ihn klammern und meine Krallen in seinen Rücken schlagen.

Ich verbarg mich in der dunklen Nische. Dort konnte Aron mich nicht sehen – aber ich ihn mit einem Sprung erreichen, um die Barriere zu überwinden, während er sie öffnete. Was danach kam, wusste ich nicht. Doch alles war besser, als in diesem verdammten Loch festzustecken.

Meine Beine begannen zu kribbeln. Aron kam sehr lange nicht. Vielleicht zehn oder zwanzig Stunden ließ er mich warten. Selbst das Zeitgefühl war mir in diesem vermoderten Verlies abhandengekommen.

Schließlich regte sich etwas. Ein leises Klicken durchbrach die Stille. Meine müden Beine erwachten, mein Körper spannte sich an. Alles in mir war in Alarmbereitschaft. Eine zweite Chance würde es nicht geben.

Die Schutzwand flackerte. Blauviolette Blitze, durchbrochen von irisierendem Licht. Mein Körper schnellte nach vorn wie der einer Raubkatze. Mit einem mächtigen Sprung überwand ich den Abstand und schlug meine Nägel in weiches Fleisch. Der Körper gab nach und ging in die Knie. Ich drückte meine Finger tiefer – die Macht, einen Engel zu bezwingen, berauschte mich. Aron hatte es verdient, zu leiden.

Seine Bestie kam mir zu Hilfe. Mit gefletschten Zähnen verbiss sie sich im Hals des Engels. Er wehrte sich nicht. Der Angriff überraschte ihn. Lautlos sackte er in sich zusammen.

Ich fühlte das warme Blut, das aus der Wunde sickerte. Sein süßer Geschmack trieb mich voran. Es war das Erste, das mir seit langer Zeit zwischen die Zähne kam.

Mein Herz raste. Meine Gedanken überschlugen sich. Ich hatte gewonnen. Einen Engel besiegt?!

Verwirrt zog ich meine Krallen aus dem leblosen Körper. Blut sprudelte aus der Wunde an seiner Brust – offenbar hatte ich sein Herz getroffen. Hatte ich ihn so schwer verletzt?

Mein Verstand hetzte mich zur Flucht, doch etwas in mir hielt mich zurück. Wenn ich hier raus war, würde ich Hilfe holen, aber zuerst musste ich dafür sorgen, dass der Wachhund ihn nicht zerfleischte.

Hektisch suchte ich nach der Bestie – und begegnete Arons rotgrauen Augen. Mit gezückter Armbrust stand er vor mir. Blankes Entsetzen stand ihm ins Gesicht geschrieben.

Mein Instinkt gewann. Zwei Meter und sein Körper würde fallen. Doch statt seinem glitt meiner zu Boden. Mitten im Sprung traf mich sein Pfeil. Das Gift wirkte schnell. Heiß brannte es sich durch meine Adern und lähmte meinen Körper.

Mit Leichtigkeit hob Aron mich auf und trug mich zu der Matratze hinüber. Den Pfeil ließ er stecken. Wortlos wandte er sich ab, zog den schweren Engelskörper aus meiner Reichweite und brachte ihn in Sicherheit.

Arons Gift war grausam. Mit jedem Herzschlag pumpte der Pfeil mehr davon in meinen Kreislauf. Ich hätte mir die Seele aus dem Leib geschrien, wenn ich nicht dazu verdammt gewesen wäre, reglos auszuharren. Das Einzige, was ich konnte, war zu fühlen, wie der Schmerz die verborgensten Stellen meines Körpers durchflutete und mich an den Rand des Wahnsinns trieb. Aber vielleicht war es leichter, den körperlichen Schmerz zu ertragen, als herauszufinden, was ich getan hatte.

Das Gift war gnädig. Es schickte mich in eine Ohnmacht und verscheuchte die schreckliche Vorahnung in meinem Hinterkopf.

Sie kam wieder, als ich aufwachte. Jemand hatte den Pfeil entfernt und die Wunde unter meinem Herzen versorgt. Der Schmerz war verschwunden und mit ihm das lähmende Gift.

Hatte ich wirklich einen Engel besiegt? Ich wollte mich doch nur an ihn klammern, um durch die Schutzmauer zu kommen. Aber anstatt mich vorbeizulassen, war er in sich zusammengesunken.

Warum? Was hatte ich getan?!

Mit wackeligen Beinen stand ich auf, um die Kerze zu holen

und mir die Stelle anzusehen, wo ich den Engel bezwungen hatte. Der Geruch von Blut stieg mir in die Nase. Mir wurde übel, doch ich musste wissen, was passiert war.

Meine Hand zitterte, als das Licht der Kerze auf meine Hände schien. Meine Nägel waren verschwunden und von scharfen, spitzen Klauen verdeckt. Blut klebte an ihnen: Engelsblut!

Wie betäubt stürzte ich in die dunkle Nische, zerrte den Verschlag zur Seite und übergab mich in das schmale Loch. Mein Magen war leer, doch er krampfte weiter. Versuchte den Schmerz aus mir zu würgen, der mein Herz durchbohrte.

Mit bloßen Händen hatte ich einen Engel zu Fall gebracht. Einen Engel mit irisierend leuchtenden Schwingen. Es gab nur einen, dessen Flügel so leuchteten: Christopher.

# Kapitel 11

## Festgeklettet

Zusammengekrümmt lag ich in dem feuchten Loch und kämpfte gegen die Hoffnungslosigkeit. Es hatte nie einen Wachhund gegeben. Außer mir gab es kein anderes Lebewesen in diesem Verlies. Die Bestie, die Christopher angefallen hatte, war ich. Das Blut, das ich zwischen meinen Zähnen geschmeckt hatte, seines.

Ich war nicht mehr das Mädchen, das Christopher liebte, sondern ein Monster, das ihm das Herz aus dem Leib reißen wollte. Das Stechen in meinen Armen und Beinen, der Schmerz, wenn ich meinen Rücken streckte, waren keine Auswirkungen von Arons Tee, sondern von meiner Verwandlung. Christopher war gekommen, um mir zu helfen – und ich hatte ihn niedergestreckt. Was hatte ich nur getan?

Der Gedanke an Christophers leblosen Körper, den Aron aus meinem Verlies geschleppt hatte, schnürte mir eiserne Bänder ums Herz.

Wie sehr war er verletzt? Lebte er noch?

Christopher war nicht auf meinen Angriff vorbereitet gewesen. Nichtsahnend kam er zu mir – und ich stürzte mich auf ihn, blind vor Angriffslust, ohne zu erkennen, dass er und nicht Aron vor mir stand. Aron hätte anders reagiert. Doch selbst wenn es Aron gewesen wäre, meine Schuld schmälerte das nicht. Mein Dämonenerbe war durchgebrochen. Ich war kein Engel, sondern zu etwas Bösem geworden.

Verzweifelt schleppte ich mich in die Ecke zwischen meinem Bett und dem Tisch mit der Kerze. Ich wollte nicht in dem Loch stecken, wenn er wiederkam. Aron sollte mich sehen, damit er wusste, wann er sich zur Wehr setzen musste.

Er kam nicht. Stattdessen kroch die Kälte aus den Ritzen. Mit eisigen Fingern umschlang sie mich und hüllte meinen Körper in ihr frostiges Kleid. Ich wehrte mich nicht gegen sie. Es war egal, was aus mir wurde. Ich hatte Christopher getötet – meine einzige Hoffnung.

Im Traum sah ich ihn. Mit prachtvoll leuchtenden Schwingen stand Christopher vor mir. Seine warmen Augen strahlten, als er mich sah. Ich kratzte sie ihm aus, stürzte mich auf seine Lippen und sog den letzten Atemzug aus ihm heraus.

Mein Schrei weckte mich. Blut tropfte von meinen scharfen Klauen – mein eigenes. Ich rammte sie wieder in meine Arme. Der Schmerz half mir zu vergessen, was ich war: ein Monster, der Inbegriff des Bösen. Nur der Tod konnte mich erlösen.

Als Aron mich ansprach, schreckte ich hoch. Mit erhobener Armbrust starrte er mich an. Würde er mich jetzt erschießen? War es so einfach, etwas wie mich zu töten?

Ich versuchte nicht, zu entkommen, und blieb reglos sitzen. Erst als ich die gebeugte Gestalt hinter ihm entdeckte, wich ich so weit wie möglich an die Wand zurück und versteckte meine Klauenhände in meinem Schoß.

Christophers Augen wirkten müde. Ich konnte seinem Blick nicht standhalten und verbarg mein Gesicht zwischen meinen Knien. Er sollte nicht merken, wie froh ich war, ihn noch einmal sehen zu dürfen. Er hatte mich geliebt, selbst dann noch, als er wusste, was in mir schlummerte. Hätte ich ihn nicht fortgeschickt, wäre er geblieben. Es war gut, dass ich Arons Rat befolgt hatte. Zu sehen, wie ich zu einer Bestie wurde, während ich Christopher mit sehnsuchtsvollen Augen anhimmelte, hätte ihm das Herz gebrochen. So sah er nur das todbringende Monster in mir, das sich auf ihn gestürzt hatte.

Die Nähe zu ihm erschütterte mich. Obwohl mein Kopf noch

immer zwischen meinen Knien steckte, wusste ich, dass Christopher nur eine Handbreit von mir entfernt war – sein allumfassender Geruch verriet ihn.

Er rief meinen Namen. Ich ignorierte ihn. Ihm noch einmal gegenüberstehen, die verlorene Liebe in seinen Augen sich widerspiegeln sehen, das konnte ich nicht. Mein Herz würde zerreißen, ohne dass ich den Schmerz vor ihm verbergen konnte.

Als seine Hand mich berührte, wich ich zurück. Christopher folgte mir, strich mit seinen Fingern meinen Arm entlang und hielt mich vorsichtig fest.

Mein Körper reagierte auf seine Berührung, sandte Glücksgefühle durch meine Adern, die ich nicht verdient hatte. Widerstrebend versuchte ich, seiner Hand zu entkommen. Doch es gab nichts, wohin ich fliehen konnte – in der Wand zu verschwinden, gelang mir nicht.

Ich schluchzte vor Hilflosigkeit, als Christopher mein Kinn umfasste und mich zwang, ihn anzusehen. Es klang wie ein Knurren, und ich sah, wie Aron seine Armbrust spannte. Auch Christopher spürte Arons Bereitschaft zu schießen und schob seinen Körper schützend vor meinen.

»Lynn.«

Ein einziges Wort weckte so viele Erinnerungen – mehr konnte ich nicht ertragen. Ich wand mich aus seinem Griff und schloss die Augen. Christopher ließ es nicht zu und umfasste mein Gesicht mit seinen warmen Händen.

»Bitte, sieh mich an.« Es lag so viel Verzweiflung in seiner Stimme, dass ich nicht anders konnte und meine Lider öffnete.

Leuchtendes Smaragdgrün zerfloss vor meinen Augen. Christopher sah in mich hinein wie durch ein offenes Fenster. Sein Blick berührte etwas in mir, das ich vergessen hatte: meine Seele. Er konnte sie sehen, trotz all der Dunkelheit, die sie umgab.

»Lynn, bitte komm zurück.«

Seine Stimme brachte meine Seele zum Schwingen, doch es reichte nicht, um mich zurückzuholen. Zu tief war ich mit der Finsternis verstrickt. Sie lenkte mich, beherrschte mein Handeln und machte mich zu dem Monster, das ich jetzt war.

Christophers Finger wanderte über mein Gesicht. Seine Berührung ließ mich erschaudern – und reizte den Dämon in mir, zurückzuschlagen. Meine Hände schossen nach oben und bohrten sich in Christophers Arme, um ihn aufzuhalten.

Er zuckte nicht zurück, obwohl ich den Schmerz fühlen konnte, der in ihm tobte. Unbeirrt wanderten seine Finger weiter, fuhren über die dunklen Schatten unter meinen Augen, strichen meine kalten Wangen entlang, bevor sie verharrten. Sein Blick wurde weich, berührte meine Seele, aber der Dämon in mir versperrte ihm den Weg. Er war nicht bereit, mich herzugeben.

Christophers Hände hielten mich fest, obwohl meine Klauen noch immer in seinen Muskeln steckten. Sanft strich er über meine Lippen, zog mein Gesicht zu sich, bis sein Atem mit meinem verschmolz.

Ich wollte die Augen schließen, doch Christophers Blick hielt mich gefangen – hielt das wenige, das von mir übriggeblieben war, am Leben.

»Lynn, bitte, verlass mich nicht! Ich liebe dich.«

Warme Samttöne erschütterten meine Seele, bewahrten mich vor dem, das ich zu werden drohte, und retteten mich aus der Dunkelheit. Christopher liebte mich. Zum ersten Mal hörte ich ihn das sagen. Er würde mich nicht fallenlassen – niemals! Das fühlte ich mit meinem ganzen Herzen.

Sein Mund fand meinen. Sanfte Lippen umschlossen ihn, erst zärtlich, dann fordernd. Wie Ertrinkende, die sich aneinanderklammern, fanden wir uns. Nichts würde mich je davon abhalten, seine Liebe zu erwidern, nicht einmal der Dämon in mir.

Christopher nahm mich in seine Arme und brachte mich fort. Er trug mich durch einen schmalen, düsteren Flur, über eine

Wendeltreppe nach oben in ein rundes Zimmer, das ganz sicher seines war. Der Geruch nach Sommergewitter hing überall in der Luft. Selbst dem Bett, in das er mich legte, haftete der Duft noch an, obwohl Christopher es lange nicht mehr benutzt hatte.

Ich klammerte mich an ihm fest, als er mich losließ. Sein schmerzverzerrtes Gesicht verriet mir, dass meine Nägel zu tief in seinen Rücken eingedrungen waren. Doch er sagte nichts, legte sich zu mir und zog mich wieder in seine Arme.

Er hielt mich die ganze Nacht. Streichelte vorsichtig über meine Haare, wenn der Schmerz es zuließ, oder hielt mich nur fest, während eine neue Welle drohte, meinen Körper zu zerbrechen. Sobald sie vorbei war, versuchte er, mich mit Zärtlichkeit und samtweich geflüsterten Worten in den Schlaf zu lullen.

Verzweifelt weigerte ich mich einzuschlafen und presste mich an ihn. Es gab nichts, wovor ich mich mehr fürchtete, als aufzuwachen und festzustellen, dass er fort war.

Schließlich siegte mein Körper, er holte sich den nötigen Schlaf. Doch schon wenige Augenblicke später schreckte ich hoch und schlug um mich, nur um festzustellen, dass Christopher noch bei mir war, ehe ich wieder einschlief.

Christopher sorgte dafür, dass ich nicht erneut in Panik verfiel. Jedes Mal, wenn ich kurz davor war, auszurasten, hielt er mich vorsichtig fest – ohne mir weh zu tun.

»Lynn, ich bin da«, flüsterte er mir beruhigend ins Ohr. »Und ich werde noch da sein, wenn du das nächste Mal aufwachst – und auch danach.«

Obwohl ich wusste, wie verheerend meine Krallen sein konnten, gelang es mir nicht, Christopher freizugeben. Die Angst, ihn zu verlieren, ließ sich nicht mit Worten besiegen.

»Soll ich sie festhalten?« Arons halb amüsierte, halb entsetzte Stimme weckte mich.

»Nein!«, antwortete Christopher schärfer als notwendig.

Ich zuckte zusammen, doch noch bevor ich die Augen aufschlagen und panisch werden konnte, hielt Christopher mich sanft in seinen Armen gefangen.

»Ich weiß ja nicht, wie lange *du* nichts gegessen hast, aber bei ihr ist es schon ziemlich lange her. Und nur mit Luft und Liebe kann selbst sie nicht ewig durchhalten. Also lass sie endlich los, und gib ihr was zu essen.«

Noch ehe Christopher sich bewegen konnte, krallte ich mich an ihn. Er wusste, wie ich reagieren würde, und blieb ruhig – Aron jaulte an seiner Stelle.

»Oh Mann! Du bist ganz schön besitzergreifend, Lynn. Oder glaubst du, nur weil Christopher härter im Nehmen ist, würde er auf so was stehen?!«

Erst dank Arons Kommentar wurde mir klar, mit welcher Intensität ich Christopher festhielt. Vorsichtig löste ich meine Hände von seinem Rücken. Doch anstatt mich freizugeben, zog Christopher mich an sich.

»Halt dich fest, solange du willst«, flüsterte er mir ins Ohr. »Aron kann warten.«

Ich nickte und drückte mich an ihn. Es war mir egal, dass Aron uns beobachtete. Meine erste Nacht mit Christopher in einem Bett hatte ich mir sowieso ganz anders vorgestellt.

Christophers gurgelnder Magen überzeugte mich, wenigstens ihn essen zu lassen. Meiner knurrte schon lange nicht mehr. Über den Punkt war ich hinaus. Als er jedoch das Tablett, das Aron mitgebracht hatte, näher heranzog und der Duft von frischem Speck, Rührei, Croissants und Milchkaffee in meine Nase stieg, setzte mein Hungergefühl wieder ein. Trotz meiner deformierten Hände verschlang ich das Frühstück mit überirdischer Geschwindigkeit und war am Ende immer noch hungrig – obwohl Christopher von der riesigen Portion kaum etwas abbekommen hatte. Schuldbewusst schob ich ihm einen halben Toast zu, als mir auffiel, wie viel ich gegessen hatte.

»Nein. Iss du ihn. Du bist hungriger als ich.«

»Aber ...«

Christopher legte mir einen Finger auf den Mund. »Kein Aber. Je schneller du wieder zu Kräften kommst, umso besser. Außerdem kann ich Nachschub besorgen.«

Als Christopher meinen panischen Gesichtsausdruck bemerkte, zog er mich an sich.

»Natürlich erst, sobald du bereit bist, zwei Minuten auf mich zu verzichten.«

Das war ich nicht. Trotzdem bat ich ihn, etwas zu holen. Doch Christopher blieb bei mir, und ich war ihm unendlich dankbar dafür.

Zum Glück dauerte es nicht lange, bis Aron mit dem Mittagessen erschien. Zufrieden stellte er das volle Tablett auf den massiven Granittisch mit den schwarzen Mackintosh-Stühlen, der vor einem der Turmfenster stand, und räumte das leere Tablett beiseite.

»Ich hoffe, du hast ihr auch etwas abgegeben«, scherzte Aron. »Doch wenn du glaubst, ich mache hier noch lange den Zimmerservice, täuschst du dich. Das nächste Mal holst *du* das Essen.«

Aron zuckte zusammen, als meine Nägel Christophers Haut durchbohrten.

»Zwei Racheengel! Wenn ich das vorher gewusst hätte, dann hätte ich den Job niemals angenommen.«

»Welchen Job?«, fragte ich verwundert. Meine Stimme krächzte, aber es war kein Knurren, das aus meinem Mund kam, worüber ich heilfroh war.

»Das wirst du noch früh genug erfahren«, antwortete Aron, schnappte sich das leere Tablett und verschwand.

Es kostete mich viel Selbstbeherrschung, Christopher zum Tisch gehen und das Essen holen zu lassen. Ich schaffte es nur, ihm nicht hinterherzustürzen, weil ich ihn die ganze Zeit sehen und mich selbst kaum bewegen konnte. Als er zurückkam, bemerkte ich erst, wie verkrampft er das Tablett hielt. Wie um alles in der Welt hatte er es geschafft, mich auf sein Zimmer zu tragen?

Als Christopher fertig gegessen hatte, legte ich meine Gabel beiseite und nahm all meinen Mut zusammen.

»Wie sehr habe ich … bist du verletzt?«

»Weniger als du.«

»Das ist keine Antwort«, fauchte ich – und hielt erschrocken inne. Es war nicht weg! Deutlich konnte ich spüren, wie es an Größe gewann. Doch noch bevor ich panisch reagierte, legte Christopher seine Arme um mich und hielt mich fest.

»Es ist noch da. Aber du bist stärker. Du hast es besiegt.«

»Und wenn es … wenn ich doch nicht stark genug bin?«

»Das bist du. Du hast es bewiesen.« Christophers Worte klangen unumstößlich – als erkläre er ein Naturgesetz. Ich dagegen war mir nicht so sicher. Wenn er mich nicht befreit hätte, säße ich noch immer in dem Verlies. Allein hätte ich das niemals geschafft.

Zum Abendessen brachte Aron eine dunkelrote Schachtel mit.

»Soll ich, oder willst du?«, fragte er Christopher.

»Lieber ich«, antwortete Christopher ebenso vage und nahm die längliche Schachtel entgegen.

»Was ist da drin? Sicher etwas für mich, wenn ihr zwei in Rätseln sprecht«, mutmaßte ich.

»Ja. Und auch wenn Christopher dich so an sich ranlässt, spätestens wenn du dieses Zimmer verlässt, wirst du sie tragen.«

Bevor ich die ominöse Schachtel zu fassen bekam, hatte Christopher sie aus meiner Reichweite gebracht. Dass ich eine blutige Strieme auf seinem Handrücken hinterließ, konnte er jedoch nicht verhindern. Erschrocken rückte ich von ihm weg – zum ersten Mal seit er mich befreit hatte.

Aron verkrümelte sich, und Christopher begann schweigend zu essen. Im Gegensatz zu mir war ihm der Appetit nicht vergangen. Lustlos rührte ich in der Tomatensuppe, fischte die Brotcroutons heraus und kaute darauf herum.

Was hatte ich mit Christophers Körper angerichtet – welche Spuren hinterlassen?

Coelestins Narben blitzten vor meinen Augen auf. Sah auch Christopher unter seinem langärmeligen Pyjamahemd so aus? Es war warm in seinem Zimmer. Er trug sicher nicht ohne Grund etwas Hochgeschlossenes. Ich legte den Löffel beiseite und wartete, bis er mich ansah.

»Du sollst essen, nicht nur darin herumrühren. Ich weiß, dass du Tomatensuppe magst.«

»Was versteckst du unter dem Pyjama, das ich nicht sehen soll?«

Christopher hielt mitten im Kauen inne und schaute mich an. »Du wirst nicht lockerlassen, nehme ich an.«

»Nein«, antwortete ich und verschränkte meine Arme vor der Brust.

»Gut, wenn du darauf bestehst, dass ich mir mein Shirt vom Leib reiße: bitte. Aber erst *nachdem* du gegessen hast.«

»Ich bin satt«, fiel ich ihm ins Wort.

»Nachdem du gegessen hast, was Aron für dich mitgebracht hat«, wiederholte er.

Ich fügte mich und zwang Suppe, Fleisch, Reis und Gemüse in mich hinein – was mir, obwohl mir der Appetit vergangen war, nicht allzu schwerfiel. Anscheinend wusste Christopher besser als ich, was mein Körper brauchte.

»Und jetzt will ich sehen.«

»Du pokerst offenbar gern.«

»Du etwa nicht?«, erwiderte ich.

»Nur wenn der Einsatz hoch genug ist.«

Das Aufblitzen von Jadegrün in Christophers Augen ließ mich

zurückweichen. Er bemerkte es, doch anstatt einzulenken, erhöhte er den Einsatz.

»Mein Oberkörper gegen deine Hände.«

»Nein! Nicht, nachdem ich meinen Teil der Abmachung erfüllt habe.«

»Gut. Dann eben nicht.«

Mit einem Satz war Christopher aus dem Bett. Dass ihn dabei Schmerzen durchzuckten, erkannte ich nur an der veränderten Farbe seiner Augen. Gelassen stapfte er zu dem schwarz gebeizten Kleiderschrank hinüber, holte aus den ordentlich sortierten Fächern eine Jeans und streifte sie über seine Boxershorts.

»Was … was hast du vor?« Bereit, aufzuspringen und ihn aufzuhalten, schlug ich die rote Satindecke zurück. Der Schmerz, der durch meine Beine raste, als ich sie aus dem Bett manövrierte, ließ mich aufkeuchen.

Ich sah in Christophers Augen, wie er mit sich kämpfte. Er wollte etwas von mir, das ich ihm nicht so einfach geben würde. Aber noch weniger wollte er, dass ich deswegen litt. Er gab auf und lenkte ein.

»Du hast recht. Den Einsatz zu erhöhen, nachdem du deinen Teil erfüllt hast, ist unfair.«

Mit größter Vorsicht half er mir, meine Beine zurück ins Bett und unter die Decke zu packen. Er selbst blieb stehen.

»Was muss ich tun, damit du wieder zu mir kommst?« Die Angst, seine Fürsorge könnte nur ein vorübergehendes Zwischenspiel gewesen sein, um mich aufzupäppeln, schnürte meine Kehle zusammen, weshalb ich nur ein Flüstern herausbrachte.

Schneller, als für seinen verletzten Körper gut war, saß Christopher neben mir und streichelte meine hässlich gekrümmten Hände.

»Ich bin hier, bei dir. Und ich werde erst gehen, wenn du mich wegschickst.«

»Oder irgendein Engelsgesetz es dir befiehlt.«

Christopher wurde ernst. »Selbst dann nicht.« Seine Hände wanderten meine Arme entlang und weiter über meine Schultern. Eine Hand ließ er in meinem Nacken liegen, die andere verirrte sich in meine Haare. »Es gibt ohnehin kein Gesetz, das den Umgang zweier Racheengel regelt. Normalerweise mögen wir einander nicht besonders.« Christophers Lippen streiften mein Gesicht.

»Und du? Verabscheust du mich auch?«

»Ja. Sehr sogar«, antwortete er leise, bevor er mich an sich zog und küsste.

Mein Verstand schaltete sich erst wieder ein, als Christopher scharf die Luft einsog.

»Ich … es … es tut mir leid«, stotterte ich und zog meine Nägel aus seinem Fleisch.

»Schon gut. Meine Wunden heilen schnell.«

»Wie schnell?«, kam ich auf unsere Abmachung zurück und zog an seinem Pyjamahemd. Er hielt mich auf, indem er meine Handgelenke packte.

»Es sieht schlimmer aus, als es ist«, beschwichtigte er.

»Dann spricht ja nichts dagegen, mir zu zeigen, was ich angerichtet habe.«

Christophers Daumen begannen meine Handgelenke zu umkreisen. Die sanfte Berührung beruhigte mich.

»Ich weiß, dass du mich nicht angegriffen hast.«

»Ach ja?! Wer sonst?« Meine Stimme klang zu schrill. Christopher ließ mich los und wandte sich von mir ab.

»Ich bin mir nicht sicher, ob es funktioniert.« Seine Worte schmerzten – er war dabei, sich zu verabschieden. Unruhig begann er auf dem schwarzmelierten Teppich, der einen großen Teil des silbergrauen Parkettbodens bedeckte, hin und her zu gehen.

»Dich zurückzuholen – niemand hätte jemals für möglich gehalten, dass einem Racheengel das gelingt. Es ist falsch, dass ich bei dir bin, und doch fühlt es sich richtig an.«

Er blieb stehen und musterte mich. Und obwohl er es nicht laut aussprach, erkannte ich, wo das Problem lag: bei mir. Momentan klammerte ich nur. Was, wenn daraus eine tödliche Umarmung wurde?

»Und wenn …« Meine Stimme brach. »Wenn es wiederkommt …«

Christopher fiel mir ins Wort. »Das wird es nicht. Das Schwerste liegt hinter dir.« Christopher wusste, wovon er sprach, doch ohne ihn hätte das Monster mich besiegt. Allein war ich schwach.

»Wer hat dir dabei geholfen?«

»Es gibt nicht immer jemanden, der tief genug sehen kann – oder will.« Bitterkeit sprach aus ihm. Er hatte seinen Dämon allein besiegt – ich hätte das niemals gekonnt.

Ein Frösteln überzog mich. Meine Gedanken kehrten zurück in das Verlies. Der Angriff auf Christopher, die Wildheit, mit der ich meine Zähne in seine Haut geschlagen hatte. Ich ballte meine Hände zu Fäusten und unterdrückte ihr Zittern, es wurde Zeit, mich der Wahrheit zu stellen.

»Zeig mir, was ich getan habe.«

Christopher setzte sich zu mir ans Bett und führte meine verkrampften Hände an seine Lippen.

»Lynn, es ist vorbei. Quäl dich nicht selbst.«

»Das tue ich nicht.«

Seine Lippen hörten auf, meine Finger zu küssen. Er wusste, dass ich log.

»Es … es zu sehen wird mir helfen, denselben Fehler nicht noch einmal zu machen.«

Christopher nickte. Er ließ mich los und begann, sein Pyjamahemd aufzuknöpfen. Ich bewegte mich keinen Millimeter, auch wenn alles in mir drängte, ihn zu berühren. Doch ich fürchtete mich davor, ihn erneut zu verletzen.

Tiefrote Striemen zogen sich quer über Christophers linke Körperhälfte. Ausgefranste Bisspuren unter seinem Schlüsselbein markierten die Stelle, wo meine Zähne gewütet hatten. Die Spuren vom Festklammern waren beinah nicht mehr zu erkennen, obwohl ich wusste, dass ich nicht nur an der Oberfläche gekratzt hatte.

Mein Blick verschwamm. Zu wissen, dass ich ihm diese Wunden zugefügt hatte, konnte ich kaum ertragen. Bestürzt wandte ich mich von ihm ab. Doch Christopher holte mich zurück, nahm mich in die Arme, streichelte sanft über meine Haare und hüllte mich mit seiner Samtstimme ein.

»Es gibt schlimmere. Diese Wunden werden heilen.«

Aron wirkte unruhig, als er am späten Vormittag mit dem Frühstück in Christophers Zimmer erschien. Wahrscheinlich hatte er erwartet, dass Christopher es holte, und war sich nicht sicher, was er vorfinden würde: mich, die sich noch immer an ihn klammerte, oder mein anderes Ich, das ihn und das Turmzimmer zerlegt hatte. Sonderbarerweise entspannte er sich nicht, als er mich in Christophers Arme gekuschelt fand.

»Hast du ihr schon …« Weiter kam er nicht. Christophers »Nein!« stoppte ihn. »Chris, ich störe euren Honeymoon nur ungern, aber es gibt wichtigere Dinge. Ihr läuft die Zeit davon. Wenn du sie hier festhältst und sie schlecht vorbereitet ist …«, er ließ den Satz in der Luft stehen, damit er sich entfalten konnte. »Du weißt, wie fatal das für sie wäre.«

Christopher gab mich nur ungern frei. Er spürte, dass ich mich in Arons Nähe nicht besonders wohl fühlte. Doch Aron hatte anscheinend einen wunden Punkt getroffen, den er klären wollte.

Ich zog meine stechenden Beine an, um Christophers Wärme zu halten, und konzentrierte mich auf die heftige Diskussion im angrenzenden Badezimmer.

»Sie ist noch nicht so weit«, begann Christopher.

»Und du glaubst, wenn du sie festhältst, wird sich das ändern?«

»Es hilft ihr, sich zurechtzufinden.«

»Wo? In deinem Zimmer?!« Aron klang wütend. Christopher antwortete nicht. »Eigentlich dürftest du gar nicht hier sein.«

Arons Vorwurf raubte den Rest an Wärme, der mir von Christopher geblieben war. Es würde wieder stärker werden, wenn er mich verließ.

»Ja«, antwortete Christopher. »Und trotzdem funktioniert es.«

»Anscheinend. Aber weißt du auch, wie lange?«

»Nein, aber das ist kein Grund, sie jetzt allein zulassen.«

»Sie ist nicht allein. Sie hat mich.«

Mir drehte sich der Magen um bei der Vorstellung, erneut unter Arons Aufsicht zu stehen.

»Und trotz all deiner Reinheit konntest *du* ihr nicht helfen – zumindest nicht so, wie es vorgesehen war«, warf Christopher Aron vor.

»Genauso wenig, wie es vorauszusehen war, dass sie sich in einen Racheengel verliebt – oder du dich in sie«, antwortete Aron. »Ich weiß immer noch nicht, was ich davon erstaunlicher finden soll.«

Beide schwiegen für einen kurzen Moment, bevor Aron fortfuhr. »Aber solange du dich weiterhin vor sie stellst, lernt sie nie auf eigenen Beinen zu stehen. Wie soll sie den Rat überzeugen, wenn sie unvorbereitet in die Prüfungen geht?! Sie werden sie herausfordern, sie mit ihren größten Ängsten konfrontieren. Du hast versprochen, ihr die Spangen anzulegen. Bis morgen früh gebe ich dir Zeit, sonst mache ich es selbst. Oder ist es dir lieber, wenn *ihm* die Verantwortung übertragen wird?«

Die Badezimmertür öffnete sich. Ich lehnte mich schnell zurück, damit es nicht so aussah, als hätte ich gelauscht.

»Und damit du lernst, sie loszulassen, halte ich es für eine gute Übung, wenn du ab jetzt euer Essen selbst holst.« Aron warf mir einen undefinierbaren Blick zu, als er mich, vielleicht ein wenig zu entspannt, im Bett sitzen sah, bevor er die Tür hinter sich zuknallte.

»Hab ich was falsch gemacht?«

»Du?« Christopher sah mich nachdenklich an. »Nein. Wenn, dann ich.« Er kehrte mir den Rücken zu und begann, das Frühstück auf dem Tisch auszubreiten.

Der Schmerz in meinen Beinen, als ich versuchte aufzustehen, ließ mich aufstöhnen. Christopher stand sofort neben mir.

»Soll ich dich tragen?«

»Nein. Das kurze Stück schaffe ich allein.«

Auf halber Strecke bereute ich meine vorschnelle Antwort. Dennoch lehnte ich Christophers Angebot erneut ab, als er mich hochheben wollte. Ich konnte auf eigenen Füßen stehen – Aron irrte sich gewaltig. Erst als Christopher ging, um die leeren Teller wegzubringen, verließ mich meine Selbstsicherheit. Wie besessen starrte ich ihm hinterher, bis er im Gelben Haus verschwunden war. Das beruhigende Blau des Sees half mir, die Zeit zu ertragen, bis er wieder bei mir war.

Er ging auf Abstand. Erst als er bemerkte, wie sich meine Hände immer stärker verkrampften, kam er zu mir, nahm mich in seine Arme und massierte zärtlich meine schmerzenden Finger, bis ich sein Schweigen nicht länger aushielt.

»Warum wolltest du meine Hände als Einsatz?«

Christopher hörte auf, sie zu streicheln. »Sie werden sich nicht so einfach zurückverwandeln wie deine Beine.«

Ich entzog ihm die hässlich verkrümmten Dinger, an deren Enden lange, gebogene Krallen anstelle von Nägeln hervorragten, und verbarg sie unter meinem Shirt. Auch wenn mein Rücken nicht durchgedrückt werden wollte und meine Beine beim Gehen noch immer schmerzten, sahen sie zumindest so aus, wie ich sie kannte.

»Aber sie werden wieder normal aussehen?«, fragte ich mit einem Blick auf Christophers wohlgeformte Hände.

»Ja. Du musst nur ein wenig Geduld haben.«

Ich seufzte leise. Geduld – das war nicht gerade eine meiner Stärken. »Und weshalb dann als Einsatz?«

»Damit du stillhältst, wenn ich dir die Spangen anlege.«

»Spangen? So was wie Zahnspangen, um sie wieder in Form zu bringen?«

»So ähnlich«, antwortete Christopher ausweichend.

Mutig holte ich meine Hände unter dem T-Shirt hervor. »Und? Worauf wartest du? Glaubst du, ich lauf mit so was freiwillig rum?«

»Nein, aber …« Christopher stockte. Durch seine warmen Smaragdaugen zogen Spuren von Jadegrün. »Es wird weh tun.«

»Dann sorge dafür, dass ich es schnell hinter mich bringe«, antwortete ich und streckte ihm meine Klauen entgegen.

# Kapitel 12

## *Hände-Ringen*

Christopher saß mir gegenüber in einem der wuchtigen Mackintosh-Stühle. Die hohe Rückenlehne verstärkte mein Gefühl, klein und schwach zu sein. Er sortierte die Sachen, die er für meine Hände brauchte, auf dem schwarzen Granittisch: die dunkelrote Schachtel, eine Schüssel mit Kräutern, die Aron am Tag zuvor dagelassen hatte, einen Krug und ein Glas Wasser, ein weißes Handtuch und einen Gummiball. Im Grunde völlig harmlose Dinge – vielleicht abgesehen vom Inhalt der Schachtel. Doch Christophers sorgenvolles Gesicht und sein bedächtiges Vorgehen beim Einweichen der Kräuter ließ alles andere als Vorfreude bei mir aufkommen. Nervös verschränkte ich meine Arme vor der Brust.

Christopher warf mir einen nachdenklichen Seitenblick zu, widmete sich wieder dem Kräutersud und schob ihn zu mir rüber.

»Welche Hand zuerst?«

»Egal.«

»Dann gib mir deine rechte.«

Vorsichtig, als wären meine Finger hochexplosiv, tunkte er sie in die Schüssel mit den Kräutern. Die Flüssigkeit erinnerte mich an Arons Brennnesselsud, nur stank sie nicht nach Fäulnis, sondern roch süßlich und mild.

»Lass sie drin, ich bin gleich zurück«, sagte Christopher, stand auf und verließ den Raum.

Ich zwang mich sitzen zu bleiben. Je schneller ich damit klarkam, auch ohne ihn zu überleben, umso besser. Christopher blieb nicht lange verschwunden. Mein Herz raste, als ich ihn sah – nicht nur seinetwegen, sondern auch wegen dem, was er mitbrachte.

»Das ist jetzt nicht dein Ernst.«

»Ich kann dich nicht gleichzeitig festhalten und dir die Spangen anlegen. Oder ist es dir lieber, wenn ich Aron hole?«

»Nein! Es … es ist schon okay so«, log ich und bemühte mich, meine Stimme trotz des Stricks, mit dem Christopher mich fesseln wollte, cool klingen zu lassen.

»Dann gib mir deine Hand.«

Entschlossener, als ich mich fühlte, zog ich meine Finger aus der Schale und streckte sie ihm entgegen.

»Nein. Die andere.«

Erst jetzt bemerkte ich, dass ich sie hinter meinem Rücken versteckt hatte.

»Lynn, ich werde so vorsichtig wie möglich sein«, versuchte Christopher mir Mut zu machen.

»Ich weiß«, flüsterte ich tonlos und ließ mich von ihm festbinden.

Christopher ging sorgfältig vor, fesselte nicht nur meine Hand an die Armlehne, sondern auch meine Füße an die Stuhlbeine. Selbst meinen Rücken fixierte er an der hohen Lehne. Das flache Seil, das er verwendete, war weich und schnitt mir nicht in die Haut. Trotzdem fühlte ich mich mies, als ich außer meinem rechten Arm so gut wie nichts mehr bewegen konnte.

»Ziemlich fesselnd, was du da vorhast«, scherzte ich – Galgenhumor vermutlich.

Christopher erwiderte nichts, nahm den weichen Gummiball vom Tisch und stopfte ihn mir zwischen die Zähne – gut, dann eben keine Witze mehr.

Meine Hand zitterte erbärmlich, als ich sie Christopher reichte. Er hielt sie behutsam fest, doch ich spürte die Berührung kaum. Die Kräuter hatten meine Hand betäubt. Ich atmete auf. Alles halb so schlimm! Engelssorgfalt eben, wobei mir das mit dem Ball zwischen den Zähnen nicht ganz einleuchtete.

Christopher rückte seinen Stuhl näher, klemmte meinen Arm zwischen seinen Ellbogen und seine Rippen und öffnete die ominöse Schachtel. Sie enthielt zehn Ringe – vier davon waren breit und aus Silber, die anderen schmal, hauchdünn und durchsichtig wie Gummibänder. An jedem war eine Schnur befestigt, die aussah wie ein haarfeiner Nylonfaden. Nichts Aufsehenerregendes also. Ich entspannte mich ein wenig. Irgendwie hatte ich mit brachialen Werkzeugen gerechnet.

Die kamen zum Vorschein, als Christopher die Abdeckung mit den Ringen beiseitelegte. Mein Magen krampfte sich zusammen beim Anblick der Nadeln, der spitzen Feile, des Skalpells und des seltsam gebogenen Hakens. Ich schluckte, um gegen den Würgereiz anzukämpfen. Was um alles in der Welt hatte Christopher vor?!

Er schob sich zwischen mich und die Folterwerkzeuge. Sein Gesicht war verschlossen – doch aus seinen Augen sprach pures Mitleid.

Gab es hier auch so was wie eine Vollnarkose?

»Ich kann nur deine Hand betäuben. Du musst wach bleiben und den Halt der Spangen überprüfen, bevor ich sie fixiere.«

Keine K.-o.-Tropfen also. Ich nickte zum Zeichen, dass ich verstanden hatte.

»Versuch, dich auf deine Atmung zu konzentrieren«, riet Christopher und gab mir die Kommandos, wann ich ein- und ausatmen sollte.

Als ich einen halbwegs gleichmäßigen Atemrhythmus gefunden hatte – mein Herz flatterte dennoch wie wild –, legte Christopher los. Schon beim ersten Schnitt hätte mein Schrei bestimmt sein Trommelfell zum Platzen gebracht – wenn nicht der Gummiball ihn gedämpft hätte. Meine Hand war vielleicht betäubt, nicht aber meine Klauen.

Wie Säure fraß sich das Skalpell hindurch. Ich riss und zerrte, um meinen Arm aus Christophers Umklammerung zu befreien – erfolglos. Er hielt mich eisern wie in einer Presse, legte das Skalpell beiseite und nahm als Nächstes die Feile. Langsam hobelte er Schicht um Schicht vom vorderen Teil der Kralle. Hätte er mir die Haut abgezogen, wäre das wohl kaum schlimmer gewesen.

Entschlossen biss ich in den Gummiball – schließlich war ich kein Weichei mehr, und für irgendetwas mussten die Dämonengene ja gut sein. Mein Optimismus nützte wenig. Christopher war ausdauernd, der Schmerz kaum zu ertragen. Als er die Feile wegräumte, atmete ich erleichtert auf, nur um gleich wieder die Luft anzuhalten. Durch eine der langen Nadeln fädelte er die Schnur, die an einem der Silberringe befestigt war. Meine Hand begann zu zucken.

»Versuch, sie stillzuhalten. Das wird nicht weh tun«, erklärte Christopher. Klar – genauso wenig wie das Rumgefeile!

»Vielleicht solltest du besser wegsehen«, riet er – doch ich konnte nicht.

Vorsichtig streifte er den Ring über meinen Mittelfinger, bevor er die Nadel am unteren Ende durch meine Haut stieß, sie diagonal aufwärtsführte und am oberen Fingerglied wieder herauszog.

Obwohl ich tatsächlich nichts spürte, wurde mir schlecht. Mein Magen zog sich zusammen, und ich würgte seinen wässrigen Inhalt nach oben. Kein Wunder, dass Christopher mir das Abendessen verweigert hatte.

Er hielt inne und musterte mich kritisch. »Beim nächsten Mal siehst du weg, sonst werde ich dir auch noch die Augen verbinden.«

Ich nickte tapfer, schluckte die bittere Flüssigkeit wieder hinunter und schloss die Augen. Vielleicht half es wegzusehen, wenn man gefoltert wurde.

Etwas Kaltes berührte meine Lippen. Ich blinzelte, erkannte

ein Glas Wasser und begegnete dabei Christophers Blick. Er schien genauso zu leiden wie ich.

»Spül dir den Mund aus, und … und beiß die Zähne zusammen.«

Als er den Gummiball wieder zurückschob, wusste ich, dass mir jetzt der härteste Teil der Prozedur bevorstand. Selbst Christopher presste seine Kiefer zusammen, ehe er mit der Nadel quer durch den ungefeilten Teil der Kralle stach.

Mir wurde schwarz vor Augen, doch es war noch nicht vorbei. Mit dem gebogenen Haken löste er die Kralle von meinem Nagel und schob sie so weit zurück, bis nur noch der bearbeitete Teil herausschaute.

Mein Kiefer knackte, mein Inneres rebellierte. Blanke Wut loderte auf und weckte mein Dämonenerbe. Mit meiner ganzen Kraft entriss ich Christopher meine Hand und presste sie an meinen zitternden Körper.

Christopher reagierte sofort, umfasste mein Gesicht und zwang mich, ihn anzusehen. Ich schloss die Augen, bevor er den Hass in mir entdecken konnte.

»Lynn!«, drängte er. »Tu das nicht. Sieh mich an! Ich weiß, was in dir vorgeht. Du darfst es nicht stark werden lassen. Bitte, Lynn, sieh mich an!«

Ich wand mich, um meinen Kopf aus Christophers Klammergriff zu befreien. Er gab nicht nach, ließ mich seinen Atem auf meiner Haut spüren und seinen betörenden Duft einatmen.

»Lynn, vertrau mir. Öffne die Augen und sieh mich an.«

Christophers Wesen berührte mich, besänftigte mein aufgewühltes Inneres und beruhigte mich. Gegen so viel Engelsmagie konnte selbst der Dämon in mir nichts ausrichten. Er nahm mir den Ball aus dem Mund und fuhr mit seinen Händen sanft über meine Lippen.

»Halte durch«, flehte er. »Das ist deine erste Bewährungsprobe.«

»Dann küss mich, damit ich weiß, dass du mich noch liebst.«

Jedes Mal, wenn der Dämonenanteil zu stark wurde, unterbrach Christopher seine Foltermaniküre, holte mich mit unendlicher Geduld zurück, tröstete mich mit seiner Zuneigung und schenkte mir neue Kraft. Dank ihm überstand ich die Tortur von zehn zurechtgefeilten Nägeln und ebenso vielen festgenähten Ringen, die meine Klauen zurückhielten.

Am Ende sahen meine Finger beinahe so aus wie zuvor, nur trug ich jetzt zwei sichtbare und drei unsichtbare Ringe an jeder Hand: Ein Silberring hielt meine Daumenkralle zurück, die anderen vereinten sich anhand einer raffinierten Verflechtung mit dem breiten Ring an meinem Mittelfinger. Das zierliche Silberornament, in dem die Fäden zusammenliefen, ließ ihn filigraner wirken, als er war. Nur eins konnte ich nicht mehr: den obersten Teil meiner Finger bewegen. Die unter der Haut steckenden Klauen verhinderten das Abwinkeln.

»Du wirst dich daran gewöhnen«, versicherte Christopher mir am nächsten Morgen, als die K.-o.-Tropfen nicht mehr wirkten, die er mir nach seiner Nagel-OP mit viel Trost und Liebe eingeflößt hatte, damit ich einschlafen konnte. Klar – etwas anderes, als mich daran zu gewöhnen, blieb mir ja auch nicht übrig. Zwei steife Daumen zu akzeptieren fiel mir dennoch schwer.

»Wie lange hat es bei dir gedauert?«

»Bis ich mich damit arrangiert habe?«

»Ja.«

»Das ging schnell.«

»Aber?« Christophers Zögern ließ mich vermuten, dass es noch mehr zu wissen gab.

»Aber das mit dem Frühstück geht eindeutig zu langsam. Aron wartet.«

Ich führte die Tasse, die ich mit beiden Händen halten musste, genüsslich zu meinem Mund. »Aron meinte ich nicht.«

»Er wird sauer, wenn du zu spät zum Unterricht kommst.«

»Unterricht?«, prustete ich mit einem Mund voll Milchkaffee hervor. »Was für ein Unterricht?!«

Christopher nahm mir die Tasse aus den Händen und wischte den Tisch sauber. »Vielleicht sollte ich dich doch füttern.«

»Hatten wir das Thema heute nicht schon?«

»Ja, aber wenn ich sehe, wie du isst und trinkst, sollte ich dir mein Angebot dennoch aufzwingen.«

»Das wird dir kaum gelingen«, warnte ich und schnappte mir wieder die Tasse. »Und wenn du mir nicht verrätst, was Aron vorhat, kann er warten, bis er zu Staub zerfällt.«

»Darauf würde ich nicht hoffen – er wird dich holen, wenn du nicht kommst.«

»Ich traue ihm nicht«, gab ich zu.

Christopher seufzte. »Das weiß er, und das vereinfacht die Sache nicht gerade.«

»Christopher!« Ich war mit meiner Geduld am Ende. »Aron würde mich niemals freiwillig unterrichten – also sag mir, was er von mir will.«

»Nicht viel, nur einen Engel aus dir machen.«

Obwohl ich Christopher kein Wort glaubte, ließ ich mich von ihm in die Eingangshalle bringen, wo Aron bereits auf mich wartete.

»Zuerst will ich deine Hände sehen«, begrüßte er mich.

»Ja, dir auch einen guten Morgen«, antwortete ich sarkastisch. »Sicher hattest du gestern einen genauso tollen Tag wie ich.«

»Und? Offensichtlich hast du es überstanden. Oder etwa nicht?«

»Musste ich ja. Allerdings wundert es mich, dass du nicht selbst Hand anlegen wolltest.«

»Ich dachte, dir würde ein wenig Zweisamkeit mit Christopher guttun. Außerdem bleibt mir noch genügend Zeit, dich auf andere Weise *herauszufordern*.«

Ich versuchte, meinen rebellierenden Magen zu entspannen, biss mir auf die Zunge und schwieg. Das also war es, was er wollte: mich herausfordern – oder vielmehr den Dämon in mir.

Aron nickte zufrieden, als er meine Reaktion bemerkte. »Gut gemacht«, lobte er. »Und jetzt zeig mir deine Hände.«

Mit größter Vorsicht untersuchte er sie. Ich war mir sicher, dass Christopher eingreifen würde, falls Aron zu fest zupackte. Dennoch musste ich mich dazu zwingen, meine Finger nicht zurückzuziehen, während er über die empfindlichen Nagelbetten strich.

»Der Berührungsschmerz wird sich legen. Bis dahin werden wir den Rest von dir hochpäppeln.«

Hochpäppeln hörte sich flauschig an: nach Spa, endloser Entspannung und Massage. Entrückt schwelgte ich in einer wohlriechenden Wanne, als Aron den Stöpsel zog.

»Einmal um den See dürfte heute genügen.«

»Und wie? Fliegen?«, fragte ich. Laufen schied ja wohl aus, nachdem ich es kaum die Treppe heruntergeschafft hatte.

Arons Blick mied mein Gesicht, huschte über meinen Körper und fand Zuflucht bei den Sportschuhen, die Christopher mir angezogen hatte. Anscheinend hatte ich es geschafft, einen wunden Punkt zu treffen.

»Das verschieben wir auf später«, wich Aron aus und holte zwei große Ringe aus seiner Hosentasche. »Heute sind deine Beine dran.«

Ich zuckte zurück. Die Ringe sahen aus wie Handschellen, abgesehen davon, dass sie nicht miteinander verbunden waren – aber was hieß das schon?

»Gib mir dein Bein«, forderte er mich auf.

»Was ist das? Eine Fußfessel?«, fragte ich skeptisch.

»So was Ähnliches. Es verrät mir, wo du bist, und lässt dich nicht vom rechten Weg abkommen. Außerdem hält es dir ungebetene Gäste vom Hals, bis ich eintreffe.«

»Und wie soll das funktionieren?«

Aron grinste, bückte sich und legte mir eine der beiden Fesseln an. »Indem dich nur derjenige, der das Gegenstück trägt, berühren kann, ohne eine saftige Ladung abzubekommen«, fügte er mit einem Blick auf Christopher hinzu, während er sich die andere Fessel ums Handgelenk band. »So kann ich sicher sein, dass du unberührt bleibst und keine fremde Hilfe erhältst.«

»Und du lässt mich einfach so in den Wald? Ganz allein?«

»Du bist kein Engelschüler«, erinnerte mich Aron an mein Dämonenerbe. »Bis zum Einbruch der Dunkelheit hast du Zeit.«

»Ansonsten?«

»Läufst du zweimal um den See«, beantwortete er meine Frage.

Lauthals fluchend humpelte ich die Schlosstreppe hinunter. Das würde ich nie und nimmer schaffen.

Aron beobachtete mich aufmerksam. Sicher wartete er darauf, den Dämon ausbrechen zu sehen. Aber diesen Gefallen würde ich ihm nicht tun, solange meine Beine mich noch trugen.

»Wirst du mich begleiten?«, fragte ich übertrieben freundlich.

»Nein. Heute kannst du dein Tempo selbst bestimmen.«

»Wie großzügig von dir«, flötete ich. Hätte ich mich nicht gerade in ein dämonisches Wesen und wieder zurückverwandelt, wäre das Um-den-See-Laufen kein allzu großes Problem. »Und du?«, wandte ich mich an Christopher, der jeden meiner Schritte mit sorgenvoller Miene betrachtete.

»Christopher muss sich um andere Dinge kümmern«, kam Aron ihm zuvor. »Du wirst das schon allein hinbekommen.«

Ich nickte. Wahrscheinlich war es besser, wenn Christopher nicht sah, wie ich auf allen vieren um den See robbte. Ich drückte meinen gekrümmten Rücken durch und lief los – eher gesagt, ich schleppte mich von dannen.

Meine Beine schmerzten schon, als ich die Seemauer erreichte. Aron hatte nicht gesagt, dass ich keine Pausen machen dürfte, also setzte ich mich auf die warmen Steine, ließ meine Beine hängen, schaute aufs Wasser und beobachtete die Enten mit ihrem Nachwuchs. Wie lange ich wohl schon hier war?

Ich versuchte, die Tage zu zählen, doch es gelang mir nicht. Den verfärbten Bäumen nach zu urteilen, musste es Oktober sein. Gelbe, rote und orangegoldene Blätter spiegelten sich im satten Blau des Sees. Lange Spinnweben flogen durch die Luft und überzogen die Rosen im Schlossgarten mit ihrem feinen Netz. Der erste Herbststurm würde es fortwehen. Würden auch die Fäden, die mich umschlangen, wieder verschwinden?

Ich starrte auf meine Hände. Abgesehen von den Ringen sahen sie aus wie immer – doch das waren sie nicht. Ein feines Geflecht hielt sie im Zaum. Mit einem Schnitt konnte es zerstört werden und mein dämonisches Erbe offenbaren.

Wie fest war das Band, das meine Seele und mein Herz zusammenhielt? Würde es reißen? Konnte ein Sturm es genauso leicht wegblasen wie die Spinnweben?

In Gedanken versunken schleppte ich mich weiter. Bis zur Wiese am See, wo die Engel ihre Feuernächte feierten, kam ich. Meine Beine schmerzten, als ich mich am Ufer niederließ. Das kühle Wasser linderte das Ziehen in meinen Waden für kurze Zeit. Humpelnd schlurfte ich weiter. Ich musste: um wieder menschlich zu werden.

Am Abzweig zur Kapelle hielt ich erneut an. Die Fußfessel hinderte mich daran, einen Abstecher zu ihr zu machen. Sie lähmte meine Beine, wie ich schnell feststellte, als ich nach vorn kippte bei dem Versuch, den Weg zu verlassen. Aron traute mir nicht. Wahrscheinlich zu Recht.

Es war Mittag, als ich die Kormoransiedlung am Nordufer erreichte. Normalerweise schaffte ich das in einer halben Stunde. Mein Magen knurrte, aber ich hatte nichts zu essen dabei. Wenigstens Wasser zum Trinken und Kühlen gab es im Überfluss. Die Turnschuhe wieder über meine wunden Füße zu ziehen dauerte eine Ewigkeit. Meine Hände schmerzten, das Betäubungsgebräu hatte seine Wirkung verloren.

Verbissen humpelte ich weiter durch den bunten Blätterwald, den die tiefstehende Sonne in goldene Farbe tauchte. Jeder Schritt war quälend. Messer bohrten sich in meine Schenkel und Fußsohlen. Beide Knöchel waren steif und federten schon lange nichts mehr ab.

Die Sonne ging gerade hinter dem See unter, als ich den Wald verließ und die Anhöhe erreichte, auf der in meiner Welt eine Kirche stand. Hier gab es nur trostlose Einöde und die Schreie verlorener Seelen. Der Engelseelensee lag vor mir. Ich fühlte das Grauen in seinem ganzen Ausmaß: Tausende waren hier im Kampf gefallen.

Unfähig, den zusätzlichen Schmerz auszublenden, quälte ich mich hinunter zum See. Dort klappte ich zusammen. Ich konnte nicht mehr, weder mein Körper noch meine Seele.

Aron fand mich. Mit vor der Brust verschränkten Armen schaute er auf mich herab.

»Du hast dich verspätet. Nenn mir wenigstens *einen* Grund, warum.«

»Du verlangst zu viel von mir.«

»Und ich werde noch mehr von dir fordern. Steh auf und lauf weiter, oder sag mir, warum du hier rumhockst.«

Um mir Halt zu geben, schlang ich meine Arme um die Beine. »Ich schaffe das nicht. Ohne Christopher bin ich aufgeschmissen. Er … er war es, der mich aus dem Kerker geholt hat. Und nur seinetwegen habe ich das gestern überstanden, ohne dass … dass es mich über… überwältigt hat.« Meine Stimme versagte.

Aron schien meine Erklärung nicht zu reichen. Schweigend wartete er auf eine bessere Antwort.

»Ich … ich bin nicht stark genug, um ein Engel zu werden.«

Sosehr ich es mir auch wünschte, ein wenig so zu sein wie Christopher, der Weg um den See hatte mir die Augen geöffnet. Meine Berufung war unbeabsichtigt passiert. Niemals wäre die Wahl auf mich gefallen. Christopher hatte es allein geschafft, ein Engel zu werden. Dass er mir helfen musste, bewies nur, wie wenig ich dazu taugte.

»Wer behauptet, dass du nicht stark genug bist?« Aron holte mich aus meiner Verzweiflung.

»Ich. Ich weiß es.«

»Und woher? Nur weil Christopher dir das Engelwerden erleichtert, heißt das nicht, dass du nicht fähig bist, einer zu werden.«

»Er hat alles allein gemacht, alles beiseitegeräumt – ich bin ihm nur gefolgt. Wie du siehst, schaff ich es nicht mal allein um den See.«

»Weil du an dir zweifelst.«

»Hab ich nicht allen Grund dazu? Es war nicht vorgesehen, mich zum Racheengel zu machen.«

»Offenbar bist du besser informiert als ich. Steh auf und geh weiter, wenn du mir keinen überzeugenderen Grund nennen kannst!«, herrschte Aron mich an.

Der Grund erwachte. Aron wusste, wie er mich reizen musste. Feurig meldete sich der dunkle Teil in mir zu Wort.

»Was willst du, Aron?! Dass ich dir die Kehle rausreiße?«

»Versuch's, wenn dir danach ist. Vielleicht bist du dieses Mal erfolgreicher.«

Das Bild von Aron, wie er blutend auf den Knien kauerte, blitzte vor mir auf – und die Klauen einer Bestie um seinen Hals. Verzweifelt verbarg ich mein Gesicht in den Händen. So wollte ich nicht sein. Nie wieder!

»Es … es tut mir so leid. Ich wollte das nicht.«

»Ich weiß.« Aron legte seinen Arm beruhigend um meine zitternden Schultern. »Und ich habe dir schon längst verziehen.«

Sein überraschendes Eingeständnis ließ mich vollends zusammenbrechen. Haltlos schluchzte ich an seiner Brust. »Du glaubst mir, obwohl ich nicht mal richtig heulen kann?«

»Nur Menschen und Engel können das«, versuchte Aron mich zu trösten und bewirkte das genaue Gegenteil. Mit Engelsgeduld wartete er, bis ich mich wieder beruhigt hatte.

»Und jetzt lässt du mich weiterlaufen«, mutmaßte ich.

»Nein. Für heute hast du genug gelernt.« Behutsam hob Aron mich hoch und verwandelte sich zum Engel, ehe er mit mir zum Schloss flog und mich auf mein Zimmer brachte. Es war aufgeräumt. Nichts deutete mehr darauf hin, wie ich darin gewütet hatte.

Aron setzte mich auf dem blauen Sessel ab und ließ mich Schuhe und Strümpfe ausziehen. Kritisch begutachtete er meine Beine, bevor er vorsichtig meine verkürzten Sehnen dehnte und versuchte, die Knöchel aus ihrer Versteifung zu lösen. Ich stopfte mir ein Kissen zwischen die Zähne, um nicht jedes Mal aufzuschreien, wenn er über die Schmerzgrenze hinausging.

Aron behandelte gerade mein zweites Bein, als Christopher ins Zimmer stürmte. Wütendes Jadegrün funkelte in seinen Augen, als er mein schmerzverzerrtes Gesicht entdeckte.

»Aron, es reicht! Lass sie los!«

»Das hast *du* nicht zu entscheiden!«, hielt Aron dagegen.

Die Luft schien zu vibrieren. Christopher stand kurz davor, sich zum Racheengel zu verwandeln. Mein eigener Dämon erwachte und entzündete sich an Christophers Wut. Ich biss in das Kissen und zwang das Wesen zurück. Aron musterte mich beunruhigt, rührte sich aber nicht, während ich mit mir kämpfte, um einen Satz herauszubringen.

»Christopher, bitte! Aron … tut … mir nichts.«

»Ach nein?!«

»Er löst … nur meine … meine Verkrampfungen«, presste ich mühsam hervor.

»Aber wenn du glaubst, du kannst das besser – dann bitte!«, setzte Aron hinzu, ließ mich los und trat einen Schritt zurück.

»Nein … ich … Entschuldige, Aron. So meinte ich das nicht«, antwortete Christopher.

»Gut, dann kann ich jetzt ja weitermachen.« Ohne auf Christophers Erlaubnis zu warten, nahm Aron mein Bein und begann wieder, es vorsichtig zu dehnen.

Ich ließ das Kissen auf meinem Schoß, biss die Zähne zusammen und drehte mich von Christopher weg. Er musste nicht sehen, wie höllisch das weh tat.

# Kapitel 13

## Beherrschung

Zu glauben, am nächsten Tag nicht um den See rennen zu müssen, war ziemlich naiv.

»Du wirst jeden Morgen laufen. Genieß die Zeit, in der ich dich nicht begleite«, drohte Aron mit einem scheinheiligen Grinsen. »In zwei Stunden werde ich dich holen. Versuch, so weit wie möglich zu kommen, damit deine Beine wieder stärker werden – und verkürz die Pausen!«

Ich gab mein Bestes, ließ die Seemauer rechts liegen und schleppte mich bis zur Feuerwiese. Anstatt meine stechenden Beine abzukühlen, dehnte ich sie, wie Aron es mir gezeigt hatte. Es tat verdammt weh, aber danach ging es mir besser. Bis zum nördlichen Ende des Sees kam ich, ehe Aron mich einholte. Allerdings flog er mich diesmal nicht zurück, wie ich erwartet hatte, sondern *ich* musste *ihn* zum Schloss rudern.

Um meine Hände zu schonen, befestigte er die Paddel mit zwei Schlaufen an meinen Unterarmen, bevor er sich mir gegenüber, mit genüsslich hinter dem Kopf verschränkten Armen und einem Sklaventreibergrinsen, ins Boot setzte.

Als wir den Steg am Gelben Haus erreichten, wünschte ich mir, gelaufen zu sein. Schwere Arme, ein steifer Rücken *und* Schmerzen in den Beinen waren nicht gerade prickelnd. Aron verkniff sich ein Stirnrunzeln, als ich wie eine Hundertjährige aus dem Boot kletterte.

»Wenigstens bist du jetzt aufgewärmt«, sagte er, schnappte mich am Ellbogen und drängte zum alten Burghügel. »Genau wie ich besteht Ekin auf Pünktlichkeit bei seinen Schülern!«

Ekin, der Engel mit den nachtblauen Flügeln, erwartete uns in seiner menschlichen Gestalt. Gletscherblaue Augen unter strohblonden Wimpern und ebenso hellen Engelslocken beobachteten kritisch, wie ich steif den Hügel hochstakste – *so* würde ich bei ihm wohl kaum punkten. Mich fröstelte. Nicht nur die Stille zwischen den Linden war eisig.

»Lynn, das ist Ekin, unser Schwertmeister. Er unterrichtet die fortgeschrittenen Schüler in allen Kampfdisziplinen.«

Ich quetschte ein höfliches »Hallo« zwischen den Zähnen hervor. Fortgeschritten war ich nun wirklich nicht. Vielleicht durfte ich gehen, wenn er das bemerkte.

Ekin nahm mich gründlich unter die Lupe. Ausgiebig betrachtete er die Ringe an meinen Händen, während ich mich darauf konzentrierte, in diesem schweigsamen Lindenhain vielleicht doch etwas zu hören. Ekin war mir fremd. Ich fühlte mich ausgeliefert, als er mich begutachtete.

Barsch befahl er mir, Schuhe und Socken auszuziehen. Als ich wieder vor ihm stand, nickte er mir kurz zu – und rammte mir eine Hand vor die Brust.

Sein unerwarteter Angriff raubte mir den Atem und brachte mich aus dem Gleichgewicht. Kurz bevor ich meine Hände zum Abstützen einsetzte, erinnerte ich mich wieder daran, warum das eine ganz schlechte Idee war. Natürlich fiel mein Aufprall äußerst plump und schmerzhaft aus.

»Wenigstens hast du an deine Finger gedacht«, kommentierte Ekin meine Bruchlandung. »Allerdings lässt das Fallen noch einiges zu wünschen übrig.«

*Ja, Euer Durchlauchtigster*, grummelte ich im Stillen – noch so ein Fossil, das glaubte, Weisheit käme mit den Jahren ganz von allein.

»Du weißt, dass du ihre Beine trainieren musst«, wandte Ekin sich an Aron, der an einem der großen Bäume lehnte und uns beobachtete. »Und den Rücken, den Bauch und die Arme.«

Gab es da sonst noch etwas – außer meinem Kopf vielleicht? Verstand brauchte man zum Kämpfen offenbar nicht. Langsam kam ich wieder auf die Beine. Ich wahrte einen Sicherheitsabstand zu Ekin, um reagieren zu können, falls er mich erneut angriff.

Er tat es. Mit einem abgerissenen Ast zielte er auf meine Knöchel. Ausweichen durfte ich nicht, sonst schlug er mir den Stock in die Fersen. Gefühlte tausend Mal ließ er mich springen, setzte die Latte höher, bis ich meine Schienbeine nicht mehr spüren konnte – spätestens morgen würden sie blau sein.

Nach vorn gekrümmt schnappte ich nach Luft und innerer Gelassenheit. Ich ahnte, was Ekin mit seiner Springaktion bezweckte: Er wollte sehen, wie ich ausrastete. Doch ich hatte schon viel zu oft die Kontrolle verloren, um sie leichtfertig aufzugeben. Mich zu beherrschen fiel mir leichter, seitdem ich wusste, dass von mir das Gegenteil erwartet wurde.

»Ekin, ich glaube, das reicht«, mischte Aron sich ein, als Ekin den Ast noch höher durch die Luft zog. »Sie ist heute Morgen schon um den See gelaufen.«

»Um den ganzen See?«

»Nein – aber weit genug.«

Ich warf Aron ein dankbares Lächeln zu, das er mit einer hochgezogenen Augenbraue quittierte.

»Wie du meinst. Aber sie ist noch weit davon entfernt, meinen Anforderungen zu genügen.«

»Es ist schwer, schon am Anfang alles auf einmal zu beherrschen«, verteidigte Aron mich, der uns keine Sekunde aus den Augen gelassen hatte. Er wusste, dass ich nicht nur gegen Ekins Stock gekämpft hatte. »Sie wird sich steigern. Du kannst dich darauf verlassen.«

Ich seufzte erleichtert und hob meine Socken auf, um sie anzuziehen.

»Was hast du vor?«, fragte Ekin in schneidendem Tonfall.

»Die Unterrichtsstunde ist erst vorbei, wenn ich sie beende – oder gibst du etwa schon auf?«

»Nein, ich … ich dachte nur …«

»Das Denken solltest du dir für den Kampf aufheben«, schnauzte er mich an. »Bevor du nicht gelernt hast zu fallen, ohne auf deinem Hinterteil zu landen, gehst du nirgendwohin.«

Mit meinem Blick suchte ich Zuflucht bei Aron. Gab es denn niemanden außer Ekin, der mir das Kämpfen beibringen konnte? Christopher war sicher auch ein guter Lehrer – und bestimmt wäre er nicht so gemein zu mir.

Aron schien meine Gedanken zu erraten, schüttelte den Kopf und forderte mich auf, weiterzumachen. Und so lernte ich, wie ich mich über die Schulter abzurollen hatte, ohne meine Hände zu Hilfe zu nehmen.

»Ekin kann dir mehr beibringen als jeder andere«, erklärte Aron, während ich neben ihm zum Schloss zurückhumpelte.

»Christopher ist bestimmt auch ein guter Kämpfer«, wandte ich ein.

»Ja, das ist er – der Beste, den ich je gesehen habe.«

»Und warum kann er mich dann nicht unterrichten?«

Aron zögerte. Mein Vorschlag schien ihm nicht zu gefallen. »Christopher wäre zu … zu nachsichtig mit dir. Ekin ist das nicht. Er hat schon einmal einen Racheengel ausgebildet.«

»Lass mich raten: Christopher?«

»Ja.« Aron nickte. »Deshalb weiß er, wie er dich anfassen muss.«

Aron nahm mich mit in die Mensa und hielt direkt auf Christopher zu. Nervös zog ich an seinem Arm und blieb stehen. Christopher saß mitten in einer Gruppe von Engelschülern – und Schülerinnen –, von denen ich die meisten kannte.

»Hältst du das wirklich für eine gute Idee?«

»Jepp«, antwortete Aron mit einem süffisanten Grinsen. »Du musst dich daran gewöhnen, Christopher zu teilen – auch mit weiblichen Engeln«, setzte er hinzu.

»Aber du weißt, wie …« Ich verstummte, als ich sah, wie Christopher Susan ein herzliches Lächeln schenkte.

»Wie schnell du aus der Haut fährst?«, beendete Aron meinen Satz. »Aber genauso gut weiß ich, wie gerne du bei Christopher bist.« Das war ich. Allerdings nicht, wenn es darum ging, meine Eifersucht heraufzubeschwören, was offensichtlich Ziel dieser Übung war.

»Oder möchtest du abseitssitzen?«

Das wollte ich liebend gerne, doch Christopher hatte uns entdeckt. Jetzt den Rückzug anzutreten ging nicht mehr.

»Nein. Warum?«, fragte ich scheinheilig und lief weiter. Mit schwingenden Hüften versuchte ich locker und gleichzeitig verführerisch rüberzukommen, wuschelte Christopher durch seine goldblonden Haare und begrüßte ihn mit einem Kuss, der klarmachte, dass er mir gehörte. Aron war der Einzige, der sich wegdrehte, um nicht laut loszuprusten. Die anderen starrten mich an, als käme ich vom Mars. Selbst Christopher stutzte – was mich am meisten störte. Hatte er seit kurzem ein Problem damit, mich vor den anderen zu küssen?

Ich zog mich zurück. Das harmlose Mädchen gab es nicht mehr. Engel fürchteten sich vor der Unberechenbarkeit von Racheengeln. Christopher hatte lange daran gearbeitet, Anerkennung zu finden – und ich konnte ihm alles verderben.

»Ich wollte nur kurz hallo sagen. Aron lässt mich nur selten von der Leine«, begrüßte ich die Runde mit einem kurzen Kopfnicken. Dann machte ich auf dem Absatz kehrt und steuerte auf den Ausgang zu.

»Oh nein! So einfach kommst du nicht davon.« Aron schnitt mir den Weg ab. »Wenn du hier jetzt rausspazierst, lasse ich dich die ganze Nacht um den See laufen, und du siehst Christopher gar nicht mehr.«

Das mit dem See hätte ich vielleicht noch in Kauf genommen, aber auf Christopher verzichten? Niemals!

»Also gut. Du hast gewonnen«, presste ich zähneknirschend hervor und begleitete ihn zur Essensausgabe.

Christopher rückte mir einen Stuhl zurecht, als ich mit meinem vollbeladenen Tablett an seinen Tisch zurückkehrte. Ich versuchte, mein Unbehagen zu überspielen. Nicht nur die Eifersucht brannte in mir, sobald Christopher auch nur mit einem der Mädchen sprach. Die Blicke, die mir Markus und Erika – meine inzwischen wohl ehemaligen Freunde – zuwarfen, trafen mich besonders hart. Sie hatten Angst vor mir. Ihre Anspannung verriet sie. Ich hielt still und ließ mir nichts anmerken.

Lange musste ich mich nicht verstellen. Einer nach dem anderen beendete sein Essen und verließ fluchtartig die Kantine – allen voran Susan. Mit zusammengepressten Lippen und einem Blick, der töten konnte, räumte sie ihren halb leergegessenen Salatteller weg. Den Pudding hatte sie gar nicht erst angerührt.

»Aron, warum tust du das?«, fragte Christopher, als wir nur noch zu dritt zusammensaßen. Christopher war sauer – ich hatte alle vertrieben.

»Was regst du dich auf? Sie hat es gut gemacht.«

»Aber die anderen waren nicht darauf vorbereitet.«

Für Christopher zählte nicht, dass ich keinem an die Gurgel gesprungen war, sondern nur, dass alle weg waren. Dass er die Reaktion der anderen verteidigte und nicht meine, hinterließ ein seltsames Gefühl bei mir. Es schnitt tief und verletzte etwas, wobei ich nicht genau sagen konnte, was.

Wenn es einen Tutor im Schloss der Engel gab, der mich von Anfang an nicht leiden konnte, so war das Kassandra Klar. Aron gab sich gar nicht erst die Mühe vorzutäuschen, das nicht zu wissen.

»Deine Schonfrist ist vorbei. Wenn du dich weiterentwickeln willst, musst du deine Seele kennenlernen.«

Ich schluckte. In mir gab es zwei Wesen, die miteinander kämpften. »Welche? Die gute oder die böse?«

»Es gibt nur eine Seele. Welcher Teil sich durchsetzt, liegt an dir.«

Zu meiner Überraschung wartete Kassandra Klar nicht allein auf mich. Christopher war bei ihr. Er verstummte, als wir eintraten. Frau Klar dagegen blühte auf. Mit großen Augen, die beinahe so schwarz wie ihre Haare schimmerten, stürmte sie auf mich zu und musterte mich, als wäre ich ein unerwünschter Floh im Fell ihrer Lieblingskatze.

»Sieh einer an. Du hast es doch tatsächlich geschafft, hier wieder aufzutauchen.«

Ich zuckte zusammen, als sie ungefragt meine Hände packte.

»Und die Klauen gestutzt hat man dir auch schon, wie ich sehe.«

Sobald sie meine Finger losließ, versteckte ich sie hinter meinem Rücken. Frau Klar war nicht gerade zimperlich mit ihnen umgegangen, als hätte sie gewusst, wo sie die empfindlichsten Stellen finden konnte.

»Dann wollen wir mal einen Blick auf dein Inneres werfen. Setz dich!«, befahl sie mir und deutete auf die Matte beim Fenster des großen Raumes, dessen weitläufige Verglasung an einen Wintergarten erinnerte.

Ich rührte mich keinen Zentimeter. Alles in mir sträubte sich, ihr einen Blick auf mein Seelenleben zu erlauben. Arons Arm umfasste meine Schulter.

»Es liegt an dir, was sie zu sehen bekommt«, flüsterte er mir ins Ohr, während er mich zu der Matte manövrierte.

Er selbst bezog mit Christopher Stellung an der Tür. Offenbar brauchte es zwei Bodyguards, um mich – von was auch immer – abzuhalten.

Obwohl es brannte wie Feuer, presste ich meine Fäuste zusammen. Jede Ablenkung war mir willkommen, als Kassandra

Klars Finger mein Gesicht fixierte und meine Augenlider zwang, offen zu bleiben. Ihr stechender Blick bohrte sich durch meine Pupillen und forderte mich heraus.

Ich ging nicht darauf ein, ließ ihr Gesicht vor meinen Augen verschwimmen und dachte an Christopher. Wieder einmal half mir seine Gegenwart. Zu wissen, dass er bei mir war, seinen Atem zu hören und seinen Duft wahrzunehmen, genügte, um Kassandra Klars Rühren in meiner Seele zu ertragen.

Frau Klar wurde energischer und rief meinen Namen. Doch sie benutzte den Namen Linde, auf den ich getauft worden war, und nicht den, auf den ich hörte. Schließlich gab sie auf.

»Mit dieser Einstellung wird nie ein Racheengel aus ihr. Aber vielleicht ist das auch gut so – nicht jeder ist dafür geeignet, ein Engel zu werden«, wandte sie sich an Aron, wobei der letzte Teil eindeutig an mich gerichtet war.

Um weiteren Gehässigkeiten zu entkommen, eilte ich zur Tür hinaus. Christopher fing mich ab. Ein Blick genügte ihm, um zu erkennen, dass ich mit mir kämpfte. Mein dunkles Ich wollte umkehren und Kassandra Klar die Zunge herausreißen. Christopher hielt mich zurück, und ich nahm, was er mir gab, klammerte mich an ihn und bediente mich an seiner Stärke. Arons missbilligenden Kommentar ignorierte ich.

Paul versüßte mir das Abendessen. Als wäre ich die Unschuld vom Lande, nahm er mich in die Arme und hauchte mir einen Begrüßungskuss auf die Wange. Christopher zuckte kurz, wartete, wie ich auf Pauls Umarmung reagierte, und ließ ihm dann sein Vergnügen.

»Wenn ich gewusst hätte, dass du dich wieder unter Engel mischen darfst, dann hätte ich meine Mittagspause mit dir und nicht mit den Kröten verbracht. Lass dich ansehen!«

Bevor er nach meinen Händen greifen konnte, verschränkte ich meine Arme hinter dem Rücken. Doch Paul interessierte sich gar nicht für sie, sondern für meine Haare.

»Könntest du mir zwei, drei Haare von dir geben? Sie sind lang genug, um sie zum Abschnüren zu nehmen. Susan weigert sich. Sie hat Angst, sie würden ihr nicht nachwachsen.«

Ich fragte nicht, was genau er damit vorhatte, riss mir ein paar meiner langen, dunkelbraunen Haare aus und reichte sie ihm.

»Kommst du morgen zu Kräuterkunde?«

»Nein. Aron beansprucht sie morgens immer für sich«, antwortete Christopher an meiner Stelle.

»Schade. Schlangen sind wirklich äußerst vielseitige Lebewesen.«

»Vor allem kann man gut Taschen aus ihnen machen«, fiel ich Paul ins Wort, um nicht mehr über ihre Verwendung in Kräuterkunde erfahren zu müssen. Auch zur Tasche verarbeitet fand ich die Viecher widerlich.

»Dann bis später, im Gemeinschaftsraum«, verabschiedete sich Paul.

Aus dem Treffen wurde nichts. Aron hatte mit dem Ende der Schonzeit nicht nur Kassandra Klar gemeint. Am Abend brummte er mir Krafttraining auf.

»Du hast gehört, was Ekin gesagt hat, und ich will ihn nicht enttäuschen, was dich betrifft.«

Ekins Meinung war mir egal. Doch die Aussicht, ihm irgendwann gegenüberzutreten, ohne dass er mich mit einer Hand umschubsen konnte, reizte mich. Dennoch fiel es mir schwer, Arons Anweisungen zu befolgen: Sit-ups mit jemandem, der einem die Beine festhielt, waren ja noch okay. Mit Aron, der meine Schultern festhielt? Einfach nur quälend. Auch jede andere Übung erschwerte er mit seinem Dagegenhalten.

Am Ende zitterten meine Beine so heftig, dass ich es kaum die Treppe zu meinem Zimmer hochschaffte. Dort schleppte ich mich unter die Dusche und fiel danach völlig erledigt ins Bett. Von Christopher bekam ich nur mit, wie er mich zudeckte, mir einen Kuss auf die Stirn drückte und es sich in dem blauen

Sessel bequem machte – zum Augenaufschlagen war ich viel zu müde.

Meine Besuche in der Mensa veranlassten die Engelschüler, entweder früher oder weniger zu essen. Sobald ich aufkreuzte, räumten sie das Feld. Selbst an den Nebentischen entstand Hektik.

Am meisten traf mich Susans Fahr-doch-zur-Hölle-Blick, wenn sie mich neben Aron entdeckte. Ihre negativen Gefühle übertrugen sich, was mich jedes Mal Kraft kostete, ruhig zu bleiben. Nur Paul schien es nicht zu stören, dass ich mich verändert hatte – aber er stand ja auch auf Absonderliches. Trotzdem fühlte es sich gut an, wenigstens noch einen Freund zu haben, der zu mir hielt.

»Lynn, du hättest dabei sein müssen, als Hannes sein Schlafsäckchen herstellte«, begann Paul mir von Hannes zu erzählen, einem neuen Schüler, den ich nicht kannte.

Ich hörte ihm nur mit halbem Ohr zu. Arons und Christophers Unterhaltung erschien mir wesentlich interessanter. Sie waren zum Büfett hinübergegangen – angeblich, um sich einen Kaffee zu holen – und hatten vergessen, dass ich in der inzwischen fast engelsleeren Mensa jedes Wort verstehen konnte, wenn sie nicht flüsterten.

»Sie werden lernen, es zu akzeptieren. Lynn ist nicht die Einzige, die mit Veränderungen zurechtkommen muss.«

»Aber du siehst ja, dass es so nicht geht«, antwortete Christopher.

»Bei dir hat es auch funktioniert.«

»Ja. Nach Jahren!« Der bittere Unterton in Christophers Stimme traf mich. Meinetwegen sein über viele Jahre aufgebautes Vertrauen gefährdet zu sehen, gefiel ihm offenbar nicht. »Du bleibst also dabei, sie am Unterricht teilnehmen zu lassen?«, fragte er weiter.

»Einen Kurs pro Tag – fürs Erste. Je schneller sie sich integriert, umso besser.«

Christopher nickte. Anscheinend stimmte er Aron in diesem Punkt zu. »Aber es wäre einfacher, wenn sie wüsste …«

»Nein!«, fiel Aron ihm ins Wort. »Wenn durchsickert, wer Gabriella ersetzen wird, haben wir nicht mehr viel Zeit, bevor der Rat sich einmischt.«

»Und wenn ich beschleunige, dass …«

»Das hatten wir bereits. Und wenn du auf die Idee kommen solltest, es dennoch zu versuchen, werde ich dich höchstpersönlich aus dem Schloss werfen.«

»Und ihr Gleichgewicht riskieren?«

»Besser ihres als deines! Sie ist noch nicht so tief verstrickt wie du, weshalb sie leichter …« Aron verstummte, als er meinem Blick begegnete.

Ich wandte mich schnell Paul zu, doch mein errötendes Gesicht verriet mich. Aron reagierte unverzüglich, vergaß seinen Kaffee, verabschiedete sich von Paul und Christopher und drängte mich aus dem Gelben Haus.

»Es wird Zeit für eine Unterhaltung«, begann er, während er mir dir Fußfessel anlegte – wie jeden Morgen, bevor ich um den See stapfte. »Am besten, ich begleite dich heute bei deiner Tour.«

Wohl eher Tortur! Ich unterdrückte einen Seufzer. Aron hatte gedroht, mich anzutreiben, sobald er mich begleitete. Offenbar war das die Strafe fürs Lauschen.

Überraschenderweise ließ Aron mich das Tempo bestimmen. Inzwischen schmerzten meine Beine nicht mehr so sehr – zumindest am Anfang und wenn ich nicht allzu schnell ging. Rennen war allerdings noch nicht drin.

»Lynn, du hast die ersten Schritte ganz gut gemeistert, und ich denke, du bist jetzt bereit, allein weiterzugehen.«

Mein Schritttempo geriet aus dem Rhythmus. Aron sprach

nicht vom Um-den-See-Laufen, sondern von meiner Anhänglichkeit gegenüber Christopher.

»Du musst lernen, dich ohne Hilfe in den Griff zu bekommen, wenn du herausgefordert wirst. In Kassandras Unterricht hast du bewiesen, dass du das kannst. Dich danach von Christopher trösten zu lassen, war unnötig.«

»Das war kein Trösten«, widersprach ich.

»Was sonst? Bei Ekin gab es keinen Seelentrost, und du bist trotzdem nicht zusammengeklappt.«

»So wie nach meiner ersten Runde um den See?«

Arons Einfühlsamkeit erschien plötzlich in einem anderen Licht. *Er* wollte entscheiden, wann für mich der richtige Zeitpunkt war zusammenzubrechen. Mit Christopher an meiner Seite ging das natürlich nicht so leicht.

»Ist es das, was du sehen möchtest? Wie ich zusammenklappe?«

»Lynn, das kann niemals mein Ziel sein!«

»Was dann? Dass ich ausraste, alles niedermetzle und so zu einem besseren Engel werde? Wird ein Racheengel nicht aus seiner Wut geboren?«

»Dann würde ich dich in ein Loch sperren und dich jeden Tag über die Kante treiben, anstatt auf einer Engelschule mit dir zu arbeiten.«

Ich zwang meine Beine weiterzugehen. Arons Beschreibung klang nicht aus der Luft gegriffen – und von Christopher wusste ich, dass er vor seinem Tutor ins Schloss der Engel geflohen war. Warum genau, hatte er nur angedeutet.

»War das bei Christopher so?«

»Ja«, bestätigte Aron meine schlimmste Befürchtung. »Er musste viel ertragen. Auch wenn er es niemals zugeben würde, leidet Christopher heute noch unter den Folgen seiner *besonderen Erziehung*. Coelestin brauchte viel Geduld, damit Christopher zu dem Engel werden konnte, der er heute ist.«

»Sind die Narben auf Coelestins Gesicht von ihm?«

»Ja. Und es sind nicht die Einzigen.«

Meine Beine gerieten erneut aus dem Takt. Ich wäre gestolpert, wenn Aron mich nicht aufgefangen hätte. Anstatt mich anzumeckern, legte er eine Pause am See ein.

»Sanctifer hat Christopher in seine dämonische Gestalt gezwungen. Viel zu oft und viel zu lange. Er hat ihm nicht beigebracht, wie er sich daraus befreien kann. Es war ein schmerzvoller Weg für Christopher, das herauszufinden. Deshalb hilft er dir und drängt deine Schattenseite zurück. Allerdings wirst du so nie lernen, sie selbst zu besiegen.«

»Und wenn ich es nicht ohne ihn schaffe?«

»Das wirst du. Bislang schlägst du dich prima.«

»Ja, weil Christopher mir hilft.«

»Oder weil deine Dämonengene schwächer sind als dein Engelserbe. Vertrau deinen Fähigkeiten, sieh in dich hinein und erkenne, was du bist. Erst wenn du dir deiner selbst sicher bist, kannst du Stärke aus dir ziehen und bleibst nicht auf die Hilfe eines anderen angewiesen.«

Meine von Aron so angepriesene innere Stärke schien sich beim Bogentraining in Luft aufgelöst zu haben. Christopher mit seinen Schülern – und Schülerinnen – zu sehen war etwas, das ich kaum ertragen konnte. Nicht nur zu beobachten, wie Susans Blick an seinen Lippen klebte, während Christopher über ihre Schulter gebeugt etwas erklärte, versetzte mir einen brennenden Stich. Auch die Reaktion der anderen, als ich an Arons Seite die Übungswiese betrat, schmerzte. Die ängstlichen Blicke waren die harmlosesten, die angewiderten einfach nur grausam, Christophers versteinerndes Gesicht unerträglich.

Aron umklammerte meine Schulter, damit ich nicht davonlaufen konnte. »Wenn sie sich erst daran gewöhnt haben, warum du hier bist, wird es einfacher. Gib ihnen die Chance, dich noch mal kennenzulernen, und sie werden sehen, wie wenig du dich verändert hast.«

»Aron, vielleicht bin ich so blöd, dir das abzukaufen, aber die da drüben überzeugst du damit nicht«, antwortete ich und deutete mit einem Kopfnicken Richtung Engelschüler.

»Genau, denn das ist deine Aufgabe«, sagte er nur und schob mich weiter auf Christopher zu. »Hast du noch einen Bogen für Lynn?«

Selbst Christopher zuckte zusammen. Im Gegensatz zu den anderen wich er nicht zurück, sondern blieb breitbeinig stehen – als stelle er sich schützend vor seine Schüler.

»Bist du sicher, dass das eine gute Idee ist, Aron?«

»Weißt du, immer nur zusehen wird auf Dauer langweilig und führt zu Aggressionen – und die wollen wir doch nicht heraufbeschwören. Aber wenn du keinen mehr übrig hast, gehe ich im Schloss schnell einen holen.«

Christopher gab nach. »In der Kiste findest du etwas Passendes.« Seine Schüler allein gegen mich verteidigen zu müssen, gefiel ihm offenbar noch weniger.

Um Christophers finsterer Miene zu entkommen, folgte ich Aron, der zu den beiden Holztruhen am Rand der Wiese eilte. Als er mir einen schulterhohen Langbogen reichte, weigerte ich mich, ihn zu nehmen.

»Mit meinen Händen kann ich sowieso nicht richtig zielen.«

»Warum? Tun sie noch weh?« Aron klang ehrlich besorgt und griff nach meinen Handgelenken.

Ich kam ihm zuvor und verbarg sie hinter meinem Rücken. »Nein, aber …«

»Dann: kein Aber! Vom Nichtstun werden sie kaum geschmeidiger – und wie gesagt, die Schonzeit ist vorbei.«

Obwohl ich mich ehrlich bemühte, stellte ich mich an wie der letzte Depp. Entweder rutschte mir der Pfeil von der Sehne, noch bevor ich den Bogen richtig gespannt hatte, oder meine

Hände zitterten so sehr, dass ich alles Mögliche traf – nur nicht die Scheibe. Zum Glück stand ich mit den anderen Schülern in einer Reihe, so konnte ich wenigstens keinen von ihnen aus Versehen verletzen.

Aron erlöste mich schon vor dem eigentlichen Ende der Stunde. Als ich ihn als Dankeschön anlächelte, hätte ich schwören können, dass Susans Bogen kurz in meine Richtung zielte. Doch als ich mich zu ihr drehte, waren es nur ihre Augen, die sich in meine bohrten.

Für den Nachmittag hatte sich Aron etwas Besonderes einfallen lassen: Gehirnwäsche bei Rafek – zumindest kam es mir so vor, als Rafek vergeblich versuchte, mich Sachen schmecken zu lassen, die gar nicht da waren.

»Man sollte annehmen, sie müsste ein wenig mehr Kontrolle über ihre Gedanken haben, aber sie ist immer noch so lausig wie beim letzten Mal«, fasste er mein Versagen zusammen.

»Dann gibt es ja einiges für dich zu tun«, antwortete Aron mit einem amüsierten Grinsen, während Christophers Miene nichts als Sorge ausdrückte. Seine Abwehrhaltung mir gegenüber – vielleicht hatte ich sie mir auch nur eingebildet – war verschwunden.

»Wohl wahr«, antwortete Rafek mit einem müden Blick in meine Richtung.

Rafek unterrichtete mich ebenso ungern wie Frau Klar, allerdings nicht – oder nicht nur –, weil er mich nicht leiden konnte. Im Glauben, sein Kurs wäre ein übler Scherz, war ich bei meinem ersten Besuch im Schloss der Engel mitten in seinem Unterricht durchgedreht und weggerannt.

Christopher blieb den Rest des Tages bei mir, und meine Befürchtung, er hätte ein Problem mit mir, löste sich auf. Selbst als Aron mich beim Abendtraining wieder mit seinen Kraftübungen schindete, schwebte ich noch auf Wolke sieben. Christopher in meiner Nähe zu wissen, gab mir die Sicherheit, von der

Aron gesprochen hatte. Dass sie nicht von mir, sondern von Christopher ausging, störte mich nicht. Christopher würde mich nicht im Stich lassen. Er liebte mich. Das war alles, was ich zum Überleben brauchte.

Ekins Kampftraining wurde härter – und meine Reflexe stetig besser. Mein Fitnessprogramm zeigte Wirkung. Obwohl Christophers Nagelbehandlung erst ein paar Tage zurücklag, schonte Aron mich inzwischen nicht mehr. Wunden von Engeln verheilten offenbar schnell, lediglich mein Rücken machte manchmal schlapp.

»Nimm deine Schultern zurück«, schnauzte Ekin mich an, als ich mal wieder meinen Rücken krümmte. »Wie willst du kämpfen, wenn deine Arme schlaff herabhängen?!«

Ich ging einen Schritt zurück, damit Ekins Stock mich nicht mehr erreichen konnte, und schaute ihn herausfordernd an. Selbst Aron, der von Baum zu Baum gelaufen war, um unser Training aus allen Blickwinkeln verfolgen zu können, blieb stehen.

»Wie kommst du auf die Idee, dass ich das hier freiwillig mache? Wenn Aron mich nicht zu dir prügeln würde, wäre ich nicht hier. Kämpfen ist nicht mein Ding.«

»Ach nein?« Ekin schaute mich mit einer Mischung aus Das-glaubst-du-doch-selbst-nicht und Scherz-des-Jahrhunderts an.

»Nein, wirklich. Ich habe noch nie verstanden, warum es Menschen gibt, die freiwillig aufeinander eindreschen.«

»Du bist kein Mensch mehr«, erinnerte mich Ekin. »Oder hast du etwa vergessen, wie es sich anfühlt, wenn du Sanctifers Dolch in deinen Händen hältst?«

Ich schwankte, als Ekin den mit Edelsteinen besetzten Dolch unter seiner weißen Sportjacke hervorholte und die Klinge mit einem gezielten Wurf im nächsten Baum versenkte. Der blutrote Rubin lockte mich zuzugreifen – mein Verstand riet mir, das Weite zu suchen.

»Deine Stunde ist beendet, wenn du es schaffst, mich damit anzugreifen.«

Trotzig verschränkte ich die Arme vor der Brust – auf Erpressung ließ ich mich nicht ein.

»Gut. Wie du möchtest.« Ohne Vorwarnung stürzte sich Ekin auf mich, stieß mich zu Boden und drehte mir einen Arm auf den Rücken, bis ich aufheulte.

»Na los. Du willst ihn doch. Hörst du nicht, wie er nach dir ruft?«, feuerte Ekin mich an, nach dem Dolch zu greifen, und gab mich frei.

Zwischen mir und der Waffe lagen nur zwei Schritte. Ich konnte schneller bei ihr sein als Ekin bei mir. Aber er verlangte von mir, nicht nur den Dolch zu holen, sondern auch, ihn anzugreifen – und nach meiner Erfahrung mit Aron war das mit Abstand das Blödeste, was ich tun konnte. Ich wich zurück und suchte Zuflucht bei meinem Tutor.

»Du hast gehört, was Ekin von dir möchte. Erst wenn er mit dir zufrieden ist, darfst du gehen.«

»Aber … aber warum? Ich will nicht kämpfen.«

»Das hat nichts mit wollen zu tun. Du musst lernen, dich zu wehren. Mit Wortgefechten kommt ein Racheengel nun mal nicht weit.«

Ekin schritt auf uns zu. Es schien ihm Spaß zu machen, mich zu bedrängen. Schnell zog ich mich weiter zurück. Ein Brennen in meinem Rücken schreckte mich auf. Eine Wand aus blau leuchtenden Blitzen zuckte zwischen den Baumriesen auf. Aron hatte uns bei seiner Umrundungstour eingeschlossen – und nur Engel konnten diese Barriere überwinden.

Ich fluchte im Stillen. Offenbar hatte ich Arons Fürsorge falsch eingeschätzt. Er wusste genau, wie diese Unterrichtsstunde ablaufen würde, und ließ mich mal wieder gegen seine Schutzwand laufen. Vielleicht brauchte er diese Art von Bestätigung ebenso, wie er mein gequältes Gesicht sehen musste, wenn er mich um den See hetzte oder mit seinem Krafttraining folterte.

»Komm, Lynn«, drängte Ekin weiter. »Ich gebe dir einen Vorsprung, damit du den Dolch erreichst, bevor ich *dich* erreiche.«

Ich änderte die Richtung. Auf keinen Fall wollte ich der Waffe zu nahe kommen. Mit einem mächtigen Sprung riss Ekin mich zu Boden und drückte mir seinen Ellbogen in die Kehle.

»Glaub mir, ich mache das gerne.« Sein breites Grinsen verriet, wie sehr er seine Überlegenheit genoss. Als ich die Augen schloss, um seine gefletschten Zähne nicht länger sehen zu müssen, drückte er zu, bis mir die Luft wegblieb.

Röchelnd kam ich wieder auf die Beine. Das Ganze war ein abgekartetes Spiel. Ekin sollte mich reizen, bis der dunkle Teil in mir zum Vorschein kam. Der Dolch war nur ein Ablenkungsmanöver. Aron wusste, dass ich die Finger von ihm lassen würde. Abgesehen davon wäre ich niemals schnell genug bei der Waffe, um sie vor Ekin zu fassen zu bekommen.

Und falls doch?

Ich röchelte weiter, griff mir mit der Hand an die Kehle und taumelte Richtung Dolch. Würgend krümmte ich mich zusammen, als würde ich gleich auf die Knie sinken. Doch stattdessen drückte ich mich ab und erreichte mit einer halben Drehung den Dolch.

Der rote Rubin pulsierte unter meinen Fingerspitzen. Die Waffe war mehr als nur ein gebogenes Messer. Sie steckte voll wilder Macht. Ekin würde es nicht wagen, mich anzufassen.

Meine Hand umklammerte den Dolch fester und zog. Tausend Nadelstiche zuckten durch meine Finger, als meine Krallen versuchten, nach vorne zu schnellen. Der Dolch fiel zu Boden. Die Spangen, mit denen Christopher meine Klauen fixiert hatte, erledigten ihren Job. Ich schrie den Schmerz heraus. Aron kannte mich besser als ich mich selbst. Mit untrüglichem Gespür war es ihm gelungen, mir meine Grenzen aufzuzeigen.

Rote Schleier tanzten vor meinen Augen. Niemanden hasste ich in diesem Augenblick mehr als meinen Tutor. Er knechtete mich. Seine vorgespielte Fürsorge war reine Berechnung. Mit einem Knurren stürzte ich mich auf ihn.

Ekin warf sich dazwischen, riss mich erneut zu Boden und umklammerte meine Hände. Er wusste, wo sie am empfindlichsten waren.

Aron schob sich vor mein Gesichtsfeld. »Lynn, du schaffst es allein, dich zu finden. Glaub daran, und vertrau deinem Engelserbe.« – Was er selbst offenbar nicht tat, da er Ekin bat, mich weiter festzuhalten.

»Ja, ich habe ihn auch gesehen. Sorge dafür, dass Lynn keine Dummheiten macht! Ich halte ihn auf, bevor er das Schloss erreicht«, grollte Aron, während er sich zum Engel verwandelte und durch die Barriere davonstürmte.

# Kapitel 14

## *Meinungsverschiedenheiten*

Ich schäumte vor Wut. Ekins euphorisches Grinsen stachelte mich an. Mein dunkler Teil gefiel ihm anscheinend besser als der Rest von mir.

Um seine Fratze nicht länger ertragen zu müssen, schloss ich die Augen und versuchte, den Wunsch niederzuzwingen, ihm das Gesicht aufzuschlitzen. Es gelang mir nicht. Meine Finger schmerzten unbarmherzig. Ein Teil von mir sehnte sich nach der Macht, die in mir schlummerte. Mit ihr wäre ich stark genug, Ekin abzuwehren – ich müsste sie nur freigeben.

Der Duft von Sommergewitter drängte in mein Bewusstsein. Christopher war in der Nähe. Sein Engelswesen erreichte mich und hüllte mich ein.

Ich verschloss mich ihm und suchte die verlockende Macht in mir, um sie zu erwecken. Christophers Wesen drang tiefer und verwehrte mir den Zugang. Sanft hörte ich ihn meinen Namen rufen. Nichts hätte mich tiefer berühren und schneller zurückbringen können als der Klang seiner samtweichen Stimme. Meine Wut erlosch und mit ihr das Verlangen nach Macht.

Christophers Engelsschwingen blitzten bedrohlich hinter Arons Flügeln hervor. Der Unterschied zwischen seinen und Arons sanften, lichtweißen Schwingen hätte kaum größer sein können. Meter für Meter drängte Christopher seinen Freund Richtung Schutzwall. Kurz hintereinander durchbrachen beide die Barriere.

»Du hast den Dämonendolch benutzt?!«, donnerte Christophers Stimme in der Stille des Lindenhains, als er die Waffe am Boden entdeckte.

»Ich wollte sichergehen, dass der Reiz groß genug ist«, antwortete Aron nicht weniger aggressiv.

Christopher hielt weiter auf mich zu, doch Aron ließ sich nicht länger zurückdrängen. »Misch dich nicht ein! Ich weiß, was ich mache.«

»Du hast nicht die leiseste Ahnung. Nur weil es seit Ewigkeiten so gehandhabt wird, muss es nicht richtig sein.«

»Aber auch nicht falsch!«

»Für wen? Für euch?!« Christophers Stimme spiegelte die Wut wider, die er zurückhielt. »Einem Racheengel seine Schattenseite aufzuzwingen ist barbarisch.«

»Nur so kann er sich entwickeln.«

»Woher willst du das wissen, solange du nur diese Möglichkeit kennst? Oder hast du Gefallen daran gefunden, sie zu quälen?!«

»Christopher!« Arons Bestürzung klang echt. »Glaubst du das wirklich?«

»Nein«, lenkte Christopher ein.

Ich hingegen war mir nicht so sicher. Mit dem Seeumrunden hätte Aron warten können, bis meine Beine wieder in Ordnung waren. Und auch mit dem Krafttraining und mit Ekins Bei-mirgibt's-blaue-Flecken-Unterricht – und überhaupt!

»Warum lässt du es mich nicht versuchen?« In Christophers Stimme lag ein Hauch von Verzweiflung, der mir ins Herz schnitt.

»Weil ich den sicheren Weg gehen will. Und wenn du das nicht akzeptieren kannst, dann solltest du besser von hier verschwinden!« Arons Körper spannte sich an. Er war bereit, gegen Christopher zu kämpfen.

Christopher reagierte sofort. In seiner Hand erschien das sternfunkelnde Schwert, das er auch im Kampf gegen Sanctifer benutzt hatte.

Aron zögerte nicht und zückte sein eigenes. Rein wie weißer Schnee in der Sonne leuchtete seine Waffe.

Ekin, der mich noch immer zu Boden drückte, schnalzte mit der Zunge. »Gleich wird's spannend. Pass gut auf, wenn du etwas lernen willst«, raunte er mir zu.

»Das Einzige, was ich will, ist, losgelassen zu werden!«, zischte ich zurück.

Ekin zuckte mit den Schultern, drückte sein Knie ein wenig fester gegen meine Rippen und konzentrierte sich wieder auf die beiden Engel, die sich angriffsbereit gegenüberstanden.

»Christopher, geh, bevor du etwas tust, das du hinterher bereust.«

»Wie zum Beispiel *meinesgleichen* zu helfen?!« Christophers Flügel blitzten auf – er stand kurz davor, sein Schwert auf Aron niedersausen zu lassen.

Aron sprang zurück, zerrte zwei Metallringe aus seiner Hosentasche und warf sie Ekin zu. Noch ehe ich begriff, was Ekin vorhatte, schnappte die Fußfessel um meinen Knöchel und das Gegenstück um sein Handgelenk. Nun konnte weder Aron noch Christopher mich berühren.

Christopher fluchte vor Wut und setzte den ersten Schlag. Aron entkam dem kraftvollen Hieb und parierte ihn mit einem Gegenangriff.

»Tu was!«, zischte ich Ekin zu.

»Ganz. Sicher. Nicht! Zwischen den beiden hat sich etwas angestaut, das jetzt ausgeräumt wird«, antwortete er, während Aron und Christopher weiter aufeinander eindroschen.

Die plötzliche Intensität des Kampfes beunruhigte mich. Beide hatten die Grenze des Spielerischen längst überschritten.

Aron wusste, dass Christopher der Stärkere war, und versuchte, ihn abzulenken.

»Sieh dir an, wie zerbrechlich sie ist. Willst du wirklich riskieren, dass sie so bleibt?«

»Das wird sie nicht«, antwortete Christopher und sah zu mir herüber.

Aron nutzte die Chance und landete einen Treffer auf Christophers Arm. Roter Nebel, begleitet von übelkeiterregendem Geruch, stieg auf.

»Lass mich los!«, schrie ich Ekin ins Gesicht und zerrte an meinen Armen, um freizukommen. »Mich kann eh keiner außer dir berühren – und weglaufen kann ich auch nicht!«

Auf Ekins Gesicht erschien ein verschlagenes Grinsen. Er gab nach und ließ mich los. Ich rappelte mich auf und wartete auf den geeigneten Zeitpunkt, um dazwischenzugehen – vielmehr schuf ich ihn, indem ich den abgerissenen Ast, den Ekin für mein Training benutzt hatte, Richtung Aron und Christopher schleuderte.

Der Kampf geriet ins Stocken. Ich nutzte die Verwirrung, sprang zwischen die beiden und duckte mich, um Arons Schwerthieb zu entkommen. Christopher hatte seine Reflexe besser unter Kontrolle. Mit vor Wut funkelnden Augen wich er zurück.

»Lynn, bist du von allen guten Geistern verlassen?!«

»Ekin! Schaff sie aus dem Weg!«, blaffte Aron im selben Moment.

Ekin blieb mit verschränkten Armen dort, wo er war. Sein Grinsen war verschwunden, stattdessen lag Anerkennung auf seinem Gesicht. Zwischen den erhobenen Schwertern von einem wütenden und einem zornigen Engel schien seiner Meinung nach genau der richtige Platz für mich zu sein. Mir hingegen wurde erst, als Arons Schwert erneut in meine Richtung zuckte, bewusst, wie riskant mein Dazwischenfunken war. Trotzdem rührte ich mich keinen Millimeter. Aron würde es nicht wagen, mich vor Christophers Augen zu verletzen – zumindest hoffte ich das.

Kurz vor meiner Kehle kam Arons Waffe zum Stillstand.

»Aus dem Weg, Lynn! Das hier geht dich nichts an.«

»Ach nein?! Dann streitet ihr also nicht meinetwegen?«

»Nein«, antworteten Aron und Christopher wie aus einem Mund – offenbar hielten beide mich für ziemlich beschränkt.

Um ihnen zu zeigen, dass ich nicht bereit war, klein beizugeben, stemmte ich meine Beine in den Boden und verschränkte – wie Ekin – meine Hände vor der Brust.

»Dann klärt mich bitte auf, warum ihr mein Training stört.«

Aus dem Augenwinkel sah ich Ekin breit grinsen. Von seiner Seite aus drohte mir keine Gefahr. Bei Aron war ich mir da nicht so sicher. Christopher gegen sich zu wissen, verstärkte nicht nur seine Anspannung, sondern weckte eine Seite, die ich bei Aron nicht kannte: Er war bereit, sich durchzusetzen – selbst wenn er seinen Freund oder mich dabei verletzen musste.

»Christopher befürchtet, dass deine Ausbildung zum Racheengel dich überfordert«, begann Aron, während er die weiße Klinge seines Schwertes langsam von meiner Kehle zu meinem Herzen wandern ließ.

Ich hielt still, obwohl ich innerlich zitterte wie ein frisch geschorenes Lamm im Schneesturm.

»Er glaubt, dass deine Seele zu schwach und dein Herz zu weich ist.«

»Bei dem, was ich vorhabe, spielt das keine Rolle«, unterbrach Christopher ihn.

Ungeachtet von Arons einschüchternder Waffe drehte ich mich zu Christopher um und funkelte ihn wütend an. »Vielen Dank für deine Unterstützung. Dass auch du mich für ein Weichei hältst, baut mich wirklich auf! Aber im Gegensatz zu dir versucht Ekin nicht, mich in Watte zu packen – und wie ich gehört habe, wurdest du das auch nicht.«

Heißes Jadegrün loderte in Christophers Augen. Mein Herz zog sich zusammen, als hätte er mich geschlagen. Noch bevor ich meine Worte entschärfen konnte, mischte Aron sich ein.

»Christopher, wenn es nicht unbedingt notwendig wäre, dann

würde ich ihre dämonische Seite bestimmt nicht heraufbeschwören. Ich versuche aus ihr einen Racheengel zu machen und habe nicht vor, meine Macht zu missbrauchen.«

Ich drehte mich wieder zurück zu Aron, der sein Schwert noch immer auf mich gerichtet hielt. »*Das* möchte ich bitte schriftlich!«

»Du hast zwei Zeugen. Außerdem kann ich in meiner Engelsgestalt nicht lügen«, antwortete er. Der aggressive Zug um seinen Mund verschwand für einen kurzen Moment und offenbarte den gutmütigen Engel, den ich kennengelernt hatte.

»Dann erklär mir, wo das Problem von dir und Christopher liegt.«

»Christopher will dir zeigen, was du werden kannst, damit du nicht den Fehler begehst, Gefallen an deinem Dämonenerbe zu finden.«

»Und wie soll das gehen?«

Aron senkte sein schneeweißes Schwert und schaute an mir vorbei. Ich folgte seinem Blick. Auf Christophers Gesicht spiegelte sich Härte und Entschlossenheit.

»Indem Christopher dir seine andere Seite zeigt.«

»Aber …«, ich verstummte, als ich einen Teil von dem begriff, was Aron mir zu erklären versuchte. Auch in Christopher schlummerte etwas Böses – etwas, das ich von mir selbst kannte. »Ich glaube nicht, dass ich eine Gedächtnisstütze brauche. Meine Erinnerung an den Angriff auf Christopher ist noch völlig intakt.«

»Was du erfahren hast, ist nur ein Bruchteil dessen, was aus dir werden kann«, erklärte Aron.

»Und Christopher glaubt, es würde mir helfen, wenn ich … wenn ich sehe, wozu er …« Ich überließ mich meinen Gedanken, ohne sie laut auszusprechen. Ich war zu einem gewalttätigen Monster mutiert. Gab es noch eine Steigerung? Und wenn ja, wollte ich die dann hautnah erleben? Konnte ich Christopher jemals wieder in die Augen schauen, ohne in ihm die Bestie zu sehen?

Christopher beobachtete mich. Er spürte meine Zweifel, und sie gefielen ihm genauso wenig wie mir. Er wusste von meiner Schattenseite und liebte mich dennoch. Ich dagegen kannte nur sein Engelswesen, und ich fürchtete mich davor, auch den anderen Teil von ihm kennenzulernen.

»Im Gegensatz zu mir denkt Christopher, es würde dir helfen, deiner dämonischen Seite entgegenzutreten«, brachte Aron meinen Satz zu Ende.

»Und du gehst davon aus, ich würde mich stattdessen noch stärker von dieser Macht angezogen fühlen.«

»Du kannst sie schon wahrnehmen?«, mischte Christopher sich ein. Aron wurde eine Spur blasser, doch Christopher ließ es sich nicht anmerken, ob ihm das gefiel oder ob es ihn beunruhigte.

Christopher wartete mein Nicken nicht ab. »Aron, gib ihr die Chance. Je tiefer sie sich in ihr Dämonenerbe verstrickt, umso schwieriger wird es für sie, wieder herauszufinden.«

»Es ist Teil ihrer Ausbildung, das zu bewältigen. Ich werde deinetwegen nicht die Regeln ändern.«

»Hast du das nicht schon getan?«, fragte Christopher.

»Du warst die einzige Möglichkeit, sie zurückzubringen. Ihre Träume waren voll von dir. Nur deshalb habe ich dir erlaubt, ihr Wesen zu berühren.«

»Und das, obwohl ich ein Racheengel bin!« Christophers Antwort war Vorwurf und Bitte zugleich.

Aron schwieg. Auf seiner Stirn bildeten sich tiefe Falten. Anscheinend zweifelte er nicht an Christophers Vertrauenswürdigkeit. Dennoch hätte ich niemals vermutet, dass ausgerechnet er Christopher zurückgeholt und ihm erlaubt hatte, mich aus meinem schlimmsten Albtraum zu befreien. Aron hatte darauf gebaut, dass Christophers Liebe stärker war als der Hass des Racheengels auf das Monster in mir. Doch irgendetwas hinderte ihn daran, Christopher ein weiteres Mal zu vertrauen.

»Du weißt, dass du mich mit deinem Schwert nicht aufhalten kannst. Aber wenn du unbedingt willst, kann ich mich auch gleich hier verwandeln.«

Christophers Stimme enthielt eine Warnung, die mir eiskalte Schauder über den Rücken jagte. Selbst Ekin veränderte seine lässige Haltung, um eingreifen zu können, falls Christopher seine Drohung wahr machte.

Das Wiederaufleben der Feindseligkeit zwischen Aron und Christopher gefiel mir überhaupt nicht. Ein Funke und sie würden wieder aufeinander losstürmen – egal ob ich dazwischenstand oder nicht.

»Warum überlässt du mir nicht die Entscheidung?«, wandte ich mich an Aron. Um den Abstand zwischen ihm und Christopher zu vergrößern, ging ich einen Schritt auf ihn zu.

»Weil du dich, ohne darüber nachzudenken, auf seine Seite schlagen würdest.«

»Nicht, wenn du mir die Wahrheit erzählen und mir verraten würdest, was dich wirklich davon abhält, Christopher zu vertrauen.«

Aron sah mich irritiert an. Offenbar überraschte es ihn, dass ich ihn durchschaut hatte.

»Arons Befürchtungen sind zweitrangig«, mischte Christopher sich ein. Er war mir gefolgt und stand keine Armlänge hinter mir. Wenn ich nicht aufpasste, würde er mich umrunden und Aron erreichen, bevor ich dazwischengehen konnte.

»Nicht für mich!«, antwortete ich mit erhobener Stimme. »Und wenn *du* nicht derjenige sein willst, der mich zu etwas zwingt, dann lässt du mir ein wenig Luft zum Atmen und gehst ein paar Schritte zurück.«

Mit ausgestrecktem Arm trieb ich Christopher von mir weg. Seine finstere Miene versuchte ich zu ignorieren. Meine Gefühle für Christopher sollten meine Entscheidung nicht beeinflussen – auch wenn sein vorwurfsvoller Blick schmerzte.

»Christophers letzte Verwandlung liegt viele Jahre zurück. Er hat geschworen, nie wieder dieser Macht zu erliegen«, begann Aron. »Sanctifer hat ihn zu oft in sein Schattenwesen getrieben und dafür gesorgt, dass er nicht zurückfindet. Es hat lange gedauert, bis Christopher sich von seinem Dämon befreien konnte, doch Sanctifer ließ nicht locker und zwang ihm mit anderen Methoden seine Schattengestalt auf.«

Mein Blick wanderte zu Christopher. In seinen Augen lag ein dunkler Schmerz, der niemals erlöschen würde. Wut stieg in mir auf. Ich bekämpfte sie – mich an Sanctifer zu rächen war die blödeste Idee überhaupt.

»Seine Flucht und Coelestins Geduld bewahrten Christopher vor Schlimmerem und ließen ihn zu dem mächtigen Engel werden, der er heute ist. Kein Racheengel kennt seine Schattenseite besser als Christopher, doch je öfter ein Engel sich seinem Dämonenteil überlässt, umso schwerer fällt es ihm, davon loszukommen.«

»Ich weiß, worauf ich mich einlasse!«, warf Christopher ein.

»Gabriella glaubte das auch – und sie hatte ebenso gute Gründe wie du, kein Schattenengel zu bleiben.«

»Mit Simons Hilfe wäre es ihr gelungen, zurückzufinden.«

»Du hast keinen Simon! Das Risiko ist mir zu groß. Beim letzten Mal bist du beinahe gescheitert.« Arons Geduld war am Ende. »Außerdem gefährdest du nicht nur dich, sondern auch Lynn. Was, wenn sich ihr Dämonenanteil an deinem entzündet? Zwei Schattenengel in einem Raum?! Wie soll das gutgehen?«

»Ich werde alle Vorkehrungen treffen, um das zu verhindern.«

»Und wer soll sie zurückholen, falls du das nicht kannst?«

»Ist es nicht das, was du willst? Dass sie ihren Schatten ohne meine Hilfe besiegt? Entscheide dich, Aron! Ich bin nicht bereit, noch länger zu warten.«

Aron zögerte. Christophers Drohung beunruhigte ihn. Er wusste, dass er den Racheengel nicht aufhalten konnte. »Nur wenn Lynn zustimmt und du dich, egal wie es ausgeht, nicht mehr ohne meine Erlaubnis einmischst.«

Christopher ließ – wo auch immer – seine Waffe verschwinden. Meine Augen waren zu langsam, um dieses Geheimnis zu lüften. Und auch Arons Schwert löste sich scheinbar in nichts auf. Ich entspannte mich ein wenig, bis ich bemerkte, wie drei Augenpaare mich anstarrten.

»Was passiert, wenn ich ablehne?«, fragte ich Christopher.

»Dann werde ich gehen.«

»Erpressung also!«

»Sagen wir: Vertrauen«, antwortete Christopher.

Super! Jetzt hatte ich die A-Karte und sollte entscheiden, ob ich Christopher traute und dabei seine Sicherheit riskierte oder mich auf Arons Seite schlug, was Christopher mir sicher mehr als übelnehmen würde. Aron war gegen Christophers Vorschlag. Christopher erwartete meine Zustimmung, und ich hatte keine Ahnung, was richtig und was falsch war.

Meine Aufmerksamkeit fiel auf Ekin. Als er meine Unsicherheit sah, griff er an sein Handgelenk, löste die Armfessel und warf sie mir zu. Anscheinend zweifelte er an Christophers Fähigkeiten weniger als ich.

War es die Furcht vor Christophers Schattenseite oder die Angst, meine Liebe aufs Spiel zu setzen, die mich zurückhielt? Beides sollte mich nicht daran hindern, ihm zu vertrauen. Christophers Engelswesen war stark. Es würde ihn nicht im Stich lassen.

Der Gedanke, dabei vielleicht selbst wieder zum Monster zu mutieren, gefiel mir zwar nicht, hielt mich aber auch nicht davon ab, Christopher mein Vertrauen zu schenken.

»Aron, du verlierst nichts, falls Christophers Versuch scheitert. Doch wenn du dich ihm entgegenstellst, riskierst du eure Freundschaft. Gib ihm deine Zustimmung, und ich schwöre dir, ein Musterschüler zu werden.«

Arons Augenbrauen wanderten zweifelnd nach oben. »Du solltest nichts versprechen, das du nicht halten kannst. Aber allein die Aussicht, dich daran erinnern zu können, ist mehr wert, als du ahnst.« Mit ernster Miene wandte er sich an Christopher. »Ich gebe dir bis zum Abend Zeit – danach gehört sie mir.«

Christopher bemerkte, wie unsicher ich mich fühlte, als er mich bat, auf einem seiner Mackintosh-Stühle sitzen zu bleiben, während er die Vorbereitungen traf. Das helle Grün in seinen Augen verriet seinen Ärger. Er bemühte sich, ihn zu verbergen, während er mich zu beruhigen versuchte, indem er sanft die Konturen meiner Wange nachzeichnete.

»Lynn, hab keine Angst. Wenn du siehst, welche Gefahr sich hinter dem dämonischen Teil verbirgt, wirst du ihm leichter widerstehen können.«

»Aber was ist mit dir?«, fragte ich besorgt.

»Ich habe das schon hundert Mal getan. Einmal mehr oder weniger macht keinen Unterschied.«

»Warum hast du dann geschworen, dich nie wieder darauf einzulassen?«

»Es war ein Versprechen, das ich Simon gab, als er sich an mich band.«

»Und weil Simon tot ist, denkst du, dein Versprechen nicht mehr halten zu …«

Christophers dröhnendes »Nein!« brachte mich zum Schweigen. Die Wärme, die seine Berührung in mir hinterlassen hatte, verschwand.

Christopher sah mein Frösteln und wandte sich ab. Er spürte meine Angst, wollte sie aber nicht wahrhaben – nicht jetzt, nachdem er sich entschieden und seinen Willen gegen Aron durchgesetzt hatte.

»Es tut mir leid, ich wollte dir nicht vorwerfen …«

»Lass es gut sein!« Wieder ließ Christopher mich nicht ausreden, und ich war froh, nur seinen Rücken sehen zu können. Seinen zornfunkelnden Augen zu begegnen konnte ebenso schmerzhaft sein, wie die Bekanntschaft mit seinem Maniküreset zu machen.

Ich zog meine Beine an und umschlang meine Knie. Nur einmal zuvor war Christopher so abweisend gewesen: als er den Zugang zum Schloss der Engel zerstörte und seine Liebe leugnete, damit ich ihm nicht folgen konnte.

Versuchte er erneut, eine Barriere zwischen uns zu errichten? Um mich abzuschrecken oder mir die Gelegenheit zu geben, einen Rückzieher zu machen, falls sein Dämonenwesen mich abstieß? Beide Möglichkeiten gefielen mir nicht.

Ich legte meine Stirn auf die Knie und hörte auf, Christopher zu beobachten, wie er in seinem Schrank stöberte, und mir gleichzeitig Gedanken über das Bevorstehende zu machen.

»Kommst du?« Christophers Frage schreckte mich auf. Er stand vor dem mannshohen Marmorkamin und winkte mich zu sich. Seine Miene war so ausdruckslos wie der kalte Stein, vor dem er auf mich wartete.

Doch anstatt ihm gefasst zu folgen, fühlte ich Panik in mir aufsteigen. Mein Zögern löste erneut Christophers Missbilligung aus. Er erwartete Mut und Vertrauen, doch ich war ängstlich und feige. Schließlich kam er zu mir herüber, zog mich auf die Beine und nahm mich in die Arme.

»Was auch immer passiert, vergiss nicht, dass ich dich liebe«, flüsterte er mit samtwarmer Stimme, ehe seine Lippen auf meine trafen und mir die Angst vor dem Versagen nahmen.

Christopher öffnete einen seitlich im Kamin verborgenen Durchgang und brachte mich über eine schmale Wendeltreppe in den düsteren, von brennenden Ölschalen beleuchteten Flur, der zu dem Verlies führte, das ich bereits kannte. Bevor er durch die Tür ging, entzündete er eine Kerze, nahm seine Engelsgestalt an und verstärkte den Griff, mit dem er meine Hand hielt, als er gemeinsam mit mir den Schutzwall durchbrach. Vor der zweiten Barriere blieb er stehen und verwandelte sich zurück. Er wirkte ernst und in sich gekehrt. Sein dämonisches Erbe heraufzubeschwören, fiel ihm offenbar nicht so leicht, wie sich in einen Engel zu verwandeln.

»Christopher, wenn du …«

Er legte mir einen Finger auf den Mund und schüttelte den Kopf. Sein »Nein« klang dieses Mal deutlich sanfter, aber nicht weniger bestimmt. »Ich tue das nicht nur für dich. Dank meiner Bindung zu dir kann ich mich in deiner Welt bewegen, solange du lebst. Aber sie ermöglicht mir auch, deine Empfindungen besser wahrzunehmen. Und jedes Mal, wenn dein Dämonenerbe erwacht, wirkt sich das auch auf mich aus.«

»Du … du spürst dann auch den Drang, dich zu verwandeln?«

»Nein. Ich fühle den Widerspruch in dir.« Christopher klang rau vor Bitterkeit und Reue. Der warme Blick, mit dem er mich betrachtete, stand im Kontrast zu seiner schroffen Stimme – doch ich brauchte Sicherheit.

»Gibt es eine Möglichkeit, es rückgängig zu machen?«, fragte ich und versuchte, meine Unsicherheit nicht durchklingen zu lassen.

»Was genau meinst du damit?« Die Härte in Christophers Gesicht ließ mich frösteln – es wäre eindeutig besser gewesen, ihm diese Frage nicht zu stellen.

»Das mit der Bindung, damit du nicht …«

Wieder unterbrach mich Christopher. »Mich an dich zu binden, war das Beste, was ich je getan habe. Du hast mir gezeigt, dass ich – trotz allem, was ich war und bin – lieben kann. Dir jetzt zu helfen schmälert meine Schuld nur zu einem kleinen Teil.«

»Du schuldest mir gar nichts!« Ich wandte mich von ihm ab. Seine Hilfe als Gegenleistung zu sehen tat weh.

»Nur das Gefühl, geliebt zu werden«, flüsterte Christopher an meinem Ohr.

Sein Duft nach Blitz und Donner verwirrte und beruhigte mich zugleich, und ich sprach aus, wovor ich mich fürchtete.

»Und wenn ich danach nichts … nicht mehr dasselbe für dich empfinde?« Ich drehte mich zu Christopher, um in seinen Augen lesen zu können. Flüssiges Smaragdgrün verriet die Tiefe seiner Gefühle.

»Für die Liebe gibt es niemals Gewissheit, nur die Hoffnung auf Unendlichkeit. Doch ohne Wahrheit gibt es nicht einmal die.«

Mein Herz setzte aus. Christophers Liebe war stärker als alles andere in ihm. Er würde mich finden – was auch immer mit uns geschah.

# Kapitel 15

## Schattenseiten

Meine Hände zitterten, als Christopher sie zusammenband. Er benutzte denselben Strick wie beim Anlegen der Spangen. Mit einem Schaumstoffkeil fixierte er meine Finger, damit ich sie nicht durchbiegen konnte.

»Sollten deine Klauen hervordrängen, musst du deine Hände so fest wie möglich zusammenpressen. Du darfst sie nicht anwinkeln, sonst werden die Spangen aktiviert!«

Ich nickte tapfer. Wie sich das anfühlte, war mir, seit Arons Trick mit dem Dolch, bestens bekannt.

Nachdem meine Hände verschnürt waren, bat Christopher mich, auf dem Sessel Platz zu nehmen. Ohne auf die sichtbaren Zeichen meiner Angst einzugehen – inzwischen war ich blass und kalt wie gefrorene Sahne –, wickelte er meine Füße aneinander. Er arbeitete akribisch, ohne aufzuschauen, damit ihm kein Fehler unterlief und ich mich von dem Strick befreien konnte. Schließlich bat er mich, meine Knie anzuziehen und die Arme um meine Beine zu legen.

Christopher spürte meinen Widerstand, ließ sich von meiner Furcht aber nicht aufhalten. Erst als er meine Handgelenke mit den Fußfesseln verbunden hatte, so dass ich wie ein zusammengeschnürtes Paket in dem Sessel lag, schaute er auf.

»Versuche auf keinen Fall, dich zu befreien! Egal was auf der anderen Seite passiert, bleib einfach du selbst. Warte, bis Aron kommt, und tu, was er dir sagt.«

Ich nickte ein zögerliches *Ja*, das Christopher nicht überzeugte.

»Lynn, versprich mir, Arons Anweisungen zu befolgen. Du hast ihm geschworen, eine Musterschülerin zu werden.«

»Ja, aber wenn du …«

»Wenn Aron dich holt, bin ich nicht mehr so, wie du mich kennst. Dann ist er derjenige, dem du vertrauen musst. Hast du mich verstanden?« Christopher umklammerte meine Schultern, als ob er mich wachrütteln wollte.

Ich rutschte tiefer in den Sessel. Sein Drängen flößte mir ebenso große Angst ein wie seine Ankündigung, dass er gleich nicht mehr er selbst wäre.

»Lass mich nicht allein«, bat ich leise. »Ich brauche dich.«

»Ich weiß. Und deshalb werde ich auch zurückkommen«, antwortete Christopher, bevor er zärtlich mein Gesicht umfasste und sich mit einem langen Kuss verabschiedete.

Der Schutzwall blitzte auf, als Christopher ihn durchbrach. Die Barriere sollte mich vor ihm schützen, doch es fühlte sich so an, als würde sie mich für immer von ihm trennen.

Dunkle Gedanken bahnten sich ihren Weg. Was, wenn Aron recht hatte und Christopher nicht mehr zurückfand? Es gab niemanden, der tief genug in seine Seele blicken konnte, um ihm zu helfen. Aber vielleicht hatte er, nach seinen Erfahrungen mit Sanctifer, bloß niemandem erlaubt, so weit vorzudringen. Und wenn ich es versuchte? Würde er *mir* vertrauen? Christopher hatte Zugang zu meiner Seele gefunden, weil er mich liebte. Also sollte es auch für mich eine Möglichkeit geben, ihn zu erreichen.

Meine Hoffnung, mutig genug zu sein, um ihm gegenüberzutreten, schwand mit jeder Fessel, mit der Christopher sich an die Wand kettete. Sie waren nicht aus Stoff wie meine. Um Christopher zu bändigen, bedurfte es Ketten aus Eisen.

Er hatte genügend Kerzen angezündet, damit mir nichts entging. Je zwei dicke Stränge legte er um seine Arme und Beine. Selbst seinen Hals fixierte er mit einer Eisenschelle. Allein das

Gewicht hätte mich zu Boden gedrückt. Doch Christopher blieb aufrecht. Ein Engel, gebunden in Ketten.

Seine Augen verrieten, dass seine Gedanken schon lange nicht mehr bei mir waren. Sie weilten in der Vergangenheit, erinnerten sich an Sanctifers Übergriffe und das Dasein als Schattenengel.

Die Luft um mich vibrierte. Ihre Temperatur sackte ab auf Minusgrade. Ich zog meine Beine dichter an, um meinem zitternden Körper Wärme zu geben. Es half nichts. Die Kälte drang tief bis in mein Innerstes. Ich sperrte sie aus. Noch nie hatte sie etwas Gutes bedeutet. Sie nahm an Stärke zu. Winzige Eiskristalle schienen in der Luft zu schweben wie Staub. Unaufhaltsam legten sich die winzigen Partikel auf meine Haut, überzogen meine Lungen und bohrten sich bei jedem Atemzug tiefer, bis ich glaubte, zu Eis zu erstarren.

Ich biss in meinen Ärmel, um durch den Stoff zu atmen. Es half ein wenig, doch als ich wieder aufschaute, geriet selbst mein Blut ins Stocken.

Christophers Körper hatte an Größe gewonnen – und er wuchs noch immer. Haarfeine Adern pulsierten auf seinem Leib. Immer dichter verästelten sich die hellroten Fasern, wanden sich unter dem aufgeplatzten Hemd, liefen über seine Arme und schlangen sich um seinen Hals. Zugleich zogen sie alle Farbe und Festigkeit aus Christophers Haut. Selbst seine Haare hatten ihren goldenen Schimmer verloren und wirkten grau wie von Asche überzogen.

Schließlich erreichte das Geflecht Christophers Gesicht und entstellte ihn bis zur Unkenntlichkeit. Sein Körper brach und krümmte sich vor Schmerz. Grauschwarze Flügel, ausgefranst, von scharlachroten Lichtblitzen durchflammt, wölbten sich über seinem gebeugten Rücken. Schwarze Krallen schossen aus den Fingerspitzen und zerrten an den Ketten, die ihn festhielten.

Als ein weiterer Schrei die Barriere in Schwingung versetzte und blaue Blitze aufzuckten, verbarg ich meinen Kopf zwischen den Knien. Der Schrei galt mir. Er wollte, dass ich zu ihm kam. Ich war das Wesen, das ihm gefährlich werden konnte – da ich genauso war wie er. Sein zweiter Ruf war mächtiger, erweckte die Eiskristalle in der Luft zum Leben. Ich rollte mich wie eine Kugel zusammen und hielt den Atem an, um den Ansturm der Kälte abzuwehren. Sie fand ihren Weg, entzog mir Wärme und weckte den dämonischen Teil in mir. Mächtig erhob er sich und drängte zur Entfaltung. Meine Hände versuchten, sich zu krümmen. Ich hielt dagegen, presste sie aneinander und biss die Zähne zusammen.

Christopher hatte mich darum gebeten, so zu bleiben, wie ich war. Die Demonstration seines Schattenwesens diente allein dem Zweck, mich abzuschrecken, und nicht, mich aufzustacheln. Wenn ich dem Drang nachgab und zur Bestie wurde, konnte er mir dieses Mal nicht beistehen.

Mein Wissen nützte nichts. Das Engelswesen – das ich angeblich besitzen sollte – war schwächer als mein Dämonenanteil. Zudem zersetzte die Kälte meinen Widerstand. Das Schluchzen, das meiner Kehle entwich, hatte nichts Menschliches mehr an sich. Ich war einfach nicht dazu geschaffen, ein Engel zu werden.

Ein weiteres Brüllen erschütterte den Raum. Ich schaute auf und begegnete Christophers Augen. Es war dasselbe Jadegrün, nur war es jetzt von feinen roten Rissen durchzogen. Doch trotz der furchteinflößenden Veränderung konnte ich noch immer in ihnen lesen.

Christopher wollte mich nicht töten. In seinen Augen lag purer Schmerz. Er litt, aber nicht nur aufgrund seiner Verwandlung, sondern wegen meiner. Dass auch ich dabei war, zum Monster zu werden, quälte ihn mehr als sein eigenes Schicksal.

Ich klammerte mich an Christophers Blick. Dass etwas von ihm geblieben war, stärkte mich. Verbissen bekämpfte ich den Drang, mein Dämonenerbe freizugeben. Es gelang mir, es aufzuhalten, aber nicht, die dunkle Macht zurückzudrängen. Je erbitterter ich mich wehrte, umso stärker wurde sie. Christophers Gestalt als Schattenengel flößte mir viel zu große Angst ein. Dagegen kam auch die Zuversicht, die ich dank seiner Augen empfand, nicht an.

Ich wandte mich von ihm ab, verbannte das bestialische Geschöpf aus meinem Bewusstsein und zog mich in mich selbst zurück. Was ich dort sah, erschreckte mich zutiefst.

Beängstigend umschlang die dunkle Macht den letzten Rest von Wärme, der mir geblieben war. Mit jeder Sekunde, die ich verstreichen ließ, wurde sie gefährlicher, als nährte sie sich von ihrer Energie. Sobald sie aufgezehrt war, gab es kein Zurück mehr – und der Dämon hatte gewonnen.

Erst jetzt erkannte ich, dass Christopher mich mit seiner Wärme beschützt hatte. Doch nun umgab ihn nur noch eisige Wildheit. Ich musste sie in mir selbst finden, in meiner Vergangenheit, in dem, was ich war und sein wollte.

Die Bilder meiner Kindheit zogen an mir vorbei. Meine Eltern, meine Freunde, sogar die Erinnerung an die Sonne Italiens halfen mir. Was mir jedoch die meiste Kraft gab, war Christopher. Seine selbstlose Zuneigung schenkte mir die Zuversicht, die ich brauchte. Von ihm geliebt zu werden, als Mensch, Bestie – oder was auch immer ich war –, erfüllte mich mit Hoffnung. Meine Engelsseele würde gewinnen. Sie musste – für Christopher.

Die Eiseskälte, die mich umschlossen hatte, fiel von mir ab. An ihrer Stelle breitete sich unbändige Zuversicht aus. Sie durchdrang meine Adern und füllte sie mit warmer Lebendigkeit.

Als Aron mich fand, zitterte ich noch immer erbärmlich.

Aber ich war nicht zu der Schattengestalt geworden, wie er befürchtet hatte.

»Kannst du aufstehen?«, fragte Aron, nachdem er mich von den Fesseln befreit hatte.

Ich nickte. Das Sprechen fiel mir schwer. Meine Kehle fühlte sich wund an, wie verbrannt oder vereist. Doch irgendwie würde ich es schaffen, mich hinzustellen.

Beim ersten Schritt schwankte ich. Aron fing mich auf. Er hielt mich fest, als ein aggressives Knurren die Barriere zum Aufblitzen brachte.

»Lass uns gehen«, drängte er und schob mich zum Ausgang.

»Und was ist mit Christopher?!«, krächzte ich.

Aron blieb stehen und schaute mich an. »Er wird allein zurechtkommen.«

»Du lässt ihn im Stich?«, fragte ich und befreite mich aus seiner Umklammerung.

Er setzte mir nach und packte meinen Ellbogen. »Christopher befindet sich in der Phase der Wandlung. Niemand kann etwas für ihn tun.«

»Bei mir hat er auch …«

»Du hast förmlich nach ihm geschrien. Christopher tut das nicht. Er hat sich von der Welt der Engel verabschiedet und ist dabei, sein Schattenwesen anzunehmen. Keiner von uns kann das noch verhindern.«

»Ich bin kein Engel«, widersprach ich und schüttelte ihn ab.

Aron schnappte wieder nach mir, rechnete aber nicht mit meinem Ausweichmanöver und griff ins Leere. Noch bevor er mir nachsetzen konnte, erreichte ich den Schutzwall. Blaue Funken stoben auf und versengten mir den Rücken. Ich schrie vor Schmerz und sackte zusammen. Christophers Brüllen und Arons Flüche begleiteten mich.

Aron riss mich zurück auf die Beine. In seinem Gesicht spiegelte sich Panik, als ein metallisches Geräusch von aufeinanderschlagenden Ketten das Verlies erschütterte.

Ich drehte mich um und erkannte den Grund von Arons Furcht. Christopher – oder vielmehr das Monster, das er jetzt war – zerrte mit unbändiger Kraft an seinen Ketten. Blut lief seinen Hals und seine Arme entlang, wo die Metallringe die feinen Adern aufschlitzten – doch in seinen Augen lag Verzweiflung, kein Hass.

»Lass mich zu ihm«, flehte ich.

Aron hörte nicht auf mich. Seine Angst vor dem dämonischen Wesen machte ihn blind. Wie ein gejagtes Tier ergriff er die Flucht und zerrte mich hinter sich her. Erst als er den dunklen Tunnel verlassen und in die Sicherheit des Schlosses zurückgefunden hatte, wurde er langsamer. Sein Entsetzen war noch spürbar, obwohl er versuchte, es zu verbergen, indem er mich anschnauzte.

»Was hast du dir dabei gedacht, gegen die Barriere zu laufen?«, donnerte er, nachdem er mich auf mein Zimmer verfrachtet und eingeschlossen hatte.

»Und du? Warum hast du mich nicht zu ihm gelassen?«, hielt ich nicht weniger aggressiv dagegen.

»Zu wem? Dem Monster, das bereit war, dir das Herz aus dem Leib und die Flügel abzureißen?«

»Ich habe keine«, erinnerte ich Aron, doch er erkannte seinen Fehler nicht. Er sprach von sich – und nicht von mir.

»Er hätte ohne Zögern getötet«, sprach er weiter. »Er ist darauf getrimmt, Engel zu richten.«

»Mir hätte er nichts getan.«

»Dein Herz ist noch so unschuldig und rein. Ohne Zögern hätte er es in tausend Stücke gerissen.«

»Du lügst!«, schrie ich. »Bring mich zurück, und ich beweise es dir!«

»Du. Bleibst. Hier! Und wenn ich dich anketten muss. Hast du verstanden?!« Aron war außer sich. Er würde mich niemals zu Christopher bringen, dazu fürchtete er sich viel zu sehr vor dessen dunkler Seite.

»Ja«, gab ich kleinlaut nach und ließ mich in den blauen Sessel sinken, auf dessen Zwilling ich vor kurzem Christophers Verwandlung zum Schattenengel miterlebt hatte.

Ich fühlte mich nutzlos. Christopher saß in dem Verlies, weil er mir helfen wollte, und ich durfte nichts tun außer abwarten. Wenigstens hatte sein Experiment nicht dazu geführt, dass auch ich mich verwandelt hatte.

Aron schien zu demselben Schluss zu kommen. Der Blick, mit dem er mich von oben bis unten musterte, war mehr als kritisch. Besonders meine Hände und die Silberringe unterzog er einer intensiven Kontrolle.

»Offenbar hattest du keine Schwierigkeiten durch Christophers Veränderung.«

Es wäre leicht gewesen, Aron anzulügen. Ein Kopfschütteln hätte genügt. Doch es erschien mir falsch, ihm nicht zu vertrauen, zumal Christopher mich darum gebeten hatte.

»Ich war kurz davor, ihm zu folgen«, gestand ich leise.

»Wie kurz?« Aron entging nicht die kleinste Unsicherheit.

»Wenn Christopher meine Klauen nicht fixiert hätte, könntest du es sehen.« Ich ließ meine Hände in meinem Schoß liegen, obwohl ich sie am liebsten versteckt hätte.

Wie erwartet kam Aron näher, setzte sich auf die Armlehne des Sessels und untersuchte meine Finger. Als er eines der Nagelbetten berührte, zuckte ich zusammen. Die Kralle darunter schmerzte. Aron gab meine Hand frei. Er wusste, auch ohne es zu überprüfen, dass er bei allen Fingern dasselbe Resultat erzielen würde.

»Immerhin hast du es geschafft, du selbst zu bleiben. Vielleicht ergab es doch einen Sinn, dass Christopher jetzt …« Aron brach ab, um meinen Kummer nicht zu verstärken – doch ich wusste, er wollte *leidet* sagen.

Ohne Vorwarnung brach es über mir zusammen. Ich schlug meine Hände vors Gesicht und begann haltlos zu schluchzen – weinen konnte ich noch immer nicht, obwohl meine Augen brannten wie Feuer.

Aron legte seinen Arm um meine Schultern und tröstete mich ein weiteres Mal.

Er ließ mich keine Minute allein. Selbst die Nacht verbrachte er in meinem Zimmer – auf seinem Lieblingssessel –, während ich mich in meinem Fast-Himmelbett ruhelos hin und her wälzte. Anscheinend befürchtete er, ich könnte etwas Dummes aushecken. Doch erst Arons Übervorsichtigkeit brachte mich auf die Idee, wie ich Christopher helfen konnte.

Zwei Tage lang spielte ich die Musterschülerin, wie ich es Aron versprochen hatte. Ich murrte weder, als er mich am Morgen um den See hetzte oder mir mein Krafttraining erschwerte, noch, als er mir in der Zeit dazwischen alte, vergilbte Schriftrollen zum Lesen gab, deren Zeichen ich nur entziffern konnte, da ich einen Kalligraphiekurs besucht hatte. Detailliert wurden darin die Grausamkeiten beschrieben, zu denen Geistdämonen – und angeblich auch Schattenengel – fähig waren. Dass ich mich bei jeder Gräueltat mieser fühlte, kümmerte ihn offenbar nicht. Vielleicht lag es aber auch in Arons Absicht, mir vor Augen zu führen, was für eine widerliche Kreatur ich doch war.

Ich hielt still und ließ mir meine zunehmende Verzweiflung nicht anmerken. Auch Christopher war zu solchen Taten fähig – hatte sie vielleicht schon begangen. Doch jetzt saß er in dem kalten Verlies, und niemand half ihm, sich von diesem dunklen Teil zu befreien.

Wie erhofft lockerte Aron seine drakonische Überwachung. Er vertraute mir. Meine Ergebenheit überzeugte ihn – wie schlecht er mich doch kannte. Christopher wäre niemals darauf hereingefallen.

Vielleicht hatte er auch nur Mitleid mit mir. Die Reaktionen der Engelschüler waren heftig. Ihre Unsicherheit hatte sich offenbar in Feindschaft verwandelt. Allen voran Susan, Markus und Erika. Es war Markus gewesen, der beobachtet hatte, wie ich beim Training mit Ekin ausgeflippt war. Seitdem stand blanke Furcht in seinen Augen, sobald er mich sah. Sein blasses Gesicht färbte sich grünlich, während alles in ihm zur Flucht drängte. Nur der Beistand von Erika, seiner Freundin, hielt ihn zurück. Am heftigsten jedoch schmerzte das Verhalten der sonst so liebenswürdigen Susan – aus ihrem Gesicht sprach eine Mischung aus Abscheu und Hass.

Niemals zuvor fühlte ich mich so gedemütigt.

Aron stärkte mir den Rücken, doch auch ihm entging die wachsende Ablehnung der Engelschüler nicht. Einzig Paul bereitete meine Schattenseite keine Probleme.

Um mir und vor allem den anderen zu zeigen, wie sehr er mir vertraute, schickte Aron mich nach dem Lanzetraining – bei dem er mich abseits der Gruppe mit Einzeltraining gefordert hatte – an Pauls Seite ins Schloss zurück.

Ich nutzte die Gelegenheit. Ich brauchte einen Engel, um in Christophers Verlies vorzudringen. Christopher war schon viel zu lange dort unten gefangen. Mich in Geduld zu üben, wie Aron es von mir erwartete, fiel mir unsagbar schwer. Ich ließ mir nicht anmerken, wie sehr ich darunter litt – es erschien mir die gerechte Strafe dafür, Christophers Verwandlung zugestimmt zu haben.

»Paul, ich muss noch was aus Christophers Zimmer holen«, begann ich meinen Plan in die Tat umzusetzen.

Paul, der trotz Arons Vertrauen genaue Anweisungen hatte, mich in meine Kammer zu bringen – und sicherlich auch, sie hinter mir abzuschließen –, zögerte.

»Du kannst mitkommen. Es dauert nicht lange. Aber wenn ich das Buch nicht bis morgen Abend gelesen habe, wird Aron sauer sein.«

Meine Überzeugungskraft wirkte. Anstatt die Treppe zu nehmen, durchquerten wir die pompös ausgestattete Eingangshalle in Richtung Christophers Zimmer. Als Paul die Tür öffnete, atmete ich erleichtert auf. Sie war nicht verschlossen. Um ins Verlies zu kommen, stand mir nichts mehr im Weg. Wo sich der verborgene Zugang befand, wusste ich. Mit einem hatte ich allerdings nicht gerechnet: Markus hier anzutreffen.

Ich reagierte sofort. Dass Markus erschrocken das Skalpell fallen ließ, das er aus dem Kästchen mit dem Klauenmaniküreset genommen hatte, sprach Bände. Offenbar wollte er sehen, womit so etwas wie ich gefoltert wurde.

»Hol Aron, ich halte ihn solange auf!«, rief ich und schubste Paul durch die Tür zurück in den Flur.

Paul, der mich als harmlos einstufte, nickte und verschwand, während ich mich vor der Tür postierte, damit Markus nicht entkommen konnte. Er war eindeutig die bessere Wahl. Paul zu zwingen, mich ins Verlies zu begleiten, wäre mir schwergefallen – bei Markus empfand ich weniger Skrupel. Er fürchtete sich sowieso vor mir wie ein aufgeschrecktes Kaninchen vor den Krallen des Raubvogels – noch mehr Angst konnte ich ihm wohl kaum einjagen.

Markus hatte sogar die Vorarbeit für mich geleistet und die Schachtel mit dem Maniküreset gefunden. Mit zwei schnellen Schritten war ich bei ihm. Er rührte sich nicht, starrte mich mit schreckgeweiteten Augen an und wartete auf den Todesstoß. Ich erfüllte seine Erwartungen und zückte den gekrümmten Haken, der wesentlich furchteinflößender aussah als das Skalpell.

Markus schloss die Augen. Lautlos bewegte er seine Lippen wie zu einem letzten Gebet. Er würde mich nach dieser Aktion für ein Monster halten, Susan und Erika mir das Leben zur Hölle machen. Kurz überkamen mich Zweifel. Doch selbst wenn mein Plan, Christopher zurückzuholen, missglückte, war der Versuch es wert, ihren Hass zu ertragen.

Ich ließ den Haken vorsichtig über Markus' Kehle gleiten. Das Metall war kalt und jagte ihm Schauer über die Haut. Seine sich aufrichtenden Härchen hätten jedem aufgeplusterten Vogel Konkurrenz gemacht.

»Lauf und tu, was ich dir sage, wenn dir etwas an deinem Herzen liegt.« Langsam zog ich den Haken über Markus' Brust und verharrte über seinem wild pochenden Herzen.

Er folgte mir wie ein abgerichtetes Hündchen. Zitternd ließ er sich durch den Tunnel schieben. Er zeigte keine Spur von Widerstand. Selbst als ich ihm die Augen verband, damit er Christopher nicht in seiner Schattengestalt sehen konnte, wehrte er sich nicht. Erst als ich ihm befahl, sich zum Engel zu verwandeln, weigerte er sich. Der Haken, der sein T-Shirt aufschlitzte und eine rote Spur auf seiner Brust hinterließ, überzeugte ihn dann doch.

Problemlos passierte ich den ersten Schutzwall. Ein düsteres Knurren ließ uns beide zusammenschrecken. Ich fasste mich schneller als Markus, dem selbst die Flügel zitterten.

Ein kleiner Stoß genügte, um ihn zu Fall zu bringen und mir die Zeit zu verschaffen, den Strick, mit dem Christopher mich gefesselt hatte an der Tür zu befestigen. Markus wieder auf die Beine zu bringen, war schwieriger.

Das Knurren am Ende des düsteren Raumes schwoll zu einem wütenden Fauchen an, das selbst mir unter die Haut ging. Trotzdem schaffte ich es, Markus zu der Barriere zu schleifen, ohne mich ein weiteres Mal einschüchtern zu lassen. Noch während ich hindurchschlüpfte, riss ich Markus die Augenbinde vom Kopf und schubste ihn auf die Kerze zu, die ich am Ausgang hatte stehen lassen.

Markus drehte sich nicht um und fiel geradezu durch die Tür, die ich mit Hilfe des Stricks hinter ihm zuzog.

Dunkelheit hüllte mich ein. Plötzlich war es totenstill. Ich wusste nicht, ob das ein gutes oder schlechtes Zeichen war. Sicherheitshalber wartete ich mit dem Anzünden der zweiten Kerze, bis ich mich ein wenig beruhigt hatte. Obwohl oder vielleicht gerade weil ich wusste, was mich erwartete, hatte ich ebenso große Angst wie Markus. Auch meine Beine zitterten, und mein Herz schlug bis zum Hals. Jetzt, da Markus weg war, brauchte ich nicht mehr die Taffe zu spielen. Christopher kannte meine Schwächen – vielleicht sogar besser als ich selbst.

Schließlich nahm ich meinen ganzen Mut zusammen und kramte die Kerze hervor. Aron würde sicher bald eintreffen. Bis dahin musste es mir gelingen, Zugang zu Christophers Engelswesen zu finden.

Das Streichholz flackerte auf, und ich zündete die Kerze an. Fahle, schalgraue Augen, durchzogen von unzähligen roten Linien, starrten mir aus der Dunkelheit entgegen. Wenn ich die Möglichkeit gehabt hätte, die Barriere zu durchbrechen, so wäre ich auf der Stelle geflohen. Nichts war mehr übrig von Christopher. Selbst seine Augen hatte die Bestie ihm genommen.

Erschrocken wich ich zurück, als der dunkle, zu einer faltigen Linie zusammengeschrumpelte Mund, der einst aus weichen, verführerisch küssenden Lippen bestand, sich öffnete. Eine Reihe blutgeäderter Zähne blitzte mir entgegen. Ich sah beiseite, weil ich den Anblick nicht ertragen konnte – doch vor dem markerschütternden Schrei gab es kein Entkommen.

Seine Bosheit brachte all meine Gefühle für Christopher ins Wanken. Das Monster war bereit, zu töten. Es verschonte niemanden – auch nicht mich. Doch wenn ich Christopher zurückholen wollte, musste ich sowohl seine Seele als auch diese furchteinflößende Kreatur berühren. Aber wie sollte ich das schaffen, ohne dass sie mich in Stücke riss? Noch hielten die Ketten das Monster auf Abstand, doch sobald ich dem Wesen zu nahe kam, würde nichts es mehr daran hindern, zuzupacken.

Ich schüttelte meine Zweifel ab. Mich der Bestie zu stellen war die einzige Möglichkeit, Christopher zu helfen. Den fressgierigen Schlund ignorierte ich, stattdessen konzentrierte ich mich auf die letzten Farbreste in den blutunterlaufenen Augen. Christopher war noch da – ich wollte, dass es so war. Ich würde ihn zurückbringen!

Vorsichtig streckte ich meine Hand nach der Kreatur aus. Sie hielt still und ließ mich näher kommen. Meine Angst wuchs mit jedem Zentimeter. Ich riss mich zusammen. Furcht stärkte nur den Jäger.

Ein Schritt trennte mich noch von den klauenbewehrten Händen. Angespornt durch das Stillhalten und das vertraute Aufblitzen von Jadegrün in den Augen des Monsters, wagte ich diesen Schritt.

Der Schlag kam schnell. Panisch zuckte ich zurück. Scharfe Klauen streiften meine Hand. Der wütende Schrei, der folgte, klang ohrenbetäubend. Wild zerrte die Bestie an ihren Ketten und versuchte, mich zu erwischen. Wie betäubt taumelte ich von ihr weg. Mein Blut tropfte auf den Boden. Meine eigenen Krallen drängten hervor, um zurückzuschlagen. Verzweifelt presste ich die Finger gegeneinander. Unter keinen Umständen durfte ich die Kontrolle verlieren – nicht jetzt!

Der Schmerz zwang mich in die Knie. Der Dämonenanteil in mir wuchs. Entschlossen kämpfte ich ihn nieder. Ein Blick in Christophers Augen genügte, um mich zur Vernunft zu bringen. Er war noch da. Irgendwo in dieser Kreatur lebte etwas von ihm. Ich musste es nur schaffen, ihn zu finden.

Obwohl meine Hände pochten, wagte ich erneut, sie ihm entgegenzustrecken. Der zweite Schlag schleuderte mich zurück bis an die Barriere. Blaue Blitze zuckten um meinen Körper, doch ich spürte sie kaum. Der Schmerz, Christopher verloren zu haben, war tausendmal stärker.

# Kapitel 16

## Drill Instructor

»Lauf schneller! Oder soll ich dir Beine machen?!«

Arons Drohung ließ mich innerlich schrumpfen. Nach außen zeigte ich mich locker und cool – jedenfalls hoffte ich das, obwohl Aron sicher merkte, wie ich kämpfte, um mit ihm Schritt halten zu können. Vielleicht schätzte ich ihn auch völlig falsch ein. Zumindest versuchte er seit neuestem alles, um mich über meine Grenzen zu treiben, damit ich diesem bohrenden Verlangen, mich in einen Schattenengel zu verwandeln, nachgab und ihm eine reinhaute.

Vor Wut schäumend war Aron ins Verlies gestürmt. Seine dunklen, granitgrauen Augen blitzten unheilverkündend, sein schneeweißes Schwert leuchtete im Kerzenschein heller als die Vergeltung selbst. Wenn ich nicht gewusst hätte, wie ein Racheengel aussieht, dann hätte ich ihn mir genau so vorgestellt: zornig, selbstgerecht – und furchtbar sauer auf mich.

Mit der Hand um meinen Nacken hatte er mich hochgezerrt und quer durchs Schloss bis in mein Zimmer geschleift. Den Schülern, denen wir begegneten, blieb er jegliche Erklärung schuldig. Es störte ihn nicht, dass sie mir nachstarrten wie dem Teufel persönlich – vielleicht war ich das ja auch.

Selbst als er mich in den blauen Sessel drückte, behielt er seine Engelsgestalt. Nur sein Schwert hielt er nicht mehr in der Hand.

»Was für Spielchen erlaubst du dir, mit mir zu spielen?! Du mimst die gutwillige Schülerin und heckst hinter meinem Rücken einen Plan aus, wie du am besten ins Verlies kommst?!

Hast du schon jegliche Skrupel verloren?« Aus Arons dunklen Augen schossen Blitze.

Automatisch duckte ich mich tiefer in den Sessel und umklammerte das Kissen wie ein Schutzschild. Auch wenn es ihn nicht abhalten würde von dem, was er vorhatte, schenkte er mir ein wenig Halt in einer Welt, der ich mich ausgeliefert fühlte.

»Ist dir eigentlich bewusst, was du angerichtet hast?«, fuhr Aron mit seiner Schimpftirade fort. »Es war für Markus schon schlimm genug, dich an der Grenze deiner Selbstkontrolle gegen Ekin kämpfen zu sehen, aber als Geisel ins Verlies zu einem Schattenengel verschleppt zu werden …«

Arons Wut breitete sich über mir aus wie ein eisiger Mantel. »Wie glaubst du, *das* je wiedergutmachen zu können?«

Ich schwieg. Darauf hatte ich keine Antwort – doch Aron erwartete eine. Verzagt ließ ich den Kopf hängen. Ich hatte es nicht geschafft, den Engel, den ich liebte, zu erreichen. Wie sollte mir das bei Markus gelingen?

»Sieh mich gefälligst an, wenn ich mit dir rede!«, schrie Aron. »Ab sofort werde ich mich nach dem Kodex richten und mich nicht länger von deiner mädchenhaften Art blenden lassen. Du bist nicht der *unschuldige Engel*, der vor ein paar Monaten hier auftauchte und Schwierigkeiten hatte, sich zurechtzufinden.«

Aron begann vor mir auf und ab zu gehen, um seine Wut in den Griff zu bekommen. »Ich war viel zu gutmütig mit dir. Ich habe dich getröstet, anstatt dir in den Hintern zu treten. Ab jetzt werde ich dich so erziehen, wie es vorgeschrieben ist – egal wie traurig du mich mit deinen großen, dunkelbraunen Rehaugen ansiehst.«

Ich verschloss meine so vielgepriesenen Augen. In diesem Moment fühlte ich nichts als Trauer, Verzweiflung und Hoffnungslosigkeit. Aron sollte mir nicht auch noch vorwerfen, dass meine Gefühle nur vorgetäuscht waren. Ich hörte, wie er sich von mir entfernte und in meinem Schrank herumkramte.

»Hier, zieh das an!«, befahl er mir und warf mir Sportklamotten und Turnschuhe vor die Füße. »In einer Minute fangen wir an.«

Und so begann meine tägliche Tortur. Warum ich während Arons überdimensioniertem Training nicht zusammenbrach, wusste ich nicht. Vielleicht, weil ich kein Mensch mehr war. Heftig war es dennoch, aber ihn um Gnade zu bitten, erschien mir falsch. Bei Christopher hatte ich ebenso versagt wie bei den Engelschülern. Und die Vorstellung, Aron noch mehr gegen mich aufzubringen, als ich es ohnehin schon getan hatte, nur um für mich selbst zu sprechen, widerte mich an. Schon bei dem Gedanken, ihn zu bitten, sein Tempo zu drosseln, wurde mir regelmäßig schlecht.

Wie nach jedem Lauf mit Aron, der mich zum Schluss stets die Treppe zu meinem Zimmer hochhetzte, klappte ich auch dieses Mal zusammen, als ich die Badezimmertür hinter mir verriegelt hatte. Keuchend saß ich auf dem Boden und japste nach Luft. Und wie immer ließ Aron mich nicht zur Ruhe kommen. Zwei Minuten später klopfte er gegen die Tür und drohte, sie einzutreten, falls ich nicht pünktlich zum Training mit Ekin fertig sein sollte.

Selbst Ekin schien Mitleid mit mir zu haben und beendete das Spring-über-den-Stock-sonst-schlägt-er-dich-Spiel früher als sonst.

»Deine Beine sind jetzt kräftig genug, so dass wir mit dem richtigen Üben beginnen können«, erklärte er nach einer kurzen Aufwärmphase. Offenbar hatte ich mich zu früh gefreut. Dass er die bisherigen Stunden nicht als *richtiges Üben* bezeichnete, verhieß nichts Gutes.

Meine Befürchtungen erfüllten sich: Ekin schwenkte von Spring- zu Nahkampftraining. Er erklärte mir zwar, wo und wie er seine Griffe ansetzte, doch erst nachdem er mir mehrfach demonstriert hatte, wie hart Grasboden sein konnte. Anschließend triezte er mich so lange, bis ich seine Anweisungen haargenau befolgt und seinen durchtrainierten Körper wenigstens einmal aus dem Gleichgewicht gebracht hatte. Immerhin spornte mich sein herablassendes Grinsen mehr an, als es mich demütigte. Ekin war kein schlechter Kerl. Das hatte er mit dem Herausrücken des Fußfesselkontrollers bewiesen. Nur seine Anforderungen an mich waren einfach zu hoch.

Nach dem morgendlichen Fünf-Stunden-Training durfte ich mich eine halbe Stunde in meinem Zimmer erholen – in der ich duschte, zu Mittag aß und mein Flüssigkeitsdefizit ausglich –, bevor Aron mich zur nächsten Quäleinheit schleppte: ab heute wieder Unterricht mit den Engelschülern. Davor hatte ich richtig Angst!

Arons Wahl fiel auf Kassandra Klars Gedankenwelt. Meine Erinnerung an dieses Fach war genauso schrecklich wie die an ihr Mentaltraining – wenn nicht sogar schlimmer. Auch Gedankenwelt wurde in dem großflächig verglasten, nach Tannennadeln duftenden Kursraum mit dem grandiosen Ausblick über den See unterrichtet.

Ich kam nicht dazu, den goldbraunen Blättern zuzusehen, wie sie langsam durch die Luft segelten, um sanft auf der spiegelnden Wasseroberfläche zu landen. Die giftigen Blicke meiner Mitschüler versetzten mich in Alarmbereitschaft. Ohne Aron wären sie sicher über mich hergefallen. Ob er einer Horde aufgebrachter Engel wohl standhalten würde?

Aron erlaubte mir nicht, mich in eine Ecke zu verdrücken. Er breitete eine Matte für mich aus und legte drei weitere daneben. Eine für sich und die anderen für diejenigen, die das Pech hatten, mit mir üben zu müssen. Arons Wahl fiel auf Susan. Er schenkte ihr ein warmherziges – für das, was er vorhatte, vielleicht ein wenig zu liebevolles – Lächeln und trennte sie dann von den Engeln, die beisammenstanden wie eine Schar Hühner, die lästerte – sicher über mich.

Als sie begriff, dass Aron sie ausgesucht hatte, um mit mir zu üben, gefror ihr Strahlen. Grenzenlose Abneigung traf mich – und mein Dämonenerbe. Bestimmt hätte sie mich am liebsten erwürgt und zu Asche verbrannt.

Ich presste meine Handflächen zusammen und beruhigte meinen rotierenden Magen. Es war genau das, was alle erwarteten: dass ich ausflippte und zur Bestie wurde. Doch so zu werden wie Christopher stand als Allerletztes auf meiner Liste.

Der Gedanke an Christopher weckte sämtliche Gefühle, die ich – zumindest am Tag – so meisterhaft verdrängte. Zu wissen, dass er in einem modrigen Verlies gegen sein Schattenwesen kämpfte, war für mich tausend Mal schlimmer als meine eigene Verwandlung. Ich hatte ihn, aber er hatte niemanden, der ihm beistand. Meine Liebe war nicht stark genug, um ihn zu erreichen. Sie war ebenso mangelhaft wie alles andere an mir.

Ich wich Susans frostigem Blick aus, als sie sich zu mir setzte, und starrte zu Boden. Sie sollte nicht sehen, wie dünn meine Schutzhülle war. Kassandra Klar vervollständigte den inneren Zirkel. Sie stürzte sofort auf mich zu, als sie mich entdeckte.

»Linde. Unsere neueste *Racheengelanwärterin*«, begrüßte sie mich vor versammelter Mannschaft. Für sie stand fest, dass ich nicht zum Engel taugte – was sie natürlich nicht für sich behielt. »Wir wollen heute ein wenig darüber erfahren, was in so einer selts… -tenen Art von Engel steckt.«

Sie wollte seltsam sagen. Nicht nur ich bemerkte den Versprecher. Doch das war nicht der eigentliche Grund, warum sich meine Nackenhaare aufstellten. Kassandra Klar meinte das wörtlich. Sie wollte den Engelschülern demonstrieren, was in mir schlummerte.

Aron schnappte meine Handgelenke, noch bevor ich den Entschluss fassen konnte, davonzulaufen.

»Du wirst lernen, es zu ertragen, gemustert zu werden«, flüsterte er mir ins Ohr. »Ich würde dich nur ungern die ganze Stunde über dazu zwingen müssen.« Er lockerte seinen Griff, als er merkte, dass ich mich nicht widersetzte. Es gab niemanden, zu dem ich fliehen konnte – nicht einmal einen Ort, der mir Sicherheit bot. Ich war auf mich allein gestellt in einer Welt, die mich nicht mochte.

Die Engelschüler saßen im Kreis um uns vier und warteten gespannt, was als Nächstes passieren würde. Aron hatte rechts und Frau Klar links von mir Platz genommen. So konnten sie mich – falls ich austickte – am schnellsten überwältigen.

»Susan, wie in der letzten Stunde versuchst du, hinter die vordergründigen Gedanken zu blicken. Also nicht das, was sie gerade denkt, zu durchschauen, sondern das, was sie plant.«

Susan nickte und wartete. Da ich nicht reagierte, schnauzte Frau Klar mich umgehend an.

»Linde! Schläfst du wieder?! Gib Susan deine Hände!«

Anstatt sie Susan entgegenzustrecken, verbarg ich sie hinter meinem Rücken – ein Reflex, den ich mir angewöhnt hatte, um neugierigen Musterungen oder schmerzhaften Untersuchungen zu entgehen. Doch heute blieb mir die öffentliche Zurschaustellung nicht erspart – ein Blick auf Aron genügte.

Langsam streckte ich Susan meine Finger entgegen. Sie zitterten, aber ich schämte mich nicht für meine Schwäche.

Susan ließ mich zappeln. Meine Unsicherheit nahm ihr die Angst. Ich gönnte ihr diesen Triumph. Vielleicht änderte das ihre Meinung über mich. Kurz bevor ich glaubte, die Blicke, die meine Hände anstarrten, als wären sie tödliche Waffen, nicht länger ertragen zu können, griff sie zu. Ihre Berührung war sanft – ganz anders als erwartet –, was nicht bedeutete, dass sie mir verzieh, zu sein, was ich war. Ihr ganzer Körper war angespannt, selbst ihre blauen Augen hatten einen eisigen Farbton angenommen. Doch ich konnte nicht nur Ablehnung, sondern auch

Wut in ihnen entdecken. Nicht, weil es etwas Unberechenbares in mir gab, sondern eine ganz persönliche Wut.

Um ihr zu entgehen, schloss ich die Augen. Zu viele negative Emotionen strömten auf mich ein. Obwohl ich ihre Gefühle noch immer spürte, gelang es mir, meine eigenen besser unter Kontrolle zu halten. So leicht würde niemand mich dazu bringen, mich zu verlieren.

Ich spürte ein leichtes Kribbeln in meinen Fingerspitzen. Ob es von Susann selbst, ihrer Berührung oder meinen verborgenen Klauen stammte, konnte ich nicht sagen. Dennoch wappnete ich mich gegen ihren Vorstoß, indem ich einfach ruhig weiteratmete und an tote Fische dachte.

In Gedanken lief ich von einem Marktstand zum anderen und begutachtete die mehr oder weniger trüben Augen der Tiere, die ihren letzten Flossenschlag längst getan hatten. Oder ich beobachtete die zappelnden Aale in ihren Kisten, die wie die Kraken versuchten, ihrem Schicksal zu entkommen.

»Susan, du kannst nichts dafür«, tröstete Frau Klar die aufgelöste Susan und befahl ihr, mich loszulassen. »Nur wir Engel können unsere Gedanken miteinander teilen. Dass du sie nicht erreichst, zeigt nur, wie wenig sie dazu geeignet ist, einer zu werden.« Kassandra Klars Urteil traf mich. Obwohl ich wusste, wie wenig sie mich leiden konnte, schmerzte es, hören zu müssen, die absolute Fehlbesetzung zu sein.

Ich ließ mir nichts anmerken und verharrte in meiner Beobachterrolle. Während Frau Klar beruhigend auf Susan einredete, tuschelten die anderen Schüler aufgeregt miteinander. Sie wussten nicht, wie sie mich einschätzen sollten. Den *bösen Engel* hatten sie nicht zu Gesicht bekommen, was sie einerseits beruhigte, andererseits aber auch enttäuschte. Furcht weckte seltsame Wünsche. Zu beobachten, wie ich zum Monster mutierte, war einer davon.

Frau Klar erlöste Susan und beendete die Unterrichtsstunde,

damit sie nicht länger meine Nähe ertragen musste. Susans angespannte Körperhaltung schrie förmlich vor Ablehnung. Mit atemberaubender Geschwindigkeit stürmte das langbeinige Mädchen mit den blonden Haaren davon und ließ mich – ihre dunkle Schattenversion – zurück.

Arons Krafttraining wurde härter. Anstatt zu kapitulieren, stürzte ich mich geradezu auf die körperliche Herausforderung. Auch wenn ich glaubte, gleich unter der Last der Sandsäcke, die Aron mir auf den Rücken legte, zusammenzubrechen, quälte ich mich weiter. Völlig ausgepowert zu sein half mir am Abend, in eine Art Erschöpfungsschlaf zu fallen. So schafften es meine Albträume von Christopher, in denen sein lippenloser, faltiger Mund sich auf meinen legte, um mir meine Seele auszusaugen, erst nach ein paar Stunden, mich aus dem Schlaf zu reißen.

Je besser ich lernte, Ekins Angriffen standzuhalten, umso härter schleuderte er mich zu Boden. Sobald ich ächzte oder länger liegen blieb, als ihm das gefiel, zerrte er mich auf die Beine, nur um gleich darauf einen weiteren Angriff zu starten. Als diesmal jedoch ein deutliches Knacken zu hören war, nachdem ich mal wieder die Erde von Nahem betrachten durfte, hielt er inne.

»Kannst du aufstehen?« Der besorgte Unterton war mir neu – vielleicht stellte er mir eine Fangfrage.

Noch während ich Luft zum Sprechen holte, bemerkte ich, was er schon vor mir wusste: Irgendetwas saß ganz und gar am falschen Platz. Etwas Spitziges, das mir in die Lunge pikste.

»Bleib liegen, ich hab das gleich«, warnte Ekin, bevor er mich zur Seite drehte und mir unter die Rippen griff.

Es war ein fieser Schmerz, der mich nach Luft schnappen ließ – keine gute Idee. Einatmen verschlimmerte das Ganze noch.

»Halt still, und beweg dich nicht!«, gab Ekin mir erneut Anweisungen, während Aron neben mir niederkniete, um meine Schultern festzuhalten.

Ekin arbeitete mit äußerster Präzision, zog meine Rippen auseinander und schob sie wieder in die richtige Position. Ich presste meine Lippen zusammen, um nicht laut aufzuschreien – ich versuchte tatsächlich, tapfer zu sein.

»So! Du bist so gut wie neu. Deine Rippen waren nur angeknackst«, erklärte Ekin, als er fertig war.

Im Gegensatz zu ihm traute ich der ganzen Sache nicht. Vorsichtig atmete ich ein und aus. Ich spürte nur ein leichtes Ziehen – damit konnte ich leben.

»Aber vielleicht ist es besser, wenn wir heute etwas früher Schluss machen«, räumte Ekin ein und half mir auf die Beine.

»Das halte ich für keine sinnvolle Idee«, meldete Aron sich zu Wort.

»Hattest du heute nicht noch …«, Ekin stockte, »Lanze für sie vorgesehen? Es würde ihr guttun, ein wenig zu verschnaufen, bevor …«

»Das kann sie beim Mittagessen«, schnitt Aron Ekin das Wort ab. »Aber wenn du keine Lust mehr hast, sie zu trainieren, werde ich das übernehmen.«

Arons Aggressivität überraschte selbst Ekin. Mit einem Stirnrunzeln trat er zurück und machte Platz für meinen Tutor.

Ich schluckte. Den ganzen Tag lang trainieren? Aron schien heute einen besonderen Gefallen daran zu finden, mich fertigzumachen. Ich sah mich schon die Treppe hochkriechen und todmüde ins Bett fallen.

Aron schonte mich nicht. Sobald ich zu langsam war – meine Taktik hieß ausweichen und auf Zeit spielen –, packte er mich und brachte mich zu Fall. Vorzugsweise auf die linke Seite, die mit den angeknacksten Rippen. Wenn Aron beabsichtigte, mich wütend zu machen, war er auf dem richtigen Weg. Allein der Gedanke an Christophers Schattenseite hielt mich davon ab, dem Wunsch nachzugeben, ein wenig stärker zu sein und Aron in einer wehrhafteren Form entgegenzutreten.

Beim Lanzetraining wünschte ich mir, skrupelloser zu sein. Aron hatte heute wirklich seinen schlechten Tag. Sicher war es kein Zufall, dass er mich mit meinem alten Team trainieren ließ: mit Markus, Erika und Susan! Und bestimmt war auch das Thema der Übung – *Rippenschläge* – sehr bewusst gewählt.

Aron teilte mir Markus zu. Der Wunsch nach Vergeltung lag in der Luft. Nicht nur Arons wilder Kräuterduft, auch Markus' fader Geruch nach staubigem Wüstensand hatte an Intensität zugenommen. Selbst Susans zarte Pfirsichnote durchzog eine stechende Mischung von Hyazinthe.

Ich sah mich auf der Übungswiese um. Es wurde zunehmend voller – Flucht war inzwischen ausgeschlossen. Rafek, Kassandra Klar und die anderen Tutoren bildeten mit ihren Engelschülern einen geschlossenen Kreis um uns. Alle waren sie gekommen. Auch Ekin mit seiner Fortgeschrittenengruppe, darunter Paul und Sebastian, der Hüne. Selbst Coelestin war da, um zuzusehen – oder einzugreifen, falls ich es nicht schaffte, zu bleiben, wer ich war.

Ich fing Arons aufmunternden Blick auf. Er galt Markus und erhärtete, als er mich traf. Meinen Ausflug zu Christopher musste ich teuer bezahlen. Ob es wohl eine Möglichkeit gab, mein Vergehen wiedergutzumachen?

Markus wuchs über sich hinaus. Schon der erste Angriff traf präzise meine angeknacksten Rippen – er hatte dazugelernt, seit ich vor ein paar Monaten das Schloss verlassen musste. Sein Treffer raubte mir den Atem. Mir wurde schwindelig, als er nachsetzte. Schleunigst brachte ich mich aus der Reichweite seiner Übungslanze. Zum Glück besaß sie nur ein stumpfes Ende.

Meine Kondition ließ mich viel zu schnell im Stich – vor der Übungsstunde mit Ekin hatte Aron mich in Rekordzeit um den See gejagt, damit ich noch eine Paddelrunde einlegen konnte. Und Markus schien genau zu wissen, wo es mir am meisten weh tat. Selbst Susan wirkte völlig gebannt, als sie bemerkte, wie exakt Markus seine Aufgabe erledigte.

Arons Plan, mich über meine Grenze hinauszutreiben, schien eine neue Dimension erreicht zu haben. Ich biss die Zähne zusammen, bis sie knirschten. Mich würde er nicht dazu bringen, Schutz in meiner Schattenseite zu suchen. Christophers unnahbare Augen, in denen nichts mehr von ihm zu finden war, hatten sich in mein Gedächtnis gebrannt. Auch wenn ich bereit gewesen war, ihm in eine andere Welt zu folgen, dorthin wollte ich ihn nicht begleiten.

Markus fluchte, als ich seinen nächsten Angriff parierte. Nachdem ich seine Taktik durchschaut hatte, gelang mir das besser. Er ließ sich nicht aus dem Konzept bringen – ich dagegen schon.

Die Anfeuerungsrufe der Engelschüler wurden lauter. Sie umringten uns wie zwei Streithähne, auf die sie Wetten abgeschlossen hatten – vermutlich hatten sie das sogar. Die Chancen, bald einen frisch geschlüpften Schattenengel zu sehen, standen hoch.

Aus alter Gewohnheit reagierte mein Magen und begann zu rotieren, was meine Wut auf alles, das zwei Augen besaß und mich anstarrte, verstärkte. In dem Moment, als meine Klauen sich bemerkbar machten, stieß Markus zu. Der Wunsch, jeden Engel, der mir zu nahe kam, zu vernichten, schien übermächtig. Entsetzt ließ ich die Lanze fallen, warf mich zu Boden, um Markus' nächstem Hieb zu entkommen, und presste meine Handflächen gegeneinander. Ich musste den Drang, ein Schattenengel zu werden, ersticken, bevor er allmächtig wurde. Ein heftiges Kribbeln, und es war vorbei. Der Schmerz blieb aus – zumindest der in meinen Händen.

Bunte Sterne tanzten vor meinen Augen, als ein Schlag meine ungeschützte Seite traf. Trotzig rappelte ich mich hoch. Arons Lanze zielte auf mich. Sollte er jemals etwas Freundliches,

Warmherziges ausgestrahlt haben, so verstand er das jetzt bestens zu verbergen.

Ich wich zurück, mitten hinein in die sich teilende Menge. Hatten sie noch immer Angst vor mir? Sahen sie nicht, wie wenig ich selbst dem fliegengewichtigen Markus entgegensetzen konnte? Für den kampferprobten Aron war ich die Mücke, seine Lanze die Fliegenklatsche.

Ich stolperte weiter, hinein in die Gruppe der auseinanderstrebenden Schüler, und nutzte die erste Lücke, um zu entkommen – sollten sie mir doch alle hinterherjagen!

# Kapitel 17

## Geprüft

Mein Herz hämmerte wild – nicht bloß aufgrund der paar Schritte, die ich zwischen mich und die Engel gebracht hatte. Und es schlug nicht nur schnell, es schmerzte.

Im Schloss der Engel war ich glücklich gewesen – hatte Christopher und seine Liebe gefunden. Jetzt lief ich davon, auf der Suche nach einer Zuflucht. Doch wo sollte die sein? Im Reich der Totenwächterin? Oder bei Sanctifer?

Ich wurde langsamer und blieb stehen. Zurück nach Hause konnte ich nicht mehr, und die Welt der Engel war mir fremd. Dennoch war ich mir sicher, dass es niemanden gab, der einer Kreatur wie mir Unterschlupf gewähren würde. Sicherheit gab es für mich nur bei Christopher.

Andererseits, Aron versuchte wenigstens aus mir so etwas wie einen Engel zu machen – auch wenn ich mit seinen Methoden nicht klarkam. Er kümmerte sich um mich, vierundzwanzig Stunden am Tag. Warum sollte er das tun, wenn ihm nichts an mir lag – oder zumindest an seiner Aufgabe? Außerdem gab es hier jemanden, der mich vermissen würde – falls er jemals wieder zurückfand.

Ich atmete tief durch, verdrängte meine Zweifel und beruhigte meine aufgewühlten Gefühle, die mir rieten, die Engel zu verlassen. Auch wenn ich niemals einer von ihnen sein würde, sie hatten mich aufgenommen, duldeten meine Anwesenheit und versuchten, mich zu unterstützen – einige von ihnen jedenfalls.

Ich wagte einen Blick in die Menge. Knapp dreihundert Augenpaare waren auf mich gerichtet. Niemand sprach, während die Lücke, durch die ich entkommen war, sich zu einer Schneise weitete, die vor Aron endete. Umrahmt von blütenweißen Flügeln thronte er inmitten seiner Schüler und schaute mir mit einer Zuversicht entgegen, die mir Mut machte. Sein Wesen strahlte voller Wärme und Sanftmut. Nichts war geblieben von dem tyrannischen Antreiber, der mich um den See gejagt hatte. Der Aron, den ich ganz am Anfang kennenlernen durfte, war zurückgekehrt.

Als ginge von Aron eine unbekannte Macht aus, zog es mich zu ihm zurück. Das Gefühl, ihm vertrauen zu können, wuchs, je näher ich ihm kam. Dass der Kreis sich enger um mich zog, störte mich nicht – meine Wut auf sie war verschwunden. Aron hatte genau auf diesen Punkt hingearbeitet. Er hatte mich über die Kante getrieben, damit ich erkannte, wo ich hingehörte. Damit ich aufgeben und wieder zurückfinden konnte.

Doch als ich das Samtkissen in Coelestins Händen sah, wusste ich, dass die Prüfung noch nicht zu Ende war. Arons Blick ruhte auf mir, als Coelestin ihm das Kissen übergab. Harmlos lag der Dolch, der so viel Wut in mir ausgelöst hatte, auf dem dunkelgrünen Untergrund. Rot wie das Blut, das er vergossen hatte, leuchtete der Rubin an seinem Heft.

»Nimm den Dolch, und lass uns sehen, wer du wirklich bist.« Arons klangvoll über die Wiese tönende Stimme löste Gänsehautfeeling aus.

Auch ich bekam welche – allerdings vor Angst. Aron wollte den Dämonendolch in meiner Hand sehen. Er baute darauf, dass ich stark genug war, seiner Macht zu entsagen. Doch war ich das wirklich? Hatte ich mir nicht vor ein paar Minuten noch gewünscht, ihn zu besiegen und alle, die mich verachteten, niederzustrecken?

Arons Vertrauen in mich war stärker als mein eigenes. Dennoch hatte *ich* die Entscheidung allein getroffen und war zu den

Engeln zurückgekehrt. Ich blickte mich um mit der Befürchtung, Argwohn und Angst in den Gesichtern der Engelschüler zu sehen. Doch ich fand etwas anderes. Gespannte Erwartung, Zuversicht. Sie glaubten an mich, an die Fähigkeit meiner Engelsseele, das dunkle Wesen in mir zu besiegen. Für sie war ich die Bestätigung, dass das Gute das Böse bezwingen konnte.

Völlig verunsichert erreichte ich Aron und streckte meine zittrigen Finger nach der dämonischen Waffe aus. Meine unter der Haut verborgenen Klauen begannen zu brennen. Jeden Augenblick konnten sich die Spangen aktivieren. Der Schatten meines Dämonenerbes würde mich ewig verfolgen – genau wie bei Christopher.

Ich presste meine kalten Lippen aufeinander, nahm all meinen Mut zusammen und legte meine Finger vorsichtig um das edelsteinbesetzte Heft. Die unerwartet mächtige Energiewelle erschreckte mich zutiefst, zerrte an meiner Engelsseele und stärkte den Teil in mir, der ich nicht sein wollte. Ich kämpfte, zwang den Schatten zurück und den Drang, den Dolch in das Herz des Engels zu stoßen, der vor mir stand. Ich sollte einer von ihnen werden. Sie hatten sich für und nicht gegen mich entschieden – sonst würde ich jetzt nicht hier stehen.

Der Wunsch, zu ihnen zu gehören, einen Ort zu finden, wo ich mich sicher fühlte, wo meine Liebe zu Christopher akzeptiert wurde, besiegte meine letzten Zweifel und raubte dem Dolch seine Macht. Entschlossen reckte ich die Dämonenwaffe gen Himmel.

Der Jubelschrei meiner Mitschüler machte mich unendlich glücklich. Ihre Ablehnung schien der Vergangenheit anzugehören. Sie bauten auf die Stärke meiner Engelsseele und begrüßten mich in ihren Reihen.

Arons Arme streckten sich mir entgegen. Ich legte meine Hände in seine. Er schloss die Finger, so dass der Dolch sicher zwischen uns lag.

»Seele des Lichts, sei uns willkommen«, fuhr Aron mit seiner wohltönenden Stimme fort. »Verwahre den Dolch der Dämonen an einem sicheren Ort.«

Ich stutzte. Seele des Lichts? Meinte er etwa mich?! Sollte ich jetzt wissen, wo sich dieser *sichere Ort* befand? Im Verlies bei Christopher? – Wohl eher nicht.

Aron bemerkte meine Verwirrung und blinzelte mir zu. Dass ihn meine Reaktion amüsierte, verrieten nur seine Augen. Der Rest von ihm mimte den perfekten Zeremonienengel.

Also übte ich mich in Geduld und sehnte das Ende des Rituals herbei, das mich zum Mittelpunkt erhob. Es kam rasch – und unerwartet: Aron drückte mir einen Kuss auf die Stirn. Einen huldvollen, gebieterischen, aber dennoch überraschenden. Er hielt mich dabei fest, damit ich vor Schreck nicht vor ihm zurückweichen konnte, was ich sicher getan hätte.

»Nun geh«, beendete er das Spektakel. »Und warte auf mich bei der Feuerwiese«, flüsterte er mir ins Ohr, während er mich umdrehte, so dass ich mit dem Rücken zu ihm stand und die versammelte Schar der Engelschüler vor Augen hatte.

Auf den Gesichtern lag angespannte Erwartung, manche lächelten sogar. Selbst Markus sah mich nicht mehr ganz so ängstlich an. Einzig aus Susans Augen sprach noch dieselbe Wut. Es schien ihr nicht zu passen, dass ich jetzt Teil ihrer Welt war. Vielleicht bedeutete ihr Christopher mehr als … Ich zwang mich, nicht weiterzudenken. Eifersucht war das Letzte, was ich in diesem Moment gebrauchen konnte.

Aron erreichte kurz nach mir die Wiese am See. Den Dolch hielt ich noch immer in meiner Hand – ihn in den Hosenbund zu stecken, erschien mir viel zu gefährlich.

»Gut gemacht, Lynn!«, lobte er mich.

»Danke«, flüsterte ich und errötete wie ein schüchternes Vorschulkind. Seine Anerkennung kam unerwartet.

Aron grinste bis über beide Ohren. »Du hast das Lob verdient. Schließlich hast du hart mit dir gekämpft. Und ich muss zugeben, dass du mich wirklich beeindruckt hast. Christopher hatte recht mit seiner Theorie. Soweit ich weiß, hat kein Racheengel den ersten Schritt so schnell gemeistert wie du. Du kannst stolz auf dich sein!«

Doch ich empfand alles andere als Stolz. Aron spürte, dass ich kurz davor war, in Tränen auszubrechen.

»Mach dir keine Sorgen um Christopher. Es geht ihm gut«, tröstete er mich. »Für dich ist es jetzt wichtig, deine Aufgabe zu beenden. Es wird dir helfen, dich weiterzuentwickeln.«

Ich nickte. Ein wenig mehr Engel zu sein könnte helfen, Christopher zurückzuholen. Und wenn Arons gute Laune anhielt, ließ er mich vielleicht zu ihm. Also schluckte ich meine Schluchzer, wischte über meine brennenden Augen und schaute ihm erwartungsvoll entgegen.

»Was muss ich tun?«

»Bring den Dolch in die Kapelle am See, und lege ihn auf dem Altar ab.«

»Ist das alles?«

»Mehr oder weniger«, sagte Aron ausweichend. »Um die Kapelle in unserer Welt zu halten – obwohl sie in deiner schon lange zerstört ist –, bedarf es Engelsmagie. Sie umgibt das Gebäude, und nur wer reinen Herzens ist, kann sie ungehindert betreten.«

»Zieht sich Christopher deshalb so oft dorthin zurück?«

»Ja. Sie gibt ihm die Sicherheit, er selbst zu sein. Du hast Zeit bis zum Einbruch der Dunkelheit. Falls du es nicht schaffst, werde ich dich finden.« Arons Anweisung war nicht umsonst zweideutig. Er würde mich nicht gehen lassen, wenn ich versuchen sollte abzuhauen, aber mich auch nicht aufgeben, falls ich versagte.

Schon einmal war ich mit pochendem Herzen zur Kapelle am See gelaufen. Damals hatte ich Christopher meine Liebe gestanden – dort hatte er mich zum ersten Mal geküsst. Ich ging schneller, damit ich mich auf den unebenen Pfad durch den Wald konzentrieren musste und nicht allzu intensiv über Christopher und mich nachdenken konnte.

Das achteckige, efeubewachsene Gebäude hob sich mit seinen bunten Fensterscheiben und dem sternförmigen Dach von dem spätherbstlichen Gelbbraun des Waldes deutlich ab. Meine linke Hand, in der ich den Dolch hielt, schmerzte. Nicht weil meine Klauenhände sich bemerkbar machten, sondern weil ich ihn krampfhaft umklammerte. Meine ganze Furcht konzentrierte sich auf diese Waffe. Sie war dämonischen Ursprungs und hatte mir vermeintliche Stärke geschenkt. Dabei schwächte sie mich und stärkte nur mein Dämonenerbe. Den Dolch durch die Barriere der Engel zu tragen würde mich viel Kraft kosten. Noch war ich keiner von ihnen. Ich konnte weder weinen noch besaß ich Flügel wie Christopher.

Christopher!

Ich drückte meine Schultern durch und wagte, die eiserne Tür zu berühren. Ein Hagelsturm an Blitzen schleuderte mich zwei Meter weit zurück. Der Dolch glitt aus meiner Hand. Rubinrot leuchtete er mir entgegen. Trotzig bückte ich mich, um ihn aufzuheben, und ließ ihn gleich wieder fallen. Meine Finger brannten, als hätte ich in ein Feuer gefasst. Engelszauber und Dämonenmagie passten offenbar nicht gut zusammen. Kein Wunder, dass der dunkle Teil in mir meine Engelsseele bekämpfte.

Ich unternahm einen zweiten Versuch. Dieses Mal ohne den Dolch. Vielleicht musste ich erst lernen, wie ich den Schutzwall überwinden konnte, bevor ich noch mehr Dämonenlast mit mir herumschleppte. Meine Hand kribbelte heftig, aber immerhin zuckten keine Blitze mehr herab, als ich die Tür der Kapelle berührte. Dummerweise breitete sich das Pulsieren aus, während ich mich weiter vorwagte. Säure fraß sich durch meine Adern und drängte mich zurück. Verbissen kämpfte ich mich vorwärts, überwand die Barriere und betrat die Kapelle.

Mein Atem stockte. Sie war genau so, wie ich sie in Erinnerung behalten hatte: ein kleiner Altar, geschmückt mit weißen Blumen – heute Rosen –, der zwischen den beiden fensterlosen Nischen stand. Eine davon war leer, in der anderen thronte ein aus weißem Stein gemeißelter Engel – ein Abbild Christophers.

Ehrfürchtig näherte ich mich dem Engel. Meine Finger berührten den kalten Marmor. Auch wenn es nicht Christopher war, den ich fühlte, tröstete mich die Berührung. Er würde zurückkommen – ich musste nur geduldig sein und durfte nicht aufgeben zu hoffen.

Meine Gedanken suchten Halt in der Erinnerung, und ich verlor mich in ihnen. Erst als die tiefstehende Sonne durch die bunten Fenster schien und die Kapelle zum Leuchten brachte, fiel mir wieder ein, warum ich hier war – und wie wenig Zeit mir noch blieb.

Das Rot des Dolchs funkelte böse wie das Auge eines angreifenden Dämons. Nachdem ich ein wenig Frieden in der Kapelle gefunden hatte, fand ich den Mut und griff erneut nach dieser gefährlichen Waffe.

Die Berührung schmerzte, als würden meine Finger in siedendem Öl baden. Trotzdem ließ ich den Dolch nicht los. Ihn zu halten und in der Kapelle zu verwahren war meine Bewährungsprobe. Meine Engelsseite musste stärker sein – ich durfte nur nicht aufhören, das zu glauben.

Und genau daran scheiterte ich. Mein Vertrauen, ein Engel zu werden, lag bei null. Die Blitze zuckten wieder auf und warfen mich zurück. Ich versuchte es erneut – ich wollte das schaffen. Ich konnte es!

Beim dritten Anlauf stützte ich mich auf Christophers Stärke. Die Vorstellung, dass er mit mir zusammen die Barriere durchbrach, half mir, sie zu überwinden – auch wenn es sich so anfühlte, als würde ich gerade geröstet. Aber was machte das schon? Engel heilten schnell – doch leider nicht spontan. Alles an und in mir schmerzte. Im Fegefeuer zu braten konnte auch nicht schlimmer sein.

Mit letzter Kraft stürzte ich zum Altar, warf den Dolch zu den weißen Rosen und sackte auf die Knie. Eine weiße Knospe folgte mir. Mit der scharfen Klinge des Dolches von ihrem Stängel getrennt, landete sie vor mir auf dem Boden.

Das Feuer in mir loderte weiter. Verbrannte alles, egal ob gut oder böse. Ich griff nach der Rose, dem einzigen Halt, den ich fand. Unschuldig und rein, von ihren Wurzeln getrennt, lag sie einsam in meinen Händen. Um ihr Schutz zu bieten, schloss ich meine Finger um die zarte Blüte. Ein kurzes Aufglühen und sie zerfiel zu Asche. Mein Körper begann heftig zu zittern. Die Rose hatte all meine Schuld auf sich genommen: Den Schmerz, die Erkenntnis meiner Schwäche und das Opfer der Rose – die Bedeutung sickerte nur langsam in meinen Verstand. Doch schließlich kehrte Frieden in mir ein. Ich war nicht perfekt. Niemand war das – auch kein Engel. Vielleicht würde aus mir doch noch ein halbwegs passabler Racheengel werden.

Aron würde bald nach mir suchen. In der Kapelle zu warten schien mir das Beste zu sein. Hinter dem Altar fand ich Streichhölzer, mit denen ich die Kerzen anzündete.

Ein Hauch von Gewittersturm erfüllte die Kapelle, kurz bevor die Tür aufschwang. Meine Gedanken überschlugen sich. Christopher? Hier? War er aus seinem Gefängnis entkommen? Und wenn, in welcher Gestalt? Panik überfiel mich. Die Barriere würde ihn verbrennen!

Noch ehe ich reagieren und das Schlimmste verhindern konnte, sah ich ihn. Meine Beine wollten mein Gewicht nicht länger tragen. Ich zwang sie dazu. Christopher, blass, ausgezehrt, aber in seiner menschlichen Gestalt, stand vor der kleinen Kapelle – so nah und doch unendlich weit entfernt. In seinen Augen mischte sich vergangener mit neuem Schmerz. Aus seinem Schattenwesen zurückzufinden hatte ihn viel gekostet. Doch der neue Schmerz galt mir.

Mit einer Klarheit, die ich bislang nicht besessen hatte, las ich in ihm. Er, der große, starke Engel, fühlte Angst: Angst, mich verloren zu haben, da ich ihn in seiner archaischen Gestalt gesehen hatte, aber auch, weil ich versucht hatte, sein Wesen zu erreichen, und dabei nicht seine Engelsseele, sondern nur das Monster gefunden hatte.

Und es gab noch mehr. Christopher war *stocksauer*. Ich hatte mich nicht an seine Bitte gehalten, hatte die Regeln gebrochen, einen Engel gekidnappt und war zu ihm ins Verlies vorgedrungen. Dass meine Liebe nicht stark genug war, um ihn aus seinem Schattendasein zu befreien, sprach sicher auch nicht für mich.

So deutlich wie nie erkannte ich, wie die Wut sein dämonisches Erbe aufwiegelte. Der Sieg des Schattenengels über Christophers Seele stärkte diese dunkle Seite, und ich wusste nicht, ob er gleich hereinstürmen würde, um mich in die Arme zu schließen oder um mich zu erwürgen. Verwirrt wich ich zurück, bis die harte Steinwand mich aufhielt.

Christophers Augen flackerten hell, während er mich beobachtete. Jetzt erfüllte ihn nicht nur Wut, sondern auch Enttäuschung, wie seine malmenden Kiefermuskeln deutlich bewiesen. Christophers Blick wanderte weiter und fand den Dämonendolch inmitten der geköpften Rosen. Alles an ihm erstarrte.

Mein Verstand riet mir abzuwarten, mein Körper schaltete auf Flucht, beschleunigte meinen Herzschlag und meine Atmung. Christopher reagierte sofort, verwandelte sich zum Engel und durchbrach die Barriere.

Ein leiser Angstschrei entschlüpfte meinen Lippen. Nicht wegen der prächtigen Gestalt mit den unglaublich faszinierenden

Flügeln, in denen wütende Blitze zuckten, sondern wegen dem, was ich noch wahrnehmen konnte: den Schattenengel. Kaum fassbar und dennoch präsent umschlang die dämonenhafte Kreatur, die ich im Verlies gesehen hatte, Christophers Engelswesen.

Mir schauderte. Mein Körper drängte sich gegen die Wand, obwohl ich Christopher doch um den Hals fallen wollte.

»Du kannst es endlich fühlen. Nicht wahr?«

Ich wusste, was Christopher meinte, und nickte. »Aber ich …«, *fürchte mich nicht*, wollte ich sagen, doch Christopher kam mir zuvor.

»Und ob. Ich spüre deine Angst mit jedem Atemzug, den du tust. Aron wusste, dass das passieren würde. Deshalb überzeugte er mich – und dich – davon, dass ich das Schloss verlassen muss.«

Christopher sprach nicht nur von der Vergangenheit. Er würde mich verlassen, wenn ich jetzt nicht den Mut fand, ihn zurückzuhalten. Doch ich zögerte. Wie so oft überkamen mich Zweifel. Niemals würde ich der sanftmütige Engel sein, in den er sich verliebt hatte. Auch in mir lebte ein dunkler Teil. Ein Schatten, der niemals wieder verschwinden würde. Ein Wesen, das Christopher hasste.

War es ihm überhaupt noch möglich, mich zu lieben? Ihn fortzuschicken schien der einfachste Weg zu sein. Einander zu meiden war bei Racheengeln üblich. Mit der Zeit würde unsere kleine Liebesgeschichte in Vergessenheit geraten. Gerüchte würden entstehen und wieder verschwinden, bis niemand mehr glaubte, dass Racheengel lieben konnten.

Meine Hände drückten mich von der Wand weg, noch bevor ich ihnen den Befehl dazu erteilte. Als Christopher zurückkam, um mich von meiner Schattenseite zu befreien, wusste er, was ihn erwartete. Er war dennoch gekommen. *Er* zweifelte nicht an seiner Liebe – *ich* war der schwache Teil.

Christopher kam mir nicht entgegen. Ich musste den Weg allein überwinden, musste mir klar darüber sein, was mich bei ihm erwartete. Meine Schritte wurden langsamer, bis ich schließlich kurz vor ihm stehen blieb. Ich wollte mich nicht blind in seine Arme stürzen. Er sollte sehen, dass ich den letzten Schritt in vollem Bewusstsein tat. Ich hatte ihn in seiner dunkelsten Stunde gesehen – und liebte ihn dennoch.

Christophers Augen leuchteten in einem warmen Smaragdgrün, als er den Grund meines Zögerns durchschaute. Seine Sehnsucht, mich in die Arme zu schließen, war ebenso groß wie meine.

Vorsichtig streckte ich meine Hände nach ihm aus und wagte den letzten Schritt. Tausend Empfindungen stürmten auf mich ein, als ich ihn berührte. Vertrautheit, Wärme, Geborgenheit. Vermisst zu werden, sicher zu sein – und vor allem: unendlich geliebt zu werden.

Christophers Kuss war ebenso sanft wie seine Berührung. Er hatte Angst, mich zu erschrecken. Fürchtete, ich könnte vor dem, was ich jetzt sehen konnte, davonlaufen.

Aber mich erreichte nicht der dunkle, sondern der helle Teil von ihm. Er war mir vertraut und doch so fremd. Christophers Engelswesen quoll über vor Zuneigung. Die letzten Befürchtungen, meine Schattenseite könnte ihn abstoßen, lösten sich auf. Seine Liebe war anders als meine: größer, vielschichtiger, vorausschauend. Er wusste, worauf er sich einließ – und ich vertraute ihm.

Christopher spürte, dass meine Entscheidung gefallen war. Sein Kuss wurde drängender, seine Hände mutiger.

Mein Körper erwiderte seine Zärtlichkeit. Christopher in seiner Engelsgestalt zu küssen war unbeschreiblich. Ich spürte nicht nur seine Berührungen mit ungeahnter Intensität und roch den stürmischen Gewitterduft, in dem sich Geborgenheit, Versuchung und Unbekanntes vermischte, sondern fühlte auch die Macht, die in ihm verborgen lag.

Und genau da begann das Problem!

Auch meine Macht erwachte. Stürmisch und völlig unerfahren überwältigte sie mich. Wie eine unkontrollierbare Feuerwalze rollte sie auf Christopher zu, drängte seine Lippen auseinander und forderte sein Engelswesen heraus.

Er war stärker als ich. Ein gigantischer Orkan aus Wind, Regen, Donner und Blitzen preschte hervor und verschlang das wenige, das in mir loderte.

Meine Gedanken begannen zu verschwimmen. Schwarze Schleier tanzten vor meinen Augen. Mir fehlte jegliche Kraft, bei Bewusstsein zu bleiben. Und noch bevor ich Christopher von mir stoßen konnte, sackte ich ohnmächtig in seinen Armen zusammen.

# Kapitel 18

## *Dämonenduft*

Was zum Teufel hast du mit ihr gemacht?!« Arons aufgebrachte Stimme weckte mich.

»Nichts, das ich dir nicht schon erzählt hätte.«

»Du hast sie also nur *in Ohnmacht geküsst*?« Arons zweifelnden Gesichtsausdruck – die linke Augenbraue bis zu den schwarzen Haaren hochgezogen – konnte ich mir auch mit geschlossenen Augen vorstellen.

»Ja. Nein«, antwortete Christopher.

»Also doch nicht nur geküsst!«, fasste Aron Christophers Aussage zusammen.

Die gedämpften Schritte auf Teppichboden wurden schneller. Christopher lief auf und ab, wie so oft, wenn er unschlüssig war. »Es war so … so unglaublich. Ich konnte sie nicht nur spüren, ich konnte sie *fühlen*!«

Aron gluckste. »Das ist normal beim Küssen. Hast du noch nie zuvor einen Engel geküsst?«

Plötzlich war ich hellwach. *Diese* Antwort interessierte nicht nur Aron.

»Doch«, gab Christopher zu. Er war stehen geblieben. »Einmal.«

Das hatte er mir nicht erzählt. Ich musste mich zurückhalten, um nicht aufzuspringen und ihn zur Rede zu stellen. Aron übernahm das für mich.

»Und? Wie war's?«

»Anders. Es war … ich hatte gewettet. Mit Simon. Er war der Meinung, ein Racheengel müsse wissen, wie es ist, einen Engel zu küssen.« Christopher verstummte. Die Erinnerung an seinen toten Freund belastete ihn.

Doch Aron erlaubte Christopher nicht, seiner Frage auszuweichen. »Was? Du hast neunzehn Jahre lang als Mensch gelebt und besitzt keinerlei Erfahrung?«

»*Das* habe ich nicht gesagt.«

Ich schnappte nach Luft. Zum Glück bemerkte es niemand, da Christopher fortfuhr, sich zu erklären.

»Es gab ein Mädchen, das in mich vernarrt war. Sie war nett, ich mochte sie und ließ zu, dass sie mir näherkam. Aber *sie* zu küssen war etwas völlig anderes.«

»Und der Rest?«, bohrte Aron weiter, da Christopher schwieg.

Ich war mir sicher, dass Christophers Blick auf mir ruhte. Jetzt die Augen zu öffnen, um sein Gesicht sehen zu können, wäre mehr als peinlich.

»Ist Geschichte! Sie verbrannte vor meinen Augen«, zischte Christopher.

»Hoffentlich hat Lynn faszinierendere Erfahrungen als du.«

»Ich wüsste nicht, was dich das angeht!«

Es fiel mir schwer, nicht doch aufzuspringen. Auch wenn es da nicht viel zu erzählen gab, *das* ging Aron nun wirklich nichts an!

»Ich konnte Lynns Seele fühlen – und ihre erwachende Macht. Sie griff nach meiner und … und ich …«, Christopher brach ab.

»Und du hast sie ihr genommen – so wie es deiner Aufgabe entspricht«, vollendete Aron.

»Nein! Das würde ich niemals tun!« Christopher klang wütend. Seine Schritte wurden wieder lauter. »Sie hat sie mir gegeben – einfach so!«

»Dann, mein Freund, solltest du dir überlegen, ob du in Zukunft nicht lieber im Zölibat leben willst. Du hast sie in kürzester Zeit so weit gebracht, dass sie ihre Schattenseite kontrollieren kann. Wenn du ihr jetzt ihre Energie raubst, kann sie nicht lernen, Stärke daraus zu schöpfen, und wird niemals ein Engel werden!« Aron seufzte, als er fortfuhr. »Es wäre für sie das Beste, wenn du gehst.«

»Nein!« Unser Veto kam gleichzeitig.

Aron fasste sich schneller als Christopher. »Wie lange lauschst du schon?«, fragte er.

»Lange genug!« Mein wütender Blick traf Christopher.

Ausgezehrt und blasser, als ich ihn kannte, stand er bei der Tür am anderen Ende meines Zimmers. Dass ich etwas über sein bisheriges Liebesleben mitbekommen hatte, passte ihm offenbar gar nicht – damit waren wir wohl quitt! Mir gefiel nämlich nicht, dass er mir die Geschichte mit dem Mädchen ein klein wenig anders erzählt hatte.

Aron bemerkte die Spannung, die sich zwischen uns aufbaute. Sein Grinsen verriet, was er davon hielt.

»Eine Viertelstunde habt ihr Zeit. Danach vertragt ihr euch, so dass ich mit euch beiden weiterarbeiten kann, oder einer von euch muss gehen.« Wer das sein sollte, war klar.

Christopher blieb unschlüssig an der Tür stehen, also übernahm ich die Initiative und schlug die Bettdecke zurück.

»Bleib liegen, du bist noch zu schwach zum Aufstehen«, warnte mich Christopher.

»Das kann ich wohl besser beurteilen als du!« Ich hasste es, bevormundet zu werden!

Auch Christopher schaltete auf stur und kam mir nicht entgegen. Erst als ich vor ihm stand, zeigte sich eine Regung auf seinem Gesicht. Sein Ärger wich Sehnsucht. Keine Sekunde später hing mein Mund an seinem. Ich hatte ihn so sehr vermisst, abwarten ging nicht mehr.

Es traf mich wie ein Blitz. Meine Beine knickten ein. Wenn Christopher mich nicht in den blauen Sessel gedrückt hätte, wäre ich erneut ohnmächtig geworden.

Wir waren beide außer Atem und ebenso schockiert. Dass ich schwach wurde, wenn Christopher mich in seiner Engelsgestalt küsste, war ja noch zu verstehen. Aber so? In Menschenformat? Bislang hatten wir keine Probleme beim Küssen gehabt.

Ich rappelte mich auf. So schnell gab ich mich nicht geschlagen. Vorsichtig näherte ich mich dem Objekt meiner Begierde.

Christopher hielt still. Die Gefahr ging von ihm aus – das wussten wir beide. Ihn zu berühren fühlte sich richtig an – auch wenn meine Finger bislang nur seine stoffbedeckten Schultern streiften. Seine Haut zu spüren, ohne umzukippen, würde ich hoffentlich hinbekommen. Mutiger forschte ich weiter. Schob meine Finger unter sein T-Shirt, ließ sie über seinen festen Bauch wandern bis hoch zu seiner muskulösen Brust und wieder zurück. Christophers Wärme hüllte mich ein. Vertraute Gefühle erwachten. Christopher würde mir niemals Schaden zufügen. Bei ihm war ich in Sicherheit.

Seine Hände legten sich um mein Gesicht. Unsere Blicke trafen sich. So viele Gefühle zu lesen überforderte mich beinahe. Er liebte mich, gleichzeitig hatte er Angst, mir weh zu tun. Er wollte mehr, als mich nur berühren, fürchtete aber, dass das unmöglich war.

Doch ehe ich zurücksteckte, wollte ich Gewissheit. Meine Hände umschlangen seinen Nacken. Langsam zog ich seinen Kopf zu mir. Kurz bevor unsere Lippen sich trafen, zog Christopher die Notbremse.

»*Das* ist keine gute Idee!«

»Nur weil mir ein wenig schwummrig wird, wenn du mich küsst?«, fragte ich mit einem provozierenden Unterton.

»Damit könnte ich mich abfinden. Aber ich nehme mehr von dir in Besitz als deinen Mund, wenn du mir zu nahe kommst.«

Ich schlug Christophers Warnung in den Wind, doch schon als unser Atem sich mischte, knickte ich ein. Dieses Mal stieß

Christopher mich nicht von sich, sondern hielt mich in seinen Armen, bis mein Beinahe-Blackout sich abgeschwächt hatte.

»Wenigstens kann ich dich noch berühren«, flüsterte er und drückte mich an sich.

Aron nahm sich nicht die Zeit anzuklopfen. Er verdrehte die Augen, als er uns eng aneinandergeschmiegt beisammen sah.

»Ich will nicht behaupten, dass es für mich einfacher wäre, wenn ihr zwei auf Abstand bleiben müsstet. Aber bitte, gebt euch Mühe und hebt das Rumgeknutsche für später auf.«

Ich schlüpfte aus Christophers Umarmung. Aron lag mal wieder völlig falsch. Doch als ich ihn darüber aufklären wollte, kam Christopher mir zuvor.

»Es ist ein wenig komplizierter – was dir sicher gefallen wird: Mehr als in den Arm nehmen geht nicht. Selbst wenn ich alles unter Kontrolle habe, kippt sie um.«

Zu meiner Überraschung grinste Aron dieses Mal nicht. Im Gegenteil, er wurde nachdenklich.

»Sanctifer stellt bereits Nachforschungen an, und selbst die entlegensten Winkel Kanadas sind irgendwann erreichbar. Bevor unser *kleines Geheimnis* bekannt wird, muss sie wieder hier sein – und du ein wenig zurückhaltender, wenn du sie begleitest. Denk dir eine gute Geschichte für ihre Eltern aus. Ihr werdet sie morgen besuchen.«

Aron steckte mir eine altmodische Brosche an die Bluse. Ich kam mir vor wie fünfzig.

»Muss das sein? Hast du nicht was Hübscheres?«, beschwerte ich mich.

»Warum? Magst du Harfen nicht?«

»Doch. Wenn sie groß sind und Töne hervorbringen, aber nicht als schnörkelige Silberbrosche. So was würde nicht mal meine Oma tragen.«

»*So was* dürfte sie auch gar nicht besitzen. Die Brosche ist ein

Wächterband. Sie ermöglicht es dir, in deine Welt zu wechseln, um deine Eltern zu besuchen.«

Das eigenartige Gefühl, das mich überkam, wenn ich mir vorstellte, meine Eltern in die Arme zu nehmen, war wieder da. Was, wenn ich austickte? Wenn ich doch noch nicht so weit war und mein Schattenwesen die Kontrolle an sich riss?!

»Es wird nichts passieren. Du hast alle Prüfungen bestanden. Selbst Christopher hast du nicht angegriffen, obwohl du *alles* an ihm wahrnehmen konntest. Und schließlich begleitet er dich nicht ohne Grund.«

Ich stöhnte leise. Für meinen Geschmack kannte Aron meine Gedanken ein wenig zu gut, und dass Christopher meinen Bodyguard spielen sollte, behagte mir auch nicht. Abgesehen davon, dass er in meiner Nähe war, konnte durchaus etwas schiefgehen: Mein Wunsch, ihn zu küssen, könnte überhandnehmen, meine Eifersucht sich zurückmelden.

»Oder wäre es dir lieber, wenn *ich* mitgehen würde?«

Noch in Gedanken über das Wenn und Aber, fiel meine Antwort ziemlich rüde aus. »Dich?! Da könnte ich mir gleich einen Sandsack auf den Rücken binden. *Du* hast doch nur Spaß daran, mir eine reinzuwürgen.«

Arons Miene blieb reglos. Nichts verriet, was er dachte – und gerade darum wurde mir klar, was ich mit ein paar Worten angerichtet hatte.

»Aron. Es tut mir leid. Ich … ich hab das nicht so gemeint. Es ist nur …«, ich begann die herumliegenden Kleider aufzusammeln. Auge in Auge Abbitte zu leisten fiel mir schwer. »Du hast es mir nicht gerade leichtgemacht. Und, um ehrlich zu sein, den Sklaventreiber hast du prima hingekriegt. In dir jetzt wieder den gutmütigen Schutzengel zu sehen, fühlt sich … sonderbar an.« *Falsch* wollte ich nicht sagen, auch wenn das besser gepasst hätte.

»Da kann ich dich beruhigen. Ich werde dich auch in Zukunft

um den See hetzen – und nicht nur das«, erklärte Aron mit einem drakonischen Zug um den Mund.

Wir grinsten beide. Aron nahm mir meinen Ausbruch nicht übel. Er wusste, was ich durchgemacht hatte. Aus einem Impuls heraus drückte ich ihm einen Danke-dass-du-nicht-nachtragend-bist-Kuss auf die Wange – ein eigenartiger Impuls und ein noch blöderes Timing!

Für einen kaum wahrnehmbaren Moment durchzuckte helles Jadegrün Christophers Augen, als er mein Zimmer betrat. Vielleicht täuschte ich mich auch. Der Rest jedenfalls zeigte eine andere Reaktion.

»Aron, bitte verrate mir, wie du es schaffst, dass sie dir diese Schinderei nicht krummnimmt. Ich muss nur jemand anders anschauen, und für die nächsten drei Tage ist sie sauer wie ein unreifer Apfel.«

»Weil *du* nicht Aron bist«, erklärte ich. »Wenn er mich im Stich lässt, werde ich feiern – *dir* würde ich hinterherjagen, um dir den Kopf abzureißen.«

»Weshalb ich das niemals tun werde.« Christopher war ernst geworden. Vorsichtig nahm er mich in die Arme und strich mit sanften Fingern über meine Haare.

»Das weiß ich«, antwortete ich leise und verlor mich im flüssigen Smaragdgrün seiner Augen.

»Offenbar bin ich hier wohl überflüssig«, meldete sich Aron zu Wort, bevor er sich zurückzog. »Turtelt nicht zu lange, sonst kommt ihr zu spät.«

Der Weg nach Hause war sorgfältig geplant, damit ich niemandem begegnete. Durch den Keller verließen wir kurz nach Mitternacht das Schloss der Engel – Coelestin hatte die große Harfe zu einem Portal umgewandelt, da Christopher den alten Zugang, den venezianischen Spiegel, zerstört hatte.

Mit einem schwarzen BMW fuhr Christopher mich zu einem

kleinen Flughafen im Nirgendwo. Dass er das Sportflugzeug selbst fliegen wollte, machte mich nervös. Erst als er mir versicherte, einen Pilotenschein für die Maschine zu besitzen, entspannte ich mich ein wenig. Fliegen war ja nicht gleich fliegen, auch wenn es in der Natur eines Engels lag, durch die Lüfte zu segeln – sonderbar, dass Aron mir noch kein Flugtraining aufgebrummt hatte.

Wir landeten nicht weit entfernt von Coelestins Eremitage, noch ehe die Sonne aufging.

»Du siehst müde genug aus, um den Eindruck zu erwecken, dass du einen Atlantikflug hinter dir hast«, kommentierte Christopher mein Gähnen, während er mir beim Aussteigen half. Seine Finger zeichneten die dunklen Schatten unter meinen Augen nach. Sein Mund folgte dem Impuls, sie wegzuküssen, bis sein Verstand ihn warnte und er zurückzuckte.

Obwohl ich wusste, warum er das tat, überfiel mich das Gefühl, er würde mich zurückweisen. Ich überspielte die Abfuhr mit einem weiteren Gähnen, doch die Sorge in Christophers Blick verriet, wie wenig er mir das abnahm.

»Deine Eltern werden Verständnis dafür haben, wenn du früh ins Bett willst. Dass du morgen schon wieder weitermusst, wissen sie. Also sieh zu, spätestens um zehn in deinem Zimmer zu verschwinden – egal, wie groß dein Heimweh ist.«

Ich nickte tapfer. Meine Eltern zu besuchen und sie gleich darauf wieder verlassen zu müssen tat schon jetzt weh. Auch meine Freunde würden sauer sein, wenn sie erfuhren, dass ich da war und nicht bei ihnen vorbeigeschaut hatte. Bis ich sie wiedersehen durfte, hatten sie das hoffentlich vergessen – falls es ein nächstes Mal gab.

An Christophers Seite stolperte ich den steinigen Pfad hinab. Mehrmals verlangsamte er das Tempo oder legte eine Pause ein. Als er schon wieder stehen blieb, lief ich einfach weiter.

»Aron hat mich gestern zweimal um den See gejagt, aber so

fertig bin ich nun auch wieder nicht, dass ich jetzt schon wieder die Aussicht genießen muss.«

Christopher wusste, dass ich log. Mir gefiel der Blick über die Ebene Sulmonas, und müde war ich auch, nach nur vier Stunden Schlaf und der aufreibenden Engelsprüfung. Dennoch ließ er mir meinen Willen und schnappte sich nur meine Hand – sicher, damit er mich auffangen konnte, falls ich wieder ins Rutschen geriet.

Lange bevor die ersten Dorfbewohner die Straßen bevölkerten, stand ich vor der Tür meiner Eltern. Christopher drängte mich nicht, die Klingel zu drücken. Er spürte meine Unsicherheit, kannte die Angst in mir. Schweigend wartete er und hielt meine Hand. Er vertraute meinem Mut, dass ich nicht umkehren würde – ich selbst war mir da weniger sicher. Vor den Augen meiner Eltern zum Monster zu mutieren war nur eine meiner Sorgen.

Würden sie vor mir zurückschrecken? Konnten sie mich überhaupt noch lieben?

»Sie kennen dich seit deinem ersten Atemzug, haben miterlebt, wie du groß geworden bist. Sie werden sehen, dass du dich verändert hast, dass du erwachsener bist, reifer. Und sie werden dich noch immer lieben.«

Zwei verschlafene, hellblaue Augen strahlten mir entgegen. Noch bevor ich *hallo* sagen konnte, zog mein Vater mich an seine breite Brust.

»Lynn! Ich dachte schon, die Schneemassen würden dich nie wieder hergeben. Hättest du nicht nach Florida oder Kalifornien gehen können? Warum ausgerechnet Kanada?«

Für seine Verhältnisse sprach mein Vater viel zu viel. Die Freude, mich wiederzusehen, entlud sich nicht nur in einer festen Umarmung. Kaum hatte er mich losgelassen, stürzte sich meine Mutter auf mich. Es fiel mir schwer, nicht vor ihr zurückzuweichen.

Ihr Duft hatte sich verändert. Neben dem Geruch nach Leder, das sie täglich zu Taschen verarbeitete, nahm ich ein weiteres Aroma wahr: süße Vanille gemischt mit verbranntem Chili.

Ich wandte das Gesicht ab, damit mein Vater nicht sehen konnte, wie mir schlecht wurde, während ich meine Mutter umarmte. Christopher entging das natürlich nicht. Augenblicklich reagierte er, erklärte meiner Mutter, warum wir früher als geplant hier sein konnten, und schob mich unauffällig von ihr weg.

Um ein wenig Abstand zwischen mich und meine Mutter zu bringen, hängte ich mich an den Arm meines Vaters. Die Luft anzuhalten, sobald sie mir zu nahe kam, half, aber mein eigenartiger Atemrhythmus würde mit der Zeit sicher nicht nur Christopher auffallen.

Er verfolgte, wie ich mit mir kämpfte. Seine Augen kontrollierten im Sekundentakt, wie weit ich noch davon entfernt war, meinen Eltern einen Teil von mir zu zeigen, den sie noch nicht kannten. Nebenbei erzählte er ihnen eine wirklich mitleiderregende Geschichte, die erklärte, warum er die Sommerferien nicht mit mir verbringen konnte. Sie nahmen ihm die Story von der in Indien verschollenen Cousine, die er gesucht und gerettet hatte, ohne den leisesten Zweifel ab.

Als meine Mutter ein Dutzend lädierter Postkarten und Briefe auf den Küchentresen legte, verstand ich, warum: gefälschte Nachrichten, die erklärten, was Christopher in den abgelegensten Regionen Indiens gemacht hatte, mit ebenso verlogenen Liebeserklärungen. Der langwierige Postweg erklärte sich von selbst.

Während meine Mutter Christopher aufgrund seiner Heldentaten zum Traum aller Schwiegermütter emporhob, drehte sich mir der Magen um. Schneetreiben in Kanada, verlorene Cousinen in Indien. Kannten Engel gar keine Skrupel?

Einige von ihnen sollten uns beschützen, der Rest offenbar

benutzte und manipulierte uns. Nur warum? Dass es angenehmer war, Züge, Autos oder Flugzeuge zu benutzen, anstatt bei anstrengenden Langstreckenflügen Wind und Regen ausgesetzt zu sein, verstand ich. Aber sonst? Besaßen die Engel bei uns mehr Freiheiten? Oder ging es hier um Macht und Einfluss?

»Und du, Linde?«

»Was? Ich …«

Meine Mutter strich mir sanft übers Gesicht. Viel zu spät hielt ich den Atem an. Selbst Christophers Muskeln spannten sich an.

»Linde, möchtest du auch ein Ei zum Frühstück?«, wiederholte sie ihre Frage.

Ich nickte und presste ein »Ja« hervor. Ihre Nähe machte mich aggressiv. Christophers Hand hielt mich davon ab, meiner Mutter zum Herd zu folgen und ihr die Krallen zu zeigen. Meine Streitlust lag bei hundert Prozent. Ihr die Augen zu öffnen, damit sie Christopher nicht länger in den Himmel lobte, wäre sicher lustig geworden.

»Deine Eifersucht ist unbegründet. Sie liebt dich, mich mag sie nur«, flüsterte er mir ins Ohr, während er mich zum Esstisch schob.

»Und warum zeigt sie mir das dann nicht?«, fragte ich ebenso leise.

»Wenn du aufmerksamer wärst, könntest du sehen, dass sie dich von Herzen liebt, auch wenn sie keine Worte darüber verliert.«

Ich schwieg und geriet ins Grübeln. Trotz meines abweisenden Verhaltens – immer wenn sie mir zu nahe kam, wich ich ihr aus – ließ sie sich nicht davon abbringen, mich zu berühren, mir über die Haare zu streicheln oder meinen Blick aufzufangen. Sie war unsicher, weil ich mich ihr entzog, und versuchte, indem sie Christopher Anerkennung schenkte, meine Wahl zu bekräftigen und mich indirekt zu bestätigen.

Als sie mir mit mütterlicher Fürsorge, die sie seit zwei Jahren zurückgeschraubt hatte, mein Ei servierte, konnte ich nicht anders, als aufzustehen und sie zu umarmen. Hätte ich heulen können, wären jetzt bestimmt ein paar Tränen geflossen. Auch wenn sie es nicht immer zeigte, sie liebte mich, egal was ich war.

Christopher ließ mich keine Minute allein. Ich nutzte seine Anhänglichkeit, um ihn in mein Zimmer zu lotsen – zu einem Gespräch unter vier Augen.

»Du wusstest das mit meiner Mutter. Warum hast du mich nicht gewarnt?«

»Was wäre das für eine Prüfung, wenn dir vorher gesagt würde, was drankommt?« Christopher schienen meine Gefühlsschwankungen zu amüsieren.

Ich schleuderte ihm meinen Kuschelteddy an den Kopf. Christopher, der mitten auf meinem meerblauen Teppich saß, duckte sich. Mein kleiner Schlafbär knallte gegen die erdbeerrote Wand, fiel zu Boden und blieb reglos liegen.

»Wenn du deine Aggressionen loswerden möchtest, können wir gern einen kleinen Spaziergang in die Berge machen.« Was so viel hieß wie: Nicht nur Aron und Ekin können dich in Trab halten.

Ich verzichtete auf das Training mit Christopher. Ein Kuss, und ich wäre k. o.

»Wird sie … ist das Dämonenerbe meiner Mutter zu groß, um ein Engel zu werden?«, fragte ich leise. Lauter wagte ich nicht, diese Frage zu stellen.

»Das kann ich dir nicht sagen – auf jeden Fall wird sie es schwerer haben als dein Vater.«

»Habe ich meine Engelsseite von ihm?«

»Ja. Der Engelsanteil bei deinem Vater ist überdurchschnittlich hoch.«

»So wie das Dämonenerbe bei meiner Mutter«, mutmaßte ich.

»Deshalb besitzt du beides. Einen hohen Dämonenanteil und eine starke Engelsseele«, erklärte Christopher.

»Warum hast du mir nie etwas davon erzählt? Und versuch nicht zu behaupten, es wäre dir nicht aufgefallen, wie meine Mutter riecht!«

»Als ich sie kennenlernte, spielte das noch keine Rolle. Nur weil ich ihr Dämonenerbe wahrnehmen konnte, hieß das nicht, dass du das Potential besitzt, ein Racheengel zu werden. Sie hat dir alles mitgegeben, genauso wie dein Vater, was höchst selten vorkommt.« Christopher stand auf. Er wollte wieder nach unten, doch ich war noch lange nicht fertig.

»Warum meine Eltern? Was, wenn ich … wenn ich anders reagiert hätte?« Christopher wusste, dass ich mit *anders reagiert* zum *Monster mutiert* meinte.

»Glaubst du, es gibt Menschen, die weniger wert sind und deshalb bessere Versuchskaninchen abgeben?« Christophers Frage schockierte mich. Dachte er wirklich so über mich?

Ich wich seinem forschenden Blick nicht aus. Er sollte sehen, wie sehr seine Frage mich getroffen hatte, und erkennen, dass meine Antwort ehrlich war.

»Nein. Im Gegensatz zu euch« – ich meinte damit die Engel – »sortiere ich nicht in brauchbar und fehlerhaft.«

Christophers steile Falte erschien auf seiner Stirn. Meine Antwort gefiel ihm nicht. »Es gäbe keine Menschen mehr, wenn wir das nicht tun würden. Außerdem bist du jetzt Teil des Ganzen. Deine Aufgabe ist es, Engel, deren Dämonenerbe zu mächtig wird, zu erkennen und zu töten.«

Ohne ein weiteres Wort ließ Christopher mich allein. Racheengel töteten! Und ich war gerade dabei, einer zu werden.

# Kapitel 19

## Verplant

Früh, aber ausgeschlafen, wartete ich in der verwaisten Eingangshalle auf Aron und Christopher. Ich stand nicht mehr unter Dauerbewachung. Sie setzten auf die Stärke meiner Engelsseele. Deshalb sollte ich ab heute, eineinhalb Wochen nach Ende der Herbstferien, gemeinsam mit Christopher im Internat wieder die Schulbank drücken. Es wäre wichtig, den Kontakt zu Menschen aufrechtzuerhalten, solange meine natürliche Lebenszeit noch nicht abgelaufen sei, erklärte Aron. Danach konnte ich – wie alle Engel – nicht mehr ungehindert die Welten wechseln.

Dass mein altes Leben weiterging, beruhigte mich: Ich konnte meine Eltern wiedersehen und mich mit meinen Freunden treffen. Alles, was ich liebte, blieb – aber leider auch Hannah und das Büffeln fürs Abitur.

Dass ich jetzt in zwei Ausbildungssystemen gleichzeitig steckte, bedeutete Unterricht bis zum Umfallen. Unter der Woche Schule im Internat, danach Training mit Aron und am Wochenende Engeldrill von morgens früh bis spät in die Nacht. Als Aron mir den Stundenplan zeigte, dachte ich zuerst, er wolle mich auf den Arm nehmen. Fehlanzeige! Zumindest verzichtete er unter der Woche auf das gemeinsame Um-den-See-Rennen. Diese Aufgabe, samt Krafttraining, übernahm Christopher. Meine Freistunde zwischen Studierzeit und Abendessen musste ich dafür opfern. Wenigstens ließ Aron mir die Stunde am Abend, *damit ich meine menschlichen Kontakte pflegen konnte*.

Christopher erschien allein im Foyer. »Aron lässt sich entschuldigen«, erklärte er. »Und da er dir recht gibt – was die Brosche betrifft –, fand auch er, dass ich dir das hier wiedergeben soll.« Er kramte einen kleinen, dunkelblauen Samtbeutel aus seiner Hosentasche und zog aus ihm das silberne Armband mit dem verkratzten Engelsmedaillon, das bei meinem missglückten Drachenflug in der Tiefe verschwunden war.

»Du? Aron hat dafür gesorgt, dass es verloren ging? Damit ich nicht aus Versehen bei dir aufkreuze, nicht wahr?!« Irgendwie hatte ich geahnt, dass Christopher mich hintergangen und im Unklaren gelassen hatte. Dass er mir das Medaillon erst jetzt zurückgab, ärgerte mich. Ein wenig Vertrauen seinerseits und Sanctifers Dolch wäre niemals in meinen Händen gelandet.

»Ja. Weil ich wusste, dass du alles tun würdest, um in meine Welt zu gelangen – und einem Zugang hattest du dich schon viel zu dicht genähert.«

»Und welchem?«

»Dem in der Einsiedelei.«

»Sie hätten mich niemals reingelassen.«

»Das Risiko erschien mir dennoch zu hoch. Du hättest einen Weg gefunden.«

»Das hab ich auch so!«, zickte ich zurück und wappnete mich für einen Anti-Sanctifer-Vortrag. Er fiel aus. Völlig unerwartet zog Christopher mich in seine Arme und strich liebevoll eine Strähne aus meinem Gesicht.

»Wir sollten nicht streiten. Für die nächsten Monate wirst du deine Energie für andere Dinge brauchen.«

»Lynn!« Marisa stürmte auf mich zu, so dass ihre rötlichen Haare hinter ihr her flatterten, als sie uns vor dem Gelben Haus entdeckte. »Du Arme! Sieben Wochen eingeschneit ohne Telefon und Internet. Wie hast du das bloß überlebt?«

»Mit Schneeschippen, Holzspalten und verstaubte, englische

Bücher lesen«, antwortete ich – Aron hatte mich vier Stunden lang gebrieft.

»Und du!« Marisa wandte sich an Christopher. »Drei Monate verschollen in Indien? Wie krass! Du musst mir unbedingt alles erzählen!« Klar klang Christophers Geschichte spannender. Trotzdem wurmte mich Marisas Euphorie.

»Lasst uns frühstücken gehen. Die anderen werden vor Überraschung vom Stuhl kippen, wenn sie euch sehen«, sagte sie und hakte sich bei mir unter.

Niemand kippte – abgesehen von meiner Kinnlade, die nach unten klappte, als ich Juliane händchenhaltend mit Raffael entdeckte. Letztendlich hatte Marisas Plan mehr bewirkt, als nur Raffael und Hannah auseinanderzubringen. Natürlich saßen auch Florian und Max an unserem Tisch. Alle – außer Raffael – begrüßten uns überschwänglich. Wie erwartet wurde meine Geschichte nur kurz abgehandelt, während Christopher ausführlich über sein Indienabenteuer berichten durfte.

Ich blieb cool. *Ich verkrafte das!*, redete ich mir gut zu, als nicht nur Juliane und Marisa mit großen Augen an Christophers Lippen hingen, sondern auch Max und Florian ihn zum Helden aller Helden erhoben. Einzig Raffael unterlag nicht Christophers Charme. Ich war beinahe dankbar, als er sich zu Wort meldete.

»Wie eigenartig, dass ihr beide am selben Tag zurückgekehrt seid. Wenn Lynn nicht so blass wäre, würde ich vermuten, dass ihr in Indien zusammen gefeiert habt – wobei Chris auch nicht gerade aussieht wie von der Sonne geküsst.«

»Nicht überall kommt die Sonne durch. Dichte Wälder werfen tiefe Schatten«, konterte Christopher.

Raffael zuckte zusammen. Anscheinend verstand er die doppeldeutige Drohung.

Ein Schwall Sommergewitter erreichte mich. Ich schnupperte unauffällig, um Raffaels Geruch zu prüfen, doch ich fand nichts Außergewöhnliches. Er roch wie immer, nach frisch gefällter Kiefer – ohne schneidenden Beigeschmack. Entweder gab es nichts Dämonisches an ihm, oder der Kiefernduft überdeckte diesen Teil.

Ich testete weiter. Außer Christophers und Raffaels Duft nahm ich nur das Übliche wahr: zu viel oder zu wenig Deo, blumige Parfumnoten oder ganz normalen Körpergeruch, hin und wieder mit ein wenig Beigeschmack. Niemand in meiner Welt roch so intensiv wie Christopher, Raffael oder meine Mutter. Selbst Hannah verbreitete keine scharfe Note.

Im Gegensatz zu meinen Freunden reagierte Hannahs Clique geschlossen mit Abneigung – natürlich nur mir gegenüber. Ihre spöttischen Bemerkungen über meine dunklen Augenringe oder meine Tollpatschigkeit, wenn mir – aufgrund meiner gebändigten Klauen – etwa beim Völkerball der Ball aus der Hand rutschte, war nicht zu überhören. Und natürlich war auch nur mein Spind mit Sand aus der Sprunggrube gefüllt.

Als mir die kleinen Körnchen entgegenrieselten, schlug ich vor Wut so fest gegen die Spindtür, dass meine Faust einen sichtbaren Abdruck hinterließ. Mein Fluchen lockte Christopher zu mir. Er zögerte. Seine Umarmung hätte mich beruhigt. Doch er hielt es für besser, mich das allein hinbekommen zu lassen. Also spreizte ich meine Finger, presste sie gegeneinander und zählte bis zehn, bevor ich begann, meine Bücher vom Sand zu befreien. Wenigstens holte er Eimer und Besen, als er sicher war, dass ich mich unter Kontrolle hatte, und half mir, den Sand wegzuräumen.

Christopher war kein bisschen nachsichtiger als Aron. Weder während der Schulstunden noch beim Seeumrunden oder dem anschließenden Krafttraining.

»Aron hat mir genaue Anweisungen gegeben, und da er dein Tutor ist und nicht ich, bleibt mir nichts anderes übrig, als sie zu befolgen. Er möchte, dass du ein wenig zäher wirst«, erklärte

Christopher und erhöhte das Gewicht an meinem Trainingsgerät.

»Sobald ich das bin, wirst du dir wünschen, ich wäre zart geblieben!«, zischte ich, spannte meine Muskeln an und stemmte den zusätzlichen Ballast auf meinen Schultern Richtung Decke.

Noch während meine Hand über die Saiten der Harfe strich, entdeckte ich Aron, wie er zwischen den verstaubten Möbeln auf und ab lief.

»Beeil dich!«, pflaumte er mich an. »Ekin wartet schon. Morgen bist du eine Viertelstunde früher dran.«

Ich kam nicht dazu, ihm zu erklären, dass ich dann auch gleich ganz auf *menschliche Kontakte* verzichten könne, und beschloss, am nächsten Tag ebenso pünktlich zu erscheinen wie heute.

Wenigstens Ekin war gutgelaunt und begrüßte mich mit einem Lächeln – vielleicht auch einem hinterhältigen Grinsen.

»Hier, fang auf!«, rief er, als ich den von Fackeln erhellten Burghügel erreichte, und schleuderte einen armlangen Stock in meine Richtung.

Instinktiv griff ich zu. Das Holz fühlte sich kalt an, fest und weich zugleich.

»Owooholz findest du nur im Reich der Totenwächter«, erklärte Ekin, worauf mir der Stab beinahe aus den Händen glitt. »Er besitzt keine magischen Kräfte, eignet sich aber hervorragend zum Üben, da er keine bleibenden Verletzungen hinterlässt.«

Langsam dämmerte mir, wozu der Owoostock diente. Ekin trug nicht umsonst den Beinamen *Schwertmeister*. Der Gedanke, irgendwann auch so eine mächtige Waffe wie Christopher zu besitzen, ließ meine Hände feucht werden. Das Schwert und Christophers Fähigkeiten waren faszinierend. Die Vorstellung, dass ich mit einer tödlichen Waffe gegen einen Engel kämpfen würde, allerdings nicht. Doch anscheinend erwarteten sie das von mir.

Dank Ekins Begeisterung machte mir das Schwerttraining trotz meiner anfänglichen Skepsis mehr Spaß als die bisherigen Nahkampfstunden. Geduldig erklärte er mir, was ich zu tun hatte, korrigierte und lobte, als es mir gelang, sein Owooschwert zu treffen oder ihm auszuweichen, was ich – aus Selbstschutz – recht gut hinbekam. Sogar Aron wirkte zufrieden. Auch er hatte sich für mich etwas Besonderes ausgedacht: Slacklining. Zwischen zwei Linden spannte das wenige Zentimeter breite Band kniehoch über dem Boden.

»Dein Ziel für heute ist es, von einem Baum zum anderen zu balancieren. Sobald du runterfällst, beginnst du von vorn.«

»Und wenn ich das nicht kann?«

»Dann wird das eine sehr kurze Nacht für dich.«

Nach etlichen Fehlversuchen griff Aron ein. Kurz bevor ich das Gleichgewicht verlor, schnappte er meinen Arm und stabilisierte mich, so dass ich nicht von vorn anfangen musste.

»Was ist nur in dich gefahren?«, fragte ich, als ich die dreißig Meter Slackline quasi an Arons Hand überwunden hatte. »Stand heute Abend *Geduld* auf der Speisekarte?«

Aron lachte aufrichtig und herzlich. Schon lange war er nicht mehr so locker gewesen, wenn es um mich ging.

»Das vielleicht auch. Aber vor allem *Zuversicht*.«

Meine zusammengezogenen Augenbrauen veranlassten Aron, sich zu erklären.

»Lynn, es ist so offensichtlich, wie wenig du dir selbst zutraust. Du zweifelst, weil du noch immer glaubst, deine Berufung wäre Zufall gewesen – doch nichts passiert zufällig.«

»Und selbst wenn, würde das nichts daran ändern, dass du einen Racheengel aus mir machen musst«, fiel ich ihm ins Wort.

»Darfst!«, widersprach er. »Auch wenn es nicht immer so aussieht: Es macht mir Spaß, mit dir zu arbeiten.« Aron lachte, da mir die Luft zum Protestieren fehlte. »Und sprachlos mag ich dich am liebsten.«

Als Christopher kurz nach Mitternacht erschien, um mich abzuholen, bekam ich ein weiteres Lob, während ich sicher von Baum zu Baum balancierte – eine Umarmung wäre mir lieber gewesen.

Das Aufstehen fiel mir von Tag zu Tag schwerer. Nicht nur, weil ich müde und vom Training erschöpft war. Hannah ging auf Angriffskurs. Zu jeder Gelegenheit – und sie sorgte dafür, dass es viele gab – baggerte sie Christopher an.

Christopher reagierte verhalten, ließ ihr aber den Spaß, mit ihm zu flirten – was mich wiederum maßlos wurmte! Er wusste, was in mir vorging, wenn sie ihm zu nahe kam.

Am Ende der Woche war ich mir sicher: Genau deshalb erteilte Christopher ihr keine Abfuhr. Aggressionsbewältigung gehörte ebenso zu meiner Ausbildung wie Arons Intensivtraining.

Gemeinsam mit den Internatsschülern, die das Wochenende zu Hause verbrachten, verließ ich offiziell – mit Genehmigung meiner Eltern – das Internat, um zu Christopher zu fahren. In Wirklichkeit wechselte ich in die Engelswelt, um dort achtzehn Stunden, gefüllt mit Arons Quäleinheiten, auf mich zu nehmen.

»Da du inzwischen beinahe ebenso graziös wie eine Elfe über die Slackline balancierst, können wir heute einen Schritt weitergehen«, begrüßte er mich. Sein Grinsen verhieß nichts Gutes.

Eigentlich hätte ich mir denken können, dass Aron die Slackline nicht auf Augenhöhe lassen würde. Dass er aber einen ganzen Übungsparcours aufgebaut hatte, übertraf jede noch so üble Vorahnung.

»Du startest am Gelben Haus, läufst rüber ins Schloss, hoch

in dein Zimmer, kletterst durchs Fenster und rennst übers Dach bis zum Kamin neben dem linken Turm. Dort steigst du runter in die Bibliothek, läufst durch die Eingangshalle und weiter bis zum Burggraben, wo du über den querliegenden Stamm balancierst, bevor du den ersten Baum beim alten Burghügel hochkletterst. Den Rest erklär ich dir später.«

Rest? Später? Ich hatte schon jetzt vergessen, wo ich überall hoch-, rüber- und durchklettern sollte. Das Seil, das zwischen dem alten Baum und dem Schlossdach spannte, hatte ich jedoch nicht übersehen!

»Keine Sorge, ich begleite dich«, bemerkte Aron mit einem viel zu soften Unterton.

»Kann Christopher das nicht machen?«, versuchte ich das Schlimmste zu verhindern. Christopher war nachsichtiger, wenn Aron ihn nicht zwang, mich zu triezen.

»Chris ist anderweitig beschäftigt«, erklärte Aron kurz angebunden und brachte mich in Startposition. Wie bei einem Wettlauf zählte er von zehn bis null.

Anstatt loszurennen, blieb ich stehen.

»Bockig wie ein Maulesel! Wo liegt dein Problem?« Zu meiner Überraschung war Aron nicht sauer, sondern nahm meine Weigerung gelassen.

»Erstens«, begann ich, »weiß ich nicht mehr, welchen Kamin ich nehmen soll, und zweitens kriegt mich kein noch so mächtiger Engel über ein Seil, das mir über den Kopf wächst.«

Aron grinste angesichts meiner zweideutigen Formulierung. »Das wird er. Verlass dich auf mich. Und – um dich nicht zu überfordern – den besagten Kamin habe ich mit einer roten Flagge markiert. Da musst du rein. Und jetzt: Lauf los! Oder ist es dir lieber, allein auf einer Slackline zu sitzen und darauf zu hoffen, dass ich dich runterhole? Entweder du gehst jetzt zusammen mit mir, oder ich fliege dich hoch und überlasse dich deinem Schicksal.«

Bis in mein Zimmer fand ich problemlos. Auch durchs Fenster zu klettern klappte – es war ja nicht mein erster Ausflug aufs Dach. Beim Kamin allerdings geriet ich ins Straucheln. Ohne Sicherung fünfzehn Meter oder mehr durch ein schwarzes Loch hinabzusteigen gefiel mir überhaupt nicht.

»Soll ich unten Feuer machen, damit du leichter runterfindest?«

Da ich anders auf Arons Scherz reagierte, als er erwartet hatte – mit zusammengekniffenen anstatt mit nach oben gebogenen Lippen –, lenkte er ein.

»Ich werde vorangehen und dir zeigen, wo du den besten Halt findest. Wenn du abrutschst, landest du wenigstens weich – sollte ich aber dahinterkommen, dass du mir absichtlich auf dem Kopf herumtrampelst, hat das Konsequenzen!« Welche, verriet er nicht. Trotz seiner Drohung musste ich schmunzeln – und genau das hatte Aron beabsichtigt.

Seine Anweisungen waren präzise. Langsam, mit ein paar Schrecksekunden, dass ich doch in das dunkle Loch hinabfallen würde, kam ich rußgeschwärzt, aber heil unten an. Aron zerrte mich vor den nächstbesten Spiegel und brach in schallendes Gelächter aus.

»Wenn Chris dich so sehen könnte, würde er Reißaus nehmen und sich eine andere suchen.«

Ich lachte nicht. Aron zog eine Augenbraue nach oben. Er war bereit, mir zuzuhören, doch ich nicht, ihm von Hannah und Christopher zu erzählen. Er fragte nicht nach. Stattdessen bekämpfte er meinen Frust, indem er mich weiterhetzte.

Bäume hochzuklettern war mir noch nie schwergefallen – diesmal allerdings schon. Kaum zwei Mann über dem Erdboden machte es *Klick*, und anstelle des weichen Grases sah ich einen dreihundert Meter tiefen Abgrund unter mir. Meine Beine zitterten wie blöd. Maulesel hin oder her. Weiter ging nicht.

Aron holte mich ein. Er schluckte, als er mein blasses Gesicht bemerkte. Dass ich so heftig reagierte, erschreckte selbst ihn.

»Lynn, sieh mich an!«, forderte er mich auf, damit ich nicht länger nach unten starrte. »Du kletterst, seit du fünf Jahre alt bist, auf Bäume. Du fühlst dich wohl hoch oben. Denk an den Olivenbaum, in den dein Vater dir die Aussichtsplattform gebaut hat.«

Arons beruhigende Stimme hüllte mich ein. In Gedanken saß ich auf meinem Aussichtspunkt im Garten meiner Eltern und genoss den Blick in die Berge. Dort oben hatte ich Stunden verbracht. Allein oder mit Freunden, aber immer glücklich.

»Und jetzt mach die Augen auf und klettere weiter.«

Aron führte mich ebenso präzise hoch auf den Baum wie durch den Kamin. Ich ließ mich auf ihn ein und erreichte das Ziel in der Baumkrone. Eine Slackline spannte von hier hinüber zum Schlossdach, gut zwanzig Meter über der Wiese und dem Burggraben – mindestens dreimal so lang wie das Übungsseil. Selbst ein einziger Schritt auf dieser dünnen Schnur war einer zu viel.

»Das … schaffe ich nie«, flüsterte ich und krallte mich an Arons Arm.

Er zwang mich nicht, weiterzugehen, hielt mich nur fest und begann wieder, beruhigend auf mich einzureden. Als besäße seine Stimme Zauberkräfte, entspannte sich mein Körper. Meine Beine hörten auf zu zittern, meine Hände entkrampften sich.

»Das reicht. Genug gelernt für heute«, sagte Aron, breitete seine Flügel aus und flog mich nach unten.

Als ich mit Aron zur Schulversammlung ging und zum ersten Mal die Aula betrat, seitdem feststand, dass ich ein Racheengel wurde, gab es weder Getuschel noch ängstliche Blicke – allerhöchstens böse von Susan. Egal wo ich hinsah, die Engelschüler wirkten entspannt.

Paul entdeckte uns und entführte mich, um mir Hannes, den neuen Schutzengelanwärter mit den aschblonden Haaren, vorzustellen. Hannes wirkte ziemlich sympathisch, sobald er lächelte, doch meine Aufmerksamkeit wurde schnell von Christopher angezogen. Er stand bei Aron, der gerade die offiziellen Anmeldebedingungen des bevorstehenden Bogenschießwettkampfs erklärt hatte. Sie flüsterten, doch ihre Körperhaltung verriet den Streit: zurückgehaltener Ärger bei Christopher und ein massives Abwehrverhalten bei Aron.

Natürlich reichte mein Hörvermögen nicht aus, um das Gespräch zu belauschen. Dass es um mich ging, wurde mir allerdings schnell klar – beide verstummten, als sie bemerkten, dass ich sie beobachtete.

Kurze Zeit später hetzte Aron mich um den See. Sicher, damit ich zu atemlos war, um ihn nach dem Streit mit Christopher zu fragen. Auch das anschließende Krafttraining gestaltete er intensiver als sonst. Danach fühlte sich mein Körper wie Pudding an – was wiederum Ekin bemängelte. Ich versuchte dennoch, mein Bestes zu geben, und wurde von meinem Schwertmeister mit Nachsicht belohnt.

Schließlich schraubte Aron seine Anforderungen wieder herunter. Vielleicht erkannte er endlich, wie erschöpft ich nach einem ganzen Tag *Aronstress* war und dass ich ein paar Streicheleinheiten dringend nötig hatte. Anstatt Christopher das übernehmen zu lassen, kümmerte er sich selbst darum – natürlich in Form einer weiteren Trainingseinheit.

Nach Ekins Stunde blieben wir auf dem von Fackeln erhellten Burgwall. Aron gab mir Zeit, zur Ruhe zu kommen, und ließ mich in die Flammen des kleinen Lagerfeuers blicken, bis ich spürte, wie mein Herzschlag sich verlangsamte.

»Schließ die Augen, und stell dir vor, wie es war, mit Christopher zu fliegen«, begann er mich mit seiner klangvollen Stimme einzulullen.

Die Bilder waren sofort da: beängstigende Höhe besiegt von grenzenloser Geborgenheit. Es gab keine größere Sicherheit, als von Christopher gehalten zu werden. Kein noch so tiefer Abgrund würde das je ändern. Aron verstärkte dieses Gefühl, beschrieb Details, Gerüche, den Wind, um meine Erinnerungen zu vervollständigen.

»Und jetzt sieh den Abhang hinunter. Stell dir vor, von Flügeln getragen zu werden.«

Der Abgrund erschien, die Flügel nicht. Wie bei meinem Drachenflug stürzte ich in die Tiefe. Doch dieses Mal bremsten keine Bäume den Sturz. Ein bodenloser Schlund öffnete sich und verschlang mich in seiner Dunkelheit.

Aron befreite mich von der Panik, rüttelte mich wach, legte seinen Arm um meine Schultern und hielt meinen zitternden Körper so lange fest, bis ich wieder Luft bekam.

Christopher erwartete uns an der Schlosstreppe. Sein Blick war eisig. Bestimmt kannte er das Ziel der Unterrichtsstunde und war nicht damit einverstanden, dass Aron das übernahm. Er forderte ihn sicherlich nur deshalb nicht auf der Stelle heraus, weil er mit mir in den Armen nicht kämpfen konnte. Wie eine Klette klammerte ich mich an Christopher. Ich brauchte Sicherheit – und die fand ich nur bei ihm.

Einmal den See zu umrunden schaffte ich inzwischen mühelos. Aber das Ganze noch vor dem Frühstück? Lange wach bleiben lag mir, früh aufstehen nicht unbedingt. Aron war das egal. Meine Kondition war ihm wichtiger als meine Laune. Immerhin jagte er mich danach nicht über ein Hochseil, sondern nur über die kniehohe Slackline auf dem Burghügel. Erst als ich sicher hin- und herbalancierte, schickte er mich wieder auf den Hindernisparcours durchs Schloss.

Auch dieses Mal half er mir durch den Kamin und beim Baumhochklettern. Aron ging äußerst behutsam vor. Er griff ein, noch bevor ich unsicher wurde, und schaffte es, mich bis in die Baumkrone zu bringen. Dort jedoch kehrte meine Angst zurück. Nur von einem dünnen Band gehalten einen zwanzig Meter tiefen Abgrund zu überwinden überstieg meine Fähigkeiten.

Aron löste meine Finger von dem Ast, an den ich mich festklammerte. Panik überfiel mich. Erwartete er etwa, dass ich jetzt über das Seil balancierte?!

»Du kannst das. Stell dir vor, wie es ist, in der Luft zu schweben.«

»Wäre es nicht besser, abzuwarten, bis ich …«, ich geriet ins Stocken. Engel besaßen Flügel, ich nicht!

Aron seufzte frustriert. »Wenn das bei Racheengeln so einfach wäre, würde ich dich jetzt vom Baum schubsen. Du bist kein geborener Engel. Niemand kann dir sagen, wie lange es dauern wird, bis dir Flügel wachsen. Aber je fitter du bist und je kräftiger deine Muskeln sind, umso einfacher wird später das Fliegen für dich sein. Die wichtigste Grundvoraussetzung fehlt dir jedoch: Du musst deine Höhenangst überwinden!«

Darum also der ganze Aufwand. Bevor Aron mich mit dem Drachen abstürzen ließ, kannte ich so etwas wie Höhenangst nicht. Aron fühlte sich schuldig. Ich wich zurück und klammerte mich an einen der Äste. Arons Eingeständnis half mir nicht, meine Angst zu überwinden. Im Gegenteil. Er würde nicht lockerlassen. Irgendwann würde er mich aufs Seil zwingen.

»Lynn, es tut mir unendlich leid«, begann Aron. »Wenn ich gewusst hätte, welche Auswirkungen der Drachenabsturz auf dich hat, wärst du an diesem Tag krank geworden.« Meine Phobie ging ihm wirklich nahe.

»Auch Engel machen Fehler«, antwortete ich. »Ich würde lügen, wenn ich behaupte, dass ich alles vergessen hätte. Aber …«

Der Abgrund tauchte wieder auf. Mein Körper reagierte. Blut sackte mir in die Beine. Wie festgeklebt stand ich da und zitterte mit den letzten Blättern im Wind, bis Aron seine Flügel ausbreitete, mich nach unten flog und mir eine Pause in meinem Zimmer gönnte. Erschöpft schlief ich ein und kam erst wieder zu mir, als Christopher mich am Abend weckte.

»Ich soll dich zu Ekin begleiten. Und danach hast du deine erste Stunde bei mir.«

# Kapitel 20

## *Ausgetrickst*

»Du hättest ihr nichts verraten sollen!«, meckerte Ekin mit einem breiten Grinsen im Gesicht. »So unkonzentriert war sie noch nie!« Er unterstrich seine Kritik mit einem gezielten Tritt in meine Kniekehle. Ich knickte ein, verlor das Gleichgewicht und kippte nach vorn.

Mich am Boden zu sehen begeisterte Ekin immer wieder aufs Neue, dass ich dabei nicht aus der Haut fuhr, Christopher. So hatten beide Engel ihren Spaß, während ich Ekins Nahkampftraining erdulden musste. Dennoch, Ekin lag richtig. Meine Konzentration ließ wirklich zu wünschen übrig. Die Aussicht, mit Christopher zu kämpfen, verwirrte, beunruhigte und erregte mich gleichermaßen. Trotz meines Drängens hatte er mir nur verraten, *wo* er mich ausbilden würde, nicht, *worin*. Dass dabei eine Waffe zum Einsatz kommen würde, vermutete ich aufgrund der mit Silberbeschlägen eingefassten Holzkiste, die sonst nicht unter den Bäumen stand.

Schon als Christopher sie öffnete, wurden meine Knie weich. Seine geschmeidigen Muskeln hatten auf Kampfmodus umgeschaltet. Sein Gang drückte Härte und Unnachgiebigkeit aus. Wie sollte ich gegen ihn bestehen, wenn schon der bloße Gedanke an seinen Körper mich derart ablenkte?

Ekin bemerkte meine geweiteten Augen. Immerhin besaß er den Anstand, sich wegzudrehen, bevor er laut losprustete. Mir dagegen verging das Grinsen: Zehn spitze, sichelförmig gebogene Krallen, halb so lang, aber nicht weniger scharf als Sanctifers Dämonendolch, ragten aus zwei handgroßen Flügelplatten.

Während Christopher sich näherte, wich ich zurück. Der einzige Unterschied zwischen den Klauen, während er ein Schattenengel war, und den Teilen, die er in der Hand hielt, war die Farbe: Sie waren silbern und nicht von roten Adern durchzogen.

»Du wirst lernen, mit ihnen umzugehen – vorerst mit diesen hier.« Christopher hielt die monströsen Silberteile hoch. »Die Klauen eines Racheengels sind die einzigen Waffen, die nicht an seinen Kräften zehren. Sie zu beherrschen bringt beim Nahkampf enorme Vorteile.«

»Deshalb wirst du mich nie gegen Christopher kämpfen sehen, ohne dass ich eine Waffe in der Hand halte«, ergänzte Ekin.

Mich überzeugte keines der beiden Argumente. Die silberfarbenen Monsterwaffen würden mich – wenn auch nur in Teilen – zu dem werden lassen, was ich unter keinen Umständen sein wollte. Sie überzuziehen bedeutete, etwas davon anzunehmen.

Wie so oft erriet Christopher meine Gedanken – vielleicht kannte er meine Ängste auch nur besser als ich.

»Was die Spangen zurückhalten, ist ein Teil von dir. Auch wenn du deine Klauen momentan nicht aktivieren kannst, da sind sie dennoch. Sie zu benutzen ist nicht dasselbe, wie sie zu missbrauchen. Im Gegenteil. Nur wenn du sie kontrollieren kannst, wirst du sie und nicht sie dich beherrschen.« Christophers vertrauensvoller Blick schnitt tief. Er verlangte viel von mir, und ich war mir nicht sicher, ob ich seine Erwartungen erfüllen konnte.

Mir wurde schlecht, als das rohe Material meine Haut berührte. Es fühlte sich kalt an, zäh und dennoch geschmeidig. Wie eine ledrige Haut, die sich mir anpasste, als wäre sie für mich gemacht. Absolut gruselig! Es schüttelte mich – mir ekelte vor mir selbst.

Christopher warf mir einen feindseligen Blick zu, als gelte meine Reaktion ihm und nicht der Waffe. Ich versuchte ein Lächeln zustande zu bringen, was das Ganze nur noch verschlimmerte. Sein Unterkiefer malmte, während er mir die zweite Monsterwaffe überstreifte. Er bezog meine Reaktion auf sich. Mein entsetzter Aufschrei, als ich kurz darauf Christophers Klauenhände entdeckte, half nicht gerade, ihn vom Gegenteil zu überzeugen. Dieselben Hände, die so behutsam sein konnten, derselbe Farbton, doch statt der Nägel ragten messerscharfe Krallen aus seinen Fingern. Mein Abscheu war nicht zu übersehen.

Christopher atmete tief durch. Er wollte nicht zeigen, wie sehr ihm mein Entsetzen missfiel. Ich sah es trotzdem. Seine Augen verrieten, was er fühlte. Ich riss mich zusammen. In meinem Herzen war Christopher der Engel, der mich liebte, und nicht das Monster, vor dem ich mich zu fürchten gelernt hatte.

Christopher war ein ausgezeichneter Lehrer, der schnell erkannte, wo meine Stärken und Schwächen lagen. Und obwohl ich nur widerwillig lernte, begriff ich schnell, welche Schläge die effektivsten waren. Die Waffe passte sich viel zu gut meinen Händen an. Sie gehörte zu mir, als wäre sie schon immer ein Teil von mir gewesen – ob mir das nun gefiel oder nicht.

Als Christopher sie mir abnahm, stellte sich nicht die erwartete Erleichterung bei mir ein. Im Gegenteil, es fühlte sich sonderbar an. Ich verdrängte den Gedanken, dass er mir etwas Wichtiges genommen hatte. Die Klauen waren nur eine Waffe, wie ein Schwert. Nicht mehr!

Am nächsten Tag ersparte Aron mir den Schlossparcours. Dafür erhielt ich Engelsunterricht: Kräuterkunde bei Ernesta, Bogentraining mit ihm und Mentaltraining bei Kassandra Klar.

Ich überstand Frau Klars Stunde nur, weil Aron mir beistand, und war beinahe froh, als ich danach um den See laufen durfte.

Christopher hatte sich den ganzen Tag lang nicht blicken lassen. Offenbar war er noch sauer wegen meiner Reaktion auf seine Klauenhände.

Damit niemand mein Parallelleben bemerkte, verbrachte ich den Sonntagabend im Internat. Eine Stunde nach dem Abendessen, zu dem auch Christopher sich blicken ließ, sollte ich noch mal zurückwechseln, um ein paar Gewichte zu stemmen und mich Arons Lanze auszuliefern.

Vielleicht war ich zu unvorsichtig, oder es handelte sich nur um einen Zufall, dass Raffael gerade in dem Moment in der Eingangshalle auftauchte, als ich unter der Treppe verschwinden wollte. Schnell bückte ich mich und gab vor, meinen Schnürsenkel zu binden – gut, dass ich Sneakers anhatte. Raffael entdeckte mich trotzdem.

»Ganz ohne deinen Schatten?«

Ich erschrak, als mir die Doppeldeutigkeit auffiel, und nestelte noch ein wenig länger an meinem Schuh herum, bis mir eine passende Antwort einfiel.

»Und deiner? Hat Juliane endlich begriffen, was hinter deiner schönen Fassade steckt?«

Raffaels Gesicht verdunkelte sich. Meine Worte trafen ihn. Er litt noch immer an den Folgen seiner Kindheit, weshalb er meine Frage völlig falsch deutete: Ich verachtete ihn dafür, dass er sich Sanctifer unterordnete. Raffael dagegen dachte an seinen entstellten Körper. Er hatte mir seine Schwäche offenbart und glaubte, ich ziele darauf wie auf eine offene Wunde.

»Übrigens, Juliane ist im Aufenthaltsraum und wartet auf dich. Aber du hast seit kurzem ja keine Lust mehr, deine Freizeit mit deinen Freunden zu verbringen – und anscheinend auch nicht mit deinem Engelsfreund.«

Um von mir abzulenken, blieb Christopher immer bis zur Schlafenszeit im Internat. Ich wechselte schon früher die Seiten und entschuldigte mich damit, noch ein wenig Unterrichtsstoff nachholen zu müssen – was ich auch wirklich langsam tun sollte, wenn ich mein Abi nicht in den Sand setzen wollte.

»Wie viel Zeit ich mit Christopher verbringe, geht dich gar nichts an. Außerdem hab ich ihn das ganze Wochenende für mich.« Bevor ich meinen Fehler bemerkte, zog Rafael seine Schlüsse.

»Bei ihm? Nach Italien zu fliegen lohnt sich übers Wochenende wohl kaum.« Dass *bei ihm* im Schloss der Engel bedeutete, war klar.

»Nein. Christopher hat in der Nähe eine Ferienwohnung gekauft. Schließlich kann *ich* nicht so ohne weiteres die Welten wechseln. Und jetzt geh mir aus dem Weg, *Flüsterer*!« Ob Raffael mir die Lüge abnahm, wusste ich nicht. Dass er mir mit seinem Blick folgte, während ich die Treppe hochging, schon.

Ich blieb kurz in meinem Zimmer und versuchte, nicht über Raffaels Beziehung zu Juliane nachzudenken. Als ich Christopher bat, etwas dagegen zu unternehmen, hatte er mir versichert, dass Raffael ihr nichts anhaben konnte. Meine Freunde genossen seit kurzem besonders intensiven Engelsschutz.

Zwanzig Minuten später war Raffael verschwunden. Hastig schlüpfte ich durch die Wandtür und rannte die Stiege hinab in den Keller. Aron hasste Unpünktlichkeit. Er würde sauer sein.

Er war es nicht – zumindest nicht auf den ersten Blick. Ich durfte ihm sogar erklären, weshalb ich zu spät zu seinem Unterricht kam, bevor er mir ein paar Gewichte mehr aufbrummte und die Pause strich. Dass ich müde war, kümmerte ihn nicht.

»Du hast dich den ganzen Tag kaum bewegt. Ein bisschen Ducken und Ausweichen tut dir gut«, sagte er, während er mit seiner Lanze meine Wade traf.

»Dann gib mir auch die Chance dazu.«

»Du musst einfach nur schnell genug sein«, war alles, was Aron dazu einfiel, ehe er mir ein paar weitere blaue Flecken verpasste.

Der Montagmorgen war nicht meine beste Zeit. Um richtig wach zu werden, brauchte ich für gewöhnlich einen starken Kaffee mit Milch. Selbst der half nicht viel nach dem stressigen Wochenende mit Aron. So fand ich auch keine schlagkräftige Erklärung, als Marisa mich nach Christopher fragte, der Nachschub holte. Er stand an der Essenausgabe – neben ihm Hannah, in bester Flirtlaune.

»Hattet ihr Streit?«

»Nö. Warum?« Die Ahnungslose zu spielen erschien mir die beste Taktik.

Marisa sah mich mit ihren wasserblauen Augen nachdenklich an. »Na ja«, druckste sie. »Ihr zwei benehmt euch schon eine ganze Weile eigenartig. Ihr seid zusammen, aber irgendwie auch nicht.«

Meine Müdigkeit verflog. Nicht nur wegen Marisas Feststellung, sondern auch weil Hannah mir ein zynisches Lächeln zuwarf, während Christopher mit dem Kaffee beschäftigt war. Irgendetwas führte sie im Schilde.

»Seid ihr noch befreundet?« Marisa lenkte meine Aufmerksamkeit auf sich.

»Klar sind wir das.«

»Was ich eigentlich meine, ist: Seid ihr noch zusammen?« Sie wirkte genervt. Wollte Marisa etwas von Christopher?

Mein erster Gedanke war, sie in ihrem Müsli zu ertränken. Zum Glück hatte ich gelernt, meinen ersten Impuls zu unterdrücken. Um Zeit zu gewinnen, stellte ich eine Gegenfrage. »Wie kommst du auf die Idee, dass es zwischen uns aus sein könnte?«

Marisa errötete, was ihre blauen Augen zum Leuchten brachte. »Na ja. Vor den Sommerferien habt ihr noch rumgeknutscht, inzwischen haltet ihr zwei nicht mal mehr Händchen.«

»Und weil wir das nicht in aller Öffentlichkeit machen, glaubst du, wir hätten uns getrennt?«

»Das nicht, aber dass ihr nicht mehr auf der gleichen Wellenlänge seid, sieht selbst ein Blinder.«

Marisas Beobachtung setzte mir zu. Brachte meine Verwandlung zum Engel uns auseinander? Gut, im Moment hatten wir ein paar Schwierigkeiten beim Küssen. Aber das würde ja wohl nicht ewig so bleiben. Doch es war richtig, Christopher wich mir tatsächlich aus, allerdings erst seit dem Klauentraining. Oder? Wenn ich ehrlich war, stimmte das nicht ganz. Christopher drückte sich schon eine ganze Weile davor, mich zu berühren. Er mied meine Nähe geradezu. Warum? Plante er, wieder zu verschwinden? Racheengel konnten einander nicht ausstehen. Veränderten sich seine Gefühle für mich, je mehr ich mich verwandelte? Würde ich Christopher hassen, wenn ich ein vollständiger Engel war? – Dann wollte ich niemals einer werden!

Nach einem ziemlich verbockten Training mit Ekin ließ Aron mich auf der niedrigen Slackline Sprünge üben, um mein Gleichgewicht zu schulen.

»Genug trainiert für heute«, brach er die Stunde vorzeitig ab.

»Hab ich was falsch gemacht?«, fragte ich unsicher. Aron beendete seine Stunde niemals, bevor ich nicht die Mindestanforderung erfüllt hatte.

»Nein, nicht du, aber irgendetwas läuft falsch. Und bevor ich nicht weiß, was es ist, macht es keinen Sinn, weiterzuüben.« Aron winkte mich zu sich ans Feuer. Die Flammen wärmten und beruhigten mich. Er wollte mich aushorchen – kein besonders angenehmes Gefühl.

»Erzähl!«, forderte er mich auf.

»Was genau?« Seine Frage war viel zu vage.

»Warum du in der letzten Woche mehr Rückschritte als Fortschritte gemacht hast. Wo du deinen Elan gelassen hast, und warum du nicht mehr lachen kannst.«

Mein Blick senkte sich. Meine Augen suchten das tanzende Feuer, mein Körper seine Wärme.

»Ich … Vielleicht sollte ich lieber kein Engel werden«, brachte ich hervor. Lange hatte ich diesen Gedanken hin und her gewälzt. Ihn laut auszusprechen, erleichterte und bedrückte mich zugleich.

Aron reagierte vollkommen anders als erwartet. Er zeigte Verständnis. »So was in der Art dachte ich mir schon. Kannst du mir auch sagen, warum nicht?«

Ich zögerte. Aron mein Herz auszuschütten, fiel mir nicht leicht, allerdings gab es im Augenblick niemand anderen, dem ich mich anvertrauen konnte. Christopher hatte seine Anwesenheit auf das Nötigste beschränkt. Bei den Mahlzeiten und unseren gemeinsamen Kursen saß er zwar noch neben mir – sicher um den Anschein zu wahren –, doch während unserer Joggingtour ließ er mich seit neuestem vor anstatt neben sich laufen, und beim Krafttraining sprach er auch nicht gerade viel. Zudem fielen seine Antworten auf meine Fragen immer einsilbiger aus – weshalb ich aufgehört hatte, welche zu stellen.

»Je schneller ich zum Engel werde, umso früher wird Christopher mich hassen. Er … er geht mir schon jetzt aus dem Weg. Nicht, dass ich eifersüchtig wäre, wenn er mit anderen spricht, aber …« Ich brach ab. Jedes Mal, wenn ich Christopher in der Nähe eines Mädchens sah – selbst wenn er nur an einem vorbeilief –, versetzte es mir einen Stich.

»Er fehlt mir«, flüsterte ich, umklammerte meine Knie und verbarg mein Gesicht.

Aron wartete geduldig, bis ich mich wieder gefangen hatte.

»Dir bleiben zwei Möglichkeiten: Entweder du hörst auf, dich weiterzuentwickeln, und alles bleibt so, wie es ist, oder du versuchst, so schnell wie möglich ein Engel zu werden, damit du Christophers Stärke etwas entgegensetzen kannst, wenn er dich berührt. Ob du ihn dann hassen wirst oder nicht, kann ich dir allerdings nicht sagen.«

Obwohl ich erschöpft war, schlief ich schlecht. Alles so zu belassen, erschien mir keine gute Lösung. Aber auch der Vorschlag, mein Engelwerden voranzutreiben, erschreckte mich. Meine Angst, Christopher endgültig zu verlieren, war riesig. Allerdings konnte ich die Zeit auch nicht mehr zurückdrehen. Lynn, das Mädchen, gab es nicht mehr – auch wenn es sich so anfühlte. Ein Teil von mir entwickelte sich weiter, und offenbar schaffte ich es nicht, ihm zu folgen.

Christopher blieb auf Abstand. Zwar duldete er meine Nähe, von allein suchte er sie aber nicht. Vielleicht war er ja schon einen Schritt weiter als ich. Um mir Klarheit zu verschaffen, stellte ich ihn vor versammelter Mannschaft auf die Probe.

Wie die meisten feierte Hannah ihren achtzehnten Geburtstag in der Schuldisco. Die ganze Klassenstufe war eingeladen, selbst ich. Sicher, um mir zu zeigen, wie toll sie doch war und wie leicht es ihr fiel, die Aufmerksamkeit auf sich zu ziehen – auch Christophers.

Christopher wollte nicht tanzen, ich dagegen schon. Er ließ sich von mir überreden – nachdem Marisas mitleidsvoller Blick auch ihm aufgefallen war. Als die Musik langsamer wurde, schmiegte ich mich an ihn. Christopher spielte mit, doch seine Muskeln verhärteten sich, als ich ihn berührte.

Ich legte den Kopf in den Nacken. Mein Blick sollte ihn provozieren – er wandte sich ab, doch ich hinderte ihn daran, griff in seine goldblonden Locken und zog seinen Kopf zu mir.

»Küss mich!«, flüsterte ich, seine Lippen nur eine Handbreit von meinen entfernt.

Er entzog sich meinem Griff und drehte mich in eine Tanzfigur, um meinem Mund zu entkommen. Sein ablehnender Blick sprach Bände. Ich rotierte weiter, ließ ihn los und stürmte zum Ausgang. Was die anderen dachten, kümmerte mich nicht.

Obwohl es noch zu früh war, wechselte ich die Welten. Meine Entscheidung stand fest. Zu warten, bis sich mein Problem von selbst löste, ergab keinen Sinn.

Ich fand Aron in der Bibliothek. Er war allein und las. Ein Blick genügte ihm, um zu wissen, warum ich vor ihm stand.

»Dann lass uns heute früher beginnen«, sagte er, erhob sich und legte eine Hand auf meine Schulter, während er mich angestrengt musterte.

Sein Geruch erreichte mich vor ihm. Die Zeichen standen auf Sturm. Christophers Augen funkelten hell, als er zur Tür hereinschoss.

»Du willst, dass ich dich küsse?!«, knurrte er, schnappte meinen Arm und zog mich von Aron weg.

Ich schaffte es nicht, mich aus seiner Umklammerung zu befreien. Sein Atem streifte mein Gesicht. Mein Herz setzte aus, bevor es hektisch weiterschlug. Harte Lippen legten sich fordernd auf meine und zwangen sie auseinander. Wärme durchströmte mich. Gierig sog ich sie auf – ich brauchte sie, hatte sie so sehr vermisst. Gleichzeitig widersetzte sich etwas in mir, drängte die Wärme zurück und zwang mich, sie loszulassen.

Ich fiel in den Abgrund. Schwärze verschlang mich. Ohne Liebe zu leben war dunkel.

Selbst meine Lippen zitterten, als ich wieder zu mir kam. Jemand hatte mich auf eines der moosgrünen Ledersofas gebettet, ein Feuer im Kamin entzündet und einen Stapel Decken über mich gelegt. Mit eisigen Fingern richtete ich mich auf. Aron beobachtete mich. Wir waren allein.

»Ist Christopher …«, meine Stimme brach. Selbst sie machte schlapp.

»Ich habe ihn weggeschickt«, antwortete Aron. »Zurück ins Internat«, ergänzte er mit einem fragenden Blick. Er wollte wissen, ob ich noch zu meiner Entscheidung stand.

Ich ließ mich auf das weiche Sofa zurückfallen. Der Kuss änderte nichts. Im Gegenteil. Christophers kränkelnde Zuneigung stärkte meinen Entschluss, ein Engel zu werden.

Christopher sah ich erst nach dem Wochenende wieder. Ob er es im Schloss verbracht hatte oder im Internat geblieben war, wusste ich nicht. Aron stresste mich, weshalb ich keine Zeit hatte, ihn zu suchen – und Christopher offenbar keine Lust, mich zu finden.

Auch mich überraschten die fein säuberlich aneinandergereihten Flaschen, die nicht in einer Kneipe, sondern auf dem Regal in meinem Zimmer im Internat standen. Frau Schlatter, die zuständige Mentorin fürs Schloss, hatte sie entdeckt und mich nach der Studierzeit abgefangen, um mir mein Verbrechen vor Augen zu führen. Alkohol im Zimmer hieß sofortige Suspendierung – etwas, das ich mir nicht leisten konnte.

Obwohl ich ahnte, wem ich dieses *Geschenk* zu verdanken hatte, nachweisen konnte ich es Hannah nicht. Meine Chancen, aus dem Internat zu fliegen, standen hoch.

»Nun, Lynn, ich warte auf eine Erklärung«, forderte Frau Schlatter, nachdem sie auf jede Flasche einzeln gezeigt hatte. »Zehn Flaschen Wodka. Wann und mit wem hattest du vor, die zu trinken?«

Sie wollte nicht nur mich, sondern auch meine potentiellen Mittäter bestrafen. Hannah mit reinzuziehen konnte auch nach hinten losgehen, also schwieg ich. Christopher kam mir zu Hilfe. Da ich nicht am üblichen Treffpunkt zum Seeumrunden erschienen war, hatte er sich offenbar auf die Suche nach mir gemacht.

Mein Herz machte einen kleinen Satz, als ich seine Stimme hörte. Selbst wenn er sauer war, fühlte es sich gut an, ihn in meiner Nähe zu wissen.

»Warum hast du die Flaschen nicht wie versprochen runtergebracht?!«, schnauzte er mich an. »Du weißt doch, dass ich sie für meine Musikperformance brauche!«

Musikperformance? Flaschen? Ich zuckte die Schultern und schwieg. Christopher wusste besser als ich, was er tat.

Frau Schlatter war sichtlich schockiert. »Es gibt bei deiner Performance Wodka?«

»Aber nein«, beruhigte er sie in freundlichster Engelsmanier. »Ich will damit Musik machen. Außerdem ist kein Wodka, sondern abgestandenes Wasser in den Flaschen – und das schmeckt nicht besonders gut.« Christopher schob mich beiseite, damit er an mir vorbeikam, allerdings wählte er den Umweg über mein Bett.

Frau Schlatter bemerkte nichts – ich schon: Ein schneller Griff unter mein Kopfkissen, und ein kleines Säckchen verschwand in Christophers Hosentasche. Dass er es heimlich aufriss, um ein paar der geruchskillenden Kräuter zwischen seinen Fingern zu zerreiben, damit die Wirkung sich verstärkte, roch selbst ich. Der Würgereiz setzte sofort ein.

Frau Schlatter brauchte länger und hatte sich schneller wieder im Griff als ich. Engel nahmen Gerüche intensiver wahr als Menschen, weshalb so ein Säckchen unter meinem Kopfkissen lag. Christophers Duft sollte mich nicht ablenken – oder mir verraten, wo er steckte.

Christopher öffnete eine der Flaschen und hielt sie Frau Schlatter unter die Nase.

»Ich glaube nicht, dass Sie einen Schluck davon probieren möchten. Man kann riechen, dass es kein Alkohol, sondern bloß abgestandenes Wasser ist.« Christopher wartete nicht auf ihre Antwort, öffnete die nächste Flasche und ließ sie daran schnuppern.

»Ja, tatsächlich. Und probieren muss ich das wirklich nicht«, wehrte sie ab. »Nichtsdestotrotz ist es verboten, Flaschen, in die normalerweise Alkohol gefüllt wird, mit ins Internat zu bringen – auch nicht zu Dekozwecken!«, erklärte sie mir. »Eine Woche Arbeitsdienst für dich, Lynn. Und sorg dafür, dass die Flaschen aus deinem Zimmer verschwunden sind, bevor ich das nächste Mal vorbeischaue.«

Mit offenem Mund starrte ich Frau Schlatter hinterher. Und was war mit Christopher? Schließlich handelte es sich um seine Flaschen. Besaß er einen Bonus und musste deshalb keinen Arbeitsdienst leisten? Wie ungerecht! Ich hatte nichts getan und wurde trotzdem bestraft.

Christopher half mir, die Flaschen zu beseitigen, bevor er mich um den See hetzte. Er sprach nicht viel. Anscheinend gab es nichts, worüber er mit mir reden wollte. Weder, warum er sich so abweisend verhielt, noch, weshalb er mir ins Schloss gefolgt war und mich dort geküsst hatte.

Ich fragte nicht nach. Auch ich konnte stur sein. Ganz davon abgesehen fürchtete ich mich vor der Wahrheit.

# Kapitel 21

## *Freund oder Feind*

Laubrechen im Wind war nicht weniger idiotisch als Schneeschippen bei heftigem Schneefall. Erneut wirbelte eine Böe die Blätter auf, die ich eben erst zusammengekehrt hatte. Sinn und Zweck dieser Übung war wohl, zu erkennen, wie schwachsinnig Arbeitsdienst sein konnte.

Damit ich meinen Strafdienst bei Tag absolvieren konnte, wurde meine Studierzeit auf den Abend verlegt. Um sicherzugehen, dass ich die nicht ausfallen ließ, musste ich unter Aufsicht lernen, was mich zwar nervte, aber nicht wirklich störte. Das Schlimme daran war, dass ich es nicht mehr schaffte, rechtzeitig ins Schloss der Engel zu wechseln, weshalb Aron mein Training forcierte. Er war sauer, obwohl er wusste, dass ich unschuldig war. So fühlte ich mich doppelt bestraft.

Seit Raffael mich erwischt hatte, achtete ich darauf, die Eingangshalle besonders sorgfältig zu kontrollieren, bevor ich unter der Treppe verschwand. Um wenigstens pünktlich zu spät zu kommen, vereinfachte ich diesmal meine Vorsichtsmaßnahmen, übersah in meiner Hektik den dunklen Schatten und lief Raffael geradewegs in die Arme.

»Na, auf dem Weg ins Schloss?«

Ich stellte mich blöd. »Ich bin doch in einem, oder ist dir das noch nicht aufgefallen?«

»Dein Versuch, mir was vorzumachen, ist ziemlich albern. Auch wenn ich den Zugang nicht nutzen kann, weiß ich doch, wo er sich befindet. Und du trägst nicht umsonst ein Engelsband.«

Noch bevor ich reagieren konnte, packte Raffael meinen Arm und schob den Ärmel meines Pullis zurück, so dass das Engelsmedaillon sichtbar wurde. Reflexartig landete mein Knie in seiner Magengrube – schließlich trainierte ich seit ein paar Wochen mit Ekin.

Raffael keuchte überrascht auf, fasste sich aber schnell wieder und drehte mir den Arm auf den Rücken. Ich entschied mich dagegen, Supergirl zu spielen, und trat nur nach hinten gegen sein Schienbein, während ich ihm meine Hand entriss.

»Beim nächsten Mal werde ich dich bei Frau Schlatter melden«, warnte ich ihn – und hoffte, dass es kein *nächstes Mal* geben würde. Und da ich gerade dabei war, leere Drohungen auszusprechen, setzte ich noch eine obendrauf. »Und lass meine Freunde in Ruhe. Juliane hat es nicht verdient, betrogen zu werden.«

Ein kaum wahrnehmbares Zucken an Raffaels rechtem Augenlid, das sonst nur auftauchte, wenn Christopher in seiner Nähe war, setzte ein. Kam ich wirklich so furchteinflößend rüber? Meine Wirkung auf Raffael fühlte sich alles andere als *gut* an. Das Zucken wurde stärker. Als ich genauer hinsah, weitete es sich aus, überzog sein Gesicht, seinen Hals und verschwand unter seinem schwarzen Pullover.

Raffael bemerkte meinen verstörten Blick, erkannte, dass seine Maske fiel und ich sein wahres Gesicht sehen konnte: die entstellte Fratze, die darunter verborgen lag. Doch nicht nur ich reagierte. Raffaels Pupillen weiteten sich, als stände nicht vor mir, sondern vor ihm ein Monster.

»Du kannst es sehen, obwohl ich es verhülle?! Und du verschwindest jede Nacht ins Schloss der Engel? Was haben sie aus dir gemacht?!« Raffaels Entsetzen überstieg seine Furcht. Seine Erkenntnis, dass ich nicht mehr die unschuldige Lynn war, schmerzte. Er fürchtete sich nicht nur vor mir, er lernte gerade, mich zu verabscheuen – und er würde nicht der Einzige bleiben.

Anstatt zu Aron hetzte ich die steinerne Schlosstreppe hinunter. Ich brauchte frische Luft. Meine Augen brannten mal wieder. Das Schloss erdrückte mich. Sollte Aron doch toben. Heute wollte ich niemanden mehr sehen – weder Mensch noch Engel.

Die Nacht war kalt. Ich fror. Trotzdem lief ich weiter. Ich wollte allein sein mit meinem Kummer. Wer wusste schon, was Racheengel fühlten?

Christopher fand mich dort, wo sich einst die Kapelle befand. Seine Miene war ausdruckslos, seine Stimme eisig und befehlend.

»Aron schickt mich. Ich soll dich zu ihm bringen.«

Es war nicht mein Christopher, der vor mir stand, sondern der Krieger. Er würde nicht davor zurückschrecken, mich gewaltsam ins Schloss der Engel zu bringen. Ich verzichtete darauf, ihn zu provozieren – Christopher besiegen konnte und wollte ich nicht.

Aron trainierte mich nicht, er schikanierte mich.

»Auch wenn du nur der Protegé bist, wirst du die Prüfungen nicht durchstehen, wenn du nicht bereit bist, alles zu geben. Und du bist noch so weit entfernt von einem Engel wie ein Maulwurf von einem Seeadler!« Aron lief unruhig hin und her. Er war aufgebracht, beinahe nervös. Dass ich kurz davorstand, zusammenzubrechen, entging ihm. Vielleicht war nicht ich, sondern er blind wie ein Maulwurf.

Mein Körper nahm sich die Erholung, die ihm verwehrt werden sollte. Ich verschlief den Vormittagsunterricht. Dass ich mir damit nur noch mehr Ärger einhandelte, konnte ich nicht verhindern. Frau Germann, unsere unerbittliche Schuldirektorin, verordnete mir doppelte Studierzeit, damit meine fallenden Zensuren sich wieder erholen konnten – Aron würde toben.

Er bemühte sich, Ruhe zu bewahren, verlängerte mein Training und verkürzte meine ohnehin schon knapp bemessene Schlafenszeit.

»In hundert Jahren brauchst du sowieso keinen Schlaf mehr. Vielleicht schaffst du es schneller, wenn du schon jetzt auf eine Stunde verzichtest«, meinte er.

Ich schluckte meinen Kommentar hinunter. Zum Glück musste ich bloß noch zwei Wochen durchhalten. Dann begannen die Weihnachtsferien, und ich konnte nach Hause fahren und ausschlafen – wenn auch nur über die Feiertage. Aron plante ein Intensivtraining, wofür ich eine Ferienwoche opfern sollte.

Ich sah Christopher nur noch im Internat. Er spielte weiterhin seine Rolle als mein Freund – und heimlicher Aufpasser. Er lächelte mich an, sobald er mich sah, oder legte einen Arm um meine Schultern, wenn er es für angebracht hielt. Doch sobald sich niemand in unserer Nähe befand, erschien wieder der abweisende Engel, der seiner Pflicht nachkam.

Schließlich hielt ich dieses Auf und Ab nicht länger aus und stellte ihn zur Rede. Mitten im Wald, wo niemand uns beobachten konnte, blieb ich stehen. Seine hellaufblitzenden Augen vereinfachten mir das Ganze nicht gerade, aber weiterhin so tun, als wäre alles in Ordnung, ging auch nicht – also blitzte ich zurück. Immerhin war *er* mir nachgelaufen und hatte mich geküsst. Wenn es hier nur ums Bewachen des neuen Racheengels ging, hätte er *das* niemals getan.

»Was, verdammt noch mal, habe ich falsch gemacht?!«

»*Du*? Nichts. *Ich* war es, der dich überfordert hat. Anscheinend erträgst du es nicht, zu wissen, was ich in Wirklichkeit bin.«

Der Tiefschlag saß: Er warf mir vor, versagt zu haben – und er hatte recht. Im Verlies, als ich ihn zurückholen wollte, und auch beim Kampftraining, als ich seine Klauenhände sah und nicht stark, sondern ängstlich reagierte. Wahrscheinlich kippte ich deshalb um, wenn er mich küsste: aus Angst, dem Monster zu nahe zu kommen.

Meine Augen begannen zu brennen. Ich hasste es, meinen Gefühlen ausgeliefert zu sein. Die Furcht, sie nicht kontrollieren zu können und mich wieder in ein Monster zu verwandeln, saß tief.

Christopher beobachtete jede noch so kleine Bewegung. Er war bereit, sich auf mich zu stürzen, falls ich verlor – und gerade das half mir, die Krallen einzuziehen und nicht zurückzuschlagen – was Christopher an meiner Stelle erledigte.

»Keine Sorge. Spätestens nach deiner ersten Prüfung bist du mich los!«, versprach er, bevor er weiterlief und mich einfach stehenließ.

Die Schatten des Waldes verschluckten seine Gestalt. Je weiter er sich von mir entfernte, umso fester zogen sich die eisigen Bänder um mein Herz zusammen. Christophers Entschluss stand fest. Er würde mich verlassen – und ich wusste nicht, wie ich ihn aufhalten konnte.

Ich biss die Zähne zusammen und kämpfte mich durch Arons anstrengendes Wochenendtraining. Noch fünf Tage bis zu meiner Heimreise. Alles, was mit Schule, Engeln, Sport oder Kampf zusammenhing, hatte ich so satt. An Weihnachten zu Hause bei meinen Eltern zu sein, meine Freunde zu treffen und einfach nur ich selbst sein zu dürfen war mein schönstes Weihnachtsgeschenk. Mein größter Wunsch würde sich sowieso nicht erfüllen. Christopher hatte geschworen, immer für mich da zu sein, doch das war zu einer Zeit, in der ich noch ein Mensch war – und die Zeit zurückdrehen konnte niemand.

Fast das halbe Wochenende verbrachte ich auf der Slackline. Vorwärts- oder rückwärtsgehen, stillstehen oder hüpfen: gar kein Problem. Als Aron jedoch das Band über Kopfhöhe befestigte, tauchte es wieder auf. Alles begann sich zu drehen. Wie ein Feigling klammerte ich mich an den nächstbesten Ast und ließ erst los, als Aron seine Flügel ausbreitete und ich seine Hand an meiner Taille spürte.

»Sag mir, was ich mit dir machen soll!« Aron war mit seiner Weisheit am Ende. »Ich habe alles versucht, um dir die Angst vor der Höhe zu nehmen.«

»Ist das denn so wichtig?«

Aron vermied es, mich anzusehen. Offenbar hatte ich einen Nerv getroffen. »Sie werden deine Ausbildung einem anderen anvertrauen, wenn du es bis zu den Prüfungen nicht schaffst, deine Furcht zu überwinden. Ängstliche Racheengel sind nicht sehr gefragt.« Arons Augen schimmerten dunkel vor Sorge. »Vermutlich werden sie deine Ausbildung in die Hände von jemandem legen, der mehr Erfahrung besitzt als ich.«

»Jemand, der schon einmal einen Racheengel ausgebildet hat?«

Aron nickte.

»Einen, den ich kenne?« Ich brauchte die Antwort nicht abzuwarten. Mein Gefühl verriet mir, dass ich richtiglag. Nur bei dem Gedanken an einen bestimmten Engel wurde mir schlecht, während ich mich gleichzeitig wütend und machtlos fühlte. Sanctifers Einfluss reichte weit. Sollte er tatsächlich den Wunsch hegen, meine Ausbildung zu übernehmen, würde er vor nichts zurückschrecken. Mich zu unterweisen, nachdem Christopher sich ihm entzogen hatte, würde einen doppelten Sieg für ihn bedeuten: den über mich, einen Racheengel, der nicht die Stärke besaß, ihm die Stirn zu bieten, und den über Christopher, der sich auch so schon die Schuld an meinem Schicksal gab.

»Was muss ich tun?«, flüsterte ich. Die Angst, Sanctifer in die Hände zu fallen, schnürte mir die Kehle zu.

»Überwinde deine Ängste, damit du ein richtiger Engel werden kannst.« Was Aron mit *richtiger Engel* meinte, war klar: einen mit Flügeln.

»Und dazu muss ich über ein Hochseil klettern? Kann ich nicht einfach von einem Baum springen?« Auf diese Weise lernten Engel normalerweise das Fliegen.

»Leider nein. Engel kennen keine Höhenangst. Instinktiv wissen wir, dass unsere Schwingen uns tragen. Und genau diese Gewissheit verleiht uns die Stärke, die wir brauchen, damit unsere Flügel sich entfalten können.« – Und da ich zu schwach und zu ängstlich war, funktionierte das mit dem An-sich-glauben bei mir nicht.

»Wenn du beginnst, die Höhe zu genießen, den Wind zu fühlen und die Freiheit, bist du bereit für den Sprung in die Tiefe.«

Mein Magen reagierte sofort. Schon die Erinnerung an den Sturz verursachte mir Übelkeit.

»Wirst du … wirst du mir helfen?«, fragte ich unsicher.

»Natürlich werde ich das.«

Hilfe fühlte sich meiner Meinung nach anders an. Trotz seines Versprechens jagte Aron mich durch das Schloss. Er hatte vor, mir zu helfen, und nicht, mich zu schonen. Außer Atem kletterte ich mit ihm den Baum nach oben, wo ich mich – wie immer – an einen der Äste klammerte. Nichts hatte sich verändert. Ob ich wollte oder nicht, die Höhe machte mich zu einem ängstlich zitternden Häuflein Elend.

»Gib mir deine Hand. Du bist bei mir in Sicherheit«, besänftigte Aron meine flatternden Nerven.

Mein Blick begegnete dem seinen. Ehrlichkeit spiegelte sich in Arons grauen Augen. Er würde mich nicht fallen lassen. Er war für mich verantwortlich und mochte mich. Seine Gefühle würden nicht plötzlich von Liebe zu Hass umschlagen.

Meine Sicht verschwamm. Meine Augen brannten wieder. Ich schloss sie, doch es war zu spät, Aron auszusperren. Statt meine Hand berührte er mein Gesicht.

»Ist es wegen Christopher? Hattet ihr Streit?«

Ich nickte, ließ meinen Kopf hängen und begann zu erzählen. Hoch oben, in zwanzig Metern Höhe, schüttete ich Aron mein Herz aus und vertraute ihm meine größte Angst an, Christopher verloren zu haben.

»Gib ihm Zeit. Für ihn ist der Gedanke, dass ein Racheengel einen anderen Racheengel lieben könnte, genauso unvorstellbar wie für dich, einer zu werden.«

Ich schwieg. Nicht meine Schwäche, sondern mein mangelnder Glaube war der Grund meines Versagens. Aron vertraute meinen Fähigkeiten – ich nicht. Deshalb scheiterte ich. Aber nur weil ich an mir zweifelte, sollte ich mein Misstrauen nicht auf andere übertragen. Aron bot mir Hilfe an. Sie zurückzuweisen bedeutete, Sanctifer ihm vorzuziehen.

Meine Hände zitterten, doch meine Beine blieben ruhig, als ich Aron auf das Seil folgte. Er umfasste meine Handgelenke und ich seine. Der Griff versprach Halt und Sicherheit, etwas, das ich dringend brauchte. Schritt für Schritt näherte ich mich der tiefsten Stelle über dem Burggraben. Mein Herz raste, pumpte mein Blut viel zu schnell durch die Adern. Meine Finger wurden feucht. Die Verbindung zu Aron riss ab.

Noch bevor ich das Gleichgewicht verlor, steuerte er dagegen und beruhigte mich mit sanften Worten, doch für mich existierten nur noch das dünne Band und ein tiefer Abgrund.

Meine Beine verweigerten ihren Dienst. Sie knickten einfach unter mir weg. Aron fing den Sturz ab, ehe er begann. Panisch krallte ich mich an ihm fest. Dass meine Nägel ihn dabei verletzten, entging mir. Angst bestimmte mein Handeln. Ich würde fallen, niemals ein Engel werden und Christopher für immer verlieren, weil ich nicht stark genug war.

Anstatt wie ich den Kopf zwischen den Beinen zu vergraben, lief Aron ziellos in meinem Zimmer auf und ab. Seine Rastlosigkeit erinnerte mich an Christopher. Auch ihn überfiel diese Unruhe, wenn er nicht weiterwusste.

»Es wäre vernünftiger, wenn du auf deine Ferien verzichten und hierbleiben würdest.«

Mein Kopf erschien aus seiner Versenkung. Aron wollte Weihnachten streichen?! »Das ist nicht dein Ernst!«

»Doch. Jede Minute, in der du lernst, deine Angst zu überwinden, ist kostbar. Du solltest keine einzige vergeuden.«

Vergeuden? Hatte ich richtig gehört?! Er lief hier in meinem Zimmer herum, anstatt mit mir zu arbeiten, und verlangte von mir, auf meine Weihnachtsferien zu verzichten? Ich hatte sie mir nicht nur hart erarbeitet, ich brauchte sie. Zum Ausschlafen, aber vor allem, um mir klarzuwerden, was mir geblieben war.

Bemerkten meine Eltern, dass ich mich verändert hatte? Liebten sie mich noch? Konnte *ich* meine Eltern – meine Mutter – noch lieben? Und Christopher? Entsprang das Gefühl, das mein Herz zusammenschnürte, wenn ich ihn neben Hannah sah, nur meiner Eifersucht und meinem gekränkten Stolz? Oder verschwand auch bei mir die Fähigkeit zu lieben, wie bei allen frisch verwandelten Racheengeln, deren Fokus sich auf Dämonenkräfte konzentrierte? Christopher hatte drei Jahrhunderte gebraucht, um zu akzeptieren, dass auch er lieben konnte. Wie lange würde es bei mir dauern?

Ein Leben ohne Liebe konnte ich mir nicht vorstellen. Bevor ich das Problem mit der Höhenangst überwinden konnte, musste ich mir erst darüber klar werden, ob ich überhaupt bereit war, ein Engel zu werden.

»Übrigens, du bist morgen auch eingeladen«, verkündete Juliane mit einem überglücklichen Lächeln. Dass Raffael sie gebeten hatte, mich zu seiner Geburtstagsparty einzuladen, bedeutete für Juliane so etwas wie ein Friedensangebot von ihm an mich. Abzusagen hätte ihre Hoffnung zerstört und unsere Freundschaft gefährdet.

»Also gut. Ich komme. Aber nur, wenn du nicht sauer bist, dass ich bloß eine Stunde bleiben kann. Geo und Engel warten auf mich.«

Meinen Englisch-Versprecher interpretierte Juliane auf ihre Weise: »Angelo? Warum? Der kommt doch auch zur Party. Hast du die Diskussion nicht mitbekommen, wer ihn wie zum Tanzen überreden will?«

Juliane zuckte zusammen, als hätte ich aus meinen Augen Blitze abgefeuert. Vielleicht stimmte das auch – zumindest fühlte es sich so an.

»Es … ich. Es tut mir leid, Lynn. Ich weiß, wie sich das anfühlt, wenn …«

Weiter kam sie nicht. Als Christopher den Speisesaal in Begleitung von Hannah und ihren Freunden betrat, verstummte sie. Mit einem triumphierenden Lächeln legte Hannah einen Arm um Christopher. Er wehrte sie nicht ab. Im Gegenteil. Er erwiderte ihre Geste und umschlang ihre schmale Taille – und obwohl meine Welt gerade unterging, lächelte ich zurück.

Aron bemerkte sofort, dass etwas nicht stimmte. »Was ist los? Du siehst aus, als erwarte dich die Hölle persönlich. War das letzte Training so schlimm?«

»Ja.« Mein ironischer Tonfall sollte Aron davon abhalten, weiterzubohren. Natürlich klappte das nicht.

»Also ist dir etwas anderes über die Leber gelaufen. Lass mich raten: Christopher?«

Ich bemühte mich, nicht zusammenzuzucken. Aron sah es trotzdem.

»Auch«, gab ich zu. »Und Raffaels Party.«

»Was ist damit?« Arons Aufmerksamkeit war mir sicher.

»Ich habe Juliane versprochen, dort vorbeizuschauen.«

»Ausgeschlossen!« Arons Antwort dröhnte in meinen Ohren. »Du kannst es dir nicht leisten, *Partys zu feiern*!«

»Aber ich …«

»Nein!«

»Und wenn ich die Zeit nachhole?«

Aron antwortete mit einer Gegenfrage. »Du bist bereit, auf deine Weihnachtsferien zu verzichten?«

»*Das* habe ich nicht gesagt. Aber wenn ich morgen meine Studierzeit schwänze und stattdessen zuerst mit dir train-…«

Aron schnitt mir das Wort ab. Seine Stimme donnerte wie die des Rachegottes persönlich. »Du. Wagst es. Schwänzen vorzuschlagen?! Ich hoffe, dass du heute schnell bist. Sollte ich dich einholen, bevor du das Seil erreicht hast, wirst du ohne meine Hilfe rübergehen. Ich gebe dir einen Vorsprung bis zur Schlosstreppe.« Aron war stocksauer. Er würde seine Drohung wahrmachen und mich notfalls mit Gewalt auf das Seil zwingen.

Er holte mich ein, kurz bevor ich das Ziel erreichte. Noch ehe ich mich an einem der Äste festklammern konnte, packte er meine Schultern und drängte mich Richtung Slackline. Mein Körper reagierte sofort. Zittern konnte er inzwischen außerordentlich gut.

»Aron. Bitte!« Ich wand mich aus seinem Griff, drehte mich zu ihm und umschlang das Nächstbeste, das mir Halt bot. Da es außer Aron nichts gab, musste er herhalten.

Meine Furcht ließ ihn schwach werden. Mit einem Seufzer gab er sich geschlagen. »Aber keine Party morgen. Verstanden?!« Ich nickte und beschloss, dieses Versprechen zu halten – auch wenn ich dafür ein anderes brechen musste.

Raffael brachte meine Entscheidung ins Wanken. Er erwartete mich. In der Eingangshalle passte er mich ab. Sein plötzliches Auftauchen, als ich leise die Wandtür zum Putzraum schloss, erschreckte mich beinahe zu Tode.

»Hallo Lynn. So spät noch unterwegs?« Er knipste eine Taschenlampe an und richtete sie auf mein Gesicht. »Du siehst müde aus. Ist das Training so hart, oder kannst du nicht schlafen, weil dein Engelsfreund das Weite gesucht hat?«

Meine Hand zielte auf sein Gesicht. Er fing sie ab, bevor sie ihn traf.

»Ich wollte sicherstellen, dass du morgen auch kommst«, fuhr er fort. »Du sollst sehen, wie wenig du einem Engel wie Christopher vertrauen kannst.«

»Sondern lieber *so was* wie dir?«

Ich hatte aus Raffael absichtlich ein *So was* gemacht. Er bemerkte es – und es verletzte ihn. Ich redete mir ein, dass ich mich täuschte. Mitleid mit Raffael war das Letzte, was ich haben wollte.

»Du kennst Sanctifer nicht so gut, um …«

»Ganz im Gegenteil!«, fiel ich Raffael ins Wort. »*Das* vergesse ich niemals.« Selbstbewusst hob ich meinen Kopf, damit er die Narbe unter meinem Kinn sehen konnte.

»Und dass Christopher dich verletzt, kannst du leichter vergessen?«

Nein. Das konnte ich noch viel weniger. Doch das musste Raffael nicht wissen. Also log ich.

»Nicht jede Liebe dauert eine Ewigkeit. Christopher ist mir nichts schuldig. Was ich ihm ermöglicht habe, hat er mir längst zurückgegeben.«

»Dann seid ihr also quitt?«

»Ja. Völlig!«

Vielleicht hätte ich das *völlig* besser weggelassen, um glaubhafter zu wirken. Das Aufflackern in Raffaels Augen gefiel mir jedenfalls überhaupt nicht. Irgendetwas plante er. Etwas Hinterhältiges, Gemeines. Vielleicht die nächste Falle.

»Du solltest trotzdem kommen«, fuhr Raffael fort. »Es gibt nicht nur Cola zu trinken. Und da Christopher sicher abgelenkt sein wird und nicht auf deine Freunde aufpassen kann, könnte einer von ihnen zu viel davon abbekommen und mein Angebot, eine Spritztour mit meinem neuen Wagen zu machen, annehmen. Leider wird er dann wohl das Internat verlassen müssen, weil die Mentoren …«

Dieses Mal traf meine Faust. Raffaels Bauchdecke spannte sich, als hätte er meinen Schlag erwartet.

»Wir sehen uns. Spätestens heute Abend«, erwiderte er meine Antwort mit einem hinterhältigen Grinsen. Sein Schlag saß besser als meiner. Sich meine Freunde als Ziel auszusuchen erleichterte mir die Entscheidung, welches der gegebenen Versprechen ich brechen musste.

Raffael schenkte mir ein Lächeln, als ich – wegen meiner Studierzeit – verspätet den vollbesetzen Vorraum der Schuldisco betrat. Offenbar hatte er die ganze Schule zu seiner Party eingeladen.

»Ich wusste, dass du kommen würdest«, flüsterte er mir ins Ohr, während sein Kiefernduft mich umhüllte. »Genieß die Party – und trink nicht zu viel!«

»Keine Sorge, ich kann mich beherrschen – *meistens* jedenfalls«, zischte ich zurück. Mein drohender Unterton ließ Raffael zusammenzucken. Offenbar wusste er, was ich war – seine Angst verriet ihn. Ein Grinsen stahl sich auf mein Gesicht. Es erlosch, als ich den Grund erkannte: Es war das erste Mal, dass ich es genoss, mächtig zu sein.

Wie von ihnen angezogen, begegnete ich Christophers jadegrünen Augen. Und wie so oft wusste er, was mit mir los war. Sein verächtlicher Blick verursachte mir größere Übelkeit als die Tatsache, dass er mit Hannah tanzte.

# Kapitel 22

## Weihnachtsflucht

Ich flüchtete zu meinen Freunden in die Lounge in dem kleineren der beiden Gewölbekeller. Juliane umarmte mich zur Begrüßung – das hatte sie schon lange nicht mehr getan. Zartrosa Wangen belebten ihr blasses Gesicht. Sie war glücklich. Nicht weil ich zur Party gekommen war, sondern wegen Raffael. Verliebt zu sein war wunderschön – warum nur musste es so oft der Falsche sein?!

»Hi Lynn, schön, dass du mal Zeit hast«, begrüßte mich Max mit seiner direkten Art und einem ebenso fröhlichen Strahlen wie Juliane.

Hatten meine Freunde mich tatsächlich vermisst? Auch Marisa freute sich riesig, mich zu sehen, wobei ihr forschender Blick verriet, dass auch sie wusste, in wessen Armen Christopher den Abend verbrachte. Ich lächelte trotzdem. Sollte Hannah ihr kurzes Zwischenspiel doch genießen. Spätestens nach dem Abitur würde Christopher aus ihrer Welt verschwinden.

Der Einzige, der mich nicht überschwänglich umarmte, war Florian. Geknickt saß er auf einem der hellen Sofas und hielt sich an seinem Glas fest. Ich schnüffelte vorsichtig, als ich ihm einen Begrüßungskuss auf die Wange drückte. Es roch nach Wodka – kein gutes Zeichen.

»Ganz allein?«, flirtete ich ihn an.

Florians Kopf schoss hoch. Seine Augen suchten nach einem Zeichen, dass ich ihn auf den Arm nehmen wollte.

»Willst du tanzen?«, fragte er ein wenig zu rasch.

Tanzen? Mit Florian? Warum eigentlich nicht?

»Klar will ich das«, säuselte ich so verführerisch, dass Marisa mir einen warnenden Blick zuwarf. Es genügte, dass Florians Herz wegen Hannah einen Sprung bekommen hatte. Einen zweiten wollte sie ihm ersparen.

Anstatt sie zu beruhigen, dass ich nicht zu weit gehen wollte, blitzte ich Marisa wütend an. Sie hatte kein Recht, mir zu sagen, was ich zu tun und zu lassen hatte. Ein wenig Ablenkung schadete weder Florian noch mir. Auch ich besaß ein Herz, doch offenbar kümmerte das niemanden.

Florian tanzte nicht schlecht. Er war sportlich, großgewachsen und konnte sich gut bewegen. Auch wenn er meilenweit entfernt war von Christopher und Raffael, denen niemand das Wasser reichen konnte, gehörte er doch zu den attraktiveren Jungs der Schule.

Wie Max und Marisa, die uns in den großen Gewölbekeller mit der Tanzfläche gefolgt waren, tanzten wir zusammen, aber nebeneinander. House-Music eignete sich nicht zum Händchenhalten – auch wenn Christopher anderer Meinung war.

Während ich versuchte, dem neuen *Traumpaar* aus dem Weg zu gehen, starrte Florian wie besessen in Hannahs Richtung. Als die Musik langsamer und sanfter wurde, schlang ich meine Arme um seinen Hals und legte meinen Kopf an seine Brust, so dass ihm nichts anderes übrigblieb, als seine Hände um meine Taille zu legen.

»Vergiss Hannah«, flüsterte ich. »Du hast eine Bessere verdient.«

Florian schob mich ein wenig von sich, um mich besser betrachten zu können. »Und wen genau meinst du damit?« Seine blauen Augen verrieten, dass ich kurz davorstand, gefährliches Terrain zu betreten.

Ich zuckte zurück. Florian falsche Hoffnungen zu machen lag nicht in meiner Absicht. »Ich … ich weiß nicht. Auf alle Fälle müsste sie nett sein und ehrlich. Keine falsche Schlange.«

»Bist *du* so eine?«

Florians Frage verwirrte mich. Hielt er mich für verlogen, oder sah er in mir *die Richtige*? Höchste Zeit, den Rückwärtsgang einzulegen.

»Ich? Ich bin ein gebranntes Kind. Er hat mir Rosen versprochen und Dornen geschenkt. Fürs Erste hab ich genug von Jungs.«

Florian blieb stehen. »Du tanzt also nur mit mir, um Angelo eins auszuwischen?«

»Auch«, gab ich zu. »Aber vor allem wollte ich dich auf andere Gedanken bringen. Doch anscheinend kann ich es mit Hannah nicht aufnehmen. *Angelo* und du, ihr seid ihr beide verfallen.«

»Das sehe ich anders. Nicht Angelo läuft ihr nach, sondern Hannah ihm – genau wie du.«

Selbst Florian wusste, wie es um mich stand. Wir hörten auf zu tanzen. Die Lust dazu war mir mit der gleichen Geschwindigkeit vergangen, mit der meine schlechte Laune gestiegen war. Wenn es so offensichtlich war, was ich für Christopher fühlte, wieso hängte der sich dann an Hannah? War das ein weiterer Test, um zu prüfen, wie lange es dauerte, bis ich ausflippte? Oder empfand er wirklich etwas für sie?

Florian kam von der Bar zurück. »Hier, mit einem Gruß von Raffael.«

Ich nahm ihm den Autoschlüssel und das Glas ab, das er mitgebracht hatte: Wodka. Er schmeckte widerlich, aber er passte: Genau so fühlte ich mich.

Zwei Gläser später bemerkte ich, dass nicht nur ich zu viel getrunken hatte – eigentlich war es Marisa, der unsere ein wenig zu gute Laune auffiel.

»Seid ihr blöd? Ihr werdet rausgeschmissen, wenn sie euch erwischen! Besser, ihr verschwindet, bevor sie euch ins Röhrchen pusten lassen.«

Marisa ignorierte unseren Protest und zerrte uns, mit Max' Unterstützung, zum Notausstieg am anderen Ende des Raums.

»Los, klettert die Leiter hoch und durch den Notausstieg. Entweder sie stehen vorn am Ausgang, oder sie kontrollieren uns im Schloss. Am besten, ihr versteckt euch unten im Klo. Ich hol euch, sobald die Luft rein ist.«

Während ich nicht aufhören konnte zu kichern – eine Flucht durch den Notausstieg, wie spektakulär –, übergab sich Florian auf den gefrorenen Rasen. Die kalte Luft setzte ihm zu. Entweder er vertrug nicht viel, oder Raffael hatte schon vor meiner Ankunft großzügig ausgeschenkt. Wie blöd war ich eigentlich, etwas zu trinken, das von dem Flüsterer stammte! Ziemlich blöd, entschied ich – oder vielleicht auch nur verzweifelt.

Florian hatte sich endlich ausgekotzt, und ich konnte wieder einigermaßen klar denken. Marisas Vorschlag schien die einzige Möglichkeit, einer Suspendierung zu entkommen. Die Regeln waren bekannt, und es gab genügend Schüler, die Schlange standen, bis jemand das Internat verließ – oder rausgeworfen wurde.

Mit einem Arm stützte ich Florian, mit dem anderen hielt ich seine Hand fest, damit sie nicht von meiner Schulter rutschte. Dank meines Krafttrainings schaffte ich es, ihn zum Schloss hinüberzuschleifen. Vorsichtig setzte ich ihn auf den Stufen der Steintreppe ab. Bevor ich mit Florian die Eingangshalle betrat, wollte ich sichergehen, dass wir unbeobachtet waren.

Entgegen Marisas Plan zerrte ich Florian schließlich durch die Wandtür unter der Treppe. Im Keller war es sicherer als im Klo. Kein Mentor konnte uns dorthin folgen, und morgen würde Florian vergessen haben, wo ich ihn versteckt hatte.

Noch bevor ich Florian ablegen konnte, wehte mir Arons mediterraner Kräuterduft entgegen. Ich erstarrte, als er plötzlich hinter dem zerstörten Spiegel auftauchte. Funkelnde Augen in einem unbewegten Gesicht. Ein Zeichen höchster Alarmstufe.

»Aron, es tut mir leid, aber ich kann es erklären …«

»Schweig!« Dieses einzige Wort traf wie ein Fausthieb. Aron war nicht nur obersauer, er war maßlos enttäuscht. Vielleicht sollten wir den Club der Enttäuschten gründen.

Mein Galgenhumor verging mir, als mich Arons Befehl erreichte. »Geh und warte im Foyer auf mich! Ich komme nach, sobald ich den armen Kerl hier rausgeschafft habe.«

Wenn ich jetzt ging, ließ ich Florian im Stich. So feige durfte ich nicht sein. Kampfbereit stellte ich mich vor meinen betrunkenen Freund.

»Ich werde nicht zulassen, dass er meinetwegen von der Schule fliegt.«

Arons Augen verengten sich zu Schlitzen. Er suchte nach meiner Schwachstelle, nach dem Punkt, wo ein einziger Schlag genügte, um mich zu besiegen.

»Du bist bereit, gegen mich zu kämpfen? Warum?«

Arons Zögern irritierte mich. Wollte er mich mit seiner Frage ablenken? Ohne seinen angriffsbereiten Körper aus den Augen zu lassen, antwortete ich.

»Er ist ein Freund von mir. Ich habe nicht auf ihn aufgepasst, obwohl ich wusste, dass ihm eine Falle gestellt wurde. Ihn den Mentoren auszuliefern, während ich entkomme, ist nicht gerecht.«

Aron hielt meine Augen mit seinem Blick gefangen. Er wollte wissen, ob ich ehrlich war. »Hattest du vor, die Internatsregeln zu brechen, um von der Schule zu fliegen?«

»Um vor dir und deinem Unterricht zu fliehen?« Ein weiterer Punkt auf Arons Liste. Er hatte wirklich Grund, wütend auf mich zu sein. »Nein. Das … das wollte ich nie.« Aron war der Einzige, der mir helfen konnte, ein Engel zu werden und Christopher zu überzeugen, dass ich ihn liebte.

»Verschwinde! Ich werde dafür sorgen, dass dein Freund auf der Schule bleiben kann.«

Arons Körperhaltung verriet nichts über seine Gefühle, als er in der Eingangshalle auftauchte, wo ich nervös auf ihn wartete. Fieberhaft suchte ich nach irgendeinem Zeichen, das mir verriet, wie hoch die Strafe ausfallen würde, während meine Hände in den Hosentaschen vor sich hin zitterten.

»Wirst du meine Entscheidung akzeptieren? Oder ist es dir lieber, von jemand anderem unterrichtet zu werden? Wobei ich nicht an Sanctifer denke. Noch hat er keinen Anspruch auf dich geltend gemacht.«

Arons Frage verunsicherte mich. Ich vertraute ihm wie keinem anderen Engel – abgesehen von … Ich brach ab. Im Moment war es besser, nicht über Christopher nachzudenken. Aber warum die Frage, ob ich einen anderen Lehrer haben wollte? Nur ein Grund ergab einen Sinn.

»Hättest du lieber einen anderen Schüler als mich?«

Aron ging nicht auf meine Frage ein. »Das ist keine Antwort!«

»Ich weiß, aber ich … ich muss wissen, wie du zu mir stehst, bevor ich dir eine geben kann.«

»Nein.« Kürzer hätte Aron nicht antworten können. Doch es genügte, um einen großen Stein von meinem Herzen zu nehmen. Erleichtert atmete ich auf.

»Ebenfalls nein. Und ich werde dein Urteil akzeptieren – selbst wenn du mich zwingst, Tag und Nacht zu trainieren.«

Aron grinste nicht. Für Scherze war er gerade nicht empfänglich.

Meine Nervosität meldete sich zurück. Meine Finger begannen zu kribbeln – nicht vor Wut, sondern vor Angst. Aron beließ mich in diesem Zustand und schickte mich auf mein Zimmer im Schloss der Engel. Am nächsten Morgen, noch bevor die Schule begann, sollte ich meine Aufrichtigkeit beweisen.

Die halbe Nacht wälzte ich mich von einer Seite auf die andere. Welche Strafe würde mich erwarten? Konnte ich sie widerspruchslos akzeptieren, wie ich es versprochen hatte? Und falls nicht? Würde Aron mich im Stich lassen? Vielleicht sollte ich einfach abhauen und mein altes Leben in Italien wieder aufnehmen. Doch war das überhaupt noch möglich? Wohl kaum. Abgesehen davon, dass die Engel mich finden würden, den dämonischen Teil in mir konnte ich nicht wieder verschwinden lassen. Er war ebenso ein Stück von mir wie die Klauen und würde, wie sie, eines Tages hervorbrechen, wenn es mir nicht gelang, ein vollwertiger Engel zu werden.

Es war stockdunkel, als Aron kam, um mich abzuholen. »Bist du bereit?«

Ich nickte und schob ein zittriges »Ja« hinterher.

»Gut, dann komm mit.«

Schweigend liefen wir durchs Schloss, passierten die Eingangshalle und verließen das Gebäude Richtung Burgwall. Aron hatte dafür gesorgt, dass ich sah, was auf mich zukam.

Mein Herz setzte für einen erschreckend langen Moment aus, um danach in bedrohlich hoher Frequenz weiterzuhämmern. Eine schnurgerade Schneise, erhellt von zwanzig Lagerfeuern oder mehr, verband das Schloss mit dem Burgwall. Über ihr tanzte die Slackline im Schein von brennenden Ölschalen, die an zwei rechts und links verlaufenden Seilen befestigt waren. Ich wusste, was jetzt kam – doch ich ahnte nur die Hälfte.

»Ich lasse dir die Wahl«, begann Aron. »Entweder du schaffst es, heute deine Angst zu überwinden und das Seil zu überqueren, oder du verzichtest auf deine Weihnachtsferien und übst stattdessen.«

Ich öffnete den Mund, um zu widersprechen. Das war keine Wahl – das war Erpressung! Wut schäumte in mir hoch. Böse funkelte ich Aron an – und zuckte zurück. Er war noch viel wütender als ich! Mir eine Alternative anzubieten war in seinen Augen mehr Entgegenkommen, als ich verdient hatte.

Mein Ärger verwandelte sich in Unsicherheit. Aron ließ mich wählen, um mich zu prüfen. Ich hatte versprochen, sein Urteil zu akzeptieren. Jetzt einen Rückzieher zu machen, bedeutete, ihn in Frage zu stellen. Der Seiltanz galt als Beweis für mein Vertrauen.

»Hilfst du mir?«, fragte ich unsicher.

»Nein. Heute musst du allein zurechtkommen.«

Ich nickte. In seinen Augen war das machbar. Er glaubte an mich – nur ich leider nicht. Aber vielleicht musste ich gar nicht meinen Fähigkeiten, sondern nur Arons Urteilskraft vertrauen.

Vorsichtig kletterte ich den Baum nach oben. Ich kannte jeden Zweig, jeden Ast, an dem ich Halt finden konnte. Trotzdem kostete mich jeder Meter, den ich dem Seil näher kam, riesige Überwindung.

Schließlich stand ich oben. Zum ersten Mal allein. Das Band lag friedlich, vom Feuer erhellt, zwischen mir und dem Schloss. Ich folgte seiner Spur mit den Augen und fand Aron, der am anderen Ende auf mich wartete. Wie ich war er allein, doch ich wusste, dass nicht nur er mich beobachtete. Coelestin, Ekin, selbst Ernesta – den Kräuterengel – hatte ich, verborgen im Schatten, bei meinem Gang zum Burgwall entdeckt – nur Christopher fehlte.

Mein Puls war ein einziger Trommelwirbel, meine Beine zittrig wie nie. Kurz bevor ich die Slackline betrat, tauchte der klaffende Abgrund vor mir auf. Ich wagte dennoch den ersten Schritt. Einen Abgrund gab es hier nicht.

Mein Körper rebellierte, während mein Verstand ihn vorantrieb. Mir wurde schwindelig. Ich hielt den Atem an und zwang mich, Ruhe zu bewahren und mein Gleichgewicht wiederzufinden. Drei Schritte und noch ein paar weitere schaffte ich. Langsam näherte ich mich der tiefsten Stelle über dem Burggraben.

Mein Blick fing das Schwarz des Wassers ein. Seine Dunkelheit erinnerte mich an die Tiefe des Abgrunds – und zog an mir.

Auch ich besaß einen dunklen Teil, etwas Schwarzes, Böses. Etwas, das ich nie wieder loswerden würde.

Meine Zuversicht geriet ins Wanken. Ich verlor mein Gleichgewicht. Das Dunkle war stärker. Es wollte mich. Egal, wie sehr ich mich auch dagegen wehrte, am Ende würde es gewinnen.

Mein Sturz verlief schnell – der Aufprall war kalt und nass. Zwei Hände zerrten mich zurück an die Oberfläche. Aron. Maßlos enttäuscht. Ich schloss die Augen. Ich war nicht stark genug, um diesen Blick ertragen zu können.

Als ich kurze Zeit später die Stiege ins Internat hochschlich, stand mein Entschluss fest: Weihnachten würde ich zu Hause verbringen. Meine Eltern wollte ich nicht auch noch enttäuschen.

Mit dem Flugzeug oder Zug nach Italien zu fahren hatte wenig Sinn – spätestens in Berlin wäre ich aufgeflogen. Der Einzige, mit dem ich unbehelligt nach Italien kommen konnte, war Raffael. Er fuhr nach Venedig, zu Sanctifer, seinem Ziehvater, der ihm zum Geburtstag ein Auto geschenkt hatte. Der Ersatzschlüssel des Jaguars steckte noch in der Hosentasche der Jeans, die ich am Abend der Party anhatte.

Im Kofferraum war es eng und muffig. Meine Bedenken, darin zu ersticken, beruhigte ich mit dem Argument, dass Engeln nicht so leicht die Luft ausging.

Noch bevor wir die Autobahn erreichten, legte Raffael seinen ersten Zwischenstopp ein. Ich atmete erleichtert auf, da das Gehoppel, dank der vielen Schlaglöcher, die Fahrt ganz schön ungemütlich machte. Meine Glückssträhne hielt nicht lange an. Keine Minute später öffnete sich der Kofferraumdeckel, und zwei strahlend schwarze Augen lächelten mir entgegen.

»Na? Hattest du es bequem und möchtest noch eine Weile hinten bleiben, oder ziehst du ein weiches Lederpolster dem rauen Filz vor?«

Raffaels Hand schlug ich aus. Ich traute seiner plötzlichen Freundlichkeit nicht. Aus dem Kofferraum kletterte ich trotzdem – viele Alternativen gab es ja nicht.

»Woher wusstest du, wo ich bin?«

»Ich habe dich beobachtet.« Was bedeutete, dass Raffael mich ohne Probleme zu Sanctifer hätte bringen können: Ich Riesendepp! Es stellte sich nur die Frage, warum er das nicht getan hatte.

»Und was hast du jetzt mit mir vor? Mich anzuzeigen, zurückzubringen oder mit nach Venedig zu nehmen?«

Raffael zögerte, als würde er ernsthaft über meine Frage nachdenken. Doch ich war mir sicher, dass er, schon bevor er mich aus dem Kofferraum befreite, wusste, was er mit mir machen wollte.

»Eigentlich keines von alledem. Aber wenn du möchtest, nehme ich dich gerne mit nach Venedig. Sanctifer wäre sicher begeistert.«

»Davon bin ich überzeugt. Aber danke, ich verzichte.«

»Und wohin soll ich dich dann bringen?« Raffaels Großzügigkeit machte mich stutzig.

»Habe ich denn eine Wahl?«

»Hat man nicht immer eine Wahl?«, erinnerte er mich an meine eigenen Worte.

Ich errötete. Genau wie er war ich nicht gefragt worden, als die Engel mich in ihre Welt gezogen hatten.

Raffaels Grinsen wurde breiter. »Offenbar siehst auch du das jetzt ein wenig anders.« Da ich schwieg, fuhr er fort. »Und? Wohin darf ich Mylady kutschieren?«

»Du meinst das ernst?«

»Da dir nichts Dämlicheres eingefallen ist, als ausgerechnet in meinen Kofferraum zu klettern, gehe ich davon aus, dass du – sagen wir – ein wenig in Bedrängnis bist. Und da ich zu einem Gentleman erzogen wurde, werde ich Mylady natürlich aus ihrer misslichen Lage befreien.«

»Und unter welcher Bedingung?« Raffaels Angebot klang viel zu verlockend.

Er zog einen Schmollmund, der mir ein Grinsen entlockte. »Na also. Du kannst ja doch noch strahlen – wie vor ein paar Monaten, als wir uns kennengelernt haben.«

Das Strahlen verging mir. Vieles war seitdem passiert. Ich war zu einem Engelswesen geworden und Raffael ein Flüsterer.

»Es gibt keinen Haken, abgesehen davon, dass ich Sanctifer berichten muss, wo du Weihnachten verbringst – nicht, wie du dort hingekommen bist.«

»Du bewachst mich also.«

»Mehr oder weniger. Sanctifer will wissen, wo du dich rumtreibst. Warum, hat er mir nicht verraten.« Erneut spürte ich Raffaels Unzufriedenheit darüber, nicht eingeweiht zu werden.

»Frag mich kurz vor Verona noch mal, wo genau du mich absetzen kannst.«

Ich wollte unbedingt wach bleiben, da ich Raffael nicht wirklich traute, doch ich verschlief die halbe Fahrt. Mein Absturz steckte mir noch in den Knochen.

Eine flüchtige Berührung und eine sanfte Stimme weckten mich.

»Und? Hast du dich entschieden, ob du nach Venedig oder doch lieber woanders hinfahren möchtest?«

Ziemlich erleichtert musste ich mir eingestehen, dass Raffael sein Versprechen gehalten hatte, da ich nicht in Sanctifers Armen, sondern auf dem Beifahrersitz neben ihm wach wurde.

»Bring mich nach Hause.« Meine Bitte klang wie ein Schluchzen.

Raffaels Blick streifte mich. Mitleid lag in seinen Augen. »Wenn du mir ein Lächeln schenkst, bringe ich dich, wohin du willst.« Ich bastelte eines für ihn zurecht. Kein schönes, aber es genügte ihm.

Nach über zwanzig Stunden Fahrt stand ich endlich vor meinem Zuhause.

»Ruf mich an, falls ich dich abholen soll«, scherzte Raffael, während er mir aus dem Auto half. Er wusste so gut wie ich, dass es dazu nicht kommen würde. »Pass auf dich auf«, flüsterte er, bevor er mir einen altmodischen Abschiedskuss auf die Hand hauchte.

»Und du auf dich«, gab ich die Warnung zurück.

# Kapitel 23

## *Tanz mit dem Feuer*

Ich nahm einen tiefen Atemzug, der mir verraten sollte, ob ein Engel in der Nähe war. Doch ich fand nur den süßlich scharfen Geruch meiner Mutter. Meine Vorfreude, sie gleich in die Arme schließen zu können, verdrängte all meine Bedenken, als ich auf die Klingel drückte.

»Linde?! Du bist schon da?« Sie freute sich genauso sehr wie ich. Sie liebte mich. Trotz ihres fremden Geruchs war sie dieselbe geblieben – genau wie meine Gefühle für sie.

Meine Augen brannten, als ich das festlich geschmückte Haus betrat. Sterne, schimmernde Weihnachtskugeln und überall Kerzen, gemischt mit dem Duft von Zimt, Vanille und Nelken. Selbst die blechernen Engelsfiguren wirkten friedlich auf mich angesichts des Weihnachtszaubers, den mein Zuhause ausstrahlte. Dankbar hielt ich mich an meiner Mutter fest. Hier war er, der Ort, der mir Sicherheit bot.

Nur ein paar Minuten nach mir betraten Philippe und mein Vater – mit einer Drei-Meter-Weihnachtstanne – das Haus. Ich vergaß meinen Karamellcappuccino und fiel zuerst meinem Vater und danach Philippe um den Hals. Mein Vater lachte, während Philippe mich ausbremste.

»Ich hoffe, du hast nicht vergessen, dass ich in festen Händen bin«, scherzte er und entzog sich meiner Umarmung.

»Sag bloß, du bist noch immer mit Lucia zusammen?!«

»Ja«, gestand Philippe und errötete.

»Das dürfte dann wohl neuer Rekord sein«, neckte ich ihn. Es tat so gut, meinen besten Freund wiederzusehen, nicht jedes

Wort auf die Goldwaage legen zu müssen und einfach nur ich selbst sein zu dürfen.

Meine Welt blieb engelfrei – ganze vierzehn Stunden lang.

Gemeinsam mit meiner besten Freundin Emilia, ihrem Freund Stefano, Philippe und seinem Bruder Antonio kurvten wir in Philippes kleinem Fiat nach Sulmona. Philippe sang heute, am letzten Sonntag vor Weihnachten, im Chor, was ich natürlich nicht verpassen wollte.

»Die Kirche ist dieses Jahr richtig toll geschmückt«, schwärmte Philippe.

»Klar, weil du dieses Mal keine Zeit hattest, mitzuhelfen«, erklärte Antonio, der Philippe inzwischen bis zu den Ohren reichte, weshalb er ihm noch ähnlicher sah.

»Kommt Lucia auch?«, mischte Emilia sich ein. Philippe und seinem kleinen Bruder beim Streiten zuzuhören konnte ziemlich nervig sein.

»Ja«, antwortete Philippe. »Sie hält euch Plätze frei.«

»Sicher ganz vorn. Für Lucia kann ja nichts gut genug sein. Ich frage mich, was sie an dir findet«, ätzte Antonio weiter. »Du entsprichst so gar nicht ihrem Geschmack.«

»Vielleicht besitze ich andere Qualitäten«, antwortete Philippe.

Emilia und ich verdrehten gleichzeitig die Augen und brachen in schallendes Gelächter aus, was Antonio ziemlich irritierte – und zum Schweigen brachte.

Schon als ich die Kirche sah, wusste ich, dass es ein Fehler war herzukommen. Mein Instinkt warnte mich davor auszusteigen. Irgendetwas stimmte nicht.

»Lynn, was ist los?«, hörte ich Emilia fragen. »Kommst du, oder hast du vor, im Auto zu bleiben?«

»Ich? Nein, ich bin schon unterwegs.« Mit vorgetäuschtem Elan kletterte ich aus Philippes Fiat. Vielleicht lag es auch nur an dem trüben Wetter, dass die in den grauen Himmel ragende

Kirche finsterer aussah als sonst und der Glockenturm wie ein stummer Wächter wirkte, der nicht jeden vorbeiließ. Oder war auch diese Kirche von Engelsmagie umgeben, wie die Kapelle am See?

Mich schauderte. Ich spürte, wie mir die Farbe aus dem Gesicht wich. Was, wenn ich die Barriere nicht überwinden konnte? Auch Philippe bemerkte mein Zögern.

»Geht's dir nicht gut? Du bist so blass. Vielleicht solltest du ein bisschen frische Luft schnappen. Emilia wird dir sicher Gesellschaft leisten.«

»Oder Chris«, schlug Antonio vor.

Das restliche Blut sackte mir in die Beine. Christopher stand, in einen hellgrauen Mantel gehüllt, am Kirchenportal und beobachtete mich. Ich hatte nicht die Kirche, sondern sein Engelswesen gespürt. Seine Augen schimmerten kalt. Sein Auftauchen war kein Freundschaftsbesuch. Er war gekommen, um mich zu holen.

Halt suchend klammerte ich mich an Philippe.

»Bitte lass mich nicht allein«, flüsterte ich, so dass nur er es hören konnte.

Philippe sah mich betreten an und nickte. »Das werde ich nicht. Du kannst dich auf mich verlassen.« Er legte seinen Arm um meine Schultern und drückte mich kurz an sich. Emilia bemerkte die Geste und warf Philippe einen warnenden Blick zu. Mich vor den Augen meines angeblichen Freundes anzumachen, hielt sie für keine besonders gute Idee. Zum Glück war Philippe anderer Meinung.

Während wir uns dem Kirchenportal näherten, drängte er sich zwischen mich und Christopher. Philippes angespannte Körperhaltung verriet seine Bereitschaft, mich notfalls zu verteidigen. Christopher schenkte ihm ein Lächeln, das ihn entwaffnen sollte. Philippe ließ sich nicht täuschen und zog mich näher an sich heran.

Ich fröstelte, als Christophers Blick mich traf. Zorniges Jadegrün bohrte sich in meine Augen, ehe Christopher mit einem aufgesetzten Strahlen – und jeder Menge Engelsmagie – Philippe doch noch entwaffnete. Ich konnte das Knistern in der Luft beinahe fühlen.

»Danke, dass du dich um Lynn gekümmert hast. Ich bleibe noch ein wenig an der frischen Luft mit ihr. Weihrauch bekommt ihr im Augenblick bestimmt nicht sonderlich gut.«

»Ja … ja sicher. Daran habe ich gar nicht gedacht«, stammelte Philippe unsicher, während er mich Richtung Christopher schob. Doch noch bevor Christopher mich zu fassen bekam, ergriff ich die Flucht und stürmte an ihm vorbei in die Kirche. Weihrauch?! Was für eine blöde Ausrede!

Lucia winkte mich zu sich in die zweite Reihe, als wären wir beste Freundinnen. Zum Glück hatte sie Philippes Beschützerauftritt nicht mitbekommen. Ihre honigbraunen Augen wirkten harmlos, aber ich wusste, dass auch die sanftesten Augen gefährlich funkeln konnten.

»Wo sind die anderen?«, fragte sie leise, als ich mich zu ihr in die Bankreihe setzte.

»Die kommen gleich«, flüsterte ich zurück und wagte einen Blick nach hinten durch das mächtige Kirchenschiff. Trotz des Dämmerlichts entdeckte ich Christopher sofort. Seine durchdringenden Augen bohrten sich tief in meine.

Ich wandte mich ab, presste meine feuchten Handflächen gegeneinander und schloss die Augen wie zum Gebet. Seinem mörderischen Blick standzuhalten *und* mich ihm zu widersetzen überstieg meine Möglichkeiten. Sein Tosender-Sturm-Duft erreichte mich. Wie die Gewitterfront eines Hurrikans umschlang sie meinen Körper, als er sich neben mich setzte. Trotzig hielt ich den Atem an.

»Eine Stunde, ohne Luft zu holen? Davon bist du noch weit entfernt«, flüsterte Christopher und blies mir seinen Atem ins Gesicht.

Das Schwindelgefühl stellte sich sofort ein. Halt suchend klammerte ich mich an die Kirchenbank.

»Ich werde nicht mitkommen – nicht freiwillig.«

»Davon gehe ich aus«, erwiderte er mit einem Funkeln in den Augen. »Ein Kuss und du liegst mir zu Füßen.«

»Wie erbärmlich für jemanden wie deinesgleichen.«

Die steile Stirnfalte erschien auf Christophers Gesicht. Ein Zeichen, dass ihm meine Antwort nicht gefiel.

»Du schließt dich aus?«

»Ja, weil ich nicht dazugehöre.«

»Das wird sich ändern – ob du es willst oder nicht!« Das Einsetzen des Chores, dessen Gesang erhaben durch das weihnachtlich geschmückte Kirchenschiff hallte, unterstrich Christophers Worte wie eine düstere Prophezeiung.

Ich rückte von ihm weg, bis Lucias Bein eine weitere Flucht verhinderte. Kurz glaubte ich, Furcht in ihren Augen zu sehen, doch es war wohl eher Verwunderung. Irritiert schaute sie von mir zu Christopher – und lächelte. Offenbar gab es niemanden, den er nicht um den Finger wickeln konnte.

Meine Chancen, ihm zu entkommen, standen schlecht. Selbst wenn Philippe jetzt neben mir und nicht im Chor sitzen würde. Christophers Engelscharme übertraf meinen bei weitem.

Trotz besseren Wissens sah ich wieder zu Christopher hinüber. Sein unerwartetes Lächeln brachte mein Herz zum Klopfen. Ich biss mir auf die Unterlippe, um seinem Prinz-Charming-Grinsen etwas entgegenzusetzen.

Christophers Gesichtsausdruck verwandelte sich. Offensichtlich genoss er seinen Triumph. Wie einfach er mich doch aus der Reserve locken konnte. Ein wenig Sommergewitter und ein Lächeln, und schon schmolz ich dahin. Meine Schwäche ärgerte mich. Es wurde Zeit, den selbstgefälligen Engel herauszufordern.

»Und du glaubst, du könntest mich überzeugen, indem du mich in deinen Duft einhüllst und mit deinem Atem betäubst? Fällt dir nichts Besseres ein, Racheengel?!«

Wie vorausgesehen reagierte Christopher auf meinen Angriff – allerdings völlig anders, als ich vermutet hatte.

»Ganz wie du willst. Ich warte draußen auf dich. Und viel Spaß mit dem Weihrauch – er reinigt die Seele«, raunte er mir zu, bevor er aufstand und erhaben – wie ein Engel eben – an den vollbesetzten Reihen entlangschritt. Dass ihm alle hinterherschauten, versuchte ich ebenso zu ignorieren wie den grausamen Gestank, der meine Nase erreichte. Dagegen kam selbst Ernestas Schlangentonikum nicht an.

Ich presste die Lippen zusammen und kämpfte gegen den Würgereiz. Sobald ich verlor, schluckte ich so lange, bis mein Frühstück wieder meinen Magen erreichte. Da die Intensität des Weihrauchs – dank des fleißigen Messdieners – nicht ab-, sondern zunahm, verlor ich den Kampf. Mit vor den Mund gepressten Händen stürmte ich durch die Kirche und übergab mich hinter dem erstbesten Strauch.

Starke Hände stützten mich, bändigten meine langen Haare und hielten mich fest. Erschöpft schloss ich die Augen und ließ mich fallen. Christophers Umarmung zu spüren, seine Nähe, die Zärtlichkeit, mit der er sich jetzt um mich kümmerte, ließ mich beinahe vergessen, was seit meiner Rückkehr ins Schloss der Engel geschehen war. Ich hungerte geradezu danach, bei ihm zu sein. Sehnte mich nach einem Kuss und einer Berührung meiner angegriffenen Seele.

»Ich bringe dich zurück«, flüsterte er mir ins Ohr. Doch anstatt mich einzulullen, weckte genau dieser Satz meinen erlahmten Selbsterhaltungstrieb.

»Nein!«

Meine Hände schlugen nach ihm. Seine eben noch sanfte Umarmung wurde zur Fessel.

»Lass sie los!« Philippes Stimme dröhnte zu uns herüber.

Christophers Griff um meine Taille wurde fester. Während er sich zu Philippe umdrehte, verschloss er mir mit der anderen Hand den Mund.

»Danke für deine Hilfe, aber ich komme allein zurecht. Wie du siehst, braucht sie nur ein paar starke Arme und jemanden, der sie nach Hause bringt.«

»Das kann ich übernehmen.« Christophers Engels-Charme überzeugte Philippe nicht.

Ich biss in Christophers Hand. Er zuckte kurz zusammen – sicher mehr vor Überraschung als vor Schmerz –, während er meinen Freund mit seinen Lügen umgarnte.

»Lucia wird sauer sein, wenn du nicht zurückkommst. Oder hast du vergessen, *wer* deine Freundin ist?«

Philippe blieb stehen. Er wirkte unsicher, allerdings nicht, weil Christopher mir den Mund zuhielt, sondern wegen des drohenden Untertons.

»Nein. Du hast recht. Ich kümmere mich um Lucia und du dich um Lynn. Außerdem muss ich noch mal singen.« Philippe klang, als hätte ihm jemand die Worte eingeflüstert – und ich wusste auch, wer.

Mein Ellbogen landete in Christophers Gesicht. Dieses Mal traf ich die richtige Stelle. Seine Augen glühten voller Zorn. Doch noch ehe ich mich aus seiner Umklammerung winden konnte, berührten seine aufgesprungenen Lippen meinen Mund. Schwarzer Nebel zog auf, der sich mit dunklen Schatten mischte.

»Ich hasse dich!«, war alles, was ich ihm noch an den Kopf werfen konnte, bevor ich in seinen Armen zusammensackte.

Langsam kehrte mein Bewusstsein zurück.

»Du Feigling!« Eigentlich wollte ich ihn anschreien, doch mehr als ein Flüstern brachte ich nicht zustande.

»Inwiefern?« Anstatt mich wieder in Ohnmacht zu küssen, antwortete Christopher. Er trug mich auf seinen Armen. Anscheinend hatte er alle Fluchtmöglichkeiten beseitigt.

Vorsichtig öffnete ich die Augen. Ich wusste, was mich erwartete. Trotzdem berührte sein Blick mich tiefer, als ich zulassen wollte. Ich sah Ärger, Wut und Entschlossenheit, aber auch einen kleinen Schimmer Neugier. Christopher schien sich sicher zu sein, dass ich nicht noch einmal entkommen würde. Schließlich war er der erfahrene Racheengel und ich nur die frisch geschlüpfte Putte. Er konnte es sich leisten, seinen Plan zu ändern, um mit mir zu spielen – und genau darin lag meine Chance!

»Du ziehst es vor, mich k. o. zu schlagen, statt dich mit mir zu messen? Fürchtest du etwa, ich könnte eine Schwachstelle bei dir entdecken?«

»Der Weihrauch muss dir die Sinne ganz schön vernebelt haben. Wenn ich dich k. o. geschlagen hätte, würdest du jetzt schlafen und nicht meckernd in meinen Armen liegen.«

»Und warum hast du es dann nicht getan? Wenn ich betäubt wäre, hättest du es doch so viel einfacher mit mir. Oder fürchtest du dich etwa davor, mich zu schlagen, und willst deshalb nicht mit mir kämpfen?«

Christophers Pupillen verengten sich. Anstatt mich einigermaßen sanft abzusetzen, warf er mich grob auf die Füße. Dank Arons Gleichgewichtstraining konnte ich einen Sturz gerade noch verhindern, als meine Schuhe über den steinigen Boden der Ebene rutschten, die ein paar hundert Meter weiter in die Tiefe stürzte.

War ich zu weit gegangen? Würde er mir jetzt eine Lektion erteilen, oder bestand noch die Chance, ihn zu einem echten Wettkampf zu überreden?

»Was schwebt dir denn so vor? Fäuste, Stock oder Klauen?« Kurz bevor er zu Ende gesprochen hatte, schossen seine Krallen hervor.

Ich zwang mich, nicht vor dieser diabolischen Waffe zurückzuweichen. Ein platzierter Treffer würde mein Herz zerreißen – obwohl, dazu brauchte er keine Waffe. Das schaffte er auch ohne.

Entgegen allem, was ich gelernt hatte, ballte ich meine Hände zu Fäusten. Die Spangen reagierten sofort. Meine Nägel brannten, doch der körperliche Schmerz half mir, den seelischen zu verdrängen. Mein Dämonenerbe flammte auf, entzündete sich an meinem und an Christophers Schatten, den ich jetzt allzu deutlich spüren konnte.

Unerbittlich kämpfte ich das Dunkle in mir zurück. Nur wenn ich einen kühlen Kopf bewahrte und nicht blind auf Christopher losstürmte, würde ich Weihnachten vielleicht doch noch zu Hause verbringen können.

»Du überraschst mich«, antwortete ich so gelassen wie möglich. »Anstatt mir eine echte Chance zu geben, wählst du eine Waffe, bei der du selbst dafür gesorgt hast, dass *ich* sie nicht einsetzen kann.«

Christopher, der mich keine Sekunde aus den Augen ließ und mitbekommen hatte, dass meine Spangen aktiviert waren, zögerte. Er wusste, dass ich nicht nur gegen ihn kämpfte.

»Und was genau schlägst du vor?«

Ich atmete tief durch, bevor ich antwortete, damit er meine Euphorie nicht bemerkte – ich hatte ihn da, wo ich ihn haben wollte!

»Ein fairer Wettkampf, bei dem nicht schon vorher feststeht, dass *du* gewinnst.«

Christophers Klauenhände verschwanden, kurz bevor er seine Arme vor der Brust verschränkte. Er würde zuhören, aber er war noch nicht bereit, sich auf mein Spiel einzulassen.

»Leider reicht meine Fantasie nicht aus, um mir vorzustellen, wie das aussehen könnte.«

Anstatt ihm auf der Stelle eine dicke Lippe zu verpassen –

dazu hatte mein Ellenbogencheck nicht gereicht –, biss ich die Zähne zusammen. Wenn es ihm gelang, mich zu provozieren, hatte ich verloren.

»Falls *du* gewinnst, komme ich freiwillig mit, lerne jede freie Minute und trainiere bis zum Umfallen. Aber wenn *ich* gewinne, darf ich Weihnachten mit meinen Eltern feiern.« Beim letzten Satz versagte mir beinahe die Stimme. Doch das war mir egal. Christopher sollte ruhig wissen, wie viel mir daran lag, Weihnachten zu Hause zu sein.

»Und wie genau möchtest du das anstellen?« Christophers Frage klang nicht sarkastisch, sondern neugierig – die Formulierung ärgerte mich trotzdem. Noch einmal atmete ich tief durch, um mich zu beruhigen.

»Indem du nichts benutzt, wozu du Engelskräfte brauchst.«

Christophers Stirnfalte erschien. Er suchte den Haken an der Sache. »Einen Stein zu werfen wäre also okay?«

»Ja. Dem könnte ich ausweichen.«

»Falls du schnell genug bist.

Ich schluckte, selbst seine Stimme war in Angriffslaune.

»Das bin ich, wenn du auf deine Engelsfähigkeiten verzichtest.«

Christopher nickte. »Also auch keine Klauen oder Schwerter.«

»Genau«, – und auch keine Flügel!

»Aron wird dich schinden, und du bist trotzdem bereit, alles zu tun, was er von dir verlangt?«

»Falls ich verliere? Ja!«

»Wenn du es schaffst, mich zu Boden zu ringen, bevor ich dich – ohne Engelskräfte natürlich – in die Eremitage getrieben habe, hast du gewonnen.«

Ich nickte. Bis zur Einsiedelei war es mehr als dreimal so weit wie bis zum Abhang. Genügend Abstand also für das, was ich vorhatte, falls es mir nicht gelang, ihn zu Fall zu bringen.

Christophers Taktik war simpel. Meter für Meter trieb er mich der Einsiedelei entgegen. Sobald ich einen Schritt nach rechts oder links machte, fing er mich ein, packte meine Taille und warf mich, als wöge ich nicht mehr als eine Tüte Popcorn, in die richtige Richtung. Er achtete darauf, dass ich sicher auf den Füßen landete – wahrscheinlich, weil er mich so schneller vorwärtstreiben konnte. Ob ich ihn dabei trat oder mit den Fäusten bearbeitete, störte ihn nicht. Auch den Steinen, die ich nach ihm warf, wich er aus: betont langsam, aber präzise genug, um mir zu zeigen, dass er auch ohne seine Engelskräfte meinen kläglichen Attacken gewachsen war. Erst als es mir gelang, einen Stock zu ergattern, kam Bewegung in Christopher. Doch anstatt sich auch eine Waffe zu holen, verzichtete er darauf – vorerst.

Schon mein erster Hieb saß. Ein Schlag in die Kniekehle. Ich nutzte das Überraschungsmoment und setzte nach.

Christophers Gesicht verzog sich für den Bruchteil einer Sekunde – lange genug, um zu erkennen, dass auch er verwundbar war. Ich freute mich zu früh. Kaum hatte ich mir ein paar Schritte erkämpft, drängte Christopher mich wieder zurück.

Mein Stock traf aufs Neue, doch nicht ich, sondern Christopher hatte den Schlag geplant. Absichtlich ließ er sich treffen, um mir den Stab zu entreißen.

»Mit Aron und Ekin hast du zwei wirklich hervorragende Lehrer. Mal sehen, ob auch ich dir noch etwas beibringen kann.« Christophers Mundwinkel zuckten. Er genoss die Vorfreude auf das Spiel, das jetzt seines war.

»Falls es dir zu viel wird, weißt du ja, wo du Zuflucht findest«, erinnerte er mich an die Einsiedelei.

»Du hoffst darauf, dass ich aufgebe? Ich dachte, du würdest mich besser kennen!« Mit einer Handvoll Sand und Steinen eröffnete ich die zweite Runde.

Während Christopher sich den Staub aus dem Gesicht wischte,

flüchtete ich dem Abhang entgegen. Der Stock grätschte mich aus. Kleine Steinchen schürften mir Hände und Knie auf. Die Hose war ruiniert – aber wen kümmerte das schon.

Christopher beobachtete, wie ich wieder auf die Beine kam. Aus seinem Gesicht war jegliche Freude gewichen. Stattdessen zeigte sich die steile Stirnfalte zwischen seinen jadegrünen Augen. Wahrscheinlich dämmerte ihm gerade, wie mein Plan B aussah.

Vorsichtig begann er, den Stock um meine Taille tanzen zu lassen, um mich in die richtige Richtung zu lenken. Ich versteifte mich, drückte meinen Rücken durch und widerstand Christophers Verführungstechnik. Die sanften Berührungen verwandelten sich. Aus dem Spiel wurde Ernst. Um mich aufzuhalten, musste Christopher seine Zurückhaltung aufgeben, mich verprügeln, anstatt zu streicheln.

»Lynn, treib es nicht zu weit!«, warnte er.

»Warum? Seit wann hast du Angst, mir weh zu tun?«

Meine Augen brannten. Ich wusste, dass ich mit dem Feuer spielte, aber umkehren konnte ich jetzt nicht mehr. Er hatte mich in den letzten Wochen stärker verletzt, als der Stock das je tun konnte. Erst als Christophers wutentbrannter Blick mich traf, zuckte ich zurück.

»Lass mir wenigstens die Feiertage«, bat ich ihn.

»Das kann ich nicht.« Der Stab war vergessen. An seiner Stelle hielten zwei eiserne Hände meine Schultern gefangen.

»Weil Aron das so möchte?« Ich zitterte vor Wut und Enttäuschung. »Hat er von dir auch verlangt, Hannah aufzureißen? Sicher hat es dir genauso viel Spaß gemacht, dein Ego zu befriedigen, wie mir zuzusehen, wie ich …, dass ich …« Ich brach ab. Meine Gefühle zu entblößen schmerzte mehr, als ich ertragen konnte. Doch ich wollte nicht länger schwach sein, unfähig, Arons Aufgaben zu erfüllen und einem Racheengel standzuhalten.

Mein Knie traf Christopher unvorbereitet. Seine Hand griff nach meinem Arm, um mich zurückzuhalten, aber ich war schneller – bereit.

Christopher erreichte den Abhang nach mir. Ebenso steil wie der Drachenhang fiel die Felskante in die Tiefe. Zum ersten Mal nach meinem Absturz fühlte ich keine Angst. Entweder ich wurde jetzt ein Engel und bekam Flügel, oder Christopher verwandelte sich, um mich vor dem Aufprall zu retten. Egal wie es ausging, ich würde gewinnen und Weihnachten zu Hause verbringen.

# Kapitel 24

## Gefallen

Irgendetwas stimmte nicht. Als Markus zu einem Engel wurde, hatte er vor Freude gejuchzt, nicht vor Qual geschrien. Mein Rücken schmerzte, als würde er mit Messern attackiert. Das Fallen nahm kein Ende. Wieder und wieder traf mein Rücken auf etwas Hartes. Ein Felsvorsprung oder vielleicht auch nur ein störrischer Ast. Im Grunde war es egal, was mir den Rücken aufschlitzte. Ich wollte nur eines: dass es endlich vorbei war!

Christophers Flügel rauschten im Wind. Ich versuchte zu lächeln – schließlich hatte ich gewonnen –, doch ich kam nicht dazu, meinen Sieg zu genießen. Der Schmerz zwischen meinen Schulterblättern breitete sich über meinen gesamten Körper aus und zerriss mich in tausend Stücke. Ein grausam verzerrter Schrei war das Letzte, was ich hörte, bevor es dunkel um mich wurde.

Pulsierendes Summen durchdrang meinen Kopf, zog meine Schultern entlang und verteilte sich in Bereiche, die sich fremd anfühlten. Noch ehe ich dazu kam, der Melodie und dem sanften Druck auf meinen Lippen genauer nachzuspüren, erreichte mich ein warmer Hauch von Sommergewitter. Doch anstatt mein Herz schneller schlagen zu lassen, drückte er mich zurück in die Ohnmacht.

Ich fluchte in Gedanken, als ich wieder zu mir kam, um gleich darauf erneut das Bewusstsein zu verlieren. Wie oft Christopher mich lahmlegte – Sturmgewitterduft versprühte nur er –, wusste ich nicht. Ich fühlte mich jedes Mal ein wenig wütender, aber auch stärker, was mir half, ruhig zu bleiben. Mich für immer in die Bewusstlosigkeit zu küssen war aufwendig – dafür standen ihm einfachere Mittel zur Verfügung.

Meine Wachphasen wurden länger. Doch anstatt zu jubeln, sehnte ich jetzt Christophers Einschlafkuss herbei. Ohne das Auf und Ab der Melodie in meinem Kopf hätte ich den Schmerz kaum ertragen. Das beruhigende Vibrieren, das mich wie eine sanfte Welle durchzog, dämpfte die Empfindungen meines offenbar im Fegefeuer brennenden Körpers. So ließ ich es zu, dass der Klang mich berührte, obwohl ich genau wusste, wem ich mich auslieferte. Der Schmerz würde grenzenlos sein, wenn er wieder von mir fortging, doch das Danach verdrängte ich.

Ich begann zu träumen – oder vielleicht auch zu halluzinieren. Christophers Hände strichen über mein Gesicht, meine Schultern entlang und weiter über meine Flügel. Seine Augen baten um Verzeihung, sobald er sie berührte, da eine gewaltige Welle aus Energie, warmen Samttönen und Schmerz sie zum Glühen brachte.

*Halte durch*, flüsterte er mit einem traurigen Lächeln, bevor er die qualvolle Prozedur wiederholte und mich schließlich in Ohnmacht küsste.

Der Traum verschwand, ein Albtraum weckte mich. Der höllische Schmerz war weg – genau wie der Duft nach Sommergewitter. Dafür erreichte mich ein anderer, nicht weniger harmloser Geruch: wilde Kräuter über schäumenden Meereswogen.

Ich unterdrückte einen tiefen Seufzer und spielte die Schlafende. Aron in meinem Dämmerzustand Rede und Antwort stehen zu müssen überforderte mich. Selbst unter besseren Umständen würde es schwierig werden, mich rauszureden.

»Du glaubst doch nicht, dass ich dir das abkaufe, Lynn?!« Arons vorwurfsvoller Tonfall zerstörte meine Hoffnung auf Aufschub.

Vorsichtig öffnete ich die Augen. Weiches Kerzenlicht erhellte den Raum. Verschlungene Ornamente zierten die grob behauenen Steinwände. Sie kamen mir bekannt vor, doch es gelang mir nicht, die Muster einzuordnen. Dass ich nicht in einem Zimmer mit Aussicht, sondern irgendwo unter der Erde feststeckte, verrieten der fensterlose Raum und der feuchtwarme Geruch dennoch.

Mein Blick blieb an Aron hängen. Er saß auf einem breiten Lederhocker, mit untergeschlagenen Beinen wie zur Meditation. Seiner entspannten Körperhaltung nach hatte er es nicht eilig, mir die Leviten zu lesen. Wahrscheinlich genoss er es, mich zappeln zu lassen, um mich einzuschüchtern – was zugegebenermaßen funktionierte.

Damit ich mich nicht ganz so hilflos fühlte, versuchte ich, mich aufzusetzen. Die tausend Messer, die dabei meinen Rücken aufschlitzten, kamen mir bekannt vor. Stöhnend ließ ich meinen Kopf wieder in die riesige weiße Masse sinken, die mich umgab.

»Du solltest liegen bleiben«, bemerkte Aron.

»Danke für die verspätete Warnung«, fauchte ich – wenigstens meckern tat nicht weh.

»Anscheinend befindest du dich auf dem Weg der Besserung. Bissig bist du jedenfalls schon wieder. Hoffentlich zeigst du auch Rückgrat, wenn ich dir erzähle, was dich erwartet.« Arons herausfordernder Blick erschlug mich. Ich fühlte mich alles andere als bereit, es mit ihm oder sonst irgendjemandem aufzunehmen.

Müde schloss ich die Augen und ergab mich: Mein Rücken tat weh, Aron war obersauer und Christopher hatte sich aus dem Staub gemacht. Ich stand am Ende meiner Leidensfähigkeit. Meine Augen wurden feucht. Besiegt schlug ich die Hände vors Gesicht. Es reichte, wenn Aron ahnte, wie ich mich fühlte – sehen musste er es nicht auch noch.

Doch Aron kannte offenbar keine Gnade. Immerhin war er vorsichtig, und auch seine Stimme klang sanft, als er meine Hände wegzog, so dass er mein Gesicht sehen konnte. Mit seiner Therapeutenstimme versuchte er, mich zu trösten.

»Alles wird gut. Das Schlimmste hast du überstanden – glaub mir.«

Unbedacht schüttelte ich den Kopf, was eine heftige Messerstichattacke nach sich zog.

»Sei heute noch ein wenig geduldig, und beweg dich nicht allzu viel. Schon morgen wird der Schmerz nachlassen, und bald wirst du gar nichts mehr spüren.«

»Es wird nie aufhören weh zu tun«, schluchzte ich, während Tränen über meine Wangen liefen.

»Doch, das wird es …« Aron brach ab und begann mein Gesicht zu scannen. Anscheinend dämmerte ihm gerade, dass ich nicht von meinem angeschlagenen Körper, sondern von Christopher sprach. Geduldig wartete er, bis ich ausgeheult hatte, bevor er aufstand, um vor meinem Bett hin und her zu gehen. Er kämpfte mit sich. Schließlich blieb er stehen.

»Warum in aller Welt muss ich mich um zwei Racheengel kümmern? Einer hätte wirklich genügt!« Da er offenbar zuerst seinen Frust loswerden musste, schwieg ich und wartete. »Sag mir, wie du auf die blöde Idee gekommen bist, einen zweihundert Meter tiefen Abgrund hinunterzuspringen, nachdem du mir vor ein paar Tagen glaubhaft versichert hast, unter Höhenangst zu leiden? Wolltest du mich vorführen oder nur ärgern?«

»Das hatte nichts mit dir zu tun«, erwiderte ich.

»Nein? Gut. Dann erklär dich!« Aron würde nicht lockerlassen. Vielleicht minderte es meine Strafe, wenn ich ehrlich war.

»Wie du weißt, hatte Christopher vor, mich ins Schloss der Engel zurückzubringen. Ich hab mich geweigert mitzukommen, weil ich Weihnachten bei meinen Eltern sein wollte, und ihn zu einem Wettstreit überredet.«

Arons linke Augenbraue wanderte nach oben. »Den Christopher gewann.«

Ein Grinsen huschte über mein Gesicht, das Aron überhaupt nicht gefiel.

»Du hast gewonnen?«

Ich nickte, was mein Grinsen in ein Lippenzusammenpressen verwandelte, da mein Kopf erneut in Flammen stand. Aron legte mir seine kühle Hand auf die Stirn, was den Schmerz augenblicklich linderte.

»Sagte ich nicht, du sollst dich nicht bewegen? Deine ...« Wieder sprach er nicht weiter. Stattdessen brachte er das Thema auf Christopher zurück. »Und wie hast du es angestellt, ihn hinters Licht zu führen?«

Arons Unterstellung, ich hätte Christopher betrogen, ärgerte mich. »Ich habe ihm einen fairen Kampf angeboten. Er gegen mich – ohne Engelskräfte.«

»Und Chris hat sich darauf eingelassen, weil er nicht wusste, dass du vorhattest, dich die Klippe hinabzustürzen. Du wiederum hast damit gerechnet, dass er sich in einen Engel verwandeln und dich auffangen würde. Du konntest also gar nicht verlieren.«

»Ja«, gab ich zu. »Allerdings habe ich gehofft, ich ... ich würde ...« Ich verstummte. Zuzugeben, dass ich mir gewünscht hatte, ein Engel zu werden, erschien mir plötzlich allzu vermessen. Doch ich brauchte es nicht laut auszusprechen. Aron kannte mich.

»Eine sehr riskante Art, ein Engel werden zu wollen. Hast du so wenig Vertrauen zu mir?«

Meine Lippen begannen zu zittern. Ich biss darauf, um sie festzuhalten. Ich hatte nicht nur Aron verletzt, sondern auch meinen Weihnachtswunsch am Abgrund zerschmettert.

»Ich wollte einfach nur nach Hause«, schluchzte ich. »Es ... es wurde immer mehr. Die Schule, das Training, die Slackline und dann auch noch Hannah und ... und Christopher.«

Meine Tränendrüsen schienen heute ein Fest zu feiern. Sobald ich an Christopher dachte, stürzten meine Gefühle von einen Extrem ins andere. In meinem Traum war er bei mir, aber in Wirklichkeit kümmerte es ihn nicht, was aus mir wurde.

»Du liebst ihn noch immer? Obwohl du es kaum ausgehalten hast, mit ihm und seinen Klauenhänden zu trainieren?«

»Das … das ist nicht wahr.«

»O doch. Ihn so zu sehen hat dich abgestoßen. Nicht nur ich konnte erkennen, welchen Ekel du vor Christopher empfindest.«

»Nein, das ist … ich … ich hatte Angst vor ihm – und vor mir. Davor, selbst ein Monster zu werden«, flüsterte ich.

»So wie ich eines bin!« Wie auf ein Stichwort öffnete sich die Tür und Christopher trat ein.

Mein Herz geriet aus den Fugen. Es jubelte und schmerzte zugleich. Am liebsten wäre ich weggerannt, doch mein angeschlagener Körper ließ das nicht zu. Meine Hormone feierten Party, während ich krampfhaft versuchte, meine Gefühle in den Griff zu bekommen, um nicht wieder loszuheulen. Tapfer schluckte ich den Kloß, der mir den Hals zusammenschnürte.

»Ja«, beantwortete ich Christophers Frage. »Ich habe Angst vor meinem Dämonenerbe, weil ich weiß, dass ich nicht so stark bin wie du. Allein hätte ich niemals zurückgefunden.«

»Und ohne ihn hätte es sicher noch eine Weile gedauert, aus dir einen Engel zu machen«, mischte Aron sich ein. »Deine Flügel allerdings gleich beim ersten Flug einem Härtetest zu unterziehen war ganz schön einfältig. Ein Wunder, dass Christopher es geschafft hat, sie zusammenzuhalten, damit aus den vielen Bruchstücken wieder zwei Ganze werden konnten.«

»Sorry, ich … ich kann dir nicht ganz folgen.«

»Nein? Dann muss ich wohl mal einen Spiegel holen.« Aron grinste wie ein Honigkuchenpferd. »Und wehe, ihr streitet euch, während ich weg bin!«

Kaum war Aron zur Tür hinaus, bombardierte Christopher mich mit Fragen. »Was war es, das dich geritten hat, über die Kante zu springen? Stolz? Eifersucht? Hast du wirklich geglaubt, Hannah würde mir etwas bedeuten, wo sie doch nur ein Ablenkungsmanöver für Raffael war? Oder war es Eitelkeit? War dir dein Sieg über mich so wichtig?«

»Ja. Nein. Ich … ich weiß es nicht.« Die ganze Situation überforderte mich – dabei hatte ich doch nur nach Hause gewollt.

Aron kam mit einem gigantischen, silber umrahmten Spiegel zurück. Noch ehe Christopher mich festhalten konnte, verlor ich die Nerven und vergaß meinen lädierten Körper, als ich mein Spiegelbild sah. Zwei riesige Schwingen, in watteweichen Wolkenflausch gebettet, ragten rechts und links hinter meinem Rücken hervor.

Panisch setzte ich mich auf und zog die Flügel aus ihrem Schutzmantel. Der Schmerz zerriss mich. Haltsuchend krümmte ich mich zusammen. Die Messer in meinem Rücken begannen zu rotieren, schnitten in mein Fleisch, um die Flügel von meinem Körper zu trennen.

Christopher war schneller als Aron. Gegen meinen Willen zwang er mich in das Wolkenwattebett. Die Messer bohrten sich tiefer. Meine Spangen aktivierten sich, als ich Christophers Arme umklammerte, um ihn aufzuhalten. Der Schmerz explodierte. Kurz bevor ich losschrie, legte sich Christophers Mund auf meinen. Doch dieses Mal funktionierte sein Betäubungstrick nicht reibungslos.

Ich spürte, wie er etwas in mir zu fassen bekam. Automatisch versuchte ich, ihm zu entkommen. Christophers Hände hielten mein Gesicht fest – er war so viel stärker als ich. Seine jadefarbenen Augen schmolzen zu smaragdgrüner Wärme, während seine Lippen mich für einen kurzen Moment freigaben.

»Lass mich dir helfen. Ich werde dir nicht weh tun – nicht noch einmal.«

Als sein Mund sich erneut auf meinen legte, schloss ich die Augen. Tränen liefen über mein Gesicht. Nichts wollte ich lieber als ihm glauben – doch nichts fiel mir schwerer.

In meinen Träumen fühlte ich wieder die Samttöne. Sie heilten nicht nur meinen Körper, sondern trösteten auch meine Seele – für den Augenblick zumindest. Als ich aufwachte, war der Schmerz in meinem Inneren wieder da. Zu oft hatte Christopher mein Herz gebrochen. Ihm zu vertrauen überstieg meine Kraft.

»Wie geht es dir?« Arons besorgte Stimme drang zu mir durch.

»Ich … ich weiß es nicht. Wie fühlt sich denn ein Engel so?«

Aron lachte über meine Frage. »Kaum anders als zuvor.«

»Gut. Dann geht es mir bescheiden.«

»Hast du Schmerzen?« Aron wirkte plötzlich beunruhigt.

»Nein, aber hast du dir meine Flügel schon mal genauer betrachtet?«

Das amüsierte Blitzen um Arons Lippen gefiel mir nicht. »Klar. Sie sind ganz außerordentlich.«

»Ja. Außerordentlich ROSA!«

Aron grinste. Mit zusammengepressten Lippen, aber er grinste!

»Bleiben die etwa so?«

»Vermutlich«, gluckste er. »Es sein denn, du fackelst sie ab und wartest, bis dir welche nachwachsen – was nicht immer der Fall ist. Abgesehen davon, dass das höllisch weh tut, könnte das Rosa dann ein Pink sein oder was noch Schlimmeres. So sehen sie bloß aus, als wären sie weiß mit rosa angehauchten Spitzen.«

Ich knirschte mit den Zähnen. Warum bekam gerade ich barbierosa Flügel? Hieß ich etwa Hannah?!

»Lynn«, Aron wurde ernst, »auch wenn sie rosa sind, außergewöhnlich sind sie dennoch. Nur die Schwingen von Rache-

Engeln leuchten in ihrem Inneren – und deine schimmern bestimmt besonders intensiv, wenn sie voll funktionstüchtig sind.«

Schimmern – wie Blitze! Sofort hatte ich Christophers Wetterleuchten vor Augen. Meine Laune sank ins Bodenlose. Trotz meiner beiden Schwingen fühlte ich mich hilflos – und so gar nicht wie ein Engel.

Aron bemerkte meinen Gefühlsumschwung. Behutsam nahm er meine Hand in die seine.

»Ich werde dir helfen, deinen Platz zu finden. Auch wenn du es mir vielleicht nicht glaubst, ich halte dich für unglaublich mutig.«

»Warum? Weil ich mich in die Tiefe gestürzt hab?«

»Nein. *Das* war unglaublich dämlich.« Aron drückte meine Hand fester, als wolle er seine Worte unterstreichen. »Als du noch ein Mensch warst, hattest du den Mut, einen Racheengel zu lieben. Und jetzt, da du weißt, was sich dahinter verbirgt, tust du es noch immer.«

»Doch *er* kann es nicht.« Der Gedanke an Christopher ließ den Schmerz wieder aufleben. Auch Engelherzen waren zerbrechlich.

»Aber er ist dabei, es zu lernen. Lynn, Christopher liebt dich, doch es fällt ihm schwer, seinen Gefühlen zu vertrauen. Er verletzt dich, um dich zu testen – und ich befürchte, er wird es wieder tun.«

»Dann … dann schick ihn weg. Ich schaffe das nicht noch einmal.«

Aron seufzte. »Ich fürchte, das musst du. Ohne seine Unterstützung wird es schwierig für dich. Der Rat hat bereits einen Beobachter ins Schloss geschickt, der deine Schwächen aufspüren soll.«

»Aber … ich dachte, da ich jetzt ein Engel bin …«

Aron fiel mir ins Wort. »Der Rat ist sich uneins, was dich betrifft. Sanctifer hat mächtige Freunde. Er wird einen Weg finden, den Rat zu überzeugen, dass aus dir nur dann ein fähiger Racheengel wird, wenn *er* deine Ausbildung übernimmt. Und da niemand ihn so gut kennt wie Christopher, bist du auf seine Hilfe angewiesen.«

»Dann gib mir ein wenig Zeit – nur ein paar Tage«, bat ich. Bevor ich Christopher wieder gegenüberstehen musste, wollte ich lernen, meine Gefühle zu verbergen, um mein zersplittertes Herz zu schützen.

»Wolltest du Weihnachten nicht mit deinen Eltern verbringen?«

»Ja, aber …«

»Christopher wird alles tun, um seine Wettschulden zu begleichen. Und da du ja jetzt ein Engel bist, kann ich dir ruhig ein paar Tage freigeben – zumal dir zu Hause noch ein wenig Zeit bleibt, dich auf den Beobachter des Rats vorzubereiten. Das einzige Problem bei der Sache sind deine Flügel.«

Mein verwirrter Gesichtsausdruck brachte Aron zum Lachen. »Willst du etwa als Weihnachtsengel auftreten? Dann komme ich mit, besorg mir einen roten Mantel und lass mir einen weißen Bart wachsen.«

Aron wurde wieder ernst. »Du musst lernen, deine Flügel zu beherrschen, wenn du an Weihnachten bei deiner Familie sein möchtest. Durch den Sturz sind sie im Augenblick nicht bloß nutzlos, sondern auch extrem empfindlich. Nur wenn du ihre Energie in dir trägst und sie schützt, können sie sich vollständig regenerieren. Und in deinem Fall ist Christopher nun mal der beste Lehrer.«

Obwohl es mir schwerfiel, erklärte ich mich einverstanden, von Christopher unterrichtet zu werden. Die Hoffnung, meinen Weihnachtswunsch doch noch erfüllt zu bekommen, siegte über meine Bedenken.

Christopher wirkte unruhig, als er den von flackernden Kerzen erhellten Raum betrat. Sein Blick wanderte von Aron zu mir und wieder zurück. Erst als Aron ihn mit einem warnenden Augenrollen drängte, endlich an mein Wolkenwattebett zu treten, kam er näher.

»Chris, du musst sie schon anfassen, damit sie spüren kann, was sie tun soll. Du weißt genauso gut wie ich, dass sie nicht zerbrechlich ist.«

Christopher runzelte die Stirn. Er dachte an eine andere Art von Zerbrechlichkeit und zögerte, was Aron einen Seufzer entlockte, während ich meine Ängste wegsperrte – schließlich war morgen Weihnachten.

»So lange wie du mir keine Ohnmacht aufzwingst, ist alles okay«, behauptete ich.

Natürlich war es das nicht. Christophers Hände, die meinen Rücken berührten, mir über die Schultern strichen und weiter über meine empfindsamen Flügel, waren alles andere als harmlos. Ich zwang meine Augen, eines der Muster auf der gegenüberliegenden Wand zu fixieren, und presste die Lippen zusammen. Tausend Schauer jagten meine Flügel entlang. Jede Berührung fühlte sich intensiver an als die davor.

»Spürst du die Energie?«, fragte Christopher viel zu nah an meinem Nacken.

Ich nickte, unfähig zu antworten. Meine Gefühle für ihn hinderten mich daran, einen klaren Gedanken zu formulieren. Ich hasste und liebte ihn. Ich wollte, dass er aufhörte, mich zu berühren, und wünschte mir doch nichts sehnlicher, als in seinen Armen zu liegen. Zum Glück stellte er mir eine Aufgabe, an der ich mich festbeißen konnte.

»Gib der Kraft Raum. Lass sie in deine Flügel strömen, bis sie ganz von ihr durchdrungen sind.«

Energie. Kraft. Vertraute Begriffe und doch etwas völlig Unbekanntes. Ich suchte danach, spürte sie und wusste dennoch nicht, wie ich sie beeinflussen konnte.

Frust kochte in mir hoch, meine Hände verkrampften sich

und weckten mein Dämonenerbe. Noch bevor ich Christopher abschütteln konnte, packte er meinen Kopf, drückte ihn nach unten und näherte sich meinem Mund.

»Nein! Tu das nicht!« Aron sprach meine Gedanken laut aus. »Gib ihr die Chance, sich selbst zu beruhigen. Sie schafft das.«

Christophers Lippen kamen kurz vor meinen zum Halt. Sein Atem streifte meine Wange. Er bemerkte, wie mir die Farbe aus dem Gesicht wich, und hielt die Luft an. Das kalte Jadegrün seiner Iris wurde wärmer.

Als hätte ich etwas Verlorengeglaubtes wiedergefunden, hielt ich mich an ihm fest. Meine Wut ebbte ab und schaffte Platz für etwas anderes – etwas Größeres. Ich schloss die Augen. Zu viel verrieten sie über meine Gefühle.

Aron gönnte mir eine Pause und schickte Christopher weg, um etwas Essbares zu holen. »Er wird lernen, auch dem Engel in dir zu vertrauen.«

»Und wenn nicht? Muss er mich jedes Mal in Ohnmacht küssen, sobald er denkt, dass ich austicke?!«

»Eigentlich nicht. Abgesehen davon wäre es für euch beide einfacher, wenn das mit dem Umkippen aufhören würde. Wie wollt ihr euch sonst wieder versöhnen?«

Ich errötete bis an die Haarwurzeln. Aron brach in schallendes Gelächter aus und steckte mich damit an. Erst Christophers Auftauchen ließ uns beide verstummen. Sein eisiger Blick wirkte wie ein kalter Regenguss.

Meine Stimmung kippte, weshalb ich beim nächsten Versuch schneller aus der Fassung geriet. Drohend stand Christopher am anderen Ende des Zimmers in Lauerstellung, während Aron beruhigend auf mich einredete.

»Ruh dich aus, wir werden später weitermachen«, beendete er schließlich die Sitzung, erhob sich von seinem Hocker und ging zur Tür. »Kommst du?«, fragte er Christopher.

»Ich bleibe hier.«

Aron zuckte mit der Schulter – obwohl ich ihm einen hilfesuchenden Blick zuwarf – und verließ den Raum, um mich mit Christopher allein zu lassen.

»Es gefällt dir nicht, dass ich hier bin«, eröffnete Christopher das Gespräch, während er sich auf Arons Hocker niederließ.

»Ganz genau. Der einzige Grund, warum ich es ertrage, ist mein Wunsch, Weihnachten zu Hause zu feiern – weit weg von dir!« Er wollte Ehrlichkeit – die bekam er jetzt.

Christophers Augen loderten auf. »Es war Arons Idee.«

»Ich weiß, dass du ihm zuliebe hier bist.«

»Das stimmt nicht. Ich bin deinetwegen hier.«

Ich wandte mich ab und starrte auf die rosafarbenen Gebilde an meinem Rücken, die so zart wirkten und doch so mächtig waren, mich in meinem Wolkenwattebett festzuhalten. Seinetwegen war ich ein Racheengel – wie er. Noch immer kam er nicht damit klar, der Grund für meine Verwandlung zu sein. Meine Flügel bildeten den letzten Beweis.

»Und wie lange wirst du dieses Mal bleiben?«

»So lange, bis du mich nicht mehr brauchst.«

Meine Wut schäumte hoch. »Das hast du schon einmal versprochen!« Meine Stimme begann zu zittern. »Und trotzdem bist du gegangen.« Tränen kullerten über mein Gesicht.

Christopher war schneller bei mir, als ich ihn abwehren konnte. Seine Hände bebten, während seine Finger die Spur meiner Tränen nachzeichneten.

»Ich wollte dich nicht noch mehr verletzen. Du solltest dich nicht an etwas gebunden fühlen, das dich anwidert. Wie sonst hätte ich dich dazu bringen können, mich zu hassen?«

»Indem du mich zuerst hasst.« Meine Stimme versagte. Selbst dann würde ich ihn noch lieben.

Christopher zog mich in seine Arme. »So viel Macht ich auch besitze, *das* übersteigt selbst meine Fähigkeiten.«

Engelstränen waren schwer, gehaltvoll. Meine Zweifel lösten

sich in ihnen auf, als nähmen sie einen Teil meines Kummers mit. Ich glaubte ihm, musste es, wenn ich nicht zerbrechen wollte.

Gebettet in weiche Wolkenwatte hielt Christopher mich fest. Wir brauchten einander. Ob Dämon oder Monster. Es waren unsere unvollkommenen Engelsseelen, die sich gegenseitig anzogen, als wäre jede ein Teil der anderen.

Christophers Nähe erschöpfte mich. Sein Atem brachte mich zum Einschlafen. Kurz wehrte ich mich gegen den mächtigen Sog, doch ich hatte heute schon zu viel Kraft verbraucht, so dass ich nicht lange durchhielt und einschlief. Christophers Duft blieb bei mir, seine Gegenwart wärmte mich – endlich war ich in Sicherheit.

Sanfte Finger weckten mich.

»Wach auf, Dornröschen, wenn du Weihnachten zu Hause sein willst.« Der erhoffte Kuss fiel aus – was ausnahmsweise gut war. Der Anblick von Christophers smaragdgrünen Augen schickte neue Tränen über mein Gesicht. Schließlich hatte ich geglaubt, ihn verloren zu haben.

»Verzeih mir«, flehte er und nahm mein Gesicht in seine Hände.

Ich nickte und drückte mich an ihn, bis ein lautes Räuspern die Schutzhülle unserer Zweisamkeit durchbrach: Wir waren nicht allein! Aron grinste sein spitzbübisches Lächeln, als ich ihn entdeckte.

»Du kannst ihn mitnehmen, wenn du willst« – er meinte Christopher – »aber davor musst du deine Flügel loswerden. Chris hat eine Idee, wie du das vielleicht noch rechtzeitig hinbekommst.«

Ein Blick auf Christopher verriet mir, wie unausgegoren der Vorschlag war. Er zweifelte an dem Erfolg, dennoch nickte er Aron zu, damit er fortfuhr.

»Was machst du, wenn du dich gegen ihn wehrst?«

Arons Frage irritierte mich. »Ich treffe die richtigen Stellen?!« Die beiden Engel brachen in Gelächter aus. Offenbar amüsierte sie meine Antwort.

»Das auch«, gab Christopher zu. »Und was fühlst du, wenn ich dich küsse?«

Meine hochroten Wangen passten bestimmt prima zu den rosaroten Flügeln. Noch bevor ich etwas Peinliches von mir geben konnte, formulierte Christopher seine Frage um.

»Wie wehrst du dich, wenn ich dir deine Energie entziehe?«

»Tust du das?«

»Ja.« Christopher wirkte nicht gerade glücklich. Wenn auch nicht beim ersten Mal, so hatte er mich doch viel zu oft gegen meinen Willen in die Bewusstlosigkeit geküsst.

»Nun, ich … ich weiß nicht. Ich versuche, nicht loszulassen und das, was du mir stiehlst, zurückzuziehen.« Als ich Christophers verlegenen Gesichtsausdruck sah, wurde mir einiges klar. »Mich zu betäuben stärkt dich, nicht wahr?«

»Er entzieht dir deine Engelsenergie«, mischte Aron sich ein. »Im Prinzip das gleiche Vorgehen, das ein Racheengel anwendet, wenn er einem entarteten Engel seine Dämonenenergie nimmt.«

Ich schnappte nach Luft. Christopher behandelte mich wie einen *entarteten Engel*?!

»Wie viel von meiner Schattenseite siehst du?«

»Wann?«, fragte Christopher vorsichtig.

»Wenn du mir in die Augen siehst.«

»Das kommt darauf an«, wich er aus.

»Nur zu, oder interessiert es dich nicht, was *ich* bei *dir* sehe?«

Mein Köder passte. Christophers Pupillen weiteten sich für einen kurzen Moment, ehe er antwortete. »Wenn deine Augen von zartem Schokoladenbraun zu Schwarz wechseln und die winzigen honigbraunen Sprenkel sich verflüchtigen, kann ich deinen Schatten fühlen.«

»Und sehen?«

»Nur wenn du dich verwandelst.«

Erleichtert atmete ich auf, da ich Schlimmeres befürchtet hatte.

»Und du? Was ist mit dir?« Christopher ließ mich nicht entkommen. »Was siehst du?«

»Deine Klauen, wenn du sie belebst.«

»Was noch?«

»Deine Augen. Aber sie leuchteten schon immer jadegrün, wenn du sauer auf mich bist.«

Aron wandte sich ab, damit Christopher sein Grinsen nicht bemerkte.

»Und sonst noch etwas?« Christopher kam näher. Seine Engelsseele berührte mich – und nicht nur sie. Ich sah auch den dunklen, bedrohlichen Teil in ihm. Doch er erschreckte mich nicht. Es war nicht das erste Mal, dass ich sein Wesen begriff.

»Nichts, was ich nicht schon als Mensch kennengelernt hätte«, erwiderte ich selbstsicher.

Christopher entspannte sich, während ich zum Gegenschlag ausholte.

»Wie oft muss ich dir noch beweisen, dass ich mich nicht vor dir fürchte, bis du mir endlich glaubst?!«

»Oft«, antwortete er. »Das nächste Mal schon heute.«

# Kapitel 25

## *Engelsleuchten*

Christophers Lippen streiften mein Gesicht. Ich schloss die Augen. Gleich würde er mich küssen – nicht weil er mich liebte, sondern da ich lernen sollte, mich ihm zu widersetzen. Eigenartiger konnte ein Kuss wohl kaum sein. Einerseits sehnte ich mich danach, andererseits fürchtete ich mich davor.

Mein Widerstand brach im selben Moment, als Christophers Mund sich auf meinen legte. Mit Höchstgeschwindigkeit strömte ihm die Energie meiner Engelsseele entgegen. Christopher brach das Experiment augenblicklich ab, um zu verhindern, dass ich das Bewusstsein verlor.

»Lynn! Du sollst dich zur Wehr setzen!« Während Christopher mich anfuhr, fiel Aron vor Lachen fast vom Hocker – offenbar hatte er heute seinen lustigen Tag.

»Vielleicht solltest du ihr vorher eine runterhauen, sonst wird das nichts mit dem Widerstand beim Küssen«, gluckste Aron.

Christopher warf ihm einen verärgerten Blick zu, bevor er sich wieder mir zuwandte. »Noch mal!«

Ich nickte – und verlor mich erneut in seiner berauschenden Engelsseele.

Christopher vermied es, mich anzuschauen. Er war wütend. Auf mich, weil ich ihm nicht widerstehen konnte, und auf sich, da ihm das insgeheim gefiel, er aber, wenn er keine Lösung fand, weder seine Wettschulden begleichen noch mir meinen Weihnachtswunsch erfüllen konnte.

Er änderte seine Taktik. Schon bevor Christopher seinen neuen Plan in die Tat umsetzte, kroch mir die Angst den Rücken empor. Die feinen Härchen in meinem Nacken stellten sich auf, als er mich berührte und ich die eisige Kälte fühlte, die von ihm ausging.

Christophers Klauenhände hielten mich fest, während sein Mund sich auf meinen presste. Ich zitterte am ganzen Leib. Obwohl ich wusste, warum er seine Klauen benutzte, bekam ich Panik. Mein Widerstand erwachte, als ich den Sog in meinem Inneren fühlte. Angewidert stemmte ich mich gegen Christophers Macht und hielt meine Energie fest, um sie vor ihm zu schützen. Er ließ nicht locker, forderte mich weiter heraus, bis ich ihm nichts mehr entgegensetzen konnte. Erst dann gab er mich frei.

Völlig erschöpft sackte ich zusammen, doch anstatt Christopher wegzustoßen, klammerte ich mich an ihm fest. Die Sehnsucht nach seiner Wärme war stärker als mein Abscheu und besiegte die Angst vor seinen Monsterkrallen. Er hielt mich fest, schaukelte mich sanft in seinen Armen, bis ich mich wieder beruhigt hatte, und wischte mir mit seinen Fingern die Tränen aus dem Gesicht.

Aron verschwand und schenkte uns ein paar Minuten Zweisamkeit. Er kam mit dem Frühstück zurück. Das Grinsen war ihm vergangen. Christophers Schattenseite zu sehen beunruhigte auch einen erfahrenen Engel wie ihn.

Christopher blieb geduldig, er ließ mir Zeit, mich zu sammeln. Bevor er erneut Hand an mich legte, erklärte er mir, was er vorhatte.

»Da du mir offenbar nur widerstehen kannst, wenn ich zum Monster werde, entziehe ich als Nächstes deinen Flügeln ihre Energie, damit du lernst, wo du sie findest.«

Aron erblasste. Seine Reaktion verunsicherte mich.

»Worin liegt das Problem?«, wandte ich mich direkt an Aron.

»Nirgendwo.« Er wirkte besorgt, weshalb ich ihm seine Antwort nicht glaubte.

»Also bei mir«, schlussfolgerte ich. »Entweder du fürchtest, dass ich ausraste, oder du hältst meine Fähigkeiten für ziemlich erbärmlich.«

»Weder das eine noch das andere.«

»Und warum belügst du mich dann?«

Aron warf Christopher einen flüchtigen Blick zu, als benötige er seine Einwilligung. »Es gibt einen Grund, warum die Ausbildung eines Racheengels geregelt ist. Zu viel Wissen auf einmal könnte ihm schaden.«

»Und zu wenig macht ihn bockig!« Ich verschränkte die Arme vor der Brust, was Aron einen tiefen Seufzer entlockte.

»Du solltest deinen Namen ändern. Maulesel würde besser zu dir passen als Lynn. Aber wenn du es unbedingt wissen willst! Die einfachste Methode, einen Engel zu töten, ist, sein Herz zu zerstören. Das geht allerdings nur, wenn du eine mit Dämonenstaub vergiftete Waffe hineinstößt oder, wenn du keine solche Waffe zur Verfügung hast, ihm davor die Flügel abfackelst, um die Verbindung zu seiner Engelsseele zu zerstören. Was natürlich nur dann möglich ist, wenn er sie nicht in sich trägt. Und da ein Engel seine Schwingen nur verbergen kann, solange er genügend Energie besitzt, kannst du dir sicher denken, was passiert, wenn sie ihm vollständig genommen wird, damit sie sich nicht nachbilden kann.«

Meine Kehle wurde trocken. Aron hatte mir soeben die Anleitung zum Töten von Engeln anvertraut. Mein Blick erreichte Christopher. Wie kein anderer beherrschte er es, Engelsenergie abzuziehen. Darin lag die Stärke eines Racheengels – im Töten. Und ich sollte einer von ihnen werden!

Auch ohne dass Christopher sich zum Monster verwandelte, wurde mir schlecht. Ich schloss die Augen, um seine Anwesenheit auszublenden. Engel beschützten und töteten. Warum musste ausgerechnet ich den Part des Schlächters übernehmen?

»Du brauchst niemanden zu töten«, erklärte Christopher. »Es genügt, wenn du den Beschuldigten dem Rat oder seinem Scharfrichter übergibst.«

»Wehrlos?« Es fiel mir schwer, Christophers Kaltblütigkeit zu ertragen.

»Ein angemessener Zustand für jemanden, der die Regeln gebrochen hat. Lynn, auch Schutzengel können gefährlich werden. Erst recht wenn es niemanden gibt, der sie aufhält.«

»Kein Engel wird gerichtet, ehe seine Schuld bewiesen ist«, ergänzte Aron.

Er vertrieb meine Bedenken nur zur Hälfte. Sie bekamen neue Nahrung, als Christopher mit seinen Klauenhänden den Rand meiner lichtdurchfluteten Flügel berührte und ihnen Energie entzog. Es fühlte sich falsch an. Grausam. Ihm einen Teil auszuliefern – auch wenn er noch gar nicht richtig zu mir gehörte –, ohne dass ich mich dagegen wehren konnte, zeigte mir, wie hilflos ich war und wie verletzlich meine rosafarbenen Engelsschwingen. Instinktiv versuchte ich, meine Flügel zu schützen. Mit allem, was ich aufbieten konnte, stemmte ich mich gegen Christophers Macht. Dass dabei meine Schattenseite erwachte, merkte ich erst, als es beinahe zu spät war.

Rote Schleier tanzten vor meinen Augen. Mein Fokus zielte auf Christophers Herz. Ich war bereit, es ihm zu entreißen.

»Beherrsche dich, wenn du nicht willst, dass ich dich in Ohnmacht küsse!«

Christophers Befehl brachte mich zur Besinnung. Hastig löste ich eine Hand von seiner Kehle und die andere von seiner linken Brust, um meine Handflächen zusammenzupressen. Meine Finger schmerzten heftig, doch ich stand es durch und behielt die Kontrolle, während Christopher mich skeptisch beobachtete.

»Du hattest wenig Zeit, das zu lernen. Umso bemerkenswerter ist es, wie schnell dir das gelingt.« Christophers Argwohn schlug in Bewunderung um.

Mein Herz jubelte vor Freude. Vielleicht würde ich bald stark genug für ihn *und* meine Flügel sein. Natürlich reichte eine Option nicht aus. Die rosa Schwingen mussten noch heute verschwinden, weshalb Christopher einen Schritt weiterging.

»Und jetzt springst du mir nicht an die Kehle, sondern hältst die Energie fest, während ich versuche, sie dir zu entreißen. Okay?«

Ich nickte tapfer, obwohl ich Angst davor hatte, auch diesmal unangemessen auf Christophers Angriff zu reagieren. Seine Lippen streiften meine Stirn. Eine flüchtige Berührung, die mich ins Trudeln brachte.

»Auch daran müssen wir arbeiten«, murmelte er, während er mein Kinn hob und mich anschaute. »Du schaffst das. Ich weiß es.« Ob Christopher sich auf das Küssen oder auf das An-die-Gurgel-Springen bezog, ließ er offen.

Gefährlich sanft fuhr er mit seinen Händen meine hochsensiblen Flügel entlang, bevor seine Klauen hervorbrachen und den energiegeladenen Teil meiner Schwingen festhielten.

Ich schrie auf. Überraschung, Schmerz und Hilflosigkeit überwältigten mich. Christophers Sog wurde stärker. Wut ergriff mich.

*Bleib ruhig. Besinne dich. Handle und lasse dich nicht zum Handeln zwingen!* Christophers Stimme erfüllte mein Inneres. Er war mächtiger als jemals zuvor.

Trotz seines gnadenlosen Zugriffs stärkte mich seine Anwesenheit. Ich war nicht hilflos, solange ich mich nicht wieder in meiner Schattenseite verlor. *Sie* musste ich zuerst besiegen.

Während Christopher mir weitere Energie entzog, verdrängte ich meinen Wunsch, ihn zu erdrosseln. Erst als ich mir meiner sicher war, widersetzte ich mich ihm. Ich kannte sein Wesen, wusste, wo seine Schattenseite verborgen lag, und zielte nach ihr. Mein Angriff traf. Anstatt meine Energie zurückzufordern, stieß ich sie tiefer.

Zorn loderte in Christopher auf, schwächte für einen Moment seine Kontrolle über mich und gab mir so die Gelegenheit, mir alles zurückzuholen, was er mir genommen hatte.

»Leite die Energie zuerst in deine Flügel und ziehe sie dann wieder in dich zurück!«

Ich befolgte Christophers Anweisung, füllte meine Schwingen, bis sie schmerzten, mit Energie und zog dann dieses Gemisch aus Macht und Licht in mich hinein. Mein Rücken zerbarst. Zu viel Energie auf zu wenig Raum.

Christopher riss mich auf die Füße. Ich schrie ihn an, wollte meine Flügel zurückhaben und in dem Wolkenwattebett vergraben. Doch Christopher ließ nicht zu, dass sie wieder sichtbar wurden.

»Lass ihre Energie sich verteilen. Konzentriere sie nicht. Denk an etwas anderes: an deine Eltern, den riesigen Weihnachtsbaum und die nach Vanille duftenden Plätzchen, die deine Mutter für dich gebacken hat.«

Christophers Sommersturmgeruch hüllte mich ein, besänftigte mich und half mir, loszulassen. Trotz Duft und Energieschub sackten meine Beine weg. Christopher hielt mich fest – und ich mich an ihm.

Wie nur hatte er es ohne Hilfe geschafft, ein Racheengel zu werden?

Arons schreckgeweitete Augen fixierten mich, während ich mich an Christopher klammerte. Leise Panik stieg in mir auf.

»Habe ich … hab ich etwas falsch gemacht?«

»Nein. Im Gegenteil. Deine Strategie war erschreckend richtig«, antwortete Christopher an Arons Stelle.

Dass er mich losließ und auf den Hocker niederdrückte, widerlegte sein Lob. Meine rosaroten Engelsflügel waren verschwunden, trotzdem fühlte ich mich nicht erleichtert, sondern schuldig.

»Warum hast du mich angegriffen?«

Christophers Frage schlug wie eine Peitsche nach mir. Ich zuckte zusammen. Er bemerkte es – und kehrte mir den Rücken zu. Selbst Aron wich meinem Blick aus.

»Was hast du noch in Raffaels Wagen gelernt?«, konkretisierte Christopher seine Frage.

Langsam dämmerte mir, worauf er hinauswollte. Entweder heulte ich gleich los, oder ich erteilte ihm eine Lektion für seine ungeheuerliche Anschuldigung. Ich entschied mich für Letzteres – heulen konnte ich später.

»Vieles. Sanctifer ist ein ausgezeichneter Lehrer. Ich kann wirklich nicht verstehen, weshalb du nicht mit ihm auskommst.«

Christopher weitete seinen Angriff aus. Grob packte er meine Schultern und riss mich hoch, so dass meine Füße kurz über dem Boden schwebten. Er tat mir weh – ich biss die Zähne zusammen.

»Du kennst ihn nicht«, knurrte er.

»Das lässt sich ändern – die Einladung nach Venedig steht.«

So unerwartet, wie er mich angegriffen hatte, ließ er mich wieder los. »Dann geh. Am besten sofort!«

Ich rührte mich nicht. Irgendwann musste er seinen Fehler ja erkennen. Ich wartete vergebens. Er wollte, dass ich verschwand. Also erfüllte ich ihm seinen Wunsch. Wie in Trance lief ich zur Tür.

»Wo willst du hin?!« Arons Hand legte sich auf meinen Arm und hinderte mich daran, die Klinke zu drücken.

»Nach Hause«, flüsterte ich.

»Nicht ohne Begleitung – du kannst wählen.«

Christopher fuhr herum. »Was soll das, Aron? Lass sie gehen, sie hat sich entschieden.«

»Ja, das hat sie. Und du dämlicher, verbohrter Riesenidiot erkennst nicht, für wen! Bist du wirklich so blind? Oder merkst du es nicht einmal, wenn du ihr mit der Faust ins Gesicht schlägst?!«

Christopher erblasste. Sein Erschrecken war echt.

Ich wollte fliehen, doch Aron ließ mich nicht gehen. »*Du* bleibst. *Ich* warte draußen!« Aron schloss die Tür hinter sich ab. Er hatte es genauso satt wie ich, mit dem Unterschied, dass er sich verdrückte und ich die Sache allein durchstehen sollte.

»Was habe ich falsch gemacht?«, wiederholte ich meine Frage, während ich meinen Rücken gegen die Tür drückte – vielleicht besaß Aron doch ein Herz und ließ mich entkommen.

»Woher wusstest du, wohin du zielen musst?« Christopher näherte sich. Seine hellgrünen Augen machten mir Angst.

»Was … was meinst du?«

»Du weißt genau, wovon ich spreche.«

Zwei Hände legten sich rechts und links neben meinem Kopf auf das verzierte Türblatt. Noch waren es Hände. Aber wie lange noch? Mein Atem beschleunigte sich zu einem unregelmäßigen Keuchen. Christophers Augen blitzten, als wolle er die Wahrheit aus mir herauspressen. War ich wirklich so blöd zu glauben, es irgendwann mit ihm aufnehmen zu können? Mein Mut versagte. Mir blieb nur noch eines: um Gnade zu winseln.

»Bitte, lass mich gehen.«

»Nicht bevor ich weiß, wer dir erklärt hat, wie du mich treffen kannst.«

»Niemand«, flüsterte ich. »Aber wie sonst hätte ich meine Energie zurückholen können?«

Christopher presste mich gegen die Tür. Er beabsichtigte, die Wahrheit aus mir herauszuquetschen.

»Indem du sie zu dir ziehst und nicht mich damit angreifst.«

»Das … wollte ich nicht.«

»Und dennoch hast du punktgenau getroffen.« Christophers Anschuldigung tat weh.

»Weil ich spüren konnte, wo du am verwundbarsten bist. Doch verglichen mit deinem Instinkt ist meiner erbärmlich. *Du* triffst jedes Mal ins Schwarze!«

Christophers Atem streifte mich. Ich sog ihn tief in meine Lungen. *Bitte lass mich ohnmächtig werden*, bettelte ich stumm. Christopher bemerkte meinen Versuch, in die Bewusstlosigkeit zu flüchten, und ließ mir Raum zum Atmen.

»Wie oft noch?«, flüsterte ich, als ich in seinen Augen erkannte, dass er endlich begriff.

»Ich weiß es nicht. Hab Geduld mit mir«, flehte er. Dieses Mal gab ich ihm Halt, während er seine Bitte wiederholte, bis er sicher war, dass ich ihm verziehen hatte.

Aron klang erleichtert, als er die Tür öffnete. »Na also. Es geht doch. Man muss euch nur lange genug einsperren. Aber jetzt solltet ihr euch wirklich beeilen, wenn Lynn an Heiligabend zu Hause essen will. Ich hoffe, du hast eine gute Ausrede für ihre Eltern parat.«

Christopher nickte. »Die habe ich – und ich gehe davon aus, dass du mich notfalls unterstützen wirst.«

»Ich?« Aron schluckte. »Weißt du, wie lange ich schon nicht mehr drüben war?«

»Ja. Deshalb sagte ich ja: nur im Notfall.«

Meine Eltern öffneten gemeinsam die Eingangstür. Der Duft von frisch gebratenem Lamm, Rosmarinkartoffeln, Bohnen und Speck ließ mir das Wasser im Mund zusammenlaufen.

»Schau nicht so gierig! Sonst glauben deine Eltern noch, du willst sie und nicht das Lamm verschlingen«, flüsterte Christopher, als wir unsere Jacken ablegten.

»Der böse Wolf frisst keine zähen Mittvierziger – nur knackige Jungs lassen ihn schwach werden.«

Christophers Smaragdaugen wurden kalt. Erschrocken trat ich einen Schritt zurück.

»Sei vorsichtig mit dem, was du sagst«, warnte er mich, bevor er meine Hand griff und mich zu meinen Eltern in die Küche zog.

Es gab nicht mehr viel zu tun. Christopher hatte unser Kommen angekündigt und meine Mutter sich wieder einmal selbst übertroffen. Anscheinend stand sie auf goldgelockte Schwiegermütter-Lieblinge.

Mit einer Selbstverständlichkeit, die mich sprachlos machte, erzählte Christopher beim Essen eine tragisch schöne Geschichte, die mein unentschuldigtes Verschwinden auch mir erklärte. Natürlich hatte er meine Eltern auf dem Laufenden gehalten, während ich mit meinen Flügeln kämpfte.

So erfuhr ich, wie er – neben seiner verschollenen Cousine – vor drei Tagen seinen jahrelang in Brasilien lebenden Halbbruder wiedergefunden hatte. Dass ich ihn zum Familientreffen nach Süditalien begleitet hatte, erschien meinen Eltern wie das Natürlichste auf der Welt. Sie würden Christopher alles abkaufen. Erst als ich beinahe erstickte, da mir – neben einem Stück Lammkeule – Christophers Lügengeschichte im Hals stecken geblieben war, fiel ihre Aufmerksamkeit auf mich. Besorgt klopfte meine Mutter mir auf den Rücken. Mein Aufschrei beförderte das Stück Fleisch nach oben.

Warum stach sie nicht gleich mit dem Tranchiermesser auf mich ein?

Christopher handelte sofort, zog mich vom Stuhl und schleppte mich ins Bad, wobei er nicht vergaß, meinen Eltern ein beruhigendes Das-wird-gleich-wieder-Lächeln zuzuwerfen.

Christophers sanfte Hände betäubten den Schmerz nach wenigen Sekunden. Dankbar kuschelte ich mich an ihn.

»Ich hätte schneller reagieren müssen«, sagte er.

»Ist schon okay.«

»Nein, das ist es nicht. Du hast heute schon genug gelitten.«

»Wir beide«, fügte ich hinzu und hauchte ihm einen Kuss auf den Mund, der mich schwindelig machte. Trotzig presste ich meine Lippen noch ein wenig länger auf seine – ich sehnte mich nach mehr. Irgendwann musste das mit der Ohnmacht ja mal vorbeigehen.

Christopher schob mich von sich. Seine Miene verriet, dass er den Kuss nicht genossen hatte. Frustriert gab ich auf. Ihn zu etwas zu überreden, das er als verfrüht ansah, erforderte Fingerspitzengefühl.

Meine Mutter zauberte meinen Lieblingsnachtisch herbei – wenigstens etwas, das mich glücklich machte. Ihre Crème brulée war die beste. Gerade als ich den ersten Bissen im Mund zergehen ließ, klingelte es an der Tür.

»Es tut mir leid.« Christopher faltete seine Serviette zusammen und schob sein unberührtes Dessert zu mir. »Lynn kümmert sich bestimmt um meinen Nachtisch, aber ich muss los.«

Zum zweiten Mal blieb mir ein Bissen im Hals stecken.

»Ich komme übermorgen wieder, um dich abzuholen – für deine Extra-Lernwoche im Internat«, betonte er.

Wie erstarrt blieb ich sitzen. Er ließ mich allein? Jetzt?

Das Klingeln wurde dreister. Christopher stand auf. »Mein Bruder. Er wird schnell ungeduldig«, entschuldigte er sich, hauchte mir einen Abschiedskuss auf die Wange – sicher nur, um mich ein wenig zu betäuben – und eilte, nach wiederholten Beteuerungen, wie lecker das Essen und wie schön das Weihnachtszimmer dekoriert war, davon.

Meine Mutter reagierte geistesgegenwärtig und ließ ihn nicht entkommen. Gemeinsam mit Christopher erreichte sie die Eingangstür, schnappte sich seinen Halbbruder und zerrte beide ins Wohnzimmer. Wahrscheinlich starrte ich Aron genauso entgeistert an wie er meine Mutter.

»Ohne Nachtisch verlässt hier niemand das Haus«, verkündete sie, drückte Christopher auf seinen Stuhl zurück und Aron auf den freien daneben. »Gut, dass ich genügend davon habe«, säuselte sie und eilte in die Küche – zwei potentielle Schwiegersohnkandidaten ließen sie zu Höchstform auflaufen.

»Aron, nun hast du doch noch jemanden gefunden, bei dem du Weihnachten verbringen kannst.« Ich schenkte meinem Vater mein schönstes Tochter-Überredungs-Lächeln. »Sie dürfen doch bleiben? Weißt du, Aron ist nur meinetwegen hier. Christopher wollte mich unbedingt heute noch nach Hause bringen. Ein Versprechen, das er auf keinen Fall brechen wollte.« Ich warf Christopher ein diabolisches Lächeln zu, das nur er und Aron verstanden.

»Sie müssen doch nicht die weite Strecke zu Christopher fahren, nur damit Aron eine Unterkunft hat. Da Chris mich übermorgen ja schon wieder abholen will, säße er praktisch nur im Auto – und das an Weihnachten! Du hast sicher nichts dagegen, wenn die beiden bei uns übernachten.« Ich übertraf mich gerade selbst.

Mein Vater durchschaute mich und kam Christophers Einwand zuvor. »Klar. Kein Problem. Aron kann gerne im Gästezimmer übernachten, und Christopher findet sicher bei dir Unterschlupf.«

»Danke, das ist wirklich sehr großzügig, aber ich bin es gewohnt, weite Strecken zurückzulegen«, versuchte Christopher sich aus der Schlinge zu reden.

Mein Vater wurde ernst. Er schwenkte sein Weinglas, bevor er vorsichtig daran roch, als würde die Flüssigkeit ihm verraten, welcher Teil an der Geschichte stimmte und welcher gelogen war. Er hatte mich beobachtet, als Christopher fluchtartig aus dem Haus stürmen wollte. Und bestimmt erinnerte er sich auch noch an den vergangenen Sommer, als ich vergeblich auf ihn gewartet hatte. Er wusste, was ich mir wünschte, und ergriff Partei.

»Vielleicht macht es dir nichts aus, unterwegs zu sein, doch ich bezweifle, dass Lynn das genauso sieht. Weihnachten allein zu verbringen macht sie sicher nicht glücklicher, als sieben Wochen lang vergeblich zu warten.« Er warf Christopher einen warnenden Blick zu. »Bleib oder nimm sie mit. Aber wenn du es ernst mit ihr meinst, dann lass sie nicht allein.«

Meine Augen füllten sich mit Tränen. Heimlich versuchte ich, sie wegzublinzeln, doch alle drei bemerkten es.

»Dann nehmen wir die Einladung gerne an«, entschied Christopher. Trotz der Zustimmung hörte ich am Klang seiner Stimme, wie schwer es ihm fiel, zu bleiben.

Meine Mutter verbarg ihre Verwunderung darüber, nun plötzlich zwei Weihnachtsgäste zu beherbergen. Eine Überraschung, die mein Vater ihr erst beim Auspacken der Weihnachtsgeschenke eröffnete. Als sie jedoch erfuhr, wer wo die Nacht verbringen würde, warf sie ihm einen Wie-kannst-du-nur-sie-ist-erst-siebzehn-Blick zu, den er mit einem Genauso-alt-wie-du-damals-warst-Blick erwiderte.

Christopher zögerte das Zubettgehen hinaus, bis mein Vater die Initiative ergriff, Aron das Gästezimmer zeigte und meine Mutter daran erinnerte, dass sie am nächsten Morgen bei Freunden zum Weihnachtsbrunch eingeladen waren.

Christophers Hinhaltetaktik verunsicherte mich. Es war nicht unsere erste gemeinsame Nacht in einem Zimmer. Verlegen drückte ich mich im Bad herum.

Wo lag sein Problem? Seit meinem Kuss, nach dem Erstickungsanfall, wich er mir aus. Hatte er seine Meinung wieder geändert? Wollte er mich nicht? Frustriert starrte ich in den Spiegel. Vielleicht wäre es besser gewesen, ich hätte ihn gehen lassen.

Christopher brauchte noch mehr Zeit fürs Zähneputzen als ich. Wahrscheinlich hoffte er, ich würde schlafen, bis er zurückkam. Doch ich war hellwach, als er mein Zimmer betrat und es sich auf meinem meerblauen Teppich bequem machte.

»Was hast du vor?«, fragte ich, bemüht, mir meine Verunsicherung nicht anmerken zu lassen.

»Ich versuche zu schlafen – und das solltest du auch. Du hattest einen anstrengenden Tag.«

»Ja … dann … dann gute Nacht.« Ich löschte das Licht und

zog mir die Bettdecke über den Kopf, damit Christopher nicht merkte, wie sehr mich seine Lüge verletzte – Engel in seinem Alter brauchten keinen Schlaf.

Am Morgen huschte ich ins Bad, um meine Augen zu kühlen. Es wäre nicht nötig gewesen, mich zu beeilen. Christopher hatte schon längst das Haus verlassen, wie Aron mir beim Frühstück verriet.

Gedankenverloren rührte ich in meiner Kaffeetasse. Racheengel waren kompliziert. Warum rannte Christopher vor mir weg? Was hatte ich jetzt schon wieder falsch gemacht?

Aron ließ mich keine Sekunde aus den Augen. Als Christopher mit Philippe und Emilia zurückkam, registrierte er jede noch so kleinste Reaktion. Selbst als Emilia mir mein Weihnachtsgeschenk gab, eine handgestrickte Mütze samt Schal, beobachtete er mich.

»Die Wolle ist von Stefano, gestrickt hab ich es. Damit du im Internat nicht frierst«, erklärte sie, als ich die Mütze aufprobierte.

»Und damit du's nicht nur warm hast, sondern auch Italien nicht vergisst, gibt's das hier von mir«, sagte Philippe und überraschte mich mit einer antiken Miniskulptur, die er in Rom ergattert und sicher mit Lucias Unterstützung bezahlt hatte.

Meine Weihnachtsgeschenke an meine Freunde fielen verhältnismäßig einfallslos aus, weil ich die Zeit für meine geplante Einkaufstour in einem Wattewolkenbett verbringen musste. Sie freuten sich trotzdem über die Internetgutscheine.

Da meine Eltern uns erst zum Abendessen erwarteten, zogen wir los und holten Stefano und Antonio ab, um uns mit Lucia in unserem Stammcafé zu treffen. Weder Stefano noch Philippe freuten sich über die Anwesenheit von Christophers gutaussehendem Halbbruder. Mit sicherem Gespür entschärfte Aron die Situation und berichtete glaubhaft, mit einer blonden Schönheit zusammen zu sein. Der Neid der Jungs war ihm gewiss. Offenbar war blond das ultimative Schönheitsideal. Warum bloß, wenn auch so jemand wie Hannah dazugehörte?!

Christophers Ausweichmanöver nahm kein Ende. Am Abend half er meinen Eltern in der Küche, was Aron und mich überflüssig machte. Wir beschränkten uns auf das Tischdecken. Danach feuerte er den Kamin an und legte so viel Brennholz auf, dass er bis weit nach Mitternacht brennen würde. Ich entschied, ohne Christopher nach oben zu gehen. Warum küsste er mich nicht einfach in den Schlaf, wenn er mich loswerden wollte?

Am nächsten Morgen passte Aron mich ab. Noch bevor ich mich ins Bad verdrücken konnte, zog er mich ins Gästezimmer. Meine Augenringe verrieten, wie schlecht ich geschlafen hatte, doch anstatt mich auszufragen, nahm er mich einfach in die Arme. Früher hätte Philippe mich getröstet. Aron schaffte das auch. Aber er war nicht nur ein Ersatz für Philippe, er war mehr: ein echter Freund.

Im Laufe des Tages übernahm Aron Christophers Rolle als mein Gesprächspartner, was meinen Vater ziemlich irritierte. Dennoch hielt er sich raus. Schließlich war es meine Sache, mit wem ich mich lieber unterhielt. Erst kurz bevor wir aufbrachen, nahm er mich beiseite.

»Ich hoffe, du weißt, was du tust«, mahnte er. »Nett sind beide, aber das kann täuschen. Also überlege dir gut, an wen du dein Herz verschenkst.«

Zu meiner und Christophers Überraschung kehrten wir nicht ins Schloss der Engel zurück, sondern in die Einsiedelei.

»Lynn muss zuerst an ihren Schwächen arbeiten, bevor ich sie dem Rat zum Fraß vorwerfe«, erklärte Aron, als wir die Welten wechselten. »Und da ich keine Zeit verlieren möchte, beginnen wir noch heute.«

»Dann kann ich mich wohl verabschieden«, sagte Christopher und setzte zur Flucht an.

»Nein, für das, was ich vorhabe, bist du unentbehrlich.« Mehr verriet Aron nicht, während er uns durch lange, düstere Flure tiefer in das Innere der höhlenartigen Einsiedelei führte.

»Ich hoffe, ich habe euren Geschmack getroffen.« Aron blieb vor einer einfachen Holztür stehen. »Ich weiß, es ist klein, aber ihr werdet euch schon arrangieren.«

Christopher stand kurz davor, seinen Freund zu töten. »DAS. Wagst. Du. Nicht!«

»Und ob! Ich habe euch drei Tage lang beobachtet, und mir ist klar geworden, wo ihre größte Schwäche liegt. Wenn du nicht willst, dass sie deine Nachfolge antritt, dann gehst du jetzt mit ihr da rein. Sanctifer wird sie schneller brechen, als du ihn töten kannst.«

Christophers Augen gefroren zu Stein. Die Vorstellung, mich bei Sanctifer zu wissen, gefiel ihm noch weniger, als mit mir die Nacht in einem drei Quadratmeter kleinen, mit weißer Wolkenwatte bedeckten Raum zu verbringen.

Ich dagegen war mir nicht sicher, wessen Gesellschaft mir lieber war. Acht Stunden allein mit Christopher könnten himmlisch sein, fühlten sich im Augenblick aber an, als warte die Hölle auf mich. Ich warf Aron einen flehenden Blick zu.

»Ich dachte, du wärst mein Freund.«

»Das bin ich auch. Und genau deshalb verbringst du die Nacht mit ihm und nicht mit mir!«

Der Raum war eigentlich nicht mehr als eine Zelle. Abgesehen von seinem flauschigen Untergrund, zwei langen weißen Wandkerzen und ein paar Kissen gab es nichts außer kahlen Wänden – und viel zu viel von Christophers Gewitterduft. Ich verdrückte mich in eine Ecke, zog die Beine an und legte meinen Kopf auf die Knie.

Christopher setzte sich nicht, sondern blieb mit verschränkten Armen vor der Tür stehen. Sobald sie sich öffnete, würde er hinausstürmen.

War er sauer, weil ich ihn bei meinen Eltern ausgetrickst hatte? Strafte er mich deshalb mit Nichtbeachtung? »Ist es wirklich so schrecklich, in meiner Nähe zu sein?« Erst als Blitze aus Christophers Augen schossen, bemerkte ich, dass ich die Frage laut ausgesprochen hatte.

»Du kannst es dir kaum vorstellen!«

Seine rüde Antwort ließ mich ein Stück tiefer in die Ecke kriechen. Mein Vater hatte recht, doch sein Rat kam zu spät. Vielleicht wäre mein Herz bei Aron besser aufgehoben.

Vom langen Sitzen wurden meine Beine taub. Verbissen harrte ich in meiner unbequemen Kauerstellung aus. Je größer der Abstand zu Christopher war, umso besser. Eine Nacht ging schnell vorüber.

Sie zog sich. Einzuschlafen gelang mir nicht, obwohl ich müde war. Und Christopher um Einschlafhilfe zu bitten, wagte ich nicht. Als Aron endlich die Tür aufschloss, atmete ich erleichtert auf. Innerhalb kürzester Zeit zog er die richtigen Schlüsse.

»Wie ihr wollt. Eine Nacht kann unglaublich lang sein.« Mit einem Kopfschütteln stellte er unser Frühstück an der Türschwelle ab und ging.

»Iss etwas«, forderte Christopher mich auf und schob mir das vollbeladene Tablett zu.

»Danke, ich hab keinen Hunger.«

»Trotzdem solltest du etwas zu dir nehmen.«

»Warum? Damit *du* dich besser fühlst?«

»Ich dachte dabei eigentlich an dich.« Super! Mich vorzuschieben, um sein Gewissen zu beruhigen.

»Und du glaubst, mit ein paar Bissen käme alles wieder in Ordnung? Es wird Aron nicht genügen, leere Teller vorzufinden.«

»Sicher nicht. Du musst dich schon ein wenig gedulden.«

»Und wie lange?«

»Bis sein Mitleid mit dir größer wird.«

Der erste Teller zerschellte neben Christophers Schädel. Gekonnt wich er meinem Wurfgeschoss aus. Drei weitere folgten. Erst als ich die Marmelade in der Hand hielt, griff er ein. Seine Berührung war zu fest, trotzdem wehrte ich mich nicht. Er bemerkte es und ließ mich los – ich hielt ihn zurück.

»Was ist es? Der Engel oder der Dämon?«

»Keiner von beiden.«

»Was lässt dich dann vor mir zurückschrecken?«

Christopher schüttelte meine Hand ab. Doch anstatt sich wieder vor der Tür zu positionieren, packte er meine Schultern.

»Lynn, ich bin an dich gebunden. Glaubst du, ich weiß nicht, was du von mir willst?! Aber ich kann dich nicht einmal mehr küssen. Wie soll ich dich glücklich machen, wenn schon mein Atem reicht, dich umzuhauen?« Wie zum Beweis blies er mir ins Gesicht.

Ich hielt die Luft an. Trotzdem fühlte ich, wie meine Sinne schwanden.

»Halt mich einfach nur fest!« Meine Stimme brach. Ich riss mich zusammen. Er musste wissen, dass ich nicht bereit war, ihn aufzugeben. »Hilf mir, damit ich stark genug werde, um dich lieben zu können.«

Christophers Lippen fanden meinen Mund, sanft wie beim allerersten Kuss, bereit aufzuhören, sobald ich mich verlor. Ich vergaß zu atmen, sehnte mich nach mehr und wusste doch, wie unmöglich es war, seinem Sog zu entkommen.

Christopher spürte den dunklen Nebel kurz nach mir. Augenblicklich zuckte er zurück und schob mich von sich. Verzweifelt klammerte ich mich an ihn, um nicht zuzulassen, dass er ging. Doch Christopher war stärker – und besonnener. Er ließ mich nicht los, sondern nahm meine Hände, bedeckte sie vorsichtig mit samtweichen Küssen, wanderte zu meinem Handgelenk und weiter, bis zu der empfindlichen Stelle an meinem Hals. Als er spürte, dass ich mich wieder verlor, öffnete er sich.

Zum ersten Mal wagte er es, mir sein ganzes Wesen zu offenbaren: reine Energie, durchzogen von dunklen Schatten. Liebe und Hass. Gut und Böse, im ewigen Kampf und doch vereint. Unsere Wesen waren gleich. In uns begegneten sich Engel und Dämon. Licht und Finsternis. Der stärkere Teil siegte. Doch für uns existierte kein Engel oder Schattenwesen mehr – es gab nur noch uns beide.

Arons Gespür war bemerkenswert. Er gab uns genügend Zeit, uns zu finden, ohne uns verhungern zu lassen. Obwohl er mich in Christophers Arme gekuschelt vorfand, wirkte er skeptisch.

»Versprich mir, dass es vorbei ist. Dass du sie *nie wieder* im Stich lässt.«

»Nie wieder«, flüsterte Christopher in mein Ohr, gerade laut genug, dass Aron ihn hören konnte.

»Schwöre es! Jetzt. Hier. Und auf der Stelle! Oder ich jage dich bis ans Ende der Welt.«

Aron scherzte nicht. Das wurde auch mir langsam klar. Aber erst als Christopher sich in einen Engel verwandelte und den Schwur wiederholte, erkannte ich die Tragweite seines Eids: Christopher liebte mich und war bereit, mich mit seinem Leben zu beschützen, auch wenn das bedeuten sollte, sich gegen den Rat und die Gesetze der Engel zu stellen.

# Kapitel 26

## Beobachtet

Sie wirkte sympathisch und freundlich, doch Aron warnte mich: Ihr zu vertrauen wäre gefährlich.

Die dunkelhaarige Frau mit den sanften Gesichtszügen und den warmherzigen Augen hätte seine Schwester sein können, aber sie war die Beobachterin, die der Rat der Engel geschickt hatte. Alles an ihr wirkte harmonisch, selbst der wohlklingende Name Nawea passte. Abgesehen davon folgte sie mir wie ein Schatten. Zu jedem Training, jeder Stunde oder Pause begleitete sie mich. Selbst um den See rannte sie mit mir.

Aron passte höllisch auf, Nawea keine Sekunde allein mit mir zu lassen. So oft wie möglich lenkte er sie ab, unterhielt sich mit ihr oder wies sie auf die Fähigkeiten meiner Mitschüler hin, während ich neben Paul hochwirksamen Betäubungstabak mischte, mich im Bogenschießen übte oder mit Ekin auf dem Burgwall mein *Softtraining* absolvierte.

Trotz aller Bemühungen gelang es Aron nicht, ihre Konzentration zu stören. Jede ungeschickte Bewegung, jeden kleinsten Fehler registrierte sie, um am Ende einer Stunde in ihr orangerotes Notizpad ihre Bemerkungen zu schreiben.

Nach zwei Tagen war ich so nervös – beim Lanzetraining war mir alle paar Minuten der Stab aus den Händen gerutscht –, dass selbst Paul Mitleid mit mir bekam.

»Kann ich dir irgendwie helfen?«, flüsterte er auf dem Weg zur Kantine.

Ich schüttelte den Kopf. Das Reden hatte ich eingestellt, nachdem Nawea beim Krafttraining meine zweideutige Bemerkung über Arons offensichtliche Vorliebe für muskelbepackte Frauenkörper völlig falsch interpretiert hatte.

»Ein wenig Betäubungstabak habe ich rausgeschmuggelt. Du musst sie nur dazu bringen, den Glimmstängel anzuzünden. Oder ich schleich mich auf ihr Zimmer und beneble sie selbst, wenn du mir danach hilfst, die Gerüchte zu entkräften, dass ich scharf auf sie wäre.«

Die Vorstellung, wie Paul Nawea in Rauch hüllte, wirkte Wunder. Meine Anspannung löste sich in einem Lachflash auf. Zehn Minuten – mindestens – gackerte ich wie ein aufgedrehtes Huhn. Der Eintrag in Naweas Notizpad war gebucht. Akribisch hielt sie fest, wie der zukünftige Racheengel sich vor Lachen wegschmiss.

Aron warf mir einen beschwörenden Blick zu, was wenig half. Mein Frust musste raus. Immer noch besser, sie sah mich lachend als wütend. Denn das war ich. Nicht nur wegen Naweas Dauerbeobachtung. Aron hatte mir verboten, Christopher zu sehen. Zwei Racheengel unter einem Dach würden dem Rat nicht gefallen – zu viel Macht außerhalb seiner Kontrolle. Zumal es sich noch nicht herumgesprochen hatte, dass Christopher mit mir trainierte und wir nicht gerade racheengeltypisch aufeinander reagierten. Vielleicht war es gar nicht so verkehrt, dass Christopher sich vor den Weihnachtsferien um Hannah anstatt um mich gekümmert hatte, um Raffael zu täuschen – auch wenn es mir schwerfiel, das zuzugeben.

Naweas Ungeduld wuchs. Sämtliche kritischen Fächer wie Mentaltraining mit Kassandra Klar oder Slacklining vermied Aron. Meine Schwächen sollten verborgen bleiben. Alle: Christopher, meine Höhenangst, meine Wut und meine lädierten Flügel. Er steckte mich sogar in den drögen Geschichtsunterricht von Herrn Alto, wo ich eher durch Gähnattacken auffiel als durch einen dämonischen Ausraster. Denn darauf wartete sie. Dass Aron mich über die Kante trieb, damit ich die Kontrolle verlor, wie es das Dressurprogramm für Racheengel vorsah.

Arons Unterrichtsmethoden gefielen Nawea nicht. Die kritischen Bemerkungen häuften sich. Schließlich herrschte sie Ekin an, als er mir mit seinem Owoostock nur einen blauen Fleck verpasste, anstatt mein Knie zu zertrümmern.

»So soll ein Racheengel aus ihr werden? Mit Streicheleinheiten? Der Rat wird keinen Engel akzeptieren, der die Flucht ergreift, sobald ihm etwas Dämonisches begegnet. Bevor ich gehe, will ich sehen, ob sie wenigstens schwindelfrei ist.«

Aron lächelte gelassen, doch mich täuschte er damit nicht. Die Slackline zwischen dem Schlossdach und dem Burgwall hatte er nicht umsonst abmontieren lassen, ehe Nawea im Schloss aufgetaucht war.

»Ich habe gehört, dass du einen Parcours aufgebaut hattest«, begann Nawea hinterhältig. »Deshalb schlage ich einen Wettkampf vor: sie gegen mich!«

Aron bemühte sich, seine Nervosität zu verbergen, bejubelte ihren Vorschlag als *ausgezeichnete Idee*, zögerte die Umsetzung jedoch hinaus. »Bis morgen wird alles vorbereitet sein.«

»Geht das nicht schneller?!«

»Leider nicht. Wir haben hier nur eine Slackline. Eine zweite muss ich erst besorgen.« Aron log, ohne mit der Wimper zu zucken. Offenbar wollte er mir noch ein wenig Zeit verschaffen. Dass meine Nervosität zunehmen würde, je länger ich darüber nachdenken konnte, wie ich über dieses dünne Seil balancieren sollte, hatte er wohl übersehen.

Aufgewühlt lag ich in meinem Bett und bibberte vor mich hin. Flügel hin oder her. Ich hatte Angst. Was nützten diese rosafarbenen Dinger, wenn ich nicht wusste, wie ich sie benutzen konnte. Gedankenverloren starrte ich auf mein frisch beschneites Dachfenster und wünschte mir, zu Hause bei meinen Eltern zu sein.

Eine schattenhafte Gestalt huschte vorbei, Schneeflocken wirbelten auf. Vor Schreck zog ich die Decke über den Kopf. Nawea! Bestimmt beobachtete sie mich – allerdings würde sie wohl kaum an mein Fenster klopfen, wenn sie mich ausspionieren wollte. Vorsichtig lugte ich unter meiner Bettdecke hervor und blickte in die schönsten Augen der Welt.

Mit einem Schmunzeln zog Christopher mich auf das schneebedeckte Dach. Es verschwand, als er bemerkte, wie sehr ich zitterte.

»Halt mich fest«, flehte ich und suchte die Wärme, die er im Überfluss besaß. Erst als Christopher sicher war, dass ich es schaffte, eine Minute ohne ihn auszuhalten, kletterte er in meine Kammer, um mir etwas zum Überziehen zu holen.

»Auch wenn es nur von außen wärmt, ich kann dich leider nicht im Arm halten, während du deinen ersten Flugversuch unternimmst.«

»Jetzt? Mitten in der Nacht?«

»Aron hätte mich wohl kaum zu dir gelassen und dir erlaubt, deine Flügel zu beanspruchen, wenn es nicht eilig wäre. Er hat Nawea überzeugt, dass auch ein frisch geschlüpftes Racheengelküken seinen Schlaf braucht, und zeigt ihr gerade die Sicherheitsvorkehrungen im Verlies. Du hast also nicht allzu viel Zeit, um zu lernen, wie du deine Flügel benutzt – wobei deine Verletzungen nicht mehr als einen Gleitflug zulassen. Außerdem müssen Engel wie wir das Fliegen erst lernen.«

»Und warum ausgerechnet jetzt? Damit ich nicht ungebremst abstürze, wenn ich über die Slackline muss?«

Zärtlich tippte Christopher mir mit dem Zeigefinger auf die Nase. »Das wirst du nicht«, versprach er, nahm meine Hand und balancierte mit mir über die rutschigen Ziegel hoch zum Dachfirst.

Unter uns lag der schneebedeckte Schlossgarten mit seinen knorrigen, mistelbewachsenen Bäumen und den kahlen, weißgezuckerten Rosenbäumchen. Dahinter die Steinmauer und der See, der die Farbe des schwarzen Himmels widerspiegelte. Die Nacht war kalt. Ihre Dunkelheit lähmte mich – und vielleicht auch die Angst, zu versagen. Selbst Nawea hielt mich für schwach, obwohl Aron ihr nur meine Stärken präsentiert hatte. Christopher entging nicht, dass ich wieder zitterte.

»Wovor fürchtest du dich?«

»Vor morgen – und den Prüfungen«, gab ich zu.

»Du bist erst seit kurzer Zeit ein Engel. Sie werden dir, wie jedem Jungengel im ersten Jahr, einen erfahrenen Engelschüler zur Seite stellen. Denn im Grunde geht es bei der ersten Prüfung nur darum, zu sehen, wie teamfähig du bist.«

»Und wenn ich das nicht bin? Wenn ich austicke, weil mir etwas Dämonisches über den Weg läuft? Was glaubst du, wie teamfähig ich als Monsterengel wohl sein werde?«

»Wie ein Quarterback. Du wirst dein Team stützen – als Engel.«

»Und wieso bist du dir da so sicher?«

Christophers Miene verhärtete sich. »Weil Aron dich mehr als ausreichend getestet hat und du selbst dann noch menschlich geblieben bist, als du dem boshaftesten Wesen von allen widerstehen musstest.«

Christopher sprach von sich. Die Erinnerung an seine Schattengestalt jagte mir ein Frösteln über den Rücken. Er bemerkte es und trat einen Schritt zurück. Ich folgte ihm, schlang die Arme um seinen Hals und näherte mich seinen Lippen.

»Ich habe gesehen, was du bist, und weiß, dass du mir niemals etwas antun wirst.«

Obwohl er mir nicht glaubte, akzeptierte Christopher meine Umarmung. Als das Dach unter mir sich zu drehen begann, öffnete er sich, zog mich in seine Arme und hielt mich fest.

»Spürst du die Energie deiner Engelsseele?«

Ich nickte. Sie wanderte gerade von mir zu ihm.

»Zieh sie zurück und konzentriere dich auf deine Flügel. Denk daran, wie es war, mit mir über den See zu fliegen, dann werden sie ganz von selbst erscheinen.«

Die Vorstellung, von Christopher gehalten durch den Wind zu gleiten, war berauschend. Ich sah die Sonne über dem See aufgehen, roch die Frische des Morgens, doch die Erinnerung reichte nicht, um mir Flügel wachsen zu lassen. So sehr ich mich auch anstrengte – sie blieben verschwunden! Christopher seufzte und schob mich von sich.

»Ich hatte gehofft, es würde reichen. Offenbar liege ich dieses Mal falsch.« Er strich eine Strähne beiseite, die mir der Wind ins Gesicht geweht hatte, und bemühte sich zu lächeln. »Also bleiben uns nur zwei Möglichkeiten: Entweder ich schubse dich vom Dach und hoffe, oder deine Erinnerung an den Absturz ist stärker als die an unseren gemeinsamen Flug.«

»Das ist nicht fair«, protestierte ich und presste frustriert meine Lippen zusammen.

»Das weiß ich«, erwiderte Christopher und hauchte mir einen Versöhnungskuss auf den Mund. »Denk einfach nur an den Absturz.«

Trotz oder vielleicht gerade wegen des Schwindelgefühls durch Christophers Kuss fiel es mir nicht schwer, die Panik wiederaufleben zu lassen. Als ich den Abgrund fühlte, jagte pure Angst durch meine Adern und riss die Energie meiner Engelsseele mit sich. Ich zog sie zurück und wünschte mir Flügel. Meine Beine gaben nach. Mein Rücken brannte, als stände er in Flammen.

Christopher packte meine Schultern und stützte mich, bis der Schmerz sich beruhigt hatte und nur noch das Gewicht der gigantischen Schwingen an mir zerrte. Vorsichtig ließ er mich los.

Ich schwankte. Der Ballast an meinem Rücken war ungewohnt und brachte mich aus dem Gleichgewicht. Doch Aron hatte mich nicht umsonst Sandsäcke stemmen und über die

Slackline laufen lassen. Wackelig, aber auf meinen eigenen Beinen, stand ich am höchsten Punkt des Schlosses und drückte meine mit einem energiegeladenen Band an meinen Körper gebundenen Flügel der eisigen Brise entgegen, die Schnee über das Dach wirbelte.

»Mein rosaroter Plüschengel. Jetzt musst du bloß noch die Flügel in den Wind drehen und dich fallen lassen.« Bevor ich ihm das mit den Plüschflügeln heimzahlen konnte, packte Christopher meine Hände, ließ sich in die Tiefe fallen und riss mich mit sich.

Ich schrie vor Panik und Überraschung, als Christopher meinen Körper in die richtige Lage drehte, damit der Wind unter meinen noch immer empfindlichen Schwingen hindurchstreichen konnte. Ein paar Meter über dem Boden ließ er mich los, verwandelte sich selbst in einen Engel und manövrierte sich mit einer waghalsigen Drehung hinter meinen Rücken, um mit seinen Händen meine Flügel nach unten zu drücken, damit ich sicher landete. Ich stürzte trotzdem. Ins Rosenbeet. Meine Knie gaben einfach nach.

»Hättest du mich nicht wenigstens vorwarnen können?«, fragte ich völlig außer Atem.

»Sag bloß, dir hat dein erster Flug nicht gefallen. Wenn ich dir gesagt hätte, was ich vorhabe, wärst du niemals mit mir aufs Dach geklettert.«

Ich schwieg – wo er doch so recht hatte.

Aron nutzte die Gelegenheit, mit mir zu reden, als Nawea den Parcours ablief, während ich mich in der Sporthalle aufwärmte.

»Gratuliere. Den ersten Flug vergisst man nie.«

»Ja, ich weiß«, antwortete ich ein wenig verträumt, da ich an Christopher dachte. »Ist er noch hier?«

»Nein – zumindest nicht offiziell. Aber ein Schüler mehr oder weniger wird ihr nicht auffallen.«

Mitten im Dehnen hielt ich inne. »Wie meinst du das?«

»Du hast heute ein Auffangnetz. Alle werden zusehen, wie du über die Slackline balancierst.«

»Und meine Flügel?«

»Die lässt du schön bei dir. Was glaubst du wohl, warum ich mir eine Nacht mit *ihr* um die Ohren geschlagen hab. Sicher nicht, damit du ihr deine Flügel präsentierst. Die hältst du geheim.« Aron legte eine dramatische Pause ein. »Vor allen!«

»Und warum dann das Flugtraining mitten in der Nacht?«

Aron grinste. »Um dein Selbstbewusstsein zu stärken – und dir ein paar Streicheleinheiten zu gönnen. Die hattest du dringend nötig. Schließlich will ich nicht, dass du die Beherrschung verlierst und etwas Dummes machst.«

Tiefe Querfalten erschienen auf Arons Stirn. »Irgendjemand muss Nawea von dem Parcours erzählt haben. Sie sollte nicht noch mehr über dich erfahren, bevor die Prüfungen beginnen.«

Ich setzte meine Dehnübungen fort und begann über Arons Mutmaßung nachzudenken. Für mich kamen nur zwei Engel in Frage: Obwohl er daran arbeitete, hatte Markus stets ein wenig Angst vor mir. Und auch Susan warf mir noch immer wütende Seitenblicke zu, wenn sie mich mit Aron beim Training oder in der Kantine sah. Warum sie sauer auf mich war, blieb mir ein Rätsel, das ich lösen wollte, sobald Aron mir mehr Freiraum gab.

Wie beim letzten Mal startete der Parcours vor dem Gelben Haus, endete jedoch nicht nach der Slackline, sondern am anderen Ende des Dachfirsts, wo Christopher mir in der Nacht das Fliegen beigebracht hatte. Zum Glück hatte es am Morgen noch mal geschneit und der Wind unsere Spuren verwischt, wobei der Schnee das *Übersdachrennen* sicher nicht einfacher machen würde.

Im Gegensatz zu mir tauchte Nawea nicht in Sportklamotten auf, sondern in einem maßgeschneiderten dunkelgrauen Hosenanzug, der hervorragend zu ihrer Augenfarbe passte – und in Stöckelschuhen. Ich war neugierig, wie sie mit diesen Dingern über die Slackline laufen wollte. Jemanden damit umzubringen wäre einfacher. Plötzlich wurde mir schlecht. Vielleicht war genau das ihre Absicht.

Nawea warf mir ein freundliches Lächeln zu, als sie meinen entsetzten Blick bemerkte, der an ihren Füßen klebte.

»Da du ja noch kein richtiger Engel bist, fand ich es nur gerecht, wenn es für mich ein wenig schwieriger ist – abgesehen davon haben Aron und ich eine kleine Wette abgeschlossen.«

Aron kniff die Lippen zusammen, nachdem er zurückgelächelt hatte. Ihn jetzt nach dem Wetteinsatz zu fragen, konnte ich abhaken. Er übernahm den Starter und flog auf das Schlossdach, von wo er den Parcours am besten überblicken konnte. Während wir auf sein Signal warteten, suchte ich die Reihen ab. Einige Engelschüler trugen Schal und Mütze, so dass ich nur ihre Augen sehen konnte – grüne waren leider nicht dabei.

Markerschütternde Töne dröhnten vom Dach herüber. Aron blies ein gigantisches Horn. Nawea spurtete los. Ich hinterher, hinüber zum Schloss und durch die Eingangshalle. Auf der Treppe überholte ich sie. Meine Turnschuhe waren zwar nicht so schön wie ihre High Heels, dafür aber ungemein praktisch. Dank meiner Routine vergrößerte ich den Abstand beim Kaminrunterklettern – ich wusste genau, wo ich den besten Halt fand. Bis zur Slackline lag ich in Führung – erst da begann mein Problem: Zu viele Gesichter starrten mir entgegen, feuerten mich an und erwarteten euphorisch meinen Sieg.

Ich schwankte, als ich das Seil betrat. *Sieh nicht nach unten*, redete ich mir Mut zu. Doch schneller als im Schneckentempo war nicht drin. Jeder Schritt kostete mich Überwindung. Beim Burggraben ging nichts mehr. Wie angeklebt stand ich mit weichen Knien auf dem schmalen Band – Nawea hatte mich längst überholt. Sie wartete am Ende des zweiten Seils, beobachtete mich und schrieb fleißig in ihr Notizpad, das sie aus ihrer Jackentasche gezaubert hatte.

Mein Blick glitt erneut in die Tiefe. Der dunkle Burggraben rief nach mir. Die Menge verstummte. Nur noch mein Keuchen war zu hören – und Christophers stummes *Du kannst das!* Seine Augen leuchteten warm und voller Zärtlichkeit. Er glaubte an mich. Seine Zuversicht stärkte mein angeschlagenes Selbstvertrauen. Spät, aber euphorisch, erreichte ich das Dach – noch war nichts verloren, das Ziel am anderen Ende.

Ich spurtete los, den Dachfirst entlang. Die Flagge, die Aron gesteckt hatte, würde ich als Erste erreichen. Nawea jagte mir hinterher.

»Das Spiel ist noch nicht zu Ende«, murmelte sie, so dass nur ich es hören konnte.

Bevor ich begriff, was sie damit meinte, stolperte sie, ließ sich fallen, schlitterte auf mich zu und rammte mir ihre spitzen Absätze gegen die Knöchel. Meine Beine knickten weg, ich verlor den Halt und rutschte das steile Dach hinunter. Wie auf einer Rodelbahn schoss ich auf die Dachkante zu. Mein Rücken begann zu brennen. Meine Flügel drängten nach außen. Ich riss mich zusammen. Genau sie waren es, die Nawea nicht sehen durfte.

Meine Hände verfehlten die Dachrinne. Ungebremst stürzte ich in die Tiefe. Der Aufprall würde hart sein, doch ich hatte schon Schlimmeres überlebt. Was waren schon zehn Meter für einen Engel? – Ungeheuer schmerzhaft!

Aron war als Erster bei mir, kurz nach ihm, bis zur Unkenntlichkeit vermummt, Christopher.

»Kannst du aufstehen?«, fragte Aron.

Ich presste ein »Ja« zwischen den Lippen hervor und biss weiter meine Zähne zusammen, während ich vergeblich versuchte, auf die Beine zu kommen.

Bevor Christopher den Fehler machen und mich in die Arme

nehmen konnte, kam Aron ihm zuvor. In seiner Engelsgestalt trug er mich ins Schloss, begleitet von Christophers besorgten Blicken und Naweas Beteuerungen, wie leid ihr das Missgeschick tat. Außer Christopher, Aron und mir glaubten alle ihre bescheuerte Story.

Engel waren zäh. Nach zwei Stunden fühlte ich mich besser. Aron bestand darauf, dass ich die Schwächliche mimte, und verordnete mir Bettruhe. Das Warten zahlte sich aus. Nach ein paar weiteren Notizen verabschiedete sich Nawea am nächsten Tag und verließ die Engelschule.

Meine Glückssträhne hielt nicht lange an. Die Weihnachtsferien auf dem Internat neigten sich dem Ende zu. Aron schickte mich zurück zur Schule, und mein aufreibendes Doppelleben holte mich wieder ein. Vielleicht hätte ich die körperliche Belastung durch das anstrengende Training und die geistige Herausforderung dank Extra-Lernstunden noch ausgehalten. Auch die eisige Kälte und den vielen Schnee in meiner Welt hätte ich ertragen. Doch dass Christopher sich weiterhin um Hannah kümmerte und mich links liegen ließ – selbst um den See laufen musste ich inzwischen allein –, verkraftete meine Seele nur bedingt. Zwar wusste ich, dass alles nur Show war, um Raffael – und damit Sanctifer – im Unklaren über meine und Christophers Beziehung zu lassen, weh tat es trotzdem. Dass ausgerechnet Raffael mir in der schlimmsten Stunde zur Seite stand, war sicher kein Zufall.

Ich hatte mich mit Florian, Juliane – und natürlich Raffael – am See zum Schlittschuhlaufen verabredet. Herr Müller hatte sich eine Bronchitis eingefangen, weshalb Geo ausfiel. Raffael und ich warteten bei der Steinmauer am See, Florian und Juliane – wie ich später erfuhr – unten am Steg. Wo Christopher die Freistunde verbrachte, erfuhr ich erst, als ich – dank meiner Neugier und Hannahs gurrendem Gekicher – über die Mauer schaute.

Ihre Arme um Christophers Hals geschlungen, presste sie ihren wohlgeformten Körper an seinen. Doch anstatt Hannah auf Abstand zu halten, zog Christopher sie an sich, nahm ihren kapuzenbedeckten Kopf in die Hände – und küsste sie!

Meine Klauen explodierten. Ich stand kurz davor, über die Mauer zu springen und meine Nägel in Christophers Augen zu schlagen. Dass er sie nur auf die Stirn geküsst hatte, zählte nicht.

Raffael reagierte schnell. Mit beiden Armen umschlang er meine Taille und hielt mich zurück. Ich schlug und trat nach ihm. Er blieb gelassen, zog mich dichter und wartete, bis meine Wut sich abgekühlt hatte.

»Auch wenn es weh tut, es wird vorbeigehen. Sobald du stärker bist, kannst du nicht nur seine Engelsseite sehen, sondern auch den anderen Teil. Spätestens dann wirst du beginnen, ihn zu hassen.«

Ich wollte Raffael widersprechen, ihm erklären, dass meine Liebe zu Christopher unvergänglich war und ich nicht nur den Engel kannte. Doch damit hätte ich ihm verraten, wie erfolgreich Christophers Versuch verlaufen war, mir sein Schattenwesen zu offenbaren. Und Sanctifer hätte umgehend erfahren, dass ich Christophers dämonische Seite gesehen hatte und ihr standhalten konnte. Also schwieg ich und ließ mich von Raffael festhalten.

Trotz Arons entgegenkommendem Stundenplan – er hatte keines der Mentalfächer wiederaufgenommen – fühlte ich noch immer die Wut in meinem Bauch, als ich in Oktavians MacGyver-Kurs saß. Eigentlich hieß das Fach Improvisationskunst, es erinnerte mich aber weniger an Kunst als vielmehr an die haarsträubende Unmöglichkeit, aus einem Kaugummi, einem Kugelschreiber und etwas Fingerspitzengefühl eine treffsichere Waffe oder, alternativ, Mini-Sprengstoff zu basteln. Außer mir besuchten nur erfahrene Engelschüler diesen Kurs, was mich einerseits entspannte, da weder Markus noch Susan mit mir unterrichtet wurden. Doch andererseits war ich die Einzige, die keine Ahnung hatte, wie ich meine Engelsenergie in eine Kulimine oder einen zerkauten Kaugummi stecken sollte. Kein Wunder, dass meine Wurfgeschosse meist nur an den umherschwebenden Luftballons kleben blieben – falls ich sie überhaupt traf – und sie nicht mit einem lauten Knall in tausend Stücke zerfetzten.

Weil ich unkonzentriert war – dank der Wut, die noch in mir steckte –, traf einer meiner ausgelutschten Kaugummis mal wieder ein falsches Ziel. Paul lachte sich beinahe schlapp, während mir das Grinsen verging. Mit in die Hüfte gestemmten Händen baute sich der hünenhafte Sebastian vor mir auf. Unübersehbar steckte mein hellrosa Wurfgeschoss wie eine eingedellte Haarklammer in seinen rotblonden Haaren.

»Wenn du zu dämlich bist, deine Engelskräfte einzusetzen, um das Ziel zu treffen, solltest du lieber noch ein wenig Bogenschießen gehen.«

Sebastians Drohgebärde brachte meine aufgestauten Gefühle zum Überlaufen – schließlich war es nicht meine Idee gewesen, diesen Kurs zu belegen, damit ich die Möglichkeiten von Engelsenergie besser kennenlernte.

»Wer sagt dir, dass ich vorbeigeschossen habe?«

Pauls Lachen verstummte, als sich hinter Sebastian Leonie, Andy und Charlotte formierten, die ich alle versehentlich getroffen hatte.

»Sebastian, lass es gut sein. Lynn hat das nicht mit Absicht gemacht«, stärkte Paul mir den Rücken.

»Das hat sich gerade aber ganz anders angehört!« Mit geröteten Wangen trat Leonie vor. Zum Glück hatte mein Geschoss nur ihre Schulter gestreift und war nicht in ihrer hellbraunen Lockenmähne gelandet. Daraus den Kaugummi ohne Schere und Haarverlust zu entfernen, wäre unmöglich gewesen.

»Seid froh, dass ihre Geschosse nicht explodieren«, verteidigte mich Paul.

»Hat sie das überhaupt schon mal hingekriegt?«, bohrte Sebastian weiter.

»Nein. Aber sobald ich das schaffe, wirst du der Erste sein, der es mitbekommt«, drohte ich angriffslustig. Ich war in Streitlaune – irgendwo musste mein Frust ja hin.

Sebastians blaugrüne Augen sprühten zurück. Er stand kurz davor, mir sein Kaugummigeschoss ins Gesicht zu drücken. Doch sein Engelswesen war friedlicher als meines. Den großmäuligen Sebastian vor allen in die Knie zu zwingen erschien mir auf einmal eine prima Möglichkeit, ihm und all den anderen zu zeigen, dass ich vielleicht doch mehr draufhatte, als Blindgänger zu verschießen und dröge vom Dach zu plumpsen. Angriffslustig machte ich einen Schritt nach vorn.

Zum zweiten Mal hielten mich starke Arme davon ab, eine Dummheit zu begehen. Meine Augen glühten vor unterdrücktem Zorn. Rote Schleier zogen auf. Ich wehrte mich nicht länger gegen Paul – er wusste sicher besser als ich, was er tat.

Während ich meine Schattenseite zurückdrängte, stellte sich Sebastian vor Leonie und die beiden anderen. Er war bereit, sie zu verteidigen und gegen mich zu kämpfen, falls Paul die Kontrolle über mich verlor.

Die Erwartungen der Engelschüler erschreckten mich. Obwohl ich bewiesen hatte, dass ich meine Schattenseite im Griff hatte, war ich in ihren Augen der Racheengel: stark, mächtig und fähig zu töten.

Ein pausbäckiges Gesicht mit aschblonden Babylöckchen und einem pummeligen Körper tauchte zwischen mir und Sebastian auf. So kindlich Oktavian auch wirkte, er war alles andere als sanftmütig. Seine babyblauen Augen starrten mich kaltherzig an.

»Was ist hier los?!«, wandte er sich an Paul, der mich noch immer im Griff hatte.

»Ein kleiner Fehlschuss, der Sebastians Empfindlichkeit getroffen hat.«

Oktavian entdeckte den Kaugummi in Sebastians Haaren, verkniff sich ein Grinsen und widmete sich mir. »Ein wenig Einzelunterricht wird dir helfen, das Prinzip besser zu verstehen. Komm mit!«

Paul ließ mich erst los, als er spürte, dass meine Wut abgeklungen war. Schnell lief ich dem eilig davontrippelnden Oktavian hinterher. Je größer der Abstand zu meinen Mitschülern war, umso besser.

In seiner schroffen Art wiederholte Oktavian ein paar Feinheiten, die ich beachten sollte, während ich mein Wurfgeschoss formte. Engelsmagie in einen Kaugummi zu transportieren gelang mir dennoch nicht, weshalb Oktavian mir schließlich die Kaugummis wegnahm und mich mit einem Seufzer zum Luftballonfüllen einteilte.

Aron kam, kurz bevor die Stunde zu Ende war. Seine gefurchte Stirn signalisierte, wie wenig es ihm gefiel, mich beim Zuknoten der Zielobjekte vorzufinden und nicht beim Daraufschießen. Oktavian klärte ihn auf.

»Du solltest ihr schnellstens ein paar Manieren beibringen. Aggressive Schüler dulde ich nicht. Beim nächsten Mal werde ich sie rausschmeißen.«

Aron zuckte die Schultern und entspannte sich. »Ich entschuldige mich für sie. Ich hätte dich warnen müssen, dass sie heute nicht besonders gut drauf ist, nachdem ich sie Chris beim Flirten beobachten ließ.«

Meine Faust landete in Arons Magengrube. Der unerwartete Treffer ließ ihn in den Flur zurücktaumeln. Ich empfand kein Mitleid. Sein Plan, mich in Raffaels Arme zu treiben, hatte funktioniert. Was ich dabei gefühlt hatte, schien ihm egal zu sein.

Bevor ich vollends die Kontrolle verlor, setzte ich zur Flucht an – und landete mitten in Christophers Umarmung. Mit Schal und Mütze vermummt, fing er mich auf dem Weg Richtung Schloss heimlich ab. Wie zwei eiserne Fesseln umschlossen seine Hände meine Oberarme.

»Lass mich los!«, fauchte ich.

»Erst will ich wissen, was passiert ist.«

»Das fragst du noch?« Christopher forderte eine Erklärung von *mir*? Er hatte eine andere in den Armen gehalten, nur um Raffael etwas vorzuspielen. Reichte das nicht? Ich kämpfte gegen die Tränen an – und gegen die Wut in meinem Bauch.

»Geh und küss Hannah, wenn es das ist, was du brauchst! Ich bin darin genauso mies wie beim Improvisationskurs.«

»Das bist du nicht, und das weißt du auch.«

»Dann beweis mir das Gegenteil!«

Christopher Augen verengten sich zu Schlitzen. Eine Sekunde zögerte er, dann umschlang sein Mund meine Lippen, während er meine Energie zurückdrängte, um eine Ohnmacht zu verhindern. Noch war ich nicht stark genug, seinem Sog zu widerstehen, doch die Intensität, mit der er um mich kämpfte, gefiel mir.

# Kapitel 27

## *Der Rat der Engel*

Arons wachsende Nervosität steckte mich an. Von Woche zu Woche ließ er mich härter trainieren – abgesehen von meinen Flügeln, die weiter dem Schonprogramm unterstanden.

»Und wenn ich sie bei den Prüfungen doch brauche?«

»Niemand weiß, dass du Flügel hast.«

»Bist du dir sicher?«

»Völlig. Coelestin hat in seiner Eremitage nur Engel, auf die er sich verlassen kann. Außer ihm, Christopher und mir weiß keiner etwas davon, zudem hat Nawea in ihrem Bericht ausdrücklich auf deine Flugunfähigkeit hingewiesen.«

»Du hast ihre Beurteilung gelesen?«

»Natürlich.«

»Und?«

Auf Arons Gesicht machte sich ein Grinsen breit. »In ihren Augen bist du ein flügelloser, ungeschickter Tollpatsch, der es zufällig geschafft hat, den Dämonendolch in der Kapelle zu deponieren. Du wirst also weder deine Flügel brauchen noch an die Grenzen deiner Belastbarkeit geführt werden. Vermutlich bekommst du eine Extraaufgabe und musst ein wenig Dämonenstaub aus dem Weg gehen oder einem Irrlicht, aber damit kennst du dich ja aus.«

»Und wozu dann das ganze Gekämpfe?«

»Es kommt beim Rat gut an, wenn du deinen Schutzengel etwas unterstützen kannst und nicht wie ein verschrecktes Kaninchen in der Ecke hockst – schließlich soll aus dir kein Schmusehäschen, sondern ein Racheengel werden!«

Da war sie wieder, die Erwartung, die mir Bauchschmerzen bereitete. Aron bildete mich aus, weil ich kämpfen sollte – und töten. Vielleicht legte sich mein Widerwille ja mit der Zeit. Aber wollte ich das überhaupt? Wollte ich ein gnadenloser Jäger werden, der skrupellos seine Opfer zur Strecke brachte?

Die Gewichte auf meinen Schulten wogen plötzlich doppelt so viel. Aron kam mir zu Hilfe und befreite mich von der Last, die mich in die Knie zwang.

»Ich glaube, du hast für heute genug Gewichte gestemmt. Geh zu Chris, und lass dich küssen.«

Da ich nicht nur beim Improvisationsunterricht lernen sollte, mit meinen Engelskräften umzugehen, wartete Christopher heimlich jeden Abend in meinem Zimmer auf mich, um mit mir zu üben. Mir war klar, dass er das nicht machte, damit ich schneller lernte, explosive Kaugummis herzustellen, sondern vor allem, um meine Eifersucht zu besänftigen – Hannah genoss es, ihn vor meinen Augen anzumachen.

Dennoch liebte ich mein neues Fach heiß und innig. Auch wenn es nie lange dauerte, bis ich Christophers Zauber erlag. Immerhin hielt ich schon vielversprechende drei Minuten durch, ohne ohnmächtig zu werden. Schließlich war ich lernfähig – und an Motivation fehlte es mir ganz sicher nicht!

Da das jährliche Feriencamp auf dem Internat mir schulfreie Tage bescherte, füllte Aron meine freie Zeit mit Orientierungsläufen aus. Allerdings war ich nicht die Einzige, die durch den schneebedeckten Wald stapfen und Zettel mit Hinweisen, die zum nächsten Zettel führten, suchen musste.

Für alle Engel, die nach Venedig mitkamen, war die Schnitzeljagd Pflichtübung. Wer am schnellsten das Ziel erreichte, durfte zurück ins warme Schloss und musste nicht die zusätzlichen Aufgaben ertragen, die in etwa so aufbauend waren wie Strafrunden beim Biathlon. Gut, dass ich Liegestütze und Sit-ups gewohnt war – schlecht, dass meine Orientierungslosigkeit Aron noch nervöser werden ließ und mir die Kälte immer noch zusetzte.

»Wie willst du den Campo San Toma finden, wenn du nicht mal weißt, in welchem Stadtteil sich der Platz befindet?«, herrschte er mich an, als ich auf einem der Zettel mal wieder zwei Orte verwechselte.

»Mit Hilfe einer Karte?«, mutmaßte ich, während ich versuchte, meine erfrorenen Finger warm zu pusten.

»Erstens gibt es keine, und zweitens bist du in dem Venedig, das du kennenlernen wirst, verloren, wenn du nicht weißt, an welcher Stelle du wieder auftauchst. Zum Glück bist du nur der Protegé.«

Arons unnötiges Rumgehacke nervte. »Und warum lässt du mich dann die Bilder samt Namen auswendig lernen?«

»Falls du Stefan, Tina oder Marie zugeteilt bekommst. Die haben dasselbe Problem wie du. Bei den Prüfungen seid ihr auf euch allein gestellt, und *du* solltest dich in Venedig nicht unbedingt verlaufen.«

Warum, erklärte Aron nicht, doch ich wusste, worauf er hinauswollte. Christopher hatte mich gewarnt, dass in der Lagune nicht nur Engel lebten – mehr durfte er mir nicht erzählen.

Wir nahmen den Zug nach Venedig. Ein ganzer Waggon war für uns reserviert, allerdings mussten wir vorher die Welten wechseln. Für mich war das Routine, für meine Mitschüler höchst aufregend, mitten in der Nacht durch ein Internat zu schleichen. Natürlich hatte Aron dafür gesorgt, dass die verbliebenen Internatsbewohner schliefen – wofür gab es schließlich Betäubungstabak?

Niemand sprach, während wir die spärlich beleuchtete Eingangshalle durchquerten. Die Anspannung war greifbar. Obwohl ich die Vorstellung, in meinem Bett zu liegen, während vier Dutzend Engel durch meine Schule schlichen, wesentlich gruseliger fand.

Aron atmete erst wieder auf, als wir den für uns reservierten Palazzo in Venedig erreichten, wo wir in die Welt der Engel zurückwechselten. Akribisch sammelte er die Wächterbänder ein – auch meines.

»Du wirst es wiederbekommen«, erklärte Aron, als ich ihm das Armband mit dem Engelsmedaillon gab. Seine Unsicherheit war wieder da und steckte mich an.

Nervös lief ich in dem großen, stuckverzierten Salon im Obergeschoss des Hauses von einem Fenster zum anderen. Den Blick auf den unbelebten Canal Grande fand ich gewöhnungsbedürftig. Mir fehlte das Gewusel der Boote und schwarzen Gondeln, die vor unserem Wechsel in die Engelswelt den Kanal belebt hatten. Da die Bewohner der Engelsstadt fliegen konnten, gab es offenbar nur wenig Boote. Allerdings entdeckte ich auch keinen Engel, der vorbeiflatterte.

Nach dem Abendessen teilte Aron uns in Gruppen ein. Ich war ihm dankbar, ein Einzelzimmer beziehen zu dürfen und nicht, wie Erika, ein Zimmer mit Susan teilen zu müssen. Wie ich gehörten beide zur Gruppe der Protegés – Paul nannte uns Opfer.

Er selbst war Kandidat für die Abschlussprüfung und – falls er bestand – der einzige Anwärter zur anschließenden Wächterengelausbildung. Erst gestern, als Coelestin alle Prüflinge und Protegés verabschiedete, erfuhr er von seiner *Einzigartigkeit*. Natürlich war er stolz wie Oskar.

Ein Wächterengel konnte nicht jeder werden. Nur Engel, die ein Gespür dafür besaßen, wer bedenkenlos die Welten wechseln konnte, durften ausgebildet werden, Wächterbänder und die dazu passenden Portale herzustellen. Coelestin war einer von ihnen – und Sanctifer, wie Christopher mir verraten hatte.

»Wenn es keine Fragen mehr gibt, bitte ich euch, jetzt eure Zimmer zu beziehen«, befahl Aron, als er mit der Zimmereinteilung fertig war.

Obwohl alle meckerten, weil wir diesmal früher als sonst ins Bett geschickt wurden, leerte sich der Speisesaal rasch. Ich blieb. Aron hatte Christopher geraten, sich bis zum Ende der Prüfungen von mir fernzuhalten, dennoch machte ich mir Sorgen um ihn.

»Lynn, das gilt auch für dich!«, mahnte Aron.

»Ich kann ohne Einschlafhilfe sowieso nicht schlafen. Weißt du, wo Christopher steckt?«

»Die anwesenden Racheengel besprechen sich mit dem Rat.« Arons plötzliche Offenheit, nachdem er und Christopher bei all meinen Fragen zu den Prüfungen und den anderen Racheengeln penetrant geschwiegen hatten, überraschte mich.

»Sind viele von ihnen hier?«

»Alle bis auf den Engel Nordamerikas.«

»Kommen sie jedes Mal zu den Prüfungen, oder … oder sind sie aus einem andern Grund hier?«

Arons Seufzer entging mir nicht. »Ich fürchte, ja. Der Rat möchte sichergehen, dass der richtige Engel ausgebildet wird. Wundere dich also nicht, wenn du etwas in die Markuskirche bringen sollst und dabei auf ein paar Racheengel triffst, die dort rumstehen und dich begutachten.«

»In der Kirche?!«

»Wo sonst? Nur dort sind sie friedlich und springen sich nicht gleich an die Gurgel, wenn sie miteinander reden – was sicher nicht für ungeladene Engel gilt.« Die Warnung richtete sich an mich.

»So schlimm?« Ich konnte fühlen, wie mir vor Angst das Blut in die Beine sackte. Aron bemerkte, dass ich blass wurde.

»Voraussichtlich wirst du nur einen von ihnen näher zu Gesicht bekommen, und der will dich bestimmt nicht nur begutachten.« Aron begann zu grinsen, bei mir dagegen stellte sich spontane Übelkeit ein.

»Und … und was genau will er von mir?«

»Das fragst du Christopher am besten selbst.« Aron begann zu lachen und deutete auf die große Gestalt, die gerade den Salon betrat.

Viel zu früh am Morgen entließ mich Christopher mit einem zärtlichen Kuss auf die Stirn, der mich nicht mehr, als er das tun sollte, aus dem Gleichgewicht brachte. Ohne dass jemand von den anderen Engelschülern etwas bemerkt hatte, war er die ganze Nacht bei mir geblieben – zumindest vermutete ich das, da ich in seinen Armen erwachte.

Eine große schwarze, mit einem goldenen Engel verzierte Gondel erwartete uns auf dem einsamen graugrünen Kanal vor dem Palazzo. Ihre Fenster waren verdunkelt, damit wir nichts von der Engelsstadt sehen konnten. Die Chancen sollten für alle gleich sein.

Auch andere Engelschulen schickten ihre Prüflinge nach Venedig. Einen offiziellen Wettkampf gab es zwar nicht, insgeheim konkurrierten die Schulen trotzdem miteinander. Wer die meisten Schüler zum Ball der Engel mitbringen durfte, wurde zum heimlichen Sieger gekürt. Im letzten Jahr musste sich Coelestins Schule den zweiten Platz mit einer anderen Schule teilen, weshalb das Ziel dieses Mal hieß, zu gewinnen. Und obwohl Aron Spekulationen verboten hatte, wer von uns die Prüfungen bestehen würde und wer nicht, war es das Gesprächsthema Nummer eins. Die Vorstellung, mich als Protegé zugeteilt zu bekommen, gefiel niemandem: Ich galt als unberechenbarer Risikofaktor. Nur Paul schien damit keine Probleme zu haben – oder sprach das zumindest nicht laut aus.

An einer algenbewachsenen Kaimauer legte die Gondel gegenüber dem Dogenpalast an. Er sah genauso aus, wie ich ihn von Bildern her kannte: zwei weiße, übereinanderstehende

Säulenreihen – die obere mit dünneren, dafür aber doppelt so vielen Pfeilern – und Bögen mit runden, kreuzförmig angeordneten Durchbrüchen, die mich an vierblättrige Kleeblätter erinnerten. In der aus weißen und roten Steinen gestalteten Wand darüber gab es nur ein paar wenige, dafür aber umso größere Öffnungen und einen aufwendig gestalteten Balkon, auf dem man den fantastischen Blick auf die Lagune genießen konnte. Heute lag sie im Morgennebel verborgen.

Wir steuerten auf ein kunstvoll verziertes Portal zu, das den Palast und die danebenliegende Markusbasilika trennte. Ich schluckte, als wir die Kirche passierten und es unter meiner Haut zu kribbeln begann. Leise Panik breitete sich in mir aus, gemischt mit einem Gefühl der Neugier. War eine der schemenhaften Gestalten auf dem Balkon der Basilika ein Racheengel? Konnte ich seine Schattenseite spüren?

Mir blieb keine Zeit, das herauszufinden. Aron warf mir einen warnenden Blick zu, als er meine Neugier bemerkte, und spornte uns an, schneller zu laufen. Nach der Galerie im ersten Stock jagte er uns eine weitere Treppe nach oben. Über uns goldgefasster weißer Stuck und haufenweise Engel mit und ohne Flügel, die kritisch auf uns herabschauten. Noch beeindruckender als der Zugang entpuppte sich der Raum, in dem Aron uns anhalten ließ. Stuckprunk und Engel in Hülle und Fülle – nicht bloß an der Decke.

Aufgeregtes Flüstern füllte mit einem dumpfen Summen den majestätischen Saal. Mindestens dreihundert Engelschüler fieberten ihren Prüfungen entgegen. Nicht nur meine Nervosität wuchs. Während Markus ängstlich um sich blickte, begann Paul dumme Witze zu reißen. Immerhin halfen sie den umstehenden Schülern, sich ein wenig zu entspannen. Ich kannte die meisten schon und verfiel wieder ins Grübeln. Arons Hand legte sich auf meine Schulter. Erschrocken zuckte ich zusammen.

»Bleib einfach du selbst, dann wird das Schlimmste an der ganzen Prüfung der Tanz mit mir sein.«

»Du reservierst schon im Voraus? Und wenn ich nicht bestehe?«

»Du wirst. Und so wie ich deinen Freund einschätze, wird er dich nur ungern mit jemandem teilen.« Bewusst hatte Aron darauf verzichtet, Christopher beim Namen zu nennen.

Bei dem Gedanken an *meinen Freund* wurde mir warm ums Herz. Aron grinste – genau das wollte er erreichen.

Die Tür zum angrenzenden Saal öffnete sich. Schlagartig verstummten die Gespräche. Eine große Gestalt trat ein. Sie trug einen schwarzen, bodenlangen Mantel. Ihr Gesicht war von einer weißen, kantigen Maske verdeckt, die nur die Augen aussparte. Die Anspannung im Saal erreichte die nächste Stufe, als sechs weitere, ähnlich verhüllte Gestalten hinter ihr Stellung bezogen. Sie trugen ebenfalls weiße Masken: Pestmasken mit überdimensionierten Krähenschnäbeln.

Ich bemerkte, wie Erika sich an Markus klammerte. Auch mir wurde kalt, und selbst Paul, der, wie alle Prüflinge, den Ablauf aus seinem Erstlingsjahr kannte, wirkte unsicher.

Die Stimme des Anführers verkündete den Namen der ersten Schule. Achtzehn nervöse Engelsprüflinge, ihre Protegés und der dazugehörende Tutor traten vor. Einer der Geschnäbelten wählte sechs Schüler aus und verschwand mit ihnen in dem angrenzenden Raum. Kurz darauf folgten die nächsten sechs. Als die letzte Gruppe im Nebenraum verschwand, fiel die schwere Tür ins Schloss und sperrte nicht nur uns von dem Geschehen aus – auch der Tutor blieb draußen.

»Du kommst nicht mit?«, fragte ich Aron leicht panisch.

»Nein. Meine Aufgabe endet hier.«

»Und … und was ist mit …?« Aron legte mir einen Finger auf die Lippen, bevor ich *Christopher* sagen konnte. Er wusste, wen ich meinte.

»Auch ihn wirst du erst am Tag des Maskenballs wiedersehen.«

»Aber … der ist doch erst in fünf Tagen?!«

»Lynn«, Aron legte seine Hände auf meine Schultern, um mich zu beruhigen. »Pass gut auf, welche Probleme die Prüflinge in deiner Gruppe lösen müssen. Hilf ihnen, wenn du kannst, und falls du eine Extraaufgabe bekommst, stell dich ihr. Du bist bestens vorbereitet.«

Ich holte tief Luft, um zu widersprechen.

»Kein Aber. Du bist Protegé und nicht Prüfling. Niemand wird von dir etwas erwarten, was du nicht kannst – und du bist auch nicht die Einzige, die nervös ist.« Die Tür öffnete sich zur zweiten Runde, was unser Gespräch beendete.

Unsere Schule war die letzte, die aufgerufen wurde. Paul und Sebastian spielten die Helden. Die anderen versuchten, es ihnen gleichzutun. Als die Gestalt mit der Schnabelmaske mich auswählte, zeigte ich weniger Mut.

Ein seltsames Gefühl überkam mich, kurz bevor ich ihr durch die Tür folgte. Auf der Schwelle bemerkte ich, warum. Der Raum war mit Engelsmagie versiegelt. Feine Nadelstiche durchbohrten meine Haut – ich war froh, dass keine Blitze aufzuckten. Entschlossen drückte ich die Schultern durch, hob meinen Kopf und setzte ein Lächeln auf – schließlich stand ich unter Beobachtung.

Mehr als hundert Engel thronten auf einem aus dunklem Holz geschnitzten zweireihigen Gestühl, das sich unter den in goldene Rahmen gefassten Gemälden an der Wand entlangzog. Das Prunk-Highlight des Saals jedoch war das – natürlich mit Engelsmotiven verzierte – 3-D-Schnitzwerk an der Decke. Jeder, der diesen goldglitzernden Saal betrat und dem nicht vor Angst die Knie zitterten, gehörte entweder zu den geladenen Gästen auf dem Holzgestühl, oder er saß am Ende des Raums auf oder neben dem erhöhten Thron.

Sieben Stufen führten zu dem Podest, auf dem der Doge neben seinen zehn Ratsmitgliedern residierte. Wie alle trug auch er eine weiße Maske und einen langen Mantel. Seiner war allerdings nicht schwarz, sondern leuchtend rot. Unten am Saum war er mit einem Material eingefasst, das ich nicht kannte. Ich tippte auf einen mit Engelsmagie gewobenen Stoff, da er nicht nur seine Farbe, sondern auch die Intensität der Farbe verändern konnte – wie Christophers Flügel. Sekunden später kämpfte ich gegen meinen Würgereiz. Was, wenn der Stoff tatsächlich aus Engelsflügeln bestand?

Mein Gewürge fiel auf. Nicht nur meine Mitschüler, die am Fuß des Podests auf uns warteten, starrten mich an. Dunkle, helle, blaue oder braune Augen – jade- oder smaragdgrüne entdeckte ich keine –, verborgen unter Masken, beobachteten, wie ich als Letzte den weitläufigen Saal durchschritt.

Ich ließ mir meine Furcht nicht anmerken, starrte stur geradeaus auf den Rücken von Hannes, kämpfte gegen meine Übelkeit und blieb erst stehen, als auch Hannes anhielt. Einzeln mussten wir uns vorstellen. Ich fasste mich kurz, nannte meinen Namen und den Ort, wo ich geboren wurde – über mein Ableben gab es ja nichts zu berichten –, und reihte mich in die Schlange vor dem Podest ein. Der Mann, der uns geholt hatte, trat vor und begrüßte uns, bevor er den Ablauf der Prüfungen erklärte.

»Wie immer wird jedem Prüfling ein Mitschüler zugeteilt. Als zukünftige Schutzengel müssen die Prüflinge ihre Fähigkeit unter Beweis stellen, ihren Protegé sicher durch die gestellten Aufgaben führen zu können. Hier nun die Namen der ersten Gruppe. Andy und Carla sind ein Team. Marie bekommt Maurice zugeteilt, und Bens Protegé ist Markus. Tretet zu zweit nach vorn.«

Markus zögerte. Sicher hatte er gehofft, mit Erika in eine Gruppe zu kommen, aber dem Entschluss des Rats musste er sich natürlich fügen. Begleitet von einem der Schnabelmaskenträger verließ er den Saal durch eine kleine, neben dem Podest verborgene Pforte.

Trotz Auswahlprozedur blieb ich die Attraktion des Tages. Das Interesse an meiner Person ging mir langsam auf die Nerven. Selbst als ein Mitglied des Rats aufstand und das Wort ergriff, starrten alle nur auf mich.

»Meine lieben Freunde. Sicher habt ihr bemerkt, dass wir heute nicht nur Schutzengel unter uns haben.«

Mein Herz setzte aus. Einmal. Zweimal. Ich kannte den Engel. Wie ein Brandeisen hatte diese sonore Stimme sich mir eingeprägt.

Aron und Christopher hatten seinen Einfluss offenbar unterschätzt. Sanctifer war Mitglied des Rats der Engel!

Mein Körper stand kurz vor der Rebellion. Ich wusste, was mir bevorstand, und schaffte es dennoch, ruhig weiterzuatmen, meine Hände locker an der Seite herabbaumeln zu lassen – und zu lächeln. Sanctifers Triumph sollte nicht schon hier beginnen. Noch war Aron mein Tutor.

»Deshalb wird aus den verbleibenden Schülern eine Sechser- und eine Achtergruppe gebildet.«

Nicht nur ich rechnete nach, wie das mit zwölf Schülern funktionieren sollte.

»Um aufzustocken, haben wir zwei zukünftige Mitschüler des Hauses, die erst seit ein paar Tagen in unserer Welt leben, ausgewählt. Bitte seid nett zu ihnen.«

Auf ein Zeichen hin öffnete sich die Tür zum Nebenraum. Ein kräftiger Junge, der – wie ich nach einer Schrecksekunde feststellte –, Max nur ähnlich sah, und ein blasses, zierliches Mädchen mit hellbraunen, schulterlangen Haaren und mausgrauen Augen betraten den Saal. Wie eingeschüchtert sie sich ohne Vorbereitung in einer Engelschule fühlten, erkannte nicht nur ich. Aufmunternder Applaus empfing sie.

»Willkommen, Lisa und Sven«, begrüßte der Engel, der die Einteilung vorlas, die beiden.

Während der Engel die nächsten Schüler aufrief – unter ihnen Sven –, grinste Paul mich an. Es sollte ein aufmunterndes Lynn-Grinsen sein, doch dazu wirkte es viel zu unsicher.

Als die Sechsergruppe den Raum verließ, wäre ich ihnen am liebsten hinterhergerannt, doch meine Flucht hätte noch im Dogenpalast geendet. Zu viele Engel, und alle wussten, wer und *was* ich war.

»Kommen wir nun zur Konstellation unserer letzten Gruppe, der Achtergruppe«, setzte der Mann mit der kastenförmigen Maske seine Einteilung fort. »Sebastian kümmert sich um Hannes, Erika wird Leonies Protegé.«

Außer Paul blieben nur noch drei Schüler übrig: Lisa, Susan und ich. Alles Schüler im ersten Jahr. Doch mir war längst klar, dass der Rat mir nicht die Aufgabe des Protegés zuteilen würde – und bei meinem derzeitigen Glück bekam ich sicher Susan als Schützling zugewiesen.

Ich zwang mich, weiterhin gelassen zu wirken, auch wenn ich mir nicht vorstellen konnte, mit ihr ein harmonisches Team zu bilden – so wie sie sich seit meiner Engelswerdung mir gegenüber verhielt. Andererseits hing die Teilnahme am Ball vom erfolgreichen Bestehen der Prüfung ab. Versagte ich, durfte auch sie nicht zum Tanz der Engel. Vielleicht genügte dieser Anreiz, damit sie ihre Ablehnung vergaß und sich daran erinnerte, dass wir mal befreundet waren. Sollte sie allerdings Pauls Protegé werden, sah das anders aus. Mir beim Durchfallen zu helfen, war sicher einfach – ich beherrschte weder Engelsmagie noch konnte ich richtig fliegen!

Mein Name wurde aufgerufen. Unweigerlich zuckte ich zusammen. Das Aufblitzen in Sanctifers Augen, als mir Lisa als Protegé zugeteilt wurde, verstärkte meine Angst. Meine Beine fühlten sich an wie Wackelpudding, als ich mit Lisa an meiner

Seite vor der Empore der Ratsmitglieder vorbeilief. Trotzig hielt ich Sanctifers königsblauen Augen stand. Er plante, meine Ausbildung zu übernehmen. Doch ich war nicht bereit, kampflos aufzugeben, selbst wenn es meine Flügel ein weiteres Mal in tausend Stücke zerreißen sollte.

# Kapitel 28

## *Maskiert*

Schweigend folgten wir der Gestalt mit der Schnabelmaske. Nicht nur ich war entsetzt, dass ich jetzt zu den Prüflingen gehörte. Selbst Susan, Pauls Protegé, vermied es, mir giftige Blicke zuzuwerfen, während wir durch mehrere Räume, Treppen und Flure drei Stockwerke in die Tiefe geschleust wurden.

Schließlich erreichten wir das Ende eines kurzen Kanalausläufers, der bis in das Gebäude reichte. Eine kleine schwarze Gondel stand für uns bereit. Bevor wir einsteigen durften, verpasste der Schnabelmaskenträger jedem von uns ein silbernes Armband – vermutlich ein Wächterband.

Wieder mussten wir in einem verdunkelten Innenraum Platz nehmen. Da ich sowieso nichts sehen konnte, schloss ich die Augen. Modriges Brackwasser klatschte leise gegen die Bordwand. Ich vernahm das sanfte Eintauchen eines Ruders, und das Boot setzte sich in Bewegung. Die Geräusche veränderten sich. Der Nachhall verebbte. Die Luft roch angenehmer, ein wenig wie Aron, nach Meer.

Ich verbot mir, darüber nachzudenken, dass ich ihn als Tutor verlieren könnte. Er war mir ans Herz gewachsen, trotz unserer anfänglichen Schwierigkeiten war er ein Freund geworden. Ich würde ihn vermissen – ihn und Christopher!

Meine Augen füllten sich mit Tränen. Ich hielt sie nicht zurück. Im Rumpf des Bootes war es dunkel. Sehen konnte sie niemand, fühlen offenbar schon. Paul griff nach meiner Hand und hielt sie fest.

»In fünf Tagen werden wir zusammen tanzen. Was auch passiert, auf mich kannst du dich verlassen.«

Die Gondel verlangsamte ihre Geschwindigkeit. Vorsorglich wischte ich mir die Tränen aus dem Gesicht. Hatte ich mir nicht vorgenommen, Sanctifer die Stirn zu bieten? Warum heulte ich dann, anstatt über seine Pläne zu lachen? Ich versuchte zu grinsen. Es half, auch wenn es sich nicht so anfühlte, als würde ich Sanctifer auslachen, sondern ihm die Zähne zeigen.

Als unser maskierter Begleiter die Kajütentür öffnete, konnte niemand mehr sehen, dass ich die Nerven verloren hatte. Unsere Gondel ankerte in einem Tunnel, in den nur spärliches Licht durch die schmale Kanalöffnung fiel. Drei Stufen führten nach oben in ein düsteres Kellergeschoss. Unser Anführer zündete eine Fackel an, die die algenbewachsenen Wände unwirklich grün aufglühen ließ.

Der Marsch durch den Untergrund der Engelstadt dauerte gefühlte Stunden. Aufgrund des ständigen Auf und Ab, über Treppen, verwinkelte Flure, modrige oder nasse Kellerräume, verlor ich nicht nur mein Zeitgefühl, sondern auch völlig die Orientierung. Ich setzte auf Paul oder Sebastian, doch auch die beiden hatten am Ende unserer Kellerwanderung nicht die leiseste Ahnung, wo wir uns befanden.

Der Maskenträger grinste – zumindest leuchteten seine Augen unter der Maske so, als würde er das tun –, während er Paul einen kleinen Lederbeutel in die Hand drückte.

»Bis Mitternacht solltet ihr einen Zugang zu eurem Nachtquartier gefunden haben, sonst könnt ihr gleich wieder nach Hause fahren. Nur wer wieder zurückfindet, darf an den Prüfungen teilnehmen – und vergesst nicht, wo ihr hergekommen seid!«

Nach diesem wenig kryptischen Hinweis schloss der Maskenträger eine marode Holztür auf und schickte uns hindurch, bevor er sie anschließend wieder verriegelte. Doch erst als wir durch die Hintertür in den kleinen Maskenladen stolperten und Paul einen Geldschein aus dem Beutel zog, wurde klar, in welcher Welt wir uns befanden.

Der mörderische Blick, mit dem uns die Besitzerin musterte, als wir quasi aus dem Nichts auftauchten, riet uns, die Flucht zu ergreifen. Selbst Erika und Susan, die sich gerne die Masken angeschaut hätten, stimmten Sebastians Vorschlag zu. Nur eine wollte den Laden nicht verlassen: Lisa.

Sebastian, der es gewohnt war, sich durchzusetzen, stand kurz davor, sie einfach aus dem Laden zu zerren. Noch ehe der hünenhafte Kerl seine Pranke nach der zierlichen Lisa ausstrecken konnte, stellte ich mich zwischen die beiden.

»Vielleicht gibt es einen Grund, warum sie bleiben möchte«, warnte ich ihn gefährlich leise.

»Und der wäre?«

»Frag sie selbst – und sei freundlich zu meinem Protegé!«, erwiderte ich und trat zur Seite.

Lisa, die verschreckter kaum sein konnte, kaute nervös auf ihrer zitternden Unterlippe.

»Und? Warum sind wir noch hier?«, fragte Sebastian nicht gerade höflich, aber deutlich weniger aggressiv.

»Weil … ich … Ich dachte, dass es vielleicht einen Grund gibt, warum wir gerade hier gelandet sind«, stammelte sie.

»Lisa könnte recht haben«, mischte Paul sich ein. »Im Dogenpalast trug jeder eine Maske.«

»Und einen Mantel!« Sebastian war nicht so leicht zu überzeugen.

Lisa bekam weitere Unterstützung von Erika. »Vielleicht müssen wir uns tarnen, damit wir wieder zurückkönnen.«

»Oder untertauchen«, ergänzte Susan.

»Gut möglich. Als ich Protegé war, mussten wir uns mit Schlamm einschmieren, um ungeschoren an einem Wächter vorbeizukommen«, stimmte Leonie den beiden Mädchen zu.

»Wenn wir acht Masken kaufen, dann bleibt nicht mehr genug für Nahrung übrig«, wandte Sebastian ein.

»Dann gibt's eben nur eine Pizza für alle«, entschied Leonie und begann, sich umzusehen.

Der Laden war voll mit Masken, eine fantasievoller als die andere. Von bunten Tierköpfen über filigrane Metallarbeiten, ausladendem Federschmuck bis hin zu bunt bemalten Masken jeglicher Art gab es alles, nur keine schlichten weißen. Schließlich nahm Lisa all ihren Mut zusammen und wandte sich an die griesgrämige Verkäuferin, die uns durch ihre dicke Hornbrille beobachtete.

»Die Rohlinge habe ich hinten«, grummelte sie. »Welche soll's denn sein? Die ovale, die eckige oder die Pestmaske?«

Da wir acht brauchten, entschieden wir uns für drei eckige, zwei ovale – für Erika und Susan – und drei Pestmasken. Ich nahm eine der Kantigen und setzte sie, mit dem Gesicht nach hinten, verkehrt herum auf. Von dem verbliebenen Geld kauften wir uns später zwei Pizzas Margherita – die waren am billigsten – und drei Liter Wasser.

Paul und Sebastian wussten gleich nach der ersten Gabelung, wo wir uns befanden. Wir ließen uns Zeit, schlenderten über den alten Marktplatz am Rialto, passierten die Brücke und wandten uns, dem Canal Grande folgend, nach Süden, wo sich der Palast befand, in dem wir die Nacht verbracht hatten.

Venedig wimmelte von Touristen. Es war Karneval. Auf jedem größeren Platz und an jeder zweiten Brücke posierten maskierte Gestalten in bunten venezianischen, historischen oder einfach nur originellen Kostümen, um sich fotografieren zu lassen. Auch einige in schwarzen Mänteln liefen umher. Dass alle menschlich waren, bezweifelte ich. Unter den Masken steckten bestimmt auch ein paar Engel – einfacher als zu dieser Jahreszeit konnte man sich nicht verbergen.

Ich zog meine Maske auf. Jeans und dunkle Jacken gab es

mehr als schwarze Mäntel, zumindest hier, in meiner alten Welt.

Kurz vor Mittag erreichten wir unseren Palazzo. Ein freundlicher alter Herr erklärte uns nachsichtig, dass wir uns sicher irrten, da er keine Zimmer untervermiete. Sebastian, der sowieso schon genervt war wegen der Masken und des Ministücks Pizza, verlor die Fassung und wollte sich Zutritt ins Haus verschaffen. Doch ein gezielter Schlag mit dem Stock streckte ihn nieder.

»Nehmt euren Freund und bringt ihm Manieren bei, bevor ihr das nächste Mal irgendwo anklopft«, herrschte uns der nun nicht mehr so freundliche Alte an. Selbst Lisa, die bestimmt noch nie einen Owoostock gesehen hatte, begriff, dass der alte Herr kein Mensch, sondern ein Engel war. »Und das nächste Mal kauft ihr euch besser etwas zu essen und keinen nachgeahmten Firlefanz.« Er meinte die Masken.

Während Sebastian sich am Fuß einer kleinen Kanalbrücke von dem Schlag über seinen Schädel und dem Fehlkauf erholte, wanderte Paul über den kleinen Platz. Hannes unterhielt sich mit Leonie, während Erika und Susan mit Lisa sprachen. Ich durfte allein nachdenken. Inzwischen hatte Susan Lisa gesteckt, was ich war und warum sie lieber nicht mit mir reden sollte.

»Hast du ein Problem, wenn ich mich zu dir setze?«, fragte ich Sebastian.

»Warum? Wegen des Streits im Maskenladen?«

»Nein, eher weil … weil du weißt, was ich bin.«

Sebastian warf mir einen neugierigen Blick zu. »Muss ich Angst vor dir haben?«

»Ich … weiß nicht. Hast du welche?«

»Vielleicht in ein paar Jahren. Aber im Moment hast du weniger drauf als ich. Wir hatten zusammen Improvisationskunst«, erinnerte mich Sebastian an meine fehlgeleiteten Kaugummigeschosse. »Wenn, dann solltest *du* dich fürchten – vor der Prüfung, meine ich.«

Ich seufzte leise und war froh, eine Maske zu tragen. Angst hatte ich. Trotzdem wollte ich nicht, dass jeder das sehen konnte.

Paul gesellte sich zu uns. »Sollen wir es noch mal probieren? Maskiert?«

»Das kannst *du* gerne machen«, erwiderte Sebastian. »Mir reicht ein Schlag auf den Kopf am Tag völlig.«

»Außerdem glaube ich nicht, dass wir hier richtig sind«, warf Leonie ein, die sich mit Hannes zu uns auf die Stufen der Brücke setzte. »Der Typ, der uns zum Maskenladen gebracht hat, wollte uns möglicherweise nur auf eine falsche Fährte locken, als er sagte, *wir sollen nicht vergessen, wo wir hergekommen sind.*«

»Vielleicht meinte er nicht diesen, sondern den anderen Palazzo: den Dogenpalast«, hielt Paul dagegen.

»Oder er wollte uns nur daran erinnern, was wir sind, damit wir nicht über die Stränge schlagen.« Susans Kommentar galt mir, nicht Sebastian. Ich ignorierte ihn.

»Einen Versuch wäre es wert, oder hat jemand eine bessere Idee als den Dogenpalast?«, fragte Leonie.

Pauls Vorschlag wurde angenommen. Vorbei an vielen kleinen Läden und immer schmaleren Gassen, erreichten wir den überfüllten Markusplatz. Ein Kostüm übertrumpfte das nächste. Marie Antoinettes blauer, ausladender Reifrock konkurrierte mit Queen Elizabeths plissiertem Stehkragen, Casanova mit den drei Musketieren. Selbst Engel und Teufel posierten um die Wette. Die meisten Besucher interessierten sich im Augenblick jedoch mehr für den Glockenturm, von wo ein Mädchen in einem weißen Spitzenkleid mit ausladendem Rock und Unterrock von einem Stahlseil gehalten über den Platz schwebte.

»Was soll das werden?«, fragte Hannes und starrte ebenfalls nach oben.

Susan kicherte. »Das ist der Versuch, aus einem Wesen ohne Flügel einen Engel zu machen.«

Ich biss mir auf die Zunge. Damit konnte sie mich nicht provozieren: Flügel besaß ich.

»Ein Prüfling flog mal in der falschen Welt vom Turm auf den Platz hinunter. Zum Glück war es Nacht. Gerüchte gab es trotzdem. Also arrangierte der Rat den sogenannten *Engelsflug* und behauptete, der Nachtflug wäre die heimliche Probe für den Karnevalsevent gewesen. Seitdem findet der Engelsflug jedes Jahr statt«, erklärte Paul, der in Geschichte offenbar aufgepasst hatte.

»Schön. Aber wir müssen weiter«, erinnerte uns Sebastian, der hungrig war, und bahnte sich mit Paul an der Spitze einen Weg durch die Menge.

Während ich vor Schreck wie angenagelt stehen blieb, schüttelte Paul nur den Kopf, als ein gehörntes Wesen in der Menge auftauchte und ihm den Weg versperrte. Es war aus der Basilika gekommen und ohne Umwege direkt auf uns zugesteuert. Zufall war das keiner. Paul störte das wenig. Gelassen schob er das gehörnte Ding mit dem dunkelroten, hautengen Kostüm beiseite. Anscheinend hatte er übersehen, dass seine Augen wirklich glühten – mir entging das nicht. Obwohl das Wesen sich von Paul vertreiben ließ, aktivierten sich meine Spangen. Ich zwang meine Lippen aufeinander, um ein Keuchen zu unterdrücken. Paul hörte den leisen Seufzer trotzdem.

»Ist alles okay mit dir?«

Ich nickte, reden konnte ich gerade nicht.

»Nimm die Maske ab, ich glaube dir nämlich nicht.«

Erschrocken wich ich zurück, als Pauls Hand nach dem Band griff, um sie zu lösen. Sein Blick streifte meine Hände, die ich gegen die Oberschenkel presste. Panik breitete sich in seinen Augen aus, die mir weh tat. Offensichtlich wusste er, was das bedeutete. Doch anstatt vor mir zurückzuweichen, berührte er meinen Arm.

»Versuche, ruhig weiterzuatmen.« Sanfte Engelsmagie breitete sich in mir aus, beruhigte meine aufgewühlte Schattenseite und half mir, zurückzufinden.

»Spar dir ein Danke für später auf. Die anderen sind schon vorne beim Glockenturm«, erklärte Paul, grinste und drängte mich weiter.

Wir holten sie ein, bevor sie den Dogenpalast erreichten. Auf dem Balkon der Basilika entdeckte ich wieder die schwarzgewandeten Gestalten mit den weißen Masken. Sie beobachteten mich. Alle! Ob Christopher unter ihnen war? Riechen konnte ich ihn jedenfalls nicht. Spüren auch nicht.

Meine Kehle wurde trocken. Hatten sie das Ding ausgesandt, um mich zu prüfen? Meine Standhaftigkeit? Zufall war das gerade eben sicher keiner.

Mein Drang herauszufinden, wer mich beobachtete und mir unangekündigte Prüfungen schickte, zog mich zur Basilika. Ich wollte wissen, ob ich bestanden oder versagt hatte. Doch der Rest der Prüflinge hatte andere Pläne und schleppte mich weiter.

Einfach so in den Dogenpalast zu spazieren, funktionierte nicht. Dort, wo wir am Morgen hineingekommen waren, gab es nun einen streng bewachten Ausgang. Und den Palast durch den offiziellen Eingang zu betreten, kostete Geld, das wir nicht mehr besaßen. Sebastian fluchte und warf Lisa einen mörderischen Blick zu. Sie zuckte nicht einmal mit der Wimper.

Meine Nackenhaare stellten sich auf, als hätte auch Lisa glühende Kohleaugen. War sie taffer, als der erste Eindruck das vermuten ließ? Spielte sie nur das scheue Reh und war in Wirklichkeit Sanctifers Spionin, die mich zu Fall bringen sollte?

Paul bemerkte, dass ich Lisa beobachtete, da ich inzwischen ohne Maske herumlief – erkannt hatten mich die Gestalten auf dem Balkon trotz Tarnung. Er warf mir einen fragenden Blick zu, den ich mit einem geflüsterten »Später« beantwortete.

»Dann bleibt uns nur noch der Zugang übers Wasser, durch

den wir heute Morgen gefahren sind«, sagte Sebastian. »Ich schlage vor, Lisa schwimmt voran.«

Lisa kehrte wieder in ihre alte Rolle zurück. Ihre Augen wurden feucht.

»Sebastian!«, bezog Leonie Stellung. »*Du* bist derjenige, der geprüft wird, nicht Lisa. Es ist deine Aufgabe, das Nachtquartier zu finden, und nicht die der Protegés.«

»Und *deine*!«, zischte Sebastian zurück.

Ich sah zu Paul, der Ruhe bewahrte. »Ihr wisst schon, dass wir als Team zusammenarbeiten müssen. Auch wenn wir die Masken nicht gekauft hätten, wäre unser Geld für Pizza und Tiramisu draufgegangen. Außerdem bezweifle ich, dass eine Eintrittskarte genügt hätte, um uns in unsere Welt zurückzubringen. Dazu brauchen wir ein Portal.«

»Und wie, bitte schön, sollen wir eins finden?«, fragte ich ein wenig zu sarkastisch. Nicht nur Susan und Erika musterten mich, als käme ich vom Mond.

»Spürst du etwa nichts, wenn eines in der Nähe ist?«, wollte Sebastian wissen.

»Nein«, gab ich zu.

»Dafür besitzt Lynn andere Fähigkeiten. Es ist sowieso besser, wenn wir zusammenbleiben und gemeinsam ein Portal suchen«, sagte Paul, während ich mich fragte, welche Fähigkeiten er wohl meinte.

Während wir den Dogenpalast umrundeten, um nach einem weniger nassen Zugang zu suchen, entdeckte Susan eine Gruppe Engelschüler, die gerade aus dem Palast kam. Dass sie stritten, sah man schon von weitem. Offenbar hatten ihnen die teuren Eintrittskarten auch nicht weitergeholfen.

Wir passierten die Markuskirche – das Kribbeln ignorierte ich – und trafen auf sechs weitere Prüflinge am Hintereingang des Dogenpalasts, gegenüber dem Zugang, der durchs Wasser führte.

»Können wir nicht einfach eine Gondel mieten?«, fragte ein Mädchen mit kurzen schwarzen Stoppelhaaren.

»Und mit welchem Geld?«, antwortete einer ihrer Mitstreiter. Auch sie waren pleite.

»Ein Boot zu mieten bringt eh nichts«, erklärte Paul, bevor der Streit eskalierte. »Der Zugang liegt ziemlich weit unter der Wasseroberfläche.«

»Ach?! Und *du* kannst das von hier aus spüren?«, keifte das dunkelhaarige Mädchen.

»Klar kann er das. Als zukünftiger Wächterengel hat er ein Gespür für so was«, klärte Susan sie auf.

Keiner aus der Gruppe glaubte ihr. Schließlich kamen wir von einer anderen Schule und waren Konkurrenten, weshalb sie beschlossen, woanders zu suchen. Auch wir dachten über eine Alternative nach, da es bei Tag sowieso nicht möglich war, unbemerkt in den Kanal zu tauchen, über den die bekannte Seufzerbrücke führte – es gab hier zu viele Touristen mit Fotoapparaten, die das Ganze dokumentieren würden. Und das oberste Gebot für Engel in der Menschenwelt lautete: nicht auffallen!

»Und du bist dir mit dem Portal ganz sicher?«, hakte Leonie noch mal bei Paul nach.

»Völlig! Aber ich hab auch nichts dagegen, einen trockeneren Zugang zu finden. Ich bin lieber von Luft als von Wasser umgeben.« Alle stimmten ihm zu, selbst ich, deren Flügel auch in der Luft nicht viel taugten. In einen Kanal abtauchen zu müssen gefiel mir nicht: Es war zu kalt und viel zu dunkel.

»Also los, dann lasst uns woanders ein Portal suchen«, übernahm Sebastian die Führung.

Wir beschlossen, uns in zwei Gruppen aufzuteilen und uns kurz vor Sonnenuntergang wieder hinter dem Dogenpalast zu treffen. Falls keiner bis dahin eine bessere Möglichkeit gefunden hatte, konnten wir immer noch den Zugang über den Kanal wählen.

Paul, Lisa, Susan und ich bildeten eine Gruppe. Obwohl Susan lieber mit Erika losgezogen wäre, blieb ihr nichts anderes übrig, als Paul, ihrem Schutzengel, zu folgen – und mich zu ertragen. Sie krallte sich die schüchterne Lisa und hielt Abstand zu Paul und mir. Wir durchforsteten den westlichen Teil einschließlich des Markusplatzes, während die anderen den östlichen Bereich übernahmen. Natürlich mussten wir wieder an der Basilika vorbei, und auch dieses Mal galt die Aufmerksamkeit der Schwarzgewandeten mir.

»Sind hier viele Engel unterwegs?«, fragte ich Paul.

»Kostümierte? Oder wie meinst du das?«

»Nein, solche wie du – und ich.«

Paul konnte sein Entsetzen nicht verbergen. »Du … du meinst … auch Racheengel?!«

»Ja. Spürst du sie nicht?«

»Nein – das gehört wohl in dein Ressort. Aber normalerweise werden höchstens zwei, maximal drei Racheengel gleichzeitig geladen.«

Ich schwieg. Paul brauchte nicht zu wissen, dass fast alle in Venedig waren – und das meinetwegen. Meine Neugier ließ mich nicht zur Ruhe kommen. Obwohl Aron mich gewarnt hatte, zog die Basilika mich magisch an. Ich wollte wissen, wie meine Chancen lagen, Sanctifer zu entkommen, und auf welcher Seite die Racheengel standen. Vielleicht konnte ich ihre Entscheidung beeinflussen. Mit ängstlichen Blicken in Richtung Basilika gelang mir das bestimmt nicht. Außerdem hatte Aron schon einmal falschgelegen, was Racheengel betraf – sicher war er nur übervorsichtig. Aber vor allem wollte ich wissen, ob Christopher in der Basilika war.

In einer kleinen Seitengasse blieb ich stehen und bat Paul, mir seine helle Jacke zu leihen.

»Was hast du vor?«

»Nachsehen, ob mein Gefühl stimmt.«

»Welches Gefühl?«

»Das, das mir sagt, dass ich von meinesgleichen auf die Probe gestellt werde.«

Paul zuckte zusammen. »Du meinst vom Zirkel der Racheengel?«

»Ist das so abwegig?«

»Nein, aber wie kommst du darauf, dass sie dich einer Extraprüfung unterziehen? Den Racheengel-Anwärtertest hast du doch schon bestanden.«

»Das sehen anscheinend nicht alle so.«

Paul strich seine perfekt gegelten Haare zurück. Er wirkte nervös – oder hatte Angst. »Hat Aron dir das erzählt?«

»Ja. Außerdem ist mir dieses Ding mit den roten Augen bestimmt nicht zufällig über den Weg gelaufen.«

»Hier?! Im Menschen-Venedig?« Jetzt war es Angst, die sich auf Pauls Gesicht widerspiegelte. »Und du bist dir sicher, dass du in die Basilika willst?«

»Völlig. Ich will wissen, mit wem ich es zu tun habe, und zeigen, dass ich mich nicht so leicht einschüchtern lasse«, behauptete ich mutig, obwohl ich weit davon entfernt war, mich so zu fühlen.

Mit den Haaren unter der Jacke und der Maske auf dem Gesicht schlich ich zur Basilika zurück. Auch dieses Mal spürte ich ein Kribbeln unter meiner Haut. Ich wagte mich bis zum Eingang der Kirche unter dem Balkon vor, auf dem fünf schwarzgekleidete Engel Wache hielten. Ich war mir ziemlich sicher, dass es Engel waren. Ob auch ein Racheengel darunter war, konnte ich jedoch nicht sagen. Alle trugen Masken und beobachteten die Sechsergruppe, der wir hinter dem Dogenpalast begegnet waren. Gut, dass ich allein unterwegs war – mich traf ausnahmsweise keiner der Blicke.

Mein Wissensdurst trieb mich weiter. Das Kribbeln unter meiner Haut wurde stärker. Sollten gleich Blitze aufzucken, wäre meine Tarnung dahin. Doch außer meinem Schattenwesen hatte ich nichts Dämonisches bei mir. Also hoffte ich und betrat die Kirche. Lichtblitze gab es keine, nur unsichtbare, die in mir tobten. Ich versuchte, mir nichts anmerken zu lassen, und ging weiter. Mattes Rot, Weiß und helles Grau beherrschten den Boden. Die Kuppeln glänzten überirdisch. Mosaike in Blau, Rot und Weiß, gefasst von Unmengen von Gold. Überall glitzerte es. Die Fülle erschlug mich. Macht zu besitzen schien den Engeln genauso wichtig zu sein, wie sie zu zeigen.

Ich lief unter den goldglänzenden Kuppeln weiter in Richtung Altar. Meine Spangen zerrten an meinen Klauen, kurz bevor ich den dunklen Engel in der Nische entdeckte. Er sah aus wie ein Mensch, dennoch schien er weit davon entfernt, menschlich zu sein. Auch ohne seine Schattenseite zu kennen, spürte ich, wozu er gemacht worden war. Fühlte seine zurückgehaltene Wut, die ihn befähigte, skrupellos zu jagen und zu töten.

Mir schauderte. Am liebsten wäre ich weggerannt. Es war ein Fehler, die Kirche zu betreten, doch meine Einsicht kam zu spät. Zwei bernsteinfarbene Augen mit hellen Einschlüssen hielten mich zurück. Unter der weißen Pestmaske mit dem gigantischen Krähenschnabel schimmerten sie unheimlich im Goldlicht der Kirche.

Ich nickte ein mutiges Hallo und versuchte zu lächeln, auch wenn das unter meiner Maske verborgen blieb.

»Noch nicht mal ein richtiger Engel und schon so mutig?«, grollte eine dunkle Stimme. Es war keine Frage, sondern eine Warnung.

Da er bei beidem danebenlag – ich *war* ein Engel, aber feige –, missachtete ich die Drohung. Was konnte er schon tun? *Sein Engelsschwert zücken und dich in tausend Stücke hacken,* warnte mich meine innere Stimme. Auch sie ignorierte ich.

»Wenn ich schon mal in Venedig bin, wollte ich wenigstens die Highlights nicht verpassen«, antwortete ich.

Ich rechnete mit einem Lachen – oder wenigstens einem Grinsen –, doch Racheengel besaßen offenbar keinen Humor. Noch bevor ich reagieren konnte, steckten die Spitzen von zehn Monsterkrallen in meinen Oberarmen. Vor Schmerz keuchte ich auf – zu schreien verbot ich mir, den sadistischen Typen hätte das nur angemacht.

»Sei vorsichtig, mit dem, was du sagst, kleiner Engel. Und sieh zu, dass du von hier verschwindest, solange du nicht eingeladen bist.«

Sein Wurf schleuderte mich fünf Meter weit nach hinten. Ich fing den Sturz mit einer Verbeugung ab, zog meine Maske über den Kopf – und zwang mich zu einem höflichen Lächeln.

»Vielen Dank für die nette Begrüßung.« Ohne mich noch mal umzudrehen, verließ ich die Basilika.

Erst in einer vor Blicken geschützten Seitengasse erlaubte ich mir, den Schmerz wahrzunehmen. Meine Arme brannten, als tobe ein Feuer in ihnen. Tränen schossen mir in die Augen und trübten meine Sicht. Erst als jemand mit Pauls Stimme wissen wollte, was mit mir los sei, erkannte ich den Kerl, der vor mir stand.

Ohne nachzufragen, woher meine Verletzungen stammten, versorgte Paul meine Wunden – sicher wusste er, welche Wesen solche Spuren hinterließen. Im Gegensatz zu mir war er bestens ausgerüstet. Verborgen an der Innenseite seines Gürtels zauberte er eine winzige Tube Was-auch-immer-Paste hervor und schmierte mir die graugrüne Mischung auf die kleinen, aber tiefen Schnitte. Der Schmerz ließ augenblicklich nach.

»Danke«, flüsterte ich. »Das ist heute schon das zweite Mal, dass du mir hilfst.«

»Und vermutlich nicht das letzte Mal«, antwortete Paul und schenkte mir sein Lynn-Grinsen.

Zielsicher fand Paul den Zugang. Sein Kopf tauchte vor uns im Kanal auf.

»Worauf wartet ihr noch? Es ist mollig warm und stinkt überhaupt nicht«, scherzte er.

Lisa zitterte schon beim Anblick des kalten Wassers, was bewies, dass sie tatsächlich erst seit kurzem ein Engel war und wie ich noch die Eigenschaft besaß, frieren zu können. Und genau wie sie zuckte ich zurück. Das schwarze Wasser war nicht nur eisig kalt, es erinnerte mich auch an die Dunkelheit im See, in der die Totenwächterin mich empfangen hatte. Lisa bemerkte mein Zögern und sah mich ängstlich an. Sie war mein Protegé und wartete auf meine Entscheidung.

Ich nickte mit gespielter Entschlossenheit, sagte: »Dann wollen wir mal!«, und ließ mich hinter Leonie und Erika in den Kanal gleiten.

Auch der Geruch war übel. Ich presste meine vor Kälte und Angst zitternden Lippen zusammen – schlucken wollte ich das Zeug auf keinen Fall – und tauchte ab. Finsterste Nacht umschlang mich. Dunkle Erinnerungen lähmten mich. Panik erwachte. Die Hände der Totenwächterin packten mich. Ich wehrte mich, kämpfte gegen den Sog – und wurde dennoch in die Tiefe hinabgezogen.

Warum nur musste es immer Wasser sein?!

Ein heller Lichtfleck erschien, wurde größer und weitete sich zu einer Öffnung. Mein Widerstand wuchs. Ich wollte alles, nur nicht da reingezogen werden! Verzweifelt versuchte ich die Hände loszuwerden, die meine Beine umschlangen, und trat um mich. Noch ehe mein Fuß in Sebastians Gesicht landete, erkannte ich, wer mich zum Portal schleppte. Als er begriff, was ich vorhatte, ließ er mich los und verschwand in der Öffnung. Doch die paar Meter schaffte ich jetzt, da ich meinen Verstand wieder unter Kontrolle hatte, auch ohne ihn. Allerdings gab es da noch jemanden, den ich mitnehmen musste.

Zwei Meter hinter mir entdeckte ich Lisa. Sie war mir gefolgt – wenigstens mein Protegé nahm nicht Reißaus vor mir. Doch als sich unsere Blicke trafen, änderte sie ihre Meinung. Ihre schreckgeweiteten Augen verrieten ihre Furcht. Offenbar hatte sie meinen ungewollten Zweikampf mit Sebastian mitangesehen. Ich zögerte nicht, packte ihren Fuß und zog sie hinter mir durch das Portal. Ihre Angst legte sich, als sie die anderen entdeckte und Sebastian mir mit einem »Vielleicht sollten wir mal zusammen trainieren, du bist stärker, als du aussiehst!« freundschaftlich auf die Schulter klopfte.

Wir waren nicht die einzige Gruppe, die den Dogenpalast durch die Pforte im Kanal erreichte. Pauls Wächterengel-Eignung hatte sich schnell herumgesprochen, und viele, die keinen anderen Zugang finden konnten, folgten uns. Im Gegensatz zu Sebastian nahm Paul das sportlich.

»Wir alle sind Prüflinge. Dass wir den anderen helfen konnten, zeigt nur, wie teamfähig wir sind.«

# Kapitel 29

## Verschlungen

Er besuchte mich in der Nacht. Schreien war zwecklos. Niemand würde mich hören, wenn der schwarze Engel mit den goldgelben Augen seine Klauen in mein Herz bohrte. Der Schmerz fühlte sich echt an, doch ich wusste, dass es nur ein Traum war. Ob der Engel mich manipulierte oder ob ich wirklich nur von ihm träumte, wusste ich nicht, als ich schluchzend erwachte.

Bibbernd lag ich in einem schmalen Bett unter einer viel zu dünnen Decke in einem kalten, dunklen Zimmer irgendwo in der Nähe des Dogenpalasts. Wo genau, hatte der Engel mit der Pestmaske uns nicht verraten. Wenigstens waren auch die anderen Engelschüler hier untergebracht, was mich eigentlich trösten sollte – es aber nicht tat. Christophers Zuversicht und die Sicherheit, die ich bei ihm fand, fehlten mir. Ich riss mich zusammen. Paul hatte mir geholfen und Sebastian auch. Ich musste die Prüfungen nicht allein durchstehen.

Die Prüfungen! Wie konnten Aron und Christopher *ihn* übersehen?! Oder hatten sie nur geschwiegen, um mich nicht schon davor in ein angstzerfressenes Engelsweichei zu verwandeln?

Sanctifer hatte jetzt wieder seine Finger im Spiel. Als Mitglied des Rats war es ihm bestimmt möglich, die Prüfungen zu beeinflussen. Dass er die Regeln ändern konnte, bezweifelte ich. Trotz Pauls Hilfe auf dem Markusplatz und meines Besuchs in der Basilika war ich noch hier. Der Engel mit der Kastenmaske hatte auch mich beglückwünscht, als er mir das Wächterband abnahm und mir eine Unterkunft zuteilte. Wenn Sanctifer die

Macht besaß, mich durchfallen zu lassen, dann hätte er es heute getan.

Oder wollte er mich noch dabeihaben, um mir zu zeigen, wie wenig ich draufhatte? Und wie erbärmlich ich war?

Ich presste meine Handflächen gegeneinander. Er würde mich nicht bekommen. Lieber ging ich in Flammen auf.

Bestens gelaunt betrat Sebastian den langgestreckten, mit Holzbänken und massiven Tischen möblierten Speisesaal.

»Hallo Lynn. Schlafen hilft gegen Augenringe – zumindest in den ersten hundert Jahren. Du solltest das wirklich mal ausprobieren.«

Auf seinen miesen Witz zu antworten war mir zu blöd. Sebastian war viel zu gut drauf. Wahrscheinlich hätte ich heute im Schlagabtausch mit ihm eh den Kürzeren gezogen.

»Wie geht's deinen Armen?«, flüsterte Paul. Ich hatte gar nicht bemerkt, wie er sich neben mich auf die Bank gesetzt hatte.

»Gut. Und dir?«, antwortete ich laut.

»Bestens. Ich bin der Held des Tages. Dank meinen Fähigkeiten haben fünf weitere Gruppen die Chance auf ein Ticket zum Ball.«

»Lass dir einen Tanz reservieren, solange die Mädels auf dich stehen. Dann komme ich vielleicht darum herum, mit dir tanzen zu müssen«, sagte Leonie.

Lisa kicherte hinter vorgehaltener Hand. Wenn sie mit unserem Geplänkel mithalten wollte, musste sie noch um einiges lockerer werden.

Das Gemurmel verstummte. Vierzig oder mehr maskierte Engel in Schwarz betraten den Saal. Der mit der eckigen Maske trat vor, hob die Arme und beglückwünschte uns, ein Portal gefunden zu haben.

»Heute werdet ihr ein zweites finden müssen. Um euch ein

wenig herauszufordern, gibt es nur wenige Zugänge in der Stadt der Engel, die euch dorthin führen, wo wir euch erwarten. Wenn ein Portal zu oft geöffnet wird, verschließt es sich. Ihr müsst zum Zweitgrößten gehen. Wer kein offenes Tor findet, scheidet aus. Eure Tagesaufgabe ist dort allerdings noch nicht zu Ende. Nur die Gruppe, die ihre Protegés beschützen kann, wird auch morgen noch dabei sein.«

Nicht nur ich bekam eine Gänsehaut. Auch auf Leonies Unterarmen richteten sich die Härchen auf, als die maskierten Engel ausschwärmten. Einer mit Schnabelmaske blieb vor unserem Tisch stehen. Ich war froh, dass weder goldene noch royalblaue Augen unter der Maske hervorblitzten.

Unser Spaziergang führte uns tiefer in die Engelstadt als am Tag zuvor. Nicht nur durch noch verwinkeltere Keller und Flure, sondern auch nach unten. Wie das funktionierte, ohne nass zu werden, merkte ich schnell: Es wimmelte von Engelsmagie.

Meine Haut prickelte alle paar Meter. Selbst mein Mund fühlte sich an, als kaute ich Brausepulver. Zum Glück dauerte die Wanderung dieses Mal nicht so lange. Sie endete am Fuß einer Treppe in einem quadratischen Raum, aus dem vier Türen führten.

»Wenn ihr umdreht und auf dem gleichen Weg, den wir gekommen sind, in den Palast zurückkehrt, scheidet ihr aus«, erklärte unser Begleiter, bevor er eine braunmelierte Steinkugel, kaum größer als ein Tennisball, unter seinem Mantel hervorholte. »Wer von euch diese Kugel zum Glühen bringt, hat die Prüfung bestanden und erhält das Ticket für den Ball. Ihr werdet sie finden, sobald ihr eure Aufgabe erfüllt habt.« Schneller, als meine Augen folgen konnten, ließ er die Kugel wieder verschwinden, bevor er den kargen Raum verließ.

Wir wählten die Tür mit der verschnörkelten Klinke. Falls es die falsche war, würden wir sie wiedererkennen. Ich ging als

Letzte. Meinem Gefühl nach hatten wir den richtigen Ausgang in die von Engelsmagie umgebene Stadt gefunden. Die starke Kraft über der Schwelle zwang mich fast in die Knie. Ich brauchte ein wenig, um den Schreck zu verarbeiten – außer mir schien niemand Probleme beim Übergang zur Stadt unter der Stadt zu haben.

Sommerblaues Wasser funkelte über unseren Köpfen. Vermutlich wurde es von Engelsmagie zurückgehalten. Hochaufragende Paläste durchdrangen die türkisblaue Wasserschicht. Die meisten Gebäude verloren ihre einzigartige Pracht. Nur wenige bewahrten ihre Schönheit auch in dem über der Engelstadt liegenden, von Menschen bewohnten Venedig. Bestimmt gehörten sie Engeln, die in beiden Welten lebten.

Wo in Venedig Kanäle mit ihren Booten und Gondeln die Stadt durchzogen, gab es hier wohltemperierte Straßen, Plätze oder schmale Gassen. Ähnlich verwirrend wie in der Menschenwelt darüber war die chaotische Anordnung, ebenso groß die Zahl der Lebewesen, die die Stadt der Engel bevölkerte.

»Wow!« Susan und Erika quollen die Augen über, als wir den großen Kanal erreichten. Hannes blieb cool. Lisa verbarg ihre Überraschung hinter vorgehaltener Hand, wobei ihre Augen nicht übermäßig erstaunt wirkten – anscheinend war die Allee unter dem Canal Grande nicht neu für sie.

Mir blieb tatsächlich die Luft weg. Engel, ebenso prachtvoll herausgeputzt wie die Häuserfassaden, flanierten vorbei an den Läden, Cafés und Kunstgalerien den breiten, mit Bäumen und wohlduftenden Frühlingsblumen gesäumten Boulevard entlang. So ähnlich hatte ich mir Venedig zu Casanovas Zeiten vorgestellt: Gestalten mit und ohne Masken in schwarzen Mänteln oder Männer in bunten, mit Rüschen verzierten Gehröcken, Frauen in ausladenden Brokat- oder Spitzenkleidern, extravagantem Kopfschmuck in Form von Hüten, mit Schleiern oder kunstvoll aufgetürmten Frisuren und tiefen Ausschnitten.

Doch die Welt der Engel war wesentlich farbenfroher. Gutgenährte, dralle Kleinkinder mit winzigen Flügelchen, die sehr an Puttenengel erinnerten, flatterten unkoordiniert über die Köpfe der Flanierenden hinweg. Von ihnen gab es offenbar so viele wie Tauben auf dem Markusplatz. Selbst in den Läden und Cafés wimmelte es von Putten, die, trotz ihrer kindlichen Gesichter, bei genauerem Hinsehen älter wirkten als zunächst vermutet. Sie bedienten Kunden, servierten Getränke in filigranen Porzellantassen oder Leckereien, bei deren Anblick mir das Wasser im Mund zusammenlief.

Aber es gab auch andere Lebewesen. Sie wurden an silber-, gold- oder sonst wie glänzenden Leinen spazieren geführt. Manche sahen aus wie Pudel oder Chihuahuas, andere wie Katzen oder Minigeparden. Die meisten aber ähnelten einer wilden Mischung aus verschiedenen Arten, zusammengesetzt aus den Teilen, die ihren Besitzern am besten gefielen. Manche waren wunderschön, andere bizarr, furchterregend oder – für meinen Geschmack – einfach nur hässlich.

»Was, verdammt noch mal, ist das?!«, rief Hannes, als eine geschuppte Mixtur mit Flügeln, von einer rotgoldenen Schnur wie ein Lenkdrachen gehalten, über seinen Kopf hinwegsegelte.

»Gezähmte Irrlichter. Sie können ihre Gestalt verändern.« Noch während Paul erklärte, was ich bereits ahnte, wechselte der knopfäugige Drachen seine Farbe von grün zu goldschillernd.

»So was will ich auch haben«, seufzte Erika.

Paul und Sebastian verdrehten gleichzeitig die Augen.

»Dann sieh zu, dass du in deinen Schutzengeljahren saubere Arbeit ablieferst«, erklärte Sebastian.

»Und die Prüfung bestehst«, ergänzte Paul und drängte weiter. »Aber jetzt müssen wir ein Portal finden.«

»Das wohin führt?«, fragte Susan. »Wir sind doch schon in unserer Welt.«

»Und genau das macht das Ganze ja so schwierig. Es ist kein Wächterportal, das wir suchen, sondern ein an Engelsmagie gebundenes«, ergänzte Sebastian Pauls Erklärung.

»Und wie findet man so was?«, bohrte Susan weiter. »Der Typ heute Morgen hat ja nur gesagt, dass es nicht für alle einen Zugang gibt.«

Sebastian und Paul zuckten die Achseln. »Keine Ahnung. Am besten, wir fragen uns durch.«

Wir teilten uns in Zweiergruppen: Protegé mit Schutzengel. Nach einigen unfreundlichen oder gar keinen Antworten übernahm Lisa die Fragerei – was besser funktionierte. Vielleicht erkannten die Engel, dass ich anders war als sie, und trauten mir nicht. Oder sie hielten mich für ein Irrlicht, das versuchte, wie ein Engel auszusehen, und dämliche Fragen stellte.

Abgesehen von ein paar vagen Hinweisen, im Norden oder Osten zu suchen, erhielten wir keinen hilfreichen Tipp. Leonie und Erika kehrten wesentlich erfolgreicher an unseren vereinbarten Treffpunkt unter den Platanen zurück.

»Wir sollen zum zweitgrößten Platz gehen, wurde uns gesagt.«

»Ja, das haben wir auch gehört«, antwortete Paul.

»Womit die Aufgabenstellung einen Sinn ergibt: *Ihr müsst zum Zweitgrößten gehen*«, ahmte Hannes die Stimme des Engels nach, der uns die Aufgabe erklärt hatte.

»Und? Welches Problem gibt's dann jetzt noch zu lösen?«, fragte Sebastian, da Paul und Leonie sich nicht in Bewegung setzten, sondern zu diskutieren begannen.

»Wenn *du* uns sagen kannst, wohin wir gehen sollen: keines mehr«, antwortete Leonie.

»Na, zum Markusplatz. Wohin sonst?«

»Das, lieber Sebastian, ist der größte Platz«, klärte Leonie ihn auf.

»Was du nicht sagst«, ätzte Sebastian. »Und daneben, die Piazetta, ist der zweitgrößte.«

»Nicht unbedingt«, gab Paul zu bedenken. »San Polo könnte größer sein.«

Sebastians Drang, loszustürmen, erlosch. »Und was jetzt? Sollen wir etwa knobeln?«

»Nein, das müssen wir nicht«, antwortete ich. Alle drei schauten mich an, als hätten sie vergessen, dass auch ich eine Prüfung zu bestehen hatte. »Wir sollen ein Portal mit Engelsmagie finden. Der Vorplatz des Dogenpalasts sieht genauso aus wie in Venedig. Anders als bei den unterirdischen Kanälen, die es dort nicht gibt, braucht es keine Engelsmagie, um ihn zusammenzuhalten.«

Aron hatte mir erklärt, dass die Kapelle am See, die in meiner alten Welt nicht mehr existierte, mit Hilfe von Engelsmagie vor dem Zerfall bewahrt wurde. Das Schloss dagegen benötigte keine, da es in beiden Welten vorhanden war, genau wie der Vorplatz des Dogenpalasts. Darum hatte ich nichts gespürt, als ich ihn betreten hatte.

»Und nach San Polo führen – je nachdem, ob man die Kanäle mitrechnet – acht beziehungsweise zwölf Straßen. Also genügend Möglichkeiten, ein Portal einzurichten.«

»Oder Sackgassen«, ergänzte Paul und schenkte mir ein Lynn-Grinsen. »Offensichtlich waren Arons Kartographiestunden doch keine Zeitverschwendung.«

Wir blieben auf dem überfüllten Canal-Grande-Boulevard. Die unterirdische Welt der Engel zu erleben fühlte sich genauso seltsam an, wie der hektischen Betriebsamkeit auf dem Canal Grande im Venedig der Menschen von unten zuzusehen: Boote, Wassertaxis, rotierende Schiffsschrauben und stochernde Gondolieri – alles war da, selbst die Rialtobrücke. Und doch wirkte es so irreal, als würde ein Film über unseren Köpfen abgespielt.

Sebastian, der schnell zum Portal kommen wollte, schlug eine Abkürzung vor. Ein Fehler, der uns wertvolle Zeit kostete.

Die schmalen Kanäle, die wir passierten, schluckten das spärliche Licht. Die Fassaden verloren sich in der Höhe, weshalb wir uns nicht länger am Aussehen der Häuser orientieren konnten. Zusätzlich erschwerten die vielen Stufen und verzierten Treppen, die abzweigten, um höher oder tiefer gelegene Gassen mit dem Kanalsystem zu verbinden, dass wir zügig vorankamen.

»Ich glaube, wir sind zu weit«, sagte Paul. »Wir hätten viel früher nach links abbiegen müssen.«

Sein Einwand stoppte Sebastians Tatendrang. Verlegen fuhr er sich durch seine rotblonden Haare. »Ich fürchte, du hast recht«, gab er zu. »Aber wenn wir jetzt rechts und dann gleich wieder links gehen und dem nächsten Kanal folgen, müssten wir meiner Meinung nach auf eine der Gassen stoßen, die Richtung San Polo führt.«

Paul, der wohl in Gedanken Sebastians Route abgelaufen war, nickte. »Ja. Das könnte klappen.«

Wir stiegen die Stufen hinauf, die in die höhergelegene Gasse führten: ein von Engelsmagie beleuchteter Tunnel. Das Wasser darüber fehlte, weshalb wir die Geschosse der Gebäude oberhalb des türkisblau funkelnden Kunsthimmels nicht sehen konnten. Noch waren die Häuser hübsch und ansehnlich, ihre Fassaden mit Stuck, Ornamenten und Farbe verziert. Doch je tiefer wir in das Labyrinth der unterirdischen Engelstadt eintauchten, umso trister und bizarrer wurden die Häuser und die Geschöpfe, die wir dort antrafen. Die Fensteröffnungen der Gebäude – falls es überhaupt noch welche gab – waren entweder verdreckt, verklebt oder zugenagelt. Angenehme Frühlingstemperaturen gab es hier auch nicht mehr, und unter dem nur spärlich leuchtenden Himmel schien eine graue Schmutzschicht zu schweben.

Die Erinnerung an ähnlich schwarzen Nebel ließ mich frösteln. Totenwächter hinterließen dunkle Nebelschwaden. Vielleicht lebten auch sie in der verborgenen Stadt der Engel.

Schließlich gaben Paul und Sebastian zu, dass wir uns verirrt hatten.

»Und jetzt?« Leonie stemmte die Hände in die Hüften. Sie versuchte taff zu wirken.

Unsere Protegés waren es nicht mehr. Erika und Susan klebten aneinander wie siamesische Zwillinge, Hannes hing an Sebastians Fersen, und Lisa zitterte wieder. Anstatt sich an mich zu halten, verlor sie Sebastian keine Sekunde aus den Augen. Wahrscheinlich hätte sie sich an ihn geklammert, wenn sie mehr Mut besessen hätte. Ich nahm es ihr nicht übel, dass sie den hünenhaften Engel mir vorzog.

»Am besten, wir kehren um«, schlug Sebastian vor.

»Und du bist dir sicher, dass du denselben Weg wieder zurückfindest?«, hinterfragte Leonie Sebastians Orientierungssinn.

»Zu achtzig Prozent«, gab Sebastian zu.

»Das reicht mir nicht«, antwortete Paul. »Es wäre vernünftiger, einen Kanal zu suchen, wo wir wieder in die Welt der Menschen sehen können.«

»Und voilà: Wir kennen uns wieder aus!«, stimmte Sebastian Pauls Vorschlag zu.

Drei Gassen weiter und zwei Ebenen tiefer stießen wir endlich wieder auf einen breiten Kanal. Selbstbewusst führte Sebastian uns durch eine freundlichere Gegend. Seiner Meinung nach Richtung San Polo.

Ich war nicht so überzeugt wie er. Nach meinen Berechnungen hätte die Sonne uns ins Gesicht und nicht auf den Rücken scheinen müssen – aber mein Orientierungssinn war ziemlich dürftig. Und dass die Gestalten, die hier herumlungerten, nicht gerade vertrauenerweckend wirkten, störte offenbar nur mich.

Paul hielt sich zurück – sicher, um einen Streit zu vermeiden. Er würde erst einschreiten, wenn er wusste, wo wir uns befanden. Dass auch er keine Ahnung hatte, beunruhigte mich. Das *Willkommen-bei-Sanctifer* rückte näher. Sebastians »Hab ich es euch nicht gesagt? Da vorn liegt San Polo!« bewahrte mich davor, weiter über meine Zukunft nachzugrübeln.

Mein Instinkt riet mir, die von einer unsichtbaren Membran versperrte Straße nicht weiterzugehen. Mein Wille, die Prüfung zu bestehen, half mir, die mit Engelsmagie verschlossene Pforte zu überwinden. Wieder ging ich als Letzte. Auch dieses Mal bemerkte keiner, wie ich beinahe kollabierte. Sebastian, Leonie und Paul waren zu beschäftigt – und unsere Protegés zu erschrocken. Sebastian lag falsch. Anstatt auf einem Platz standen wir in einem riesigen, halbüberfluteten Gewölbe.

Die Erinnerung an meine Gefangenschaft im Schloss der Engel riss mich aus der Wirklichkeit. Zu spät reagierte ich, als ein schattenhaftes Wesen auf mich zuflatterte. Eine Mischung aus Fledermaus und Spinne starrte mich mit gelben Augen an, stieß einen spitzen Schrei aus und verbiss sich in meiner Hand.

Ich heulte auf vor Schmerz, als sich meine Spangen unter den scharfen Zähnen aktivierten. Blut tropfte in das nach verwestem Fisch stinkende Wasser und lockte ein weiteres Geschöpf an. Wie die Fledermausspinne besaß es acht Beine. Jedes davon aber mit sich verästelnden Haaren bestückt, so dass das Wesen mit den drei Schlangenköpfen schnell wie ein Wasserläufer über die Oberfläche gleiten konnte.

Sebastian und Leonie kämpften gegen drei dieser kindgroßen Wesen. Paul wurde von zwei angegriffen. Acht weitere eilten übers Wasser zu uns herüber, dazu gesellten sich unzählige von diesen mausgroßen Flattertieren, die über unseren Köpfen schwebten.

Paul, Leonie und Sebastian kämpften in Engelsgestalt. Wie bei allen Schutzengeln schimmerten ihre Flügel in hellem Weiß, was die grünschwarze Schicht an der Decke des Gewölbes in gespenstisches Licht tauchte. Im Gegensatz zu mir besaßen die ausgebildeten Engel Waffen, wie Aron und Christopher – aus dem Nichts gezauberte Engelsschwerter.

Panik überfiel mich. Womit sollte *ich* kämpfen? Mich wie die Protegés hinter ihren Rücken zu verstecken ging ja wohl nicht, sonst hätte ich mich gleich bei Sanctifer melden können. Die einzige Waffe, die ich besaß, waren meine Klauen – und die konnte ich nicht benutzen!

Ich fluchte, als die Krallen nach außen drängten, während ich vergeblich versuchte, die Flatterspinne, die sich in meine Hand verbissen hatte, abzuschütteln. Ihre Zähne bohrten sich tiefer und verstärkten den Schmerz. Unfähig, einen klaren Gedanken zu fassen, taumelte ich zurück hinter die schützende Linie von Sebastian, Paul und Leonie.

Susan zwang ihren Mund zu einer geraden Linie, als sie sah, dass ich mich versteckte. Ob sie sich ein Lachen verkniff oder wütend war, weil ich meinen Protegé nicht beschützte, konnte ich nicht erkennen. Ihre kalt aufleuchtenden, blauen Augen halfen mir trotzdem – Sanctifers Blick spiegelte sich in ihnen wider. Ich war nicht wehrlos, auch wenn ich mich gerade so fühlte. Ekin hatte mir das Kämpfen beigebracht. Auch ohne Klauen konnten Hände zu einer Waffe werden.

Trotzig riss ich die Fledermausspinne von meinem Handrücken, weigerte mich, den Schmerz zu spüren und umzukippen, verstärkte die Linie, die unsere Protegés vor den Monstertieren beschützte, zielte mit meiner unverletzten Hand auf einen der schlangenförmigen Köpfe – und traf.

Während meine Mitstreiter die Untiere köpften oder, wie ihre flatternden Verwandten, mit dem Schwert in die Flucht schlugen, trat und boxte ich wie besessen nach allem, was mir zu nahe kam. Das Ergebnis war dasselbe. Entweder sie versanken in dem modrigen Wasser, oder sie suchten das Weite.

Als nur noch ein paar Spinnenflatterer übrig waren, gab Paul das Kommando zum Rückzug. Er musste mich zweimal ansprechen. Zu sehr war ich aufs Kämpfen fixiert.

Sebastian und Leonie führten unsere Protegés durch das Portal. Paul und ich bildeten die Nachhut. Diesmal entging ihm nicht, mit welchem Problem ich beim Durchschreiten der Pforte zu kämpfen hatte. Während Sebastian und Leonie die anderen darüber aufklärten, dass es auch weniger niedliche Formen von Irrlichtern gab und wir froh sein konnten, dass keine die Sinne verwirrenden Moorirrlichter oder Satane dabei waren, nahm Paul mich beiseite.

»Was war das gerade eben?«

»Zu viel Engelsmagie«, keuchte ich zwischen zusammengepressten Lippen hervor.

»Du hast Probleme damit?«

»Offenbar.«

Paul schien nicht glücklich über meine Antwort zu sein, ließ es sich aber nicht nehmen, zuerst meine Wunde zu versorgen, bevor er seine eigenen behandelte. Als er meine Hand nehmen wollte, zuckte ich zurück. Der Biss war tief. Ich hatte Angst, dass mehr als die Ringe meiner Spangen sichtbar waren.

»Willst du warten, ob sich Feuerbrand in der Wunde einnistet und du mit der Hand gar nichts mehr anfangen kannst? Oder lässt du mich jetzt den Biss versorgen?«

Paul seufzte, da ich mich nicht rührte. Er sah mitgenommen aus. Die glattgegelten Haare hingen ihm ins Gesicht, was ihm etwas ungewohnt Wildes verlieh.

»Lynn. Hab ich jemals etwas getan, das dich an meiner Freundschaft zweifeln lässt?«

Ich schüttelte den Kopf.

»Gut. Merk dir das. Ist dir bewusst, dass ich weiß, was du bist?«

Diesmal nickte ich und presste ein »Ja« hervor.

»Na also. Dann stell dich nicht so an! Ich weiß, wie Spangen aussehen und weshalb du welche trägst.« Er schnappte sich meine Hand, verzog für einen kurzen Moment das Gesicht, seufzte, kramte eine andere Tube als am Tag zuvor heraus und trug die Paste großzügig auf.

»Wenn du so weitermachst, hab ich bald nichts mehr von dem Zeug. Halt dich in Zukunft ein wenig zurück.«

»Ich habe dich nicht darum gebeten, dich um mich zu kümmern!«, erwiderte ich und entzog ihm meine Hand.

»Zu viel Engelsmagie scheint dir nicht zu bekommen. Du reagierst unvernünftig und wirst zickig.« Wütend traf es besser. Mein Dämonenerbe fühlte sich herausgefordert. Ich kämpfte es nieder. Paul wollte mich nicht angreifen, sondern mir helfen.

»Danke«, flüsterte ich und sackte gegen die nächstgelegene Hauswand. »Es tut mir leid, dass ich dich angeschrien hab.«

»Schon gut. Solange du mir nicht den Kopf abreißt«, scherzte Paul.

Plötzlich brannten Tränen in meinen Augen. Ich wandte mich ab. Niemand sollte es sehen. Pauls Scherz hatte mich getroffen – die Wahrheit schmerzte. Mein Dämonenerbe hatte mich während des Kampfes stark gemacht. Mit einer Waffe hätte ich, ohne nachzudenken, allem, was sich mir in den Weg gestellt hätte, den Kopf abgetrennt. Skrupellos – so wie es von mir erwartet wurde.

Paul ging zu den anderen hinüber. Er spürte, dass ich einen Augenblick brauchte, um mich zu sammeln. Als ich zur Gruppe zurückkehrte, diskutierten er, Sebastian und Leonie lautstark miteinander. Doch erst nachdem Sebastian bis zur Kanalunterseite geflogen war und sich überzeugt hatte, dass an keinem der Häuser eine Engelskulptur zu finden war, akzeptierte er Pauls Einwand, dass wir San Polo zwar umrundet hatten, jedoch, anstatt durch ein Portal, in eine Falle gestolpert waren.

Wir folgten Pauls Vorschlag, den Platz über eine markierte Gasse zu betreten. Die Idee, die vielen Engelszeichen an den Gebäuden könnten etwas bedeuten, schien logisch.

Leonie bemerkte es lange nach mir. Erst als sie das stuckverzierte Haus erreichte, konnte sie die Engelsmagie fühlen.

»Spürt ihr das auch?«

Alle außer mir schüttelten den Kopf. Deutlich nahm ich das Vibrieren von Engelsmagie wahr. Sie musste außergewöhnlich stark sein.

»Ich glaub, ich hab das Portal gefunden«, stellte Leonie ziemlich aufgeregt fest. »Wer geht mit, um zu testen, ob wir hier richtig sind?«

Ihr Blick blieb an mir hängen. Erschrocken zuckte ich zurück. Durch die Tür, vor der sie stand, würden mich keine zehn Engel bringen. Leonie verzog das Gesicht und nickte Paul zu. Bestimmt schob er mich zur Seite.

»Na, dann mal los«, sagte Leonie, schüttelte ihre Locken zurück, bereitete sich auf den nächsten Kampf vor und verschwand durch die versiegelte Tür. Anscheinend stellte Engelsmagie für einen echten Engel kein Hindernis dar. Eine Minute später kamen sie zurück.

»Ihr könnt kommen, wir werden erwartet«, erklärte sie mit einem breiten Grinsen.

Wieder bildete ich das Schlusslicht. Ob ich wollte oder nicht, ich musste da durch. Noch auf der Schwelle fing Paul mich auf, bevor meine Beine unter mir wegknickten. Ich schüttelte ihn ab, als seine Engelsmagie zu fließen begann.

»Lass das! Mir geht's gut«, fauchte ich wütend.

»Abgesehen davon, dass du beinahe zusammengebrochen wärst?«

»Das meine ich nicht.«

»Dann erklär's mir.«

»Deine Engelsmagie. Ich brauch nicht noch mehr davon.«

»Aber …« Paul erblasste und wich vor mir zurück. Nur daran erkannte ich, dass nicht er seine Energie abgab, sondern ich sie ihm entzog.

»Es … ich wusste nicht … Paul, bitte, das war keine Absicht.« Ich war genauso schockiert wie er.

»Du machst das nicht zum ersten Mal?!«

»Ich *mache* das nicht!«, erklärte ich wütend. »Ich … es … es passiert einfach. Und ja: Gestern auf dem Markusplatz, als sich meine Spangen aktivierten. Allerdings dachte ich da, dass du sie mir gibst.«

Pauls Stirn legte sich in Falten. »Aber du wurdest davon nicht wütend, sondern ruhiger.«

»Ja. Sie … deine Energie hat mir geholfen«, gestand ich verwirrt.

»Dann werde ich in Zukunft besser aufpassen, bei welcher Gelegenheit ich dich anfasse und wann lieber nicht.«

Paul schenkte mir ein Lächeln. Anstatt zurückzugrinsen und einen dummen Witz zu machen, blieb ich sprachlos. Wie konnte er es nur so locker nehmen, dass ich ihm seine Engelsenergie entzogen hatte?

Über die breite, geschwungene Treppe, die hinter der Fassade des barocken Palastes verborgen lag, erreichten wir San Polo, wo ein maskierter Engel uns erwartete.

»Ihr seid spät dran«, begrüßte er uns. »Bis Sonnenuntergang habt ihr Zeit, den Kristall zu finden. Dann verschwindet das Labyrinth, und ihr geht leer aus. Trotzdem: viel Erfolg.«

Vor uns ragte ein funkelndes Gebilde aus tausend kristallinen Scherben in den blassrosa Himmel. Jadegrün, Bernsteinbraun, Schieferschwarz, Bergkristallweiß, Rosenquarzrosa schimmerten mit hundert anderen Edelsteinen in der tiefstehenden Sonne um die Wette. Wir hatten die mit Hilfe von Engelsmagie geschaffene Unterstadt verlassen und standen auf dem oberirdischen Platz von San Polo, der seinem Original in Venedig ebenso ähnelte wie das Schloss der Engel dem Internat.

»Ein Kristalllabyrinth«, seufzte Leonie. »Sind wir heute nicht schon genug umhergeirrt?!«

»Immerhin ist es hier nicht so düster wie in den Tunneln«, versuchte Erika ihren Schutzengel aufzumuntern.

»Das wird es aber, wenn wir hier noch lange rumstehen.« Sebastian drängte zur Eile. »Dort drin eine kleine braune Kugel zu suchen wird sicher nicht einfach.«

Schon einen Eingang zu finden kostete wertvolle Zeit. Erst als Leonie auf die Idee kam, das Kristallgebilde zu überfliegen, hatten wir Erfolg.

»Wir müssen von oben rein«, erklärte sie. »Sollen wir dich hochfliegen, oder kletterst du?«

»Danke, ich klettere.« Auch ohne Susans genervten Blick fühlte ich mich mies.

Lisa überraschte uns, als sie ihre nagelneuen Flügel ausbreitete – natürlich konnte sie damit fliegen. Begleitet von Sebastian und Hannes blieb sie in meiner Nähe, damit ich meinen Protegé im Auge behalten konnte. Im Grunde völliger Schwachsinn. Wenn sie in der Luft angegriffen wurde, konnte ich ihr sowieso nicht helfen. Außerdem war ich ausgelastet. Die Kristalle waren glatt, rutschig und an vielen Stellen scharfkantig. Ich schlitzte mir mehr als nur die Jeans auf. Paul sah mich fragend an, als er das Blut an meiner Hose bemerkte.

»Nur ein paar Kratzer«, sagte ich und lief an ihm vorbei. Gut, dass er meine Hände nicht gesehen hatte.

Im Inneren des Kristalllabyrinths erfuhren auch die anderen, was es hieß, spitzen Kristallzacken auszuweichen. Fliegen konnte in den niedrigen Gängen nichts, das größer war als eine Maus. Die gab es hier allerdings massenhaft: altbekannte Fledermausspinnen.

Aus Ritzen, schmalen Gängen und hinter Vorsprüngen kamen sie scharenweise hervorgeflattert. Susan schrie und schlug wild um sich, als die erste sich in ihren Haaren festkrallte, um ihr in die Schädeldecke zu beißen. Paul – ohne Schwert, da er sich in dem schmalen Gang nicht verwandeln konnte – packte das schiefmäulige Untier. Das Biest war clever. Seine nadelspitzen Zähne durchbohrten Pauls Handgelenk und bissen sich fest. Er presste die Zähne zusammen, drängte Susan weiter und versuchte, die Krallen der Flatterspinne aus ihren Haaren zu ziehen.

Ich stand am nächsten. Ohne nachzudenken, griff ich in Susans Haare, suchte das Büschel, an dem das Vieh sich festklammerte, riss es aus, schnappte Pauls Hand und presste die Fledermausspinne zwischen ihn und die spitze Wand. Paul erledigte den Rest.

Susans Nägel bohrten sich in meinen Unterarm. »Wag es nicht noch einmal, mich anzufassen, oder ich werde dafür sorgen, dass du durch die Prüfung fällst«, flüsterte sie an meinem Ohr, so dass nur ich es hören konnte.

Niemand bemerkte ihre Feindseligkeit. Ein schwarzer Hagelsturm aus Fledermausspinnen prasselte auf uns nieder. Noch bevor sie Lisa erreichten, schubste ich sie zwischen Susan und mich, um sie vor den Flatterviechern zu beschützen, und befahl ihr, Paul hinterherzurennen. Auch wenn ich mich nicht in einen Engel verwandeln würde, die anderen brauchten Platz für ihre Flügel.

Unzählige Kratzer und Bisswunden später erreichten wir endlich einen Raum, der groß genug war, dass die Prüflinge zu Engeln werden und ihre Schwerter hervorzaubern konnten. Paul warf mir ein paar der explosiven Kaugummigeschosse aus seinem MacGyver-Gürtel zu, mit denen er die Spinnenflatterer in den schmalen Gängen in Schach gehalten hatte.

»Versuch, sie zu treffen«, rief er, während sein silberweiß funkelndes Schwert die bissigen Wesen zurückdrängte.

Ich kämpfte weiter mit Händen und Füßen, schob Lisa gegen die Wand hinter mir und schirmte ihren Körper mit meinem ab. Den explosiven Geschossen traute ich nicht, auch wenn meine Möglichkeiten, meinen Protegé zu beschützen, verglichen mit denen der Engel, begrenzt waren. Präzise führten sie ihre Schwerter. Sie wussten genau, wo sie die Spinnenflatterer treffen mussten. Dennoch hinterließen die Zähne der bisswütigen Biester deutlich mehr Spuren als bei unserer ersten Begegnung.

Paul warf mir eine Tube mit orangegelbem Inhalt zu, nachdem die letzte Flatterspinne verschwunden war. »Sei sparsam«, bat er, während er Susans Wunden versorgte.

Lisa trug die Bisse mit Fassung, ebenso wie meine ungeschickte Behandlung. Paul hatte Susan und sich versorgt, noch bevor ich mit Lisa fertig war. Obwohl ich mich bemühte, nur wenig Paste auf ihre Wunden zu tupfen, war am Ende fast die Hälfte der Tube leer. Erschrocken drehte ich mich um, so dass Paul nicht sehen konnte, wie ich *Luftcreme* auf meine Bisswunden auftrug.

»Warum hab ich eigentlich keine Heilsalben mitbekommen?«, beschwerte ich mich, als ich ihm die Tube zurückgab.

»Aron hat dir die Basics beigebracht, wie Drogen und Gifte zu erkennen. Zu lernen, welche Mixtur du wann und wo einsetzen musst, dauert Jahre. Die falsche Tinktur und anstatt zu heilen, fällt dein Arm ab.«

Sebastian schüttelte sich vor Lachen. »Glaub nicht die Hälfte von dem, was er dir erzählt. Und du, Paul, solltest ihr noch weniger vertrauen.« Er war ernst geworden. Seine blaugrünen Augen sahen mich vorwurfsvoll an. »Hältst du freiwillig still, oder muss Paul dich festhalten?« Pauls verletzter Gesichtsausdruck, als Sebastian seine Tube mit orangegelber Paste zückte und meine Arme freilegte, schmerzte mehr als alle Bisswunden zusammen.

Bei unserer Suche in dem verschlungenen Labyrinth trafen wir nicht nur auf weitere Spinnenflatterer, sondern auch auf andere Prüflinge. Die meisten hatten Bisswunden wie wir, Kratzer und Schürfwunden hatten alle. Ungeschoren kam niemand durch die Kristallgänge. Wir schlossen uns zusammen. Gemeinsam ließ sich ein Angriff schneller abwehren. Konkurrenz unter den Schulen gab es heute nicht mehr. Der Sonnenuntergang stand kurz bevor.

Die Zusammenarbeit schenkte uns Zeit. Sackgassen, die wir oder die anderen bereits kannten, sparten wir aus. Schließlich erreichten zweiunddreißig abgekämpfte Prüflinge und Protegés das Zentrum des Labyrinths. Über fünfzig Edelsteinsockel – mehr als zwei Drittel von geheimnisvoll leuchtenden Kristallkugeln erhellt – thronten unter einer gigantischen Kuppel. Zusammengesetzt aus tausendundeinem Kristall, funkelte der Raum atemberaubend schön in der untergehenden Sonne.

Leonie erweckte das Licht in unserer Kugel zum Leben. Warm glühte der braunmelierte Stein unter ihren geschundenen Händen und brachte unser Lockenköpfchen zum Strahlen. Ihre Prüfung war zu Ende. Sie und Erika erhielten als Erste das begehrte Ticket für den Ball der Engel.

# Kapitel 30

## *Untergetaucht*

Die Zahl der Engelprüflinge hatte sich stark dezimiert. Nicht alle hatten das Labyrinth gefunden und ihre Kugel zum Leuchten gebracht, ehe das Kristallgebilde sich in Luft auflöste. Ebenso wie die glücklichen Gewinner des Tages fehlten sie beim Abendessen. Auch von unserer Schule hatte es eine Gruppe nicht geschafft, diese Aufgabe zu lösen. Die Stimmung im Speisesaal schwankte zwischen Euphorie und bedrückter Nachdenklichkeit. Alle machten sich Sorgen, welche Überraschungen uns am kommenden Morgen erwarten würden.

Meine nächste Überraschung erlebte ich schon während des Essens. Lässig, als gehöre er zu uns, schlenderte Raffael auf unsere Gruppe zu. Keiner meiner Mitschüler kannte ihn, weshalb ich misstrauische Blicke erntete – auch von Paul. Zum Glück wussten sie nicht, wessen Ziehsohn er war. Dass er mir vor versammelter Mannschaft ein Päckchen überreichte und in Rätseln sprach, komplizierte die Sache jedoch.

»Ich soll dir Grüße von einem Freund übermitteln – und ein Geschenk.«

Noch bevor ich ablehnen konnte, stand das Paket neben meinem Teller, und genauso schnell, wie er gekommen war, verschwand Raffael durch die Reihen. Sprachlos schaute ich ihm hinterher. Pauls Ellbogen weckte mich aus meiner Starre.

»Du kennst den Typen?«

»Ja. Vom Internat.«

Paul stutzte. »Du hast Freunde, die hier *und* drüben leben?«

»Na ja, als Freund würde ich Raffael nicht bezeichnen. Und

ja, er lebt in beiden Welten. Er … er ist ein Flüsterer«, erklärte ich leise.

»Was? Jemand hat einen Spitzel auf dich angesetzt?« Sebastian, der unser Gespräch mit angehört hatte, war entsetzt.

»Anscheinend«, wich ich aus.

Paul schüttelte den Kopf und sah mir in die Augen. »Eine Lüge am Tag reicht dir wohl nicht. Ich bin mir sicher, dass du weißt, wer dich beobachten lässt!«

Pauls unterkühlte Bemerkung hatte ich verdient. Ich reagierte aggressiv, anstatt ihn um Verzeihung zu bitten.

»Es wird sich nichts ändern, wenn ich dir seinen Namen verrate!«

»Wer weiß? Vielleicht kann ich dir helfen, ihn loszuwerden.«

»Ein Mitglied des Rats?! Träum weiter, Paul.« Ich schnappte mir das Paket, stand auf und verließ den Speisesaal.

Sebastian und Paul mit hineinzuziehen war falsch. Sie sollten sich auf ihre Prüfungen konzentrieren, vor allem Paul. Wenn er nicht bestand, konnte er die Ausbildung zum Wächterengel abhaken. Am besten, sie hielten Abstand von mir – oder ich von ihnen. Meinetwegen sollte niemand durchfallen.

Nervös lief ich in meinem kleinen, kalten Zimmer umher. Außer dem schmalen Bett mit der weichen Matratze und der viel zu dünnen Decke, einer Kommode für Kleider und einem braunen Holzstuhl gab es nichts, was meine Konzentration von Sanctifers Geschenk ablenkte. Das schwarze, mit einer roten Schleife verzierte Päckchen thronte wie eine tickende Zeitbombe auf dem weißen Laken in meinem Bett. Es war nicht sein erstes Geschenk an mich. Vielleicht sollte ich es einfach in die Kommode legen und vergessen. Andererseits würde sich meine Lage kaum verschlechtern, wenn ich wusste, was er von mir wollte. Allerhöchstens wenn sich so etwas wie Dämonenstaub oder eine dämonische Waffe darin befand. Warum bloß hatte ich Raffael das blöde Paket nicht einfach hinterhergeschmissen? Sein Pseudoonkel konnte mich mal!

Obwohl ich es besser wissen sollte, setzte ich mich zu dem Päckchen. Es wunderte mich nicht, dass meine Hände zu zittern begannen, als ich die Schleife abwickelte – böse Überraschungen auszupacken gehörte nicht zu meinen Lieblingsbeschäftigungen.

Bevor ich den Deckel anhob, schnupperte ich vorsichtig daran. Außer ein wenig Raffaelduft roch ich nichts. Seinen Ziehsohn mit einem tödlichen Geschenk vorbeizuschicken passte auch nicht zu dem Bild, das ich von Sanctifer hatte. Er agierte gerissen, heimlich und ohne Spuren zu hinterlassen.

Ich machte mich auf das Schlimmste gefasst, doch als das lederne Armband zum Vorschein kam, glaubte ich dennoch zu ersticken. Die silberne Spange mit den beiden Flügeln fehlte, aber auch so erkannte ich Christophers Wächterband, das er trug, als er sich an mich band – zu einem Zeitpunkt, als er noch nicht wusste, dass meine Wandlung zum Racheengel bereits begonnen hatte.

Mit fiebrigen Fingern nahm ich das Armband samt dem darunterliegenden Pergament und begann zu lesen.

*Liebste Lynn,*

*Du hast dich wacker geschlagen. Aron hat Dir mehr beigebracht, als ich Deinem einstigen Tutor zugetraut hätte. Damit ich Deine Schwächen besser kennenlerne, habe ich dafür gesorgt, dass Du keine unerlaubte Hilfe erhältst, während Du mein Rätsel löst. Deine Ausbildung fortzuführen ist mir ein besonderes Vergnügen.*

*Sanctifer – neuestes Mitglied des Rats der Engel*

*PS: Du benötigst alle Teile, um den Besitzer des Bandes zu finden.*

Ich krallte meine Finger in die tiefste Wunde. Der körperliche Schmerz bewahrte mich davor, mich in meinem Zorn zu verlieren. Drei Anläufe brauchte ich, um die volle Tragweite von Sanctifers Brief zu erfassen, ohne in den körperlichen Schmerz flüchten zu müssen.

Sanctifer beobachtete mich, sah sich schon jetzt als mein Lehrmeister, und das Schlimmste – Christopher war bei ihm.

Mein Magen rebellierte. Das Abendessen landete in dem kleinen Waschbecken in dem winzigen Badezimmer nebenan. Verzweifelt sackte ich zusammen. Was hatte er ihm angetan?!

Düstere Bilder von dunklen Verliesen tauchten vor meinem geistigen Auge auf. Ein Monster mit blutunterlaufenen, jadegrün glühenden Augen, die Haut geschwollen von pulsierenden Adern, brüllte seinen Schmerz in mein Herz.

Sanctifer kannte Christophers Schwächen wie kein anderer. An das Wächterband zu kommen würde ihm nur gelingen, wenn Christopher in Sanctifers Gewalt war – in seiner verletzbarsten Form: als Schattenengel.

Ich konnte kaum atmen. Erneut drückte ich meinen Finger in die tiefste Wunde. Der Schmerz zwang mich, zu kämpfen: gegen Sanctifer, meine Wut und meine Verzweiflung. Erst als mein Verstand wieder klarer wurde, bekam ich Luft. Das Band könnte gefälscht sein, auch wenn es dem von Christopher unglaublich ähnlich sah. Sanctifer war ein Wächterengel – und ein Meister der Täuschung. Aber ich würde nicht noch einmal auf einen seiner Tricks hereinfallen. Ihn jedoch glauben zu lassen, ich wäre bereit, sein hässliches Spiel mitzuspielen, das konnte ich.

Sebastian begrüßte mich mit dummen Sprüchen über Augenringe, als er mir gegenüber Platz nahm.

»Hast du die Nacht durchgefeiert? Deine Tanzpartner werden denken, sie tanzen mit deinem Schatten, wenn du so weitermachst.«

Obwohl ich mich einigermaßen beruhigt und mir, falls ich Sanctifer begegnen sollte, einen Plan zurechtgelegt hatte – die Anspielung auf den Schattenengel ging zu weit. Wütend klatschte ich Sebastian die mit Honig beschmierte Brötchenhälfte ins Gesicht. Die Pupillen in seinen blaugrünen Augen weiteten sich, doch noch bevor er zurückschlagen konnte, sprang Paul von der Bank, drehte mir die Arme auf den Rücken und hielt mich fest.

»Sebastian, wenn du sie jetzt verprügelst, wird keiner von uns die Prüfungen beenden. Wir sind ein Team und müssen gemeinsam bestehen.«

Sebastians Augen blitzten weiter, doch er hielt seinen Ärger besser unter Kontrolle als ich. Ein gesäubertes Gesicht und zwei Atemzüge später verschränkte er die Arme vor der Brust und entspannte sich.

Paul löste seinen Griff, blieb aber hinter mir stehen und umfasste meine Schultern, damit ich sitzen blieb – er traute mir nicht.

»Was ist passiert?«, fragte er leise, nur für mich hörbar. Meine Einlage hatte Aufmerksamkeit erregt.

»Nichts«, log ich. »Ich hab einfach nur keine Lust auf dumme Sprüche.«

Paul glaubte mir nicht. Mit dem Gespür eines Wächterengels suchten seine Hände meine Schultern ab und wanderten weiter, meine Oberarme entlang. Als er Christophers Band unter seinen Fingern spürte, hielt er die Luft an, schluckte und ließ mich los.

»Später«, flüsterte er. »Sebastian mit Honig im Gesicht zu sehen war schon immer ein Traum von mir«, sagte er lauter und setzte sich mit einem aufgesetzten Grinsen wieder neben mich.

Der maskierte Engel, der mit seinem Gefolge die Kantine betrat, ließ uns den Streit vergessen. Die Spielregeln waren wichtiger, als das letzte Wort zu behalten.

»Angehende Schutzengel müssen mit ihren Protegés vertraut sein. Seit zwei Tagen bildet ihr ein Team und konntet sehen, wie die euch Anvertrauten reagieren. Schützt sie, verbindet euch und trefft eure Wahl. Des stärksten Teams Anemone strahlt bis zuletzt.«

Sebastian seufzte. »Schon wieder so kryptisches Zeugs«, beschwerte er sich.

»Nicht halb so kompliziert wie gestern. Entweder sie schicken uns ins Grüne oder unter Wasser«, erklärte Paul.

Lisa und ich bekamen gleichzeitig Gänsehaut. Sie schien Wasser genauso wenig zu mögen wie ich.

»Wie kommst du denn darauf?«, fragte Susan mit belegter Stimme. Ihre Nervosität war spürbar. Kein Wunder, dass auch sie Wasser nicht sonderlich mochte – schließlich war sie unter dem vereisten See vor dem Schlossinternat ertrunken.

»Anemonen gibt es auf Wiesen oder im Wasser. Wo sonst sollen wir eine zum Strahlen bringen?«

Wie befürchtet ging es aufs Wasser. Wir blieben in der Oberstadt und schipperten in einer der verdunkelten Gondeln zu unserem Startpunkt: einer an einen Kanal grenzenden Gasse, irgendwo mittendrin – laut Paul im Osten. Unser Engelsführer wies uns an, zum Dogenpalast zurückzufinden. Dass unterwegs ein paar Aufgaben auf uns warteten, verstand sich von selbst. Das Viertel, in dem er uns ausgesetzt hatte, erwies sich – dank verschlungener Gässchen, Kanälen und zahlreicher Brücken – als malerisch, aber nur wenig belebt.

»In der Oberstadt wohnen die Engel, in der Unterstadt vergnügen sie sich«, erklärte mir Paul. »Abgesehen von den großen Plätzen natürlich. Die gibt es unten nicht. Wenn es wärmer wird und die Sonne scheint, sind viele lieber hier oben als unten auf dem Canal-Grande-Boulevard.«

Das leuchtete mir ein. Bei schönem Wetter ging ich auch lieber im Freien bummeln als ins Shopping-Center.

Paul und Sebastian einigten sich auf die Route. Ich hielt mich raus, Hauptsache, sie verliefen sich nicht wieder. Fünf Gassen und drei Kanäle weiter empfing uns die erste Überraschung. Ein bewaffneter Engel versperrte die kleine massive Marmorbrücke vorn, zwei weitere, einer mit Lanze, blockierten den Rückweg. Natürlich trugen sie Masken und lange schwarze Mäntel.

Sebastian und Paul verwandelten sich und parkten unsere Protegés in der Mitte der Brücke. Sebastian übernahm den Einzelkämpfer. Paul und ich wehrten die beiden anderen ab. Unsere Chancen standen gut. Dank der erhöhten Lage, die uns die Brücke bot, kämpften wir aus der besseren Position. Zudem verzichtete mein Gegner darauf, sein Schwert zu zücken. Dass er stattdessen mit einer Lanze kämpfte, fand ich einigermaßen fair. Ekin war oft auf mich losgestürmt, nachdem er mir den Owoostab aus der Hand geschlagen hatte, damit ich lernte, mich auch ohne Waffe zu verteidigen.

Trotz Ekins Training hagelte es blaue Flecken – so viel Erfahrung besaß ich nun auch wieder nicht. Vor allem meine Finger mussten schmerzhafte Treffer einstecken, da ich versuchte, meinem Gegner die Lanze zu entreißen.

Schließlich änderte ich meine Taktik, lockte meinen Angreifer die Stufen nach oben, duckte mich, entging seinem Hieb, hüpfte auf das massive Brückengeländer, balancierte an ihm vorbei, sprang ihm auf den Rücken und warf ihn zu Boden. Die Lanze glitt ihm aus den Händen – und fiel ins Wasser!

Ich fluchte, schaute der davonschwimmenden Waffe hinterher und entdeckte die im Schatten lauernden Gestalten. Sie beobachteten etwas, allerdings nicht auf, sondern unter der Brücke.

Im selben Moment, in dem ich begriff, worauf sie es abgesehen hatten, kletterte der Erste – ein maskierter Kerl in schwarzen Neoprenhosen und dunklem Shirt – hinter unseren Protegés über die Brüstung, schnappte Susan und stürzte sich mit ihr ins Wasser. Hannes packten vier starke Arme. Trotz Gegenwehr hatte er keine Chance.

Lisas angstgeweitete Augen starrten mich flehend an. Paul und Sebastian waren mit ihren Gegnern beschäftigt, ich war ihre einzige Hoffnung, dem eisigen Wasser zu entkommen. Entschlossen, sie zu beschützen, stieß ich den Kerl unter mir weg, rappelte mich hoch, umfasste ihre Taille und zog Lisas schmächtigen Körper zu mir. Wenn sie Lisa mitnehmen wollten, mussten die Typen sie erst von mir trennen.

Sie schafften es problemlos, uns zusammen über die Brüstung zu werfen. Sobald wir die Wasseroberfläche durchbrachen, stürzten sich die unter der Brücke gebliebenen Neoprenhosenträger auf uns.

Klammern konnte ich prima, doch gegen so viele von ihnen war ich machtlos. Nachdem sie Lisa von mir weggerissen hatten, hielten mich zwei so lange fest, bis der Rest mit unseren Protegés hinter der nächsten Kanalbiegung verschwunden war. Kurz bevor mir die Luft ausging, ließen sie mich los und tauchten ab, während ich auftauchte, mich japsend an den Sockel der Brücke klammerte und meine Krallen samt Frust zurückdrängte: Mein Protegé war weg, die Waffe davongeschwommen und dann auch noch das mit dem Wasser – wenn es wenigstens Bade- und nicht Zähneklapper-Temperatur hätte.

Pauls Kopf erschien über der Brüstung. Nach der erfolgreichen Entführung hatten auch ihre Gegner die Flucht ergriffen.

»Bist du okay?«

»Mehr oder weniger«, krächzte ich. Die Kälte zeigte schon Wirkung.

»Soll ich runterkommen, oder schaffst du es allein nach oben?«

Schneller, als Paul zu mir fliegen konnte, war ich unterwegs.

Dass er mich über die Steinmauer zog, konnte ich nicht verhindern. Dass er mich auffing, da meine steif gefrorenen Beine einfach nachgaben, überstieg mein Bedürfnis an Fürsorge jedoch entschieden. Schließlich sollte ich beschützen und nicht beschützt werden.

»Zieh deine nassen Klamotten aus«, befahl Paul. »Du zitterst wie eine Gazelle im Eisbärengehege.«

»Wenn ich meine Kleider ausziehe, wird höchstens dir warm, mir bestimmt nicht!«

Sebastian grinste unverschämt, Paul verzog keine Miene. Eine Sekunde später lag seine Jacke vor mir – und seine Hose samt Gürtel. Die bunten, knielangen Shorts, die er darunter trug, waren nett, verstärkten aber nur meinen Widerstand.

»Vergiss es!«, zischte ich mit klappernden Zähnen. »Wir werden sowieso nass.«

»Nicht jetzt. Und bis dahin solltest du nicht erfroren sein.«

»Sondern lieber du?«

»Engel erfrieren nicht«, sagte Paul lapidar, packte Sebastian und zog ihn von der Brücke.

»Sag Bescheid, falls du Hilfe brauchst, und pass auf Pauls Gürtel auf«, rief Sebastian mir über die Schulter zu, bevor er mit Paul in der nächsten Seitengasse verschwand.

Pauls Hose war zu weit und zu lang, doch dank Krempeltechnik und dem MacGyver-Gürtel tragbar. Da meine Gefühle mehr als nur angeknackst waren, musste ich eine längere Pause einlegen. Noch eine blöde Bemerkung und ich hätte Paul – oder auch Sebastian – angesprungen, um meinen Frust loszuwerden. Dass ich heute das Ticket zum Ball ergattern würde, nachdem mir Lisa abhandengekommen war, rückte in weite Ferne.

»Und?«, fragte ich, als ich die beiden Jungs schließlich einholte. »Zufrieden?«

»Geht so«, brummte Paul. »Hauptsache, du kannst darin kämpfen.«

Ich nickte. Weit genug waren die Klamotten.

»Hast du schon eine Idee, wo sie sein könnten?«, wollte Sebastian wissen.

»Nein. Du?«

»Negativ«, bestätigte Sebastian.

»Und warum laufen wir dann die Straße runter und folgen nicht dem Kanal?«

»Das tun wir«, klärte Paul mich auf. »Hinter der nächsten Biegung treffen wir wieder auf Wasser.«

Auch hier führte eine schmale Brücke zur anderen Seite. Vorsichtiger als beim letzten Mal passierten wir den Übergang und folgten dem Weg, der am Kanal entlanglief.

»Und?«

Paul schüttelte den Kopf.

»Ich auch nicht«, bestätigte Sebastian.

»Und jetzt?«

Sebastian zuckte die Schultern – und ich blieb mit verschränkten Armen stehen. »Kann mir einer von euch verraten, was hier läuft?«

»Liebe Lynn, wir versuchen, unsere Aufgabe zu lösen und unsere Protegés zu finden«, erklärte Sebastian, als spräche er mit einem zweijährigen Kind.

Paul spürte, dass ich kurz davor stand, Sebastian ins Wasser zu stoßen, und schritt ein. »Erinnerst du dich an deinen Unterricht mit Kassandra Klar?«

»Natürlich. Ihre liebenswerte Art hat sich mir ins Gedächtnis gebrannt.«

Paul ging nicht auf meine zynische Antwort ein. »Im Mentaltraining lernen wir, Verbindung mit einem anderen Geist aufzunehmen. So können wir in Gedanken bei unseren Protegés sein und körperlich ganz woanders.«

»Und einschreiten, falls es Probleme gibt.«

»Genau«, bestätigte Paul meine Vermutung. »Schließlich haben wir ja auch noch ein Leben und können nicht rund um die Uhr präsent sein.«

»Weshalb das mit dem Beschützen nicht immer reibungslos hinhaut.«

»Meistens schon. Und ein wenig Eigenverantwortung schadet niemandem.«

»Außer heute«, mischte Sebastian sich ein. »Wenn wir unsere Protegés nicht finden, ist die Prüfung gelaufen.«

»Und wie soll ich das bitte machen? Ich hab keine Ahnung, wie ich eine Verbindung zu Lisa herstellen kann.«

»Das weiß das Prüfungskomitee. Falls es dir nicht aufgefallen ist: Dein Gegner kämpfte mit einer Lanze anstatt mit seinem Schwert.« Paul betrachtete mich nachdenklich. »So, wie's aussieht, müssen wir ins Wasser. Wie lange kannst du die Luft anhalten?«

»Länger als du!«, blaffte ich. Immerhin tauchte ich jeden Sommer mit Philippe. Und Pauls Unterstellung, der Rat würde mich schonen, war lächerlich!

»Das bezweifle ich«, fuhr Paul fort. »*Ich* kann Sauerstoff aus Wasser ziehen, *du*, wie du eben unter Beweis gestellt hast, nicht!«

Jetzt übernahm Sebastian die Rolle des Schlichters. »Paul, das Problem können wir lösen, wenn's so weit ist. Statt rumzustreiten, sollten wir lieber unsere Protegés aufspüren.«

»Sorry, ich …«, Paul seufzte und brach ab. Nervös strich er eine seiner gegelten Haarsträhnen zurück. »Der Kanal gabelt sich da vorn. Sollen wir versuchen, übers Wasser Verbindung aufzunehmen?«

»Ja«, stimmte Sebastian zu. »Ich glaub auch, dass wir nass werden.«

Wieder schlossen die beiden mich aus. Ohne weitere Erklärung setzten sie sich an den Rand des Kanals, streckten ihre Hände in das kalte Wasser, schlossen die Augen und dösten vor sich hin – zumindest sah es für mich so aus. Dass sie versuchten, ihre Protegés zu erreichen, konnte ich nur ahnen.

Wie auf Kommando standen sie auf, schauten einander kurz an, riefen gleichzeitig »San Gallo« und stürmten los.

Einige verwinkelte Gassen, Kanäle, Stufen und schmale Brücken später erreichten wir einen kleinen Platz. Selbst ich erkannte den Ort nördlich des Markusplatzes und den mit weißen Steinen und flachen Ornamenten verzierten Brunnen mit der Metallabdeckung. Doch erst als Sebastian sich seiner Klamotten entledigte – auch er behielt seine Boxershorts an –, wurde mir klar, was die beiden vorhatten.

*Ohne mich!*, dachte ich und zog nach kurzem Zögern Pauls Jacke, seine Hose und meine Schuhe aus – schließlich wollte ich die Prüfung bestehen. Mein halbtrockenes T-Shirt behielt ich an. Beim Tauchen störte es nicht.

»Du bleibst erst mal hier oben, bis wir wissen, wie tief wir runtermüssen«, erklärte Paul, hängte mir seine Jacke über die Schultern und schnallte sich seinen MacGyver-Gürtel um. »Halt die Augen offen. Noch wissen wir nicht, ob wir richtig sind.«

Ich verkniff mir das *Hoffentlich nicht*, sagte »Mach ich« und sah zu, wie Paul hinter Sebastian in den dunklen Schacht kletterte.

Mein Herz pochte wild, als die Erinnerungen an das Reich der Totenwächterin wieder auflebten. Ich schüttelte sie ab. Die Totenwächterin wollte meine unreife Seele. Doch die gab es nicht mehr. Dort unten wartete Lisa auf mich – und sonst niemand!

Pauls Kopf tauchte aus dem dunklen Loch auf. »Wir sind richtig. Drei Minuten ohne Luftholen – wenn du dir helfen lässt, nur eine. Schaffst du das?«

»Klar«, erwiderte ich selbstsicherer, als ich war, und sprang vom Brunnenrand. Das Wasser umschloss meinen Körper wie Blitzeis. Fahlgraue Steinwände schossen an mir vorbei, während Paul meine Taille umklammerte und mich in die Tiefe hinabriss. Hätte ich ihm nicht so viel Vertrauen entgegengebracht, wäre er jetzt zu meinem Gegner geworden. Seine zusätzliche Energie machte mich rasend. Meine Angst half, die Wut zu verdrängen.

Die Dunkelheit war allgegenwärtig. Selbst als ich wieder Luft zum Atmen bekam, glaubte ich zu ersticken. Furcht schnürte mir die Kehle zu. Absolutes Schwarz umgab mich. Nur mein Kopf ragte aus dem eisigen Wasser. Ich zitterte nicht nur vor Kälte.

Paul ließ mich los und beruhigte mich mit Worten. »Denk an den Maskenball. Stell dir vor, wir würden zusammen tanzen.« Er fand das richtige Stichwort: Maskenball. Auch Christopher würde dort sein. Ich musste nur die Prüfungen bestehen, wenn ich ihn wiedersehen wollte.

Geleitet von Pauls von den Wänden widerhallenden Scherzen – er schaffte es tatsächlich, in jeder Situation Witze zu reißen –, folgte ich ihm und Sebastian durch ein unüberschaubares Tunnelsystem. Wie er sich in völliger Dunkelheit orientierte – Engelsflügel und Wasser vertrugen sich nicht besonders gut miteinander –, in andere Kanäle abbog, hinauf- oder hinabkletterte, überstieg meine Vorstellungskraft. Vielleicht half ihm das allumfassende Plätschern und Rauschen zu erkennen, welcher Teil überflutet war und welcher leer.

Anfangs mussten wir oft schwimmen oder tauchen, weiter oben tapsten wir nur noch durch Rinnsale und Pfützen. Meine Furcht vor der Finsternis blieb. Die unendliche Angst, mich in Sanctifers Gewalt wiederzufinden, trieb mich weiter.

Das bläuliche Leuchten wirkte beinahe erlösend. Leider versperrte ein massives Eisengitter, das die runde Öffnung verbarrikadierte, durch die das Licht schimmerte, unseren Weg.

»Und was jetzt?«, fragte ich. »Umdrehen?«

Sebastian sah mich verständnislos an. »Kurz vor dem Ziel?!

Ich kann Hannes' Ungeduld schon riechen.« Er schob mich zu Paul. »Bring sie in Sicherheit, ich erledige das allein«, sagte er über meinen Kopf hinweg und machte sich an seinem Gürtel zu schaffen.

Während Paul mich ein paar Meter weiter hinten gegen die feuchte Wand drückte, bereitete Sebastian seinen MacGyver-Sprengstoff vor, füllte ein kleines Blasrohr, das er ebenfalls aus seinem Gürtel gezaubert hatte, und zielte auf das versiegelte Schloss.

Ein lauter Knall, beißender Gestank, ein Quietschen, und das Gitter sprang auf. Weitere graue Steinwände stürzten in die Tiefe. Wir standen ganz oben in einer der vergitterten Öffnungen, die den zylinderförmigen Raum wie einen Schweizer Käse durchlöcherten. Gigantische Schrauben, wie von Geisterhand bewegt, wanden sich nach oben und förderten Wasser in das Kanalsystem oder suchten eine andere Öffnung, die geflutet werden sollte. Das Ächzen der gigantischen Gewinde, gemischt mit dem gespenstischen Flüstern des abfließenden Wassers, hallte bedrohlich im Hohlraum des Wasserspeichers wider – und beförderte mich ins Reich meiner Träume: Genau so klangen die Schreie gequälter Geister in meinen Albträumen.

»Was … was ist das?«, flüsterte ich heiser.

»Eine der hundert Zisternen«, antwortete Paul sachlich.

»Das … meinte ich nicht.«

Sebastians dunkles Lachen durchbrach das unheimliche Geächze. »Du stehst hier oben, um deinen Protegé zu befreien, und hast Schiss vor schlecht gewarteten Gewinden? Na, dann viel Spaß beim Tauchen. Wenn du heute ein Ticket bekommen willst, solltest du sie ohne Hilfe raufholen.«

Erst jetzt entdeckte ich die anemonenförmigen Gebilde über dem blau leuchtenden Grund des Wasserspeichers. Umschlossen von zartweißen Blütenblättern, warteten unsere Protegés darauf, aus ihrer Gefängnisblase befreit zu werden.

Mehrere tiefe Atemzüge später sprang ich Sebastian hinterher. Die frostige Kälte erschwerte das Tauchen. Meine Arme und Beine fühlten sich an, als wären sie gelähmt. Ich zwang sie trotzdem, sich zu bewegen, und hielt auf Lisa zu. Für mich gab es nur einen Versuch. Hochfliegen, um noch mal von oben reinzuspringen, konnte ich nicht.

Neben mir erschien Paul. Er kramte in seinem Gürtel, holte ein winziges rosa Stück MacGyver-Kaugummi heraus, teilte es, schloss kurz die Augen, um sich zu konzentrieren, und hielt es mir vor die Nase.

Meine Finger kribbelten, als ich es nahm. Pauls Engelsmagie drängte sich mir auf. Bevor ich dem Kaugummi seine Wirkung entzog, drückte ich das explosive Teil in die Mitte der Blüte. Ein leichtes Vibrieren, das mich vorsichtshalber zurückweichen ließ, und das kunstvoll verzierte Schloss sprang auf. Ansonsten passierte nichts – außer dass mir langsam die Luft ausging.

Pauls Anemone erblühte, begann zu leuchten, öffnete sich und entließ Susan und die sie umgebende Luftblase. Sebastians Blume folgte. Nur Lisa saß noch fest.

Paul gab mir Zeichen, dass ich meine Hände auf die freigesprengte Öffnung legen sollte. Ich kämpfte mich wieder tiefer. Lisa und Luft zum Atmen waren Ansporn genug. Als ich die Ränder der Blüte berührte, explodierten meine Hände. Engelsmagie in ihrer reinsten Form schoss durch meinen Körper und befreite Lisa und den eingeschlossenen Sauerstoff.

Mein Verstand setzte aus, der Schmerz überdeckte alles. Schwarze Nebelfetzen, durchsetzt mit kleinen Blubberblasen, begleiteten mich auf meinem Weg nach oben. Paul packte mich am Kragen, damit ich nicht wieder unterging. Seine Berührung trieb mich erneut über die Kante. Zum Glück war Paul vorgewarnt und schneller als ich. Während er hinter den anderen in die gerade von Sebastian freigesprengte Kanalöffnung kletterte, kühlte ich mein erhitztes Gemüt in dem eiskalten Wasser.

Lisa übergab mir eine winzige Nachbildung ihres Unterwassergefängnisses. Wie Pauls und Sebastians Blüte leuchtete die Minianemone in zartem Gelb. Diejenigen, deren Blume noch strahlen würde, wenn wir das Tunnelsystem verließen, hatten die Prüfung bestanden.

# Kapitel 31

## Versteckspiel

Das Licht der Anemone verscheuchte einen Teil der Dunkelheit. Orientieren konnte ich mich dennoch nicht – aber schließlich gab es ja Paul. Zielsicher führte er uns durch das düstere Tunnelsystem.

Ich bildete das Schlusslicht und versuchte, das unheimliche Tropfen, Schaben und Kratzen samt den gespenstischen Schatten, die unsere Anemonenlichter überdimensional an die Wand warfen, auszublenden.

Susans gellender Schrei durchbrach meinen fragilen Schutzmantel. Lisas gequälter Hilferuf, begleitet von auf Stein trappelnden Krallen, jagte mir Gänsehaut über den Rücken. In Rekordzeit steckte ich die Minianemone in meinen Ausschnitt und bereitete mich auf einen Kampf vor.

Zigarettenglutfarbene Punkte flammten auf, trippelten weiter, verschwanden und erschienen an einer anderen Stelle. Etwas Ledriges peitschte mir gegen die Beine. Auch mir entfuhr ein lautes Stöhnen, als ein flammender Stich meine Wade in Brand setzte. Vielleicht hätte ich mir die leuchtende Anemone besser in den Mund gestopft, dann hätte ich nicht schreien können und stattdessen gesehen, was uns angriff.

»Medusarats!«, rief Paul. »Verteilt euch!«

Sein Engelsschwert flammte auf. Sebastians folgte und warf ein schemenhaftes Licht auf die flackernden Zigarettenglutaugen. Geschuppte, rattenförmige Tiere mit quastenartigen Flossen quollen aus einem der Nebentunnel. Mit ihren zuckenden Peitschenschwänzen, die aussahen wie die Fangarme einer

Qualle, trieben sie ihre Beute voran, um gemeinsam über ihre Opfer herzufallen.

Paul erteilte uns die Anweisung, in Bewegung zu bleiben, drängte sich mit seinen für den Kanal viel zu ausladenden Flügeln zwischen Susan und Lisa, die sich am liebsten gegenseitig festgehalten hätten, und trieb mit Sebastian die Medusarats in den Seitentunnel zurück.

Ich – mal wieder waffenlos – behielt die anderen Tunnel im Auge, damit ich die beiden warnen konnte, falls es noch mehr Medusanester gab. Medusarats entdeckte ich keine. Etwas anderes, Düsteres lockte mich zu sich.

Der Gestank in dem niedrigen Seitentunnel wurde heftiger, doch viel übler waren die Gefühle, die sein Besitzer in mir auslöste: Hass. Wut. Das Verlangen, etwas fangen und vernichten zu wollen. Mein Magen rotierte. Ich stand kurz davor, mich zu übergeben – und dennoch zog es mich tiefer in den düsteren Tunnel hinein.

Ich kramte das Anemonenlicht hervor. Es leuchtete nur noch schwach, doch ich hatte, nach meiner miesen und Pauls perfekter Protegérettung, heute wahrscheinlich sowieso keine Chance mehr auf ein Ticket.

Ohne mein Zutun begannen meine Beine schneller zu rennen. Wenn ich es erledigen wollte, musste ich es einholen. Mein Instinkt leitete mich durch das verschlungene Kanalsystem, führte mich zu einem Wesen, das ich abgrundtief hasste: ich oder es. Alternativlose Gewissheit.

Das Luftholen fiel mir schwer. Das Tauchen hatte mich erschöpft. Trotz Atemlosigkeit trieb es mich weiter – ich musste, meine Racheengelseele drängte mich, auch wenn alles gegen mich sprach.

Das Geräusch eines zufallenden Schlosses hallte dumpf durch die Gänge. Meine Jagd würde bald enden, das Schattenwesen sich mir stellen oder verschwunden sein.

Das Gitter der Zisterne trennte uns. Seine Aufgabe war beendet. Nur seinen Geruch und die Reste von Boshaftigkeit hatte es zurückgelassen – und etwas Glänzendes.

Im selben Moment, als ich die silberne Spange berührte, erloschen das Licht meiner Anemone und mein Drang, es zu jagen. Blind vor Gier war ich dem dunklen Geschöpf gefolgt und hatte gleich mehrfach verloren: meine heutige Prüfung, meine Entschlossenheit und völlig die Orientierung.

Planlos tapste ich durch feuchte Dunkelheit. Meiner Angst verbot ich, zu wachsen. Immer wenn ich auf einen Schacht stieß, der nach oben führte, verließ ich den Tunnel und folgte dem nächsten. Um nicht in ein Medusanest oder ähnlich Übles zu laufen, setzte ich auf mein Gehör. Kratzende und ächzende Geräusche, selbst hallende Schritte mied ich. Auch wenn es vielleicht nur Engelschüler waren, die nach dem Ausgang suchten.

Meine Taktik, die mich nach oben führen sollte, ging nicht auf. Nach dem x-ten Tunnel, der so schmal wurde, dass ich nicht hindurchpasste und wieder umkehren musste, gab ich auf. Ich wusste weder wo noch wie tief ich unter der Erde war. Zusammengekauert versuchte ich, die Wärme, die mir noch geblieben war, in meinem Körper zu halten, und hoffte, dass Engel ihre Prüflinge nicht im Stich ließen.

Mein Schutzengel hieß Paul. Er war mir gefolgt. Ohne mich konnte weder er noch Sebastian die Prüfung bestehen. Es waren seine Schritte, die ich gehört hatte – und vor denen ich geflüchtet war.

»Konntest du dich nicht schon ein wenig früher hinsetzen und warten? Ich war schon drei Mal kurz davor, dich einzuholen.« Weitere Vorwürfe sparte er sich, was wahrscheinlich an meiner erbärmlichen Verfassung lag.

Susan störte das nicht. Als Pauls Anemone beim ersten Sonnenstrahl erlosch, stellte sie sich mir in den Weg.

»Du!« Zu ihrer vollen Größe aufgerichtet, starrte sie mit ihren blauen Augen auf mich herab. »Gibt es irgendwo in dir noch ein Gewissen? Etwas, das begreift, was du tust? Das merkt, auf wessen Kosten dein Verhalten geht? Oder macht es dir einfach nur Spaß, böse zu sein?!«

Böse. Ihre Anschuldigung traf mich. Sie hielt mich für skrupellos – und böse. *Böse.* Dumpf hallte das Wort in meinem Kopf. Böse wollte ich nicht sein.

Selbst literweise dampfender Tee und eine heiße Dusche schafften es nicht, die Kälte in mir zu vertreiben. Ich war ihm gefolgt. Es hatte mich angezogen, weil es so war wie ich: dunkel, schattenhaft – und böse. Susan hatte recht. Bevor ich zum Racheengel wurde, war sie in der Welt der Engel meine beste Freundin gewesen. Stets hilfsbereit, mit einem großen Herzen und viel Geduld, war sie immer für mich da gewesen. Meine Veränderungen erschreckten und ängstigten sie – und zunehmend auch mich.

Was würde Sanctifer aus mir machen? Was hatte er Christopher angetan, als er sein Schüler war? Würde meine Liebe sich in Hass verwandeln? Ich weigerte mich, das zu glauben, doch tief in mir erwachten Zweifel. Den Schatten zu hassen, dem ich gefolgt war, entsprach einem inneren Bedürfnis, das stärker war als ich.

Das Klopfen an meiner Tür und Pauls Stimme rissen mich aus meinen trüben Gedanken. So zu tun, als würde ich schon schlafen, um Paul auszuweichen, erschien mir falsch. Nur meinetwegen musste er morgen eine weitere Prüfung bestehen. Er hatte uns durch das Tunnelsystem geführt und als Erster seinen Protegé befreit. Wäre er auf dem Weg geblieben, anstatt mich zu suchen, hätte er und nicht Sebastian heute die Tickets zum Ball gewonnen.

Mit einer Decke unter dem Arm betrat er meine Kammer.

»Offenbar ist in allen Zimmern die Heizung ausgefallen«, begrüßte er mich und breitete sein wärmendes Mitbringsel über meine Schultern.

Ich schenkte ihm ein Lächeln. »Es tut mir leid, dass du meinetwegen morgen noch mal ranmusst.«

Paul rückte den Stuhl neben mein Bett und setzte sich mir gegenüber. »Deshalb bin ich hier. Wir sind die letzte Gruppe mit zwei Prüflingen. Wer von uns beiden morgen nicht besteht, dem blüht ein Einzeltest. Und da ich mich vier Jahre länger als du auf die Prüfung vorbereiten konnte, wirst *du* morgen die Einladung zum Ball des Dogen bekommen.«

»Träum weiter! Wenigstens einer von uns sollte realistisch bleiben.«

»Das bin ich«, erklärte Paul mit einem hinterhältigen Grinsen.

»Aber …« Ich brach ab, als ich verstand, was er vorhatte. »Du willst mich gewinnen lassen?!«

»Genau!«

»Danke, aber nein danke! Ich hab dir heute schon den Sieg vermasselt. Außerdem würde Susan mich umbringen.«

»Susan ist taffer als Lisa. Falls du's nicht mitbekommen hast, Lisa hat auf dem ganzen Weg zurück geheult.«

Das hatte ich auch bemerkt, aber da Sebastian den Part des Retters übernommen hatte, war mein Trost nicht gefragt gewesen.

»Du magst sie nicht. Oder?«

»Ich … ich kenn sie noch zu wenig, um mir ein Urteil bilden zu können«, versuchte ich mich um eine Antwort zu drücken.

»Und nur weil sie neu ist, misstraust du ihr?«

»Wie kommst du auf die Idee?«

Paul runzelte amüsiert die Stirn. »Im auffällig unauffälligen Beobachten bist du unschlagbar.«

»So schlecht?«

»Als Spion würdest du keinen Tag alt werden.«

Paul wartete auf eine bessere Erklärung. Ich wickelte die Decke fester um meine Schultern. Der Gedanke an Sanctifer ließ mich frösteln.

»Dafür, dass Lisa erst seit ein paar Tagen ein Engel ist, kann sie erstaunlich gut fliegen.«

»Neidisch?«

»Nein!« Meine Erwiderung kam zu schnell. Natürlich ärgerte es mich, dass Lisa fliegen konnte und ich nicht – zumindest nicht so richtig.

»Wieso glaube ich dir nicht?« Paul reagierte gewohnt locker. Er verstand es, mit meinen Launen umzugehen. »Außerdem bist du mir noch eine andere Antwort schuldig.«

Bevor ich ihm ausweichen konnte, zog er die Decke von meinen Schultern, schob den Ärmel meines Pullis nach oben und begutachtete das lederne Band mit der Silberspange an meinem Oberarm.

»Von Aron. Als Aufmunterungsgeschenk. Dass das Flügelpaar fehlt, ist Absicht, damit ich nicht aus Versehen durch ein Portal stolpere«, log ich. Paul einzuweihen würde weder mir noch ihm nützen.

Er nickte. Anscheinend glaubte er mir diesmal.

»Um dich zu beruhigen: Ich hab mit Lisa gesprochen, anstatt sie nur anzustarren – was du vielleicht auch mal ausprobieren solltest.« Paul spielte auf mein derzeitiges Verhältnis zu Susan an. »Lisa hat einen Vierundzwanzig-Stunden-Crashkurs bekommen. Ihre Geschichte ist glaubhaft – und ihre Angst auch. Plötzlich ein Engel zu sein, verkraftet nicht jeder.«

Wem erzählte er das? Ich war das nun schon seit Weihnachten und hatte immer noch Probleme damit. Allerdings dauerte mein Engelwerden auch um einiges länger als bei einem normalen Engel. Nicht frieren, ewig Luft anhalten und fliegen waren nur ein paar der Dinge, die ich nicht konnte.

Knapp sechzig Engelschüler fieberten ihrer letzten Prüfung entgegen. Nur für Paul, Susan, Lisa und mich stand das genaue Ende noch nicht fest. Susan mied meine Nähe, soweit ihr das möglich war. Ansonsten schenkte sie mir eisige Blicke, weshalb ich Pauls Vorschlag, mit ihr zu reden, auf später verschob. Erst als sie mit Lisa aufgefordert wurde, einem der maskierten Engel zu folgen, ging mir auf, dass es vielleicht kein Später mehr geben würde.

Unsere heutige Aufgabe hörte sich einfach an. Unsere Protegés wurden zwischen den nah beieinanderliegenden Plätzen Santo Stefano und Sant' Angelo ausgesetzt. Wer es schaffte, sie zum Markusplatz zu lotsen, durfte die *leuchtende Vogelschwinge* hoch oben auf dem Campanile holen. Um den Schein zu wahren, gab es für mich eine Slackline, die vom höchsten Punkt der Basilika zum Glockenturm führte. Wie ich Lisa jedoch zum Markusplatz bringen sollte, blieb mir ein Rätsel. Ihr Bilder in den Geist projizieren, wie Christopher und Paul das beherrschten, um ihr den Weg zu zeigen, konnte ich nicht. Es war offensichtlich, dass ich heute durchfallen sollte. Selbst Paul verging das Grinsen – bis er eine Lösung fand.

»Susan und Lisa bleiben mit Sicherheit zusammen. Sie wissen, dass wir ein Team sind und nur gemeinsam bestehen können. Du musst also nur rüber zum Turm balancieren und dir die Feder holen. Den Rest übernehme ich – schließlich kann mich niemand dazu zwingen, mir die *Vogelschwinge* zu holen.«

»Außer mir«, brachte ich Pauls Plan zum Zerplatzen.

»Lynn, es war nicht fair, dich schon in deinem ersten Jahr zum Prüfling zu machen, zumal du noch nicht mal Flügel hast.«

Ich schwieg, obwohl ich Paul gerne die Wahrheit erzählt hätte. Doch ihm zu verraten, dass ich welche besaß, hätte Arons Vorsichtsmaßnahme gefährdet, sie geheim zu halten, falls wir belauscht wurden.

»Für mich wird die Einzelprüfung morgen ein Kinderspiel«,

fuhr Paul fort. »Oder willst du etwa nicht mit zum Maskenball?«

Der Ball war verlockend, die Prüfung nicht. Und meine Chancen, Sanctifer zu entkommen, waren heute sicher größer als morgen.

»Nur wenn du nicht auf die Idee kommst, ich müsste den ganzen Abend mit dir tanzen.« Wir lachten beide, was half, unsere Anspannung ein wenig zu lösen.

Die erste Hürde erwartete mich am Eingang der Markuskirche. Während die meisten Prüflinge einfach hoch auf die Empore flogen, wo es heute keine schwarzgekleideten Engel gab, musste ich den Weg durch die Basilika nehmen. Paul begleitete mich, warf mir einen entsetzten Blick zu, als ich strauchelte, wartete aber mit dem Eingreifen, da er meine Reaktion auf zu viel Engelsmagie kannte.

Ich schaffte es auch ohne seine Hilfe auf den Balkon, der einen wunderbaren Blick auf den größten Platz der Stadt bot. Unter den Arkadengängen der weißen, prunkvollen Gebäude, die San Marco umschlossen, drängten sich Scharen von Engeln, um den Prüflingen zuzusehen. Der Platz selbst war gesperrt. Ein 3-D-Miniatur-Abbild des gleichnamigen Stadtteils, dem Original bis ins kleinste Detail nachempfunden, erstreckte sich über San Marco. Selbst künstlich animierte Personen im Miniformat liefen zwischen den winzigen Scheingebäuden umher. Erst an Pauls Flüchen und seinen zusammengekniffenen Augenlidern erkannte ich, dass die Projektion nicht nur ein schöner Anblick für Orientierungsschwache war, sondern der Schauplatz unserer Aufgabe.

»Geh Richtung Brücke … zur Brücke«, wiederholte Paul leise, während er auf einen bestimmten Punkt der Hologrammstadt starrte.

Auch die anderen Engelschüler raunten sich ständig wiederholende Worte zu wie: *an der Kirche vorbei*, *nach Norden*, *über den Kanal* oder *die Zweite nach links – nicht die Erste*!

»Halt Ausschau nach den Engeln in Schwarz auf dem kleinen Platz, und warn mich, wenn sie nach Osten laufen.« Pauls Befehl galt mir.

Kleiner Platz? Welchen meinte er?! Und wie sollte ich ihn in dem Gewirr von Straßen, Plätzen, Kanälen, Gebäuden und umherwuselnden Miniengeln finden?! Paul überschätzte meine Fähigkeiten gewaltig.

Zwischen zwei leisen »Über die Brücke am Kanal entlang!« vernahm ich ein lautes »Östlich des langen Platzes, südlich von Sant' Angelo!«

Da sich das Hauptgeschehen gerade auf zwei Orte konzentrierte, einen eher quadratischen und einen langgezogen Platz, fand ich auf der 3-D-Karte schnell, wovor ich Paul warnen sollte: Eine in schwarze Umhänge gekleidete Engelkampftruppe – natürlich weiß maskiert – lauerte hinter einer Kirche auf fehlgeleitete Protegés.

Der Erste ging ihnen ins Netz. Ein Schüler am Ende des Balkons heulte auf, während andere in hektisches Gemurmel verfielen, um ihre Schützlinge zurückzujagen. Wer seinen Protegé jetzt nach Süden führte und einen großen Bogen um den langgezogenen Platz von Santo Stefano machen ließ, hatte eine Chance, der lauernden Engelstruppe zu entkommen.

»An La Fenice vorbei«, hörte ich Paul murmeln und entdeckte die Hologramm-Miniaturen der beiden händchenhaltenden Mädchen, kurz bevor sie den Vorplatz des Opernhauses erreichten. Von der Engelkampftruppe drohte hier keine Gefahr, aber bei der gegenüberliegenden Kirche lauerte sie. Ein Engel nach dem anderen strömte aus dem Gebäude. Wer die plötzlich auftauchenden Gestalten übersah, dessen Protegé war verloren – und Lisa und Susan steuerten geradewegs auf sie zu.

»Hinter der Kirche!«, warnte ich Paul. »Schick sie nach Süden!«

»Willst du sie baden lassen?! Dort gibt's nur Sackgassen und Kanäle«, wies er mich, nach einem hektischen »Nach rechts, rechts, egal welche!« auf meinen Fehler hin.

Paul schleuste Susan und Lisa nördlich an Sant' Angelo vorbei, führte sie auf Umwegen an einem kleinen Kirchenvorplatz entlang, wählte danach eine verschlungene Route durch schmale Gässchen über den nächsten Kanal und schickte sie nach San Gallo, wo gestern unsere Tauchaktion begonnen hatte.

»In den Brunnenschacht, Deckel zu, abtauchen – und Ruhe!« Pauls Flüstern wurde zu einem befehlenden Brummen.

Aus den die Piazza San Marco umgebenden Gebäuden strömte eine weitere Schar schwarzgekleideter Engelsjäger. Susan und Lisa wären ihnen geradewegs in die Arme gelaufen, und zurück konnten sie auch nicht mehr: Ein zweiter Trupp lauerte im Norden.

Paul hielt gespannt den Atem an. Ein Dutzend Engel stürmte Richtung San Gallo. Entweder sein Trick funktionierte, oder wir hatten verloren.

Neben mir sackte ein Mädchen zusammen. »Das ist so unfair, kurz vor dem Ziel noch mehr Jäger auftauchen zu lassen«, schluchzte sie.

Wie ihr erging es auch anderen. Wer seinen Protegé Richtung Markusplatz schickte, ließ ihn direkt in die Arme der schwarzen Engel laufen. Die Vorsichtigen, die mit einer Falle rechneten, hatten entweder ein Versteck parat – wie Paul – oder hielten ihre Schützlinge vom Markusplatz fern, bis sie wussten, welche Route sicher war.

Paul schloss die Augen. Seine Verbindung zu Susan war hochkonzentriert. Er musste nicht sehen, was passierte – er würde es fühlen.

Die Engeltruppe blieb stehen. Ich sog erschrocken die Luft ein. Nur ein paar Schritte entfernt hockten Susan und Lisa im Brunnenschacht. Lisa, die erst seit ein paar Tagen ein Engel war, würde frieren, vielleicht mit den Zähnen klappern – oder auftauchen, falls sie doch zu Sanctifer gehörte. Ich verwarf den Gedanken. Lisas Tränen waren echt gewesen.

Und Susan? Sie hatte gedroht, meine Prüfung zu sabotieren. Aber ich war mir sicher, dass sie gerade alles gab, damit Lisa durchhielt und sie unentdeckt blieben. Sie würde Paul niemals nur meinetwegen durchfallen lassen, egal wie wenig sie mich mochte.

Die schwarzgekleideten Engel teilten sich auf. Zwei Zugänge nach San Gallo sparten sie aus. Eine faire Chance, den Markusplatz zu erreichen. Paul handelte sofort, erteilte Susan den Befehl, aus dem Brunnen zu klettern und nach Süden zu laufen.

Gemeinsam mit drei weiteren Engelschülern erreichten Susan und Lisa den Markusplatz. Vier Federn auf dem Glockenturm gegenüber und eine an der Krone des goldenen Wetterengels – die für mich – flammten auf. Pauls Anspannung löste sich in einer herzlichen Umarmung.

»Und jetzt klettere hoch, und hol dir deine Eintrittskarte.«

# Kapitel 32

## *Engel in Gold*

Ich bereitete mich auf einen Hinterhalt vor. Einen Engel, der *ganz aus Versehen* gegen das Seil flog. Oder einen mit Schwert, der die Slackline kappte. Beide mit dem gleichen Ziel: mich zu Fall zu bringen. Zum Glück hielt Paul mir den Rücken frei. Er war mir aufs Dach der Basilika gefolgt und sah von dort aus zu, wie ich hinüber zum Campanile balancierte.

Langsam setzte ich einen Fuß vor den anderen. Mein Ausgangspunkt auf der höchsten Kuppel der Basilika lag niedriger als mein Ziel am Glockenturm auf der gegenüberliegenden Seite des Vorplatzes. Ich musste bergauf gehen, was ich noch nie gemacht hatte. Abgesehen davon wehten kräftige Böen von der Lagune herüber, die ich ausgleichen musste. Extrem schlechte Bedingungen für einen Hochseilakt – meine Angst noch gar nicht mitgerechnet.

Die Aussicht, die Prüfung zu bestehen, half mir, meine Nervosität zu besiegen. Und das Wissen, notfalls meine Flügel benutzen zu können, stärkte mein Selbstvertrauen bei meinem himmlischen Ritt. Sanctifer würde leer ausgehen, Aron mein Tutor bleiben und ich endlich Christopher wiedersehen.

Eine Böe raubte mir das Gleichgewicht. Ein gerauntes »Oh!« schallte zu mir nach oben. Auf dem Vorplatz des Dogenpalastes gruppierten sich Schaulustige, um mir zuzusehen – ich hätte Eintritt verlangen sollen.

Nur noch ein paar Schritte, und der Abgrund lag hinter mir. Ein Sprung auf die Plattform des Turms brachte mich erst mal in Sicherheit. Schnell entdeckte ich das lose Seil, das mir helfen sollte, die zwei Geschosse und das steile Dach zu überwinden, um den goldenen Wetterengel zu erreichen. In XXL-Größe thronte er über der Stadt. Dem rotierenden Engel die leuchtende Feder zu entwenden würde nicht einfach werden, wenn der Wind so weiterblies. Dennoch blieb ich zuversichtlich.

Auf den handbreiten Kapitellen der Säulenreihe, den weißen Löwenköpfen und dem darüberliegenden Vorsprung fand ich Halt an der senkrecht in die Tiefe stürzenden Wand des mächtigen Glockenturms. Meine Beine zitterten bedrohlich, als ich mich über die obere Brüstung hievte. Angst steckte mir in den Knochen. Ich hätte nicht nach unten sehen sollen. Klein wie die Figuren der Mini-3-D-Stadt wirkten die Zuschauer in der Tiefe, winzig die Nachbildungen auf dem Platz daneben.

Ich legte eine kurze Verschnaufpause ein, bevor ich die nächste Etappe in Angriff nahm. Zwei Prüflinge flogen von der Basilika herüber und holten sich ihre leuchtenden, hoch über dem Wetterengel schwebenden Preise. Damit ich nicht fliegen musste, war meine Feder an der Krone des goldenen Engels befestigt. Dem höchsten Punkt der Stadt. Nicht einmal Aron wäre auf die Idee gekommen, mich dort hochzujagen.

Ich wählte den Weg über die geflügelte Löwenskulptur. Der langgestreckte Körper bot mehr Möglichkeiten zum Festhalten als die rotbraune Ziegelwand. Das letzte Stück, über das grüne Metalldach und den überstehenden Sockel, auf dem der Engel sich drehte, war das schwierigste. Das raue Seil schnitt mir tief in die Hände. Nach dem Abstieg würden sie offen sein. Doch das war egal, Hauptsache, ich bestand die Prüfung.

Meine Konzentration geriet ins Wanken. Ein Engelschüler, seine leuchtende Feder stolz in der Hand, umrundete die Turmspitze und hielt auf mich zu.

»Dein Mitstreiter hat die ganze Arbeit gemacht. Du hast es nicht verdient, dir die Feder zu holen. Wenn du so etwas wie Ehre kennst, lass sie stecken und gönn *ihm* den Preis.«

Mein Fuß suchte vergeblich nach einer Unebenheit. Ich rutschte ab, klammerte mich an das Seil und presste die Zähne zusammen, während die Schnur durch meine Hände glitt. Sollte der Typ mich doch für ehrlos halten. Mich in die Schutzengelprüfungen zu schicken, war auch nicht gerade ehrenhaft.

Ich wartete, bis das Brennen in meinen Handflächen und unter den Nägeln nachließ. Mit Mühe bezwang ich den überstehenden Vorsprung. Keuchend, wie nach einem Dreitausendmetersprint, blieb ich zu Füßen des goldfarbenen Wahrzeichens sitzen und beobachtete, wie es sich im Wind hin und her drehte. Den Engel musste ich ohne Seil erklimmen.

Als der böige Wind ein wenig nachließ, sprang ich auf den beweglichen Sockel und klammerte mich an das Kleid der Skulptur. Die Falten halfen mir, den Richtung Himmel gereckten Arm zu erreichen. Im Affengriff hielt ich mich fest, drückte mich ab, wickelte ein Bein über die Schulter des Engels, zog das andere hinterher und schlängelte mich nach oben. Behütet von goldenen Flügeln saß ich, wie auf dem Rücken eines Pferdes, auf seiner Schulter und sah mich um. Unter mir starrten Engel herauf, über mir holten sich die erfolgreichen Prüflinge ihre Federn – eine von ihnen gehörte Paul.

Ich schüttelte den Gedanken ab, dass ich ihn um seinen Sieg brachte. Wenn die Engel ein Gewissen besaßen, würden sie ihn morgen nicht durchfallen lassen. Er hatte bewiesen, dass er es verdiente, zum Wächterengel ausgebildet zu werden.

Eine Windböe brachte den goldenen Engel unter mir zum Rotieren. Wie an den Hals eines Pferdes klammerte ich mich an den nach oben ragenden Arm. Kurz vor dem Ziel würde ich mich nicht mehr abschütteln lassen.

Ich zwang mich zur Geduld und wartete, bis er zur Ruhe kam. Dann ließ ich vorsichtig den Arm los, packte den goldenen Ring, der über dem Kopf des Wetterengels wie eine schwebende

Krone thronte, und zog mich hoch. Die weißglühende Feder lag in Reichweite. Der Engel blieb ruhig.

Ein kleiner wackeliger Schritt und die Feder war mein. Triumphierend hielt ich sie in die Höhe – und sah zu, wie sie verglühte. Pauls Plan zerbröselte vor meinen Augen. Die Feder löste sich einfach auf. Glitzernd schön wie ein Sternenregen – Engelsprüfungen ließen sich wohl doch nicht so einfach hintergehen.

Der Engel drehte sich sanft hin und her. Sein Nein schien meine Vermutung zu unterstreichen, der erhobene Zeigefinger die drohende Mahnung. Erschrocken zuckte ich zusammen und klammerte mich an die Krone, als ich das silbern funkelnde Flügelpaar in der Handfläche des Engels entdeckte. Es war kein Zufall, dass ich hier oben rumturnte. Und auch kein Entgegenkommen, eine Slackline von der Basilika zum Turm zu spannen. Es war eiskalte Berechnung.

Eine heftige Windböe brachte den Engel zum Kreiseln. Verzweifelt hielt ich mich fest und wartete, bis die Karussellfahrt zu Ende ging. Schlecht wurde mir trotzdem. In hundert Metern Höhe an einen Wetterengel geklammert mich im Kreis zu drehen, gehörte nicht zu meinen Lieblingsbeschäftigungen.

Ich schloss die Augen und hoffte auf Besserung. Sie kam nicht. Mein Magen wollte das Frühstück loswerden, die Silberflügel steckten noch immer in der Hand des Engels fest, und runter musste ich auch noch. Vielleicht sollte ich einfach hierbleiben, und warten, bis die Silberflügel zu mir rüberflatterten und Paul mich rettete. Mit Sicherheit war ich der erbärmlichste Engel aller Zeiten!

Einige Umdrehungen später war ich so weit. Entschlossen ließ ich den Ring los, packte das Handgelenk des Wetterengels und zog mich hinüber. Mit klammen Fingern und wild pochendem Herzen holte ich mir die Silberflügel und verstaute sie in meiner Hosentasche. Wenn ich schon keine leuchtende Vogelschwinge bekam, besaß ich jetzt wenigstens die Gewissheit,

Sanctifer in Sicherheit zu wiegen und ihm dadurch vielleicht entkommen zu können.

Der goldene Engel wackelte unruhig, während ich an seinem Arm hinabglitt. Ein plötzlicher Windstoß blies mir die Haare ins Gesicht und forderte den Engel zum Tanzen auf. Wie ein wild gewordener Derwisch rotierte er um seine Achse. Obwohl ich mich an ihn klammerte wie an ein scheuendes Pferd, verlor ich den Halt.

Der Sturz wäre zu tief, der Aufprall zu heftig geworden. Ich konnte fliegen – ich *musste* fliegen! Wie von selbst breiteten sich meine gigantischen Schwingen aus – ohne Schmerz und in Flammen stehendem Rücken –, suchten den Wind und ließen sich von ihm tragen.

Pauls entgeisterter Blick vom Dach der gegenüberliegenden Kuppel traf mich. Erschrockene Aufschreie in der Menge begleiteten meinen Flug.

Wie um alles in der Welt konnten rosafarbene Flügel jemanden in Panik versetzen?

Fünf schwarzgekleidete Gestalten drängten auf den Balkon der Basilika: Racheengel! Sie waren vollzählig. Nur einer fehlte: Christopher.

Zornig funkelten ihre Augen unter den Masken, während sie zusahen, wie das neueste Mitglied ihrer Truppe vom Himmel torkelte. Mein Auftritt versaute ihnen gerade die Furchteinflößnummer. Bestimmt ließen sie mich gleich antreten, um mir die Flügel zu stutzen – falls sie die Landung überstanden.

Die Menge stob auseinander, meine Bruchlandung wurde filmreif. Meine vorgeschädigten Flügel schmerzten höllisch, als sie über den harten Steinboden schleiften, während der Rest von mir versuchte, zu landen. Wie beim ersten Mal kippte ich vornüber, fiel auf die Knie und sackte zusammen. Zum Glück schaffte ich es, nicht mitten auf dem Vorplatz des Dogenpalastes in Tränen auszubrechen.

Zwei maskierte Engel rissen mich hoch, schleiften mich über die Piazetta Richtung Dogenpalast, durch das Tor über den Innenhof zu einem Seiteneingang. Heftige Engelsmagie zerrte an meinen Flügeln.

Ich stemmte mich gegen die beiden Maskierten in Schwarz, schickte den kläglichen Rest meiner eigenen Energie in meine Flügel und zog sie blitzschnell zurück. Der Schmerz, als ich meine Schwingen verschwinden ließ, während ich durch eine mit Engelsmagie gesicherte Pforte des Dogenpalasts stolperte, riss mich von den Beinen. Den Engeln war das egal. Sie schleppten mich weiter. Vielleicht gefiel es ihnen, dass meine Schienbeine gegen die Treppenstufen schlugen.

Drei oder vier Etagen höher – so genau konnte ich das nach dem verwirrenden Weg über dunkle Flure und schmale, verwinkelte Treppen nicht sagen – blieben meine Bewacher vor einer massiven, mit Schnitzereien verzierten Tür aus poliertem Holz stehen, klopften und warteten.

Ein maskierter Engel öffnete. Weitere standen, steif wie Soldaten, in den Ecken oder vor dem halbrunden Podest – bestimmt, um sicherzustellen, dass ich mich *benahm*.

Auch hier quoll der Raum über von in Gold gefassten Wand- und Deckengemälden. Die Mächtigen Venedigs verstanden es, zu beeindrucken – und einzuschüchtern. Elf weißmaskierte Engel, zehn in Schwarz, einer in Rot, starrten mich an: der Rat der Engel und ihr Anführer, der Doge.

Ich straffte die Schultern, als ich durch die energiegeladene Pforte trat, ignorierte die vor meinen Augen auftauchenden Sternchen, ließ mich zum Podest führen und blieb mit durchgedrücktem Rücken vor der lauernden Meute stehen. Eine falsche Bewegung, und die Soldaten würden sich auf mich stürzen.

Sanctifers royalblaue Augen blitzten auf. Ich hielt seinem durchdringenden Blick stand. Dass ich Flügel besaß, schien mich für ihn noch interessanter zu machen – und nicht nur für ihn. Lindgrüne, mit silbernen Sprenkeln durchsetzte Augen unter der Maske des Dogen musterten mich von oben bis unten. Härte lag in dem Blick. Es schien ihm nicht zu gefallen, dass er nichts von meinen Schwingen gewusst hatte. Und den anderen auch nicht.

Mein wachsendes Unbehagen verbarg ich hinter einem Lächeln – oder eher Zähnezeigen. Ich war einem Schattenengel entgegengetreten, von *normalen* Engeln ließ ich mich nicht einschüchtern – zumindest redete ich mir das ein. Dass ich vor Anspannung bebte, schob ich auf den Sturz vom Campanile.

Ein Engel mit schwarzbraunen Augen, der rechts des Dogen saß, ergriff das Wort.

»Enthülle deine Schwingen!«

Wenn ich jetzt nicht meine Flügel zeigte, würde ich den Rat gegen mich aufbringen. Doch so sehr ich mich auch anstrengte, ich schaffte es nicht, sie hervorzuzaubern. Meine Energie war aufgebraucht.

»Es tut mir leid, aber das kann ich nicht – nicht jetzt.« Meine Stimme klang fest, worüber ich unheimlich froh war.

Die Temperatur im Raum schien zu sinken. Ich fröstelte, widerstand aber dem Drang, meine Arme um meinen Körper zu schlingen. Ich war der Racheengel. *Sie* sollten Angst vor *mir* haben, nicht ich vor ihnen.

Der Gedanke stärkte mein Durchhaltevermögen. Trotzdem zitterte ich, während der Dunkeläugige aufstand, die Stufen zu mir herabschritt und mich umrundete. Als seine Hand meinen Rücken berührte, konnte ich einen Schrei gerade noch unterdrücken. Dass ich aufatmete, als er seine Energie wieder zurückzog, nicht.

»Eigentlich solltest du noch gar keine Flügel besitzen. Dein Körper ist noch nicht so weit. Und vielleicht täuscht auch der Rest von dir etwas vor, wozu du eigentlich nicht fähig bist.« Die dunklen Augen wurden schwarz, während er mich mit zusammengekniffenen Lidern betrachtete. »Wir werden sehen.« Der schwarze Umhang flatterte auf, als er sich umdrehte und zu seinem Platz zurückkehrte.

Meine Aufmerksamkeit wanderte zu Sanctifer. Was der Doge dem Fragesteller ins Ohr flüsterte, konnte ich sowieso nicht verstehen. Sanctifers Augen leuchteten. Anscheinend gefiel ihm mein unerwartetes Coming-out ebenso sehr wie die außerplanmäßige Zusammenkunft des Rats.

»Dein wievielter Flug war das?« Die dunkelbraunen Augen fixierten mich ebenso eindringlich wie die lindgrünen des Dogen. Offenbar stammte die Frage von ihm.

»Mein zweiter«, sagte ich. Das war keine Lüge – beim ersten Mal war ich schließlich abgestürzt und nicht geflogen. Mein erster Flug war der mit Christopher vom Dach des Schlosses gewesen.

»Berichte uns, wann deine Flügel zum ersten Mal durchbrachen«, forderte der Sprecher des Dogen.

Ich seufzte – natürlich tonlos. Sie hatten meine Lüge geschluckt. Hoffentlich würden sie auch die Nächste schlucken. Dass Aron meine Flügel geheim halten wollte, würde ich dem Rat nicht erzählen.

»An Weihnachten. Ich war gerade zu Besuch bei meinen Eltern. Ich dachte, ich wäre so weit, und stürzte mich von einem der Felsen.« Meine Geschichte verursachte einen kollektiven Schock. Die Engel ahnten, was folgte. Nur Sanctifer blieb unbewegt.

Wusste er von meinem Absturz? Hatte er deshalb die Silberflügel am höchsten Punkt der Engelstadt versteckt? Hatte *er* die Windböe heraufbeschworen? War ich doch in seine Falle gestolpert?!

Mir wurde heiß bei dem Gedanken, sein Schüler werden zu müssen. Meine Pause zog sich, wurde zu lang. Ich musste weiterreden, auch mit zusammengeschnürter Kehle, wenn ich glaubhaft wirken wollte.

»Meine Flügel hielten dem Druck bis zur Landung nicht stand und rissen ein.« Dass sie beinahe völlig zerfetzten, verschwieg ich. Und auch, dass Christopher sie wieder zusammengeflickt hatte.

»Aron hat mir verboten zu fliegen.« Wie lange er das Verbot aufrechterhalten hatte, erklärte ich nicht. »Es ... es wird ihm nicht gefallen, dass ich sie heute benutzt habe.«

Meine Unsicherheit war gespielt. Über Arons Reaktion war ich mir sicher. Ich sah mich schon Strafrunden um den See laufen, bis mir einfiel, dass ich vielleicht nie wieder ins Schloss der Engel zurückdurfte. Den Schmerz, dass ich dann auch Christopher nicht mehr wiedersehen würde, verbarg ich. Zeichen von Schwäche durfte ich hier nicht zeigen.

Der Doge nickte den beiden Engeln zu, die mich hergebracht hatten. Ihre Hände legten sich um meine Arme. Das Verhör war zu Ende – und ich offenbar nicht freigesprochen.

Meine Wächter brachten mich eine Etage höher und schlossen mich mit einem Rest von Kerze in ein winziges, fensterloses Zimmer unter dem Dach. Die Kerze erlosch keine Stunde später. Kurz darauf wurde es eisig kalt. Vermutlich schien die Sonne nicht länger auf das Dach.

Ich kauerte mich auf der schmalen Pritsche zusammen. Eine Decke gab es nicht. Mein Zittern wäre auch mit Decke nicht verschwunden. Ich hatte Angst. Sanctifers siegesgewisser Blick verfolgte mich. Er war sich sicher, dass ich bald ihm gehören würde.

Zwei Engel mit weißen Schnabelmasken holten mich ab. Ob es dieselben waren, die mich nach der Verhandlung hergebracht hatten, konnte ich nicht erkennen. Im Grunde war es auch egal, wer mich zur Schlachtbank führte. Sanctifer würde nicht zimperlich sein. Als Christopher sein Schüler war, hatte er ihn in sein Schattenwesen getrieben, um ihn gefügig zu machen. Sicher blühte mir dasselbe. Und obwohl schon der Gedanke daran Panik in mir auslöste, hatte ich beschlossen, zu kämpfen. Dass ich das Wächterband, Sanctifers *fragwürdiges Geschenk*, nicht trug, sollte das erste Zeichen meines Widerstands sein.

Immerhin bekam ich ein Frühstück, bevor fünf schwarzgekleidete Engel, vier mit Schnabel-, einer mit Kastenmaske, mich abholten.

»Du bist der letzte Prüfling. Die Anforderungen wurden an deine Fähigkeiten angepasst«, teilte der Engel mit der eckigen Maske mir mit, während er etwas unter seinem Umhang hervorholte.

In vorgetäuschter Ruhe trank ich einen weiteren Schluck von meinem Kaffee. Seine Ankündigung überraschte mich nur wenig. Mich durch die Prüfungen fallen zu lassen war der einfachste Weg, Sanctifers Schüler zu werden.

»Du siehst, was wir nicht sehen. Finde ihn«, erklärte der Engel und reichte mir den Gegenstand.

Mein Herz zog sich zusammen, als ich die gebrochene Gestalt in dem kleinen weißen, mit zwei Putten verzierten Handspiegel entdeckte. Ein gleißender Ring aus blauen Flammen umschloss sie, so dass ich nur die Silhouette erkennen konnte. Es war ein großer, breitschultriger und durchtrainierter Typ – und er fürchtete sich. Seine Arme lagen schützend vor seinem Gesicht. Christopher hätte sich niemals versteckt. Es war Raffael, der in dem Feuerkreis kauerte.

Das Band um mein Herz lockerte sich, bis mir wieder einfiel, dass ich nicht wusste, wo Christopher war. Vielleicht doch bei Sanctifer?

Mein Kreislauf sackte ab. Ich befahl meinem Herzen weiterzuschlagen. Christopher war stärker als Sanctifer.

Die gekrümmte Gestalt in dem Spiegel zuckte zusammen. Was auch immer Raffael erdulden musste, schien schmerzhaft zu sein. Doch ihn in einen Feuerkreis zu setzen war nicht weniger grausam – kein Wunder, dass er Angst hatte. Als Kind war er beinahe im Feuer verbrannt. Die Narben trug er noch heute, wenn auch nicht für jeden sichtbar. Wie konnte Sanctifer so etwas zulassen? Was würde er mit mir machen, wenn er schon seinen Ziehsohn solchen Qualen aussetzte? Und was mit Christopher, den er hasste?!

# Kapitel 33

## *Geschöpfe der Dunkelheit*

Eskortiert von fünf Engeln, durchquerte ich den Palast. Nur am Rande bemerkte ich, dass wir mehr als vier Geschosse nach unten liefen. Meine Gedanken waren bei der Figur in dem kleinen Spiegel – und bei Christopher, wo auch immer er steckte.

Der Anführer der Engel blieb stehen, öffnete ein verschlossenes Eisengitter und forderte mich auf, hindurchzugehen. Die Engelsmagie auf der Schwelle war heftig. Dass ich noch fünf weitere Tore passieren musste, unerträglich. Das letzte zwang mich in die Knie. Mein Wachtrupp wartete angespannt, bis ich wieder auf die Beine kam. Sie trauten mir nicht. Für sie war ich ein Racheengel. Gefährlich und unberechenbar – obwohl ich im Augenblick eher erbärmlich wirkte.

»Am Ende des Tunnels findest du einen Gegenstand. Nimm ihn, beschütze deinen Protegé, bring beides in Sicherheit, und erhalte die Flamme am Leben. Viel Glück.«

Ich wusste nicht, ob ich dankbar sein sollte, Raffael und nicht Lisa retten zu müssen. Zumindest wusste ich bei Raffael, woran ich war. Ein Blick in den kleinen Handspiegel verriet mir, dass auch er zu kämpfen hatte. Der Geruch nach versengter Haut stieg mir in die Nase. Ich verdrängte den üblen Gedanken, er käme von Raffael, schob den Spiegel zurück in meine Jeans und tastete mich den sich tiefer in die Erde windenden Tunnel entlang.

Das fahle Licht des Engeltrupps verschwand. Die Luft wurde stickiger, abgestanden. Die Dunkelheit schien Hände zu bekommen. Ihre Finger drückten mir die Kehle zu. Vielleicht lag es auch nur an dem eigenartigen Geruch, dass ich kaum noch Luft bekam. Warm. Feucht. Zimt, Süßholz, der Duft von grünen Äpfeln gemischt mit modrigen Ausdünstungen, Weihrauch und verbrannten Haaren. Mir wurde schlecht.

Die Intensität der ekelerregenden Gerüche nahm zu. Trotzdem lief ich weiter. Ich hatte eine Prüfung zu bestehen. Dass ich einmal darum kämpfen würde, Aron als Tutor behalten zu dürfen, wäre mir noch vor ein paar Monaten nicht einmal im Traum eingefallen.

Hundert bange Schritte später lichtete sich die Schwärze. Eine Fackel am Ende des Tunnels erwartete mich – und ein altbekannter Gegenstand, der mich erstarren ließ. In der halbrunden Nische, von flackerndem Feuerschein großartig inszeniert, ruhte auf einem schwarzen Samtkissen die mit Edelsteinen verzierte Waffe: Sanctifers Dolch. Der Dämonendolch, mit dem ich Aron beinahe getötet hätte. Der Rat wollte, dass ich mich ein zweites Mal bewies.

Meine Finger bebten, als sie das Heft des Dolchs berührten. Die Bösartigkeit der Waffe stach mir ins Herz – und berührte den anderen Teil in mir, den dunklen. Obwohl ich wusste, welche Gefühle die Waffe in mir heraufbeschwören konnte, nahm ich sie an mich. Zu zeigen, dass meine Engelsseele stärker war als der Schattenengel in mir, war Teil der Prüfung.

In dem Moment, als ich den Dolch in eine der Gürtelschlaufen meiner Jeans steckte, hörte ich ein leises Klicken, gefolgt von einem Rasseln. Es endete in einem lauten Knall, als das Fallgitter in meinem Rücken in eine Vertiefung einrastete.

Sie hatten mich eingesperrt. Für eine Sekunde schloss ich die Augen, um den Schreck zu verarbeiten. Zurück konnte ich nicht mehr, aber das war auch nie meine Absicht gewesen. Sanctifers Schüler wollte ich nicht werden. Niemals!

Ein unerwartet heftiges Kribbeln in der Hosentasche, wo ich den Spiegel aufbewahrte, ließ mich erschrocken auffahren. Ein

Blick auf Raffael bestätigte meine schlimmste Befürchtung: Der Feuerkreis um ihn rückte näher. Blaue Flammen leckten empor und züngelten in seine Richtung. Noch erreichten sie ihn nicht, doch die Zeit lief – für ihn und für mich.

Um die Fackel zu erreichen, schob ich das Samtkissen beiseite und kletterte auf den Sockel in der Nische. Der Drehmechanismus aktivierte sich, als ich den Schaft der Fackel aus ihrer Halterung zog. Angespannt wappnete ich mich für das, was mich auf der anderen Seite erwartete.

Dass es bloß drei Türen waren, beruhigte mich nicht. Ich musste wählen, welche die richtige war. Die Stärke eines Racheengels lag darin, den Unterschied zwischen Gut und Böse zu erkennen. Meine Fähigkeiten schienen jedoch nicht unbedingt der Norm zu entsprechen. In meinen Augen war Christopher der Gute und Sanctifer böse.

Vorsichtig legte ich mein Ohr an das dunkelbraune Türblatt. Leise Geräusche, ein Knistern, aber nichts Bedrohliches. Hinter der nächsten Tür hörte ich ein flüsterndes Pfeifen, als ob Wind durch einen Spalt hindurchglitt. Die letzte Tür verriet nichts außer Totenstille – ein wenig zu viel Stille für meinen Geschmack.

Ich schluckte. Weder Gutes noch Böses konnte ich wahrnehmen. Wie sollte ich da eine Entscheidung treffen?

Der Spiegel in meiner Hosentasche zuckte. Es war Zeit zu wählen. Instinktiv nahm ich die mittlere Tür. Heißfeuchter Rauch schlug mir entgegen – oder war es Atem?!

Meine Nackenhaare sträubten sich. Ich wollte umdrehen, doch die Tür hinter mir war verschlossen. Eine zweite Chance gaben die Engel mir nicht.

Jeder Atemzug quälte mich. Beißend fraß sich der Qualm durch meine Lungen. Ich hielt einen Ärmel vor den Mund und streckte die Fackel nach vorn. Der Boden war erschreckend schwarz – und tief. Ein schmaler Weg, kaum breiter als zwei

Hände, schlängelte sich durch eine verschachtelte Gewölbeanlage.

Entschlossen machte ich den ersten Schritt. Ich konnte über eine Slackline gehen, das hier sollte also kein Problem für mich werden. Doch ich erkannte schnell, worin die Schwierigkeit lag. Der dunkle Untergrund kräuselte sich. Das sich spiegelnde Licht der Fackel verschwamm. Etwas Ausgefranstes, Dunkles, Übelriechendes tauchte auf. Ohne nachzudenken, wählte ich die Abkürzung, ließ die Kehre aus und sprang über den tiefen Abgrund. Ein Pfeifen ertönte, es klang wie ein stürmischer Herbstwind. Ein rauchendes Etwas und die Stelle, an der ich gerade noch gestanden hatte, verschwanden im Nebel.

Mein Körper setzte sich in Bewegung, ohne dass ich ihm den Befehl dazu erteilen musste. Jede nur mögliche Abkürzung nahm ich. Hauptsache raus hier, ehe das Ding mich erwischte und mir die Luft zum Atmen nahm.

Meine Furcht trieb mich vorwärts, ließ mich mutig werden – und mich meine Fähigkeiten überschätzen. Eine verpatzte Landung, und ich verlor das Gleichgewicht. Verzweifelt ruderte ich mit den Armen auf der Suche nach Halt. Die Fackel rutschte mir aus der Hand. Ich warf mich auf den schmalen Weg und fing sie auf, bevor sie von der Tiefe verschluckt wurde.

Kalter Rauch kroch herauf aus der Dunkelheit, verteilte sich in dem Geäst meiner Lungen und zog weiter, tiefer hinein. Ätzend wie Säure brodelte es in meinen Adern, brachte mein Blut zum Kochen und machte mich rasend. Ich griff nach dem Dämonendolch – und ließ ihn doch stecken. Böses potenzierte sich.

Verbissen zwang ich meinen Körper aus dem unheilvollen Dunst. Langsam, wie eine Schildkröte, kroch ich den schmalen Pfad entlang und versperrte dem dämonischen Wesen mit meiner Engelsseele den Weg zu dem dunklen Teil, nach dem es suchte.

Mein Atem wurde zu einem wütenden Schnauben. Mein Körper reagierte anders, als ich es wollte. Schwarzes Gift breitete sich in mir aus und erweckte das Schattenwesen zum Leben. Meine Krallen schossen hervor und aktivierten die Spangen. Ich schrie vor Schmerz, aber nur ein dumpfes Knurren kam aus meiner Kehle. Mein Körper war dabei, sich in ein Monster zu verwandeln. Ich sollte Stärke zeigen – stärker sein als der dunkle Teil in mir, der Nahrung fand in dem schwarzen Etwas, das mich umhüllte. Doch ich fühlte mich hilflos und schwach. Alleingelassen.

Meine Gedanken suchten Christopher, nicht das Bild von ihm in Sanctifers Gewalt, sondern den starken, mächtigen Racheengel, den ich wiedersehen wollte. Den Engel, der mich liebte. Ich klammerte mich an diese Erinnerung, schob mich weiter den schmalen Pfad entlang und entkam dem Geschöpf, das meine böse Seite verstärkte. Dass meine Augen tränten und meine Lungen brannten, als mich das schwarze Etwas freigab, war mir egal. Hauptsache, es war aus meinem Blut verschwunden und nährte nicht länger das Böse in mir.

Mein Innerstes schmerzte. Trotzig schleppte ich mich vorwärts, ließ aber die Abkürzungen aus. Springen ging nicht, kriechen war schlimm genug. Der Spiegel in meiner Hosentasche vibrierte wie ein wild gewordenes Handy. Die Luft wurde langsam knapp. Keuchend zwang ich mich, aufzustehen. Gehen war schneller als kriechen, laufen noch besser.

Wie einen Ohrwurm wiederholte ich Arons Anfeuerungsparolen, mit denen er mich um den See gejagt hatte. Ich hielt mich an ihnen fest, lief schneller, rannte. Sprang über den schwarzen Untergrund und entging dem beißenden Atem des Wesens, dessen Reich ich durchquerte. Schließlich konzentrierte ich mich nur noch aufs Laufen, Springen und Atmen. Atmen war wichtig. Ruhig und gleichmäßig, damit meine Lungen sich nicht wieder verkrampften.

Der große, rechteckige Fleck in der rauen Steinwand zog mich an wie die Oase den ausgedörrten Wanderer. Meine Lungen pfiffen, als ich die Tür erreichte. Sie war verschlossen, mit Engelsmagie – was sonst?

Ich fühlte mich schmutzig, besudelt von der negativen Kraft des Wesens, das mich berührt hatte. Unbeschadet durch die Pforte zu gehen würde mir nicht gelingen. Doch mir blieb keine andere Wahl.

Der Schmerz trieb mich über die Kante. Ohnmächtiger Zorn ergriff Besitz von mir. Angriffslustig packte ich den Dolch, hielt ihn fester, bereit, ihn in dem nächsten weißmaskierten Engel zu versenken. Ob schuldig oder nicht, war mir in diesem Moment egal. Sie wollten, dass ich wütend wurde – sie hatten mich so weit.

Mit rasselndem Atem stolperte ich durch einen kurzen, engen Flur, der sich zu einer hohen, von zwei Säulenreihen durchsetzten Halle weitete. Flammen loderten in seiner Mitte. Blaue Flammen, und mittendrin saß Raffael.

Ich ließ den Dolch sinken. Er war kein Engel, er war eines ihrer Opfer – so wie ich. Ein Blick auf seinen gekrümmten Körper verriet mir, dass er litt. Meinetwegen. Zu welch grausamem Spiel Engel doch fähig waren.

Ohne Zögern rannte ich auf die blaue Flammenwand zu – besser, ich hätte mich vorher umgesehen. Der erste Feuerball traf meinen Rücken. Ich schlug der Länge nach hin. Ein wütendes Heulen – mein Heulen – ließ Raffael zusammenzucken. Ich stand kurz davor, etwas Böses zu werden.

Der von der Decke tropfenden Flammenzunge entkam ich nur durch Zufall. Gesehen oder gespürt hatte ich sie nicht – und auch nicht mit ihr gerechnet. Wie dumm von mir, zu glauben, ich könnte einfach durch den Raum spazieren und Raffael befreien.

Hastig rappelte ich mich auf und stolperte in den schmalen

Flur zurück, verfolgt von einem weiteren Feuerball und Raffaels Schrei, als eine blaue Flamme ihm übers Gesicht leckte. Keuchend saß ich auf dem Boden, klammerte Raffaels Anblick aus und konzentrierte mich auf meine Engelskräfte, um das Dunkle in mir zurückzudrängen. Erst, wenn ich wieder ich selbst war, durfte ich weiterkämpfen.

Meine Beine zitterten, als ich aufstand. Nicht nur sie fühlten sich erbärmlich an. Ich hatte Angst, zu schwach zu sein, um die Engelprüfung bestehen und Raffael retten zu können – versuchen musste ich es trotzdem.

Der vor mir liegende Raum ähnelte einem gigantischen Kirchenschiff. Gewölbte Decken in erstaunlicher Höhe kreuzten und durchschnitten sich. Allerdings zierten hier keine bunten Fresken den Putz, sondern Flammen in allen möglichen Grüntönen. Wunderschön und brandgefährlich leckten sie aus schwindelerregender Höhe nach unten. Manchmal so tief, dass sie die Bindung zur Decke verloren und herabtropften – auch auf Raffael. Ich schloss die Augen, kurz bevor der Feuertropfen ihn erreichte, und blendete den Schrei aus.

Ich musste handeln – schnell. Mein Blick wanderte über den Boden. Er war dunkel wie in dem Raum davor, jedoch ohne schwarze Abgründe und auch ohne beißenden Gestank, der mir die Luft abschnürte. Hier roch es beinahe angenehm, blumig, wenn nicht gerade ein Feuerball Haut versengte. Die Gefahr lauerte nicht in der Tiefe, sondern in den senkrecht nach oben ragenden Wänden hinter den Stützpfeilern. Schwarze Löcher, wie Fenster rund oder rechteckig, mit den für Venedig typischen Bögen verziert, fraßen sich in die Wände und verloren sich in der Dunkelheit. Welche Wesen hier auch immer hausten, bösartig waren sie vermutlich alle – nur spüren konnte ich das nicht.

Vorsichtig verließ ich meine Deckung. Ein qualvolles Stöhnen hallte durch das Kirchenschiff. Blitzschnell warf ich mich auf den Boden und schützte mein Gesicht. Doch es war nur Raffael. *Nur*?! Mir wurde schlecht, weil ich tatsächlich *nur* gedacht hatte. Auch wenn er ein fieser, kleiner Flüsterer war, hatte er es nicht verdient, gequält zu werden. Ohne Sanctifers Einfluss wäre aus ihm vielleicht ein halbwegs netter Kerl geworden.

Ein moosgrüner Feuertropfen züngelte auf mich herab. Ich rollte mich zur Seite und suchte Schutz hinter einem der großen Stützpfeiler, um der nächsten Feuerkugel zu entkommen. Sie war rot, nicht gelb wie die davor, und verpuffte mit einem sanften *Plopp* keine zwei Schritte von mir entfernt. Der rote Funkenregen, in dem sie verglühte, war hübsch – und schmerzte höllisch. Zu spät erkannte ich die Gefahr, die von den harmlos wirkenden Pünktchen ausging. Schnell wie ein Geschoss wechselten sie ihre Richtung, nachdem sie meine Witterung aufgenommen hatten.

Das meiste bekamen meine Arme ab und wieder mal mein Rücken. Ein Knurren steckte mir in der Kehle. Ich erstickte es und drängte das Monster zurück.

Im Schutz der Säule beobachtete ich die unheimlichen Öffnungen. Mit bunten Scheiben verglast, hätten sie wie Kirchenfenster ausgesehen. Eine der größeren Öffnungen lenkte meine Aufmerksamkeit auf sich. Ein hellgelbes Etwas spuckte einen Feuerball aus, kurz bevor es wieder verschwand.

Ich umrundete die Säule, um dem Geschoss zu entkommen, und löste einen wahren Kugelhagel aus. Rote und gelbe Feuerbälle stoben aus den rechteckigen, Stichflammen aus den runden Öffnungen – und alle zielten auf mich. Panisch rannte ich zurück und suchte Schutz in dem engen Flur. Die Wand *lebte*! Unter diesem Dauerbeschuss würde ich Raffael niemals erreichen.

Meine Flucht schnürte den Feuerkreis um Raffael enger. Beim nächsten Mal würde er brennen. Dass schon jetzt Teile seiner Haut versengt waren, konnte ich riechen – und hören. Ein

Schrei ließ mich erzittern. Engel waren grausam. Vielleicht sollte ich lieber doch keiner werden.

Der Schrei verwandelte sich in ein Wimmern. Länger durfte ich nicht warten. Ich konzentrierte mich auf das Muster der Feuersalven. Die Flammen und Feuerbälle folgten einer gewissen Regelmäßigkeit. Allen Geschossen zu entkommen schien aussichtslos, aber zumindest ein paar von ihnen konnte ich ausweichen, wenn ich zum richtigen Zeitpunkt loslief.

Die erste Flamme versengte mein linkes Hosenbein und die Haut darunter. Ich rannte weiter auf Raffael zu. Wie ich ihn aus dem Flammenkreis befreien sollte, wusste ich nicht, aber vielleicht traf mich noch ein Geistesblitz, bevor ich bei ihm war – falls ich es so weit überhaupt schaffte.

Rote Minigeschosse steuerten in meine Richtung. Hastig warf ich mich zur Seite. Mein Gesicht entkam, ein Teil meiner Haare nicht. Zerstörerisches Feuer raste die getroffene Haarsträhne entlang. Entschlossen riss ich das Büschel aus – Susan hätte das sicher gefallen. Meine Kopfhaut brannte bestialisch, doch das Feuer wäre schlimmer gewesen. Es hätte sich ausgebreitet.

Meine Konzentration auf den Takt der Flammen war dahin. Es half nur noch eins: rennen und hoffen. Mein rechter Arm und mein Rücken fingen Feuer. Ich wälzte mich auf dem Boden, bis es erlosch. Der Schmerz blieb – meine Wut wuchs. Welcher sadistische Engel dachte sich solche Prüfungen aus? Er sollte mit Öl übergossen und abgefackelt werden.

Die blauen Flammen, die Raffael immer enger einschlossen, schlängelten bereits seine Beine empor, als ich ihn erreichte. Seine Augen waren ein einziges Flehen in einem Gesicht, das keines mehr war. Warum hatte ich gezögert? Warum so lange gebraucht? Ich hätte ihm unendliche Qualen erspart, wenn ich schneller gewesen wäre.

Feuer konnte erstickt werden. Ich hoffte, dass das bei blauen

Flammen auch möglich war, und zwang meine Flügel hervor. Das Stechen in meinem geschundenen Rücken war mörderisch, doch sicher nichts im Vergleich mit dem, was Raffael ertragen musste.

Der erwartete Schmerz, als meine Schwingen das Feuer erstickten, blieb aus. Raffael war unverletzt. Er hatte mich getäuscht. Nur die Maske, die Sanctifer ihm geschenkt hatte, fehlte. Am liebsten hätte ich ihm ins Gesicht gespuckt, doch mir schauderte bei seinem Anblick. Stattdessen packte ich sein Handgelenk und zerrte ihn auf die Beine. Er zuckte zurück. Immerhin, er fürchtete sich vor mir, dem Racheengel mit den rosafarbenen Flügeln, der kurz davorstand, sich in ein Ungeheuer zu verwandeln.

Meine Wut auf ihn, Sanctifer und das Prüfungskomitee trieb mich bis an den Rand meiner Selbstbeherrschung. Ein grüner Feuertropfen schubste mich darüber. Noch bevor mein Verstand es verhindern konnte, lag der Dolch an Raffaels Kehle.

»Was haben sie dir versprochen, damit du mitspielst?!«, presste ich hervor, bemüht, ihn nicht anzuknurren.

»Ein … ein Ticket … zum Ball«, stammelte Raffael mühsam, als Sanctifers Maske zu neuem Leben erwachte und sich um sein Gesicht schlängelte. Langsam, Schicht für Schicht, gewann er sein altes – blendendes – Aussehen zurück.

Ich ließ ihn los und duckte mich, was mit den riesigen Flügeln nicht einfach war, um einem roten Geschoss zu entkommen. Raffael reagierte langsamer. Glühende Kügelchen durchbohrten sein Hemd. Dieses Mal war sein Schrei echt, und ich ertappte mich dabei, ihm den Schmerz zu gönnen. Angewidert von mir selbst, zerfiel die Wut, die ich gerade eben noch in mir gespürt hatte. Grausam wollte ich nicht sein, auch nicht als Racheengel.

Ich steckte den Dolch weg, zog Raffael ein zweites Mal auf die Beine und drängte auf die schmale Wandseite zu, wo ich den Ausgang vermutete.

»Eine schmerzhafte Einladung zum Tanz. Du hast sie dir redlich verdient«, beglückwünschte ich Raffael zu seiner Entscheidung, den Lockvogel zu spielen.

Er antwortete nicht, presste die Zähne zusammen und humpelte neben mir her. Der Feuerbeschuss endete, als wir den fensterlosen, halbrunden Chor erreichten. Raffaels Gesicht glühte ebenso wie die Haut, die unter seinem durchlöcherten Hemd und seiner angesengten Hose hervorblitzte. Nicht alles war Show gewesen. Er bemerkte meinen entsetzten Blick auf die Spuren, mit denen das Feuer ihn gezeichnet hatte.

»Und die … Erlaubnis … mein Gesicht auch … auch in der Engelswelt behalten … zu … zu dürfen«, ergänzte er schwerfällig seine Antwort. Sein Körper bebte vor Schmerz. Ich sah beiseite. Raffael sollte nicht merken, dass ich Mitleid für ihn empfand.

»Ich … ich hab … was … für dich.« Raffaels Gesicht verzerrte sich, als er einen winzigen Zylinder aus seiner Hosentasche hervorholte, in dessen Mitte eine bläuliche Flamme leuchtete. Wenn sie am Ende noch brannte, hatte ich bestanden.

»Behalt sie«, befahl ich ihm. Bei Raffael war sie sicherer als in der Nähe des Dämonendolchs. Sollte ich durchfallen, bekam auch er keine Einladung zum Ball – etwas, das anscheinend auch für ihn äußerst wichtig war. Vielleicht würde er mir helfen, den Ausgang zu finden.

»Wie bist du hier reingekommen?«

»Von … oben.« Raffaels Hand deutete auf den runden Deckenausschnitt oberhalb des Chors, den die grünen Flammen aussparten – was wenig half. Nach oben fliegen konnte ich nicht, schon gar nicht mit Raffael im Schlepptau.

Bevor ich nach einem anderen Ausweg suchte, sammelte ich meine verbliebene Energie, presste sie in meine Flügel und holte sie zurück. Quälend langsam verschwanden die Schwingen und hinterließen einen schmerzenden Rücken mit zu viel

Energie an einer Stelle. Vor Raffael den starken Engel zu spielen gelang mir nicht. Keuchend taumelte ich zurück und sackte, nach einer unsanften Begegnung mit der Wand, zusammen.

»Dein … Rücken. Er … du blutest. Ist das … immer so?« Trotz Raffaels brüchiger Stimme hörte ich sein Entsetzen.

»Nein. Nur wenn er zuvor malträtiert wurde«, antwortete ich. »Und was ist mit dir? Kannst du gehen?«

Raffael nickte. Er spielte den Tapferen, aber ich wusste, dass er den Rückweg durch den bodenlosen Raum nicht schaffen würde. Ich musste eine andere Lösung finden.

Vorsichtig tastete ich mich aus der Deckung des Chors, nachdem ich Raffael befohlen hatte, dort zu warten. Es blieb ruhig, zu ruhig! Irgendetwas braute sich zusammen. Etwas, das ich … das ich *fühlen* konnte!

In einer der dunklen Fensteröffnungen entdeckte ich es. Es war weder Mensch noch Engel – und doch beiden so ähnlich. Der Racheengel in mir entflammte. Schneller als mein Verstand reagierte mein Instinkt. Ich musste ihm hinterher. Etwas in mir zwang mich dazu, obwohl es sicher klüger gewesen wäre, bei Raffael zu bleiben.

Die Feuersalven schwiegen, als ich durch die grünschimmernde Kirchenhalle rannte. Es durfte mir nicht entkommen. Ich musste es zur Strecke bringen, nichts anderes zählte mehr. Es war mir schon einmal entwischt. Ein zweites Mal würde mir das nicht passieren – nicht, nachdem ich gespürt hatte, welche Gefahr von ihm ausging. Etwas so Dunkles, Böses durfte nicht überleben!

Wie ein Stinktier hinterließ das Geschöpf seine Duftspur. Es war schnell, doch mein Drang, es zu jagen, war mächtig. Die Tunnel hinter den Fensteröffnungen verschmolzen, kreuzten und gabelten sich. Rote, gelbe und grüne Flächen, wie formlose Ausläufer der Flammendecke, erhellten mit ihrem unwirklichen Licht das heillose Durcheinander. Ob ich jemals wieder zurückfinden würde, spielte keine Rolle. Hauptsache, ich erwischte es.

Der Dämonendolch in meiner Hand begann zu glühen. Der rote Edelstein an seinem Heft funkelte bei jedem Schritt ein wenig heller, als spüre er, wie das Wesen meinen Zorn schürte. Der Wunsch, ein Engel zu werden, war übermächtig. Meine Flügel drängten nach außen. Ich hielt sie zurück. Sie ein zweites Mal auszubreiten würde mich zu viel Energie kosten. Ganz davon abgesehen, dass es keine gute Idee war, ihr Gewicht auszugleichen, durch enge Gänge zu rennen oder gar mit ihnen einen Kampf zu bestreiten.

Je näher ich dem Ding kam, umso stärker fühlte ich seine Gegenwart. Alles in mir war kampfbereit. Noch ein Schritt, und ich hatte es.

Ausgefranste Flügel wuchsen aus seinem Körper und hielten es in der Luft, während ich den Boden unter meinen Füßen verlor. Mein Herz hörte auf zu schlagen. Tausend schwarze Wesen starrten mich an. Blutunterlaufene Augen. Dunkle Augen, meine Augen – und grüne Augen.

Mein Sturz endete ein Geschoss tiefer in einem runden Raum. Tausend Spiegel, tausend Mal ich, tausend Mal Christopher und ebenso viele Monster. Mein Dolch jagte sie. Spießte sie auf, doch nichts geschah. Ich war in der einen, die Bestien in der anderen Welt. Sanctifer hatte mich ausgetrickst. Sein Plan war aufgegangen, obwohl ich das Wächterband nicht trug. Seine Kreatur hatte mich zu einem Wesen geführt, das dieselben Augen hatte wie ich: Sanctifer würde mich zu einem Monster machen.

Schwarze Pupillen bohrten sich in meine Augen, fanden die Schattenseite in mir und versuchten, mich zu verwandeln. Mein Zorn war nie greifbarer, niemals zuvor leichter zu entfachen. Doch ich durfte nicht zulassen, dass er mächtig wurde. Sanctifer war ein meisterhafter Betrüger. Ich sah eine Illusion, eine Spiegelung.

Um meine Wut zu bändigen, schloss ich die Augen und verdrängte die Trugbilder. Sanctifer kannte meine Schwächen. Es war einfach, mich mit grünen Augen in dem Körper einer Bestie aus der Fassung zu bringen. Meine Liebe zu Christopher war ihm trotz Täuschungsmanöver wohl doch nicht verborgen geblieben.

Ich klammerte mich an den Gedanken, dass Christopher in Sicherheit war, vertraute meinem Verstand und hoffte auf die Illusion. Die Spitze des Dämonendolchs bohrte sich in den ersten Spiegel, zerstörte den zweiten und alle weiteren. Die Monster verschwanden. Diese Runde hatte ich gewonnen, aber ich wusste, dass mein Sieg nicht von Dauer war. Sanctifers Einfluss reichte weit. Er hatte den Spiegel in ein Wächterband verwandelt, ihn mir untergejubelt und mich durch eine verborgene Pforte in meine Welt geschickt, um mir Angst einzujagen – damit ich versagte.

Wütend riss ich den Spiegel aus meiner Hosentasche, um auch ihm einen Dolchstoß zu versetzen. Seine Oberfläche bestand aus Silber, ein Material, das bei allen Wächterbändern zu finden war. Doch als ich Raffaels Gesicht darin sah, verwandelte sich mein Zorn. Sanctifer spielte mit mir. Wenn ich den Spiegel jetzt zerstörte, saß ich in meiner Welt fest, fiel durch die Prüfung und würde sein Schüler werden.

Wie ich so schnell in das düstere Kirchenschiff zurückfand, war mir ein Rätsel. Vielleicht veränderte sich mit meinem Wesen auch mein Orientierungssinn, oder aber mein Instinkt zog mich zu den Gestalten, die Raffael bedrängten.

Alles in mir sträubte sich, als mich ihr dämonisches Gelächter erreichte. Ich rannte schneller, obwohl ich bereits außer Puste war. Raffael brauchte Hilfe. Mein Herz pumpte im Angstmodus, als ich die Horde tief unter mir entdeckte. Erst recht, als ich Raffaels panischen Blick auffing. Seine Furcht schien grenzenlos zu sein – er hatte Todesangst.

Gehörnte Wesen auf zwei oder vier Beinen, deren Körper von verkohlten Hautlappen oder silbrigschwarz glänzenden Federn überzogen waren, trieben ihr Spiel mit ihm. Er wusste nicht, dass es nur Irrlichter waren.

Ich hatte diese Wesen im Reich der Totenwächterin schon einmal gesehen. Christopher hatte sich ihnen gestellt und mich fortgeschickt, doch zuvor hatte er mir gezeigt, wie harmlos sie im Grunde waren.

Als spürten die dämonischen Irrlichter, dass ich in ihrer Nähe war, änderten sie ihr Jagdverhalten. Anstatt Raffael nur vor sich her zu treiben, zogen sie ihr Netz enger, packten ihn mit ihren spitzen Klauenhänden, rissen seine Haut auf oder schnappten mit ihren scharfen Fängen nach seiner Kehle.

Blut floss. Ich musste eingreifen. Jetzt. Auch wenn ich nicht wie Christopher die ungefährlichen Irrlichter erkennen konnte, sondern nur die satanischen Monster sah. Doch ich brauchte Flügel, das zweite Mal innerhalb kürzester Zeit. Ich stand am höchsten Punkt des Kirchenschiffs, in einer der Öffnungen, knapp unterhalb der geflammten Decke.

Raffaels gequälter Schrei vertrieb meine Bedenken. Zwei Schritte, und die Schwerkraft zog mich nach unten, bis meine Flügel den Fall bremsten. Mir wurde schwarz vor Augen, als mein Rücken ein zweites Mal aufriss. Unfähig, den Flug zu kontrollieren, vollbrachte ich mein drittes Meisterstück von Bruchlandung.

Meine Flügel blieben heil, aber wie ich mit diesem Ballast auf dem Rücken kämpfen sollte, war mir schleierhaft. Sie einzuziehen ging nicht mehr. Allzu schnell fanden die dämonischen Wesen ihr neues Ziel: mich!

*Es sind nur Irrlichter, harmlose Irrlichter*, redete ich mir ein, doch je näher sie kamen, umso unsicherer wurde ich. Was, wenn ich mich täuschte? Wenn sie gar nicht so harmlos waren? Immerhin hatten sie es geschafft, Raffael zu verletzen.

Meine Hände wurden feucht. Ich wischte sie an meiner Jeans ab und umklammerte den Dolch fester. Er war meine einzige Waffe. Er durfte mir nicht aus der Hand rutschen.

Mein erster Hieb traf. Mit einem ohrenbetäubenden Schrei verwandelte sich das Geschöpf, das seine Klauen in meine Flügel schlagen wollte, in ein hübsches kleines Flämmchen. Es war tatsächlich nur ein Irrlicht.

Ich kämpfte mit äußerster Konzentration. Einen Fehlhieb konnte ich mir nicht leisten. Dass ich verletzt wurde, auch nicht. Meine Kraftreserven neigten sich dem Ende zu. Und obwohl ich schon so viele Irrlichter vertrieben hatte, schien ihre Zahl kaum abzunehmen. Ich ließ mich in Richtung Chor treiben. Die halbrunde Wand bot meinen Flügeln ein wenig Schutz. Trotz meiner eingeschränkten Bewegungsfreiheit ging meine Rechnung auf.

Als das letzte Irrlicht in einer der dunklen Fensteröffnungen verschwand, war meine Energie erschöpft. Ich brach nur nicht schluchzend zusammen, weil gerade die Decke über mir aufriss.

Das Poltern der Steine, die sich aus dem Deckenverband lösten, hallte bedrohlich laut durch das Kirchenschiff. Als stürze die Welt über mir zusammen, fiel ein Stein nach dem anderen krachend herab und landete keine paar Meter entfernt von meinen Füßen, mitten im Halbrund des Chors. Ich hielt mir die Ohren zu, bis der letzte Stein seinen Platz gefunden hatte. Ein helles, blaues Loch klaffte in der Decke. Ich konnte den Himmel sehen und eine Treppe aus Stein, die nach oben führte. Raffael humpelte bereits darauf zu.

Mein Herz hörte für einen Moment auf zu schlagen, als ich die erste Staubflocke entdeckte. Dämonenstaub! Raffael lief mitten hinein in den für Menschen tödlichen Niederschlag.

Alles in mir schmerzte. Meine Flügel schleiften wie abgestorben hinter mir her. Trotzdem rannte ich weiter und erreichte gleichzeitig mit Raffael den Fuß der Treppe. Meine Angst, er müsse meinetwegen sterben, verlieh mir ungeahnte Schnelligkeit.

Ich riss ihn zu Boden und breitete meine Flügel über ihn, bevor die Flocken seine Haut berühren konnten. Dass Dämonenstaub auch für mich nicht ungefährlich war, lernte ich erst jetzt.

Wie ein Regen aus Säure fraßen sich die Staubpartikel durch das empfindliche Gespinst meiner Flügel auf der Suche nach meiner Schattenseite. Alles in mir drängte, Schutz zu suchen, um dem Schmerz, der das Böse in mir erweckte, zu entkommen – doch damit hätte ich Raffaels Leben beendet. Und obwohl er mich belogen, betrogen und mehrfach verraten hatte, *das* konnte ich nicht! Also beschützte ich ihn vor dem ätzenden Staub, biss die Zähne zusammen und hoffte, dass es nachlassen würde, bevor ich zu einem Monster wurde.

Der Staubregen verschwand, das Gefühl, mein Körper stünde in Flammen, nicht. Ich schwankte, als ich an Raffaels Seite die Treppe emporlief. Er stützte mich. Es hätte andersherum sein müssen.

Die Treppe endete vor der Basilika, mitten auf dem Markusplatz. Eine Heerschar von Engeln umringte uns. Wir waren die Attraktion des Tages. Der zehnköpfige Engelsrat und sein Oberhaupt erwarteten uns. Raffael zückte den Zylinder mit der blauen Flamme. Sie erlosch. Ich hatte versagt. Verloren. Ob es wohl jemanden störte, wenn ich gleich hier zusammenklappte?

Ich fand Aron in der Menge. Er wirkte besorgt, aber nicht enttäuscht. War mein Versagen geplant? Die Prüfung eine Farce? Der Rat vor mir teilte sich. Sie erwarteten noch mehr von mir. Der Dämonendolch musste in Sicherheit gebracht werden. In die Basilika – wohin sonst?!

# Kapitel 34

## Im Kreis der Engel

Zitternd stand ich vor dem Portal der Markuskirche und krallte meine Hände um das Heft des Dolches, damit er mir nicht aus den Fingern glitt. Ich musste nicht nur die dämonische Waffe durch den mit heftiger Engelsmagie gesicherten Eingang bringen, sondern auch mich selbst. Beladen mit Dämonenstaub, kurz davor, ein Monster zu werden, und am Ende meiner Kräfte. Mein Scheitern würde beweisen, dass Sanctifer der bessere Lehrmeister war.

Ich schloss die Augen, als ich über die Schwelle trat. Niemand sollte meinen Schmerz und mein Entsetzen sehen, wenn die dämonische Macht mich überwältigte und ich zum Schattenengel wurde.

Blitze zuckten. Der Dolch stürzte klirrend zu Boden. Alles in mir zog sich zusammen. Ich krümmte mich vor Schmerz. Eine unfassbare Menge an Energie stob auseinander und durchlöcherte meine Haut. Wut brannte in meinen Adern, kroch meinen Hals empor. Ich schluckte die Säure, die ich auf meiner Zunge schmeckte, und biss mir auf die Lippen, um das unkontrollierte Zucken meiner Mundwinkel zu stoppen – sie suchte sich einen anderen Weg, kroch in meine Lungen und erschwerte mir das Atmen. Langsam wand sie sich weiter, meine Wirbelsäule entlang, bis sie meinen Verstand erreichte, um ihn zu benebeln, damit der Dämon hervorbrechen konnte.

»Lynn, komm zu uns.« Ich hörte Christophers Stimme. Samten, weich, voller Wärme. Sanctifer hatte mich betrogen, mit meiner größten Angst gespielt.

Mein Blick begegnete Christophers smaragdgrünen Augen. Vor Sorge waren sie dunkel, und dennoch leuchteten sie vor Stolz. Er stand mit fünf weiteren Engeln unter der höchsten Kuppel der Basilika und erwartete mich. Sie alle waren Racheengel. Schön wie Götter – und genauso gefährlich.

Ich wankte, als ich mich ihnen näherte. Meine Flügel schleiften hinter mir her. Meine Beine wollten den zusätzlichen Ballast nicht länger tragen – ich zwang sie dazu. Christophers Augen zogen mich zu ihm, halfen mir, den schwarzen Altar in ihrer Mitte zu erreichen und den Dolch darauf abzulegen. Ich wäre gefallen, wenn nicht eine Hand meinen Sturz abgefangen hätte. Goldfarbene Augen funkelten unter der weißen Maske.

»Schön, dich wiederzusehen, kleiner Engel. Du hast nicht den leichtesten Weg gewählt und hast es dennoch geschafft.«

Er reichte mich weiter an den neben ihm stehenden Engel. Jedes Mal hüllte mich ein anderer Duft ein, bis ich den erreichte, der für mich alles bedeutete. Warmer Sommerregen kühlte mein brennendes Wesen, neutralisierte den Dämonenstaub und linderte den tobenden Schmerz. Christopher. Es ging ihm gut. Er war frei – und ich bei ihm.

Die Racheengel blieben in der Basilika und beobachteten, wie ich allein den Weg nach draußen fand. Die Engelsmagie riss auch dieses Mal an meinen Kräften, doch ich hielt ihr stand. Christophers Gegenwart stärkte mich.

Aron erwartete mich, nicht Sanctifer. Ich war durch die Schutzengelprüfungen gefallen, aber nicht durch die der Racheengel – und nur das zählte. Schließlich war ich kein Schutzengel.

Aron führte mich durch die sich teilende Menge in das Gebäude auf der gegenüberliegenden Seite der Piazetta. Er stützte mich – heimlich –, indem er seinen Arm unter den Ansatz meiner Flügel legte und so den größten Teil ihres Gewichts abfing. Erst als die Tür hinter uns zufiel und niemand uns sehen konnte, schnappte er meine Beine und trug mich über eine breite, geschwungene Treppe in ein helles, freundliches Zimmer mit einem riesigen Wolkenwattebett, von dem aus ich das Meer sehen konnte. Ich schaffte es keine zwei Sekunden, die Augen offen zu halten, als meine angeschlagenen Flügel in dem himmlisch weichen Untergrund versanken.

Weiche Samtlippen küssten meine Stirn. Christophers Sommergewitterduft hüllte mich ein.

»Schlaf weiter. Ich wollte dich nicht wecken, nur ansehen«, flüsterte er und strich mir dabei über die Augenlider, so dass ich sofort wieder wegdämmerte – bis er kaum hörbar so etwas wie »kleiner Engel« grummelte.

Blitzschnell war ich hellwach. *Kleiner Engel* hatte Christopher mich noch nie genannt.

»Muss ich … eifersüchtig sein?« Ein angespannter Unterton lag in Christophers Frage.

»Auf einen Engel, der seine Klauen in meine Oberarme bohrt?«

Christopher schwieg. Zu spät fiel mir ein, dass auch er etwas Ähnliches getan hatte, als er mir beibrachte, die Energie in meinen Flügeln aufzuspüren. Er rückte ein Stück von mir ab. Ich ließ es zu. Obwohl ich kaum noch Schmerzen hatte, fühlte ich mich nicht stark genug, einen Racheengel zurückzuhalten. Doch später, wenn ich die Erlebnisse des Tages verarbeitet hatte, würde ich um ihn kämpfen – falls es das war, was er wollte.

Tränen sammelten sich in meinen Augen. Ich verbarg sie hinter meinen Lidern. Es gab nichts, das ich mir sehnlicher wünschte, als von Christopher festgehalten und vor der Welt der Engel beschützt zu werden. Auch wenn ich den ersten Schritt zum Racheengel vollzogen hatte, sicher fühlte ich mich nicht.

Christophers Hände fanden mein Gesicht, strichen vorsichtig meine Wangen entlang. Ein Kuss streifte meinen Mund. Warme

Lippen verharrten für einen endlos schönen Moment und zogen sich zurück, ehe das Schwindelgefühl mich überwältigte.

»Verzeih mir. Ich …« Christopher brach ab. Das Eingeständnis seiner Eifersucht und seine Unsicherheit versöhnten mich.

»Halt mich fest und lass mich nie wieder los«, flüsterte ich, bevor ich in seiner Umarmung versank, die mir alles gab, was ich brauchte.

Christopher ließ mich bis zum frühen Nachmittag des nächsten Tages schlafen, bevor er mich zärtlich weckte, mir half, meine Energie beim Flügeleinziehen zu verteilen, und mich zwang, eine Kleinigkeit zu essen.

»Die Nacht wird anstrengend«, bemerkte er.

Ich wurde rot wie eine Tomate. Christopher wandte sich ab, doch sein malmender Unterkiefer verriet, dass meine Reaktion ihn wütend machte. Er dachte, ich wolle mehr von ihm, als nur festgehalten zu werden – was irgendwie auch stimmte. Und es nagte an seinem Stolz, dass er noch immer nicht wusste, wie er sein mächtiges Engelswesen daran hindern konnte, mir mein bisschen Engelskraft zu rauben, damit ich nicht schon beim Küssen das Bewusstsein verlor.

»Etwas Passendes zum Anziehen findest du im Nebenzimmer. Ich schicke zwei Putten, die dir helfen«, erklärte er nüchtern und wandte sich zur Tür.

Da meine Beine sich anfühlten, als wären sie mit Blei gefüllt, schaffte ich es, ihn aufzuhalten. Nicht, weil ich ihn rechtzeitig einholte, sondern weil mein Körper vornüberkippte, da er schneller war als meine Füße.

Christophers Reaktionsvermögen übertraf alles. Noch bevor ich auf dem Holzparkett aufschlug, fingen seine starken Arme mich auf.

»Nimm ein Bad. Ich werde Aron sagen, dass er dir ein paar Belebungskräuter zusammenstellen soll.«

»Ich will nicht *baden*. Ich will hierbleiben – mit dir.«

»Du hörst dich an wie ein kleines Kind und nicht wie das jüngste Mitglied der Racheengel.« Christopher klang stolz – ich war es nicht. Meine Miene verriet mich. Er ließ mich los und wandte sich zum Gehen. »Es tut mir leid, aber ich kann es nicht rückgängig machen.«

Als die Tür hinter ihm zufiel, flossen meine Tränen.

Auf Arons Stirn bildeten sich Falten, als er mich in einen der beiden bordeauxroten Polstersessel gekauert am Fenster fand.

»Wenn du heute nichts Besseres vorhättest, würde ich dich wieder mit ihm zusammen einsperren.«

»Warum mich?! *Er* kann es nicht verkraften, dass er mich zum Racheengel gemacht hat, nicht ich!«

Arons stahlgraue Augen wurden weich. »Ich weiß das, und vielleicht kannst du auch ihn heute Abend davon überzeugen, dass du zu uns gehörst.«

»Und womit?«

»Eher wobei. Tanzen kannst du ja – mehr oder weniger.«

»Tanzen?«, fragte ich ungläubig.

»Du hast eine Einladung zum Ball des Dogen erhalten, wodurch die Schüler vom Schloss der Engel in der Mehrzahl sind – wenn auch nicht unbedingt auf die übliche Art«, fügte Aron hinzu, während er bis über beide Ohren grinste.

»Und wer hat sie mir geschickt?«

»Der Rat höchstpersönlich. Deine Vorstellung hat sie beeindruckt – und, um ehrlich zu sein, mich auch. Ich hätte niemals gedacht, dass du auch nur einem der Schattengeschöpfe standhalten könntest, geschweige denn, es bis in die Basilika schaffen würdest. Christopher hatte recht, dir sein Schattenwesen zu offenbaren. Es hat dich stark gemacht, weil es dich mehr mitgenommen hat, ihn so zu sehen, als dich selbst in deiner Gestalt als Schattenengel zu erleben.« Aron setzte sich in den freien

Sessel und zog den weißen Vorhang beiseite, damit er besser aufs Meer blicken konnte.

»Du hättest ihn erleben sollen, als ihm mitgeteilt wurde, dass sie Sanctifer zum Ratsmitglied erhoben haben, und erst recht, als Christopher erfuhr, dass Sanctifer die Aufgabe des Prüfungsvorsitzenden an sich gerissen hatte.« Aron wurde ernst, als er an Christopher dachte.

»Er ist ausgerastet wie schon lange nicht mehr. Zum Glück war Coelestin bereits hier. Allein hätte ich ihn niemals davon abhalten können, den ganzen Salon in Trümmer zu legen. Coelestin hat dafür gesorgt, dass Christopher die Vorbereitungen für die Prüfungen überwachen durfte und die Aufgaben an deine Fähigkeiten angepasst wurden, damit du eine Chance hattest, sie zu bestehen.«

»Was mir dann doch nicht gelang«, erinnerte ich Aron an mein erloschenes Flämmchen.

»Lynn, du bist ein Racheengel, kein Schutzengel!«

»Sanctifer wollte, dass ich versage, damit er …« Meine Stimme erstarb vor Entsetzen.

»Weil er deine Ausbildung übernehmen wollte«, fuhr Aron an meiner Stelle fort. »Aber so, wie's aussieht, musst du mich doch noch eine Weile ertragen.«

»Was mir wirklich schwerfällt.« Ich schenkte Aron ein dankbares Lächeln. Er war nicht nur mein Tutor, sondern auch mein Freund. Ich vertraute ihm.

»Wusste Christopher auch von Sanctifers *Sonderaufgabe*?«

Aron sah mich mit zusammengezogenen Augenbrauen fragend an. »Welcher Sonderaufgabe?«

Bevor ich antwortete, holte ich tief Luft. Christopher würde sich mit Sanctifer anlegen, wenn er davon erfuhr. »Versprich mir, es Christopher nicht zu erzählen.«

Aron warf mir einen prüfenden Blick zu, dann nickte er. »Betrachte es als Geheimnis zwischen Schüler und Tutor«, antwortete er. Das Vertrauen schien auf Gegenseitigkeit zu beruhen.

»Sanctifer hat mir eine Nachricht zukommen lassen und Teile von Christophers Wächterband, die ich suchen sollte – und danach ihn.«

»Was du nicht getan hast!«

»Nein – und ja«, gab ich kleinlaut zu. »Blöd wie ich bin.«

»Oder gnadenlos verliebt«, schwächte Aron ab.

»Das auch.« Wir lachten beide, bevor Aron wieder ernst wurde, damit ich fortfuhr.

»Das letzte Stück fand ich oben auf dem Wetterengel.«

»Und eine Windböe kam zufällig genau in dem Moment ...«

»... als ich runterkletterte«, bestätigte ich Arons Vermutung. »Deshalb bin ich abgestürzt und brauchte meine Flügel. Ich hoffe, du bist nicht allzu sauer. Immerhin habe ich das Wächterband dann doch nicht mitgenommen.« Dass Sanctifers Plan beinahe aufgegangen wäre, erschien mir unwichtig. Schließlich hatte ich die Prüfung trotzdem bestanden.

»Ich bin nicht sauer. Weshalb sollte ich? Du hast mehr geleistet, als ich erwartet hatte. Vielleicht solltest *du* sauer auf *mich* sein«, gab Aron zu bedenken.

»Ich?! Warum?«

»Weil ich dir so wenig zugetraut habe.«

»Woraus du hoffentlich etwas lernst«, erwiderte ich frech, bevor mir Christophers abweisende Reaktion wieder einfiel. Aron bemerkte meinen Stimmungsumschwung und deutete ihn richtig.

»Gib Christopher noch ein wenig Zeit, damit klarzukommen, dass du jetzt zum Zirkel der Racheengel gehörst. Ihm wurde jahrhundertelang eingebläut, dass Racheengel sich hassen.«

Arons Badezusatz wirkte mehr als belebend. Ich fühlte mich entspannt und voller Tatendrang zugleich und konnte kaum still sitzen bleiben, während zwei äußerst geschickte Puttenengel um meinen Kopf herumschwirrten, meine Haare lockten, zu einer edlen Frisur auftürmten und mein Gesicht aufpolierten. Als Aron mich jedoch in das Zimmer mit meinem Kleid für den Ball führte, wurden meine Knie trotzdem ganz weich.

»Christopher hat es ausgesucht«, erklärte er, bevor er mich allein ließ.

Ein Traum in Rot. Kostbarste Seide, gerafft und von Perlen zusammengehalten, mit zu Blüten aufgedrehten Bändern, die den weitausgestellten Rock verzierten, dessen feines Gewebe auch das spitzenbedeckte Oberteil unterlegte. Die Korsage passte wie eine zweite Haut – Christopher schien meine Maße besser zu kennen, als ich dachte.

Bevor ich die kunstvoll mit roten Federn, Spitze und Bändern verzierte Maske aufsetzte, blieb mein Blick in dem riesigen Spiegel hängen. Das Bild war mir fremd. Fremder als das Schattenwesen, das ich in dem Raum mit den tausend Spiegeln gesehen hatte. Es war mir leichtgefallen zu glauben, das Monster zu sein. Aber die Frau mit dem roten Kleid? Sah ich so aus? War ich das wirklich?!

Zwei smaragdgrüne Augen erschienen im Spiegel über meiner Schulter. Christopher war unbemerkt ins Zimmer getreten.

»Wenn du wissen willst, wer du bist, dann schau nicht in den Spiegel, sondern sieh in dein Herz – oder in die Augen desjenigen, der dich liebt.« Der dunkle Ton seiner Stimme sandte mir ein Kribbeln über die Haut. Seine Hände, die mir ein Collier mit einem auffällig grünen Stein anlegten, der im selben Farbton wie Christophers Smaragdaugen schimmerte, jagten prickelnde Schauer hinterher.

»Verzeihst du mir?« Seine Lippen berührten meine nackten Schultern. »Dass ich dich so oft verletzt habe – obwohl ich dich so sehr liebe?«

Mein Mund fand den seinen. Ich kämpfte gegen die Ohnmacht und gegen Christophers Zweifel. Er brauchte meine Liebe mehr, als ich jemals für möglich gehalten hätte – und ich brauchte seine. Wir waren miteinander verwoben, wie kein Racheengel das je zuvor erlebt hatte, und mussten nicht nur unsere eigenen, sondern auch die Bedenken der anderen Engel bezwingen.

Christophers Gehrock schimmerte silbern auf dunkelrotem Grund, schwarz an den Säumen und dem hochstehenden Kragen. Darunter trug er ein dunkles Hemd mit Jabotspitze und einen venezianischen Hut. Dazu eine schwarze, enganliegende Hose und Schuhe mit silbernen Schnallen. Jeder konnte sehen, dass wir zusammengehörten, als wir den Ballsaal betraten.

Der Prunk in diesem Teil des Dogenpalasts war unglaublich. Spiegelblank polierte Böden, goldglänzende Rahmen riesigen Ausmaßes mit imponierenden Malereien an Decken und Wänden und einem gigantische Engelgemälde, unter dem der Rat des Dogen – wie immer erhöht – über den anderen thronte. Die Masken waren geblieben, der Rest nicht. Anstelle von schlichten Umhängen trugen die anwesenden Ratsmitglieder bunte, brokatdurchwirkte Gewänder über engsitzenden Hosen, manche lang und schwarz wie die von Christopher, andere farbig und kurz mit weißen Kniestrümpfen. Dazu dunkle Schuhe mit Schnallen und Schleifen, die zu den Gehröcken oder den Gewändern ihrer Begleitung passten.

Eine von ihnen überstrahlte alle. Doch erst als ich die Augen des Engels wiedererkannte, der vor dem leeren Thron stand, begriff ich, dass die Damen auf den Plätzen daneben nicht die Begleitung, sondern selbst Mitglieder des Rats waren.

Wie war ich nur auf die Idee gekommen, dass alle Ratsmitglieder männlich waren? Und dass der Doge auch ein Mann sein musste?

Sie trug ein ausladendes, golddurchwirktes Kleid – ich war mir ziemlich sicher, dass es sich um echte Goldfäden handelte –, mit einem goldenen, brokatbelegten Oberteil. Selbst die Maske war mit einem dünnen goldfarbenen Metallgespinst überzogen, ebenso die Handschuhe und der reichlich verzierte Kopfschmuck. Einzig der Stein, der wie ein Diadem die barocke Frisur schmückte, war nicht golden, sondern lindgrün – wie ihre Augen.

Die Farbe veränderte sich, als sie Christopher und mich entdeckte. Ob das ein gutes oder schlechtes Zeichen war, konnte ich nur raten. Christopher bemerkte nichts – oder wollte nichts bemerken – und lief weiter zu einer Gruppe, die dem offiziellen Beginn des Balls entgegenfieberte. Alle hörten beinahe gleichzeitig auf zu reden, als sie uns entdeckten.

»Sie wollen, dass du rätst, wer unter den Masken steckt. Nur deshalb schweigen sie«, raunte Christopher mir zu, als er bemerkte, wie ich zusammenzuckte.

Ich war froh, dass es nicht Angst war, die sie verstummen ließ. Irgendwie stand ich schon wieder unter Anspannung. Christopher verstärkte den Druck an meiner Taille, um mir Halt zu geben.

Vor mir standen zwei Jungs mit orangefarbenen Gehröcken und weißen Kniestrümpfen. Der größere mit passenden Schleifen an den Schuhen und einem aufwendig verzierten Hut. Hannes und Sebastian. Sie verbeugten sich theatralisch, als ich sie begrüßte, was mir ein Lachen entlockte.

Das Mädchen neben ihnen in dem grünschillernden Kleid, das ihre hellbraunen Locken hervorhob, spielte mit und knickste. Natürlich knickste ich zurück. Leonie, mit ihren auffälligen Haaren, war leicht zu erraten.

Auch bei dem Jungen in Blau, der ein wenig steif und unsicher wirkte, und seiner Begleiterin, deren Kleid in den schönsten Erikafarben leuchtete, tippte ich mit Markus und Erika richtig. Das zierliche Mädchen, das sich unter einem blauen Cape versteckte, war Lisa. Der Typ mit dem schwarzen Fetzenkostüm, der helmartig aufragenden, federverzierten Kopfbedeckung und der Schnabelmaske, der aussah wie ein gigantischer Rabe, konnte eigentlich nur Paul sein. Er verzichtete auf eine Verbeugung und nahm mich stattdessen in die Arme.

»Schön, dass du da bist«, sagte er und drückte mich kurz an sich.

»Und dass nun doch die meisten Prüflinge aus unserer Schule stammen«, verkündete Aron der jubelnden Gruppe, was er mir schon verraten hatte.

Er stand neben Susan – er, ganz in Schwarz mit goldbesetzten Säumen, sie in edlem Weiß mit Fächer –, als wären sie ein Paar.

Es dauerte eine Weile, bis bei mir die Informationen zusammenflossen und sich ordneten. Susan und Aron? Seit wann denn das? War sie deshalb so zickig zu mir, weil ich seit meiner Verwandlung zum Racheengel so viel Zeit mit Aron verbracht hatte? Ich schaute genauer hin. Eindeutig: Ihre Augen leuchteten, sobald sie ihn ansah. Wusste Aron, was sie für ihn empfand?

»Lass ihn das selbst herausfinden«, warnte mich Christophers leise Stimme, da ich nicht aufhören konnte, die beiden anzustarren. Sanft zog er mich an sich, und ich vergaß Susan und Aron und strahlte *meinen* Engel an. Selbst dann noch, als Christopher mich zum Tanzen aufforderte.

»Ich kann nur Disco und Tango«, warnte ich ihn. »Und schon gar nicht *das hier*!« Die Musik klang eindeutig nach Menuett.

»Trau dich«, machte Christopher mir Mut, während er meine Hand festhielt, damit ich nicht fliehen konnte. »Niemand wird dich von der Tanzfläche verbannen, nur weil du einen falschen Schritt machst.«

Mein Lächeln war nicht echt – gut, dass Christopher nur meine Augen sehen konnte.

»Nur einen Tanz. Dann hast du bewiesen, dass du nicht vor mir flüchtest«, flüsterte er und drückte kurz meine Hand, um mich aufzumuntern.

Obwohl ich mich bemühte, tanzte ich mehr als einmal aus der Reihe. Christophers liebevoller Blick half mir, durchzuhalten. Wir waren Racheengel. Jeder sollte sehen, dass wir uns liebten. Ich stimmte zwei weiteren Tänzen zu. Mal wieder stand ich im Mittelpunkt – hoffentlich blieb das nicht so. Aber mit einem Kleid wie meinem und einem aufsehenerregenden Engel wie Christopher war es leicht, die Attraktion des Maskenballs zu sein. Christopher hatte ganz sicher nicht zufällig ein rotes Kleid für mich ausgesucht. Er wollte zeigen, dass wir – entgegen jeder Vernunft – zusammengehörten. Als die Musik endete, schmiegte ich mich an ihn. Er hielt mich noch fest, als sie wieder einsetzte.

Eine behandschuhte Hand legte sich auf meine Schulter. Lindgrüne Augen hefteten sich auf meine.

*Ich kann verstehen, dass du nach den anstrengenden Prüfungen müde bist. Aber auf meinem Ball wird getanzt, nicht herumgestanden. Setz dich und ruh dich aus – oder besser, geh schlafen! Hiermit entbinde ich dich deiner Pflicht, dem Maskenball beizuwohnen.* Kein Wort kam aus ihrem Mund. Sie hatte direkt in meinen Verstand gesprochen, so dass niemand etwas hören konnte.

Während sie sich Christopher mit einem »Du erlaubst« schnappte, umfasste einer ihrer Lakaien meine Taille und bugsierte mich von der Tanzfläche. Doch anstatt mich aus dem Ballsaal zu führen, steuerte der prächtige Engel in Weiß mit der goldenen Schnabelmaske und dem gefiederten Kopfschmuck auf eine Dreiergruppe zu, die uns entgegenkam.

Ein ansehnlich gekleideter, ziemlich großer Mann in dunklem Rot, ein Mädchen, in etwa so groß wie ich, in einem grünschwarzen Kleid mit einem passenden Hut aus Federn und Schleiern, und ein schlaksiger, in einen schwarzen Umhang mit rotbesetztem Samtkragen gekleideter Junge mit Schnabelmaske, der aussah, als hätte man ihn verkleidet.

Keine Sekunde später stand Christopher vor uns. Seine Augen funkelten unheilverkündend. Er hatte das Oberhaupt der Engel mitten auf der Tanzfläche stehenlassen, um mich zurückzuholen. Sein Arm legte sich besitzergreifend um meine Taille. Er würde für mich durchs Feuer gehen – genauso wie ich für ihn.

»Lass deine Finger von ihr!«, zischte Christopher drohend, bevor er mich aus der Reichweite des weißen Engels brachte.

Der Engel blickte mir nach. Seine royalblauen Augen waren begehrlich auf mich gerichtet, während er dem verkleideten Jungen mit der weißen Pestmaske auf die Schulter tippte und in meine Richtung zeigte.

Dunkelbraune, überraschte Augen begegneten meinen. Ich drehte mich weg und suchte Schutz in Christophers Armen. Sanctifers Stärke lag in der Täuschung. Es gab viele, deren Augen ebenholzfarbene Sprenkel hatten wie die von Philippe.

## *Ausblick auf den dritten Band*

# Fluch der Engel

(Erscheint im September 2013)

Bestimmt schon zum zwanzigsten Mal warf ich einen Blick zurück, nur um sicherzugehen, dass ich auch wirklich nicht verfolgt wurde. Aron, mein Tutor, wäre wieder in seinen Bodyguard-Modus verfallen, wenn er gewusst hätte, wohin ich unterwegs war. Und Christopher? Er wäre ausgerastet, hätte sich in seine zumindest für mich so wunderschöne Racheengelgestalt verwandelt und mir mit seinen leuchtenden Engelschwingen den Weg versperrt – vielleicht auch mit seinem Schwert, was ich dann vermutlich weniger schön gefunden hätte. Aber ihn einweihen und von dem Brief erzählen ging nicht – zumindest vorerst nicht.

Ein Schatten huschte an der gegenüber des Kanals liegenden Hauswand vorbei. So schnell, als besäße ich einen Reflex fürs Verstecken, verdrückte ich mich in der nächstbesten Nische. Eigentlich völliger Quatsch, mit dem schwarzen Casanova-Umhang und der weißen Pestmaske würde mich sowieso niemand erkennen. Auch hier, im verborgenen Venedig, der Metropole der Engel, war Karneval.

Lautlos glitt die schwarze Gondel an meinem Versteck vorüber. Nur das Eintauchen des Ruders war zu hören und das sanfte Plätschern der Wellen, die gegen die Kaimauer schlugen, während das Boot hinter der nächsten Kanalbiegung verschwand. Der Engel, der die Gondel steuerte, hatte mich nicht entdeckt – und offenbar auch nicht nach mir gesucht. Sonst wäre er langsamer gefahren. Obwohl es an sich schon eigenartig war, dass ein Engel das oberirdische Kanalsystem benutzte – schließlich konnten Engel fliegen – die meisten zumindest. Ich schaffte bislang nur einen Gleitflug inklusive Bruchlandung. Aber ich war ja auch kein *normaler* Engel, dem das Fliegen im Blut lag. Ich war dabei, ein Racheengel zu werden – zumindest versuchte ich das. Immerhin hatte ich vor ein paar Tagen die erste Bewährungsprobe bestanden. Trotz Fallstricken und Hinterhalten. Dass ich ausgerechnet zu einem Treffen mit demjenigen, der meine Prüfung sabotiert hatte, unterwegs war, schien irgendwie zu einer unliebsamen Gewohnheit von mir zu werden.

Aber hatte ich eine andere Wahl? Nein. Nicht, wenn es um meinen ältesten und treuesten Freund ging: Philippe.

Um sicherzugehen, dass ich den richtigen Weg eingeschlagen hatte – mein Orientierungssinn war nicht der allerbeste –, kramte ich noch einmal den Brief hervor, den Lucia, Philippes *Scheinfreundin*, mir gestern bei meinem ersten Bummel auf dem Canal-Grande-Boulevard zugesteckt hatte. Natürlich war sie verkleidet gewesen. Ich hatte sie dennoch erkannt: an der Art, wie sie lief, an ihren gepflegten Händen, aber vor allem an ihren Augen, die trotz der hellen Färbung eisig kalt wirkten, sobald sie mich ansah.

Wie jedes Mal, wenn ich den Brief auffaltete, begannen meine Hände zu zittern. Ich riss mich zusammen. Racheengel sollten taff und keine Weicheier sein. Trotzdem zitterten sie weiter, während ich las.

*Teuerste Lynn,*

*meinen Glückwunsch. Du hast die Prüfungen besser gemeistert, als ich das von Dir erwartet hätte. Und auch wenn der Rat der Engel zu meinem Bedauern beschlossen hat, Dich weiterhin in Arons Obhut zu belassen, ist es an der Zeit, dass Du Deinen Teil des Pakts einlöst, da ich meinen ja bereits erfüllt habe. Schließlich war ich derjenige, der Dir den Weg ins Schloss der Engel ermöglicht hat.*

*Deine beiden Bewacher werden vor Beginn des Lichtmeerfestes beschäftigt sein. Eine Gondel wird Dich eine Stunde, nachdem sie das Haus verlassen haben, abholen. Wo, findest Du auf der Karte.*
*Und sei pünktlich.*
*Obwohl ein weiterer Flüsterer mir immer willkommen ist, scheint Philippe der Beneblungstrank nicht besonders gut zu bekommen.*
*Und komm allein, sonst kann ich nicht für Deine Sicherheit garantieren.*

*Sanctifer, Mitglied des Rats der Engel*

*PS: Falls Du Zweifel hegst, ich kann Dich auch holen lassen!*

Der *Tanz der Engel* ist ein Fantasy-Roman. Namen und Handlungen sind frei erfunden, Ähnlichkeiten mit lebenden Personen reiner Zufall.

# Danksagung

Auch beim zweiten Teil unserer Engelsaga gibt es viele liebe Menschen, denen wir danken möchten. Ganz vorne stehen *unsere Jungs*. Ein weiteres Mal habt ihr unglaubliche Geduld bewiesen, wenn wir in die Welt der Engel abtauchten. Danke.

Unseren Testlesern Petra und Jasmin Ulrich, Ursula Mutsch, Angelika Lehmann, Alex, Michael, Josi, Stella und Lea gilt ein besonderer Dank. Ihr habt es nicht nur geschafft in der kurzen Zeit, die wir euch gaben, das Manuskript zu lesen, sondern mit euren Kommentaren und Anregungen geholfen, die Geschichte von Lynn und Christopher zu verschönern.

Ein riesengroßes Dankeschön an unsere Agentin, Claudia Lichte, und an das engagierte Team vom Aufbau Verlag für die tolle Zusammenarbeit, das fantastische Cover, den Trailer und vieles, vieles mehr.

Und nicht zuletzt möchten wir uns bei Familie Lehmann bedanken und bei Stefan Rüdel, unserem Toningenieur, der Stimmen zum Klingen bringt.

# Engel & Dämonen

Stammbaum

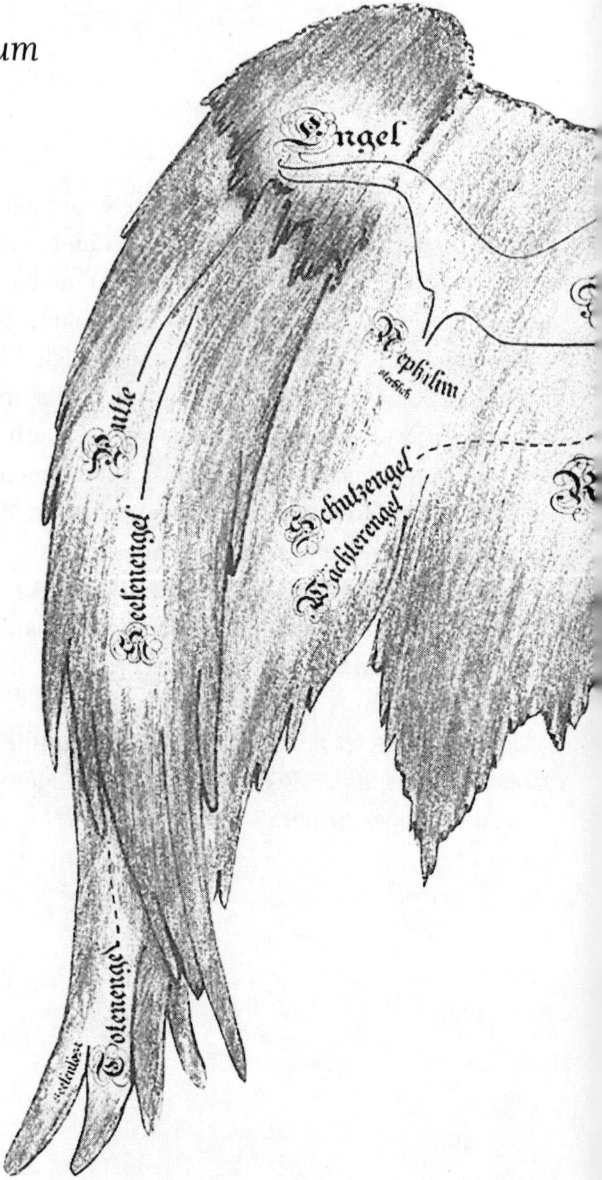

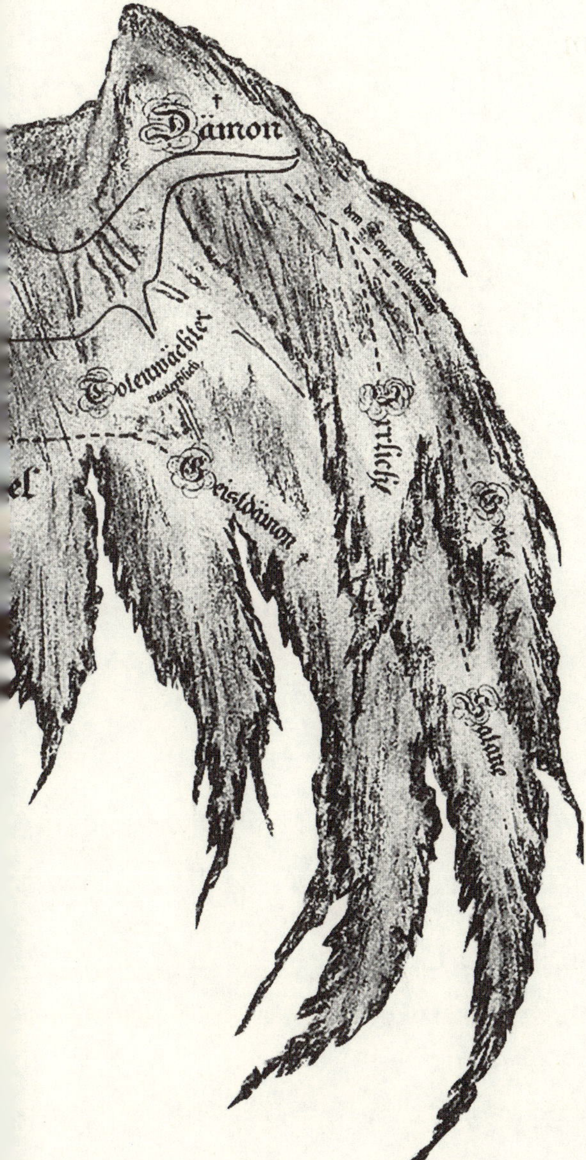
Dämon
Totenwächter
Geistdämon
Irrlicht
Geist
Satane

**BREE DESPAIN**
**Urbat**
Die dunkle Gabe
Roman
Aus dem Amerikanischen
von Andreas Brunstermann
431 Seiten. Gebunden
ISBN 978-3-351-04123-6
Auch als E-Book erhältlich

# Vor diesem Buch ist kein Mädchen sicher!

Grace Divine, die Tochter des Dorfpastors, wusste schon immer, dass etwas Furchtbares passiert sein musste in jener Nacht, in der Daniel verschwunden war. Voller Schrecken erinnert sie sich daran, wie sie ihren Bruder Jude blutverschmiert auf der Veranda gefunden hat. Als Daniel nach drei Jahren wieder auftaucht, fühlt sich Grace auf unerklärliche Weise zu ihm hingezogen, obwohl sie ihrem Bruder versprechen musste, sich von Daniel fernzuhalten. Was steckt hinter dem dunklen Geheimnis der beiden Jungen? Was schützt die Menschen, die wir lieben? Muss Grace für ihren Bruder und ihren Geliebten ein Opfer bringen, das größer ist als alles, was sie bislang kannte?

*»Großartiges Erstlingswerk!«* THE STORY SIREN

*»Ein fantastisches Debüt, das sie die gesamte Nacht wach halten wird.«* PAGE TURNERS

**Mehr Informationen erhalten Sie unter www.aufbau-verlag.de oder in Ihrer Buchhandlung**

aufbau